风雨人生

黄绍安 —— 著

北方文艺出版社

图书在版编目(CIP)数据

风雨人生 / 黄绍安著. -- 哈尔滨：北方文艺出版社, 2021.4
 ISBN 978-7-5317-5091-8

Ⅰ.①风… Ⅱ.①黄… Ⅲ.①长篇小说-中国-当代 Ⅳ.①I247.5

中国版本图书馆 CIP 数据核字(2021)第 051487 号

风雨人生
FENGYU RENSHENG

作 者 / 黄绍安

责任编辑 / 李正刚　　　　　　装帧设计 / 书香力扬

出版发行 / 北方文艺出版社　　　网　址 / www.bfwy.com
邮　编 / 150008　　　　　　　　经　销 / 新华书店
地　址 / 哈尔滨市南岗区宣庆小区 1 号楼
发行电话 / (0451) 86825533

印　刷 / 成都兴怡包装装潢有限公司　开　本 / 787mm×1092mm　1/16
字　数 / 620 千　　　　　　　　　印　张 / 31.125
版　次 / 2021 年 4 月第 1 版　　　　印　次 / 2021 年 4 月第 1 次印刷

书　号 / ISBN 978-7-5317-5091-8　　定　价 / 88.00 元

序

  我多年前就想写一部有关近代历史的小说，直到2015年卸职后才终于有了动笔的时间。但怎样才能顺利完成这个心愿，将小说写得既翔实又感人，才是最让我头疼的。金堂是生我和养育我的地方，它被誉为"四川盆地上的美丽水乡"，这里曾经发生过许多鲜为人知的故事。在经过多次到档案馆查阅资料、细心阅读《金堂县志》之后，我把握了构思方向，准备了较为充实的创作素材，终于有了落笔的底气。

  本书采用倒述的手法，从中华人民共和国建立初期写起，着重描写女主人公贺玉凤坎坷凄凉的一生。金堂五凤溪林业工人在川西北高原的原始森林采伐木材，为成都及温江地区的社会主义建设事业艰苦奋斗。茫茫林海，贺玉凤怎么会来到这个完全是男人施展力气的地方？这是第一个谜。紧接着便写到她的童年时期。贺家有青凤、小凤和玉凤姊妹三人，她们在人生道路上有着不同的命运。那时的女孩子很难有机会上学堂，而玉凤却偶然听到了私塾里的读书声，从此便对读书产生了浓厚的兴趣；后来在贺家长辈的相助下，背起书包走进了五凤溪国民小学。学校里有三名年轻的男老师，教算术的田仕勋后来成了玉凤的大姐夫；教语文的曾大修成了她的二姐夫；而教历史的陈家林却娶了广汉三水关的刘姓姑娘为妻。三对年轻人的爱情故事甜蜜而曲折。而玉凤在经历了一系列磨难之后，也终于找到了属于自己的幸福。

纵观民国时期，社会处于极度动荡之中，军阀长期混战，日寇大举入侵，中华民族遭遇空前的劫难，地处成都平原北端的金堂也不例外。这里深受天灾人祸的困扰，县境内的沱江每隔一两年便要涨一次大水，肆虐的洪水吞没了沿岸数十里的庄稼和农房，淹死人畜不计其数，加之历年常有干旱和虫灾发生，贫苦大众真是苦不堪言；尤其是猖獗的匪患与瘟疫流行，使得金堂人民饱受煎熬。为了生动地描述那个时代的恶劣环境，我力求将众多社会人物写进书中，包括城市和乡村各行各业的男女老少：勤劳的帮工，辛劳的农民和个别地主，以及教书育人的老师与他们的学生，还有令人厌恶的兵痞和土匪。与此同时，我赞颂了众多热血爱国青年，他们在国难当头之际踊跃投军到抗战前线，其中有人为国捐躯。他们英勇奋斗的事迹可歌可泣，让我无比崇敬与钦佩，一度饱含热泪。

书中所描述的许多历史事件，是当时中国社会的一个缩影。我在描写其具体内容时，采用了虚实结合的创作手法，在人物与故事情节上进行了大胆虚构，因为这样才能让读者感同身受，有身临其境之感。本书从民国时期写到共和国建立之初，力求写尽世间沧桑，让大家记住那个风雨人生的苦难岁月，记住那些为开创今天美好生活而抛头颅洒热血的壮士们。悲剧使人严肃，相信读者读后会从中受到教益。

目录
CONTENTS

一	001
二	030
三	045
四	065
五	066
六	071
七	097
八	108
九	111
十	144
十一	159
十二	166
十三	181
十四	198
十五	200
十六	204
十七	216

十八	225
十九	231
二十	236
二十一	238
二十二	252
二十三	273
二十四	290
二十五	294
二十六	312
二十七	319
二十八	321
二十九	334
三十	357
三十一	363
三十二	385
三十三	402
三十四	409
三十五	415
三十六	431
三十七	434
三十八	439
三十九	448
四十	450
四十一	460
四十二	461

一

一条美丽的来苏河从川西北高原的鹧鸪山深处缓缓流来，终年不息地奔向下游的米亚罗、古尔沟，最后汇入千里岷江之中。河水碧玉般明亮，当流水一路向前通过河道中的巨石时，顷刻翻起朵朵银白色的浪花，浪花瞬间化作颗颗晶莹的水珠迅速洒落河面，然后继续欢快地向前流淌着。

来苏河绵延一百余里，河谷两岸平缓的坡地上生长着大片枫树林，从枫树林前抬头眺望，在那重重叠叠的山峦上，漫无边际的杉树林像深蓝色的海洋，一直延伸到蔚蓝的天空。每当秋季来临时，河谷两岸的枫树会由青变黄；再到深秋时，随着西北方的寒风阵阵袭来，枫树叶逐日变红，这时候，来苏河便沐浴在火红的世界中。从高处俯瞰，银白色的河水从红色的枫树林中穿流而过。这是来苏河谷一年中最美的时节。

这一年的秋天，两辆大道奇卡车在凹凸不平的碎石路上行驶，一路颠颠簸簸地开到了来苏河旁，顿时打破了这里千百年的寂静。从此，来苏河谷便从遥远的睡梦中醒来；河谷之上漫山遍野的原始森林，即将任由人们安排命运。

汽车停在路边一处宽阔的地面上，这是两月之前一组勘测队选定的建场地址。汽车一经停稳，前面的车上陆续跳下四十多人。而另一辆车上站着的几个人，则忙着从车上搬出一捆捆军用帐篷，车下的人接过将它们放置到平坦的地上；帐篷搬完后，紧接着又卸下几十件折叠行军床，许多衣物被褥，两口大铁锅，两箩筐瓢、盆、碗、盏，十余袋大米与面粉，还有油盐酱醋、青菜萝卜等大量生活必需品；最后卸下的是拉锯、改锯及斧头等伐木工具。从这种情况不难看出，他们到这里是准备长期安营扎寨的。

原来，从车上下来的这些人都是新近从金堂县招来的伐木工，他们每个人都年轻力壮，平均年纪不过三十岁，并且都精通一门木工活，他们中有的是盖匠，专门在乡间为农户修房盖瓦的；有的是拉大锯的改匠，即将大直径的木料改锯成木板、木方等各种形状的匠人；再有就是会做各种家具，被称作"小木"的人。他们各具独门木工手艺，同来苏河两岸茂密的原始森林有着不解之缘。那一望无际高大挺拔的云杉林，将在今后的若干年内奉献出自己宝贵的身躯，为我国的社会主义建设，为成都地区广泛的需求做出重大贡献。而这些年轻的伐木工，他们的青春年华将永远留在来苏河谷那抹不去的岁月之中。

来苏河林场建设在紧张有序地进行着，有的被指派到对面山坡上去采伐木材，要求砍伐那些规格较小的树木，因为搭建工房不需要大直径木料，那样做太浪费资源了，建筑用料就地采伐既方便又省事；改匠们用抓钉钉好固定木料的三角杈，把稍大的原木抬到两端的木杈上，再用几颗抓钉将两头钉牢，然后把原木改锯成木板，用于工房外墙的挡板和每间的隔板等；做家具的木匠精工细作，他们手拿墨盒放线，接着将一条长长的黑线弹印在木头上，在那张宽大而厚实的木案上，他们会眯着一只眼睛，睁开另一只眼瞄定木料的斜直，准确无误地再弹墨线，将大堆的木板、木条经过粗刨后细刨，然后开始打孔、穿斗；这样连续不断工作一个月后，一张张崭新的木床，一件件结实的木椅和饭桌就做成了。

林场工房建在公路旁边一处坡地上，这是为了避免每年夏天雨水季节房子被洪水淹没的危险。工房地基平整之后，又在它四周挖了两尺多深有倾斜度的排水沟。搭建房屋构架的这段日子，大家都非常忙碌，林场工人全部到场，同心协力帮着立房柱、上房梁、钉角板等。最后，盖匠们将一块块剥下来的杉树皮，从屋檐口一层压一层往上盖，直到盖上房顶，并且每盖一层都用两寸长的铁钉钉牢实，来苏河谷冬天的风雪很大，非常猛烈，如果先前不钉牢固，房顶随时都有被狂风掀翻的可能。

林场的新工房建成不久，一场铺天盖地的大雪果然降临，这时的来苏河谷，从高处的鹧鸪山顶到谷底的米亚罗，均被大雪覆盖得严严实实；抬眼朝前观望，是无边无际的银色世界。白天在艳阳的照射下，山顶的雪峰熠熠生辉，闪烁着银色的光芒；黄昏时刻，夕阳的余晖将来苏河染上一层红色的亮光，河水静无声息地流淌在灰蒙蒙的大地上。

第二年春天，当鹧鸪山上的冰雪开始融化时，来苏河林场开始采伐森林。从此刻起，群山之间那"吱呀吱呀"的伐木声便不绝于耳，像破损的琴弦上弹奏着两个单调的音符，永无休止地回荡在河谷之中，临近夜幕降临时，伐木声才骤然停歇；这时，工人们抖干净身上的木屑和灰土，急忙下山回林场吃饭去了。

林场食堂设在那排工房的最前端，食堂的炊事员名叫贺玉凤，同样是去年秋天从金堂招来的，她是众多的男人中唯一的女人。玉凤之前做梦也未想到今生会与大山结缘，来到这完全属于男人的陌生世界。那些身强力壮的男人究竟怎样生活，将会怎么看待自己？对曾经历过婚姻，后来不幸成为寡妇的她来说，将会有哪些尴尬事情发生呢？

每当食堂开饭时，那些男人总是目不转睛盯着她看，当她偶然间抬眼和他们火辣辣的目光相撞时，她的心猛然跳动起来，脸上立即泛起红霞，急忙转身回到厨房做别的事了。

玉凤自从来到林场后，这里所有的人都喊她"凤姐"，也不知是谁第一个这样称呼她的。总之，林场里无论是年长的或是年少的，全都这样叫她；玉凤听到这亲切的称呼，内心颇感温暖，原来男人们对自己还是很尊重的。久而久之，她初到林场时对男人的戒备心理，也随着时间推移慢慢消去。

玉凤的长相不算漂亮，她天生一张杏子脸，五官端正，鼻梁稍高，第一次见面看不出有什么特别之处；但当你端详久了，会惊讶地发现，凤姐长得不但受看，而且非常耐看：她脸庞的轮廓十分柔和，一双明亮的眼眸好像能看透人的心思，唇边时时带着甜甜的微笑，举手投足间露出异于常人的灵气；更为奇特的是，她周身有一股淡淡的香气，当你靠近她与其擦肩而过时，会从她身上闻到宛若兰花般的清香……

一个年轻女人之所以来到伐木场这个完全应该属于男人们的天地，玉凤有着倾诉不完的心酸往事：她出生于金堂县一个偏远的小镇——五凤溪。这里曾是沱江上的重要码头，从五凤乘船逆水而上，可直通沱江源头赵镇。在其下游的四百里水路上，有简州、资阳和内江等大码头，其间还有球溪河、银山及白马等十余处小码头；再往下航行即可抵达川南重镇泸州，沱江在这儿汇流进浩瀚的长江。在战火纷飞的民国时期，这里既无公路又无铁路，依靠沱江的水路运输，南来北往的物资流通算是最方便快捷的了。那时的沱江水量充沛，江水盈岸；众多船只在宽阔的江面上航行自若，一派繁忙景象。

玉凤家住五凤溪牛角冲，这里属于丘陵地带。她家有祖上留下的三亩坡地，和之后从"贺家大院"租来的两亩水田，一家人靠着年复一年勤劳耕作过日子。

玉凤家中有姐妹三人，大姐贺青凤，二姐贺小凤，玉凤排行最小，被家里人唤作"幺妹"。村里人喜欢喊她"凤妹"，因为她从小长得乖巧可爱，凡是遇见本村的熟人，她开口即是"大爸大嬢"和"哥哥姐姐"亲热的称呼，她声音甜美，深得众人的喜欢。玉凤在牛角冲家中住了十几年，直到长大成人嫁到五凤溪街上，村里人仍然习惯称呼她凤妹。

玉凤的父母均是世代的庄稼人，没有读过一天书，除了认识钱和街面上店铺的招牌，其他字一概不认得。父亲贺宗林兄弟二人，他排行老大，禀性憨厚老实，不善言语，本家人都喊他"贺老大"；时间长了，外面的人竟然连他的本名都记不清了，只知道他姓贺，见面时喊他一声贺老大便是了。玉凤的母亲本名吴月秋，嫁人后即被改称作"贺吴氏"，她是多年前由金堂长乐大山嫁到五凤溪贺家来的。长乐是金堂北边的高山区，当地许多有女儿的农户都希望将她们嫁到平坝丘陵地区，那里用不着成天爬坡上坎去种庄稼，终年累得死去活来的。五凤溪地处沱江两岸，大部地方为浅丘地貌，水源气候也比长乐好许多。所以，从长乐山嫁到这儿来的年轻姑娘就有几个，玉凤的母亲便是其中之一。她是通过一位早些年嫁到这儿的同乡牵线搭桥嫁来的。记得初次来到贺家，当看到那个老实憨厚的贺老大时，她不由得心脏怦怦直跳，脸红得不敢抬起头来。就在这一次不寻常的见面后，双方的父母便决定了他俩的婚事。贺吴氏生于大山中，从小养成吃苦耐劳的品性；她虽然不识字，但是头脑聪慧，记忆力非常好，很会过日子，比丈夫贺老大为人处世强许多。她嫁进贺家两年后，便与成亲不久的小叔子分了家，分得了坡上三亩地。老父老母自愿跟随小叔子生活。分家之后，家里的大小事务全部由她拿主意，她成为这个家庭名副其实的当家人。在之后的几年中，她接连为贺家生育了三个可爱的女儿。

玉凤家里有一年四季忙不完的农活，从贺家大院租来的两亩水田地处小溪旁，大约有两里路远，用来专门播种水稻；自家祖上的那三亩土地在屋后山坡上，用于种植小麦、苞谷和红苕。开春后不久，水田栽种之前，要先行整理出一小块秧母田，在清明节前后将稻种撒到秧母田中，等到一个多月秧苗长到几寸高时，将秧苗连根带土铲起来，用手将它分成几苗一窝，然后栽入平整好的水田中；等到秧苗长高，扬花和吐穗时，还要在田里施一次猪粪肥，其间还得下田去薅秧扯稗。到了秋天，当稻谷长得沉甸甸的时候，便可开镰收割了。坡上的地除了栽种小麦、苞谷、红苕，用来做一家人的口粮外，还需隔年种一亩地的棉花与花生等经济作物，以便拿到集市上卖成钱，供家中的大人娃娃穿衣及日常生活开销。坡上种地事情繁多，比起平坝更累人，除了施肥、浇水、锄草外，撒在地里的苞谷种子要随时防止乌鸦和麻雀啄食；人不可能成天去地里驱赶，于是便用稻草扎成一个草人，然后将一件破烂衣裳穿在草人身上，在它头上戴上一顶焦黄的草帽，手里塞一根细长的竹竿，活像一个真人站在地里，借此来吓唬那些偷食种子的鸟类。栽种红苕时，首先要在地里垒坎，一行行笔直的土坎要垒到一尺高，土坎之中就是红苕发育生长的地方，坎垒矮了红苕发育不好，垒高了又浪费劳力，所以垒坎要恰到好处。红苕栽下不久便要及时浇水施肥，等到它的藤蔓长过苕坎后，还要及时翻苕藤。种棉花的农事更烦琐，带有较高的技术性，棉花的枝叶茂盛，结的花蕊多，棉花的收成自然就好。但若是枝杈过多、过细，又必须时刻勤于修剪，要把细小的枝杈除掉，以保证其他壮实的枝杈更好生长。棉花的病虫害较多，枯叶病、花蕊虫都很常见，手工捉虫极其费时费力，因此，要确保棉花的好收成很不容易。

  这天清晨，贺老大匆忙吃过早饭后，挑着一担粪桶，头上戴着草帽下地干活去了。他随身还带着一个装满水的竹筒，准备口渴时喝。苞谷出苗之后，大半月时间没有下过一滴雨，地里已经快要干裂了，他今天必须从坡下的小溪中挑水到地里浇灌。大女儿青凤稍后也会到地里来帮忙，父女俩一个挑水，一个浇地，坡上的农活全部由他们做；父亲主要干挑水、挑粪等重力气活；女儿青凤今年刚十四岁，只让她做浇水、泼粪这些轻巧的活。

　　家里的农活与家务事虽多，但家庭成员都有各自的分工。父亲和大女儿主要干地里的庄稼活；母亲贺吴氏则在家中负责做饭，养猪养兔，喂鸡喂鸭，洗衣缝补等；二女儿小凤十二岁，每天要到溪边地头割带有浆液的嫩草，上午和下午要分别割一背篓倒进屋子后的大粪坑里，等着青草在粪坑里发酵变成青肥，青肥是种庄稼必不可少的；小女儿玉凤那年刚满十岁，不会做其他家务活，但也不能让她在家里闲着无事做，于是，母亲趁着到五凤溪赶集的机会，从集市上买回来两只小麻羊，叫玉凤牵着它们到野外去放养。从这时起，玉凤便按照母亲的吩咐，每天牵着咩咩叫唤的小羊到村里的田边地角，只要哪有鲜嫩的青草，便能看到玉凤那纤细的身影……

　　玉凤放羊越走越远，哪里有羊爱吃的嫩草就往哪去。有一天她竟然将羊放出了牛角冲，不知不觉间走到了临村杨柳沟。进沟后没走多远，她发现前面有座很大的院落，四周围绕着茂密的竹林和几株高大的树木，便好奇地牵着羊走了过去，这是玉凤幼年时见过的最大宅院。她从未去过除五凤溪以外的任何地方。记得有几次跟随母亲到五凤溪集市卖过鸡鸭蛋，然后买回一些油盐酱醋等生活用品，当她看到满街人来人往的热闹场面时，玉凤心中非常兴奋。大街上有许多新奇的东西，她从来都没见过，从此以后，总想着母亲有一天能再带她去五凤溪。

　　五凤溪集市上，卖农具杂货的在东边，卖粮食蔬菜的在西端，而水货市场则设在安凤桥头。那些渔夫把刚从沱江中捕捞上来的鲤鱼、鲶鱼、黄蜡丁、桃花鱼从渔船提上岸便卖；有的用一根细软的竹竿将鱼儿从腮帮穿过口腔，一串串摆在地上大张荷叶上；有的面前放着装鱼的竹篓，鱼儿还在里面活蹦乱跳。卖油盐酱醋和水烟草纸的在白凤街；金凤街上开着两家糖果铺和布匹店。这儿是乡下农户们购买日用品最常去的地方，他们将家禽、粮食以及油菜籽与棉花等农副产品卖掉后，拿着钱去商铺购买家中所需的日用品。街上人气最旺的是茶坊和饭馆，男人们很喜欢将事办完来茶馆坐一阵，相互间谈些市场买卖的行情，今年庄稼的收成好坏，以及五凤溪新近又发生了哪些奇闻趣事；他们各抒己见，不受一点拘束，以此释放在乡间多日来的沉闷心情。有些人偏爱在大庭广众下高谈阔论，自觉很有本事，从而博得其他茶客的关注，自己感觉很有面子；有的人不太会讲话，却很愿意听别人讲故事，对每件事情都感到新奇，听得津津有味，这是他们在乡间干农活久了，生活太枯燥无味所致。到了中午，这些喝茶的人摆完了龙门阵，很多都不愿意回家吃饭，便走出茶馆到隔壁的饭店坐下来，急忙喊堂倌端一碗帽儿头白米饭，炒一份蒜苗回锅肉，有的吃饭前还要喝二两酒，他们根本不管老婆娃儿在家里吃什么。

玉凤的母亲与这些男人不一样，每次去五凤溪赶场总是来去匆匆。急忙卖完东西后，赶紧去街上店铺买好油盐酱醋以及其他家庭用品，随即迈开大步朝牛角冲家中走去，她要回家为自己的男人和女儿们做午饭呢……

玉凤在杨柳沟看到的这座院子，便是五凤溪当地颇有名气的贺家大院；贺氏家族第十七世子孙贺松云是这院里的主人。贺氏家族发展到贺松云这一代算是鼎盛时期，拥有田地六百余亩，在五凤溪街上还有两间商铺，经营着油米和盐茶生意；家中专门有一处磨坊，除了给自己碾米磨面外，杨柳沟和牛角冲的农户们也要到这里来将稻谷碾成米，小麦磨成面，供自家食用，或者挑到集市上去卖钱。贺家还养了四头黄牛和两头水牛，黄牛主要用来耕坡地、旱地；水牛则用来犁水田。杨柳沟里有许多冬水田，将水牛赶下田时，水田的水要淹过牛的膝盖，这种田的产量往往要比放水淹成田的产量高，但冬水田每年只能栽种一季水稻，秋天收割之后，便要停种半年之久。冬水田里终年淹满了水，那些留在田中的稻茬经过水泡腐烂后，就变成了有用的肥料，水稻生长便有了充足的肥源。贺家所养的几头牛有一半时间用来租给佃户们使用，许多租贺家田地的农户一般都无钱买牛，各家农户仅有三五亩地，也根本用不着养一头牛。因此，每到耕种季节，大家都会到贺家租头牛用一两天。贺家有佃户数十家，租出去的田地大约五百亩，除了杨柳沟本地佃户居多外，还有牛角冲及附近几个村子的。贺家留有好几十亩地自己耕种，所留田地一般都比较好，坡地比较平缓，水田则紧靠在河沟边上，便于取水灌溉。贺家常年雇有十余名长工和用人，吃饭的时候要坐满整整两桌。

玉凤走到大门的石阶前，睁着一双眼睛朝里面观望，她没想到杨柳沟竟有这样一座大院，两只麻羊在她身后咩咩地叫唤着，她似乎也听不到。这座大院呈长方形状，长有三十余丈，宽有二十丈，占地面积十多亩，从大门前一眼望进去，堂屋正中的檐口下挂着一块金匾额，上面赫然写着"诗书传家"四个大字。玉凤此时并不认得匾额上的字，只是感觉无比新奇。她不敢进院去看个究竟，怕里面的大人走出来将自己撵走，更怕一条大狗蹿出来咬她一口。她站在石阶下待了好一阵子，终于发现两只羊儿用四蹄在地上又踩又蹬，因为没有草吃而咩咩叫唤不停；她这才急忙牵着麻羊到大院右边那条小路去寻找青草吃。

正当她朝前行走时，忽然听到右边厢房内传来琅琅的读书声，声音充满了稚气："人之初，性本善。性相近，习相远……"这是一般学童启蒙时在私塾里读的《三字经》，读起来很有韵味，也非常好听。玉凤急忙在附近找了一处有青草的地方，把羊拴在一棵小树上，任由它随意去吃草；自己则转身走到大院的厢房旁边，厢房外并未有护院墙阻隔，她径直走到了厢房的窗前，两扇方格的木窗用白纸糊着，但经过长时间的风吹雨打，已经有了两处残破的地方，从残破的窗孔看进去，里面的情景便一目了然：教室里坐着十余个男学童，年纪在七八岁，他们每人面前的桌上合拢着一本书，摇晃着小脑袋，很自信地在背诵老师刚才教的课文。尽管此时玉凤还不知道他们背诵课文的意思，但接下来便听到老师逐字逐句讲解课文内容；老师端坐讲桌前，用凝重的目光注视着每个学生歌唱般朗诵。私塾老师五十多岁，两鬓已悄然长出白发，他头戴一顶黑绸瓜皮帽，身穿一件灰布长袍，外罩一件褐色马甲；他面容清瘦，神情专注，显得很有学识，看上去他必定是有着多年教学经验的私塾老师。

这次偶然的机会，让玉凤心里感到既好奇又兴奋，对读书产生了浓厚的兴趣。她在窗前居然轻声附和着教室里的学生一起朗读；玉凤的记性很好，只要读过一遍，便能全部印在脑子里。从这天开始，贺家书房的窗外经常有玉凤的身影。玉凤不敢告诉父母在贺家书房外偷着听课这件事，怕他们今后不再让自己将羊放到杨柳沟去，那儿离家确实较远，唯恐耽误更多的放羊时间。玉凤是个有心思的人，她知道只要把羊喂饱了，父母亲就不会责怪自己。但老是将羊拴在一个地方没有草吃，或将羊拴远了看不见，若是将羊放丢了，回家去肯定会遭到一顿打骂；到那时再想来贺家偷着听课就不可能了。她夜间在床上反复想着，最后终于想出一个好办法：第二天上午出门时，她背上一个竹篓，手里拿把镰刀，牵着两只羊一边放牧，一边弯腰割青草，当一路走到贺家大院时，背篓里的青草已装得满满的；她随即将羊拴在离自己不远的那棵小树上，将背篓里的青草倒在地上给它们吃，羊吃饱了不会再叫唤，自己便可放心大胆地到窗前去听课了。等到回家后，母亲看见羊儿吃得饱饱的，也就没有什么话可说了。

读书不仅只是听老师讲课文，还要学习如何握笔、如何一撇一捺练习写字；玉凤没有书本，也没有纸和笔，怎么样写字呢？她灵机一动，瞬间想出一个就地取材的好办法，即刻动手把脚下的地面用镰刀刨平，找来一根筷子般的树枝，用它当笔在地面上练习写字；虽然没有看见课本，写得不太完整，但老师在黑板上教过的那些字，她基本能做到一个不漏地写出来，而且懂得这些字的含义。

数月过去后,玉凤已将两只未长角的小麻羊喂成了几十斤重的大羊,母亲把它们牵到五凤溪集市上卖了四块银园。

在放羊的这段日子中,玉凤突然觉得自己长大了许多,在贺家大院私塾的窗外,她偷偷学到了父母亲无法给她的知识,学习的愿望也更加强烈了。对于女儿内心深处的这一巨大变化,贺老大夫妇竟然一点不知晓。

这年的暑期,贺松云从金堂县城回到了杨柳沟家里;他这次回来主要想办成一件大事,那便是将在家里读私塾的贺家子孙全部转到五凤溪去读新学堂;不仅只要自家的后人去,而且还要让住在杨柳沟和牛角冲的贺氏子女们都去。不能只顾自身发达,他想要贺氏大家族的人都有出息。贺松云深知,孩子们不读书学不到知识,今后定然没有什么作为,他们的贫穷状况将永远无法改变,整个贺氏家族的兴旺发达难以实现,他不愿看到这种情况继续下去。贺松云感觉自己如今年事已高,准备在有生之年再为族人做一件好事情。

一般农户家庭的子女要上学非常困难,缴学费和买书本都需要钱;而农户们靠养鸡鸭卖蛋,卖红苕杂粮只能维持一家人的基本温饱。再说将孩子留在家还能帮大人做许多事情,比如放鸭、放羊、去田边地头割草泡青肥、到坡上红苕地翻苕藤,或是去对面山上树林里捡柴回家煮饭,这些都是由孩子们干的轻松活。如果家里生的是女孩就更不愿意她上学了,等到她们长到十六七岁必然要嫁出去,读书就更没有意思,不仅帮不了家中大人做事,缴的学费钱也等于白花了。所以,当地人都认为读书根本没有用处。

贺松云早已预料到农户们的顾虑和难处,于是,他想出了一个帮助他们的办法:凡是贺家的佃户送一个子女上学,可减掉当年一成租粮;贺姓外的农户送一个子女上学,每年送一斗稻谷,算是一点补偿,鼓励农户将自己的子女全都送到五凤溪去读书。

贺松云吩咐自己二儿子贺玉昆具体操办此事。贺玉昆在家中排行老二，人称"二老少"，因父亲常年在县府任职，贺家大院的所有事务全由他一人做主；他非常熟悉住在杨柳沟和牛角冲等地佃户家中情况；在接下来的几天中，他不辞辛劳跑遍了各家各户，终于把父亲交代的事情办完了。许多农户起先并不情愿将自己的子女送到五凤溪读书，一是家里少了一个干农活的帮手，二是怕他们年幼不懂事，上学回家的路上涉水玩耍不安全。经过贺玉昆耐心开导，讲了许多读书的好处后，农户们这才答应将子女送去学堂读书。

玉凤听到自己可以上学读书的消息，心里不知有多高兴，这是她日夜梦想的事情，现在居然即将变成现实！记得那天二老少来到家中，坐在堂屋里跟父母亲谈起让娃儿们去五凤溪读书的事，她就在隔壁房间里用心偷听，二老少说让贺氏家族的娃儿们都能上学，是父亲贺松云一生最大的愿望，希望贺老大也让自己的女儿去上学。父母亲后来答应了他的要求，父亲说大女青凤今年已满十四岁，就不用去了；二女小凤十二岁，父亲起初也不愿她去，多亏母亲在一旁说就让她去读两年。二老少说小凤年龄大点没关系，读几年总比不学好，多学点知识今后一定有用处。

这个暑假真长，玉凤和小凤姐妹俩迫不及待想着假期快点结束，便可以背着新书包到五凤溪去读书了。其实，她们二人对上学堂读书的态度各有不同，玉凤有着在贺家大院偷着读书的基础，对读书有极大的兴趣；而二姐小凤则不然，她从未进过一天学堂，读书的事情这么突然，自己没有一点心理准备，所以显得有些紧张，连睡觉都没有以前那样安稳。这天夜晚，两姊妹睡在一张床上，玉凤将自己偷着在贺家大院读书写字的事情告诉了姐姐；小凤通过妹妹讲述才明白读书是怎么回事，感到读书确实很新奇，激发了她想学习的浓厚兴趣，心情也逐渐平静了许多。

新学期终于开始了，玉凤和小凤的上学梦如今变成了现实。开学的这天早晨，她们听到鸡叫第一遍便赶忙起床，此时母亲已在厨房生火做饭，姐妹俩穿上母亲为她们做的一身新衣服，这是她托人从淮口街上的大布庄买回来一丈灰色洋布，夜间在桐油灯下一针一线为女儿们缝制的。在缝制衣服时，大姐青凤守在母亲身旁，仔细学习母亲怎样穿针引线，帮母亲做零活，比如襻纽扣、锁布边，母亲教一样便做一样，青凤很快就学会了做衣服。青凤生来和母亲性格极为相似，她机敏贤惠，手脚勤快，从不张嘴向父母要东要西，更不与两个妹妹争吃争穿，总是处处让着年幼的妹妹们；她心里爱着自己的父母和妹妹们，母亲这些年来最清楚，大女儿秉性善良，越大越懂事理。

匆忙吃过早饭后，玉凤和小凤便背上书包高高兴兴地走出家门，从牛角冲到五凤溪学堂要走几里路。这时，天空的晨雾刚刚散尽，远方的天际升起了一轮耀眼的红日，姐妹俩兴奋得一路上蹦蹦跳跳，不多时便走到五凤溪场口，再经过白凤街、半边街，便来到了五凤溪国民小学校。学校门前有许多学生从不同方向走来，那些年幼的学童多由家长陪送。走进学校大门即看见右边摆着三张课桌，设立学生报名处；两姐妹上前依次报了名，领了两本崭新的国文、算术课本，随即按照老师的指点，赶到操场上集合去了。新学期的开学典礼即将在这儿举行，校长届时会走上操场正面的砖台上对学生们做一番鼓励训话。

随着一阵响亮的集合哨声，学生们从学校各处跑到操场，按照不同的班级排列整齐。这学期一年级的新生增添了七十余人，分成了甲、乙两个班级，每班三十多人，很多新生是来自杨柳沟和牛角冲的农家子弟，年龄参差不齐，大的十二三岁，小的只有七八岁，他们按照班级顺序站在操场上。玉凤读甲班站在第一排，小凤读乙班站在第二排；往届生则从低到高依次往后站，各班级的老师站在学生们旁边，静静地等候着校长上台讲话。

集合哨声响过后，一个身穿蓝布中山装，戴着一副镶银边眼镜的高个男子，迈着大步从校长办公室走了出来，径直走到操场那座半圆形讲话台上。当校长跨上讲台的那一刻，喧哗的操场上顿时鸦雀无声，场面变得非常庄严。校长名叫陈光清，是五凤溪小学的现任校长，在这所学校已任职数年。他昂首挺胸站立讲台上，用目光巡视着操场上的学生们，脸上露出满意的表情。他接着高声宣布新学期开始，用早已打好的腹稿对全场师生们说道："同学们，各位教师同人，今天是我们五凤溪国民小学新学期开始的第一天，同学们从五凤溪各个地方来到学校，你们中大多数是往届生，务必要刻苦勤奋，珍惜每一寸光阴，努力学习上进，课堂上要专心听老师讲课，认真理解课文内容，做到不懂就问；同学之间要互帮互学，要像兄弟姊妹般团结一致，希望你们在新学期中都能够取得好成绩。刚入学的新生在课堂上更要认真听讲，遵守课堂纪律，向高年级的同学学习，争取在期末考试考出好成绩来。切望各班级的教师同人能够勤勉尽职，把各自担任的课程教好，要做到精心备课，认真讲解，仔细改好学生们的每篇作业；将你们班级的学生都教育成对社会有用的人才。"校长讲完这番勉励的话后，突然之间又讲到国家的安危，此时，他说话的语调不再像文弱书生，倒像一个临战的军人，他高亢激昂地说道，"同学们，教师同人们，在去年的七月七日这一天，卢沟桥骤然炮声隆隆，硝烟弥漫；日本帝国主义开始了罪恶的侵华战争。时至今日，日寇已经侵占了我国东北三省，接着又将战火引向我华北中原地区，是可忍孰不可忍。我们作为中华儿女，绝不容许日本侵略者掠夺我国大好河山；誓死要将丧心病狂的日寇赶出中国大地。希望全体师生不要忘记国耻家仇，要不遗余力地支援前线抗战，你们目前所要做的就是教好书读好书，准备将来用实际行动为民族解放事业做出贡献。"说到激情澎湃时，他愤然举起拳头，振臂高呼："打倒日本帝国主义，还我河山！"紧接着，操场上响起雷鸣般的高呼声："还我河山！还我河山！！"

开学典礼结束后，上课的钟声随即敲响，同学们纷纷从操场奔向教室。一年级的两个新生班在紧靠操场的旁边，同学们很快便走到教室内，坐到自己的课桌前，今天开学的第一节课是语文，乙班的同学们正在观望时，一个身穿灰色中山装的年轻教师急步走了进来，大家仔细看去：他二十出头的年龄，身材高大，眉宇间透露着刚毅，脸上挂着微笑，一副和蔼可亲的模样。

这位语文教师名叫曾大修，成都师范学堂的毕业生，是去年春季被聘请到五凤溪小学教语文课的。当他走上讲台时，只听一个男生领头高声喊道："起立，敬礼！"同学们顿时整齐地从座位上站立起来，向老师敬礼。曾大修随即说道："同学们请坐。"等到全体学生坐好后，便开始了新学期第一堂课，但他此时并未让同学们翻开桌上的课本，而是先向他们讲述着一个历史故事，他说："同学们，今天是开学的第一天，我是最先给你们上课的老师；上学是人生最重要的起点，而我们学习的目的是什么呢？也许现在你们还不能回答这个问题；我的回答是学习知识将来报效社会，报效国家。在开课之前，我要向同学们讲一段古代抗金英雄岳飞的故事：故事发生在宋朝靖康年间，当时有一位志向远大的青年名叫岳飞，他勤奋好学，熟读兵书，每日练习刀枪剑戟，可谓文武双全；但他所生活的那个时代，北方金兵入侵、四处掳掠烧杀；可是当时朝廷腐败无能，军事上节节败退，致使金兵挥师长驱直入，逼近我华夏中原。在这紧要关头，深明大义的岳母焦急万分，即刻将岳飞叫到堂前，严肃地对他说道：如今外寇入侵，国难当头；你身为七尺男儿，岂能坐视旁观，理应赶快前去投军，以解国家之危难，不枉你学得一身本领。岳飞早有奔赴疆场杀敌的宏愿，如今听到母亲坚定的鼓励，毅然收拾好行装，准备星夜奔赴抗敌前线。临行之前，岳母拿来一根铁针，叫岳飞把衣服脱下，跪在祖先的灵位牌前，岳飞咬紧牙关忍住疼痛，让母亲在他后背刻上血红的'精忠报国'四个大字。岳飞从军之后，英勇杀敌，屡建奇功；把少年时期所学的本领全部用到了杀敌战场，铸就了一支使金人闻风丧胆的岳家军。岳飞为表明自己誓死保家卫国的坚强意志，他在营帐中挑灯一气呵成写下了脍炙人口的《满江红》：怒发冲冠，凭栏处，潇潇雨歇。抬望眼，仰天长啸，壮怀激烈。三十功名尘与土，八千里路云和月。莫等闲，白了少年头，空悲切。靖康耻，犹未雪。臣子恨，何时灭。驾长车，踏破贺兰山缺。壮志饥餐胡虏肉，笑谈渴饮匈奴血。待从头，收拾旧山河，朝天阙。岳飞这首词展示了他胸怀豪情壮志，决心收复被金兵侵占的故国山河，实现精忠报国的崇高爱国情怀。"

课堂上，几十双明亮的眼睛望着讲台上的曾老师，他们听得似懂非懂；之前从未听大人说起什么历史朝代，对那些年代发生的事更是一无所知；现在听了老师的讲解，心里感到无比振奋。曾大修慷慨激昂的演讲感染了他们幼小的心灵，学生们顿时崇拜起这位语文老师，他懂得天底下那么多事情。学生们从岳飞的故事中，第一次知道了国家这个概念，知道在宋朝时有岳飞这个英雄的存在。

曾大修望了望课堂上的学生，控制住自己激动的情绪；随手拿起桌上的语文课本，立刻对大家说道："现在开始正式上课，请同学们翻开书本第一篇。"

玉凤与小凤两姊妹的学生时代从这天开始了。上午第一节是语文，第二节是算术课，最后一节是历史课。下午开设的有美术课，音乐课和体育课。姐妹二人在课堂上听得认真，记得专心，学习的兴趣非常浓厚；她们眼前的校园，如同知识的海洋，幼小的心灵正遨游其间。

在放学回家的路上，玉凤和小凤一边走着一边不停跳跃，手里挥动着从沟边摘来的两枝芦苇,乌黑的小辫在她们脑后飘动着,显示了她们的快乐与开心。

在小凤的内心里,她最崇拜的就是自己的母亲,在温暖的家庭中,她终日忙里忙外,不知疲惫地昼夜操劳,家中大小事皆由母亲料理;全家人的一日三餐,牲畜饲养,到五凤溪集市买卖东西,在桐油灯下做鞋缝衣等;乡邻们无不夸赞母亲贤惠能干,说她比得过许多男人;小凤也很认同这样的看法。

这天晚上,小凤躺在床上久久难以入睡,白天在学校的兴奋状态始终未能平静,脑海里时时浮现着三个年轻老师的身影。第一个是教语文的曾老师,他看上去像一个大男孩,讲课时语言流畅,通俗易懂,很有感染力。第二是教算术课的田老师,他老成稳重,讲课时逻辑缜密,学生听了很快就能学会运算。第三是刚走出学堂的陈家林,是个很有志向的年轻人,他讲历史课时极为风趣,同学们都喜欢听他上课。从开学这天起,三位知识丰富的启蒙老师给她上了人生第一课,小凤心中对他们产生了崇拜,尤其是那个教语文课的曾老师。

原来,这三名年轻的老师都是金堂本地人,在成都师范学堂读书时,便有幸结为相互信赖的朋友;毕业之后,三人为报效家乡,应县政府教育科聘请,陆续来到五凤溪小学任教。他们彼此间很珍视这种友情,时常会在课余促膝谈心,并且很容易找到共同关心的话题;有时也会对一件事情持不同的观点和看法,多次发生过争论,但从不恶言斥责对方,而是用心尊重朋友的某些看法,或保留自己的意见,从不会发展到面红耳赤,争执不休的地步。在学校后院的教师宿舍,顺着天井两旁,并排有十余间厢房,左边一排全部是男老师住所;右边的几间则是女老师宿舍和教师办公室。男女老师平时见面只是礼貌地打个招呼,在那个封建思想甚浓的年代，男女间没有更多语言交流。在学校的男老师当中，他们三人走得最近，几乎是形影不离，无论早晚间吃饭睡觉，还是在办公室备课和修改作业，若是盛夏时节，便相约到沱江中去游泳消暑；心血来潮时又会相约到五凤溪之外的地方去玩耍一番。学校的老师们戏称他们为"校中三友"。

曾大修家住金堂姚渡乡的"曾家寨子"，距离县城有十里路远；曾氏家族曾是全县第一望族，其后裔分布于金堂境内多个乡镇和新都等地；现居姚渡的曾氏支系是其中最为发达的。曾大修是这个支系中二房老大曾义儒的三儿子，他头脑灵活，思维敏捷，国文基础很好，在成都师范学堂读书时，语文考试成绩名列全班第一。

教历史课的陈家林住在县城北门外的古城桥，陈家是这里的殷实大户。陈家有祖辈留下的八十余亩田产；常年雇有三名长工，每到插秧打谷农忙时节，还必须请几个零工前来收割和栽种。父亲陈光钦虽然家庭富裕，但也时常下地帮着干些农活，亲自督导长工们适时栽种和施肥，是个很有农田耕作经验的行家。陈光钦有三个儿子：大儿子陈家春二十七岁，毕业于国立成都大学，由于学习成绩优异，很受老师们器重，本该留校任教的他，毕业后却被华阳县政府聘为秘书，专门抄写县上发布的文稿资料，并负责全县的档案管理，已于两年前结婚成家；二儿子陈家林从学校毕业之后，经大哥陈家春的引荐，被金堂县教育科聘到五凤溪小学教书；小儿子陈家昆现在县城读中学。

教算术课的老师叫田仕勋，家住本县赵镇河坝街；父亲田大成在街上开了一家"田记酱园铺"，两间门面后即是酱园作坊；偌大的晒坝中摆满了豆瓣缸、酱油缸和甜酱缸等，每只缸上都盖着棕树皮做的斗篷，白天将斗篷揭开晾晒，充足的阳光促使缸里的豆瓣酱尽快发酵，提高品质和口感。每到一、四、七逢场，酱园铺的生意特别好，来店里打豆瓣、买酱醋的人接连不断；全家人一直忙到中午散场时，才能坐下来歇气吃饭。田大成夫妇生育了两儿一女：大儿子田仕勋去年已到五凤溪教书，女儿田小蓉刚到县城上初中，小儿子田仕泽正在赵镇大偩庭读高小。田仕勋的母亲田程氏聪慧勤劳，包揽了全部家务活；若是遇到逢场天买主打拥堂，她还要站到柜台前帮着算账收钱，从未错过一笔账。

小凤和玉凤姐妹俩与全班同学一样，内心非常喜欢他们的老师，特别爱听老师洪亮的声音和一丝不苟的讲述，他们会将课文内容牢记在脑海里，一字不漏地写在练习本上。他们尤其喜欢上音乐课的老师，她长得眉清目秀，前额飘着一绺刘海，身上总穿一件淡色旗袍，充满了青春气息——她便是学校里的音乐老师唐洁如。自从她前年由成都蓝虹艺专毕业来到五凤溪小学，学校便设置了音乐课程，目的是活跃学校气氛，激发学生们积极向上的学习热情。唐老师不仅声音好，风琴也拉得好，教歌时情绪饱满高昂。同学们一边跟着她唱歌，一边睁大眼睛望着她绯红的脸；每当与老师的目光相遇时，望着唐老师那张美丽的笑脸，心里都喜滋滋的。

小凤和玉凤不同寻常的学生时代就这样开始了，从踏进学校大门那一刻起，心里就充满了对未来的希望。但回到现实生活中，她们又感觉到迷茫，每天放学回家都得加快脚步，因为家里有许多事情要她们去做，要忙着去地里锄草，到常去的沟边割草做青肥；有时还得帮着父亲扯稻田里的稗子，直到太阳落山后，才能收拾农具回家吃饭。在学校是她们最幸福的时光，但不知自己又能读几年书？因为学校里很多同学都是五凤溪乡间的孩子，有的未等到他们成年，父母亲便选择让孩子辍学回家务农，不会允许他们再继续读书，更不可能到县城去读中学。贫困农家的微薄收入无法提供一个学生的开销，何况地里有很多农活需要人去干。如果家中是女孩子，就绝不可能让她们多读书，女孩的学生时代往往比男孩更短；一般长到十五六岁时，父母便会考虑她们的终身大事。在这期间，家中有做不完的家务活，须得每日下厨煮饭，帮着喂养家禽家畜，向母亲学习缝补衣裳和做鞋袜，为出嫁做好一切准备。要是在这个年龄段还没有学会主妇应该做的，将来嫁人便会遭到别人的挑剔。若是遇到媒人上门提亲，首先要看女方的生辰八字与男方是否相符，紧接着便要盘问女方是否能干，会不会做针线活，操持家务是否勤俭，如果这些条件都具备，女方相貌也长得端正的话，就有机会嫁到好的男家，这辈子便找到了一个好的归宿……

三年快乐的学习光阴转眼间过去了。在这年的暑假中，小凤和玉凤又回到上学前的生活状态，父母立即为她们安排了力所能及的事情。烦琐的家务及地里的农活，姊妹俩早已做习惯了，只需日复一日地尽力埋头苦干。她们看见父母亲终年辛勤劳动，觉得自己现在所做的这些事情，都是子女们应该做的，算是为父母分忧尽孝；尽管许多时候感到劳累和疲惫，但生活却过得非常充实。

这天早晨，家中院坝内那棵柿子树上突然飞来两只喜鹊，欢快地在枝头间上蹿下跳，叽叽喳喳地叫唤不停，树枝上挂满了半红不熟的柿子，看家的黑狗忽然冲到树下，仰起头望着树上的喜鹊不断狂吠。这时，贺吴氏正在厨房淘米做饭，听到喜鹊叫唤和黑狗的狂吠，她急忙将淘干净的米倒入锅中，一面对坐在灶门前烧火的女儿说："玉凤，快去门口看是不是有人来了。"玉凤用火钳往灶里又加了一把柴火，站起身用手拍了拍沾在衣服上的柴灰，径直向门外走去。她来到院坝中抬眼望了望，篱笆墙外空无一人；再看面前那棵柿子树上，两只喜鹊仍然停在最高的枝头上鸣唱。黑狗看见主人走出门来，便立即停止吠叫，摇着尾巴回到院坝边的屋檐下匍匐着，伸出它鲜红的舌头喘着粗气，一双眼睛直勾勾望着玉凤，像是在对主人说"我已尽职了"。

玉凤回到厨房对母亲说:"我到外面看了一阵,门前没有发现一个人;是院坝里的柿子树上不知何时飞来两只喜鹊在叫唤;它没啄树上的柿子,可能是柿子还没有熟透,嫌青涩不好吃;今天先行探一下路径,等到以后柿子长红了,喜鹊必然要飞回来吃。"贺吴氏听了女儿这番话,觉得真是好笑,心想这个孩子脑壳还精灵,连雀儿的动机都猜着了。但她反过来再细想,感觉不像女儿说的那回事,从自己嫁到牛角冲贺家这十几年中,院坝里那棵柿子树是她自己栽下的,亲眼看到它从小树长成大树,直到树上结满红亮亮的柿子,像无数小红灯笼密密麻麻挂在枝头上,却从来没有发现鸟儿来啄食,可是今天偏偏在柿子还没红透的时节,就有两只喜鹊在树上叫唤。她联想到民间有这样的说法:如果哪家房前屋后的树上,一大早就飞来喜鹊在上面叫唤,那家人必定有喜事临门,或者是贵客到访。贺吴氏左思右想,总想不出会有什么喜事发生,已经很久没有见过娘家和婆家的那些亲朋好友,今天究竟会遇到什么好事情呢?

这时,太阳像一团火球升了起来,青凤扛着一把锄头,小凤背着一背篓青草从地里回家吃饭;贺老大挑着一担粪桶紧跟在女儿身后,小凤将满背篓的青草倒进了屋后的粪坑,然后把背篓放在墙边屋檐下;父女三人各自放好农具后,即走到厨房旁边的木盆中洗手,接着便到屋里去吃早饭了。这里的农户们都习惯早起下地干活,特别是炎热的夏天,当天空出现一抹鱼肚白时,大家便赶忙起床,各自扛起农具去田间地头干活;一直到日头升高才收拾回家。这样安排图的是早晨干活凉快,避免遭受烈日暴晒,如果等到太阳当顶下地干活,会晒得你汗流浃背,干起活来格外劳累,成效也会显著下降。若是遇到五凤溪逢场那天,大家都会提前下地将农活干完,吃过早饭便可放心去五凤溪赶场了。

太阳慢慢升上天空,火辣辣的阳光普照大地。此时,那些在田间耕作的农户们早已回到家中，坐在阴凉处做着各种家务事。

玉凤和大姐青凤正在屋檐下铡猪草，玉凤坐在矮板凳上，双手抱着一把红苕藤均匀地塞进铡刀口上；青凤躬着腰手握铡刀把，一次又一次有节奏地用力铡下，铡刀前堆满了铡短的苕藤；姐妹俩的额头上沁出了细细的汗珠。

此时，先前还静静躺着的黑狗突然从屋角蹿出来，直奔到篱笆门前，瞪着一双警惕的眼睛，向着走近门口的三个人狂吠起来，外面的人并未被黑狗的吼叫声吓退，因为篱笆门是紧闭着的。贺吴氏正在屋里专心纳鞋底，她听到黑狗的狂吠声接连不断，这与以往的情形大不相同，往日许多过路的人从门前走过，黑狗都不会这么长时间叫唤，除非有人走到了门口停下，于是，她开口喊道："玉凤，你去看门外是不是来了客人。"玉凤听到母亲的呼叫，急忙放下手中锄了半把的红苕藤，站起身来朝大门走去，她边走边向门前观望，突然之间，她看到了三个熟悉的身影和他们的脸庞，一时间惊呆了，他们竟然都是自己的老师。她急忙将旁边的黑狗赶走，黑狗朝着门外的人瞪了两眼，一边观望着主人的脸色，随即又张嘴狂吠两声，它在为小主人壮胆，以示它的无限忠诚。

玉凤跨前两步走到门口，用手打开了篱笆门，她望着三位老师不知所措，红着一张脸亲切地叫了一声："老师好。"三位老师此时也吃惊不小，看着站在面前的竟然是自己教过多年的学生。曾大修开口问道："玉凤，这里是你们的家？"玉凤向他点点头说："就是。"她立即将老师们请到了院子内，一面向屋内喊着："妈，是学校的老师来了，您快出来。"贺吴氏听到女儿的呼唤声，赶紧放下手中的活，从屋内走出来，当她走到院坝时，就看见三个年轻人面带笑容站在自己面前。玉凤指着身旁的老师分别介绍道："这是教历史的陈老师，教算术的田老师，教语文课的曾老师。"

贺吴氏惊喜地说："难怪今天早晨喜鹊在树上叫唤，原来是几位贵客老师光临，请到屋里面坐。"这时，站在屋檐下的青凤早已看到三位年轻的老师，心中忽然感到一阵热乎乎的，她听到母亲请他们到屋里坐，急忙提议道："妈，屋里面闷热，还不如坐在柿子树下阴凉。"贺吴氏觉得女儿说得有道理，便对她说："要得嘛，你去搬三个板凳出来，就在树底下坐。"青凤和玉凤忙去屋内搬来三个板凳放在树荫下，请三位老师坐下来，就在这一刻，有两束目光不经意碰到了一起，那便是田仕勋和青凤相互对望的瞬间。

母亲恭敬地请老师们落座后，就转身领着玉凤走到厨房去了。

田仕勋抬头望了望结满果实的柿子树，向站立一旁的青凤问道："这棵树每年要摘多少斤柿子？"青凤即刻回答说："一百多斤。"

曾大修接着问："要结好多柿子才有一百多斤啊！"青凤又马上答道："五六百个，去年的收成最好，结了八百个柿子。"

陈家林看见头顶上将要成熟的柿子，压弯了一根根树枝，他即兴伸出手指头，数着最低的那根树枝结了多少，数完之后不禁惊讶起来："这一根枝头上居然结了十八个柿子，看来今年又是丰收年。"

正是这棵柿子树，成就了贺家两个女儿日后那曲折却美满的爱情故事。

曾大修、田仕勋和陈家林三人今天为何走到牛角冲贺家来呢？原来他们是专程到杨柳沟去看望抱病在家的贺松云，这位五凤溪国民学校的创始人。贺松云之前长期在金堂县国民政府内任职，这次因年老患病才回到自己家中治病休养。国民学校的所有教职员都曾去看望过这位德高望重的校董，大家心里知道，如果没有他的积极努力和资助，这所学校是很难办成的。

曾大修等人在去杨柳沟的途中，当走进牛角冲时，竟然看到路旁有座别致的农家小院，它坐西向东，院后是一片茂密的竹林，小院四周有一道高高的篱笆墙，篱笆墙下面长着青青的狗尾巴草，草丛间盛开着白色和黄色的小菊花，还有蒲公英的花絮在随风飞扬。特别是院内那棵高大的柿子树很引人注目，它枝繁叶茂，阳光照射在数不清的绿色叶片上，闪耀着明晃晃的光点，枝头上果实累累。

田仕勋即刻驻足提议道："我们去看看那棵树结了多少果子。"他指着小院的柿子树。

曾大修和陈家林出于好奇，同样想去一看究竟，于是，他们便迈步走到小院前，正当他们靠近那道紧闭的篱笆门时，院内那条大黑狗突然扑到门前，睁大一双凶恶的眼睛，向着门外的陌生人狂吠起来，好在隔着关闭的篱笆门，不然看那黑狗的架势，一定会猛扑上来狠狠咬你一口。黑狗的大声狂吠，惊动了小院内的主人；田仕勋三人无论如何也想不到，来开门的竟然是自己的学生玉凤，这让大家都感到十分诧异。

柿子树下非常凉爽，盛夏的烈日被挡在层层叠叠的叶片上面，没有丝毫的空隙，从牛角冲村口不时吹来一阵微风，让坐在树下的人感到无比惬意。过了一会儿，贺吴氏和女儿各端着一碗红糖荷包蛋从厨房走出来，曾大修等人急忙起身伸手接过，同时对她说道："真是不好意思，打搅你们了！"贺吴氏笑着说："乡坝头没有好茶水，请你们吃几个自家鸡下的蛋，将就打个尖。"三人从五凤溪一路走来，也确实感到口渴，端着碗拿起筷子便吃起来。

贺吴氏看着三个年轻人津津有味地吃着自己为他们煮的荷包蛋，心里感到很爽快；不知是什么缘故，今天见到他们如同遇见亲人一般，有说不出的高兴。

青凤站在旁边和母亲有同样的感受，看到眼前仅比自己大几岁的青年老师，内心深处陡然躁动不安，这种情形之前还从未有过；今天，青凤感到特别开心。

田仕勋将吃完荷包蛋的碗递到青凤手上，微笑着说："真是好吃，多谢你们了；我们空着一双手来，还将我们当稀客招待。"青凤朝他抿嘴笑笑，落落大方地说："像你们这样的贵客，平常请都请不到家，还客气啥子。"

曾大修掏出上衣口袋的怀表看了看说："都快十点钟了，我们该去贺家大院看望贺老爷子了。"于是，三人急忙起身向主人告别；青凤姊妹跟随母亲将他们送至牛角冲村外。临别时，母亲十分热情地说："等到秋后，树上的柿子就熟透了，请你们都来吃甜柿子啊。"

青凤站到母亲身旁，望着他们渐渐远去的背影；忽然间看见田仕勋回过头向这边张望，他在望什么呢？是院坝中那棵结满果实的柿子树，还是恋恋不舍这座清静的农家小院？他会看到自己站在母亲身旁吗？青凤的思绪陷入一片茫然中。

这些天来，贺家大院里的人都十分忙碌，那是因为贺松云抱病回到家中后，登门来访的人特别多，第一拨到访的是五凤溪乡公所的几名职员，他们专程前来拜会了这位名望颇高的贺老爷，并向他当面请教关于五凤溪的一些地方事务；诸如怎样做好征兵和抗日救援工作，今年夏收的军粮筹集，以及"新生活运动"的宣传等。但贺松云最关心的还是教育工作，他认为日本之所以胆敢侵略中国，根本原因是自己国力薄弱；如果国家不能自强，中华民族必将受人欺凌。若要国家强盛，必须要造就新一代有知识、有理想的青年人。要教育众多青年学习丰富的知识，首先要从学生抓起；少年强则中国强，少年弱则中国衰。贺松云一再叮咛乡长要把五凤溪国民学校办好，努力培养出一批有胆识的年轻人，将来为国家和民族振兴做出贡献。

五凤溪国民学校的老师大都是外地人，他们有从县城和赵镇等地聘来的，这些老师在放暑假的第二天，便急忙收拾好行李赶回老家同亲人团聚去了。唯有田仕勋提出难得有放假的好机会，建议去五凤溪周边的高板桥和竹嵩寺看一看，了解一下那里的风土人情，增长自己的见识。曾大修、陈家林两人闻言立即赞同，此时，他们均未成家，也没有太多的牵挂。经过一番商量之后，便马上决定第二天起程。就在他们准备动身前的那个晚上，校长忽然来告诉他们说，校董贺松云已经回到杨柳沟家中，希望在校老师一定要去拜访他老人家，不要忘记他是这所学校的创始人。校长又说等他把学校所有的事情处理完毕后，也要专程前去看望，向贺老先生当面请教一些关于学校教育方面的事情。

田仕勋三人就因为这次去贺家大院的机缘，才信步来到自己学生小凤和玉凤的家中。

走出牛角冲不久，便很快来到了杨柳沟，偌大的一座院落随即出现在大家眼前。田仕勋一行人迈开大步朝前走去，当他们跨进贺家大院举目观望时，不禁赞叹这座大院建造得如此别致。他们在守门人的指引下，朝着右厢房旁的书房走去，厢房与书房仅隔着一个四方形的天井，天井里放置着一个青石水缸，一座陡峻巍峨的假山屹立在水缸中，假山布满了湿漉漉的青苔，山上建筑着两处浓缩的楼台亭榭，一条小径由山下曲折蜿蜒通往山顶，两棵不知名的小树生长在楼亭旁，小树为了自身枝叶繁茂，将它的根须延伸到假山的表层上面，尽情吮吸着水分和阳光；青苔依附着根茎，好似披了件绿衣裳。大水缸的青石板外面，雕刻着一幅《瑞雪三友图》，松、竹、梅各自傲立在凛冽的寒风中，一老者手拄拐杖，在山间走来，他身后还跟着一条摇尾巴的小狗。图案构思十分巧妙，雕刻技艺精致优美，栩栩如生。

贺松云坐在躺椅上，翻阅着一本纸张泛黄的《资治通鉴》。当他看见三位年轻人来到书房前，便急忙放下手中的书，面带微笑望着有礼貌的来访者，看到他们似曾相识的面孔，贺松云猛然回想起来，这是自己任县教育科长时，推荐到五凤溪国民学校教书的三个成都师范学堂的毕业生。他急忙招手要他们坐到自己身边，并呼叫用人快去为客人泡茶。

贺松云此时已患病多日，乍看上去，他须发双白，清瘦的额头和眼角处布满深深的皱纹，脸上没有一点红润的光泽，身上穿着一件白绸大褂显得太宽松，干瘦的身躯裹藏在衣服中，伸出的两只手很是干瘪，手背上青筋暴露。尽管如此，他那双炯炯有神的眼睛仍然显得那么睿智，当你和他四目对视时，你会感到他眼中蕴含着高远的学识和长者的威严，而这种威严并非令人畏惧，相反会让你感到亲切。倘若你是个无知之辈，那自然不会有这种超凡脱俗的感受。

三个年轻人真诚地祝福贺老太爷早日恢复健康，贺松云笑着微微点头，他指着曾大修说："你们曾家寨子是金堂县闻名的大户，抗日后援工作做得很出色，为抗战前线捐出了几万块大洋，真是了不起的大义之举，令全县民众非常敬佩。"

曾大修听到他这番鼓励的话，心里感到很感激，他起身走到贺老爷旁边，蹲下身来握住他的手说："您老无须赞扬我们曾家寨，抗击日寇是全民族的头等大事，只要全国各阶层团结一致、齐心协力，终有取得抗战胜利的一天。我此次回到家中，将恳请父母允许我弃笔从戎，即刻参加抗战队伍，奔赴抗战前线。"

贺松云赞许地点点头，他充满激情地说："好男儿志在四方，年轻人建功立业的时候到了。"当他说到这里时，已是上气不接下气，感觉非常吃力，随即用手帕捂住嘴干咳了数声。

曾大修三人看到贺老面带倦意，不便多耽误他休息，即刻起身告辞。临别之时，贺松云再次举起他干瘪的手，向他们轻轻地挥动着，当大家跨出门槛回头再看他时，只见他眼角流下了伤感的泪花。

牛角冲的夜晚降临得早，这缘于四周的山峦挡住了残阳的余晖，太阳落下山时天空便暗下来，一般贫苦农户家庭都会赶在日落前将所有家务事做完，不再点燃桐油灯熬夜做事。因为那样不划算，白白浪费了灯油钱。

青凤从厨房里提着半桶猪食去圈里喂猪，猪在这时已饿得嗷嗷叫唤不停，她将桶里煮熟的红苕藤加苞谷籽倒入猪槽中，两头百来斤重的黑毛猪儿扇着一双大耳奔将过来，一头扎进猪槽内，吧嗒吧嗒地大声吃起来。

玉凤在院子后面的竹林里驱赶着到处乱窜、不愿归巢的一群鸡鸭；她手里拿着树枝不断地拍打着两旁的竹竿，竹叶沙沙地飘在地上，经过反复的追赶，最终将它们全部赶进了鸡笼和鸭舍，她躬下身仔细数了鸡鸭数量，当确认无误之后，即将门紧紧关牢，并搬来一块大石板顶住，避免那些狡猾的黄鼠狼在夜间将鸡叼走。

小凤在厨房帮着母亲烧火做饭，这顿晚饭其实很简单，就是将洗干净的红苕用菜刀切成小块，等到锅里的水烧开后，便将红苕倒入锅中，等到红苕快要煮耙时，即将磨细的苞谷粉撒在沸腾的锅里，一边撒苞谷粉，一边用锅铲在锅里不停地搅动，使苞谷粉在锅中尽量均匀不成坨，苞谷粉撒完后之后，还要用锅铲往锅底不断翻动，免得苞谷糊粘锅变焦。

贺老大将一张方桌从屋里搬到院坝中间，随即又提来两只矮板凳，再去厨房拿来碗筷；不多一会儿，全家人便围坐在一起，吃着热气腾腾的晚饭，桌子上放着一碗切成块状的泡萝卜，上面撒了少许的辣椒面；还有一碗炒红苕尖。农家的生活虽然如此简单，但当一家人围坐在一起，都能感受到团聚的幸福。

这天夜里，青凤躺在床上望着从窗外投进来的一缕月光，久久难以入睡，从早晨喜鹊在柿子树上不停叫唤，到母亲喊玉凤去打开篱笆门，当她第一眼看见田仕勋时，心就怦然跳动，这种感觉以前从未有过，整个白天都未能平静。原来，青凤的心被今天上午突然登门的田仕勋搅动了，十七年来第一次有了爱的感觉，多么希望能和他一辈子在一起生活啊！

她清楚地记得自己在十五岁那年第一次来了月事。那是寒冬里的一个深夜，她在熟睡，不知不觉间，小腹下面突然一股热流涌动，她吓得一声尖叫，急忙翻身坐起来，被单被染红了，惊恐的眼泪流了下来。母亲在隔壁房间听到女儿的叫声，不知道发生了什么事情，她急忙起床穿衣将灯点燃，手里拿着那盏桐油灯直奔女儿的房间；当她揭开青凤捂着的被子一看时，马上就明白是怎么回事。她一面安慰着女儿，一边回到自己屋中拿来数张草纸，悄悄告诉青凤道："这是女人一生中最普通的一件事，从今往后每月都会有一次，不要害怕。要记住今天是冬月初九，下个月也会在这两天。遇到月事那些天，不要去坡上地里干重活；像摸冷水洗衣服这类事情，就让小凤、玉凤她们去做，你坐在屋里做点针线活，撒几把苞谷喂一下鸡鸭就行了。"说完这番话后，母亲在旁边的柜子中拿来被单和衣物给女儿换上，然后又到厨房烧来一盆热水让她清洗。等到女儿安静地躺上床后，母亲才悄然离开，唯恐惊动了隔壁房里熟睡的小凤和玉凤。

青凤回想起这些往事，感觉到母亲无微不至的关怀；在她内心深处，母亲就是她的依靠，是她最亲最爱的人。

谁知道今天有一个人突然闯进了她的心里，当她与田仕勋在篱笆门前相见的那一刻，虽然相互间并无多少言语，也没有给对方殷勤的笑容，唯有两人的眼神在交流着；短短几秒钟的注视使得青凤久久难以忘怀，这个男人已深深留在了自己心中。田仕勋今天早上穿着一件对门襟白布短衫，一条灰布裤子，乌黑的头发不长不短，梳成了时兴的一边倒发型，显得很有精神。他脸上带着惬意的微笑，特别是那双明亮的眼睛，好像看透了自己的心思。

二

曾大修匆忙回到曾家寨子第二天，便赶到县城西街的县政府兵役科。他走进办公室，只见一个身材魁梧的中年男子正在翻阅一本名册，他急忙上前打招呼："赵科长，您好！"曾大修从叔伯父曾绍琪口中得知县兵役科科长姓赵，名叫赵炳南；并知道他曾是军官，因负伤才退役到地方的。赵炳南一心想为抗战前线做好后援工作，便怀着满腔爱国热情来到金堂县兵役科。

赵炳南抬眼看见有人进来，急忙放下手中的名册，注视着站在眼前这位身材高大的青年，他心里知道来者一定与兵役有关，随即指着旁边的板凳对他说："你请坐。"曾大修首先做了自我介绍，然后激动地阐述着自己弃笔从戎的决心，强烈要求立刻参军，请求兵役科将他派往抗战最前线，誓死报效国家。赵炳南听了曾大修一番慷慨激昂的讲话，内心很是感动，他知道曾氏家族在金堂境内很有名望，尤其是姚渡曾家寨子可谓富甲一方，全县众多乡镇均有曾家的田产和商铺，在县城中还有一座"曾家祠堂"。曾氏家族名人辈出，曾绍琪便是其中之一，他早年毕业于成都石室中学，后来考入北京政法学校，毕业后曾任四川省议员，代理自流井盐场知事；在他任职届满后，又继任金堂县临时参议会议长，再为全县百姓效力；他不遗余力在县内兴办女子中学，修建县城直通赵镇的马路，开办地方银行，筹建水力发电站等。曾绍琪一生胸襟宽广，不吝钱财，资助穷苦青年就学，供养孤苦无依乡民，设店铺义医施药，深得地方大众称赞。

赵炳南看到坐在面前的曾大修，立即联想到多年前的自己，竟然同他有许多相似之处，当年风华正茂的影子又重新浮现在脑海：那是在一九二二年初，他和同班好友易明道一起就读于成都四川师范学校；一九二五年毕业后双双回到金堂家乡，先后在县立小学和中学教国文，兢兢业业。"九一八"事变后，二人深感国家和民族处于危难之中，遂立志上前线杀敌报国，决心弃笔从戎。一九三三年初，他考入南京黄埔军校第十期一总队步兵科学习。毕业后被同时派到国民革命军第十三军八十九师，首任排长，继而任连长，部队驻防平地泉地区。一九三七年七月七日，抗日战争全面爆发，日寇兴兵大举入侵；七月末，北平沦陷后，十三军布防于南口。这时，日军以强大的优势兵力，向八十九师阵地发起猛烈攻击。易明道为前卫营第一连连长，在日军连续轮番进攻中浴血奋战了八个昼夜，阵地前沿尸横遍野；易明道在此次战争中壮烈牺牲，后被追认为营长。赵炳南八天八夜顽强战斗，刚担任作战参谋的他频繁奔跑在前沿各营、连阵地之间，多日来嘴唇干裂，满脸污垢，一双眼睛布满了血丝，军服上沾着一层泥土。在一处被敌人炮火炸开的战壕旁边，当他手拿望远镜观察对方敌情时，一发炮弹腾空飞来，瞬间落在他身后，随着一声震耳欲聋的爆炸，地上被炸出了个深坑，铺天盖地的泥土滚滚落下，这时，一块弹片突然射进了赵炳南的胸腔，他顿时感觉眼前一片黑暗，顷刻之间昏迷过去，扑通一声跌倒在地上。

他被救护队用担架及时抬下来，经过战地医院紧急抢救后，昏迷了三天的赵炳南终于苏醒过来，医生从他的胸腔中取出了一块柳叶状的弹片，弹片刺穿了他的肺部。此时，赵炳南痛惜自己不能再上抗日战场，在军校学到的那些军事知识已无用武之地。如今正值国难当头，民族危难时刻，一个热血男儿何以报效国家？每当想起伤心之处，他不禁潸然泪下。躺在病床上正在以手拭泪时，门外忽然响起了军靴声，参谋长随即推门而入，他特地为赵炳南送来一张由军长亲自签发的嘉奖令，表彰他在抗日战场上的英勇和顽强，同时递给他一封以国民革命军第八十九师的名义写给金堂县政府的信函，请求地方政府能根据赵炳南本人意愿，对这位抗战英雄做好安置。

于是，赵炳南还未等到伤痛痊愈，便离开了同生共死和并肩作战的战友，最终辗转回到了四川老家。他向当时的金堂县县长做了恳切的自荐，表明立志要为抗战前线做好后援工作，他说向前方战场及时补充兵源是件非常重要的事情，自己有能力，也有信心做好这件事。县长为他的爱国热情所感动，听罢他的这番讲述后，甚是赞赏眼前这位不屈不挠的坚强军人，完全相信他能担当兵役科科长的重任。

赵炳南与曾大修的谈话持续了一个多小时，双方竟然觉得意犹未尽，赵炳南心里很喜欢这个年轻人，他坦诚豪爽的性格颇像自己；特别是他高昂的爱国热情，如同当初自己弃笔从戎一模一样，恨不得马上端起枪冲到抗战前线，立刻扣动扳机向蜂拥而至的日军扫射过去——那时刻，真是大快人心。

临别之时，赵炳南将曾大修送至县政府大门前，并答应将尽快为他联系到前线川军部队，要他回到家中做好一切准备，数日后即可从金堂出发。

曾大修回到曾家寨子后，即刻向父母亲阐明自己将很快当兵入伍，请他们不必为儿子多操心，并坚定地表示如果不能把日寇赶出中国，无颜再见家乡父老。

父亲曾义儒听完儿子的这番言语再也无话可说，虽然口头上已答应他当兵的要求，但内心却十分难舍。曾大修是自己的三儿子，民间常有"百姓爱幺儿"之说，曾义儒何尝不是如此？他特别钟爱这个小儿子，记得曾大修在成都师范学堂读书时，每逢寒暑假过完，新学期开学之际，曾大修必须要从曾家寨子徒步走到成都，每一次都是吃过早饭就开始上路，这时候，曾义儒一定要将儿子送出金堂地界，径直送过新都石板滩，再将一壶水递到他手上，把几个煮熟的鸡蛋放进他书包中，然后默默地望着儿子远去的背影，直到这个熟悉的身影完全消失在眼前，曾义儒才依依不舍地转身往回走。几乎每年都是如此，几年来都是走着同一条道路。尽管曾大修一再劝说父亲不必远送，称自己已经长大成人，不是家中的阔少爷，让外人看见很没脸面，父亲听了就是不愿意放弃，执意要送他走出金堂县境。送儿子读书竟然成了他多年的习惯，父子俩在路上唠不完的家常话，平添了无穷的乐趣。

曾义儒对儿子讲得最多的话语便是曾氏先祖曾秀清（后人尊称"秀清公"）的创业发家史，他说现居金堂各地的曾氏家族均是客家人，远在清朝康熙年间，一批接一批的贫苦农民，携儿带女从湖、广来到四川。他们一路跋山涉水，忍饥挨饿，徒步行走数千里到达巴蜀大地，随即各自择地而居，搭建茅屋，开荒种植，繁衍后代，可谓历经了千辛万苦。秀清公的父辈便是在那个年代由广东惠州府长乐县迁徙到金堂的，并在姚渡的毗河岸边安顿下来，开始了曾氏家族漫长而艰难的创业历程。秀清公三岁丧父，六岁上私塾读书，他性情聪慧，好学上进，凡是所读诗书皆能背诵。后因家境变故而辍学在家中放牛，跟母亲学着做农活，孤儿寡母饱受旁人欺凌。母子俩历经多年苦难后，秀清公也逐渐长大成人。此时，恰逢姚渡哥老会龙头大哥李世昌有一独女，因未缠足又容貌不佳，虽年已及笄，却无人上门提亲。后经媒人从中撮合，终将李氏女子娶进了曾家大门，结成了一桩美好姻缘。新媳妇进门后，勤劳节俭，照顾老人细心周到，她生来身体健壮，田间劳动不亚于男子，农忙时夫妇一起出工，闲时在家料理杂活或做鞋缝衣，每晚坚持舂一斗米卖，夫妻感情和睦，数年后家境渐渐宽裕，并且有了积蓄。

乾隆末期，庄稼年年丰收，秀清公即以农为本，兼营商业，最初做米粮生意，用自产的稻谷碾米出售，糠渣用来喂猪、牛；数年后，经营的农、商和副业相继发展，由小规模转到中型，由本地扩展到外地，上至新都石板滩，下至水码头赵镇，随时掌握市场行情，不失时机大量买进稻谷碾米，逐渐远销到沱江中下游的资中、内江和泸州一带。秀清公不断扩大经营范围，善于掌握市场物价规律，准确判定商机，将金堂出产的米粮、菜油、烟叶和药材等通过沱江水路运输到沿途各港口销售，全年买卖多达上千宗，无一次亏损，盈利颇丰。秀清公乐善好施，时常救济贫困人家。凡遇本乡修桥铺路，他总不吝惜钱财鼎力相助，很受乡民和族人的称赞。

如今的曾家寨子是秀清公于清代道光末年始建，历时十年竣工，它的建筑规模空前宏大。寨门两旁安放着一对硕大的石狮，栩栩如生，显得十分威武。寨子内共有瓦屋四百间，大小天井三十个，小花园四处。寨子里布局合理，功能齐全，分为居住区、生活区和护院区。寨子周围筑有青石砌成的高墙，防范甚是严密。生活区中有大花园一座，园中挖有一个几亩地面积的荷池，每年到了夏季，满池娇艳的荷花盛开，荷叶覆盖了整个水面。池塘边建有一座"扶风楼"，共有上、中、下三层；用手推开上层那扇雕花窗，可观望寨子四周的田野；再极目远眺，可以看到毗河上一只接一只船儿从康家渡方向驶来，过一会儿便可抵达姚渡水域。"扶风墙"旁边有一处宽敞明亮的书院，专供曾氏家族的子孙们读书，用以实施"耕读传家"的教育。此外，寨子内还设有仓库、碾坊、猪牛舍等，真是一应俱全。

曾大修从父亲口中听到祖先们艰苦创业的故事，心中有无限的感慨，他立志要为曾氏家族做出更重大的贡献。

曾义儒内心对儿子投笔从戎的选择充满了矛盾，他本意是想将三个儿子都留在身边发展曾氏庞大的家业；可是现在这个小儿子决意要去从军，打破了他一家团聚的美好计划。但曾义儒毕竟是深明大义的人，年少时曾读过多年私塾，对古往今来的史实知晓甚多，他特别崇敬岳飞、文天祥的忠君报国情怀。记得辛亥革命时期，每当吟诵《满江红》和《过零丁洋》时，他总是不禁全身热血沸腾，恨不得立刻策马疆场，奋勇杀敌，那是何等痛快的壮举！要不是年迈的父母苦苦挽留，他当年早已投身军营之中，这种激情在他心底始终难以磨灭。如今，儿子曾大修胸怀大志，毅然投笔从戎，这和当年自己意欲推翻封建帝制的豪情如出一辙；父子二人心中都流淌着中华儿女报效国家和民族的满腔热血，想到这里，曾义儒心中豁然开朗，感到无比宽慰。

曾义儒膝下有三个儿子。大儿子曾文修，几年前已娶妻生子，现在县城北街经营着曾记米铺，米铺里所卖的大米，均是曾家寨子从佃户那儿收来的租谷，然后在自家的磨坊将其碾成米后，再运到米铺中销售。曾家寨子碾米技术高超，有着多年的碾米经验，碾出的米颗粒饱满、白净，无谷壳与稗渣，很受城中居民喜欢，所以生意非常好。曾文修曾毕业于金堂中学。

二儿子曾林修从小对读书不感兴趣，读完初中后便不愿再读。他唯独爱好练习武术，只要一有时间，便会跑到县城东门的公园内，来到荷花池中央的小岛上，那儿是县城里习武人家聚会和切磋武艺的地方。他细心观察了多次后，在脑海中选定了一位名叫马德华的拳师，决意要拜他为师傅。马德华家住县城南街的八仙桥，靠经营一间小酒馆为生。此人自幼跟随父辈习武，夏练三伏，冬练数九，曾先后拜过数名师傅学艺，通晓多家武术套路，尤以峨眉派拳法为精，在金堂县这座县城中，马拳师的名声很大。有一次，几个不知深浅的流氓在他酒铺中喝得酩酊大醉，竟然想扬长而去，马拳师伸手拦住他们索要酒钱，几个醉汉借着酒胆、依仗人多势众，欲动手推开马拳师的手跨出店门。此刻，马拳师正展开双臂挡住他们的去路，谁料这伙人正在亢奋的酒兴上，哪肯就此让步，奋力一拥而上，竟想将马拳师一把推出门外，谁知却被马拳师结实的胸脯挡了回去，其中两人摇摇晃晃摔了个跟斗。但这伙人仍不甘心，顺手端起旁边的板凳，举过头顶向马拳师猛力地砸过去，马拳师伸出右臂一声大吼挡住了，板凳瞬间便断成两截，那个拿板凳流氓的手被震得麻木。站在旁边的几个人被眼前这一幕惊呆了，一时间吓得不知所措，马拳师这时厉声发话道："拿钱走人，无钱脱衣，跪在街沿边顶板凳。"这几个无赖之徒只经过短短一个回合，已经酒醒大半，心想站在他们面前的酒店老板绝非等闲之辈，自己根本不是他的对手，常言道"好汉不吃眼前亏"，还是趁早脱身为妙。于是，为首的那个汉子急忙打开腰间的裹袋取钱，惊慌中将一把钱放在柜台上，急忙带着他的兄弟拔腿就跑。此时，门前站了一大圈看热闹的人，纷纷报以热烈的掌声和欢呼，马拳师的英名由此在县城内外传得家喻户晓。

一天上午，曾林修手提拜师礼物：两块上好的衣料，两瓶泸州大曲，一包托人从成都买回的新式糖果，兴致勃勃地来到马拳师的酒馆。此刻时间尚早，铺子中并无任何生意；只见一个十四五岁的姑娘正在打扫店堂卫生。曾林修踏进门来便问："请问马师傅在吗？"姑娘抬头一望，并不认识这个年轻人，随口答应着："你找我爸有啥事儿？"曾林修看着眼前这个长得很秀气的姑娘，接着问："马师傅是你爸？"

"就是。"姑娘点头说。

"我要找他老人家拜师。"曾林修随即说出来意。

"我爸从不收徒弟。"姑娘认真地对他说。

"我今天是诚心实意来拜他为师。"曾林修有些激动了。

"我爸说过这一辈子他不会收徒弟。"姑娘的语气很坚定。

曾林修哪肯就此作罢，一个小姑娘嘴里的话他不会轻易相信，于是他提高嗓门向屋内高喊："马师傅，马师傅！"

马德华这时正在后院中练拳，他听到外面的喊声，即刻收住了拳路，健步从后院走了出来，当他看到这个年轻人熟悉的面孔时，想到在这几个月时间中，每当自己在公园内练拳，或者同朋友切磋武艺时，总会看到不远处的地方，一个年轻人正学着自己的拳法在操练，而且练得非常认真。今天他为何来到自己家里呢？

马德华开口便问道："你找我有啥事儿？"

曾林修眼前一亮，将礼物放于桌上，扑通一声地跪在马德华面前道："马师傅我要拜您为师，请收我为徒。"

马德华急忙说："我很早就说过不收徒弟。"

曾林修跪在地上恳切地说："马师傅，我今天是真心诚意来拜您为师的，请您老人家务必收下我这徒弟。"

马德华见曾林修一直跪在地上，跨前一步欲扶起他臂膀："你快站起来。"

曾林修紧缩双手不肯起身，竟向他连磕三个响头。

马德华从来未见过如此执着的少年，一时间不知如何是好；他再看看站在一旁的女儿，她正目不转睛地看着这突如其来的情景，脸上露出少女那甜甜的笑容。此时，马德华心中忽然冒出一种难以言表的思绪；他再仔细端详跪在跟前这个求师心切的少年，他面目英俊，刚刚脱离稚气的脸庞带着一股坚毅，双目流露出诚恳；看他那壮实的身体，好像浑身都有使不完的劲，确实是习武的好苗子。

马德华此时不再犹豫，毅然做出了重大决定，他伸开双臂将曾林修从地上扶起来，笑逐颜开地说道："好，好，我今天就收下你这个徒弟。"

曾林修紧皱的双眉忽然舒展开来，脸上露出了激动的笑容。

马德华转头看了看站在身边的女儿，她居然舒心地笑了起来。

马德华自从收下曾林修为徒后，显然比平时更加忙碌了；他一边要打点酒馆生意，一边又要不间断地教曾林修武艺。好在他妻子也是做生意的能手，通常在店铺顾客不多时，她都能独当一面，不需要喊丈夫出来帮忙；若是当客人较多时，或是遇到赶场天，马德华就必须亲自到酒店经营生意。

曾林修成功地拜师马德华，感到非常振奋；他憋足了全身力气，勤学苦练，一招一式要反复练习数百次，尽管汗流浃背，都不肯停歇下来。每次只有师娘出现，端来一碗温热的茶水时，他才收住拳脚，接过那碗茶"咕咚咕咚"地喝个底朝天，然后咧着嘴向师娘憨厚地笑一下，师娘拿着一张汗巾，亲手帮他擦去额头上的汗珠，并关心地问道："你的肚子饿不饿？"曾林修朝她笑笑说："不饿。"两个人亲切地望着对方，犹如母子般那样温情。

马德华本来是从不收徒弟的，他怕教会徒弟功夫后，将来徒弟一旦在地方上招惹是非，必然会给自己带来许多的麻烦，所以顾虑重重。但这次却出乎意料地收曾林修为徒，其实他是有着更深层的考虑。当曾林修来到酒馆跪地恳求拜师时，自己并未被他的诚意所打动，反倒认为这个年轻人太冒失，一大早就来到店里跪在人面前，似乎没有教养，竟然不怕旁人笑话；但他转过头来看见自己的女儿站在旁边，目不转睛地望着曾林修，用手捂着嘴甜甜笑着时，他猛然间有所感触，萌生出一种奇特的想法，再回过头仔细地看着曾林修：他面相忠厚诚实，五官端正，身强力壮；虽说现在还是少年模样，但过不了两年，他定会长成一个魁梧的大小伙。而自己的女儿今年已满十四岁，过两年也该长成大姑娘了，到那时就是谈婚论嫁的年纪。如今跪在面前的这个徒弟，将来会不会成为自己的女婿呢？他来不及与妻子商量此事，也不知道她有何种想法，现在更不可能去问尚未成年的女儿。自己既然已经做出了决定，就当成今生的缘分吧。马德华这才收下一生中唯一的徒弟。

转眼间两年光阴过去了，曾林修已长成一个壮实的青年，在马德华的精心指教下，他的武艺大有长进，基本上把师傅传教的武功都学到手了。在一次县城公园内举行的比武会上，他打败了几名挑战对手，在众多观战者眼中，除了马德华这个师傅之外，没有人能打得过曾林修。

恰好这个时候，金堂县成立了治安联防大队，为对付县境内不断滋生的匪患，防止其肆意抢掠扰民，意欲维持全县长治久安。联防大队由一百多人组建而成，队员全是从县内各乡、镇招来的年轻人，在短短一个月的筹建后，金堂这支地方武装匆忙诞生了。联防大队驻扎在县城东门外的玉虹桥，每天操练的科目是按照国民革命军新兵训练营的程序进行。可是，训练不到两个月时间，这些队员便感到单调乏味，他们每天都是重复下操跑步，匍匐瞄准，站岗放哨。这一群生龙活虎的年轻人觉得很不适应，常在私下议论纷纷，说在这里当联防队员，还不如去前线当兵痛快，当兵可以手握真枪真刀同日本人作战，还有机会成为一名抗战英雄。可是现在憋在联防队里，每天从早到晚就这样反复操练，到头来也没有多大用场。

邹荣江自从当上治安大队长后，他的信心十足，自己毕竟是军人出身，由一个新兵到真正拿枪打仗的士兵，经历过战场上许多磨炼，在抗战中出生入死，从士兵一步步升任班长、排长、连长，深知每个年轻人急切而好动的性情。邹荣江经过反复思考后，径直到县政府找到县长，要求为联防大队聘请一名武术教官。县长听完邹荣江讲述聘请教官的理由，觉得很有必要，每个联防队员都会一些功夫，既可增强他们的体质，又能在将来剿匪平叛近距离拼杀时，占据上风，稳操胜券。再则县境内匪患日渐猖獗，县境外匪徒越境抢掠也时有发生，何况这帮匪徒中有不少人也练过一些拳脚，凶悍无比。于是县长当即爽快地答应了邹荣江这一合理要求。

有了县长的亲口允诺，邹荣江紧接着四处寻找武术教官；经过多方打听，终于得知在县城中便有两个合适的人选，一个是家住南街八仙桥开酒馆的马德华，另一个则是他的徒弟，家住姚渡曾家寨子的曾林修。马德华的武功一流，这是大家公认的事情，但他年岁较大，家中又有酒馆生意牵挂，恐怕难以抽身。相比之下，由他亲自传授武艺的徒弟更适合担当教官之职。曾林修年轻体壮，风华正茂，论武功只略逊他师傅一筹；凭着他对习武的执着和坚持不懈，将来超越他师傅也未可知。根据他现有的功底，曾经打败过许多前来切磋武艺的挑战者，他善于思索每次较量的经验，从不心存侥幸，时常琢磨和学习对方的长处，从而不断地提高自己，那些习武的朋友常对他赞不绝口。

邹荣江确定聘请曾林修为联防大队教官后，立即来到马德华的酒馆，将欲聘请他的徒弟曾林修的事情告诉他，望他能通融成全。马德华听了甚是欢喜，曾林修是自己的爱徒，现在居然有公事找上门来，而且还是当教官这种光彩的差事，自然满口答应着。他随即将装满酒的坛子放在身前的柜台上，对妻子说要去趟姚渡后，便急忙领着邹荣江跨出了店门，迈开大步向曾家寨子走去。

邹荣江早就听说过有关曾家寨子的许多事，今日得以一见，更加深了他的印象：仅是坐落在大门前那对雕刻精细的大石狮，就让他惊叹不已；高大的院门正上方，那块黑漆匾额上金灿灿的"曾家寨子"四个楷书大字极为醒目；两扇红漆大门上安装着一双黄铜虎头门环，足足有两斤重。邹荣江心中暗自赞叹，曾家真不愧为金堂首富。今天若不是因聘请教官之事来到这里，还真未见过规模如此宏大的寨子。

马德华是曾林修的师傅，曾家寨子里的人早已知晓，看大门的尹老头看见他领着一个当兵模样的人走上前来，急忙放下手中的扫帚迎上去，并将他们带进天井旁的客厅内坐下；内房的管家见有客人来到，随即泡来两杯盖碗茶，对客人笑眯眯说道："请喝茶。"将客人安顿好之后，他才跨出客厅去书房找东家。

曾义儒听说马德华带人前来，想必有什么重要事情，急忙放下手中的书便往客厅走；此时，曾林修也从后院练武场走过来，父子二人先后走进了客厅。主客见面之后先致了问候。邹荣江先行做了自我介绍，紧接着便直截了当地向曾义儒说明今天的来意，希望曾老爷能应允曾林修到联防大队任教官。曾义儒从未想过儿子去做什么公事，俗话说知子莫若父，儿子现在虽然已长大成人，但他每日一门心思只知习武，除此之外，并无其他谋生技能，他一不会经商，二不会算账，生来性格直爽，根本不适合管家理财。当曾义儒听了邹荣江的来意后，心里感到由衷高兴，没想到自己正为儿子前程发愁，琢磨着究竟让他去干什么行当时，邹荣江却突然登门拜访，并且给自己带来了这个好消息。他望了望坐在对面饮茶的马德华，和坐在一旁聆听邹荣江讲话的儿子，对马德华说道："马师傅以为如何？"马德华立即笑着说："这是件好事嘛。"曾义儒再转眼看着儿子，曾林修看见父亲征询的目光，原本不善言辞的他，看到坐在面前的三位长辈，一时间显得有些拘束，最后只简单地说了一句："这事我听爸和师傅的。"他的话音一落，在座的人都笑了起来。

邹荣江要曾林修赶紧准备一下，明天上午就到玉虹桥县联防大队报到，他说完之后准备起身告辞，曾义儒急忙上前拦住他说："难得贵客临门，曾某理当尽地主之谊，舍下略备酒菜，恭请邹大队长和马师傅赏光。"马德华对邹荣江笑着说："曾老爷仁义得很，看来我们今天不好意思走了！"席间，他们谈笑风生，各抒情怀。吃过一顿丰盛的午饭之后，曾义儒父子热情地将邹荣江和马德华送出曾家寨子大门，这才相互拱手告别。

曾义儒回想那时对儿子的安排是满意的；尽管平日里对他们的管教显得严苛，但当他们慢慢长大成人，各自都有了独立的想法，有了他们人生的目标之后，也就不再将他们当成年幼无知的孩子，而是根据他们个人的性格和特长，选择他们今后的道路。

现在，又轮到小儿子曾大修毅然投笔从戎，这才是曾义儒担心害怕的事情，他本来早已在心中盘算着，当自己年迈的时候，将偌大的家业交由小儿子来继承。他深知这个儿子聪明能干，在三个儿子中唯有曾大修悟性最高，读书成绩很好，早年在成都师范学堂读书时，便是全班的文秀才，他写的文章条理分明，逻辑通畅又朴实无华，时常有作文在学校刊印的《求学》上登载，特别是他写的评论文章，通篇慷慨激昂，极富感召力；他曾带领全班同学随同全校师生一道参加抗日游行活动，到四川省民国政府递交请愿书，强烈要求政府用实际行动做好后援工作，积极支持各路川军在前方浴血奋战，在同学之中，他有着较强的组织能力。曾义儒看着儿子的这些优良品质，觉得他今后必堪大用。但儿子将来究竟有何用场，他现在也不得而知。总之，父亲心中儿子的未来前途应该是光明的。但美好的意愿终究是想象，曾大修现在要去的毕竟是硝烟弥漫的杀敌战场，日寇的飞机和大炮有着巨大的威力，顷刻之间，会将鲜活的人炸得血肉横飞，让人想起即感到心惊肉跳。所以，曾义儒这些日子都不能安然入睡，整日满脸愁容，忽然变得寡言少语了。曾大修的母亲曾秦氏同样担心儿子的安危，她看到丈夫近些天情绪低落，也不好说更多安慰的话，因为再多安慰的话，也起不了实际作用，无论如何都排解不了内心深处对儿子的担忧。曾秦氏本是虔诚的佛教徒，十多年前便在新都宝光寺做了皈依法事；她特意为寺院贡献了一百块大洋香油钱，她每年都在宝光寺方丈开堂讲法的那一天，早早赶到寺院聆听诵经，跪在蒲团之上顶礼膜拜，从而完成自己的信佛心愿，心想为众多的曾氏子孙积累功德。

现在想到儿子曾大修出征在即，与其坐在家中一筹莫展，不如到宝光寺进香拜佛，求菩萨保佑他免遭血光之灾。她拿定主意之后，即刻对自己丈夫说明了此事。第二天便带着一百元大洋，雇上一乘滑竿，天刚亮便从曾家寨子出发前往宝光寺。

等到她从新都许愿回来的时候，已是晚上掌灯时分，虽然脸上带着旅途的疲倦，但内心的担忧似乎消除了许多，她急忙到房间洗完脸，又去客厅吃过晚饭后，这才去书房向丈夫讲述了此去宝光寺的经过：原来方丈对她这位远道而来的居士十分热情，听完她的求佛本意后，即刻请她到一旁的客房落座，随即问起曾大修的生辰年月。方丈听了他的出生年月之后，表情忽然凝重了起来，睁着一双炯炯有神的眼睛，摊开手掌掐算着。不一会儿，方丈微露笑容开口说道："贵公子命里有福，虽有万恶血腥扑来，但他命大于祸，必定会遇难逢祥；他前程远大，未来定然有所建树。"说完此话，方丈起身到旁边放着经书的柜子前，伸手在一个小盒子中取出一枚雕刻精致的白玉佛像。佛像上方的小孔挂着一根红丝线；他将佛像双手恭敬地捧在手上，交到了曾秦氏手中，她从口袋中掏出一方干净的红布将其包裹起来。临行前，方丈再次叮嘱道："这尊白玉佛是我在大雄宝殿做法事开过光的，很是灵验，要时常佩戴在身上，一定能免灾避祸。若是贵公子今后娶妻，可与贺氏为好。"

曾义儒听了妻子这番讲述，觉得不虚此行，夫妇俩此刻的心情一下子轻松了许多，多日积压在心中的郁闷也荡然无存，愁眉不堪的脸上露出了宽慰的笑容。这天夜里，他们好不容易睡上了安稳觉。

有了深明大义的父母允许，曾大修终于实现了他的抗日从军梦。离开曾家寨子时，母亲将那块从宝光寺带回来的白玉佛戴在儿子的脖子上，还顺手将一个钱包塞进了他的上衣口袋；同时低声附在儿子耳边说："日后若是成家娶女人，一定要挑选姓贺的。"

金堂县的新兵出征之日正逢城里赶场，东南西北四条大街上满是行色匆匆的乡户人，他们有的挑一担粮食要去北街的粮市，有的挑着两筐蔬菜要到西街的菜市，还有些农妇身上背着一个奶娃，手里提着一筐鸡鸭蛋去卖，来来往往的赶场人显得很匆忙。

兵役科将新兵集合地点选在县城的公园内,在那座高大的彭大将军纪念碑前,这是多年来的惯例,每次金堂招募新兵入伍,都选定在这个具有重大历史意义的地方。纪念碑前不仅有宽敞的坝子,可容纳数百人列队,更重要的是要在这里宣扬一种革命精神,让金堂人民乃至全川人都牢牢谨记这位伟大的革命先驱,那就是辛亥年间为推翻帝制而英勇献身的烈士——彭家珍。

当一轮红日升起,明亮的阳光照耀在纪念碑上时,县兵役科科长赵炳南陪同县长刘仲宣,以及接兵部队的唐吉成连长来到现场,他们健步走上纪念台阶,原本喧哗的新兵们即刻安静下来。赵炳南首先向大家介绍了前来欢送的县长,还有川军上尉连长唐吉成,然后递给唐连长一本填好的花名册。唐吉成翻开花名册摊在手掌,取出插在上衣口袋的钢笔,睁大眼睛审视台下站立的新兵,脸上显露出军人特有的威严。他随即从衣袋中拿出一只青铜口哨,含在两片厚实的嘴唇中,鼓起腮帮用力一吹,随着一阵明亮的哨声,台下的新兵顿时鸦雀无声。唐吉成高声向台下喊着:"立正!"只听得台前响起一阵急促而杂乱的脚步声,新兵中有的读过书,并在学校当童子军时接受过训练,懂得立正的姿势,笔挺地站在原地,而那些没有上过学堂从未操练过的青年,不懂立正该怎样站法,一时间显得手脚无措。唐吉成接着又向台下喊道:"稍息。"他随即翻开新兵花名册的第一页,大声命令道:"现在开始点名验兵,凡是点到的人站在前面第一排来。从左到右依次站好,其余人等向后退让两步,点名开始。"

新兵点名列队整整花了一个钟头。此时,唐吉成再看看眼前的新兵们,已经按照部队常规的高矮次序,分班、排站立整齐,比先前混乱的情形已大有改观,心中感到非常满意。

等到新兵连的点名、编队结束之后,赵炳南向新兵们大声喊话:"现在请刘仲宣县长给大家讲话。"台下即刻响起了一阵掌声。

刘仲宣跨前一步站立台阶中央，举起右臂让大家安静下来，随即敞开喉咙大声说道："金堂的热血青年朋友们，从今天这一刻开始，你们就是光荣的国民革命军中的一员了。作为军人而言，当今最大的职责便是奔赴战场，报效民族和国家。如今抗战的硝烟已遍及中华大地，日寇的铁蹄肆意践踏我国国土，残害我千百万同胞，烧杀抢掠无恶不作，是可忍孰不可忍，你们此番义无反顾的投军壮举，体现了我们川人誓死捍卫国土和保卫家园的坚强决心。今天，我们之所以将你们出征的地点选在这个地方，请大家往我身后看——"他转过身来指着那高高的纪念碑说，"这就是我们伟大的革命先烈彭家珍的纪念碑，家珍君是杰出人才，名载史册的英雄，是金堂数十万民众的骄傲，更是我县全体人民学习的榜样；他将鼓舞和激励我们不畏艰险，勇往直前剿灭日寇，为了国家和民族的兴亡，敢于牺牲。我今天代表全县民众在这里为你们这些奔赴抗日前线的勇士送行，县政府及家乡父老期待你们凯旋。"刘仲宣话音刚落，台下的新兵们群情激奋，曾大修带头振臂高呼："打倒日本侵略者，还我中华河山！"

此刻，唐吉成立正向刘仲宣敬了一个军礼，接着转身与赵炳南握手告别，然后走下台阶吹响军哨，待新兵们安静之后便大声命令道："向后转，齐步走。"他立刻带领部队离开了县城，向着赵镇水码头走去。

三

陈家林从五凤溪回到县城北门外的古城桥家中后，第三天便发生了一件惊天大事，他的弟弟陈家昆居然毫无声息地离家出走了。这突如其来的消息，使得陈家老小坐卧不安，父亲陈光钦动员了陈氏家族的所有人四处打听，并派人到较远的赵镇和淮口等处亲戚朋友家寻找，均未见到陈家昆的踪影；急得陈光钦夫妇捶胸顿足，昼夜哀声长叹。陈光钦觉得这个小儿子平时还比较温顺，看不出来有任何明显的叛逆行为，怎么会在这一夜之间就不见踪迹？他无论如何也想不出缘由来。

陈家林在五凤溪时就曾与曾大修共同商量，准备在这次假期中一道投笔从戎，但现在家中发生了如此重大变故，看到父母亲的悲状，就再也没有勇气向他们提出当兵的事，投笔从戎的志向就此作罢，心中很是苦闷。

三天后，邮差骑着一辆自行车给陈家送来一封书信，这正是陈家昆写给父母亲的。陈光钦急忙拆开信，信纸上这样写着：

亲爱的父母亲大人：

恕儿子家昆不孝，此次不告而别，实在情非得已，儿子心中自有苦衷。一是怕您二老伤心不舍儿子远行；二是怕哥嫂的强行阻挡，影响我和同志们的行动计划；三是此事决不能让外界人知晓，怕给家里人带来不必要的麻烦。如今全国抗战高潮已经来临，而当今国民政府却消极无能，致使日寇长驱直入，相继占领了我国东北和华北诸省，战火蔓延到长江流域广大地区。凡日军所到之处，烧杀抢掠，无恶不作，我华夏民众惨遭践踏，家昆生为中华儿女，岂能坐视旁观？国家兴亡，匹夫有责。儿子经过反复思量，决心投奔能够领导我国民众抗日之组织，了却儿子今生报效国家和民族的心愿。我走之后，自有大哥及二哥在您二位身边照料，希望二老多加保重，不必为我的突然出走而操心劳神。

最后衷心祝二老健康长寿。

烦劳代我向大哥大嫂和家林哥问好，家昆祝愿他们平安幸福。

陈家昆敬书

陈光钦看完此信后，头脑里一片茫然，这究竟是为什么？这些日子连一点征兆都没有，儿子在学校读书本来很好，没有跟家里任何人透露半点风声，怎么一夜之间说走就走了呢？临走前那天晚上，全家人还坐在一张桌子前吃过一顿团圆饭，因为那天陈家林从五凤溪放假刚回到家中，就在堂屋中那间八仙桌上，陈氏兄弟相继敬了父亲一杯酒，相互碰了杯，兄弟们在席间有说有笑。大嫂刘清秀趁着众人酒兴，逗趣地对陈家林说他已到了结婚的年纪，要不要她帮着找一个漂亮的姑娘，陈家林只是腼腆地笑了笑，对大嫂的好意一时间不知如何回答，坐在一旁的家昆伸手拍了拍家林的肩膀，连忙接上这热闹的话题，他调皮地说道："就请大嫂帮二哥在你们三水关找一个好看的姑娘，如何？"

母亲陈胡氏笑呵呵地瞪了一眼说话风趣的小儿子，反驳他道："人好看又不能当饭吃。"

刘清秀接过婆婆的话说："妈说得极是，光是好看不顶用，她若是不会过日子，也不能娶回来。"

家昆的调皮话又来了："这要看二哥喜欢哪种女人，大家都说萝卜白菜各有所爱嘛。"

母亲又狠狠瞪了他一眼说："小娃儿懂得啥子爱不爱的？说这些话也不嫌脸红。"

此时刘清秀转身面对婆婆说："妈，我娘家有一个表妹很适合二弟，她家就住在广汉三水关，今年刚满十七岁，曾在广汉城里读过中学；人长得漂亮不说，身体又好，在家中也很能干懂事。听舅妈说曾有几个媒人上门提亲。后来，舅舅看上了本地的一家姓焦的大户，但表妹就是死活不愿答应，原因是她听说这个焦家儿子不爱读书，终日游手好闲，天天泡在三水关街上的茶坊和酒馆，有时还邀约几个朋友耍到广汉城里去了，一个月也难得在家待几天。舅舅只看到焦家在三水关有两百亩田地。"

家昆听得很是有趣，情不自禁地拍起掌来说道："大嫂，你就帮二哥撮合这门亲事。"

大哥陈家春正给父亲斟酒，放下酒壶对家昆打趣说："看你今天这么高兴，像是你陈家昆找新媳妇似的。"

全家人立即哄堂大笑起来，大嫂拍了拍胸口，一本正经地对大家说："往后三弟的婚事包在我身上了，我娘家十几岁的表妹还有两三个呢，等到三弟长大想娶媳妇时，尽管去三水关挑，你看上哪个要哪个。"

陈家人的晚饭就这样在欢声笑语中过去了，直到大家都感觉有些疲惫时才停下来，各自起身回房睡觉去了。

第二天清晨，当一家人聚集到堂屋吃饭时，却不见了陈家昆的人影；起初家里人谁都没有介意，认为年轻娃儿睡个懒觉并不奇怪，就让他多睡一阵吧。可是到了中午仍不见陈家昆出来吃饭，这才引起了全家人的注意，他会去哪儿呢？大家首先想到去房间里找人；于是，急性子的大嫂即刻解下腰间的围裙往板凳上一放，快步从堂屋中走了出去。当她推开陈家昆房门时，竟然空无一人，只见床上的被子叠得整整齐齐，显然是他早已起床离开了，再仔细朝房间内里一看，平时摆放在书桌上的几本书不见了，她又拉开墙边的衣柜，大吃一惊，衣柜里的夏、秋两季衣服全都不见了，剩下的只有冬天穿的厚棉袄。机灵的刘清秀感到情况不妙，断定陈家昆是离家出走了。于是，她急忙转身奔向堂屋内，向公婆报告了她在家昆房间中看到的一切。陈光钦夫妇听完媳妇的一席话，一下惊呆了，当他们回过神来时，陈家林与大哥先后走了进来，陈家林说曾问过家里几个长工，他们都说今天未曾见到家昆的人影，但其中一个长工说到一件怪事。他说天还未亮时，他想到昨天晚上给稻田里灌水恐怕要满了，赶忙翻身起床去把沟边的灌口堵上，避免稻田的水淹得太深，对稻子的发育扬花不利，当他伸手去开后院大门时，竟然发现上下两个门闩早已拉开，大门仍然关闭得很严实。他当时想到可能是昨天夜里某个最后回来的人一时疏忽忘了闩好大门；当时并没有多介意，便拉开大门径直忙着去沟边堵水去了。全家人这时全都明白过来，大嫂在家昆房间所见和那个长工在天亮前的发现，两种情形结合起来，不难看出，陈家昆确实是离家出走了，从行动的缜密来看，定是早有计划，想必之前都已做好精心准备，不然的话怎么会一点痕迹都没有露出来呢？

陈家昆的离家出走其实并不是没有丝毫表露，只是家里的人没有用心去观察罢了。

陈家昆就读于金堂县立中学，学校坐落在县城东街，是全县最大的一所学校，分初中和高中两部分，共有三十余个班级，近千名来自金堂各乡镇的学生。学校中有六十多个男女教师，校内设有图书馆，学生宿舍和食堂等。

金堂中学的学生遍及全县各地，甚至还有县外唐家寺、石板滩和广汉三水关等地的学生。这里师资力量较强，教学十分严谨，各地家境较为殷实的人家都想将自己的子女培养成材，他们宁可多花钱财，也不嫌路远，纷纷把子女送到这所学校来就读。这些来自四面八方的学生给金堂中学增添了生机和活力，他们带着无穷的求知欲望，憧憬着未来的美好前程，同时他们也带来了家乡的许多消息，比如说这年四月因市场米价飞涨，当地百姓生活无着，金堂县相继发生了数起抢劫运粮船事件，上旬在姚渡，中旬在清江，下旬又在蔡坝乡和栖贤乡等地。难民们欲将航行于毗河与北河上的运粮船抢劫一空，但均被当地驻军和警察开枪驱散。时至六月，金堂县霍乱流行，死亡人数日渐增多，当地民众非常恐慌。在这年中，金堂县遵照省政府文告，强行征用民工三千余人，参加修筑华阳县太平寺飞机场，直到年底机场建设竣工，该机场主要用于美国援华飞机起降。凡此种种骇人听闻的消息，同学们都很感兴趣，往往半天内就传遍全班，不出两天便传播到全校。

说到金堂中学里的活跃程度，表现最突出的要数学生的抗日宣传活动，金堂一九三八年十一月成立动员委员会和抗战后援委员会，主抓全县抗日工作。金堂中学顺应时代潮流，即刻成立了相应的宣传组织，并在这个组织中建立一支五十余人的抗日宣传队；宣传队下面又分两个演出队，队员们都能说会唱，人人热情高涨。这支宣传队在半年内跑遍了全县各乡镇，若逢某乡镇的赶场天，宣传队就连夜奔向那里，为赶场的老百姓宣传中华民族艰苦卓绝的抗战故事，宣传的剧目通常是自编的顺口溜、金钱板、莲花落、活话剧和众多的抗战歌曲。在极其简陋的演出现场，观看者拥挤得水泄不通，他们看到这些学生满怀激情的认真表演，纷纷报以热烈的掌声和呼喊。当学生们看到眼前一张张被阳光晒得黑黝黝的朴实面孔时，极大地鼓舞了他们的爱国激情。学生们演出的目的就是要唤醒民众沉睡的心灵，通过一幕幕生动的演出，真实地告诉他们，中华民族正蒙受着一场巨大的灾难，日本侵略军已深入我国腹地，全民族抗战是拯救国家迫切的历史使命；党、政、军和社会各界必须精诚团结，同心协力，这样才能战胜万恶的日本侵略者，把丧心病狂的日寇从中国领土上赶出去。

领导这支宣传队的关键人物，便是学校的教务主任，中共的地下党员冯鹏飞。前年春天，冯鹏飞接受中共川西特委派遣，通过省教育厅一个同志的关系，来到金堂中学任国文教师，同时教历史课程。去年秋天，学校的教务主任因病卸职回到三台县老家后，学校的教务主任空缺了一段时间，校长只得暂时兼任着；之后经过县教育科调查，认为冯鹏飞是最合适的人选，他所教的国文课和历史课在全校普遍反响较好，特别是他讲课时，所用的语言既幽默又风趣，讲到精彩之处常引得学生们阵阵欢笑。由于他的良好表现，县长刘仲宣感到冯鹏飞是难得的人才，经过反复考量后，决定任用他为金堂中学的教务主任。

陈家昆恰好就是冯鹏飞所教班级的学生，他对冯老师的印象很好，凡是冯老师讲授的国文课和历史课，他都会全神贯注地记在脑海中，书本上也写满了注解。陈家昆努力学习的态度，让冯鹏飞感到非常欣慰，内心觉得若是每个老师都有这样的学生，应该是所有教书人的幸事；但要教人成材，不是那么简单容易之事，一个学生只会读书而没有远大的志向，就算从学校毕业，将来对社会和国家也没有多大用场。冯鹏飞通过在日常教学中的观察，特别是在学校抗日宣传队的半年时间，到县内各地数十场演出活动中，陈家昆能做到从不缺席，课余排练节目也一丝不苟，演出时十分认真，他还自己创作了一首抗日诗歌，每当他登台朗诵时，那高昂的激情令全场的人为之振奋。

冯鹏飞此番来到金堂中学，不单是为了教书，而是肩负着一项特殊的使命，那就是要在学校中建立党的地下组织，培养和输送进步学生到北方的解放区，因为那儿的革命事业急需大批有文化知识，有理想的年轻人。

冯鹏飞在演出活动的闲暇时间，向陈家昆详细讲述了当前国内的严峻形势，尤其讲到在抗日战场上，国民革命军、八路军和新四军，以及其他地方抗日武装正组成抗日统一战线，顽强地同日寇作殊死战斗，战况十分惨烈。共产党领导的八路军和新四军是坚强的抗日武装，时时刻刻浴血奋战在抗战的硝烟中，他们不畏艰险，不畏流血牺牲，是中华民族抵抗日寇侵略的中坚力量。由于战争的持久性，需要补充大量兵源，特别需要更多有文化、有知识的进步青年参加，共产党非常欢迎大后方的有识之士，一切有报国热情的人，积极投身抗战的洪流中去。

陈家昆非常敬重冯鹏飞，冯老师所讲的话渐渐触及他的灵魂深处，内心受到触动。这些日子来，他脑海里总在想着一件事，要不要弃学从军。若是放弃当前的学业，自己确实舍不得那些热爱的课本，在学校这个知识的海洋中，自己正努力遨游，求知的欲望非常强烈。如果放弃学业，父母亲绝不会应允，哥嫂也将站出来一致反对，更不要说离乡背井到遥远的北方了。但冯老师的谈话如同知心朋友那样亲密无间，感情如此真挚，他讲得很有道理，在国家兴亡、民族危难之际，身为华夏子孙岂能坐视日寇肆意横行？若是到了国破家亡时，哪会有学子们理想的学习天地？到头来只能做一个不折不扣的亡国奴，其下场何其悲哀。

陈家昆在反复的思想斗争中，最后还是选择以民族大义为重，彰显出一个中华铁血男儿的本色，他毅然决定弃学从军。

冯鹏飞听到陈家昆做出这个大胆决定，内心感到很欣慰，中华民族有像他这样一批又一批优秀青年加入革命队伍，体现出了这个民族坚韧不拔的顽强意志和不可战胜的伟大精神，抗战胜利定会指日可待。

陈家昆要北上延安，是个非常绝密的计划，除了冯鹏飞知道这件事外，还有另外一个人知道，她便是金堂中学的音乐教师程俊蓉，她也是抗日宣传队副队长。她热情大方，歌声甜美，而且手风琴拉得特别好，每次到各乡镇巡回演出时，程俊蓉总是背着她心爱的手风琴，每场演出都有程俊蓉拉手风琴伴奏。那首脍炙人口的《松花江上》是每场必演的，台上合唱的学生们唱得非常动情，台下的许多人被感动得哽咽，禁不住掉下眼泪，演出的效果非常好。程俊蓉在演出队和同学们朝夕相处，男女同学都将她当成自己心中的偶像。

原来，程俊蓉也是中共地下党员，在支部小组中分管组织工作。她早在成都蓝虹艺专读书时，由于思想进步，多次参加学校组织的抗日救援活动，走上街头向市民散发传单，不分昼夜刻印抗日专刊，宣传抗日前线的战况，特别是八路军和新四军在抗日战争中所取得的重大战果。那时学校的党支部经过多方考察，认为程俊蓉是个立场坚定的进步青年，对党有正确的认识，可以列为发展对象。在临近毕业那一年，程俊蓉的入党申请获得支部委员会一致通过，程俊蓉便成了一名正式党员。

程俊蓉毕业后，接受党组织派遣来到了金堂县立中学教音乐，协助冯鹏飞在当地开展地下工作，努力发展党团员、壮大党在基层的力量；并适时输送进步青年学生到解放区，以增强革命队伍内的知识结构，从而使这支队伍更有战斗力。

一天中午，陈家昆收到隔壁班一个女生递给他的一张折叠成燕子形的纸条，他急忙拆开来看，纸条上这样写着："家昆同学：下午放学后请到学校对面公园的凉亭见面，有要事商量。"落款为程俊蓉。这让陈家昆感到很奇怪，这位陈老师虽然大家都很熟悉，在学校宣传队到全县各地演出时，几乎天天见面。她和大家总是有说有笑，没有丝毫老师的架子，大家都很愿意接近她，但从未见她与任何男生单独谈过话。

下午放学的钟声终于敲响了。陈家昆怀着好奇的心情早早来到公园的凉亭中，这时正是人们回家吃饭的时候，所以公园内显得空空荡荡，只剩两个仍坐在荷塘边垂钓的人尚未离去。满塘中娇艳的荷花，立于无数伞状的油绿色的荷叶上面，池塘边的柳树上懒蝉子在不停地鸣唱着，好一幅盛夏静美的风景画。

仅仅过了一会儿，陈家昆抬眼便看见程俊蓉穿着一件淡雅的灰布斜襟衫，从公园门口急匆匆走来。当她走进凉亭时，额头上沁出了细细的汗珠，她掏出手绢一边擦着，一边抱歉地笑着说："让你久等了。"陈家昆随即答道："我也刚到一会儿。"他说得很轻松，好像并不介意什么。

二人在凉亭的长凳坐定后，程俊蓉开始做自我介绍，并说出今天约他会面要商议的事情。她低声道："我是中共正式党员，受党组织委托前来安排你和其他两位同学去延安的事，商议什么时间出发，走哪条路线，应该注意的其他事项，还要做什么准备工作。现在征求一下你的个人意见。"

陈家昆此时内心感到无比激动，自己向往的梦想马上就要实现了，怎能不高兴呢？于是，他急切地对程俊蓉说："我完全听从组织安排，出发的时间当然越快越好，省得夜长梦多。"

程俊蓉接着说："家昆同学说得很好，组织上也是这样考虑的，我们初步做了这样的安排，你们要走的三人组成一个小组，由你任组长；决定在后天早晨出发，现在天亮得早，五点钟准时在东门的城墙边集合；随身带的衣物不要过多，尽量轻装上路，旅途中不必穿学生装，就穿两件农村青年的旧衣裳便好；夜间住客栈要选人多的地方，不要住那些僻静的旅店，避免路途中被拉壮丁；你们三人时刻都要集体行动，切勿单独一人外出，遇事要相互照应，最好准备带一样防身物件，若夜里遇到入室偷盗，在通常情况下，你们三人合起来也能抵抗过去。从金堂出发到延安需要大半个月时间。你们一路上尽可能早起出发，天黑之前必须住店，切记不要赶夜路。出发路线从广汉到绵阳，一直往前经过梓潼，剑阁和广元；出川后便到达汉中，接着要翻越秦岭，然后朝北便是西安了。这条路是出川的唯一途径。出发时要严格保守秘密，不能让家里任何人知道，免得行动受到阻碍。你们回去后各自给家里老人写封信，告诉他们说此次出走完全出于自愿，目的是到前线抗击日寇，是国家和民族的大义之举，希望家人能够理解和支持。你们将写好的信交到我手上，三天后我会从邮局寄出去。"

程俊蓉一口气说完出行计划，她望着陈家昆问道："家昆同学，组织上做出这样的安排，你看可以吗？"

陈家昆听完程俊蓉对此次行动的精心安排后，立即回答道："组织上想得很周到，我觉得这样完全可以，就按照你刚才说的办。"

程俊蓉听到陈家昆回答得很坚决，心中感到非常满意；她接着向陈家昆宣布了一个重要决定："根据你们三人先前申请加入新民主主义青年团的请求，党组织经过了认真考察和研究，认为你们思想进步，积极从事抗日宣传活动，并对共产党有一定的认识，符合入团条件。现在正式批准你们加入共青团。我衷心祝贺你，家昆同学。"

程俊蓉热情地向陈家昆伸出了手,当陈家昆握住这位美丽大方的女老师的手时,心里顷刻间涌动着一股热流,自己与党组织又更近一步了,而平日里最崇敬的程老师,深深地印在了自己的脑海中。

第三天的清晨,天空刚刚出现一抹鱼肚白时,陈家昆穿着一件土白布的旧对门襟短衫,酷似一个乡间青年农民;他肩上挎着一个蓝布包袱急匆匆走到东门的城墙旁边。这时,程俊蓉早已等候在那里,在她的身旁还站着一个模样俊俏的女生。他再仔细一看,正是两天前将纸条塞在自己手里的那个女同学,这让他着实很吃惊。

程俊蓉立即向陈家昆介绍道:"她叫程吉珍,我的叔伯妹妹;你们三人此次一路同行,你要多照顾点我这个小妹!"说完之后,她对陈家昆微笑了一下。

陈家昆想不到面前这位仅比自己大几岁的程老师,此刻竟然这样风趣地跟他说话,又见她身旁面带羞涩的程吉珍,一时间不知道说什么,只是对她点头应诺道:"这是应该的。"

他们的话音刚落,另一个同伴也急忙赶了过来。程俊蓉接着又向大家介绍说:"他叫王洪光,姚渡黄泥塘人,山西铭贤学校的学生。"

这时候,三个志同道合的年轻人终于会合了,他们在漫长的人生道路上将会发生什么?现在谁也料想不到,他们自己也不清楚。

程俊蓉此时从怀中拿出一封信来,对大家说道:"这是党组织的介绍信,等到达西安后,立刻去八路军西安办事处报到,信封上有办事处详细地址;到那儿之后,有人安排你们下一步行动。"她又从提包中取出一个小布袋,交到陈家昆手上说:"这是你们三人此次行动的路费,里面有五十块银圆,是县政府一位进步人士资助的。"

陈家昆对程俊蓉说:"程老师,我们就此出发了。"

程俊蓉对三人说道:"那好,你们一路要多加小心,祝你们一路顺利到达延安。"

陈家昆三人同时向程俊蓉挥了挥手,旋即迈步朝着前面那片晨曦走去。

程俊蓉在城门边站立良久,目送着三个熟悉的背影渐渐远去,直至消失在她的视野后,这才转身回学校去。

自从陈家昆离家出走后,陈家人的心情极其低落。父亲陈光钦变得沉默寡言,时不时端起酒杯坐在院门前自饮,手里拿着一块熏黄的豆腐干,或是抓一把炒花生在那儿细嚼慢咽,两杯酒喝完后就是一个时辰。他有时也会走到田间看看地里的庄稼,感觉累了时便在一棵柳树前坐下,这棵高大挺拔的柳树是他少年时亲手种在路边的,时隔三十年后,它已长得枝繁叶茂,浓荫蔽日。这儿是他去自家田间的必经之地,他一屁股坐在那块亮光光的石头上,抬眼便能望见前面大片田坝,春天时麦苗郁郁葱葱,夏日里麦穗遍地金黄,到了五月即可开镰收割;小麦收割完后,农户们赶紧犁田灌水,忙着培育水稻秧苗,等到秧苗茁壮长高时,又到了插秧的季节;两个月过去后,水田立即变成一片绿色;秋天来临时金黄色的麦穗随风摇动,人们心中感到又一年丰收的喜悦。在陈光钦的一生中,曾经历了很多次庄稼由绿变黄,由黄变绿,两种色彩的交替变化,大地无私地奉献给人们赖以生存的粮食,人们依赖这些粮食一代又一代地繁衍生息,这种人与自然相互依存的规律将会永远地延续下去。

陈光钦此时坐在那棵柳树下的石头上,心情也慢慢平静下来,他沉思良久之后,感到人生是那么短暂,自己满头黑发眨眼间已染上了霜花,常言道儿孙自有儿孙福,何必苦苦地为他们的前程劳神,一切还是顺从天意吧。

陈家昆的母亲陈胡氏向来对小儿子疼爱有加，说起他突然离家出走，受伤害最大的便是她了。最初的两三天中，陈家人四处寻找，竟然没有一点陈家昆的消息，她气得整日茶饭不思，夜间睡不着觉，她前思后想，始终想不出儿子要出走的理由，他出走之前，竟没有向父母要过一分钱，他到外面去吃什么呢？住客栈也是要花钱的呀！如果不幸被拉去当壮丁就更惨了，这一连串的问题在陈胡氏脑海里翻滚着。早晨，当她从睡梦中醒来时，枕头上的泪水湿了一大片。直到后来邮差送来陈家昆那封家书，陈胡氏才稍微松了一口气；在得知儿子的下落后，心中的石头总算落下来，几日来的伤感也减轻了许多。但她仍然放心不下儿子当兵到前线，在枪林弹雨之中多危险啊！敌人的子弹是不长眼睛的，打中手臂或腿脚尚好，最多落下个残疾；要是打到脑壳上，顷刻间就要了人的性命——想到儿子生命攸关，陈胡氏依然忧心忡忡。后来，在大儿媳妇的陪同下，她专程到云顶山慈云寺许愿，求菩萨保佑儿子一生平安，并请和尚在大雄宝殿做了场法事，还特意为寺庙捐了三十块银圆的香油钱。

陈家在经历了这段伤心事不久，一桩喜事终于临门了，陈家林将择日去广汉县三水关相亲。

说起这门亲事，还是大嫂刘清秀从中当的红娘。她前几日回娘家给伯父祝寿，和丈夫陈家春准备好一份贺礼，吃过早饭便急忙赶到三水关伯父家中，她趁客人们来得不算太多，便将丈夫安顿到堂屋与其他客人一道喝茶闲聊，自己径直走进后院找堂妹刘玉芬去了。

刘玉芬此时正在房内收拾衣物，屋里整理得非常干净，临窗的茶几上摆放着彩绘的八仙过海图案的白瓷花瓶，里面插着几枝艳丽的夜来香，走进门便闻到一股醉人的清香扑面而来。刘玉芬看见表姐走来，笑盈盈地请她在椅子上坐下，然后从壶中倒出一杯热茶递到刘清秀手上，说道："盛夏天喝两口菊花茶，既清爽又解暑。"

刘清秀看着眼前这个曾经一起玩耍，先前还是留着鼻涕的小表妹，如今居然长成楚楚动人的大姑娘了。民间常说女大十八变，没想到她今年刚满十七岁，已经出落得极标致，你看她那红润的脸蛋，一条乌黑的发辫垂到腰际，特别是那明亮的大眼睛显得非常热情，处处流露出青春的气息。

刘清秀是一个有心的人，她此次借着给伯父拜寿的机会，实际是为了给表妹说亲来的；她知道刘玉芳的性情倔强，如果直接对伯父、伯母说出这件事，要是刘玉芳执着不答应，大家当面都会觉得难堪；倒不如趁现在给她本人讲明白，先看看她自己的心思再说。

刘清秀笑着问："玉芬，表姐想跟您说一门亲事如何？"

刘玉芬不禁一愣："你要跟我说婆家！"像这样登门说亲的事，她已经经历了多次，听起来一点不奇怪，她反问表姐道："他是哪儿的人家？"

刘清秀靠近她身旁，轻声回答说："就是你表姐夫的二弟陈家林，你看行不？"

刘玉芬听后抿嘴笑起来："你让我们两姐妹嫁给他们两兄弟，要是外人知道这事不笑掉大牙才怪咧！"

刘清秀用手指着她额头道："有啥子好笑的，这叫亲上加亲，你真是少见多怪。"

刘玉芬似乎有点心动，忙问："他人长得啥样子？"

刘清秀说："你站起身来，让我仔细看一下。"

刘玉芬从板凳上站了起来，故意在姐姐面前转动着身子，腰际那条长辫也随之飘动，像小姑娘荡秋千的调皮模样。

刘清秀睁大双眼端详一会儿后，非常肯定地说："他长得起码高出你半个头顶。"

刘玉芬："她和表姐夫长得差不多？"

刘清秀："应该不相上下，反正他们两兄弟衣裳相互穿得合身，只是陈家林看起来要比你姐夫壮实些。"

刘玉芬接着问:"他本人在做啥子事?"

刘清秀答道:"陈家林不在家中住,他在金堂五凤溪教书;三年前从成都师范学堂毕业就去了。"

刘玉芬:"他的皮肤颜色长得啥样?"

刘清秀:"跟你姐夫一样,长得比较白净,两兄弟像是一个模子刻出来的。"

两个年轻女人凑在一起,又说了许多私房话;最后刘玉芬羞涩地答应了这门亲事。

这一天刘家院子热闹非凡,祝寿仪式即将在院子里的堂屋中举行,那些陆续来到的客人坐在两边厢房内喝茶聊天,有的聚集在天井坝子议论着农事和市场行情;妇女们嘴里嗑着花生、胡豆,伫立在院门前摆龙门阵。太阳当顶时,庆典活动正式开始,客人们纷纷拥到堂屋门口,听从刘氏族长的统一指挥,按照老幼和辈分排行,从大到小由右边进屋拜寿,拜完寿再从左边出来,门前站成一条长龙。

刘玉芬的父亲刘光辉是三水关当地有名的大户,今天来到这里给他拜寿的人中,除了多为刘氏本族人之外,还有他的许多朋友。这其中最重要的是客人便是三水关的乡长,广汉县农事局局长、税务局主任,以及那些远道而来的亲戚。

堂屋正中供奉着"天地君亲师"牌位,牌位前放置一座齐胸高的红漆神龛,上面摆放着一大盘新鲜水果和一盘糕点,神龛中放着一对烛台和一个蓝瓷香盆,烛台上插着两支大红烛,闪闪发光,香盆中三炷紫色的高香在静静地燃烧,烧尽的香灰迟迟未落下,堂屋内弥漫着香味。

神龛前放着一把漆得光亮又雕刻精细的太师椅。堂屋的两旁分别放着一排座椅和茶几,专供贵客们落座。今天是个大喜的日子,堂屋中央还特意铺上了一块红地毯，气氛显得非常隆重。

满面红光的刘光辉在本家族长的陪同下，从门外走进了堂屋，然后正襟危坐在中央那把太师椅上；随之而来的便是那些县上来的局长、主任和乡长，他们上前依次给刘光辉拜寿。按照习俗，这些有身份的人只向他双手抱拳行拱手礼，刘光辉也欠身拱手还礼。待他们在两旁坐定后，轮到长辈们上前来祝寿，长辈同样抬手抱拳，向他行问候礼；刘光辉忙起身对长辈们点头还礼，笑哈哈地请他们坐下。接下来便是同辈向他行躬身礼，年岁小的依然要行叩拜礼。最后是刘氏家族的儿孙辈陆续拥进屋排成一排跪在地上行磕头礼。对于他们的到来，刘光辉感到特别高兴，看到他们一张张稚嫩的面孔和活泼可爱的模样，乐得仰面哈哈大笑起来，舒心地享受着天伦之乐。他随即打开放在身旁的红漆木盒，笑眯眯地向他们大声说道："不要跪在地上闹哄哄的，大家快站起来，今天给你们每人发两个银圆赏钱。"孩子们终于等来发红包的时候，禁不住欢呼雀跃，一窝蜂拥上前去。刘光辉将一个个红包递到他们的小手上，娃娃们拿到钱后便兴高采烈地跑出屋去。赏钱发完后，堂屋内恢复了先前的平静，忙碌的拜寿庆典终于结束了。

寿席摆了数十桌，大院的屋子里，天井内和院坝中摆满了川西人爱吃的"九大碗"。请来的贵宾和长辈都安排在屋内落座；同辈则坐在院内的天井里；更多的晚辈和佃户则一律坐在外面宽敞的院坝中。这时候，酒和肉的香味扑鼻而来，众人的喧闹声不绝于耳，划拳的行令声此起彼伏。刘光辉高兴地到席间敬酒，他喝得满面红光，这场盛大的寿宴持续了两个小时。

刘光辉送走客人之后，便迈步回到客厅。只见妻子和侄女刘清秀正在谈论刘玉芬的婚事，当听说女儿心里愿意与陈家结亲的喜讯后，他高兴地对刘清秀道："烦劳大妹子操心了。"刘家人都习惯称她大妹子，很少会直呼其名的,"大妹子"喊起来似乎更亲热。

刘清秀笑着说:"大伯说话太客气了,这是我当侄女理应帮忙的。"

刘玉芬的母亲又提醒大家:"要是初步定下这门亲事,还需先算一下男女双方的生辰八字。"

刘清秀立即答道:"不用算了,我早就找算命先生替他们算过。一个属水,一个属木很匹配。"她真是一个有心人。

刘光辉听了非常满意,毫不犹豫地说:"玉芬的婚事就这样决定了。"

刘清秀见大伯满口允诺,说亲的大事已经完成,自己再无事逗留,便起身向伯父、伯母告辞,随即去厢房找到喝茶的丈夫,二人离开了刘家大院,迈开脚步向古城桥家中走去。

数日之后,陈家林果然如期来到三水关相亲了,而且一切都进行得非常顺利。这次相亲主要是大嫂事先做了充分的准备和精心安排;正是她的不懈努力,才有今天的水到渠成。她终于撮合了陈、刘两家的儿女姻缘。

刘清秀是个精明能干的女人;她办事得体,出嫁前便深受父母疼爱,出嫁后又深得公婆的喜欢,就连丈夫都很看重自己。若是家里发生了什么事情,必定要与她商量一番,看她有什么好主意。

前些日子陈家昆的离家出走,把陈家老小搞得寝食难安,父亲整日愁眉不展,心中闷闷不乐;母亲的眼眶里时常噙着泪花。哥嫂虽然没有父母失去儿子那样的感受,但兄弟间那种手足之情,始终是骨肉相连,免不得也要难过。

刘清秀提出给陈家林说门亲事,以此来给陈家冲喜,好让全家人尽快从沮丧中走出来。陈家春觉得妻子的这个办法很好,立即表示赞同,陈家春当天便向父母亲及弟弟说出了此事。陈光钦觉得大儿子和媳妇的想法很好,陈家不能这样一蹶不振;再说儿子陈家林已到了该成家的年龄,如果给他说成一门亲事，也了却自己的一大心愿，他往后有了老婆娃娃就将心拴住了，再也不会像家昆那样轻易离开家庭，在这个战火纷飞的年月，他唯恐再失去一个儿子。

陈胡氏听说给儿子家林说亲事，心中不由得一阵高兴。她对大儿媳妇刘清秀说："一定要帮你二弟找一个好姑娘，我们陈家林在成都上过大学堂，现在是有学问的教书先生，拿着官府发给的薪水过生活呢。"

刘清秀听得十分明白，这是婆婆在夸赞自己的儿子，怕别人随便给她找一个不顺眼的儿媳，唯恐配不上陈家林。为了消除婆婆心中的顾虑，她笑着详细地介绍起自己堂妹刘玉芬，说她在广汉城里读过中学，同时称赞她如何知书识礼，聪慧机灵等。

陈胡氏见儿媳将自己堂妹说得如此完美，知道她是在婆家面前显示，也不介意她说些什么，反正她的堂妹将来是陈家儿媳妇，果真如她所说那就更好。

陈家林其实并不想这么早结婚，因为他知道一旦结婚生子，家庭的责任将束缚住一个男人的手脚，何况自己还未做好承担这份责任的思想准备。在他内心深处仍埋着投笔从戎的种子，满腔的抗日激情始终在胸中燃烧。

这天午饭后，陈光钦将儿子叫到身边，说他大嫂刘清秀准备在三水关给他介绍一门亲事。陈家林听完父亲的话，急忙推脱说自己才教了两年书，事业上没有做出什么成就，而且自己还年轻，等两三年再说婚事也不迟。

陈胡氏听说儿子不愿谈亲事，立即火冒三丈，她急忙走到陈家林的房间里，看见他正在窗前看书，劈头便问："家林，你究竟是怎么想的？难道要做寺庙中的和尚不成！"

陈家林将对父亲说的那席话又重新向发怒的母亲说了一遍。

母亲不像父亲那样性情温和，因为想抱孙子的心情过于迫切，她睁大眼不由分说地对儿子说道："你大哥二十岁就将你大嫂娶进门了，你今年都满了二十二岁，还好意思说自己年纪轻。这种婚姻大事必须听妈的，你大嫂与三水关那家女方都说好了，我们陈家过几天就去登门提亲。"

陈家林见母亲怒气未消，不忍心再与她辩论什么，因为三弟陈家昆刚离家出走，着实让母亲伤透了心，她如今才从伤感中慢慢走出来，如果这时再去顶撞她，执意要违背她的心愿，岂不是又让她回到先前的痛苦之中。老人家乐见家中喜事临门，思想上再经受不住任何刺激，要是将她气出病来，后果不堪设想。这时，大嫂走进屋来再三相劝，他终于答应了这门亲事。当着大家的面，他客气地对刘清秀说了一句："劳烦大嫂帮忙，二弟多谢你了。"陈家林到三水关相亲的事也就当场决定下来了。

从古城桥到三水关有三十多里路程，陈家林和父母亲在刘清秀的陪同下，一路经过谢家山，渡过波光粼粼的中河后，就抵达了三水关外的刘家。

这次不同寻常的会面，使得陈光钦与刘光辉两亲家如同老朋友重逢一般，竟然没有丝毫生疏感觉，原来刘清秀前些日子已将双方情况做过详细介绍，彼此间相互都有了初步了解，诸如他们的家庭经济状况，儿女的婚嫁，甚至说到个人的秉性与爱好等。

陈家雇来的挑夫将两担聘礼挑进屋来，陈家林即刻从礼盒中取出聘礼，每件聘礼上都贴着一圈红纸，显得很喜庆。聘礼有阴丹蓝布一匹，蜀绣红花被两床，南充大白绸一匹，碎花洋布一匹，精装泸州大曲四瓶以及几盒成都新式糕点，此外还有女儿家用的香粉、妆盒，和两百块现大洋。最后从抬盒拿出来的一袋优良稻种，这是由四川农学院新近培育出来的。

陈光钦和刘光辉喜笑颜开地相互拱手致礼，陈光钦伸手递上一张写着儿子陈家林生辰八字的红纸；刘光辉也随即递过女儿刘玉芬的生辰八字。这时候，一桩儿女联姻大事就此告成。

洋溢着喜庆的午饭在愉快的气氛中进行，刘光辉放大了酒量，他一杯接一杯同陈光钦畅饮着，竟然没有一点醉意。陈光钦也是从儿子家昆离家出走后头一回这样高兴，心里对面前这位亲家很有好感。人们常说"酒逢知己千杯少"，今天算是验证了这句老话，陈家林也不劝阻父亲和未来的岳父饮酒，看见两位老人高兴的样子，他心中感到莫大欣慰。这时，他抬头看了一下坐在旁边的刘玉芬，当二人的目光碰到一起时，相互都淡淡一笑，她旋即羞涩地低下头去。

女人们只顾谈论自己关心的事情，并不介意男人们喝多喝少，反正今天大家都很高兴，喝多一点也没啥关系。

刘玉芬也在暗中观察陈家林，他的神态和举止正如表姐所说，显得精明又文雅；在那短暂的相望之际，她感觉到他的性情带着一点憨厚，而这种憨厚特别让人心醉，这是自己所喜欢的。

双方家长谈到儿女的婚期，都认为腊月底最好，二十八日这天正是陈家林学校放假的日子，再过两天就是大年三十，可谓是双喜临门。

散席之后，男人们去到树荫下喝茶乘凉，而女人们则聚到玉芬屋里，关切地问她结婚时需要哪些陪奁，想穿什么样的衣服，要不要请两个刘家表姐来送亲，她们的年纪比玉芬要大一点，至今还没有定亲，如果借此机会让她们在宾客中露下脸，说不定能找个婆家。

太阳偏西时，陈光钦急忙站起身来拱手向刘光辉告别，然后带着自己一家人离开了刘家，刘光辉领着妻子和女儿将他们送至院外的大路上，望见他们渐渐走远后，这才转身回到自己家中。

四

　　田仕勋在这个暑期回到赵镇后，一刻也没闲着。田记酱园铺的豆瓣作坊在每年这个时候最忙碌，要酿制数十缸豆瓣酱，需要收购大量红辣椒，而且要选那种如手指粗壮、色泽红亮的二荆条。每到赵镇的逢场天，乡下的农户都会背起篾筐或挑起箩篼，将当天早晨摘下的新鲜辣椒送到酱园铺来卖，辣椒上还带着湿润的露水。

　　酱园铺的作坊设在店铺的后面，中间只隔着一道双扇门，早上走出门一看，卖辣椒的人已经陆续到来。先来的蹲在地上裹着叶子烟，有的在闲聊，那些勤劳的妇女索性从围腰口袋中拿出鞋底纳起来。

　　走进后门不远便是收购辣椒过秤和付款的地方，那儿摆着一个门字形木架，架子中间挂着一杆漆得黑亮亮的大秤。父亲田大成负责验货称秤，他严把辣椒的质量关，每次都要从篾筐或箩篼中间抓出一把来查看，主要看里面是否混杂着并非二荆条的辣椒，如果发现有少许烂掉了的辣椒，一定要仔细挑出来，然后再挂在秤钩上称重。

　　田仕勋负责称秤后付钱，他坐在旁边一张桌前的板凳上，桌上放着装钱的小木箱，木箱盖子始终盖着，只有付钱时才被打开，外面的人看不清里面装了多少钱。

　　这个暑假，田仕勋白天在酱园作坊帮父亲收购辣椒，照看豆瓣酱制作过程，几乎没有休息时间；只有吃饭时，才能静下心来休息一会儿。到了夜晚，盛夏的气候异常闷热，他独自躺在木柏床的凉席上，手拿着篾扇不停地扇着。此时，他心中正思念着一个人，那就是远在五凤溪牛角冲的贺青凤。自从学校放假后，自己便同陈家林和曾大修相约去贺家大院看望病重的校董贺松云，在路过牛角冲一户人家门前时，被院内的一棵枝繁叶茂的柿子树所吸引,正欲走上去仔细观看,却招来院内一阵狗吠,这才惊动了贺家母女走出门来,大家见面时都愣住了,原来今天竟信步走到自己学生的家里。

田仕勋没有介意小凤和玉凤有什么表情,认为她俩年纪不大,还是稚气未脱的小女娃。可是,随后走出来的青凤却使他眼前一亮,心脏不禁怦怦地跳动,这是他有生以来第一次出现这种奇特感觉。记得在成都学堂读书时,学校里那么多同龄女生,但从未有过如此心跳。眼前的青凤全身散发着青春的气息,红润的笑脸是那么靓丽,顿时将他吸引住了。正是有了这一次见面,他再也忘不了牛角冲这个十七岁的乡间姑娘了。

五

曾大修所在的新兵连从金堂县城出发,中午时便抵达了赵镇中码头。在码头上一家饭馆吃过午饭后,三个排的新兵分别登上县兵役科安排的三条大篷船。连长唐吉成立即叫船工解开岸上缆绳,命艄公搬舵启航;顷刻间,满载着新兵的船只沿着沱江顺流而下。

运兵船在中途并无耽搁,除了在几处大码头靠岸吃饭外,第二天傍晚便顺利到达泸州近郊的新兵驻地。船上的新兵陆续上岸,前面一处大军营映入眼帘,宽阔的操场两旁修建着一排排青砖瓦房;营房后面是一片红色山丘,山丘显然被人为劈开过,它的剖面颜色看起来很新鲜,肯定是为了扩建营房而拓展的。营房前面住着两户人家,看不清他们住的草房还是瓦房,因为房屋被茂密的林盘包围着。此时,只见林盘之上飘散着缕缕炊烟,想必是农户们已在家中做晚饭了。

新兵训练营之所以选在泸州,是因为它的地理位置十分重要。从地图上看,泸州处在云、贵、川三省交界处,为四川南方门户,来自南方之敌一旦攻破泸州，再跨越长江天险，四川腹地必将袒露无遗，有利于敌方挥戈北上，直取四川全境——泸州的战略地理位置显而易见。

国民政府将新兵训练营设在泸州，有着多方面的考量：其一，泸州水陆交通方便，特别是长江水面宽阔，可以通航大型船只，上行可至叙府，下流可达重庆、万州和宜昌；甚至直航到武汉和南京。其二，若是泸州发生战事，南边贵州和云南的援军只需两天便可到达，调兵及运粮快速又便捷。其三，川西和川南两地物产丰富，人口较多，给战事提供了必需的兵源和物资保障，而且这些兵源和粮食均可通过沱江水路运输，由川西盆地直达泸州港口。

新兵营的集训课非常繁重，早晨六点钟起床，到晚上九点睡觉，中间吃饭有短暂的一小时休息，其余十多个钟头均耗在训练场上。

早晨的起床号声在六点准时吹响，此时，营房里的新兵们从睡梦中醒来，忙着穿衣服，打绑腿，穿麻鞋，叠被子；这一切做完之后，便立刻迈开大步向操场奔去。

这时，操场上天空蒙蒙发亮，昨夜的那轮皎月仍挂在天边，迟迟不肯落下。

早操前的头一件事是按班排连列队，待列队完毕后，连长立即大声发令："向右转，齐步走。"等到队伍走过操场一圈时，连长接着提高嗓门再发令："向前跑步走。"他领着队伍跑出营房大门，嘴里不停地喊着口令。新兵们精神饱满地紧跟着连长铿锵有力的节奏高声喊着："一、二、三、四！"他们的脚步声响彻营房外那条临江的道路。

这种单调而枯燥的操练持续了半月，一天下午，两辆卡车开进了营房大门，从车上卸下来大捆大捆的军衣、军帽、军鞋和军被，这些军需品暂时堆放在营房外的礼堂内，准备发放。

吃过晚饭后，新兵们按照团部指令领取军装，各新兵连列队排成一条长龙，兴高采烈地等在礼堂外，期盼已久的制服终于运到了，穿上它即能感到自己已成为一个真正的军人。排在前面的新兵领到军服后，立即穿在身上比量一番，他们不停地左顾右盼，黑黝黝的脸上绽开了笑容。

曾大修领到新军装后，并未急于穿在身上，而是迈步回到自己房中，将它放在枕头旁边，接着从床下的一个包裹里取出一本封面泛黄、厚厚的书来，这是一本保定陆军军官学校的军事教材，是金堂县兵役科科长赵炳南特意送给他的。离开金堂时，赵炳南曾对曾大修说，这本教材是他从军以来感悟最深的军事书籍，这本书里面记载着我国古代军事家孙子的军事思想，以及美国南北战争等诸多现代战例分析，是一本军事指挥员必读的好书，对当前抗战有很大好处。

曾大修与其他新兵一样，每天必须听从教官的安排，坚持日复一日的晨操、跑步、爬山等增强个人体能的训练，很少有时间坐下来静静地读书。只能在饭后和夜间抽出一点空闲，拿出书来断断续续地阅读，每天读一章节长期坚持下去。

就在这天晚上，新兵团团长高为兴在连长唐吉成的陪同下，对新兵营房进行逐一巡视。当他们来到曾大修所住的营房时，第一眼看见的便是几个新兵还在高兴地试穿军装，两个士兵的衣服似乎不太合身，他们在那儿相互交换着；有的拿出随身所带的小镜子，欣赏着自己穿上军装的威武模样；有的则坐在床边学习打绑腿。整个房内不见一人闲着。

这时，高为兴抬眼望过去，看到一个新兵坐在马灯下的长凳上，正在全神贯注地看书，根本没有理会周围新兵的喧闹，更没有注意到团长和连长已经走进营房。

一个新兵看见两位长官跨步走过来，马上大声喊道："立正。"顷刻之间，新兵们的一切活动戛然而止，房间内出现了短暂的安静，他们双腿并立站在原处，等着下一个口令；那个新兵接着再喊："敬礼！"新兵们各自将手掌摊开，高高地举到帽檐，这是新兵们第一次着装行军礼，一时间感到手足无措，慌乱中有的将手举过了帽顶，有的却举在自己额头上。这种尴尬的局面引得高为兴想笑，唐吉成急忙走上去逐个纠正新兵们的敬礼手势。

高为兴好奇地走到那盏马灯前，曾大修再次向走近身来的长官举起右手，神情高昂地喊着："敬礼。"高为兴示意他放下手后，随即拿过曾大修左手上的书来定睛一看，不禁吃了一惊，原来这是他早年间就读保定陆军军官学校的一本好教材，被众多军人认定为最值得研读的军事教科书；自己曾详细阅读过几遍，它至今仍保存在合江县老家的书房中。这本书在他数年的对日作战中发挥了积极的指导作用，书中的许多战例分析和战术布局，介绍了在瞬息万变的复杂形势下，有可能出现兵力悬殊的情况，对那些坚固的工事、密集的火力网、天上的飞机、地上的援兵等在实践中该如何应对，如何缜密思考设法破敌；作为一个合格的军事指挥员，在出现双方对峙的情形下，如何在较短的时间内，做出切合实际的战略抉择。高为兴认为这本书是我国古代军事思想和现代军事思想的有机融合，要打赢一场战争，必须要具备充足的兵源和各项战争物资，以及精良的武器等。而训练有素、士气高昂的士兵尤为重要，这样才能在战斗中勇猛顽强。若在战术上再做到机动灵活和出其不意，取得战争的胜利便指日可待了。

高为兴笑着对曾大修说："这本书很好，当兵的看了必然会打仗。这是谁给你的？"

曾大修答道："金堂兵役科赵科长送的，他原来是保定军官学校毕业的。"

高为兴不解地问："他现在为何不在部队？"

曾大修惋惜地说："他在'七七事变'后的一场对日作战中负伤了，不得已才回到金堂老家的。"

高为兴听了这样的回答，脸上的笑容瞬间消逝，心情非常伤感。他问过曾大修的姓名和籍贯之后，便与唐吉成转身走出营房，又到别处巡查去了。正是这次营房里的偶遇，曾大修与高为兴结下了一生中的不解之缘。

在泸州新兵训练营地，经过三个月各项严苛的军事训练后，紧接着便是重要的实战演习考核，考核项目共有四项：第一项是考验新兵体能的跑步；第二是考验杀敌技能的射击和投掷手榴弹；第三是考验夜战行军速度；第四项是考察每个新兵的泅渡本领。

在两天紧张的演习时间里，高为兴亲临现场督导，他知道这些来自川内各地的一千余名新兵，如果不经过严格训练很难上战场打仗；若是连基本作战技能都掌握不了，必将到前线去做无谓的牺牲。他要充分了解新兵具备了哪些作战本领，作为他们的指挥官，深入知晓自己的部下尤为重要。

紧张的考核活动在训练营井然有序地展开，经过两天激烈的比拼，最后有了可喜的结果，考核在第二天下午结束。高为兴随即命身边作战参谋将取得考核的前十名用红榜公布。曾大修在这次全团考核中取得了射击和定点投掷第一名，跑步与泅渡第二名，夜间行军速度第四名。

从这时起，曾大修这个名字便深深地印在了高为兴的脑海中。

新兵开拔之前，进行了重新整编，在营地的操场上，新兵们排着整齐的队列，期待已久奔赴抗战前线的愿望终将实现，每个人的心中都感到无比兴奋。

高为兴按照国军基层军官选拔条令，在集训科目考试中，获得优异成绩者将被提拔为各连的班、排长。曾大修在这次新兵考核中取得了新编独立团综合第一名，被破格提升为三营一连二排排长。

四十四军军需处早已为独立团一千多人安排好行程，他们将从泸州码头分乘数艘小型轮船出发，到达重庆朝天门码头后，再改乘民生轮船公司的大轮船，然后驶过长江三峡直达宜昌。

高为兴在操场的高台上，接过参谋递来的一面军旗，他双手紧握旗杆，将旗子高高举向空中，大声对士兵下达命令："国民革命军第四十四军一四九师独立团现在开拔。"

六

陈家昆一行三人离开金堂北上陕西，没有任何交通工具可以代步，唯有自己徒步行走，沿途险象环生。

程吉珍不及男生的体力，一路走来往往落在陈家昆和王洪光身后，每到这时，他们二人不得不停下脚步等她一阵。在程吉珍紧跟上来后，她已累得气喘吁吁，大家又会在路旁坐下休息片刻，然后再继续前行。第二天到达梓潼县，他们匆忙在城北一家饭馆吃过午饭之后，即刻动身往前赶路。越朝前走山势越高，走上坡路也更费力，速度显然慢了许多。陈家昆三人抹着额头上的汗珠，挪动沉重的脚步继续前行。当转过一处山坡时，竟然发现前方有一大片高大苍劲的柏树，远远望去，可以隐约看到树丛中的红墙黄瓦，想必那里是一座佛家禅院。此刻，他们正想着歇歇脚，于是加快步伐向前走去。行不多时，只见一座气势磅礴的庙宇呈现在眼前，原来这是川陕路上闻名遐迩的七曲山大庙，之前曾听老人们说过，今日一见果然气度不凡，它依山而建，红墙黄瓦，殿宇层层叠叠连接到半山腰。要进庙烧香还愿的信仰者，都必须由大路旁边拾级而上。

大庙里供奉着文昌帝，相传文昌帝是天上文曲星的化身，是普天下读书人最为崇拜的神仙，一旦那些莘莘学子得到文昌帝的保护，在朝廷的科举考试时定会思维敏捷，文采飞扬，必然能够金榜题名，考中进士或举人,甚至是新科状元,好不光宗耀祖。大庙里的香火很兴旺,许多远道而来的香客,他们肩背竹篓或手挽挎包,带上雨伞和干粮,一路跋山涉水,风尘仆仆地来到大庙敬香许愿,为的就是让儿孙们学有所成,有朝一日能出人头地。

陈家昆三人没有心思去参拜文昌帝,径直寻找到后院,向伙房师傅讨了碗水喝;喝完之后恭敬地将碗放在灶台上,随即转身穿越庙堂过道,沿着石阶一步步走出了大庙,接着便又朝剑阁方向走去。

太阳落山时,他们走到了梓潼与剑阁交界的演武场,这里只有一条狭窄街道,街上是一色的青瓦房,房柱和门板全是柏木所做,街上只有一家饭馆,此时店堂内冷冷清清,偶尔看到街上走着两个行人,不知他们匆匆忙忙要去哪儿。

陈家昆见天色已晚,不应急着赶路,当即决定在演武场住下来。于是,他在场中找到一家"三益客栈"。这是演武场最热闹的地方,客栈门面是两间宽敞的茶坊,只见里面坐有几桌人,他们正在悠然自得地喝茶,兴高采烈地大摆龙门阵。陈家昆没有别的选择,因为这是演武场唯一的客栈,他走到柜台前向老板开了两间客房,然后便到客栈旁边的那间小饭馆吃饭去了。

当陈家昆他们吃完饭回到客栈时,茶坊内的客人又增加了许多。老板正忙着点燃两盏马灯,将它们挂在屋中间两根从房梁上悬吊下来的铁钩上,马灯吊得恰到好处,距离人们头顶不过两尺,这样灯光的亮度很合适,站起身也不会撞到脑袋。茶坊的正面墙边有个两尺高的木台子,一张茶几放在木台前,茶几后边摆着一个高凳;茶几正面挂有一块围布,围布之上吊着一块小木牌,上面写着"隋唐演义之薛刚反唐"。茶坊内每晚都有说书先生在这里讲评书,听书人多是本地做买卖的生意人,还有家住演武场周围的农户,再者便是住在客栈中的过路人。演武场的夜晚一片宁静,狭窄的街面上洒满了月亮的清辉,唯独茶坊内闪亮着摇曳的灯光,聚集着众多的人气。

客栈的老板是个厚道人,祖辈三代都生活在演武场,这家客栈便是父亲留下的产业。他大约五十岁年纪,身穿一件蓝布长衫,头戴一顶黑布瓜皮帽,此刻他手提着一壶洗脸水走进陈家昆的房间,顺手将水壶放在了旁边的小桌上。当他转身跨出房门时,突然之间又停下了脚步,他回过头来认真地对陈家昆等人说:"你们今晚睡觉要警醒点,厕所就在后院墙角边。"

陈家昆听到店老板如此叮咛,感到有点儿奇怪,觉得他说话很有意思,一句话只说半截,难道是在向他们暗示什么?陈家昆虽然年纪不大,也没有多少阅历,但他思维缜密,行动机敏,认为老板那句警示的话,不可能是随意脱口而出的,里面必定大有文章,他注意到当时老板一只脚已经跨过门槛,为啥会突然转身来说句无关痛痒的话?看老板眉宇间那般认真的神情,而且出自一个老人的口中,这绝对不是简单的话。想到这里,陈家昆轻声告诉王洪光和程吉珍二人,他预感到今天晚上可能有事情要发生。

程吉珍将脚刚伸进热水盆里,她睁大眼睛问陈家昆:"你感觉会有啥子事发生?"

王洪光坐在椅子上休息,他忽然站起身来说道:"会不会是店老板怕我们年轻人睡过了头,耽搁了明天早晨赶路?"

陈家昆回答道:"要是我们天亮还未起床,他尽可敲门喊一声,何需今晚专门提醒呢?"

程吉珍低语道:"这个老头真是有点奇怪,话不说完就走了。"

陈家昆略思片刻,对二人说:"今天晚上大家都要多长个心眼,我们必须要轮流守夜,程吉珍睡到隔壁房间去,我和王洪光就睡在这个屋里。"

王洪光也觉得店老板说话有蹊跷，今晚住在这个僻静的山间客栈，还是小心为妙。他问陈家昆："我们三人咋个值班呢？"

陈家昆随即回答道："我们两人守夜就行了，我守上半夜，你睡醒一觉便来换我；程吉珍在隔壁房里尽管睡觉，女同志就不用换班了，大家记住今晚都要和衣而卧。"

程吉珍昂起头不服气地说："为什么不让我守夜，你们是看不起女生？显示大男子主义吧。"

王洪光风趣地笑着说："你把觉睡好，将精神养足点，明天在路上不掉队就是好事了。"

这时候，他们三人都会心地笑了起来。

陈家昆等程吉珍回房休息后，便对王洪光说："你抓紧上床睡觉，我现在到后院厕所那边去看看。"

王洪光仰面躺在床上："好，我睡一觉就起来换你。"

陈家昆随即走出房间，迈步进入后院仔细观察起来，果然看见院墙边搭建着一间厕所，里面还亮着一盏不明不暗的铜油灯。他拿着从家中带来的手电筒，拇指轻轻按动电筒开关，顷刻间一束明亮的灯光照射过去，又看见厕所旁有一扇门。他走过去细看，发现后门已经关闭，还上好了门闩，门是用柏木做成的，看上去非常牢固。他伸手去把门闩抽掉，将门吱呀一声拉开，然后打着手电筒径直走出门外。只见前面有一条小径，可能平日很少有人通过这里，青青的小草已长到路中央，他放慢脚步向前走去，大约走到两里路的地方，眼前出现一片茂密的竹林，林盘中住有一户人家。这时，陈家昆忽然停下前进的脚步，站在那里沉思了一会儿。当他转身回到房间时，王洪光躺在床上鼾声大作，外面茶坊说评书的惊堂木声音已停息，客栈里寂静得让人心神不安，户外的蟋蟀凄鸣声不绝于耳。时间慢慢地过去，陈家昆在灯下翻阅着冯鹏飞给他的那本《论持久战》，不时伸开双臂舒展一下筋骨,以驱散浑身倦意。当他端起桌上的茶碗刚要喝时,忽然间听到茶坊的铺门被敲得咚咚直响,似乎有许多双拳头在撞击门板。这时,陈家昆心里猛然紧张起来,他不敢有半点迟疑,急忙喊醒床上熟睡的王洪光:"赶快起来,外边有情况!"说完之后,他立即奔出房门去,到隔壁房间叫醒了程吉珍,拉起她的手说道:"赶快跟我走!"三人慌忙拿着床头上的行李径直向后院的小门跑去。陈家昆熟练地抽开门闩,顺手拉开木门;见王洪光和程吉珍跨出门后,他将门关好,随即带着他们向之前探寻过的那条小路走去。走出一段路后,再也听不到客栈的敲门声,心情才渐渐平静下来。之后客栈里究竟发生了什么事,他们一无所知。

当陈家昆等人走进昨晚那片竹林时,可能是离农户的住房太近,他们陌生的气味引得屋里的看家狗狂吠起来,并且气势汹汹地向这边扑来。但当它奔到离人一丈远的地方忽然停下,睁着一双绿光闪闪的圆眼睛,张开大嘴向三人"汪汪"地叫唤,叫声似乎没有先前那般洪亮,看着对面射来的那束明晃晃的电光,它显然是惧怕了,再也不敢前行一步,最后干脆弯下后腿坐下来,但仍然凶狠地望着三个不速之客,希望屋里的主人及时出现。

正在这时,果然听到房门吱呀一声打开了,一个老头左手撑着油灯,右手拿着一根扁担走了出来,他小心翼翼地四处观望,身后跟着一个老太婆和一个年轻妇人,他们手中各执锄头和菜刀,机警地观察着外面的动静。

这一刻,原本坐在地上的看家狗见主人已经出现,忽然间伸起后腿从地上站起来,朝着陈家昆等人拼命地狂吠着。

老头战战兢兢走出来,看见对面站着三个文质彬彬的陌生人,他们伫立在那里纹丝不动,除了手上打着明亮的电筒外,并未带有其他任何凶器,而且三人中还有个年轻女子,无论如何不像是前来行窃打劫的。

老头厉声问道："你们到底是干啥子的？"

陈家昆忙上前解释说："大爷，你别害怕，我们在场上客栈里遇见了抢劫，是跑出来躲避的。"

"啊，原来是这样。"老头脸上紧张的神情随即松弛下来，抡起扁担的手立刻垂了下去。他友善地请陈家昆三人到屋里落座，关切地问他们饿不饿，喝不喝水。陈家昆三人今晚有幸遇到了一位本分善良的庄稼人。

在接下来的交谈中，他们得知眼前这位老人姓姜，是土生土长的演武场人，靠祖辈留下的几亩山地为生，从不招惹是非，更不曾与人结怨。但是去年腊月十六那一天，他叫儿子姜大兵挑着自家地里种的红苕和花生、养的鸡鸭这些年货，送往嫁到剑阁县汉阳场的大女儿家去。姜大爷晓得他那个外孙最喜欢吃花生了。

姜大兵和已出嫁的姐姐关系甚好，姐姐也很爱这个乖巧听话的弟弟，他是姜家唯一传宗接代的男丁，姐弟俩小时候形影不离，到山上采摘野果，去小溪里捕捞鱼虾。自从姐姐嫁出去的这些年月，他无时无刻不在思念着她，为此也曾抱怨过父母将她嫁得太远，使得姐弟俩很少有见面的机会。当他听到父亲要他去给姐姐送年货时，心中非常欢喜，吃过早饭便兴高采烈地挑起那担父母亲为姐姐准备的年货，急急忙忙朝汉阳场走去。

姜大兵这一走，许多天都不见他回家，姜大爷心中感到有些疑惑：儿子在前些年也去过他姐姐家，通常住上两三天便回来了，但这次过去了七八天时间，却不见他的人影。姜大爷预感到情况不妙，他即刻在衣柜中拿出些零钱揣在身上，急忙迈开大步朝着汉阳场走去。

天黑时分，姜大爷匆匆赶到了女儿家中，父女俩一见面都感到惊讶。当姜大爷问到姜大兵的时候，女儿一下子惊呆了，她急忙告诉父亲，弟弟已经走了五天了，临行之时，弟弟说年关将近，家里还有许多事情等着他去做，本想留他多耍两天也没留住。姜大爷听说儿子早已离开了汉阳场，一下子吓得全身发抖，他如今究竟在哪儿呢？这一夜，大爷住在女儿家中，他彻夜难眠，心中受到了莫大的煎熬，只盼着早点天亮。

雄鸡刚叫过头遍，姜大爷立刻翻身起床。女儿知道父亲心中着急，也早早起床下厨为他煮来一碗荷包蛋，姜大爷端在手上几口便吞咽下肚，随即放下碗筷便跨出大门，女儿站在门前望着父亲走在一片晨雾中，只见他孤单的身影消失在街尽头。此时，她忍不住掉下心酸的泪水。

姜大爷急忙走出汉阳场后，便一路打听起来，他向路边摆小摊的，沿途卖凉茶的全部问了个遍，同时还问了许多路上的赶场人、背包拿伞的商贩，但都没有问到儿子的消息。临近中午时，他已累得汗流浃背，口干舌燥，遂向路边一家农户要了碗水喝，然后又拖着疲惫的身子继续向前寻访儿子的下落。就在他走到离演武场不远的新桥，情况忽然有了转机。当他满脸堆笑问到一个茶铺的堂倌时，堂倌说茶铺通常要卖早茶，街上数他起得最早，起来后第一件事便是忙着生火烧水，然后再去扫地，把店里的桌椅摆整齐；将这一切准备工作做完后就马上去开门，等客人来喝早茶了。有一天当打开铺门时，他看见新桥场口推推攘攘走来一伙人，前面的两个人扛着三八式长枪，旁边走着五六个手提木棒的大汉；中间押着三个年轻人，他们被手指粗的麻绳捆绑着，只听这些年轻人一路上高声喊道："你们这帮土匪是抢人。"旁边拿木棍的汉子，不由分说抡起木棒便朝他们背上打去。这伙人走到茶铺门口时，忽然间停顿下来，吓得堂倌心惊肉跳，他急忙往门内退缩。此时，走在前面的那个汉子将手中的长枪递给身旁的人，急切地说道："你们站在这里等我一会儿，我去趟厕所。"说完他用手捂着肚子快步走进了茶铺。

看到如此情景，堂倌这才稍稍松了口气，原来那个家伙是因为拉肚子才在茶铺门前停留，他又大着胆子走到街沿上，清晰地看见那三个被捆绑的青年人不过二十多岁，他们非常愤怒，满口骂声不断，用力地挣扎，无奈身上的麻绳绑得太牢实，根本无法挣脱。他看得最清楚的是那个绑在中间的高个子青年，他的眉梢有黑痣，记得前些日子的一个上午，他挑着一担箩筐从茶铺门口经过，忽然将肩头的担子卸下，把箩筐放在街沿边，两步走进茶铺，端起一碗别人剩下的水喝起来。这种行为被当地人称作"喝加班茶"，若是有人口渴了，自己又不愿掏钱坐茶铺，或者是急着要赶路，均可到茶铺来找客人们走后的剩茶喝。堂倌并不介意他们是否照顾自己的生意，反正剩下的茶水都是要倒掉，谁喝了也无所谓。

　　姜大爷听到这里，心中完全明白了：堂倌所说的那个挑着一担箩筐，眉梢上有黑痣的青年，正是自己的儿子姜大兵，顷刻间一行热泪涌出了眼眶。这虽然是坏消息，但知道儿子现在仍平安活着，先前那种焦虑与绝望的心情有了一些缓和，他确信儿子是被拉壮丁了。晚上，姜大爷回到演武场家中后，便将儿子的遭遇向妻子和儿媳妇详细述说了一遍，妻子听后立即昏厥过去，儿媳妇忍不住眼泪直往下流，她放声大哭，吓得一旁的儿子哇哇叫唤。

　　第二天一大早，姜大爷急忙跑去找到本村保长，并和他一同到演武场乡公所报案。乡长皱了皱眉头，他一边安慰着姜大爷说："只要人在就好，我们会即刻报告县政府，尽量追查你儿子的下落。"

　　其实，乡长早晓得这是追查不到的事情。如今国民政府既要抵抗日寇，又要对付不断壮大的八路军和新四军。前线战争异常惨烈，刘湘统帅的十几万川军战死在湘、鄂战场，当下急需补充兵源来坚持两湖的抗战局面，从而确保大西南的安全。因此国民政府向各县下发文告，按新兵役制规定每户三丁抽一，五丁抽二；并责令当地政府限期完成征兵任务，若有违令者革职查办。在这种形势之下，那些贫苦人家的儿子当然逃不脱派去当兵的厄运，但对城里的有钱人和乡间的地主来说，他们却不情愿将自己的儿子送到战场上去卖命，千方百计地逃脱兵役，有的假借送儿子去绵阳、成都读书，躲了起来；有的干脆出钱买壮丁冒名顶替；后来买卖壮丁的行为在各地盛行。有些穷人家中子女过多，迫于生活无奈，出现过自愿卖壮丁的；但其间也有个别的"壮丁油子"，自己将自己卖掉，当他们从买家手中拿到银圆后，立即随征兵部队编队开拔；当这支部队跨越征兵地数百里之外时，他便会想方设法逃跑，夜间站岗是最好的机会，这些油子一旦跑脱后当然不敢再回原来的地方，而是改名换姓跑到其他县里；要是遇到合适的买家和不同的征兵队伍，他会再一次将自己卖掉，当钱到手之后，他们会照着上次方式设法逃跑。那些狡猾的兵油子一年要将自己卖几次，每卖一次可以赚取二三十块大洋，一年下来便挣了几十块大洋，比起在乡间种庄稼、走街串巷做小生意轻松。但干上这一行必然要冒巨大的风险，一旦被发现抓住肯定枪毙无疑，而这些兵油子从不报真实户籍，也不用真实姓名；那时并无照相查验手段，地方政府根本查不到他们的踪迹。卖壮丁的兵油子练就了一身技巧，在卖自己时身穿一件补丁衣裳，诉说自己是落难出来帮工的，装得非常悲伤；有的编造说在昨天遭到土匪抢劫，身上没剩下半文钱，装出一副可怜的模样，以此取得别人的同情，从而骗过买家；但极少数卖壮丁的人则是吸食鸦片的烟鬼，赌红了眼的赌徒，更有吃、喝、嫖、赌四毒俱全的地痞流氓。

乡长当面对姜大爷说帮他追查儿子下落的事情，从去年盼到今年，都没有得到一点儿消息。姜大爷忧心如焚地多次去乡公所找乡长，但每一次都是失望而归。乡长对姜大爷这样说："绑架你儿子的那帮人是从剑阁县那边过来的，不晓得是川军部队还是地方保安队的人，估计是做壮丁买卖的人所为，这些事现在无从查起。即便知道绑匪是剑阁的，我们梓潼县也管不到剑阁那边去。"此事一拖便过去一年的时间。

陈家昆他们听了姜大爷一家不幸的遭遇，表示非常同情，并安慰姜大爷夫妇说："既然那个茶铺堂倌亲眼看到了姜大兵，说明他人还活着，充其量是被抓去当兵。要是被派到抗战前线打鬼子，未必不是件好事；年轻人上战场，为的是保家卫国。您二老要放宽心，相信您儿子在家里如此孝顺，肯定会福大命大，将来有一天必然能载誉归来。"

陈家昆三人同姜大爷的谈话持续到第二天鸡鸣，临行时，他诚恳地对姜大爷说："如果此番前去剑阁、广元的路上，打听到姜大兵的消息，定会想方设法告诉您。"姜大娘将煮熟的几个鸡蛋从厨房拿出来塞进陈家昆包里；由于痛失儿子，她特别喜欢眼前这个年轻人，对他的离去感到依依不舍。

走到演武场街上，陈家昆等人又来到三益客栈，看见昨天还显得很稳重的客栈老板，今天却是愁容满面，一副憔悴忧伤的样子。陈家昆向他表达了真诚的感谢，多亏他昨天夜间所说的那句警示话，否则他们今天已经变成壮丁了，想起来让人感到后怕。

此时，店老板说道："昨夜对你们说那句话，其实只是随便开口一说罢了，并非特意向你们警示什么。看到你们是外乡人，身边还带着一个年轻女子。虽然弄不清楚你们是做什么的，但凭着我的社会阅历，又看到你们都很面善，绝对是普通百姓。"

之所以说出那样带警示的话，是由于店老板在茶铺内发现了一个奇怪现象：满堂的茶客都在聚精会神地望着讲书先生吟诵开场的打油诗，他正给每桌客人倒水时，忽然看到坐在角落里一个陌生茶客，此人的眼睛不停地张望着茶铺后面的客房，他头上包着灰布头巾，由于灯光暗淡看不清他的真实面容。这个人之前从未来过茶铺。演武场只有短短一条小街，经常来喝茶和听讲评书的人，他都认识，甚至喊得出他们每个人的姓名，而今晚这位陌生茶客会不会是哪家的亲戚朋友呢？当时由于忙着烧火倒水，一时间也没有想得太多，后来他忙完一阵茶铺的事情后，忽然想起该给后面房客的客人送一壶开水,所以才提着水壶走到陈家昆他们住的房间。转身走到房门口,不知什么缘故又让他停了脚步,回过头就说了句:"睡觉警醒点!"

正是店老板这句不经意的提示,加之陈家昆等人机敏应对,三人才化险为夷,自己把握住了命运。

店老板接着告诉陈家昆他们说,茶铺关门后不久,大约不到二更时,一阵急促的敲门声将他从床上惊醒。他突然感到情况不妙,不敢贸然前去开门,顺手拿起灶边的掏火棍,站在门后观察动静。外面的人见敲门无效,马上用带来的撬门铁杆将铺门撬下一块,接着又撬下第二块。这时,撞进一个人来把门闩抽掉,旋即把两扇铺门掀开,让门外的几个人一拥而进。他们有的手中端着枪,有的拿着棍棒。领头的男子手握驳壳枪,气势汹汹地用枪口顶住老板的胸膛,对他大声吼道:"我们是来抓逃兵的,你不准乱动。"这时,昨夜坐在茶铺角落喝茶的那个包灰布头巾的男子出现了,他马上带着其余人直奔后面那排客房。老板站在原地吓得瑟瑟发抖,拿掏火棍的手立即垂落下来。不多一会儿,他看见这伙人绑着四个人从后边客房走出来;包灰布头巾的人向拿手枪的人报告:"抓到四个,跑了三个。"老板定睛一看,天哪,就连那个年近四十的评书先生也被抓了出来,这可怎么得了,他在阆中老家的妻室女儿还要靠他挣钱养活啊。

四个被绑的人破口大骂,奋力挣扎,但随之而来的是一阵棍棒打在身上,包头巾的人顺手拿来茶铺的抹碗帕,塞进喊得最凶的那个讲书人口中,并对其他同伙说道:"不要把他们骨头打伤了,否则就卖不出去了。"原来,他们竟是一伙买卖壮丁的贩子,哪里是抓什么逃兵。包头巾的那个人昨夜是专门到客栈来踩点的。

告别了客栈老板后,陈家昆三人急忙朝前赶路,昨天夜间发生的事情让他们惊魂未定。前行的山势也越来越陡,道路两旁翠柏深深,他们唯恐

风雨人生 081

再发生昨天夜里那样的事,于是便紧随着一群赶路人身后,不敢落单。当走到剑阁柳沟场时,他们已累得筋疲力尽,浑身大汗淋漓,不得不在街边一间茶坊暂且歇息。

吃过午饭后,他们感到体力有所恢复,便立即动身启程,准备今晚赶到剑门关。当他们走到汉阳场时,夕阳即将坠落在前面那道山梁,如果再往前走,不到数里天便会黑下来,走夜路多危险啊,想起来真让人害怕。三人商量一阵后,决定今晚就住在汉阳场,明天早起再赶路程。

汉阳是大山深处的一个小场,这里的夜晚非常宁静。这一夜,陈家昆三人睡得十分香甜,均匀的鼾声将他们带入了美好的梦乡。

第二天早晨,陈家昆听到雄鸡刚叫头遍便急忙翻身起床,接着叫醒熟睡的王洪光和隔壁房间的程吉珍,要他们赶快洗完脸就出发。经过了这一夜的休息之后,大家都感到全身轻松。一路上他们有说有笑,精神面貌大为改观,迈出的脚步也轻快起来。

当他们兴致勃勃地走过古蜀道翠云廊后,便来到了蜀中天险剑门关,眼前的景象让三个青年感到极大震撼,他们脚下的道路居然穿行在狭窄的悬崖峭壁之间,再抬头仰望悬崖之上,白茫茫的云雾笼罩着高高的山顶。"蜀道难,难于上青天",这个比喻真是太恰当了。陈家昆三人从书本上读过描写剑门关的历史故事,当年那一幕幕惊心动魄的征战场面,顷刻间浮现在他们脑海里:在极端恶劣的自然条件下,先人们那种坚毅顽强、不屈不挠的战斗精神让人感到无比崇敬。

此刻,陈家昆等人忘却了前天夜里的恐惧和一路行走的劳累,精神特别亢奋,他们沿着右边山崖上开辟的一条长长石阶,手把崖壁攀爬而上。到达山顶时,三人已是气喘吁吁,大家一屁股坐在旁边的石头上,张开口出着大气。

他们纵观剑门雄姿,无不为之感叹:只见它群峰屹立,绵延到百里之外；关后的山峦上，翠绿的树林像波涛起伏的海洋，甚为壮观；关前的地势较为平缓，山丘显得那么低矮。站在剑门关山顶极目远眺，北上的道路像一条细长的白线蜿蜒穿过山坡和田野，蔚蓝色的天空中飘荡着朵朵白云。

此情此景，令三个登临的年轻人陶醉了。王洪光情不自禁地站起身来，抬眼仰望着蓝天，随即展开双臂，大声呐喊道："剑门关，我们来了！"

陈家昆、程吉珍同时站起身学着王洪光的架势，将双手向前展开，敞开喉咙高喊："我们来啦！"

王洪光最为高兴，他提议道："大自然的鬼斧神工，造就了如此壮观的景象，我们三人何不来吟诗抒怀？"

程吉珍扬起红红的脸蛋，忙问他："你说怎么吟诵？"

王洪光回答："现代诗也好，古典诗也行，总之诗句里必须带'剑门'和'剑阁'二字，这样才能充分表达大家身临其境的心情。"

陈家昆问："自己即兴赋诗行不？"

王洪光："当然是再好不过。"

陈家昆望了望他们说："谁先来？"

王洪光眨巴了一下眼睛，笑着伸手道："女生优先，程小姐你请。"

程吉珍并不推辞，大胆地挺胸而立，略思片刻之后，她吟诵道："黄埃散漫风萧索，云栈萦纡登剑阁。"

王洪光拍手称快："好，这是白居易《长恨歌》里的句子，刻画了蜀道难于上青天的险峻，诗句中有'剑阁'二字。"

程吉珍淡然一笑，对王洪光道："王公子，请吧。"

陈家昆在一旁看到她那副调皮可爱的模样，同声附和着："王秀才，你请。"

王洪光拍拍胸膛跨前一步，两手叉腰高亢地吟诵道："剑阁横云峻，銮舆出狩回。翠屏千仞合，丹嶂五丁开。"

陈家昆说："好诗，这是唐玄宗逃亡四川时所写的《幸蜀西至剑门》；开头便是'剑阁'二字。"

王洪光放下双手叉腰的架势，转过身对陈家昆道："陈少爷，你请。"

陈家昆此时抬眼远眺，激情澎湃地吟诵道："北上御敌路难行，晴空万里登剑门。男儿何时还桑梓，荡寇未尽誓不回。"

程吉珍立即拍手称赞："好诗，此诗写得既贴切又有现实意义，表达了当今国人的心声。请问作者是谁？"

陈家昆风趣地回答说："金堂古城桥大诗人，鄙人是也。"说完此话，连他自己都笑得不亦乐乎。

程吉珍伸出大拇指："我赞成是个大诗人。"

王洪光这时也不得不称赞："这首诗写得好，有真情实感，突出了我们攀登剑门的豪情壮志。"

大家尽情地观望了一阵剑门雄姿之后，便即刻转身向山下走去。

下山后，他们穿行在头顶上只有一线蓝天的峻峭山崖间；走过这段狭窄的山涧旁的小路，巍峨的群山渐渐远去；眼前忽然变得敞亮起来，耀眼的阳光照在脸上，晃得人的眼睛都很难睁开。陈家昆忙从行李中取出一把油纸伞，递到程吉珍手上。她随即将伞撑开，纸伞的阴影下，走着个婀娜多姿的健美身影，显得那么优美大方。陈家昆第一次欣赏起伞底下的程吉珍，心中猛然萌生了爱慕。

他们走在路上有说有笑，一扫之前的紧张和阴霾，彼此间的感情也越来越近，不再有那种生疏的感觉，相互要问的话随即多了起来，回答的人语调也不像从前那般生硬和客气，话语间增添了许多风趣和幽默，走路的步子也轻快起来。

走过剑门关后,他们的精神状况大为改观,内心深处涌动着一股青春活力与对未来的美好憧憬。人们都说"剑门天下险",大自然能让人开阔眼界,陶冶情操,欣赏剑门的雄姿,更会给人带来巨大的力量走完漫长的人生。

第二天,陈家昆三人风尘仆仆地走到了广元,住进了嘉陵江畔的一家"利州客栈"。

广元是四川北方门户,古称利州,它毗邻陕、甘两省交界处。这里水陆交通便利,商贾云集,市面非常热闹,夜间满街的商铺,灯光明亮,大街上行人络绎不绝。嘉陵江两岸停泊着许多大小船只,江边倒映着点点船家灯火,以及天上数不清的星斗,显得璀璨无比。

陈家昆他们没有心思体验城市的繁华,急忙在店中吃过晚饭,洗漱后,便拖着一身疲惫早早上床睡觉了。

程吉珍静静地躺在床上,望着从屋顶亮瓦上投下的那缕灰白色月光,一时之间难以入睡。这些日子以来,自从离开金堂家乡,不知父母亲是何等担心,他们要是知道女儿要去抗战前线,肯定会提心吊胆。父亲身患哮喘病,母亲的头疼症也时常复发;又想到那个调皮可爱的小弟,时常惹得母亲生气,每当犯错的时候,父亲手中的黄荆条会像雨点般落在他身上,小弟是个调皮蛋,除了听她这个姐姐的话以外,无论谁说话都当耳旁风,就连父母时常教训的话,他也是左耳进右耳出。小弟呀小弟,你何年何月才能长大,为啥不体谅父母为你操碎了心。想到家中这些烦心事,程吉珍心里感到一阵酸楚。

这一夜,程吉珍心中想念的还有一个人,那就是这段日子形影不离、结伴同行的陈家昆。虽然他年纪仅比自己大了一岁,看上去也不怎么帅气,但他有着坚毅和睿智的头脑,并有成熟男人的气度,这让自己心动。

陈家昆不仅有男子汉的粗犷和豪爽，而且情感细腻，往往在不知不觉间，便能体会到他对你的体贴入微。在这些天的行程中，每当自己口渴时，他便去路边农户家中要一碗水，首先递到自己手上；走路累了歇足时，他又会将路旁一块干净的石头让给自己坐；几次在饭馆里吃饭，他特别点了自己喜欢吃的回锅肉，而他的筷子却很少去夹一块，总是让自己多吃；晚上住客栈时，他必须要先进房查看一番，将通风的窗户牢牢关上，把干净的被子挑给自己盖。他通常就住在隔壁的房间，像卫士般保护着自己。他处处想得如此周到，让人感到无比温暖，心里有了极大的安全感。这难道是他与生俱来便会关怀人的本性，还是从金堂出发之初，表姐嘱托他要关照自己的缘故？总之，每当他看到自己时，眼神中流露出的那股热情，蕴藏着难以言表的羞涩的爱意。记得两天前夜宿演武场的那个惊心动魄的晚上，现在想起来也十分害怕。如果不是陈家昆当时处事机敏，当天晚上便会被抓去卖了壮丁；要是他和王洪光都被抓走，剩下自己孤身一人该怎么办？如果钱财被歹徒一抢而空，自己的境况将何等悲惨？程吉珍不敢再往下想。好在有了陈家昆的机警，当他听到客栈外的猛烈敲门声，第一时间便冲进房里来，立即拉住自己就往后院跑，到了那片安全的竹林后，这才松开了紧握自己的手。那时，她感到全身涌动着一股暖流，这是自己第一次被男生拉住手。在危急关头，他不顾一切地保护自己逃命，唯恐被那帮十恶不赦的歹徒绑走。虽然他的手已经松开，但它所传递的热情从此留在了自己的心底。

在茫茫的夜色中，嘉陵江奔腾流淌，流水声好像低沉而悠扬的乐曲，在江岸上空婉转地回响着，程吉珍渐渐地沉入了梦乡。

第二天清晨，陈家昆三人急忙吃过早饭便开始了新的行程，一心想着能早日到达西安。在途经闻名遐迩的皇泽寺和千佛崖摩崖造像景区时，他们也无心思去观赏，径直奔向前方的棋盘关。

当他们走到中子场时，突然看到一群惊魂未定的人在路边谈论什么。陈家昆见他们垂头丧气的样子，预感到情况不妙，即刻停下脚步走去看个究竟。

一个老汉瓮声瓮气地说："棋盘关那方的土匪太凶了，三天两头跑出来打劫！"

又一个中年男子抖着身上的衣服口袋，里面竟然空空如也，他哭诉着："就连我身上揣着几个吃饭的铜板都被他们抢光了，真是太可恶了，害得我去向人家讨饭吃。"

其中那个穿着青布长衫，两眼深陷，额头凸亮的商人最惨，他说自己在宁强县做生意所收的六十块大洋，一个不剩全部被土匪抢去了，弄得他回广元都没本钱进货，转眼之间自己的生意就垮了。

原来这些四川人都是在棋盘关被土匪抢劫过的受害者，他们曾相约去中子场乡公所报案，乡公所立刻派出七八个团丁背着枪前去"剿匪"，但他们却不能跨进棋盘关内，因为那儿不属于广元县地盘，只能在关口外的道路上搜索一阵，最终也未发现有土匪出没，不得不鸣金收兵，随即便扛着枪回去向乡长交差了。

这样的抢劫事件屡屡发生，中子场的团丁也时常出动"剿匪"；但他们从未抓到一个土匪，甚至连土匪的影子都未曾见着。所谓的"剿匪"不过是例行公事罢了，这样做的目的是向县政府有所交代，另一方面也有理由向县里多要几支汉阳枪，多给乡公所拨些饷银。

陈家昆仔细听了这些人被抢劫的过程，感到情况非常危险，不敢再贸然前行，只得在中子场暂时停顿下来。

棋盘关是四川通往西安的必经之路，是川陕之间的一个重要关隘。陈家昆心中时刻牢记自己的特殊使命，虽然前方异常艰险，但哪能畏惧不前呢？在这种紧急情况下，自己必须想出一个周密的行动计划，以确保万无一失。经过一番缜密的思考后，他向王洪光和程吉珍二人道出了一个大胆的想法：根据那些被抢劫的受害人描述，棋盘关的土匪抢劫对象主要是由此经过的四川人，他们只图抢夺钱财，并未伤及人的性命，也没听说对年轻女子有何贪念，这说明土匪还有一点点良心。再则，走到棋盘关陕西管辖的地盘上，竟然没有发生过猖狂的抢劫，这说明当地百姓比较安全。他们何不冒充当地的探亲者，就说到前面不远的黄坝驿。常言说兔子不吃窝边草，陈家昆料定这帮土匪必然是当地人，他们一定会顾及今后在某个场合露面时，会被受害者认出去报官，从而招来杀身之祸。如果再往好的地方想，这群土匪原本就是贫苦人家，若非遇到生活所迫，或是遭受官府苛捐杂税压榨，不得已出来铤而走险的。说到这里，陈家昆对自己的行动计划更加深了信心，但一定要保住去西安的路费不被土匪抢走，如果一路上没有钱吃饭和住店，那将寸步难行。

怎样渡过这道难关，陈家昆想到一个好主意。他们三人随即走到中子场外的路边，找到一户有着两间茅草房的农家，只见门前有个年轻妇人，她身上背了个戴着虎头布帽的娃儿，手里在穿针引线纳着鞋底，在那儿来回踱着步子，好像在等什么人。

陈家昆走上去急忙打招呼："大嫂，我们有点事情要麻烦你。"

妇人抬眼看见面前走来三个陌生人，一下愣住了，不知如何回答是好，她睁大一双惊奇的眼睛，一张圆脸都绷紧了，她放下手中的鞋底，结结巴巴地问道："你们有啥子事？"说话的声音略显惊慌，唯恐遇到歹人。

陈家昆笑着说："你请放心，我们并不是坏人，今天只是从这儿路过，想向你们家买几件旧衣服，再要一挑孬箩筐用。"

妇人指着放在屋檐边的箩筐说："我们家就这一挑箩筐，自己时常要用的。"

陈家昆道:"不要紧,我们拿钱给你,你再到场上去买挑新的就是了。"他一边诚恳地说着,一面伸手在包里拿钱。

妇人见他们毫无恶意,随即便放下心来,又说:"我家的衣服破旧不堪,怕你们嫌弃穿不出去。"

陈家昆回答道:"这无关紧要,反而是越旧越好,另外再要一件女人穿的旧衣裳。"

妇人见陈家昆将一块银圆拿在手上,心想这不会是假的,不如卖了旧的明天去场上买新的,这样很划算。于是,她爽快地向陈家昆说:"那要的嘛,我到屋里去拿衣服,你们先坐一会儿。"她用手指着门前的长板凳。

过了一会儿,妇人从屋内拿出两件男人衣服和一件女人衣服,真是太破旧了,衣服的袖口和衣摆缝着几个补丁。

陈家昆心中很满意,这些衣服正是他想要的。他随即将银圆递给妇人。

此时,他们各自将旧衣服穿在身上,相互一望都忍不住笑了,三个穷困潦倒的年轻人瞬间出现在大家面前。

陈家昆又向妇人要了少量的红苕和一个南瓜放在箩筐里,然后将其挑在自己的肩上,便急忙往前赶路了。当他们来到一个弯道处,陈家昆观望前后无人经过,急忙将箩筐挑进了旁边的树林里;接着把南瓜从箩筐里拿出来,顺手接过王洪光递来的小刀,蹲下身去用小刀在南瓜的屁股边开一条细小的口子,然后叫程吉珍将包袱里的银圆全部拿出来,他将银圆一个一个往小口里塞,最后只留下一个放在身上,他和王洪光各自揣了几块铜板零钱。陈家昆随手在地上抓了些湿润的泥土涂在南瓜的屁股上,南瓜本来长在地里,粘上一点泥土非常正常,谁也看不出小口的痕迹。做完这些准备之后,他觉得还有什么事要做,他发现王洪光和程吉珍脸上显得太稚嫩,不像穷人的模样,与他们身上所穿的破衣服也不搭配,很容易被人识破。于是，他伸出沾有泥土的手往自己脸上一抹，顷刻之间，他就变成了满脸污垢的穷汉，一副又黑又脏的憨模样。王洪光和程吉珍马上按照陈家昆的做法，用手抓了些泥土在手掌中搓揉几下，然后轻轻往脸上涂抹着。陈家昆在一旁对他们说："不要抹得太多，抹均匀就好了。"

一切准备妥当后，他们三人便从树林中走了出来，迈开大步向棋盘关走去。

当他们走到距离棋盘关大约两里路时，突然从山上的树林中冲下来七八个人，他们每人手里都端着一杆长枪，枪管上锈迹斑斑，枪托也很破旧。带头的是一个满脸络腮胡子的大汉，他首先冲到陈家昆三人的面前，把手中的枪向上一举，挡住了他们的去路；当他睁大眼睛看了看他们一身邋遢的样子，以及那担装着红苕与南瓜的旧箩筐后，颇感失望地吼道："你们是干什么的？到哪里去！？"

陈家昆看到这个大汉的表情，装着受到惊吓似的回答说："到黄坝驿找我姑妈。"

大汉又问："你姑妈在黄坝驿住？"

陈家昆听出他问话的怀疑，胆怯地答道："她在黄坝驿场上开饭馆，带信来要我去饭馆当伙计。"

站在大汉身旁的那个瘦个子，突然插话进来："是不是上场口那家朱记饭馆啊！"

陈家昆立刻又明白了什么，他急中生智地追问一句："你认识我姑妈？"

瘦个子正欲张口回答，不料被站在面前的大汉狠狠瞪了一眼，抢先对陈家昆说："我们不认识她。"

大汉的这一奇怪举动，陈家昆全然看在眼里，心中有了对策。

大汉俯下身去翻看箩筐里的红苕和南瓜，不屑一顾地说："就装了这些烂东西!"

这时,一个十五六岁的大男孩走上前来,怒气冲冲地对陈家昆他们喊着:"把身上的钱拿出来!"他的个子不比枪高,脸上稚气未脱。

陈家昆看他一副盛世凌人的样子,说话带着一口娃娃腔,肩头上挎着那杆破枪,随即示意王洪光和程吉珍掏衣包,三个人同时翻弄着自己的衣服口袋,一会儿在衣服口袋拿出几块铜板,一会儿又从裤兜里找出几张皱巴巴的银圆券,把自己的衣服口袋翻了个底朝天,竟将里面的泥土残渣都抖搂出来。

"再搜!"旁边又走来一个不甘心的土匪,用枪口指着他们的胸口厉声说道。

这时,陈家昆哭丧着脸,一屁股坐在地上,无奈地脱掉脚上已经快磨破底的布鞋,从鞋中倒出来一块银圆,他故意把银圆死死拿在手中,不舍得交到他手上。

那个土匪上前一把将银圆夺了过来:"看你小子还会藏东西,居然把钱放到了鞋子里。"

"大爷,你就行个好嘛,这钱是我给姑妈买生日礼物的。"陈家昆再度装出一副可怜相。

匪徒并不理会,转而用枪对着王洪光、程吉珍二人喊道:"你们两个也把鞋子脱下来。"

程吉珍害怕得始终低着头,显得非常胆怯,随即坐在地上脱鞋。

王洪光也是极不情愿,但在枪口的逼迫之下,只得将鞋脱了下来。

匪徒们见两双鞋里什么东西都没有,很是扫兴地把枪收回去扛在肩上,他们随后过去在二人身上搜了一遍,结果一无所获。

陈家昆此时从地上站起来,哭丧着脸对领头的大汉哀求道:"我把箩筐里的红苕和南瓜全给你们,请你把那块银圆还给我,我好去给姑妈买生日礼物。"

大汉不耐烦地呵斥道:"谁要你的南瓜、红苕?快点滚开走远点,不要耽搁老子们发财的时间。"

陈家昆仍然轻声抽泣着,站在原地不肯挪步,他继续哀求着:"大爷,求你老人家行个好,把钱还给我嘛,若是你哪一天到黄坝驿馆子来吃饭,我会好生伺候你。"

大汉再次听到陈家昆提起黄坝驿时,内心产生了动摇,转动眼珠想了片刻后,便靠近身旁的匪徒耳边低声说着什么,接下来,众匪徒的脸色忽然变得温和多了,大汉向刚才抢银圆的同伙说道:"把钱还给他算了,这些龟儿子比我都穷。"

陈家昆伸手接过那个匪徒递来的银圆,笑嘻嘻地站在那儿,大汉当即命令似的对他说:"看你小子还算憨厚老实,快点走吧。若是到了黄坝驿,不准给别人说起今天的事情。"

陈家昆心中一阵欣喜,随机答应道:"你们的事我绝对不会说出去,多谢各位大爷。"说完之后,他急忙挑起地上的箩筐,三人加快脚步向棋盘关走去。

当他们惊魂未定地从棋盘关走到黄坝驿时,陈家昆好奇地想看看那家自己编造的姑妈所开的饭馆究竟啥样。黄坝驿这个山中小场仅有一条街,从狭长的场头一眼便可望到场尾。走了不到两分钟的时间,果然发现左边街上有家朱记饭馆,饭馆有两间铺面,店堂内摆设着十几张饭桌,可供上百人在这里吃饭,是黄坝驿上唯一的饭馆。

陈家昆一行人不敢在街上多停留,急忙在一家面食店买了几个刚出笼的鲜肉包,装了一竹筒开水带在身边,一路上边走边吃,准备去前面的宁强县过夜。他们走到城外的一条小河边便停下脚步,只见夕阳照得河水泛起红光,他们蹲下身用双手捧起清澈的河水洗去脸上的尘土,梳理好头发，再脱去那身肮脏破旧的衣服。陈家昆用刀把箩筐里的南瓜切开，取出藏在里面的银圆，又将换下来的衣物丢进箩筐里，并将其放在道路旁边，以便让过往的穷人或乞丐拿去使用。

宁强是陕西的一个小县城，地处汉中平原西南端，是川陕交通的必经之地。街面上开设着多家卖杂货、糖果的门店，饭馆和客栈一应俱全，不少店铺老板已在自己门前点亮了马灯。

三人来到东街一家"岭南客栈"投宿，然后在客栈旁边一家饭店吃过晚饭，接着便回到客栈里歇息了。经过一天的奔波劳累，尤其是在棋盘关前面遇到的惊险一幕，王洪光和程吉珍想起来就感到心惊肉跳。面对那帮穷凶极恶的匪徒，不仅没有被他们看穿自己乔装的真相，也没有损失一点钱财，就连被他们抢到手的那块银圆，后来也自愿退还到自己手中。这究竟是什么原因，二人百思不得其解。

这时，三人静静地围坐在客房中的油灯下，谈论着棋盘关前遭遇土匪抢劫的那件事情。程吉珍抿嘴笑着问："喂，智多星，你是怎么想到土匪会轻易放过我们的？"她未加思索，顺口便给陈家昆取了这个绰号。

陈家昆生平第一次听到有人这样称赞他，心中感到很温暖，而这种称呼竟是从程吉珍口里吐露出来，他顿时激动不已。看到她抿嘴一笑，一对浅浅的酒窝在她两腮上闪动着，显得那么纯情和美丽。

王洪光在一旁也迫切地问："你快说说到底是怎么回事。"

陈家昆略思片刻后，对他们说道："我在中子场听那些被打劫过的受害人说，这帮土匪只抢钱财，并不伤人也不劫色，我就放心多了，我最担心的是程小姐如果被抢走了，我们就惨了。"

王洪光张口一笑，望着程吉珍戏谑地说："要是上山去当压寨夫人，那多威风啊！"

程吉珍伸手轻轻一巴掌拍在他肩头，红着脸说道："你少废话，听家昆继续往下说。"此时，她的称呼中，居然去掉了一个"陈"字，只是两个粗心的男人并未注意这细微的变化。

陈家昆接着说："那帮被抢的百姓说到土匪抢劫的对象大都是四川人，他们之所以利用在川陕交界处抢劫，可见他们必是陕西境内的人，料定四川官府不敢越境追捕，抢劫之后可以安全逃逸。"

程吉珍问道："那帮土匪好像对我们并没有特别凶悍。"

陈家昆回答道："我们身上穿着破烂衣裳，土匪认为我们是贫困潦倒的穷人或是讨饭的叫花子，再看我们一副蓬头垢面的模样，哪有什么油水可捞，根本没有把我们看上眼，并且让他们感到很失望。因此，在语气上就显得不怎么强硬，我看出这帮土匪必然是贫苦人出身，当看到我们也是穷人时，心中可能有同病相怜的感觉。"

王洪光点了点头："极有可能是这个原因，这便使得我们能够轻松瞒天过海。"

程吉珍眼睛一亮，又加上一句形容词："这叫暗度陈仓。"

王洪光又问陈家昆："你为什么敢把南瓜送给他们，你知道里面藏着我们三人的路费和吃饭钱。"

陈家昆说："当然知道，但我肯定他们绝对不会要这个南瓜，你们好好想一想，大山里面的农户谁不将红苕和南瓜吃够了，土匪既然是穷人出身，看到这些东西便生厌，他们想得到的只有钱财。"

程吉珍再追问："你说的那个'姑妈'及'朱记饭馆'又是怎么回事？"

陈家昆淡淡一笑说："走亲戚总要有个称呼吧，'姑妈'则是那个爱插话的土匪递给我的信息，还得多亏了他那句话，我才知道黄坝驿场中有家'朱记饭馆'的存在。"

王洪光："那块被他们抢去的银圆，后来为啥又心甘情愿退给我们呢?"

陈家昆颇为得意地说:"这得感谢我编造了一个姑妈,她所开的'朱记饭馆'帮了大忙,那些土匪一听到这家饭店,感到很熟悉的样子,我就料定他们必是黄坝驿附近的人,说不定还到过朱记饭馆吃饭。既然是当地人,难免今后要到黄坝驿去喝茶和吃饭,当听到我即将到饭店去当伙计之时,他们害怕某一天到了黄坝驿街上,我会认出他们的模样,唯恐我去报官检举。"

程吉珍认同地点头说:"土匪也知道要为自己留条后路。"

王洪光伸了伸懒腰道:"原来如此之简单。"

陈家昆紧接着说:"这还是在学校抗战宣传队学来的计谋,我们今天就算实际演了一场'遇劫记'。"说完之后,他站起身来将手一摆,"大家快回房间睡觉去吧,明天早晨还要抓紧赶路呢。"

辽阔的汉中平原是西北军的重要军粮供给地,每天往来运输军粮的汽车络绎不绝,公路旁的两家饭馆时常被运输军粮的司机及押运军粮的官兵挤得打拥堂,生意非常火爆。

当陈家昆等人来到汉中城外的公路边时,好不容易走进一家饭馆找张空桌坐下来,准备吃完饭再继续向前赶路。

这时,只听见旁边饭桌的一个中年司机在向他的助手发话:"你快点儿把饭吃完,去将汽车水箱的水加满,顺便检查一下水管接头有没有松动,将风扇皮带螺丝扳紧一点。"

年轻的助手应声道:"我马上就去。"他随即放下手中的筷子,向停在路边的那辆大道奇汽车走去。

陈家昆听到司机的谈话,心里不由得一阵欢喜,司机满口的四川话,他感觉好机会来了!他起身走到司机面前,带着笑脸恭敬地问道:"请问师傅您也是四川人?"

司机见眼前这个年轻人很懂礼貌,将点燃的火柴头往地上一扔,回答道:"四川广汉县的,你又是哪里人?"

陈家昆高兴地笑道:"我们三个都是四川金堂的。"

司机颇感惊奇:"嗬,今天怎么这么巧,居然在汉中遇到老乡了!广汉和金堂县挨县,难怪说话的声音这么熟悉。"

陈家昆说:"就是嘛,我大嫂就是广汉三水关人。"他与司机套着近乎。

司机又问:"你们三人怎么会到汉中来,准备要到哪里去?"

陈家昆诉苦道:"我们走了好多天山路,脚上穿的鞋都磨破了,打算去西安找事做。"

司机摇着头说:"西安现在到处是兵荒马乱的,城里城外驻扎着几十万西北军和东北军,还有八路军办事处,满街都是穿制服的军人,你们为啥要到那儿去?"他为三个青年担心起来。

陈家昆认真地对司机道:"我家表叔一个月前写信来要我们去帮他,他说自己开的米店里缺少伙计,每天的生意都很忙碌,要我们尽快赶过去。"

司机微微点头说:"啊,要是这个样子还差不多。"

陈家昆见时机已经成熟,便无心与他闲谈,直截了当地向司机请求道:"师傅,麻烦您捎带我们去趟西安如何,我们给路费钱。"

司机是个老江湖,同时也是耿直人,他爽快地说:"都是家乡人嘛,赶快回桌上去吃饭,吃完饭就立即上车。"

陈家昆高兴地回到桌前,催促着王洪光和程吉珍:"大家快点吃,汽车很快就要开了。"

当他们急忙走到那辆满载着军粮的汽车前,司机叫他们从后挡门爬到车厢里，车厢里装着数袋大米，坐在上面感到很舒服，三人不约而同地开心笑起来。王洪光双手向后一展，顺势躺了下去，舒坦地深深吸了口气，显得非常满意。

这时，随着一阵马达的轰鸣声，汽车引擎立刻启动了，运粮车很快驶离汉中，在凹凸不平的碎石路上颠簸前行，陈家昆和程吉珍在车厢的左右摇摆中，很快便感觉疲惫，各自躺在平坦的粮袋上，慢慢地睡着了。

汽车行驶在一个山梁拐弯处，司机打了个急转弯，将车厢里的三人抛向了另一边，程吉珍顺势翻了个身，只稍微睁了下眼睛，便又睡了过去。她的一只手不经意间搭在了陈家昆胸口上，陈家昆感到被什么东西压了一下，他睁开眼睛发现，原来是程吉珍的手放在了自己身上，他转过身去看熟睡中的她：那红润的脸庞，长长的睫毛，乌黑的头发，紧闭的双唇和鼻翼翕动发出细微的鼾声，确实不忍将她的手从胸前推开，唯恐惊醒了她的睡梦，看着她可爱的模样，自己竟然全无睡意。

公路前面忽然出现一个大坑，司机紧握方向盘，右脚急忙踩下刹车踏板，笨重的汽车被抛了起来，车上的人被这突如其来的震动惊醒了，程吉珍醒来时第一眼便看到自己的手放在了陈家昆胸前，她一下羞红了脸，不好意思地望着他抿嘴笑了，陈家昆也对她微笑着。

王洪光揉了揉眼睛，抱怨说："怎么搞的，打碎了我一场好梦。"

陈家昆三人就这样搭着运军粮的"黄鱼车"很顺利地到达了西安，他们即刻找到八路军驻西安办事处，第二天上午在办事处胡参谋的具体安排下，来自全国各地的四十余名热血青年被召集到一起，乘着一辆租来的挂篷卡车，从大雁塔前出发，径直朝着陕北延安驶去。

七

新学期即将开始，五凤溪国民小学的老师又陆续回到沱江边上的这个小镇，准备再次踏上三尺讲台，耕耘这方教育的沃土。

田仕勋提前两天就来到学校，他是搭乘一只从赵镇开往内江的货船到达五凤溪的。他走进学校那间宽敞的办公室，只见校长独自一人坐在桌前整理着一摞教学资料。他向校长报到之后，便将行李放到自己的寝室内，手里提着随身带来的一个竹筐，径直奔牛角冲而去。

当他匆忙走到贺家小院的篱笆门前，还未用手敲门，就听到一阵狗吠声，那只躺在屋檐下的大黑狗猛然扑上来，睁大它那双圆溜溜的眼睛，怒冲冲对着田仕勋"汪汪"叫唤。

这时，贺老大正在后院编篾筐，他对女儿说："青凤，你去门口看看有谁来了。"他心想这已是下午时间，有哪个会来呢？

青凤从屋里走出来，很快来到院门口，她隔着那道篱笆门，隐约看到站在门外的田仕勋，心里不禁怦怦跳动起来，她急忙呵斥狂吠的看家狗，用手打开了那扇紧闭的篱笆门。

田仕勋提起放在地上的竹筐，问道："青凤，你爸爸在家吗？请他出来一下，我有事情对他说。"

青凤转过身向着后院里喊道："爸，田老师有事找你。"她随即从屋内端来一把竹椅，请田仕勋坐下来。

贺老大听到女儿的呼叫声，赶忙起身解下腰间的蓝布围腰，面带笑容地从屋里走了出来。

田仕勋看到贺老大，急忙站起身来问候："贺大叔，您老人家好！"

贺老大看到眼前这个很懂礼节的年轻人，心中感到很舒服，便客气地对他说："田老师，你请坐。"

田仕勋并未坐下，而是俯下身去打开地上的竹筐盖子，对贺老大说："这里面装的是从美国引进的优良血橙苗，现在已经栽培成功了，金堂的土壤和气候很适合它生长，我从三星农场买来三十株送给你们栽，三四年后就能开花结果。"

贺老大听了很高兴,但又担心道:"这个东西是外国货,我不懂栽培法啊。"

田仕勋笑着说:"这不要紧,我请教过农场栽果树的农艺师傅,我晓得怎么栽。你现在只管拿着锄头,挑一担粪桶到坡上,我们一起去将树苗栽上。"

贺老大听田仕勋说要亲自帮着去栽,急忙吩咐青凤道:"你去后面拿把锄头,我到猪圈去挑担粪桶。"

听到父亲和姐姐在外边与人大声说话,小凤和玉凤姐妹俩同时从屋里走了出来,当她们看见面前站着的田老师时,感到很惊讶,羞怯地齐声问候道:"田老师好。"

田仕勋认真地问道:"过两天就要开学了,你们的假期作业做完没有?"

青凤将一把锄头扛在肩上,看了眼拘谨地站在一旁的妹妹们,甜甜地对田仕勋一笑说:"她们早就做完了,家里也没有事情非要她们做,就盼着开学的那天了。"

田仕勋显然很高兴:"那好啊,读书才是件大事情。"

小凤和玉凤听了老师赞扬的话,随即咧着嘴笑了起来。

这时,贺老大挑着一担粪桶走过来,对田仕勋说道:"田老师,我们现在就走吧。"

田仕勋点头说:"好,我们马上就去。"他俯身提起地上那筐树苗。

小凤和玉凤急忙走了上去,夺过田仕勋手中的竹筐说:"田老师,让我们来拿。"

这时候,青凤的母亲贺吴氏也从屋里走来,她听说田老师要帮自家种果树,便笑着对田仕勋说:"等你们栽完树就快点回来吃饭。"她的语气很亲切。

贺老大走在前面，他边走边问女儿们："果树栽在哪块地好呢，是栽在坡上还是坡下？"

小凤对父亲说："栽在坡下那块地上，那儿离水沟近，浇水要方便些。"

青凤想了想，发表了自己的看法："依我看，不如栽在坡上好，那里阳光充足。"

贺老大向田仕勋询问："田老师，您说呢？"

田仕勋一时间无法确定，自己也不是栽果树的内行，于是他说："水和阳光都是树苗生长的必要条件，我弄不清楚你们家哪块地最合适。先去看一下再说。"

玉凤跟在后面，她一边低头走路，一边开动脑筋想着。当她听了田老师和两个姐姐都说了各自的看法，再看父亲也拿不定主意，便大胆地说出了她的想法："我觉得栽在我们屋后那块地好，那是我们祖上自家的地，不是租贺家大院的，果树要长二三十年，栽在自家地里，这辈子放心。浇水最多挑二里路，树也不需要经常浇水。再说，屋后那块地离道路较远，树上结的果实也不怕行路人随手摘去，晚上若要守果树园子，离家近更为方便。"

田仕勋转过头来看了一眼玉凤，没料到她小小年纪，不仅想到现在，而且还想到今后可能遇到的事情，便对贺老大说："我看玉凤这个主意很好，就栽在你们家的坡地上。"

贺老大见田老师都这么肯定地说，便点头答应道："要得嘛。"随即领着大家往坡地上走去。

青凤和小凤看到妹妹的意见得到老师和父亲的认同，心中有点自愧不如的感觉。再看看玉凤一脸得意的神情，便凑近她耳边，低声说："妈就生了你这个机灵鬼。"

田仕勋发现屋后那块地真的不错，虽然不是那么平坦，但它的坡度很低；尽管离水沟远一些，却离自家院子更近；等到来年果子成熟季节，也不用太担心被人偷走。当丰硕的果实挂满枝头，那将是一道亮丽的风景线。

田仕勋在赞许之余，心中暗暗思忖着这个年纪尚小的玉凤，现在竟然有如此远见，若是将来长大成人必定很出色。

这些栽树人很快便来到坡地，只见地里长满了红苕藤，从一行行苕坎之间隐约看得见一些黄色的土地，田仕勋指着苕坎上覆盖着的苕藤，对小凤和玉凤说："你们去把苕藤往旁边翻开，把地面露出来，树苗就栽在红苕坎中间。"他转身又对青凤说："你去地里挖坑，每个坑必须间隔一丈。挖得深浅合适，栽树苗不用挖得过深，有一尺就足够了。"紧接着，田仕勋从地旁捡来一根竹竿走到苕坎间，丈量着挖坑的间隔距离，每量一次便用石块在地上划一个圆圈做标记，然后喊青凤照着标记挖坑。

三姊妹按照田仕勋的指派，即刻走进地里干活。挖坑的挖坑，栽树的栽树，大家都在紧张有序地忙碌着。等到贺老大从坡下的小溪中挑来一担水，女儿们已将栽树苗的坑挖好。

田仕勋蹲下身把竹筐里的树苗拿出，叫三姊妹过来看他怎么栽种，他先拿着一株树苗，小心地剥开用南瓜叶紧紧包裹着的树苗根茎，唯恐弄掉树根上那坨湿润的泥土；接着，他将树苗栽入坑中，用双手把坑旁边的泥土回填进坑内，填好之后再用手掌将松土压实；最后浇上一瓢定根水便可以了。

这样简单的栽培法，对贺家三姊妹来说，并不算什么难题，她们看到田老师正儿八经的示范动作后，心想这些农活我们早就会干了。

田仕勋看出三姊妹有些不当回事的样子，特别提醒她们说："千万不要把树苗上那坨泥巴弄掉了，泥巴能保证根系不受损伤，要注意栽得不深不浅，回填泥土之后要用手压紧一下。"

三姊妹应声将一株株树苗拿去栽了起来，贺老大紧随其后，给栽好的树苗都浇上一瓢定根水。经过大家齐心协力，三十株树苗很快便栽种完毕。

当他们一行人从坡上回到家中时，一顿既简单又丰盛的晚饭已经摆放在院坝那棵柿子树下的桌上。说简单，有自家地里种的黄瓜、丝瓜和豇豆炒的小菜；说丰盛，有一盆香味扑鼻的炖鸡汤和一大盘红烧鲫鱼。看得出鸡是现杀的，屋檐边的墙根下还放着一个烫鸡用过的木盆，可能是太忙的缘故，里面的水还来不及倒掉，木盆旁边仍放着一团扯下来的鸡毛。至于那盘鲫鱼来得也容易，这是贺老大昨天在牛角冲村口那条小河里打捞来的，捞鱼的篾网现在就挂在屋门边那根房柱上。

贺家姐妹有一位能干的母亲，这么一会儿工夫，竟然做出了满满一桌待客的佳肴，真是难为她了。

今天的晚饭吃得很开心，大家在饭桌前有说有笑，贺老大拿出从五凤溪买回的酒，手里拿着两个酒杯。他先将一个酒杯摆在田仕勋面前，然后给自己摆一个。田仕勋见他要给自己倒酒，急忙摆手说："贺大叔，我不会喝酒。"贺老大哪肯相信，便伸手过去拿田仕勋面前的酒杯。这时，酒杯却被一旁的青凤用手捂着，她带着责怪的语气说："爸，人家说了不会喝酒，要喝您只管自己喝。"她立即将酒杯拿来放在了自己面前。

贺老大并不介意女儿这么维护田老师，当然也想不到她此时在想什么。但坐在他身旁的妻子却是个精明女人，她看到青凤捂酒杯的举动，又听到她对父亲说的那番话，心中忽然明白了，原来女儿已经长大成人，难道女儿心中对田老师有意思？

吃完晚饭后，天色慢慢暗下来，鲜红的夕阳即将坠落。

田仕勋急忙起身告辞，他要赶回学校去。尽管贺家人一再热情挽留，但田仕勋执意要走，他的脚步已迈向大门。贺老大夫妇只好笑脸相送，嘴里不停说着客气话："田老师，多谢你送来的树苗，你抽空一定要来牛角冲耍哈。"

小凤和玉凤跟随父母身后，亲昵地说着道别话："田老师，您慢些走。"

这时，青凤手里提着半篾筐红亮亮的柿子由屋内奔来，从父母及两个妹妹身旁一闪而过，径直追向走在路上的田仕勋，将那筐柿子递到他手上。贺家人站在门前观望，却不见青凤转身回来，只见她与田仕勋肩并肩朝前走着，似乎交谈得非常投缘，青凤的身子紧靠着田仕勋。

贺吴氏看到眼前这一幕，感到很是吃惊，同时又有说不出的高兴，她得意自己的女儿这么有眼光，像自己一样细心又体贴，竟然想到送田仕勋一筐熟透的柿子。因为那棵柿子树，田仕勋等人才来到自己家，记得那天早上喜鹊在树上不停叫唤，难道是为贺家报喜来的？该不会是送这个女婿来了？

当一轮皓月高高挂在天空时，青凤兴致勃勃地回到家中，她顺手轻轻地关好篱笆门，径直走进了自己的房间，洗完脸和脚，便躺上床睡觉了。但她今夜难以入眠，脑海里回想着送田仕勋的路上，他们交谈了许多事情。当她将那筐柿子递到他手中时，他便真诚地邀请自己陪他往前走一程，青凤满脸羞涩地点头答应了。于是，他俩便肩并肩往前走，她由田仕勋口中得知教语文的曾老师已投身抗战前线；教历史课的陈老师在广汉三水关找了个漂亮的女娃定了亲；他的父母也在托人为自己说亲，但他无论如何不肯答应，说是想在五凤溪找个称心如意的。青凤听说他准备在五凤溪找对象，心中感到一阵欢喜，他会不会看上自己呢？她胆怯地低声问道："你看上哪家的姑娘，她住哪儿？"田仕勋笑着没有马上回答，只是久久地望着她涨红的脸蛋，直看得她不好意思地低下头。当她抬起头对上他那深情的目光时，心脏陡然间怦怦地跳动，忍不住催问道："你究竟看上五凤溪哪家姑娘?"田仕勋见她急成这个样子,便停下脚步转身站在她面前,情不自禁地拉住她双手,贴近她耳边轻声说道:"就是你这个贺家姑娘。"青凤此刻简直不敢相信自己的耳朵,也不敢看他那双火辣辣的眼睛,羞得又慌忙低下了头。田仕勋认真地向她表达了爱意,并且说要回赵镇和父母亲谈起这件事,选个好日子到牛角冲贺家来提亲。低着头的青凤听了满心欢喜,被田仕勋紧拉着的手竟然出汗了,她鼓足勇气轻声地问了一句:"什么时候来提亲?"他坚定地回答道:"就在今年放寒假的时候。"她再问:"你在五凤溪准备教多少年书?"他说:"我明年想到赵镇学堂去教书。"听田仕勋说要回赵镇老家,这意味着自己以后也要嫁到那儿去,不知是喜是忧,她一时间沉默不语。

在银白色的月光下,一对有情人不知不觉已走到牛角冲村口,要不是天色已晚,他们不知还有多少知心话要说,临到恋恋不舍分别那一刻,谁都不愿意先松开对方的手。

这天夜晚,贺吴氏与青凤母女二人都难以入眠,青凤独自躺在床上想了很多:田仕勋说腊月间便要来牛角冲提亲,父母亲必然会高兴地应允,婚事一旦说成,自己明年就要远嫁他乡,心中确实舍不得离开父母,他们膝下没有儿子,相信也舍不得女儿嫁到远处去。好在家中还有两个妹妹,只是自己嫁出去之后,家里又少了一个做农活的帮手。她心里挂念着养育了她十七年的父母和牛角冲这片她熟悉的故土。而母亲贺吴氏同样睡不着,当今天傍晚看到青凤提一筐柿子追向田仕勋时,她心里感到震动,再后来看到青凤和田仕勋并肩走着,竟然走出了自己的视线。等到青凤喜滋滋地回到家中,并未向父母亲说些什么,便径直回到自己的房中去了。贺吴氏很想知道两个年轻人路上究竟发生了啥事。

说到女儿青凤的婚事,她曾操过不少心,在今年端午节那天,她专门带着青凤回了趟长乐娘家,并在父母家中住了一夜,第二天便去看望嫁到兴隆场的大姐。兴隆场地处中江和金堂两县交界的地方，由中江县管辖。这天恰逢兴隆赶场，满街人头攒动，许多农户挑着担子到场上来销售农副产品，更有不少做生意的人，狭长的街道上显得非常热闹。大姐家是开饭馆的，大姐夫是灶上的厨师，儿子则充当案板上的墩子匠，爷俩相互配合经营着这家馆子。大姐负责招呼客人和算账收钱，大姐的公婆只管在后堂洗菜、洗碗。全家的日子过得还不错。大姐的儿子今年已满二十二岁，家里曾托人给他说过两次亲，第一个女方家住福兴场，但见面后便让大姐非常失望，那个女子虽说长相不丑，但是身材干瘦。大姐是个很挑剔的人，当她第一眼看见这个女子时，心中便碰到了一道坎——她瘦得浑身看不到一点丰腴，大姐就将这门亲事给推掉了。说到第二门亲事，女方家就住在离兴隆不远的赵家场，家中条件也比较殷实，自家有田地二十多亩，此外还开着一间碾坊，用来为邻近的农户碾米、磨面。这家姑娘今年十九岁，之前也有媒人来给她说过亲事，但总是东不成西不就的。这一次大姐领着儿子到赵家场相亲，她原本是做生意的精明人，很想到女方家去看个究竟，是否像媒人所描述那般富裕，她知道媒人往往不会说真话，一切都需眼见为实。这家姑娘长相很不一般，她的皮肤黝黑，胖嘟嘟的两腮，鼓起一双大眼睛，很像父亲那副男子汉模样，再看她腰身滚圆，显得很不秀气。双方家长见面后，大姐看见儿子满脸愁容，还偷偷给自己使了个苦涩的眼色，大姐顷刻明白了儿子的心思。她一面同姑娘的父母摆谈着家常，一面在心中盘算如何来推脱这门亲事。谈了一阵闲话后，大姐装作不好意思地跟女方家长说，家里的事全由丈夫做主，儿子的婚事要由他拿主意。对方热情地邀请他们母子留下来吃饭，大姐又为难地说，她家饭馆里今晚要做几桌酒席，是兴隆场乡长宴请县城来的客人，这件事情耽误不得，必须马上回去做好准备，理由编得总算充分，女方家也不好再做挽留，大姐母子回到兴隆场后便立刻向媒人回话，这门亲事不谈了。

其实，大姐一家人心里已想好一门亲事——他们都看上了青凤，只是一时间没有向青凤母亲当面挑明。大姐知道青凤和她母亲一样精明能干，言谈举止非常得当，是个很会持家的人。但大姐内心也有所顾虑，她知道越是标致能干的女子，眼光必然越高，青凤母女能不能看上自己的儿子？心里确实捉摸不定，要是一旦向她们提起儿女婚事，若遭到对方婉言谢绝，姐妹俩的颜面很难放下来，所以一直开不了口。

一想到儿子已长大成人，亲事也不能再拖下去，恰好今天妹妹带着女儿青凤来到兴隆场，大姐想何不趁着这个机会当面提出婚姻之事？常言道："姨表亲，亲上亲。"若是答应了这门亲事，自己和妹妹今后便结为亲家，侄女儿便成了自己的儿媳妇，那该有多好啊！

于是，大姐将妹妹请到后堂的房间内，姊妹俩并肩坐在一起，各自谈论着自家儿女的亲事，大姐终于向妹妹开口道："把你们家青凤嫁给我们桂儿怎么样？"大姐的儿子名叫何其桂，家里人从小就这样亲密称呼他，长大之后也改不过来。妹妹听到姐姐突然提到女儿的婚事，真有点出乎意料。她心中原本想请姐姐在兴隆场街上帮青凤找一户合适的人家，哪知姐姐居然先提到他儿子。这个桂儿也是自己看着他从小长大的，品行和脾气都还好，就是不够聪明，不喜欢读书，所以后来跟他爸学起当锅儿匠。虽说他是自己的亲侄儿，尽管心里有些喜欢他，但那只不过是亲情的关系，而自己现在想找的是称心如意的好女婿啊！记得去年姐姐到牛角冲家中来耍时，她隐约提到青凤和桂儿都到了谈婚论嫁的年龄，也曾问过贺家要找个什么样的女婿，当说到表兄桂儿时，青凤私下即对母亲说不满意，她最看不惯他那双眯缝的小眼睛。

贺吴氏听了大姐为儿子求婚的话，心中产生了很大矛盾，该如何体面地回答她呢？说青凤不喜欢他们家桂儿，嫌他儿子长得不聪明，眼睛生得太小？如果这样直截了当去跟大姐说话，那必然会伤了姐妹间的感情，今后两家亲戚关系也就淡漠了；若要婉言拒绝，她需得想出一个很可信的理由。当然，原来想请大姐在当地帮青凤找门亲事，这就万万不能再说出口了。她随即面带惋惜的表情对大姐说："大姐，你知道我们家青凤早就满了十七岁。今年春天便有人上门提亲，媒人先说了一个白果场黄家的，因这家人确实很穷，最终没有成。后来又说了一家高板桥的，男方家在街上做杂货生意，双方的家人和女儿都见过面，这门亲事算初步定了，只等哪天相互交换生辰八字，再请算命先生算下就好了。"

大姐听了妹妹这番言之凿凿的话，心里的希望一下子落空了；虽然心里不好受，脸上也表露出愁容，但她还是淡淡地笑了笑说："青凤能找到如意的婆家也是好事情。"

贺吴氏随机应变，临时想出一个回绝大姐提亲的要求，理由很是得当，没有一点看不起桂儿的意思，这使大姐的自尊心不至于受到伤害。

紧接着，两姐妹又谈到父母亲体弱多病，他们长年住在高山上，前两年遭遇天旱歉收，大姐时常买粮食接济他们，而且还给二老请医看病，尽了做女儿的责任。妹妹听姐姐这样说，心中觉得有些内疚，自己远离父母亲多年，未曾像大姐那般尽孝，觉得今后应该多关心他们才对。谈起父母亲年迈无助的话题，最让姐妹俩揪心了。

在大姐家吃过午饭后，贺吴氏即向姐姐一家人匆忙告别，然后领着青凤立刻赶往五凤溪。

回到牛角冲家中后，青凤的母亲焦虑起来，她在大姐面前谎称青凤已和别人定了亲，那是自己在情急之下说的一句搪塞话，其实哪有这回事。

说来也算缘分所赐，田仕勋今天送血橙树苗到牛角冲来，还帮着贺家人到坡上将树苗栽好，那种亲密无间的情形，竟然看不出他是个外人。吃晚饭时，大家围坐在柿子树下有说有笑，没有一点儿生疏的感觉。尤其是丈夫要给田仕勋斟酒时青凤急忙伸手捂住酒杯的瞬间，凭着自己的直觉，她已经明白了女儿的心思。再说田仕勋生得文质彬彬，对人热情大方，是个既有学问又拿月饷的教书先生；父母亲还在赵镇河坝街开了一家酱园铺，家庭经济条件也很好。他要是能成为贺家的女婿，那将是件求之不得的大好事。果真是这样的话，自己之前在兴隆场对大姐说女儿已与别人定了亲，现在便有着落了。她心中暗自庆幸当初随机应变那么一说，如今居然即将变为现实了。

八

五凤溪国民小学开学后，学校里发生了很大变化：教语文课的曾大修和教体育的周老师都从军到了前线，新聘来的老师大家还不熟悉，学校对各班级的课程安排也有了变动。在这学期当中，学校根据县国民政府指示，要在每所学校增设军事训练课，积极组建童子军，并在高年级学生中大力发展三青团员。

对正常的教学课程，校长和教务主任都驾轻就熟，但新设的军事训练课和组建童子军，却让他们很伤脑筋；学教里的老师没有一个当兵出身，对军事训练一窍不通。县教育科也未向学校派来军训教官，校长只好请来两位从抗战前线退役回乡的伤兵。他此次请来的并非是一般的伤兵，而是因抗战负伤的返乡川军抗日英雄，其中一位便是杨森部第二十军所属三九八团的副连长周道富。

军训开始那天，校长做了精心的安排，将一面从县城里定制的崭新国旗拴在旗杆的绳索上，举行了隆重的升旗仪式。他面对操场上数百名稚气未脱的学生，放开喉咙庄重地向大家介绍身旁的军事教官，台下立即爆发出一阵热烈的欢呼声。周道富首先做了抗战救国的宣传演讲，他带着浓重的乡音说道："老师们，同学们，今天我受邀到五凤溪学校来教军训课，感到非常之荣幸。在此国难当头，日寇大举入侵的危难之际，学校开设军训课非常必要。政府号召民众务必要做好长期抗战的准备，因此，军事训练一定要从少年时期抓起。等到你们长大之后，既有学校学的文化知识，又具备基础的军事知识，这样便可报效国家，投身抗战前线一显身手，救国家于危难，做一个响当当的中华好儿女。下面向大家讲述两个我们川军在抗战中的英雄故事。我是五年前从金堂投军到第二十军三九八团的，二十军于一九三七年在军长杨森率领下出川抗战，同年八月至十一月参加了历时两个多月的淞沪会战，战斗到大上海失守时我军才被迫撤退。此次战役虽然极大地挫伤了日军锐气，但二十军的伤亡也非常惨重。我亲身经历了这场会战。战斗刚打响时，只听前沿阵地一阵震耳欲聋的炮弹声，我心中慌张得怦怦乱跳，拿枪的手在不停地颤抖，扣扳机的食指瞬间不听使唤，蹲在战壕内一时不知怎样应对。所幸身旁的班长给我做了及时疏导，他说每个新兵在临战时都是从紧张和慌乱中走过来的，许多人有怕死的念头，心中压力特别大。但打仗就是残忍无情的，你不打死敌人，敌人就会打死你。怕也没有一点用，反而会丧失自己的士气，缺乏士气哪来的斗志和勇敢。作为一名川军战士，面对凶悍的敌人，要如同对付豺狼虎豹一般，毫不留情地将他们一举歼灭。争取获得这场战争的胜利，才能为国家和民族争光。班长一席鼓励人心的话，鼓励我在战场上奋勇杀敌，很快潜心学会了瞄准目标，射击对象往往是日本阵地的机枪手。我将他们当作凶猛的恶狼，唯有把他们通通杀死，才不会被他们吃掉。连长见我专打敌军的机枪手，而且命中率很高，后来凡是在我军阵地前有日军机枪手扫射，我就会匍匐在战壕中的最佳位置，端起枪瞄准机枪手扣动扳机，顷刻之间，敌人的机枪变得哑然无声。打掉日军阵地上强劲的火力支持，使其战斗力大大减弱，为我军创造了攻击的绝好机会。连长赞赏我在战斗中的英勇，等到淞沪会战结束，在部队整编中，将我提拔为班长。另一段故事发生在一九四一年底，那是第三次长沙会战。我当时所在的二十军奉集团军总司令杨森的命令，驻守在长沙外围新墙河以南第一线；三十七军则守防汨罗江南岸第二线。我军正面之敌是以作战沉稳著称的日军第十一军，指挥官是毕业于日本陆军大学的阿南惟几；这个十一军是中国军队的老对手，在第二次长沙会战中，曾击溃国军第七十四军。时隔不过两月，又一次在长沙的外围与我们川军相遇。起初谁也摸不清对方采用什么战术，等到战斗打响之后，川军便选择与其正面交锋，从而猛攻日军的侧翼；并择机迂回到日军阵地后打破袭战；采用这种战术的结果胜算很大，我军伤亡人数显著减少。但阿南惟几指挥的十一军并不那么容易被打垮，虽然一阶段战斗失利，在经过短暂的整合之后，又能发挥出惊人的战斗力。我们二十军阵地前的新墙河，宽度不超过百米，适逢冬天枯水季节，水深不过膝盖，随时都可涉水而过。这年十二月三十日晚间，天空骤然下起一场大雨；此时，日军第六师团借着夜色掩护，冒雨强渡新墙河的支流沙港河，偷偷向我军袭来。激烈的战斗随即爆发了，我们二十军驻防前沿部队，两天前便接到军部一道命令，在新墙河及沙港河一线水浅处，凡是能涉水登岸的地方，埋下了上千颗地雷；除此之外，又在沿岸用砖头石块建筑坚固的地堡，挖掘出数条战壕将这些地堡接连贯通，形成四周火力交叉，做到东南西北能够相互驰援，以对抗武器精良，训练有素的日军疯狂进攻。战斗打响之后，我们三九八团一营在营长王超奎的带领下，奉命在鹿砦阵地死守三天。我那时已升任为副连长，和连长带着三个排的战士，分别守防在三个距离不远，但又各自为阵的战壕里。日军急于攻破我军前沿阵地，以便大举发起正面进攻，力求发挥其机械化部队的作战优势。我们一营顽强地坚守阵地，同日军浴血激战了两天两夜，敌人连续不断发射榴弹炮和燃烧弹，在第一轮进攻中，被我军埋设的地雷炸得尸横遍野；第二轮进攻又被我军交叉密集的机枪、手榴弹所击退。阵地虽然暂时守住了，但我军已伤亡过半，战斗异常惨烈。到了第三天下午，营长王超奎见已经完成团长下达的作战任务，遂命全营立刻撤出战斗，他亲率连队占据一处高地掩护部队撤退，但日军这时已快速逼近我军阵前数十米，一场殊死战斗就此展开。王超奎奋不顾身，带领全连战士猛然跨出战壕，冲向排成一字型队列的日寇，与疯狂的敌人展开了肉搏战；王超奎连续刺死了三名日军后，不幸被敌人机枪子弹射中，顷刻间饮弹身亡。与此同时，十几名战士仍然在阵前与日寇进行拼死冲杀。副营长看到当前战况变化，急忙率全营部队从高地侧面冲来，再次与日军进行猛烈交火。我在这次反击战争中，共击毙了五名日军。正当我军转移撤退之际，日军连续发射榴弹炮，眼前全是浓烈的硝烟和飞溅的泥土。突然之间，我的右眼被榴弹炮片击中，顿时血流满面，副营长见我身负重伤，急忙叫来一个体健的战士背着我撤离了战场。在这次战斗结束后，我因伤住进了二十军的后方医院，医生立即将我眼内的弹片取了出来，但我的右眼已永远失明了。在医院治疗两个月后，我便因伤残退役回了金堂老家。"

周道富的话音刚落，站在台上的校长立即走到台前，举起他愤怒的铁拳，高声呼喊着："打倒日本帝国主义！"随着这响亮的呼喊声，操场上数百名师生顿时热血沸腾，纷纷举起拳头，跟着校长一遍又一遍大声呐喊："打倒日本帝国主义！日本必败，中国必胜！还我大好河山！"

演讲活动结束之后，周道富即刻从上衣口袋里拿出铜哨，鼓足气吹响。紧接着，校长在台上高声宣布道："五凤溪国民小学军事训练现在开始。"

九

曾林修被聘请到国民自卫总部当教官这两年中，正是金堂县内的多事之秋；他很少回姚渡曾家寨子去看望父母，就连县城内的马拳师也极少见到他。这让曾家和马家的老人们非常担心，不知他在外面究竟发生了什么事情，马莲秀更是日夜思念着自己的心上人。

曾林修来到自卫总队不久，县境内即发生了一起惊天大案，震动了政府。该案的起因是这年的六月初，正逢财政部四川缉私处赵镇缉私分所所长郑兴亚到任几天；外界传闻此人行事霸道，作风狠辣，得罪了当地诸多绅商。就在他任职的第三天晚上，他被十余个蒙面暴徒劫持，被杀死后沉尸于沱江之中。同时被杀害的还有四川缉私处派到赵镇缉私所视察工作的周湘云。

税收是政府财政收入的重要来源，是支撑抗日前线庞大军费开支的一大支柱。谁敢劫持暗杀地方财务官员？简直是胆大包天。财政部在得知这一消息后，立即报告了行政院，行政院又呈报到委员长侍从室。在行政院严厉责令之下，四川省政府主席张群深感事态严重，当即指令省警察厅派专人协同省财政厅到金堂督办此案。

金堂县县长刘仲宣见到省府派来的督办大员，装出一副诚惶诚恐的笑脸。他知道此事发生在他所管辖的地盘上，无论如何推卸不了责任，在这个节骨眼上，对这些盛气凌人的大员们只有唯命是从，或许还能保住他这个县长的官位，否则自己将前程无望。

按照省府督办大员的部署，刘仲宣紧急派遣县警察局一个中队的武装警察，和县自卫总队两个中队六十余名队员，携带着长、短枪与三挺机关枪，火速开往赵镇破案。

郑兴亚和周湘云被害后，赵镇的大街小巷传得沸沸扬扬，事件的起因也被说得神乎其神，有的说他们来到赵镇没有摆平码头某个袍哥大爷，又有人说他们坑害了某家商行大老板。赵镇老百姓看见大街上走来一队警察和大批自卫队员，他们全都是荷枪实弹，一副耀武扬威的架势，大家知道这跟那起谋杀案密切相关。此时，住在镇上的老百姓心情十分复杂，许多做生意的人的确痛恨税收官,而不做生意的普通百姓又十分厌恶杀人的凶犯。有的不希望警察破案抓到凶手;有的却又恨不得明天就能逮住那帮无法无天的家伙,看看他们究竟长啥模样,然后让警察和自卫队处置他们。更有一些与缉私所在缴税过程中发生过争执的商人、船帮头子、地主豪绅,以及名声远扬的袍哥大爷,他们又感到无比惊慌,唯恐此事牵扯到自己身上,那将招来灭顶之灾,纵然有万贯家财,也即将化为乌有。

曾林修随总队长邹荣江带领自卫队住进了赵镇镇公所,配合警察局侦破这起在金堂县境内发生的劫持杀害政府税收官的大案。自卫总队的责任只是防范地方势力的干扰,并不需要去具体查办案情,也不必去调查某商行老板,或是船帮老大,因为那是警察们所管辖的事情。但自卫队也不会因此轻松闲暇,他们仍需坚持每天操练,起跑点选在三江镇的门楼下,终点便是下正街前面的梅林公园。在这条大街上,只要听到打更匠敲过五更,天色还蒙蒙亮时,自卫队员就得翻身起床,十分钟内必须到门楼下集合。曾林修通常是在队伍前领跑,邹荣江则在旁边施号。只听得连续的口号声,伴随着无数双皮鞋踏着青石板街面所发出的响声,全镇的人都从睡梦中惊醒。老百姓在私下纷纷抱怨,自卫队到这里来弄得他们鸡犬不宁。

抱怨当然不起任何作用,自卫队每天仍然操练无阻。不仅如此,自卫队还在赵镇主要街道,以及北河与中码头渡口设立关卡,例行检查过往人群中的可疑分子,特别是紧盯那些青壮男人,仔细地搜遍他们全身,查看他们是否随身藏有枪支和凶器,或是带着大量的钱财;一旦发现可疑之人,便将其五花大绑,立刻押到警察队受审。

自卫队被分成五个小分队行动,除分布在赵镇街上和两个渡口之外,还得跑到周边的龙威、三星、清江等地,从早到晚进行不间断巡逻。他们每天往返走几十里路,当傍晚回到镇公所时,这些年轻的队员已经累得筋疲力尽。

自卫队这次被派到赵镇来，其实是为破案大造声势，为警察队助威的，对破案起不到任何实际作用。县长刘仲宣为表明自己对破案的决心，以便日后对省政府有所交代，不管此案是否能破，金堂县政府已做出了最大努力，以此减轻自己查办不力的责任。

这段日子以来，省府派来的督办大员和警察局的二十多名警察忙得不可开交，他们施展出各种侦察手段：首先是发布悬赏告示，凡是能提供破案线索者，赏大洋一百块；如能协助警方抓捕罪犯一人者，赏大洋二百块；若是指认罪犯幕后指使者，加赏大洋一千块。告示贴在赵镇各街道的墙壁上，过往行人看得非常清楚。紧接着便是走访排查所有商铺老板，赵镇的大小商铺无一家遗漏。排查重点由缉私所提供线索，专找之前同税收员发生过争执的那些商人，一时间，曾经与缉私所有过节的商人们被吓得魂飞魄散。

警方锁定犯罪嫌疑人最有可能在船帮，因为走私漏税一般都要通过水路运输来完成。当时陆路交通尚无汽车，往返成都、新都及广汉等地运货，只能靠人力肩挑和鸡公车来运送，而运量并不多。反倒是船帮的运输量极大，可以说它占据了全县三分之二的货运量；沱江下游的内江白糖，自贡食盐，威远的生铁和黄荆沟的煤炭，甚至由长江的重庆及泸州两地转运而来的布匹和百货等，无一宗不是通过船帮运输的。沱江上的支流毗河是金堂新都的粮油外销通道，一般都在姚渡汪家沱和石板滩装船，然后由赵镇的船只通过沱江水路运输，再行销川南的多山缺粮地区；仅此粮油一项，每年便有两百万斤之多，可见税收不菲。

警方的推断是从利益角度判定的，但按照这种思路去查案也未必奏效，一个月查下来竟然没有一点结果。他们夜以继日地缜密排查，从水上警察所要来全部船只的登记资料，上面记载着船老板姓甚名谁和家庭住址等；经过实地逐一登船检查、突然闯进老板家中造访等一系列拉网式侦察手段，到头来还是一无所获，这让他们大失所望。就连警察厅和财政厅派来的督办要员也束手无策，弄得众人焦头烂额，一筹莫展。既然没有弄出什么名堂，那还不如就此收兵，要员们向金堂警察局要了一份关于侦破案件的详细报告后，便匆忙赶回成都向省政府交差去了。

自卫总队在赵镇协同警察破案历时两个月无功而返。头天刚回到玉虹桥驻地，第二天便又接到县长刘仲宣的紧急指令，要自卫队全部人马立即赶往淮口镇，再次配合警察局处置在那儿发生的姚渡和淮口双方数百人参与的械斗。

情况紧急，大队长邹荣江不敢有片刻懈怠，当即命各中队准备好枪支和衣物，半小时后在操场集合。曾林修和队员们立刻行动，很快便背着背包，扛着长枪，从各自的房间奔向操场。邹荣江见队员们快速到来，心中感到非常满意，这充分说明自己带领的自卫队训练有素，很有成就感。

自卫队员排列整齐后，曾林修跨前一步报告道："列队完毕。"

邹荣江抬眼巡视了一遍前面的队伍，高声命令道："向淮口出发。"

淮口镇此次发生的大规模械斗震惊全县，究其原因并非是偶然和孤立的，起因由来已久：淮口是金堂主要的鸦片市场，淮口以下的高板、竹篙和土桥等十余个乡镇的鸦片烟馆历来都要从这儿进货，由于经营鸦片的利润丰厚，金堂两大地方势力你争我夺：一方势力是距离县城不过十里路程，颇有实力的姚渡乡；而另外一方则是被称为"地头蛇"的淮口镇。多年以来，姚渡乡的鸦片烟商在当地袍哥势力的保护下，在淮口已经占据了半壁江山。但从去年起，鸦片市场的销路又有了较大增长，姚渡的鸦片烟商为了抢占市场，从中挖了高板和竹篙几家在淮口进货的烟馆；他们采用请客送礼等手段，将那些有利可图的烟馆老板拉到自己这边。短短数月，姚渡鸦片商的销量竟然超过了淮口鸦片商两成。这使得淮口的鸦片商非常恼火，憋了满肚子气，却又想不出一个制约对方的办法。姚渡的鸦片商仗着强大的袍哥势力，经常有恃无恐。每次运输鸦片到淮口销售，基本上是全副武装押送，以确保途中万无一失。专用的"春盐棒"船上除了装了十多袋鸦片外，其余全是腰挎驳壳枪或身背长枪的袍哥队伍，凭着如此浩大的声势，他们多年来在通往淮口的水道上从未失手；就连沱江之上的金堂峡、三皇庙两处经常有土匪出没的地方，姚渡的武装押运船照常通行无阻，毫不畏惧。

淮口的鸦片商虽然没有姚渡鸦片商那么强大的武装势力，但他们毕竟是一方的霸主，占据着地利的优势。当他们看见白花花的银圆一次次落入对方之手，心好似被针扎一般疼痛，在经过几番商议之后，淮口的鸦片商不得不求助当地的袍哥舵把子李二爷，答应给他每月三百元大洋红利，并负责其保护烟商的袍哥弟兄们一切开销，一旦双方打起来，烟商自愿承担伤者的医疗费和死者的抚恤金等。由此可见，这次淮口的鸦片商们不惜一切代价，大有不打败姚渡烟商誓不回头的决心。

对付姚渡方面的强硬后台找到了，但究竟该如何下手又成了问题；从两个月前同李二爷达成口头协议后，如今到了立冬都未想出一个妥当的方法来。鸦片商人毕竟胆小怕事，不想用真枪实弹去跟姚渡方硬碰硬，他们知道死伤人会引来巨大赔偿，就这样瞻前顾后地拖到了现在。这天上午，鸦片商们将早已凑齐的三百大洋保护费按时送到李二爷家中，正逢李二爷家今天请客，他顺便将鸦片商留下来作陪。李二爷家里的客人不是别人，他便是淮口镇众人皆知的警察所所长汪天明，此人在家中排行最小，大家在私下称他"汪老幺"。汪天明长得高大彪悍，因其表叔在省警察厅当科长，他便依靠这种关系，在淮口当上了警察所所长。这个人的外貌长得像模像样，但内在却是劣迹斑斑，尤其喜好吃喝和嫖娼。在淮口街上，没有一家饭馆他未进过；但所有的饭馆都视他为瘟神一般，只要他走到谁家的馆子，老板的心顿时就凉了半截，"今天又要轮到我损失了"。汪天明随便到哪家馆子吃饭，全都是赊账，从不见他付过现钱。老板怎好实打实地记账，即便是你把账记得清清楚楚，谁又敢当面问他要钱呢？当你看到他吃完饭，从裤兜里扯张手纸把嘴巴一抹，打着饱嗝走出饭馆时，他腰间挎着的盒子枪把上的红丝带潇洒地甩动着，你还有胆量问他要饭钱吗？

汪天明经常去沱江码头旁边的"民众客栈"。这家客栈既从事茶馆生意，同时又接待过往淮口码头的船老板和商人们住宿；在暗地里还做着妓院的买卖。客栈后面有一间大厢房，随时可以看到几个打扮入时、画着眉毛、涂着红嘴唇的女人坐在那儿。她们闲暇时聚精会神纳鞋底，也有的穿针引线绣枕头。仔细看上去，这些女人都不过二十几岁；是客栈老板想方设法从外地找来的，其中年纪最小的一双姐妹便是来自简阳县养马河。据说前年霍乱流行，她二人父母不幸染病身亡，因为生活无着落，投靠到在简阳城里做糖果生意的姑母家，姑父每天要挑着一担芝麻糖、姜糖、米花糖和杂糖之类去附近乡镇赶场，以此来维持一家几口人的生活；如果遇到阴雨天气，不能出门赶场，门前所摆的糖果摊的生意也非常惨淡。这时家里连买米的钱都没有，自然供不起新添两个人吃饭。于是，姑父母想尽一切办法要将两姐妹打发走。正在这火烧眉毛的时候，姑父的一个船帮朋友向他道出了一则消息，他说淮口有客栈老板要招用人，问他要不要送两个侄女去，姑父听了当然高兴，根本不管她们到客栈究竟干什么，一心只想着快点将她们两个打发出去就脱手了。姑父二话不说，马上答应了这个朋友。第二天，姐妹俩手拎装有几件衣服的包裹在姑父的带领下，很快来到城外的船码头，登上了那条去淮口的运货船。

客栈中那个年纪稍大的女人今年已满三十八岁，虽然是快奔四十的人了，但她脸上未见一丝皱纹，只是皮肤明显不如那两个小姐妹光滑细嫩，好在自己可以打扮，用点胭脂往脸上一抹，装扮得依然像个风韵十足的少妇，这里的姐妹们都称她为"崔姐"。崔姐和妹妹们的关系非常融洽，由于她很会关心人，深受大家的爱戴。若是姐妹间谁人有了病痛，她第一时间陪你去医馆看病抓药，甚至帮你煎药，亲自端到床前喂到你嘴里。要是哪个姐妹遇到经期腹痛，或是胃口不好，崔姐又会打来一盆热水，帮你热敷一阵小腹，给你换上干净的月经纸；做完这些之后，她还会去厨房给你煮一碗碎肉稀饭，并在里面加少许香油和熟盐端到你面前。崔姐所做的这些事，姐妹们全看在眼里，相处时间长了，便对她产生了亲切感。她既像一个心地善良的大姐，更像是一个慈祥的母亲，无论姐妹们遇到何等难事，她都会主动站出来关心和帮助。有一个从中江广福乡来的邓妹，她的父亲去年不幸患上痨病，每天大口大口吐血，为医病向亲戚家借了不少钱，但父亲的病最终也未能治好，两个月后便死在自家床上。这时，家里托人紧急带来口信，要邓妹马上回家料理父亲丧事，一再叮嘱她必须得带钱回家去还债。邓妹听到这个消息，立即气得痛哭流涕，一双眼睛都红肿了。崔姐知道这件事后，急忙动手帮她收拾行装，催她快点回去安葬老父，尽到女儿的一份孝心。邓妹此时向崔姐哭诉，说自己来淮口时间不长，别的姐妹都有多年的常客，比起自己挣的钱也自然多；但她这次回家最多只有安葬费，却没有替父亲还债的钱。崔姐听到邓妹这番话，思考片刻之后，急忙转身回到自己房间，她挪动床底的一块石板，在下面取出来自己攒下的十几块银圆，自己只留下几块，将剩下的十块银圆全部借给了邓妹回家还债。姐妹们知道这件事后，对崔姐更加敬畏和信服。

其实，崔姐也是从苦难中走过来的女人，虽然她从不提起自己辛酸的往事，但众姐妹还是从老板那儿断断续续听了一些崔姐年轻时的故事：崔姐十七岁那年从乐至县良安场嫁到金堂土桥沟袁家。婚后夫妻感情很好，第二年她便为袁家生了个胖儿子。但丈夫不负家庭责任，于一九三五年春天便伙同两个志趣相投的朋友跑到金堂县城，投靠川军第二军三十二师唐式遵部当了兵，他走后数年也未有一封家书，到现在也不知他是死是活。

又过了三年，丈夫的两个弟弟已长大成人，并先后娶妻生子。由于没有男人撑腰，妯娌间矛盾频发，两个弟媳时常欺负崔姐，讥讽他们母子在家中吃闲饭，又不下地种庄稼，还不如改嫁找个男人算了。崔姐听了这些风言风语，白天强忍住内心的伤痛，只能等到夜晚偷偷流泪，眼泪浸透了大片枕头。除了这些精神上的折磨，两个弟媳又串通一气，怂恿自家的男人闹着要分家。父母经不住两个儿子长时间的纠缠，想着民间所说的"儿大要分家，树大要分权"，无奈之下答应了儿子的要求；本来就不富裕的一个大家庭，分家后即变成了穷家小户。两个小叔子及弟媳身强力壮，他们全是种地的能手，不在乎眼前那点困难。分家后的小日子过得还舒畅，没有了父母的管束，做任何事都自由自在。可是分家后的崔姐和他们却大不一样。崔姐之前主要是煮一家人的饭，干些喂猪、喂鸡鸭的家务活；但分家后她要到地里干农活，她感到很不适应，体力不支。有时候，公公看到这个孤苦伶仃的大儿媳妇可怜，又看在自家孙子的分上，时常会将牛牵来帮她耕地，甚至从沟里挑水帮她浇灌地里的庄稼。有了公公的无私帮助，崔姐所分得的两亩坡地总算没有荒芜下来；收割后基本上能解决娘俩的吃饭问题。但公公的帮忙并未得到家里人认可，尤其是两个弟媳尖酸刻薄，经常埋怨公公不帮她们干活。暗地里又说公公有时候天擦黑才从地里回来，谁知道翁媳俩干些啥。这些话很快传到婆婆和两个小叔子耳里，而且越说越难听。常言道"寡妇门前是非多"，这句话害了崔姐一辈子，公公禁不住家中及外面那些闲言闲语的打击，一怒之下，他拍着胸口发誓说再也不去大媳妇家帮忙了。

真是祸不单行，就在一年夏天，土桥沟一带连接下了几天封门大雨，各家各户都被困在屋里不敢出门。崔姐的房子紧靠在山脚边，由于雨水的长期浸泡，坡上的泥土大量冲了下来，加上房屋全是多年的土坯墙，墙外也没挖有排水沟，土坯墙被雨水泡松软了。有一天夜里，崔姐母子正在睡梦中，突然听得一声巨响，屋间内那面土坯墙猛地倒塌下来，随之而来的是房梁和瓦块相继往下坠落，砸向崔姐母子的床上。崔姐从睡梦中惊醒过来，黑夜中伸手不见五指，想坐起身来却怎么也挪不动身子，她伸手去一摸，被子上全是房顶上掉下来的瓦块，再顺手往下摸，一根斜梁紧紧压住她的双腿。崔姐顷刻间感到情况严重，她忙用手去抚摸睡在身边的儿子，当她摸过去的那一刻，顿时吓得惊慌起来，那只手摸到的不是儿子那颗小脑袋，而是一坨湿漉漉的墙坯。她跳下床去摸着火柴，用颤抖的手擦亮一根点亮了桌上的桐油灯，她撑着灯走到了床前，在昏暗的灯光下，眼前的一幕让她惊呆了，全身不住地抽搐着，只见一坨面盆大的土墙砸在儿子头上，墙坯下面已经血肉模糊。崔姐此时如遭五雷轰顶，大脑顿时像被炸裂一般，当即晕死在地上。她手上的油灯也顺着她身子倒地猛然滑落熄灭。这时，整个屋子又恢复到之前的黑暗中，再也没有了一点儿声息，只有外面的雨仍在淅淅沥沥下个不停。

第二天上午，几天的大雨终于停了下来。中午吃饭时，公公和婆婆谈到怎么没有看见大媳妇的烟囱冒烟呢，是不是吃完饭过去看一下，老两口有一种不祥的预感，所以赶紧收拾完桌上的碗筷，很快来到大儿媳妇家门前，看见大门依然反闩着。敲了多次仍不见屋内有动静，于是，老两口绕到屋后去看个究竟，不看则罢，一看吓得他们面色苍白，只见屋后那面土墙已全部垮塌，再走近一看，屋内的床被落下的墙坯压住，看不清下面压着的是谁。

公公一时间慌了手脚，急忙叫婆婆快去喊两个儿子儿媳都过来帮忙。当大家到来后，只得破门而入，径直跑进崔姐母子的房间。第一眼看到的便是倒在床前不省人事的崔姐，只见她满身泥土，面色蜡黄；大家接着手忙脚乱地清理着床上的瓦块和墙土，搬开横压床上那根斜梁，这才看清压在下面的竟是崔姐的儿子——孩子今年刚满六岁，他弱小的身子被压在那堵倒塌的墙下，已然夭亡。

崔姐晚间苏醒过来的时候，已经躺在了婆婆那张床上。她神情恍惚，目光呆滞，抱着个枕头痴痴地看着，有时会把自己的嘴贴着枕头发笑，像亲着儿子的小脸蛋一样。

大家焦急地等待两天后，崔姐逐渐恢复了神智。这时，婆婆含着泪将三天前那个夜里所发生的事情告诉她：是那堵垮塌的土墙砸死了自己的孙子，这个娃儿的尸体就埋在坡上那块花生地旁边，那里的地势较高，往后就不怕被雨水冲垮。说到这里，婆婆的眼泪不住地从眼眶里落下来。

崔姐立刻翻身下床，向婆婆要了些香烛和纸钱，马上奔往屋后的花生地。果然，一座小小的新坟垒在地旁边，她走到坟前点燃了香烛，焚烧着纸钱，嘴里喃喃地念叨着什么，满脸都是伤心的泪水。她一直守候到傍晚月亮出现时，才拖着疲倦的身子离开坟地。

两天后是土桥的赶场天，崔姐赶忙去她在土桥结识的干姐家中，向她倾诉自己不幸的遭遇，说自己生来命苦，守了那么多年活寡不说，如今连相依为命的儿子也短命惨死。这世间对她太不公道了，她现在对任何事情都心灰意冷，土桥沟这个地方不值得半点儿留恋，想到远点的场镇去帮工，恨不得早一天离开这个伤心之地。干姐听她说出这发自肺腑的酸楚，十分同情地安慰着她。作为一个女人，深知失去丈夫的痛苦，如今又失去相依为命的儿子，谁遇到这种悲惨境况能经受得起？于是，她试着问崔姐愿不愿去淮口客栈做事情，崔姐问做啥子事，这个干姐诡秘地笑了一下说："让你轻松挣钱的事。"崔姐不好意思地低下头，一时间说不出话来。"你到底想去不想去？"干姐用手轻轻推了下她肩膀催问着。崔姐此时恨不得马上离开土桥这个地方，她再也不顾女人的脸面，当即答应干姐明天就启程去淮口。从此她步入了羞于启齿的风尘路。

警察所长汪天明是民众客栈的常客，在通常情况下，他趁傍晚灯光昏暗时脱去那身显眼的警服，穿着一件灰色长衫悄然而至。不过，穿便装也没有忘记在腰间挎着驳壳枪，他深知众人之所以惧怕他，不是因为自己长得彪悍，而是腰间挎着的那个硬家伙能震慑人。

客栈里的姐妹们都被他玩遍了，从崔姐到后来的姐妹俩没有一个能免遭蹂躏。要是客栈某一天又来了新人，他定然不会放过，谁都不敢跟他去争女人。

李二爷在家中的客厅里摆下丰盛的酒席，今天坐在八仙桌前的客人是淮口镇上赫赫有名的两个大人物，一个是警察所长汪天明，另一个则是联防队队长易文武，他们是李二爷特意请来为淮口鸦片商出主意，商讨如何对付姚渡袍哥武装贩烟的。席间，大家一边划拳饮酒，一面各抒己见，纷纷道出了自己的看法。他们知道姚渡袍哥势力很大，在金堂地面上目空一切；就连姚渡上面的日新和龙王两地悍匪，也不敢贸然踏入姚渡境内，历来是井水不犯河水。

尽管姚渡袍哥势力很大，但淮口袍哥确实咽不下这口气。这么多年来，姚渡袍哥从不把淮口袍哥放在眼里，根本不拜码头，逢年过节从不发一张帖子，全然忘记了他们是在淮口地面上做生意。

酒过三巡，不知是汪天明喝醉了，还是大家将姚渡袍哥说得厉害无比，激起了他的愤怒，他昂起脖子极不耐烦地一巴掌拍在桌上，大声骂道："怕啥子，老子啥子恶人没见识过，还怕姚渡那帮龟儿子。"

易文武在众人面前也不甘示弱，他打着酒嗝支持汪天明道："汪所长说得好，我们几家联合起来整治一下姚渡这帮家伙，狠狠杀一下他们的威风，看他今后还敢在淮口地盘上猖狂。"

鸦片商们先是面面相觑，一个个紧皱眉头，表情十分复杂。当他们看到淮口当地三股势力都站出来帮自己撑腰，并愿竭力帮他们出这口恶气，内心感到非常高兴；但另一方面他们又胆小怕事，唯恐把事情闹得过大，逼得双方动刀开枪，若是打死打伤几个人，自己难免会蚀财，到最后不知如何收场。尤其是怕一旦姚渡方晓得是谁在背后作怪，肯定会遭来加倍的报复；到时候恐会牵连到全家人的性命。想到这后果，烟商们无不忧心忡忡。

李二爷身为淮口袍哥老大，早就不满姚渡袍哥的所作所为，痛恨他们不仅在自己地盘上抢生意，还扬言淮口袍哥只配给姚渡袍哥当跟班。这口恶气在他心中已经憋了多年。今天，既然有汪天明和易文武这两个淮口的枪杆子站出给自己撑腰，那还怕啥子。他望着汪易两人喝得醉醺醺的嘴脸说道："请问两位老弟有何高见，准备怎样收拾姚渡那帮家伙？"

易文武这次抢在汪天明前面，握紧拳头在众人面前一挥说："我们联防队派上几十个兄弟先埋伏在码头旁边，等到姚渡的船行驶到码头前便开枪打他个措手不及，不准他靠岸，将运烟船打沉在沱江里。"

汪天明急忙拍着易文武肩膀，满口酒气反驳道："易队长，你这个办法不行，哪有动不动就开枪的道理，我们又不是土匪，我看还是先礼后兵。"

此时李二爷和众烟商眼前一亮，都将目光聚集到汪天明那张关公似的脸上，等着他说下文。

汪天明摆出一副沉稳的模样，道出了他平素惯用的伎俩："依我看还是等姚渡的船靠岸卸货时，我派几个警察上去检查，一旦发现他们装的货是鸦片，我就把他们连人带货全部扣押起来；鸦片烟一概没收，至于扣下的那些人，要姚渡袍哥抱着现大洋到淮口来领。"汪天明的脑子里在打着侵吞鸦片的如意算盘。

易文武未加任何思考，即刻举手赞成："汪所长这个主意甚好，可谓一箭双雕。"

李二爷一时也想不出其他周全的办法，他看了看在座的烟商们，问道："我看就按汪所长这个主意行事，你们看使得不？"

烟商们哪里知道其中的利害关系，他们只觉得现在有人站出来帮他们出气，并为自己争夺市场，眼前的汪易二人便是他们的大恩人。于是，烟商们频频点头说道："要得，就这么办。"

接下来事态将如何发展，大家都焦急不安地等待着。

半个月后，一艘挂着橙黄色船帆的"春圆棒"，从沱江之上的九龙潭驶来。这天的风力很大，船帆被江风吹得胀鼓鼓的，转眼间已快到淮口码头。

这艘船就是姚渡袍哥做鸦片生意的专用船，船上橙黄色的船帆是最明显的标志，沿江上那些小股土匪只要看到这个标志，谁也不敢去招惹，因为他们知道这是姚渡袍哥的武装运输船，船上通常有二十余人押运，每人身上都配有长枪或短枪，船舱中还架有两挺轻机枪压阵，此外还备有一箱威力巨大的手榴弹。

这时，只见码头旁边那间吊脚茶楼上，临江的窗户大开着，汪天明和易文武此刻正严密地监视着那只船的动静，汪天明吩咐身旁的警察，要他们去通知埋伏在楼下的人员做好准备，等到对方靠岸卸货时，一举冲上去封锁住他们，随即扣下他们的货。易文武见汪天明要抢先出头，自己也不甘落后，急忙叫来一个队员，要他带着联防队从码头转角处包抄过去，不得让姚渡的船溜走。一切布置妥当之后，汪天明和易文武两人各自打开腰间的枪盒，拔出那支乌黑锃亮的手枪。

眼看鸦片烟船已徐徐靠岸，撑船匠将手里的船竿插入船头的竿孔，用力插进江底的沙砾中，待船身稳定之后，他即刻解开桅杆下的绳索，把那张橙黄的船帆从桅杆上收下来，然后将其卷成捆，搁置在紧靠右手的船舷边。与此同时，一个汉子手拎缆绳跳上岸来，熟练地将缆绳拴在岸上一根石柱上，船即牢牢地停泊在码头上。接着，船上的人又抬起一块两丈余长的跳板，将跳板一端搭在船前的青石梯上，供人上下船卸货之用。

这一切动作一气呵成，速度极快，领头二排袍哥吴连城首先从船上走上岸，他对船上的人放声催促着："大家手脚麻利点，快点把船上的货卸下来，干完活就去街上吃饭喝酒。"船上的人应声忙碌起来，他们赶紧扛着装鸦片的麻袋走上跳板。

十几麻袋的鸦片很快被搬上岸，堆放在吴连城脚跟前。正当吴连城弯腰清点麻袋的数量时，一拨警察从吊脚楼下冲出来。他听到一阵急促的脚步声，赶忙抬起头来观看，只见两杆枪口已顶住他的脑袋。吴连城挺直了腰身，竟然没有半点惧怕，他睁大那双张飞眼怒吼道："老子们是姚渡的袍哥，你们敢怎么样！?"

汪天明手提驳壳枪，跨步来到吴连城面前，大声回应道："我们是淮口警察所的，专门前来查禁鸦片烟。"

吴连城满不在乎地对汪天明说："姚渡袍哥的东西，你们也敢查！"

汪天明自以为是淮口一霸，从来还没有人敢跟他当面较劲，今天看到吴连城如此趾高气扬，哪容得他在自己的地盘上逞能。于是，他举起手中的枪来，枪口顶在吴连城的脑门上说："老子们今天就敢查，看你怎样！?"

这时，船上二十余名武装袍哥看情况不妙，在管事师爷的指挥下，全部端起枪来，哗啦啦地将子弹推上了膛；师爷随即从船舱内拿出两挺轻机枪，把它们交到两个经过训练的袍哥手里，并马上给机枪填上一串弹夹，然后快速打开手榴弹箱子，在每人身边都放上两枚手榴弹。

岸上的警察们只顾盯着汪天明与吴连城剑拔弩张对峙；根本没有觉察到船上的备战状态，这帮平时在老百姓面前作威作福惯了的警察，哪里想到今天会有人要跟他们动手，谁敢这样无法无天。

汪天明一副盛气凌人的面孔，他气势汹汹把手里的枪口从吴连城的脑门移到他的脖子上说："跟老子到警察所去说清楚。"

吴连城鼓起眼恶狠狠地盯着他："我看谁敢动姚渡袍哥的货，你是在找死。"

汪天明的枪口再移到吴连城的胸前，大声命令站在一旁的众警察："看着干啥子，快点把地上的货搬走。"

正当那些警察收起抢扛在肩上，腾出手来去搬地上的鸦片时，忽然听到一声清脆的枪响，只见汪天明"哎哟"一声惨叫，他拿枪的手瞬间软下来，手枪哐当滑落在石板上，手上的鲜血直往下滴。

此时，吴连城快速从腰间拔出枪来，对准面前的汪天明连开三枪，汪天明竟然没有半点挣扎，身子稍微摇晃了两下，便重重倒在了地上。

原来打中汪天明右手的那一枪，是船上的师爷所为，别小看他现今一副貌不惊人的模样，他年轻时曾是川军第二军邓锡侯部下的连长，在四川军阀混战中，曾经打过许多仗，有丰富的作战经验，尤其是他枪法很准，在姚渡袍哥中声望较高，平时除担负训练袍哥和民团的枪法外，主要负责押运鸦片到淮口交易。这些年来，他贩运鸦片已经轻车熟路，从未出现过一次意外，每次都通畅无阻。

岸上的警察看到汪天明倒下，即刻陷入一片混乱之中，慌忙拿起扛在肩上的枪准备还击。但就在他们扳动枪栓的那瞬间，船上的枪弹雨点般射过来，站在前面的两个警察应声倒地，鲜血从他们身上不停流下来。后面的警察见如此状况，吓得拔腿就往茶楼里跑。

随着一阵嘈杂的枪声，易文武带着他的联防队员从码头拐角处冲了过来，他们一面朝船上放枪，并高声喊着："船上的人缴械投降。"

船上的师爷见他们人多势众，心想不能硬拼，遂命撑船匠马上砍断船头的缆绳，立即抽起插入江底的船竿，在一阵连珠炮似的机枪子弹掩护下，将运烟船快速撑到了江心。

等到易文武指挥联防队推进到码头时，姚渡的运烟船已驶离江岸十丈远。此时，双方仍不停地在江面上交火，但随着船越撑越远，无数飞来的子弹只能落在江面上，溅起无数白色的浪花。

突然爆发的枪声惊动了镇上的老百姓；他们不知所措地纷纷关上了家门，满街上很难再见一个人，往日里热闹非凡的大街，顷刻之间便沉寂下来。

一个警察突然从码头边的茶馆蹿了出来，在大街上拼命地奔跑着。当他跑进镇公所大门时，碰见镇长慌慌张张迎面走来，警察喘着粗气向他报告："姚渡袍哥的鸦片船被我们逮住后，是对方先向我们开枪，当场打死了汪天明所长，还打伤了我们好几个兄弟。"

镇长听了勃然大怒道："跟老子闹翻天了！"他随即大声命旁边的人："快将联防队的人全部调上去！"

"易队长已经在码头上与姚渡的袍哥交上火了。"警察说话的声音在颤抖，他接着补充道，"姚渡船上的家伙硬得很，还有几挺机关枪。"显然，他在无限夸大对方的力量，唯恐招来上司的训斥。

镇长听完警察的报告，感到事态非常严重，深知自己无法摆平这桩突发事件，于是他立刻转身走回办公室，马上拨通了县长刘仲宣的电话。

刘仲宣接到淮口的紧急求援电话，气得脸色铁青，大骂姚渡袍哥竟然目无王法，竟敢猖狂滋事。他当即拿起桌上的电话，给县联防大队邹荣江下达了一道强硬的命令："立即出动联防队全部人马，到淮口去把姚渡那帮袍哥给我逮住，就地枪毙几个来示众。"

邹荣江放下手中的电话，马上命曾林修和各中队即刻启程。联防大队经过半日的急行军，以最快的速度奔赴淮口同兴坝。

这时，白天的激烈战斗场面已经过去，但江面上枪声仍连续不断；淮口联防队同姚渡的武装袍哥正隔江对峙,看不出谁有胜算。

邹荣江命令留下一个中队死守在沱江要塞九龙滩,堵住姚渡的船从江中逃窜;其他两个中队火速赶往沱江码头。

姚渡船上的人似乎已发现同兴坝方向奔来的援兵,立即掉转了枪口,准备随时还击。

邹荣江蹲在一处田坎后,仔细地观察着船上的动静,他看到了一个奇怪的现象,这条船本可以顺水而逃,为何却停在江面不动,在那儿与联防队僵持不下?原来姚渡的船身在双方射击中被打穿了两个孔,水还往船舱中倒灌,舱里的水越积越多,江水已快淹过船舷,船体搁浅在离岸不远处,丝毫行动不得。

邹荣江见此情景,心中甚是高兴,打算只要坚守住这条船,船上的人便没有一个跑得掉,感觉已是胜券在握。他即刻命身边的一个队员:"你去通知部署在九龙滩的队伍,要他们马上撤到这里来,姚渡的船已经撑不动了。"

双方都有各自的如意算盘,船上的师爷此时也在策划着怎样脱险。他命弟兄们不到万不得已不要开火,把剩余的子弹保留着,准备夜间突围使用。到了夕阳落山时,双方均未放过一枪一弹,他们都在等待着自认为的最佳时机。

邹荣江想的是已将那条破船围堵在河滩上,只等明天天亮时便能将船上的人一网打尽,绝不会漏掉一个。

船上的师爷却想着在今天夜里弃船而逃,反复思考如何带领袍哥们紧急突围。

邹荣江与师爷同是军人出身的指挥员,双方用了两种截然相反的战术,不知谁会强过对手?

夜幕徐徐降临,天上竟然没有出现一点星月的亮光,团团乌云遮掩着无边的天际，早已看不清江中的那条破船了。

天空如此作美，突围的时机到来了，但师爷此时并不急于行动，他要等到最佳的午夜时分。为了迷惑岸上的联防大队，他命人在船头的桅杆上点亮一盏马灯，然后做出精心布置：将所有的长枪全部丢入深水中，随身只佩轻便的短枪；泅渡地点选在船身左侧的浅水处，那是他白天看好的下水地点，经过仔细的观察，那儿的江面翻着白色浪花，凭着多年行船经验判断，那儿水深淹不过腰间，很合适涉水登岸。只要弟兄们涉渡成功后，便可沿着江边一直撤退到下坝场汇合；若是遇到后面有追兵，或是被打散了，大家可以朝着人和场与太平场方向撤，尽快回到姚渡去报告总舵把子。

夜间，曾林修带着几名联防队员在江岸边巡逻，手中打着明亮的电筒光照在江面上，并没有发现船上有任何动静。那盏悬挂在船头桅杆上的马灯，依然在黑夜中随风摇荡，昏暗的灯光离很远都能看见。此刻，岸上的人认为姚渡那帮袍哥仍被困在船上，没有太多注意。

隐约听到淮口街上传来三更棒响，师爷看见岸上的巡逻队向上游走去，便命两个水性好的人先行跳进江里试探，接着便同其他十几人紧跟其后；果然不出师爷所料，此处水深不过腰际，大家很快便涉水走上岸来。

曾林修带着巡逻队从上游再往回走时，手中的电筒光不停地照射着江面，他猛然看见一个黑影出现在十几步远的地方，急忙带人跑去看个究竟，原来那是一个突围落单的袍哥，因白天与淮口联防队交火时，被对方打伤了右腿，行路非常艰难，他手拿一根木棍奋力向前挪动。

曾林修见情况有变，急忙朝前鸣枪示警，并立刻派人回去报告大队长邹荣江，他随即带领队员们跑步前去追赶。

邹荣江在深夜里猛然听到两声枪响，知道一定出了大事，赶忙吹响集合哨，带着全体队员火速奔到江边。他抬手朝船头桅杆上的马灯开了一枪,灯光瞬间熄灭了,但船上却是寂然无声,没有半点反应;他正在惊奇间,曾林修派来的报信人已到眼前,气喘吁吁地向他报告:"船上的人都跑完了,曾教官带着人正在追赶。"

邹荣江打着手电筒奔在前面,紧随其后的联防队员沿着江岸跑步前进。

曾林修带着巡逻队员追赶了三四里路,突然看见前面几个踉踉跄跄的人影,但走不多时,这些人影突然消失在江边大片芦苇丛中。他停下脚步仔细观察着周围地形,判断这帮人定是躲藏在芦苇里,一时间不敢露面,也绝不会往水里跳,要是一旦暴露了行踪,无疑是自投罗网。曾林修当机立断,带队员由芦苇丛旁快速绕到前边,将芦苇丛紧紧看守起来,严防这帮人夺路而逃,以待后面的援兵到来。

邹荣江带来大队人马赶到后,曾林修马上向他报告了这里的情况。紧接着又带领巡逻队员前去追赶那些跑掉的人。经过一阵紧张的追逃,天色已慢慢变亮。

当眼前那片灰白色的芦苇花逐渐清晰时,邹荣江见抓捕时机已到,随即向芦苇丛连开三枪,对里面的人大声喊道:"快点爬出来,不然放火烧死你们几个。"

时间一分一秒过去了,仍不见芦苇丛有半点动静,难道是自己判断有误,让那帮人早已跑掉了?邹荣江命队员拿来机枪,端在手中便对芦苇丛一阵扫射,再厉声喊道:"若是再不出来的话,老子马上就开火了。"

威慑的话刚落,芦苇丛中便有人露出头来,接着由里面走出五个穿着一身湿衣服,身上沾满泥土和芦花的人。邹荣江命队员缴了他们手中的武器,立即将这几个满脸污垢的袍哥捆绑起来。

此时,曾林修带巡逻队已追到十里外,并在路旁一座土地庙后面又抓住三个藏在那里的袍哥。他们在逃跑时没有手电筒照路,天色漆黑不见一丝星光，跑到江边高一脚低一脚地只顾逃命，有时竟不慎走到河水里，感觉不对再抬脚走回岸上，多次被脚下的石头绊倒，有的崴伤了脚，有的扭伤了腰，他们见路边那座土地庙可以藏身，便慌忙跑过去躲了起来，没想到曾林修带人追了这么远，最终把他们给逮住了。

这天正逢淮口镇赶场，街上的行人似乎比以往任何时候都多，大约在半晌午时，一口漆黑棺材被两个大汉抬进了警察所。等到棺材店老板走出来时，一群人好奇地围了上去，轻声地问："警察所里面谁死了？"棺材店老板睁大一双圆溜溜的眼睛，四处望了一下，回过头对众人低声说道："警察所所长汪天明昨天被姚渡袍哥打死了。"

"啥子，他都死了？"旁边一个戴瓜皮帽的中年男子感到很惊奇。

"昨天在码头上打了半天枪，不晓得死了好多人啊！"说话的人是街上饭馆的唐老板。

"这个汪老幺死得好，为淮口老百姓除了个祸害。"一位架着近视眼镜的教书先生愤然地说道。

这时，派出所内走出两个端着枪的警察，厉声驱赶着看热闹的人群，大家唯恐惹来是非，一哄而散。汪天明毙命的消息由此很快传遍了淮口的大街小巷。

时过不久，正街上饭馆的唐老板首先在自家门口点燃了一串大鞭炮，噼噼啪啪的鞭炮声把整条街都惊动了，他痛恨汪天明把自己的馆子吃得够惨，一年到头从不给一文饭钱。

紧接着，淮口街上的茶坊和饭馆老板们纷纷买来鞭炮，一家挨着一家将鞭炮放到中午，庆幸姚渡袍哥帮他们出了满腔怨气，他们嘴里不停咒骂着汪天明横行霸道，罪有应得。

民众客栈的老板急忙从街上走回来，径直走到后面的厢房中，向姐妹们报告了这个天大的好消息；大家听说汪天明已被姚渡袍哥打死在码头上，无不拍手称快。崔姐张嘴长长地舒了一口气，然后忙从屋里拿来一块大洋递给老板，请他去买两串鞭炮来放，其他姐妹也相继拿出钱来，要老板多买一点，以发泄心中积压的怨气，众姐妹高兴得直流眼泪。

淮口街上的鞭炮声接连不断，此起彼伏的爆炸声震耳欲聋，吓得众多赶场的人躲躲闪闪，那些挑着箩筐的男子、背着背篓的妇女四处躲避，唯恐鞭炮落到自己身上，他们都感到奇怪，淮口今天究竟发生了啥大事情？

午时过后，在淮口码头前面那片河滩上，被五花大绑的姚渡袍哥跪成一排。仔细看一下人数，连同因中弹躺在地上那个快死的人共计逮住了九个。此时，河岸边和码头上到处挤满了看热闹的人，就连停靠在江面的船夫们也从船舱中走出来，伫立在船头翘首观望。

邹荣江把这九个人的名单递到易文武手中，双方做了移交。易文武看了看跪在前面那一排被绑的人，认真地用手数了数，随即向邹荣江点了点头。

易文武拿着手中的名单，转身走到镇长面前，将那份名单交到他的手上，镇长详细地看过名单之后，又亲自点了下跪在地上的人，然后抬高嗓门大声向在场的人宣布道：“本镇长接到刘仲宣县长命令，现将缉拿归案的姚渡武装贩卖鸦片的九个罪犯就地枪决。”他转过头来命令身旁的易文武：“联防大队，立即执行。”

易文武快速地从枪盒中掏出手枪，向站立在一旁待命的队员喊道：“开枪！”随着一阵急促的枪声，跪在河滩上的九个人顷刻间倒在了血泊之中。

淮口码头枪毙九名姚渡毒贩的消息很快传遍了金堂各地，一时间成为大家茶余饭后的热议话题。在短短的几天时间，全县老百姓都知道了这件大事情，有的绘声绘色地说："姚渡袍哥真了不起，一枪就打死了警察所那个恶贯满盈的所长，并将其余的十几个警察打得屁滚尿流，到处东躲西藏，甚至连淮口联防队几十号人，也非他们的对手，后来还是县长刘仲宣派来金堂联防大队助阵，这才镇住了堂子。听说大队长邹荣江枪法准得很，能做到百步穿杨，他开枪只打那帮袍哥的下半身，有意不伤及他们的性命，凡是有本事的人都不会轻易杀人。联防大队有个武术馆教官曾林修，他徒手空拳能对抗几个壮汉，最后竟将他们都打倒在地。"

淮口码头枪毙九个袍哥的事发生当晚，便在姚渡炸开了锅。他们安插在淮口的一名线人，亲眼看到那九个人被开枪打死在河滩上，他急忙乘渡船过河，从同兴场一路沿着沱江而上，直到日落时才走到姚渡总舵把子李光清家中，累得他一进屋便跌倒在地，众人忙将他扶到一把竹椅上坐下，让他喝了两口温热的茶水。他缓了缓气后，即刻将今天在淮口码头枪毙姚渡袍哥的事全盘说了出来。

李光清听了他说的话，脑子里顿时轰的一声像爆炸一般，惊骇得说不出一句话来。等他回过神来时，眼中喷射着愤怒的火焰，站起身来一巴掌拍在桌上，由于用力过猛，竟将茶碗震落在地上，客厅外面的人听到这一声巨响，慌忙拔出枪来涌进客厅内，当他们听说姚渡袍哥在淮口被枪毙的噩耗后，每个人都恨得咬牙切齿，发誓要为死去的弟兄报仇雪恨。

正在这时，师爷带着十余个拼命逃脱的袍哥走了进来，他们衣服上沾满泥土，一脸污垢；两个被子弹打伤了膀子的人，衣袖上留下了乌黑的血迹，痛苦不堪地躺在客厅那道高门槛下，再也没有力气向前迈进一步。

师爷向李光清报告了今天发生的事情："我们在淮口码头卸货时突然遭到了警察袭击，他们强行扣留了那批鸦片，在双方僵持不下的关头，淮口联防队的数十名枪手又跑来围堵，在这种紧急情况下，我方只好弃货保人，立即将船撑离江岸与其抗衡。淮口联防队那帮人并不可怕，他们只顾朝船上乱开枪，打伤了我们两三个弟兄，将船打穿了几个洞，我们赶紧拿着先前准备的桐油竹麻去补漏，同时把船撑到河心，计划上岸后走旱路脱险。可是，就在这紧要时刻，县联防大队带着大队人马赶来，将我们的船困在江中不能靠岸。好在这时天色已晚，他们弄不清我们船上的情况，没有与我们交火。我判断联防队打算不费一枪一弹，只等天亮后再来收拾我们。但我和弟兄们不能坐以待毙，趁着夜静更深，巡逻的哨兵不注意之时，这才急忙下船涉水跑脱了。我们跑在前面的这些弟兄侥幸没有被逮住，但落在后面的几个弟兄不熟悉路线，天上又不见一点儿光亮，更有的人身负枪伤，行动起来十分缓慢，最终被追来的联防大队围在一片芦苇丛中，第二天早晨就将他们抓走了。弟兄们被逮住时，我就躲在远处的竹林中，眼睁睁看见他们被五花大绑押着，我的心像刀割一样。我们跑脱的这十几个人，只好绕着前面的山路走，从人和地界爬坡上坎，绕了一大圈才走回姚渡。"

师爷憋足一口气说完这番话后，忽然感到体力不支，两眼直冒金星，身子一晃便横躺在那张椅子上。

李光清即刻吩咐管家给这些逃回来的弟兄洗澡换衣，叫伙房准备两桌酒菜给他们压惊，并命人去县城请一个高明的外科医生给伤者治疗。

势力庞大的姚渡袍哥，自初创以来二十多年间从未发生过如此重大事件，此次在淮口遭遇既丢货又死人的惨祸，使得姚渡袍哥悲痛到极点。李光清越想越气愤，满腔怒火随即爆发出来，他涨红着脸向身旁的人发话："你们分头去将各分舵的管事都请到总舵来议事，务必要连夜赶来。"

那些在淮口被枪决的袍哥家属们，在得知自己亲人的死讯后，当即号啕大哭，痛不欲生，众多的老人竟被气得不省人事，全家老小哭哭啼啼纷纷拥到姚渡找总舵爷李光清讨说法，其中不少妇女和儿童全身披麻戴孝。街上的居民好奇地站在门前观望，不知道究竟发生了啥事。

这时，李光清家中的客厅内正在商议着一件非同寻常的大事情。到场的都是姚渡袍哥各分舵的舵爷和老资格的一二排袍哥。参加者群情激愤，他们争先恐后发言谩骂着，会场处于极度悲怆和愤怒的气氛之中。最后大家一致表示，血债必须血还，先打死淮口几十个人。会场气氛显得非常紧张，大有一触即发之势。

会场外面，许多陆续到来的袍哥死难家属在门前大哭大闹，声称定要为冤死者报仇，有的强烈要求将死者尸体运回姚渡安葬；有的说家里没有了劳动力，土地也无法再耕种了；凡此种种痛失亲人的状况，真是惨不忍睹。

李光清虽说是家大业大的地主，却也是个性情中人，他平日里对弟兄很讲义气，从不吝惜钱财，深受广大袍哥的拥戴。今晚，他抑制不住满腔怒火，决定不惜一切代价报复淮口袍哥，拼命也要挽回姚渡袍哥的脸面。最后李光清做出了即刻攻打淮口的指令：每个分舵派出三十至四十人，各配长、短枪支，带足两三天干粮；十二个分舵加上总舵武装共计四百多人；把仓库里存放的机枪和弹药全部带上，坚决和淮口袍哥拼个鱼死网破。

正当大家高声讨论如何攻打淮口的作战部署时，李光清突然想起一件事情，那就是赵镇的袍哥舵爷韩玉成在金堂的影响很大，其势力并不亚于姚渡袍哥；而且他上下人脉关系极好，在周边的新都、广汉和成都的袍哥界都是有影响的人物。如果此次这么重大的行动不向他知会一声，恐有不妥。况且自己也不能孤军作战，那样必将势单力薄，如果得不到其他袍哥广泛的支持，要打赢这一仗也非容易之事。自己多年来与韩玉成的交情不错，这些年每逢到赵镇去办事，都要随身带上一份礼物去拜访他，去年还专门请他到姚渡来耍过数日。凭借这种特殊关系，他应该会站在姚渡这一边。李光清想到这里，立刻高声对在场的人说道："大家听好了，我明天上午要去趟赵镇韩舵爷那里，必须等我回来之后再行动。你们现在就回去做好一切准备，听候我的命令。"

会议结束后，各分舵的袍哥大爷先后走出客厅，早已等待在门前的众多死难者家眷哀声痛哭，不依不饶地向舵爷们讨要说法，将他们围堵在门外。

李光清见此情景，急忙从客厅内走到大家面前，他掏出长衫口袋里的手帕，一面抹去脸上的泪水，一边哽咽地说道："真是对不住大家了，我预先不知道淮口那帮袍哥竟然如此凶狠，全然不念一点袍哥情义，他们公然杀害了我们这么多好兄弟，这口恶气我们一定要出。等过了明天，我们就会派队伍去踏平淮口码头，为遇难的弟兄报仇雪恨。"但站在他面前的一群死难者家眷，听了他那番报仇雪恨的誓言并未停止悲痛，哭声依然响彻整个院落。

李光清急忙高高举起手来，示意大家不要哭了，他向大家保证说："各位死去弟兄的抚恤金当然不会少，每个人由总舵暂发一百块大洋，明天上午来这儿领取；等打完淮口这一仗回来，再给每户发一百块钱安家费，然后将死难弟兄的遗体运回姚渡来厚葬。"

李光清话音刚落，大家的哭喊声便慢慢低下来，但仍有一些人还在不断地抽泣着。他此刻深感心力交瘁，即向众人挥了挥手说："时候不早了，大家请节哀顺变，快点儿回家去歇息吧。"

第二天早晨，李光清吃过早饭后，急忙坐着一乘挂着遮阳棚的滑竿，在几个腰插驳壳枪的袍哥护送下赶往赵镇。他此次赵镇之行确实是明智之举，也算是找对了人，从而避免了一场即将爆发的大灾难。

韩玉成是赵镇响当当的袍哥大爷，祖辈在赵镇的名气很大，据说赵镇的老码头就是韩氏祖上所建，这个码头曾是沱江上游的水运集散中心，每天的货物运输船停满了码头。这里客商云集，装运粮油和茶叶的船只非常忙碌，夜间江面上倒映着许多船家灯火。

韩氏家族经过一百多年传到韩玉成这一辈，几弟兄分家后均有所发展。韩玉成在赵镇周边有田地千余亩，在沱江上跑水路运输的大船就有五只，并且还经营着赵镇最大的盐铺，可谓是富甲一方。韩玉成经商给人的印象是很讲诚信，他口碑极好。韩家所经营的盐铺无论何年何月价格都不会有多大变动，哪怕遇到自流井那边的盐价有所上涨，其他的盐商均已抬价销售，韩家盐铺的盐价依然不变——韩玉成的经营宗旨是不贪一时之利，图的是长期稳定发展。所以到韩家来买盐的人越来越多，生意自然也越来越兴旺。

赵镇袍哥一致推举韩玉成为龙头老大，不仅仅是因为他财大气粗；在大家的心目中，更是看好他的儒雅风度和待人处事的稳重公平，从来不会以势压人。凡是遇到袍哥生意上有资金困难，或是在社会上碰到什么麻烦，甚至家庭中出现意想不到的变故，只要找到他说明实情，他定然会竭尽全力帮你渡过难关，从不装腔作势来敷衍搪塞。因此，韩玉成深得广大袍哥的信赖。

韩玉成认为天下袍哥是一家，无论是从哪个码头来的袍哥，只要是遇到难处来登门求助，他都是有求必应。去年夏天土桥沟有两个到赵镇来购货的袍哥商人，在行至三皇庙时遭到土匪抢劫，身上财物全部被洗劫一空，他们一路仓皇逃至赵镇，连吃饭和住店的钱都没有，幸好土桥沟的袍哥老大之前曾告诉过他俩，若是在路途上遇到有什么麻烦事，可以去找赵镇码头的韩大爷恳求他帮忙解决。这一次居然碰到了如此之大的事情，当他们跄跄踉踉走到赵镇，满街上的店铺已点亮了灯火。他二人一路奔到玉龙街韩玉成的宅院，冒昧前去求助。韩玉成仔细问明了他俩的情况，得知他们是来自土桥的袍哥后，立即热情地招待他们在家中吃饭，席间又详细询问购货需要多少钱，并如数将钱借给了他们。之后不到两个月时间，这二人即将借来的钱连同利息一并归还回来。但韩玉成吩咐账房上只收下借款，不要对方分文利息；并说帮助袍哥弟兄讲的就是一个情谊，不能等同于做生意买卖。当时，两个土桥袍哥被感动得连连称谢。这件事在土桥袍哥中被传为佳话，只要一提到赵镇袍哥的韩大爷，没有一个不敬佩的。

李光清来到韩玉成家中时，看门人说他正在书房看书，他便径直绕过左边那排厢房，大步向书房走去。

韩玉成一见李光清走进门来，急忙放下手中的书本，站起身来笑脸相迎，他请李光清在客厅落座后，接着吩咐用人给客人泡茶，然后问道："李老弟你这是怎么了？为何急成这个样子？"他看到李光清满脸愁容，很是诧异。

李光清这才将一天前发生在淮口的事情和盘托出。因贩卖鸦片，招来当地警察和联防队突袭，他们欲强行扣留姚渡船上的货与人；双方随即争执激烈，开枪打了起来。姚渡弟兄当场打死了淮口的警察所所长；之后县长刘仲宣派联防大队前来镇压，逮走了九名姚渡袍哥，当天即被枪决在淮口码头河边上，直到现在也未敢去收尸。李光清说到这里，忍不住眼泪直往下流。

韩玉成已从手下人那儿听到淮口发生了姚渡袍哥打死当地警察所所长，后来联防大队抓走九人，并全部枪毙在淮口河滩上这些事。此刻由李光清口中说出，他倍感震惊，望着李光清那副悲伤的面孔，一时间不知道用什么言语来安慰他。

李光清接着哭诉道："韩大哥，这次淮口把我们整得如此惨，姚渡的几千袍哥绝不答应，各分舵的弟兄们决心要报仇雪恨，对冤死的九个袍哥弟兄及其家人有所交代。"

韩玉成见李光清激烈地说出此话，似乎还有下文，他很想知道姚渡方面的意见，急忙问道："你们接下来打算怎么办？"

李光清见韩玉成问到了关键问题，这正是自己今天到赵镇找他的来意，于是，他便毫不掩饰地把准备报复淮口袍哥的行动计划全盘托出，并说回去之后就立刻出发。

韩玉成听说李光清要派数百名袍哥武装血洗淮口，不禁吓出了一身冷汗，他急忙向李光清摆手道："李老弟此事万万不可。"

李光清没听到同情支持的声音，韩玉成竟然站出来强烈反对，心里十分不快地反问道："血债血还，有什么不可以？"

韩玉成耐心劝解说："你知道这样做会有什么后果？若是跑去打死淮口几十个袍哥，政府会放过你们？做事切不可这样莽撞，要不然，姚渡袍哥将全部毁在你手上。"

李光清听韩玉成把话讲得如此严重，心里也不免吃惊，但他胸中充满了怒火，复仇的决心已定，况且昨夜已做好战斗部署，现在是箭在弦上不得不发。于是他对韩玉成斩钉截铁地说："此仇不报，我今生枉为袍哥一场。袍哥在江湖上以仁义为先，讲义气是众所周知的。"

韩玉成此时又开导他说："既然都是为了众多袍哥弟兄着想，那就有话好好说，不要动不动就用枪杆子。常言道'天下袍哥是一家'，不管是你们姚渡袍哥还是淮口的袍哥，总归都是四川袍哥。这事的起因是你们姚渡方面打死警察引起，然后才招来联防大队抓人，当然淮口袍哥之前请来警察压阵，是这个事的根源，肯定是有错在先。"

李光清见韩玉成把话说得如此轻松，竟然将双方各打五十大板。他有些不满地反问道："难道打死一名警察，就得赔上我们九个弟兄的性命？"

韩玉成很认真地提醒他说："这是县长刘仲宣的诡计，他想借淮口与姚渡两地袍哥将事情闹大，以打死一名警察来借题发挥，一方面向省政府报告自己在金堂全县的功绩，另一方面又打压了日益壮大的袍哥队伍，真可谓歹毒至极。"

李光清听得烦躁不安，心里矛盾重重，他问道："若是依照您的意见，这件事儿该如何摆平？"

韩玉成这时忽然想到明天是成都袍哥总舵爷来赵镇巡视的日子，心中立即有了主意："我看这样办，明天我派人将淮口码头的袍哥喊到赵镇来，让你们双方坐在一起当面讲道理。并邀请成都袍哥总舵爷到场，让大家来给你们判个公断，你看如何？"

李光清此时也想不出更妥当的办法，心想既然有成都总舵爷要来赵镇，又有韩玉成这个中间人，还怕解决不了问题？他只好硬着头皮应承道："好嘛，就依您出的主意。"

夜里，李光清一行人住进了上正街的民生客栈，在那儿焦急不安地等待着。

第二天上午，成都袍哥总舵爷卢子琦乘坐的小汽车终于开到了赵镇，韩玉成先行将他请进自己的书房，随即把姚渡和淮口两家袍哥因做鸦片买卖发生纠纷，从而引起武装火拼，以致遭到县长刘仲宣派出联防大队和警察前来镇压，共计抓了九名姚渡袍哥，一个不剩全部枪毙在淮口码头上的事细细道来。听到噩耗的姚渡袍哥悲痛万分，群情激奋，调集了几百人要去淮口找那里的袍哥报仇，情况非常紧急，希望总舵爷能够从中调解。

卢子琦听完韩玉成的讲述，心情十分沉重。他深感袍哥队伍的复杂性，他们为了各自的利益，将码头作为他们相互争夺的地方，谁也不能贸然侵犯；特别是有了枪杆子的袍哥，他们自认为势力很大，行事有恃无恐，有的甚至连当地官府都不放在眼里，政府岂有不痛恨之理？倘若有朝一日被政府抓住了短处，定然会遭到杀身之祸。今天，姚渡袍哥终于落得如此悲惨下场。想到眼前这件棘手的事情，卢子琦这个久经风雨，掌握着成都周边各县数万袍哥的总舵爷也不免伤感万分。

韩玉成按照卢子琦设定的调解方案，为了不把谈话内容泄露出去，急忙吩咐手下将一艘船撑到江心停泊，约定姚渡和淮口两家当事人在船上来谈。袍哥自己内部的事情，就关起门来自己来解决。

韩玉成为避免双方在谈判中发生冲突，他叫管事把姚渡袍哥领到河对岸码头喝茶，再将淮口袍哥留在王爷庙码头的茶铺，同时派出几个赵镇袍哥陪在他们身边，这一来既尽了赵镇袍哥的地主之谊，也便于监控这帮人。

诸事安排妥当之后，韩玉成便陪着卢子琦、李光清和刚赶到的淮口袍哥舵爷唐国盛一同走上停靠在岸边那条"春圆棒"船上。船夫很快将船撑到江中那条停泊着的船旁边，韩玉成等人随即从这条船跳到那条船，他吩咐原船返回码头等候。这时，船上只留下他们四个谈判的袍哥舵爷。

这场别开生面的江中会议，从午后一直进行到黄昏。会谈一开始，盛气凌人的姚渡袍哥同据理力争的淮口袍哥各持己见，互不相让，甚至怒气冲冲地拍桌子，亮出自己的拳头。后卢子琦震怒一吼，将双方剑拔弩张的气焰压了下去。他大声对李光清和唐国盛两人说道："你们都嫌这次闹出的事儿还不大，死了九条性命还不够惨？这要是在成都袍哥中传扬出去，我都替你们丢脸。请你们二位想一想，成都袍哥自建立以来，何年何月发生过这种自相残杀的悲剧？竟敢开枪打死执行公务的警察，由此招来县长派联防大队镇压，你们究竟有几条命不想活了？"

李光清与唐国盛被骂得面红耳赤，无言以对，垂下了刚才那气势如牛、涨起两股青筋的头。

韩玉成在一旁劝说道："卢总舵爷的话，想必你们都听得很清楚，袍哥之间不能自己人打自己人。无论发生了何事理应找堂口上的舵爷来解决，绝不可以各行其是，动辄就拿枪杆来压制对方，如果真是那样蛮横无理，根本不配当讲情义的袍哥。"

卢子琦特别告诫大家说："今后各地堂口行事要千万小心，切不可去招惹政府！"

李光清和唐国盛听罢卢子琦与韩玉成一番语重心长的开导，忽然心胸开朗起来，心中怨气也随即消了许多，再没有先前那般拼死拼活要报复对方的气势。他们像犯了错的孩子，站在大人面前问道："依照总舵爷的意思，今天该怎么解决这件事？"

卢子琦看了韩玉成一眼，说道："我在韩老弟家里已经听说了你们双方发生的事，始末缘由我也全部知道，说穿了大家就为了各自利益，现在事情既然已经闹到这个地步，依我看你们双方都有错，各人都要承担责任，姚渡方面的损失很大，遭警察没收了几百斤鸦片烟不说，还白白葬送了九条活鲜鲜的性命，你们说该咋办？"说罢，他转身望了望韩玉成。

韩玉成见卢子琦把话递给自己，明眼人一看便知道其中的意思，他既然判定这件事双方均有责任，却只说了姚渡方面损失惨重，并未提及淮口方面有什么损失，那该承担何种责任呢？他看着卢子琦注视自己的眼神，似乎要他说出一个让大家满意的结果，于是，他试探着问："总舵爷的想法是要赔钱给姚渡。"

卢子琦口气坚决地说："这个钱该赔。"

韩玉成追问一句："那要赔多少合适？"

卢子琦向李光清道："总共算下来损失多少？"

李光清心中早已有数，急忙回答说："鸦片五百八十斤，价值六千块大洋；死难九个弟兄的抚恤金、安家费和丧葬费等，粗略算下来需要五千块大洋；此外还有几个弟兄的医疗费，总共损失超过一万两千块钱。"

唐国盛当即站起来反驳道："你们姚渡贩卖鸦片烟被警察没收了，这笔账也要算到我们头上？"

韩玉成起身拍了拍他的肩膀:"唐老弟,坐下来慢慢说,卢舵爷并非说要全部算到你们淮口身上。"

李光清急忙补充道:"我们还有一条船被打沉在沱江中,这条船就要值一千多块大洋。"

唐国盛怒气冲冲地说:"你又不是把船卖给我的,关我何事。"

这时,卢子琦给韩玉成使了个眼色,不愿再看他们继续打口水仗,想尽快把这件事情做个了断。他用手招呼大家息怒,接着说道:"我来说句公道话,姚渡方面的损失不能全部算到淮口头上,你姚渡袍哥卖鸦片本身就是大错特错,还要谁来赔你损失?但另一方面你淮口袍哥招来警察和联防队,打死了姚渡九条人命,还打伤好几人,这件事跟你们淮口就有直接关系,你们双方说是不是这个道理?"

李光清和唐国盛听了卢子琦这般评判,一时间无语反驳,只能默不作声。

卢子琦见自己那番话已有成效,他接着趁火打铁道:"多余的话我也不说了,现在就谈一下赔偿的事情,我提议淮口方面赔偿给姚渡两千块大洋抚恤金怎么样?"

李光清立即表示不服:"我们丢了九条人命,两千块大洋就给打发了,世界上哪里有这么便宜的命?"

唐国盛极力反对说:"死去的九条人命难道要我们全部负责不成?"

他二人反复争论了许久,仍然得不出一个明确的结果。

韩玉成见此状况,急忙站出来打破僵局道:"我晓得淮口袍哥经济不很宽裕,所以,我们赵镇袍哥堂口上愿意拿出一千块大洋给姚渡方作为补偿。"

唐国盛见韩玉成表现得如此慷慨,心中充满感激地望了他一眼。

李光清同时望了望韩玉成那宽厚仁慈的面容,心中的怒气顿时消了许

风雨人生 143

多。但惨死的九个弟兄那张张熟悉的面孔，依然浮现在自己脑海，无限的伤痛仍停留在他紧锁的眉宇间。

卢子琦不想再节外生枝，最后说出他这个总舵爷的决定："我看这样好了，姚渡方面的补偿问题，我个人再拿出五百块大洋给他们就算完事。至于打死的那九个人，由淮口方面买棺材将他们收殓好，用船运到赵镇码头；姚渡方派人到赵镇来接手，避免双方见面会发生摩擦；还有关于姚渡方面到淮口做生意，不要去抢淮口袍哥先前的地盘，生意各做各，钱要大家赚，切记和气生财这个道理，天下袍哥都是一家人，伤到谁都不好。"

韩玉成见大事已了，他催问李光清与唐国盛道："你们看总舵爷说的解决办法要得不？"

李、唐二人听到两位袍哥大爷至情至理的言语，并且又慷慨解囊的仁义之举，心中纵然有诸多理由也难说出口，他们看着卢子琦那期待的目光，咽下心中的一大堆苦衷，从嘴里勉强吐出一句："要得嘛。"

这次在沱江上的袍哥会议，由于有了韩玉成的不懈努力和卢子琦的到来，一场即将爆发的姚渡袍哥武装血洗淮口的严重事件得以制止。可以说那些睿智的袍哥首领拯救了无数弟兄们的性命。

十

淮口的武装贩烟事件被镇压下去后，联防大队奉命撤回到县城外的玉虹桥驻地。

县长刘仲宣为表彰联防大队在淮口禁烟有功，特别奖励该队现大洋五百元，并准许全队放假三天。队员们分得奖励后都非常高兴，纷纷揣着几块银圆回家看望父母妻儿去了。

但曾林修此刻却一点儿高兴不起来，心情反而感到十分沉重，这两日他总是一副愁眉苦脸的模样，甚至害怕回到家中去。

邹荣江见曾林修只顾低头前行，一路也未开口说话，不时还用脚狠狠踢开路上的石子，他忍不住问道："林修，这几天你好像变了个人似的。在淮口的时候，我就看你有点不对劲，那时没有空闲问你。现在队员们全都回家了，你怎么还留在玉虹桥不走？"

曾林修依然没有张口，但此时他的眼眶已噙满了泪花，当他抬头望见邹荣江那信任的目光时，这才向他倾诉出内心的痛苦来："淮口码头枪毙的那九个姚渡袍哥，其中一个瘦高个子便是我的表姐夫，他死得好冤枉！"

邹荣江忙问："那你当时怎么不说出来，要是你早点儿说，我在押运路上找机会将他放了就是了。"

曾林修非常惋惜地说："我当时真的太粗心了，那天被绑着的九个姚渡袍哥，连面孔都没有看清楚。直到将他们押到淮口码头的河滩上，我才猛然发现他那张惨白的脸。我当时浑身都冰凉了，脑子里嗡嗡作响，全然一片空白。"他说完这番话后，一直哽咽，眼泪不住地滴落下来。

邹荣江："你是害怕回去跟家人说？"

曾林修道："我根本没脸回去，特别是我母亲，她要知道是我带人将表姐夫抓住，然后在淮口被枪毙的事，老人家肯定要怄气生病，又会惹出祸事来。"话说到这里，他心中感到很惧怕。

"真有那么严重的事情？"邹荣江有些不解地问。

曾林修的情绪稍稍平静后，即对他说道："母亲只生下我们三兄弟，膝下并无一个女儿，她历来就将乖巧的表姐当成亲生女。表姐的妈便是我母亲的大姐，她们姐妹的关系从小就很好，即便后来相继出嫁了，两家人的走动也十分频繁，多年来从未间断过。表姐在母亲面前十分孝顺，深得母亲的疼爱，倘若不是表姐的属相与我大哥不相配，她早就嫁进我们曾家，成为我的大嫂了。"

邹荣江感叹道："原来是这个样子啊。"

曾林修接着说："我母亲与大姨妈都皈依了佛门，是虔诚的佛教徒。家里都供奉着一尊白玉石的观音大士，她们每日早晚拜佛念经，祈求菩萨保佑全家平安和儿孙们无病无痛。没想到她们终年拜佛烧香，求来的竟是自己亲人的死讯，这个不幸的遭遇对任何人来说，无疑是沉重的打击，尤其是我大姨妈这个非常善良的女人。"

邹荣江深感事态严重："我看这件事非同小可，必须考虑清楚才可以说出去。"

曾林修说："我这些天焦虑得寝食难安，就是为了这件事。要是将事情的原委都说出来，肯定会将两位老人家气倒，后果不堪设想。若是始终不说，悬在我心头的这块石头总搁不下，我一辈子都不得安宁。"

他二人沉默不语地走了一段路后，邹荣江转过身来向曾林修建议道："此事你何不先去找马拳师说一下，看他有什么好主意？"

曾林修很敬重他的师傅，毕竟自己一时也想不出办法，与其将这件事闷在心里，还不如去请教一下平时主意很多的马德华。于是，他对邹荣江点头道："你说得不错，我现在就进城去一趟，看他老人家有什么好办法。"

黄昏时分，曾林修急匆匆来到南街八仙桥马德华家中。正在打扫店铺的师母看见曾林修走进来，曾林修忙上前问道："师母，师傅他在家里吗？"

师母随即回答道："他正在厨房里炒菜。"

县城中的人都晓得马德华的武功好，却不知道他的厨艺也非同寻常。曾林修很喜欢马师傅烹饪的菜肴，非常可口。他做得最好的就是回锅肉、麻婆豆腐、宫保鸡丁、鱼香肉丝和豆瓣鱼这几样家常菜。此时，曾林修忽然闻到一股蒜苗回锅肉的香味，师傅正在厨房里准备一家人的晚饭，每当忙完一天的生意后，他都会亲自下厨做一顿好饭菜。

曾林修快步走进厨房，只见马德华腰系蓝布围裙，拿起锅铲将炒好的回锅肉铲入青花瓷盘中。他忙上前说："师傅，您炒的回锅肉好香啊，我走进门就闻到了。"

马德华抬头一看，几个月都未见面的徒弟，竟然一下子出现在眼前，感到特别惊喜："你啥时候回来的，怎么天黑才来？"

曾林修笑嘻嘻地说："赶着来吃您老人家炒的回锅肉嘛。"他走到马德华身边，低下头使劲闻了闻那盘回锅肉。

这时，坐在灶门前烧火的马莲秀，见曾林修并未注意到自己，心中有点儿不快，急忙站起身来调侃了他一句："是你嘴馋了才想起吃我爸炒的回锅肉吧。"

曾林修听到师妹数落他的话，这才意识到自己忽略了她，看见她那张被灶膛中火光照得通红的脸，便走去对她调皮地说道："就算是嘛，谁叫我生来有这个口福呢？"

马德华看着两个年轻人装着拌嘴的亲热劲，故意用铲子敲响锅边道："几个月都未碰到一起了，怎么一见面就像娃儿家一样吵架呢？"

马莲秀口中嘟囔了一句："我才懒得跟他吵嘴。"随即与曾林修相视一笑，谁都不再言语了。

今晚这顿饭，大家吃得都很开心，曾林修还陪师傅喝了一杯二曲酒，他平日不爱喝酒，可今天他却陪师傅一边喝一边用手掰着豆腐干，剥着炒花生来下酒，打算吃过晚饭后便将心中的苦闷向师傅倾诉。想不到一杯酒下肚，他便喝得满面红光。马莲秀怕他再喝非醉倒不可，忙伸手夺下他的酒杯，然后给他舀来一碗米饭。马德华知道这个徒弟没有多大酒量，也无意再去劝酒，于是他一人自斟自饮起来。

吃过晚饭后，曾林修对马德华说："师傅，我今天来有件要紧的事跟您说。"

"是什么事情？"马德华从未见过徒弟如此严肃认真的表情，他预感到一定出了什么大事。

曾林修见师傅一家人都屏住呼吸地望着他，急忙将这次联防大队在淮口缉拿姚渡袍哥的前后经过，很详细地给马德华讲述了一遍。当他说到被逮住的人中有一个是自己的表姐夫，后来被枪毙在淮口河滩上时，他的声音哽咽了，眼圈一下子红起来。

马德华忙问："此事还未告诉你父母？"

曾林修："我现在不敢跟他们说起这件事，尤其害怕对母亲去说。"

师母在一旁插话道："你打算要瞒他们多久？"

马莲秀又补充说："总不能这样长期瞒下去吧。"

曾林修很为难地回答："要是不对他们说，我心中像压着一块石头永远都落不下来；要是对他们说出事情的真相，父亲的肚量大，可能不会怄气，但母亲却很难接受这个现实，她患有心痛的老毛病，我怕伤害她老人家的身体，再说她是吃斋念佛之人，听到谁家死了人都心生悲伤，何况这次死的是她的亲侄女婿。"

马莲秀好奇地问："既然你母亲那么喜欢这个侄女，为何当初不将她娶进你们曾家做媳妇，谁叫她嫁给那个短命的袍哥？"

"姻缘这件事轮到谁也拿不稳，凡事只能讲缘分。"母亲反驳着女儿。

曾林修这时显得很无奈："表姐其实早就准备许配给大哥，但后来两家人将他们的生辰八字拿给算命先生一算，说是他们命中五行相克，难得终生为伴。本来一桩美满的姨表亲只得这样作罢。"

马莲秀疑惑地接着问："我就好奇了，你表姐同那个表姐夫当初结婚时，肯定也找人算过命，为啥没过上几年舒展日子，那个表姐夫就短命了呢?"她显然是对算命先生的谬论不满。

马德华瞪了女儿一眼:"看你说的啥子话?每个人的命早在阎王爷那里注定了,常言说'生死有命,富贵在天',这句话不假,一切都由不得自己。"说完这话,他轻轻地拍了拍身旁听得津津有味的小儿子说:"娃儿家听这些干啥子?快回你房间看书去"。小儿子很不情愿地慢慢站起身来,在父亲的不断催促下,这才挪步离去。

马德华思忖片刻后,紧皱着的眉头开始舒展,随即对曾林修说道:"我看这样子吧,你回家先将此事跟你父亲讲明白,让他知道就是了,目前暂时不能告诉你母亲,等过了这段时间看她的身体状况再说,能瞒多久算多久,终究是为了她的健康着想,她若晓得此事,反而会惹出病来。"

曾林修听了师傅这番指点,觉得很有道理,心中忽然开朗起来:"多谢师傅,我回去先给父亲说就是了,看他老人家有何主意。"

马德华点点头说:"那样更好,你今晚就在我这里住。"说完,他便起身到前面关铺门去了。

马莲秀帮着母亲收拾起桌上的碗筷,过了一会儿她又由厨房内走出来,坐在了曾林修对面,看着他愁容未尽的模样,笑着问道:"听说你表姐和你们家关系甚好,她长得漂不漂亮?"

曾林修不假思索,随口答道:"人长得白白净净的,有点好看。"

马莲秀又问:"她与你大哥属相不配,但你们曾家还有你这个男人,你妈既然这么喜欢她,为啥不将她嫁给你当媳妇?"

曾林修回答道:"表姐年长我三四岁,这怎么可能?"

马莲秀说:"老人们都说女大三抱金砖,她人长得好看,又非常能干,依我看你配她还很合适。"马连秀望着师兄戏谑道。

曾林修看出了师妹那点小心思,看看她笑眯眯的脸说:"就算我妈很喜欢表姐,那又能怎样呢?我首先不愿意,哪有娶个婆娘比自己大的道理；再说我爸也不会答应这门亲事，他不主张女人比男人更有出息。"

马莲秀见曾林修给了自己一个满意的答复后，又提出了新的话题，她好奇地问："你表姐真有那么能干？究竟表现在哪些方面？"

这时，空荡荡的屋子里只坐着他们二人，没有长辈们在场，说起话来反倒感觉轻松自在。本来这对师兄妹平日里就亲密无间，马莲秀虽然已长成十六七岁的大姑娘，但对师兄却像亲哥哥那样毫无芥蒂，说什么都无所顾忌。

曾林修见师妹这样问他，并无一点妒忌的意思，完全出于好奇，于是他便认真地对她讲述着表姐的故事："她真的很能干，我母亲每年春秋两季都要到姨妈家去耍，表姐家在当地虽然不算大户人家，但也比较富裕，一座四合院坐落在幽静的林盘中，院子里收拾得干干净净，每间房屋的桌椅板凳摆放得井然有序，院坝的墙边围着一个大栅栏，喂养着成群的鸡鸭，每天产下的蛋要捡半篾篼，猪圈里还喂有几头肥猪，其中两头是用来专门生崽的母猪。"

马莲秀对他说的这些似乎不感兴趣，她打断了曾林修的话："我想问她本人究竟能干在哪里？"

曾林修即刻回答说："家里有许多烦琐的事儿，比如喂猪喂鸡她样样都会，表姐的针线活也做得很好，全家人的衣服有不少是她缝制的。除此之外，她还能下厨炒菜煮饭。"

马莲秀："她给你缝过衣服没有？"

"两年前曾缝过一件卡其布长衫，不过自那以后，妈就不准她再为曾家缝衣服，说是怕累着她。"

"你妈没有生女儿嘛，当然心疼她。"

"我妈的性情与表姐一模一样，俩人投缘得很，妈爱吃什么菜，她便到厨房里给她做什么，我妈在新都宝光寺皈依佛门后，不再吃肉食了，为此表姐专门为她炒新鲜蔬菜，而且每顿菜都有所不同，很合妈的口味，好像是在自己家里一样，没有半点儿不习惯。"

"你表姐出嫁时，你们曾家给了她多少陪奁？"

曾林修想了片刻说："确实不少，妈当时给她用红纸封了两百块大洋，还送了蜀绣被面绣花枕头，隆昌麻纱蚊帐和几件洋布衣裳；最显眼的是那套土漆柏木家具，以及一只值钱的玉镯。"

马莲秀惊讶道："啊哟，好大的排场，很多大户人家嫁女儿都不敢这样讲究，你妈真是舍得。"

曾林修："我妈将表姐当自己亲生女儿对待，外面的人看见陪奁那么丰富，还以为是曾家嫁女儿呢。"

马莲秀感到这个表姐真有趣，很想知道她更多的故事，便接着问："你们从小在一起玩耍，她那时候调皮不调皮？"

曾林修忍不住笑了一下："哪有不调皮的，我记得小时候跟着母亲到姨妈家去耍，刚走到她们家坐下，表姐就从屋外跑进来，伸出一双胖乎乎的小手，抚摸着母亲的脸庞，一会儿又摸摸她的耳朵，最后将她的小脸紧贴在母亲脸上，两人亲密得不得了。每当这时，母亲就会捧起她红润的脸蛋亲上几口，然后将一根食指伸到她腋窝下挠痒，逗得她不停地扭动身子，发出咯咯的笑声，像银铃一般响亮，母亲也随之开怀大笑起来。"

"难怪你妈那么喜欢她，原来竟是个小机灵。"马莲秀赞叹道。

曾林修接着说："表姐小时候就手巧，她们家住在县城南门外的陈家河心，那儿是毗河流经杨柳乡前头所形成的一个小岛。小岛宽二百多步，长千余步，真是个风景秀丽的地方。岛上全是黑黝黝的沙土，由于四周水源很好，最适合栽种水稻和小麦；其间还栽着不少柑橘、柚子、枇杷和樱桃等果树。岛上的几户农家习惯种花生，每年的九月是花生收获的季节，这时你不用扛起锄头到地里去挖，只需顺手将一窝根茎往上提起，那一串颗粒饱满的花生便从泥土中钻出来，一窝花生要装满两个小荷包。如果你夏天去陈家河心，可以吃到鲜红的樱桃和黄澄澄的枇杷，等到田里的稻子收割后，你又可以吃到橘柑与柚子，满树的红橘非常好看，像似一盏盏小红灯笼挂在枝头上。你要是想吃哪个可以随心所欲地伸手去摘，要是你个子矮小摸不到那么高，干脆爬上树去摘便是了，没有人会来干涉你。"

马莲秀双手托着腮帮，将胳膊撑在桌面上，神情专注地听着曾林修讲述他童年的故事，感到无比新奇，心里很向往那样的美好日子。她接着又问："你表姐从小就聪明透顶，你跟她一起怎么耍？"

曾林修看到师妹红润的脸蛋和专注的神情，觉得她此时更可爱，当他俩的目光碰在一起时，都会露出非常温暖的微笑。

马莲秀见他不作声，催问道："快点儿嘛，你脑壳想啥子去了？"

曾林修这才继续说道："记得有一年夏天，我那时还不满六岁，母亲又带我去陈家河心的姨妈家。第二天上午表姐便领我到河边去抓鱼。那时毗河里的鱼很多，鲤鱼、鲫鱼、桃花鱼和黄辣丁都有，尤其是桃花鱼非常好看，浑身是粉红色的条纹，站在河岸随时可见这些鱼儿在浅水处自由游荡，谁都想走下去抓几条。但当你脱掉鞋袜，挽起裤管踩进水里去抓鱼时，突如其来的水波却将鱼儿惊得四处逃窜，结果一条鱼也抓不着。

"后来还是表姐想出个好办法：她叫我和她去河边捡鹅卵石，累得我满头大汗，好不容易捡了一大堆放在河边上，直到肚子饿了才回家吃饭。忙着吃完午饭后，我们又跑去河边。表姐选在河中一处浅水处，将我们捡来的鹅卵石筑成一行两丈有余的长堤，这个堤的进水口较大，出水口却很小；河堤筑好之后，她又把进水口下面的石头往两边刨开，尽量让这儿的水更深些。这一切做完后，她拿起从家中带来的竹笼子，将它放置在堤坝前的出口处，再搬来一块大卵石把竹笼牢牢顶住，只等着上游的鱼儿钻进来。

"表姐随即将一根竹竿交到我手上，我跟在她身后走到上游较远的地方，踩进淹到膝盖处的水中站住，表姐和我高高举起手中竹竿，用力地拍打水面，驱赶着河里的鱼儿游进我们设置的堤坝内。不一会儿，当我们蹚水走到狭长的堤坝中，便看见几条桃花鱼在水中蹦跳起来，我们手拿竹竿继续将它们往前赶，不给鱼儿掉头往回跑的机会。随着竹竿不停拍打，我们快步走到出水口，这时，只见那几条桃花鱼没有了别的出路，只得乖乖钻进竹笼内。表姐马上将竹笼从水中提起，离开水的鱼儿在里面活蹦乱跳。她一面将笼中的鱼儿拿来放进岸边的小水坑，那是我们之前挖好专门用来养鱼的，一面用衣衫擦去溅得满脸的水珠。这时，表姐和我都洋溢着笑脸，我第一次感到收获的喜悦。我们再从上游涉水去驱赶鱼群，紧接着又到堤坝出口收起竹笼，也不记得这样反复做了多少次，直到夕阳照在江面时，我们累得一屁股坐在河岸边。

"当表姐和我提起那筐从河里打捞来的鱼儿，高高兴兴地回到家中时，姨妈却将表姐大骂了一顿，责怪她将我带到河边去耍，万一淹着怎么办？母亲也在一旁指着我的额头数落我贪玩。但不像姨妈骂表姐那么凶。姨妈这时反而站出来为我说话：'男孩子贪玩是常事，很多好动的男孩长大后都有出息。'倔强又委屈的表姐站在旁边不服气地噘着小嘴。"

马莲秀说："你姨妈就是维护男娃儿，男的好动是好事，女的好动便是坏事，世间上哪有这样的歪道理。"她替表姐打抱不平。

曾林修附和道："就是嘛，晚上吃饭的时候，一大盆红烧鱼摆在桌上，味道又鲜又嫩。看见他们每个人都吃得津津有味的样子，全然忘掉了表姐挨骂的事情。"

马莲秀接着又问："出了这件事情后，你们还敢一起出去耍吗？"

曾林修回答道:"表姐一点儿也不记仇,仅仅过去了一晚上,她就将挨骂的事情忘得一干二净。记得有天吃过晚饭后,她又悄悄地拉着我走到屋外的院坝内,问我想不想去南瓜地里捉蝈蝈。我一听夜间还有好玩的事情,当即拍手称快,心中有说不出的高兴。

"入夜以后,满天的星空撒下淡淡的亮光,表姐从墙边拿来一把麦草放在院门前,她坐在门槛上开始剥去麦秆上枯黄的叶片,只留下细长空芯的麦秆放在地上。我也学着她的做法,帮着剥起麦秆上的叶片,这样轻松有趣的活儿让我很喜欢,转眼之间便将麦草上的叶片全部剥光了。表姐做起活来手脚麻利,她不停地将麦秆一根接一根连起来开始编织,不一会儿便将一个长方形的蝈蝈笼子做好了。

"表姐叫我把地上残留的麦草收拾干净,放进墙边的竹筐里,然后去屋里拿来火柴和灯盏,另外还拿了一根纳鞋底用的细麻绳,她将麻绳拴在蝈蝈笼子的顶上,让我提着笼子跟她一起往外走。

"她家的菜地紧靠四合院旁边,借着天空那片淡淡的月光,我们很快便走到地边。只见好大一块菜地,里面种了许多我叫不上名字的蔬菜,这时,我们耳朵里不断传来蟋蟀和蝈蝈的鸣叫声,它们在尽情地吟唱着那永不变调的曲子,使我幼年的心灵感到陶醉。

"表姐告诉我说蝈蝈最喜欢吃南瓜花,所以一定要到南瓜地里才能捉到它,我不知道南瓜地在哪里,反正跟在她屁股后面走就是了。到了南瓜地我才发现,在月光下能看到一朵朵黄色的南瓜花竞相开放在绿油油的叶片之间,再往前面走,蝈蝈的鸣叫声越响亮。表姐蹲下身将油灯放在地上,然后从衣服口袋掏出一匣火柴,擦亮一根点燃了油灯,随即又拿起地上的油灯,火苗在她手上闪亮着,好在这天夜里并未吹风。

"她走进地里不久,很快就在一朵南瓜花上捉到一只贪食的紫色蝈蝈。我忙将笼子递过去,让她把手中的蝈蝈放进笼子里,将蝈蝈放进笼子后,她便将那朵南瓜花摘来塞进笼内，让它在里面也有吃的，同时提醒我说花屁股下结着瓜儿的不能摘，它以后要长成大南瓜。话音刚落，她又在一朵南瓜花上捉到一只绿颜色的大蝈蝈，它在表姐的手指间不断挣扎着，她又告诉我说，这只大蝈蝈是那些小蝈蝈的妈妈，过不了许久又会生出许多蝈蝈来。说着便转身将这只蝈蝈放进我提着的笼子里。我那时真的不懂事，心里嘀咕道：蝈蝈怎么会跟人一样，哪儿会有爸爸妈妈？

"时间过得很快，在我还没有玩够时，手上提着的蝈蝈笼子已经装满了，表姐说不能再捉了，捉多了装进笼子里会把它们挤死的。'我还没有亲手捉过一只蝈蝈呢。'我朝表姐抱怨着。

"表姐见我有些不高兴，急忙哄着我说：'等明天我们做一个大笼子再来捉好不好？'

"我听表姐说明天还要来，脸上立刻露出了笑容，兴奋地跳起来，差点儿将手中的蝈蝈笼子甩掉。

"表姐吹熄了手上的油灯，我们随即又原路返回到家中。她将蝈蝈笼子挂在院坝内一棵树上，然后轻手轻脚地溜进了大门，唯恐惊动了坐在堂屋里摆龙门阵的大人们。若是让他们看见了，表姐定会招来一顿责骂。"

马莲秀听曾林修讲了许多童年的故事，但令人不解的是他这样顽皮好耍，他母亲怎么就不严加管教。

曾林修看到她脸上表情，知道她心存疑虑，于是便解释道："母亲从小就喜欢我，不认为男孩子贪玩是坏事；她一辈子生下我们兄弟三人，爱得像手心里的宝贝，哪里舍得打骂，她老人家很慈祥善良。"

"若是谁家女儿嫁到你们曾家做儿媳，遇上这样的好婆婆，真是她前世修来的福气。"马莲秀发自内心地感叹道。

曾林修毫不含糊地说："那是当然喽。"他觉察到她的话中似乎有某种意思，便试探着问，"你愿不愿意做曾家的儿媳妇？"

马莲秀听了这句让人害羞的话,脸上立刻羞得通红,心脏怦怦跳动着,她急忙低下头,不敢再看他那双深情的眼睛。

曾林修知道她平时腼腆,除了跟自己家里人有话可说,从不会主动与外人交谈,尤其是学校里那些稚气未脱的男生。其实他面前这个可爱的小师妹,早已闯进了自己的心坎,只是没有合适的机会向她表露,今晚恰好两人静静地坐在一起,他刚才那番对母亲赞赏的话无形之中打动了她,这时他心里一阵激动,立即鼓足勇气对她说道:"你要是愿意做曾家的儿媳,我回家后就立刻向父母亲说,几天内便找媒人来你们马家提亲。"

马莲秀听他说话如此真诚,心里感到无比兴奋,她随即抬起头来望着曾林修期待的目光,羞涩地说:"你们曾家寨子是县里的大户人家,不嫌我们是做小生意的"?她显然有些顾虑,但心里却很愿意。

曾林修看她那副担心的样子,马上对她说:"绝对不会,我父母亲不是嫌贫爱富那种人,他们经常对我说曾家寨子的发展,也是从贫穷中过来的。"他真诚地安慰着她。

马莲秀听了他语重心长的话,心情忽然轻松起来,接着低声问道:"你准备啥时候对家里说?"

曾林修立刻回答:"我明天就回姚渡去,先将表姐夫冤死这件大事儿说清楚,免得搁在我心里那块石头放不下来。"

马莲秀有半年时间未见过曾林修,心里舍不得他很快离去,她说:"你回去快点将表姐夫的事情办好,我在家里等着你。"正当他俩情意绵绵说话间,马莲秀的母亲径直走了进来,她用责备的口吻对女儿说:"天都这么晚了,还摆不完的龙门阵,不让你师哥睡觉。"

曾林修急忙起身望着师母道:"我这就回房睡觉去。"

这天夜里,马莲秀度过了一个难眠之夜,想起曾林修对自己真情实意的表白,内心感到无比甜蜜。她脑海里憧憬着嫁个好男人,做个贤妻良母的美好情景。

第二天清晨，曾林修在师傅家吃过早饭后，便急忙赶回曾家寨子，他一路上总是忐忑不安，不知道父母亲听到表姐夫暴死将做出怎样的反映，是否会惹起父亲勃然大怒，招来一顿责骂？他心中不由得怨恨自己，当初明知是到淮口去抓姚渡袍哥，为啥就不多长个心眼，姚渡原本是曾家寨子所在地，这里的许多袍哥不仅有曾家生意上的合伙人，而且还有曾家的亲戚。他更后悔自己在抓人的过程中，没仔细看清每个人的面孔，要是看见表姐夫也在其中，当时即可与大队长私下沟通，找机会悄悄放了他便是。何况县长这次也未明令要抓多少人，多抓一个或少抓一个都照样交差。现在只能怪自己年轻无知，头脑太简单浮躁，事到如今后悔也晚了，只有硬着头皮回家挨骂算了。

曾林修迈步走进曾家大院大门，一眼看见管家从账房那边走来，急忙上前问道："我父亲现在哪里？"

管家用手指了指那排厢房旁边的天井说："刚才他在账房看账，这阵子可能已经去书房了。"曾林修随即快步朝着书房走去。

在这间宽敞明亮的书房中，曾义儒站在书柜前，用手翻弄着书架上的书，也不知他在寻找哪一本。

曾林修跨步走进书房，他放低声音喊道："爸，我回来了。"

听到这熟悉又亲切的叫声，曾义儒转过身来看了看自己的二儿子，随即应声道："你回来啦。"他的眼神中充满了爱意。

曾林修见父亲在书桌旁的椅子上坐定后，便立即上前怯生生地说道："爸，我有件要紧的事情要对您说。"他的声音微微在颤抖。

"出了啥子大事，快些坐下来说。"父亲用手指着一旁的椅子，非常关切地看着他。

曾林修落座之后，望了望父亲那张和善而沉静的面孔，这才将前些日

风雨人生 157

子县联防大队被派往淮口，协同县警察局镇压姚渡袍哥贩卖鸦片的事情，从头到尾全部说了出来。说完之后，他如释重负般抬眼看着父亲的脸色，等待他的训斥。

曾义儒听后稍感惊讶，他虽然已经得知这个侄女婿在淮口被打死，也晓得妻侄女突然听到丈夫的死讯，气得当场晕厥过去，后来还是家里人给她熬了碗参汤喝下，这才慢慢苏醒过来；但曾义儒万万没想到的是，这个冤死的侄女婿，竟然是被自己儿子亲自带人逮住的，心中着实感到很懊悔。

曾林修见父亲紧锁双眉，小心翼翼问道："这件事要不要跟母亲去说？"

曾义儒忽然沉下脸来："说什么？她这两天怄气伤心，连茶饭都不曾沾口，难道你还要再去气她，非得要了她的老命。"父亲显然不赞成将这件事告诉母亲，唯恐又惹出一场大祸来。

父亲的想法竟和马师傅如此相同，仅从这件事情上看，曾林修深感老一辈的经验是年轻人望尘莫及的。

对于表姐夫在淮口不幸罹难，父亲并没有过多责备儿子，认为那是件身不由己的事情。而曾林修内心觉得父亲是在袒护自己，表姐夫毕竟是个外人。况且逮他这件事并非出于自己的本意，联防大队是奉县长命令行事，怪只怪表姐夫自己命不好，放着正经的事不去干，偏偏要去扛枪当袍哥。

不过，曾义儒在儿子离开书房时，还是告诫他："以后凡事都要多动脑筋，想清楚后果再用心去做，切不可鲁莽草率行事。"

曾林修曾答应师妹要向马家提亲的事，在这个时候很难说出口。父亲刚才说过凡事要多动脑筋，绝对不能在两位老人心情不好时，冒失地提起自己的婚事，这一切都放在以后再说吧。

十一

抗战前线烽火连天，硝烟弥漫。

曾大修所在的川军第一四九师奉命紧急开赴湖北中部的大洪山驻防。大洪山脉由北向南，绵延鄂中数百里，它是道阻挡日军西进的天然屏障，战略位置十分重要。这时，日军在华北已无大的战事，军事上即刻做出重大转移，集结了河南境内两个日军师团，共计十万余人的精锐部队，准备从信阳南下广水至随州一线，密切配合襄阳方面的日军进攻荆门和宜昌。

日军此次的疯狂战略意图，早被国军参谋总部看得一清二楚，各战区的指挥官也明白敌人这一举动的狼子野心。所以，竭尽全力抗击日寇西进，已成为国军当前尤其重要的战斗任务。参谋总部急调第四十四军所辖一四九师在大洪山中部，一六二师在大洪山北线，一六三师在大洪山南线等三地驻防，抗击日军越过大洪山。

大洪山山高林密，道路崎岖，不利于日军机械化部队和重型武器施展。因此，日军不敢贸然大举进攻，只派出多股小部队进山试探，企图寻找有利时机跨越大洪山，然后直取我方钟祥、荆门两大军事重镇。

为了应对日军可能发起的进攻，一四九师师长郭昌明命高为兴带领特务团到大洪山中开展游击战，以此击溃日寇这一军事图谋。

高为兴接到命令后，立即和参谋长研究特务团的行动计划：全团的三个营，分别轮换进山行动，每营以连为分队，各自开展作战和侦察任务；要求带足枪支弹药，随身配备数天干粮，以及必需的手电筒和雨衣。

曾大修所在的一营三连，接到第一批进山的作战任务。三连的战士很多是由泸州新兵训练营过来的，他们之前乘船离开泸州准备到宜昌上岸，然后再坐汽车到四十四军驻地。但当轮船行至秭归时，日军飞机突然轰炸宜昌城，数十里处都能看到宜昌上空浓烟滚滚。高为兴当机立断，下令将船在秭归靠岸，全团战士改为陆上行军。因为船只在江中目标太大，很容易被日机发现，一旦遭到空投炸弹，轮船毫无隐蔽之处，到时将会连船带人被炸沉在波涛翻滚的长江中，后果不堪设想。

陆上行军既缓慢又劳累，经过数天跋涉后终于到达荆门。在荆门休整两日后，师长郭昌明亲临驻地视察，当他看到这支军容整齐、训练有素的川军部队时，心中感到非常满意。高为兴挺胸立正向师长敬了个军礼，郭昌明立即回了个军礼，他面对列队的士兵说："大家辛苦了！"然后走到士兵们中间，伸手拍拍一些战士的肩膀，高声鼓励着大家："你们都是当今爱国的好青年，是四川人民的骄傲。"

战士们听到师长热情洋溢的鼓励，顿时报以一阵热烈的掌声。高为兴随即举起拳头高呼口号："打倒日本侵略者，还我河山！"全团战士立刻振臂高呼："打倒日本帝国主义！"呼喊声震天动地。

郭昌明视察完毕后，对高为兴下达了作战命令："明日出发开赴大洪山防地。"

唐吉成按照营长周述先的作战方案，带领三连战士抵达大洪山前的张集，张集是大洪山中部一个小场，其地理位置非常重要，一旦失守，集结在随州一线的日军必定挥师西进，实现其攻占荆门的战略野心。因此，固守张集成了当前的首要任务，师部严令不得有任何闪失，否则将会给我军带来极不利的局面。

紧急行军到达张集后，三连战士即刻在张集四周制高点挖掘战壕，构筑暗堡，并堆放大量滚石，时刻严阵以待，准备迎头痛击来犯的日军。

这时，侦察排长曾大修主动向营长、团长请命，为了给我军创造更好的作战机会，必须要充分了解敌情，他提议选派几个战士深入大洪山东面，去日军前沿阵地侦察。曾大修这一大胆而又具战术眼光的想法，当即得到团长高为兴的批准。临行之前，曾大修请求连长唐吉成在他们去的路上，布置五里一哨，十里一岗，以便加快传递情报，最好隐藏在当地百姓家中，以躲避日军侦察兵的耳目，确保完成传送情报任务。唐吉成马上点头答应他提出的行动方案。

第二天清晨，曾大修带领着八个战士，分成三人一组开始了行动，他们在当地农户家中买来几件旧衣服，肩上挑着一担不值钱的红苕之类的农产品，离开张集驻地，向着大洪山深处奔去。

曾大修一路走来，用心记下每处路段的地形地貌，沟壑山谷，以及农舍和寺庙等，在他脑海里绘制出一幅简明的行军图，为以后开展战争做好充分准备。傍晚时分，曾大修和战士们越过大洪山，来到长岗集外一家农舍住下，以便就近观察敌情。长岗今夜异常安静，一条狭长的街道很少见到行人，街中仅有两家饮食店和一家客栈，都在自家门前点亮了马灯，老板们耐心地等待客人前来光顾。悬挂在门前的马灯被风吹得左右摇摆，火苗随着马灯摆动晃来晃去。

曾大修带领侦察小分队在长岗住了一天，并未发现任何敌情，他白天挑着担子在长岗周围转悠，仔细地观察和熟悉地形，黄昏时便回到那家农舍歇息。他静静地躺在床上思索着，会不会是军部情报有误，对日军进攻意图判断不准，所以派遣一个军的强大兵力来大洪山阻击。但又想到如此重大的军事部署，军部绝不会草率行事，对于上司的战略决策，他还是深信不疑的。

果然不出所料，在第三天午后，长岗前面那条道路上的行人突然多起来，只见他们有的背上背着大包，肩上挑着担子，里面装满了衣服、被褥和粮食杂物等。原来这是一群惊恐万状的难民，他们携家带口仓皇向前行走，顿时间挤满了这条道路，小孩的啼哭声和大人们相互催促声不绝于耳，他们神情憔悴地直奔大洪山而去。

曾大修看到这些蜂拥而来的人群，知道情况有变化，便上前打听，得知一支日军部队从随州经三星岗往长岗推进，估计最迟傍晚就能到达。他感到情况非常紧急，马上召集其他队员，随着逃难人群一起离开了长岗。曾大修的小分队离开长岗后，并未进入山中，而是在长岗的一处高坡前停留下来，站在坡上可以远远看到长岗前面那条道路，便于进一步观察敌情。

夕阳挂在天边时，只见从三星岗方向来了一队日军，前面开路的摩托车队加大马力直奔长岗而来，刺耳的轰鸣声由远渐近，打破了这里的宁静。此时，走在路上的难民更加恐慌，他们加快脚步往山中奔去。

这批日军开到长岗前驻扎下来，他们选在开阔平坦的地方搭起许多的帐篷；当黑夜来临时，每处帐篷内均点燃了油灯，照亮好大一片，在夜幕下显得非常醒目。

曾大修经过反复确认，日军帐篷多达六十余处，可以容纳四百敌军，大约两个联队的编制，这是日军进攻大洪山的先头部队。

曾大修将这一情报写在一张纸上，交到一个队员手中，要他立即将信递到我军设在沿途的岗哨那里，叫他们火速送至张集团部，亲手交给高为兴团长。

第二天天刚发亮，曾大修从高处看见日军营地一阵躁动，隐约看见他们在紧急集合，敌人显然有进山的举动。曾大修估计昨晚的情报已传递到团部，此时高团长肯定早已做好战斗准备，部队也许正在行军的路上。当前情况十分紧急，曾大修再次派队员即刻赶到我军队伍，报告日军开始向大洪山进发，望提前做好充分准备。

情报送出后不久，一支日军排着整齐的队列，很快便通过了狭窄的长岗，走在前面的旗手迈开大步，手里紧握着那杆太阳旗，旗帜被风吹得飘然作响。由于山路崎岖，路面凹凸不平，日军的摩托车队显然没有优势，士兵们在徒步前行，进山的速度较为缓慢。

曾大修带着小分队向山间撤离，同日军始终保持着两里路的安全距离，一面观察着日军的行动，就这样竟走到了黄昏。

日军并不打算连夜行军，而是在路旁一片树林中停顿下来，经过一整天徒步行走，士兵们都累得瘫软在地上，他们吃着压缩饼干，然后靠在林间的大树下呼呼地睡起来。

曾大修急忙从路旁的沟坎里跃起，绕行到敌人营地后一棵大树下，近距离观察敌情。经过一番仔细的观察后，他即刻转过身打亮手电筒，从口袋里掏出纸和笔，将他所侦察到的全部情况写下来，命身旁的战士火速将情报送给前进中的唐吉成连长，并及时报告营长、团长知晓。战士将情报揣入自己的口袋，迈开脚步便往前行，顷刻间消失在茫茫的夜色中。

曾大修提供的情报，是他从军以来第一次军事实践，对于山地游击战非常有利，在对敌战争中起到了非常重要的作用。他的情报中提出了大胆的作战方案：这支四百余人的日军是进攻大洪山的第一梯队，除携带着十多门迫击炮和二十余挺机关枪外，再无别的重型武器，也未发现有后援部队跟进山来。因此，打一场伏击日军的战斗很有必要。按照敌人的行军速度，明日午时便可以抵达前方的土门崖。土门崖山势虽然不高，但其地形十分独特，它的山脚陡峭，山上却较为平坦，山谷绵延四五里路，山上容易部署伏兵。战斗打响后，日军一时无法越过狭长的山间道路，必定向道路前后两端冲击；此时，我军须把握好机会，等到日寇全部进入山谷后，立即派兵扼守在道路的前后端，牢牢堵住敌人的退路，务必将日军全歼于土门崖中。

高为兴收到曾大修送回的情报已是午夜，他紧急召集营长、连长到团部制定伏击方案。经过短暂的商议后，高为兴即刻下达了作战命令：一营和二营分别到土门崖左右两边山顶埋伏；三营担负土门崖山路两端的阻击任务，坚决将日寇围堵在土门崖内。时间非常紧迫，高为兴命各营必须在拂晓前到达指定的作战位置，做好充分的战斗准备。三营应先兵分两路，埋伏在土门崖前后密林中，等到伏击战斗打响后，马上冲向崖中道路两端，利用有利地形做掩体，尽快设置牢固工事，绝不让日军疯狂逃窜。

各营接到战斗命令后，立刻紧急集合，部队向土门崖跑步前进。

第二天午时许，昨天露营在森林中的那支日军果然向土门崖奔来。事后从俘虏口中得知，这是一只日军先遣中队，几天前从湖北随州开拨，沿路并未遇到任何抵抗，很顺利便抵达大洪山下的长岗；在长岗宿营当晚并未察觉有我军的踪影，夜晚也未受到游击队侵扰，自认为两日内即可越过大洪山，迅速占领军事要地钟祥，然后配合从襄阳南下的日军师团，构成对荆门的包围之势；等到荆门得手之后，便集结部队打一场大规模的鄂西会战。然而在今天，这支日军先遣队却面临厄运，他们昂首阔步地踏进土门崖，身后还跟着二十匹驮着弹药和给养物资的战马。曾大修在不远处的树林中，将这一切看得真切，急忙赶去给连长报告。唐吉成见出击时机已到，他举起手中的驳壳枪，向山崖下连开三枪，随即带领全连战士跃身而起，飞速地奔向山崖，搬来路旁大石做掩体，并在上面架起四挺机关枪，将全部日军围堵在山崖中。

此刻，土门崖内枪声四起，手榴弹的爆炸声，迫击炮的轰鸣声，以及机枪"哒哒"的连射声不绝于耳。山崖下浓烟滚滚，战马嘶鸣。一营和二营的战士们在崖上居高临下，向负隅顽抗的日军不停射击和投掷手榴弹。日军遭到突然袭击，慌忙紧急应战；由于道路两旁并无藏身之所，找不到一处有利的掩体，日军全部暴露在我军的火力下，他们纷纷紧靠山崖进行抵抗，却遭来山崖之上更加猛烈的射击。日军一面拼命地顽强抵抗，一面快速向土门崖两端突围。但此刻土门崖前后道路已被三营的官兵堵住，哪里还有他们的退路。一股日军仓皇奔向崖口不远处，很快架起一门迫击炮，那名送弹手熟练地将一枚炮弹填入炮膛中，炮弹瞬间射向了三营阵地，崖口处顿时冒起一股浓烟，两名我军战士转眼被炸死在阵地前，鲜血淋漓的身子横躺在地上，手中的机关枪被炸得飞了出去。

曾大修眼疾手快，对准日军的迫击炮手连发两枪，在那名送弹手再次将炮弹送到炮膛的紧要关头，却被射来的子弹打得脑浆飞溅。双方经过一阵激烈的战斗后，日寇在我军强大火力的压制下，顿时陷入一片恐慌之中。

唐吉成见出击时机已到，立刻命号手吹响冲锋号，全连战士随着嘹亮的军号声，在枪尖插上雪亮的刺刀，快速跨出掩体，冲向疯狂逃窜的日军。

曾大修紧握带刺刀的钢枪奔在前头，多年来抗击日寇的烈火在心中燃烧，此刻化作无比巨大的力量。他挥动臂膀与凶残的日军进行殊死的肉搏。一个日军端着机关枪向迎面杀来的曾大修射击，在这千钧一发之际，他快速飞身上前，猛地一刀捅入了敌人的胸膛，一股鲜血从刺刀上涌了出来。曾大修猛一抬脚将刺死的日军尸体踢开，转过身又将刺刀向右边扑来的日军头颅横劈过去，敌人的脖子立刻被刺刀划破，只见咽喉上顿时血流如注。曾大修凭自己的身高力壮和杀敌报国的坚强决心，不断挥动着手中钢枪前劈后挡，左闪右刺，接连杀死了七个日军。

在此次战斗中，川军战士斗志昂扬，手里端起滴着日军鲜血的刺刀，紧紧跟随曾大修向日军冲杀过去，将凶残的日军围堵在狭长的土门崖内。担任伏击的川军战士，看见疯狂逃窜的日寇被我军追杀，即刻展开了更猛烈的攻击。这时，枪弹声响彻了整个山谷，谷中硝烟弥漫，日寇惊慌的呼喊声不绝于耳。

土门崖两端的川军快速向崖中挺进，一路奋不顾身地厮杀，把企图逃跑的日军围堵在崖中一个弯道处，更激烈的近距离拼杀开始了，曾大修没有丝毫犹豫，一个箭步冲向前去，对准一个端枪的日军刺去，日军慌忙向旁边一闪，他的身体不由自主向前倾斜。当他还未站稳的那瞬间，曾大修顺势一枪刺入他的胸膛。川军战士个个英勇杀敌，他们脸上溅满了敌人的血迹……

战斗很快结束了，战士们脸上都洋溢着胜利的喜悦。高为兴率领全团伏击的战士奔向前来，他命人彻底打扫战场，绝不让垂死的日本兵活着。战士们接到命令马上行动起来，仔细清理着地上那些血肉模糊的日军尸体。有个士兵发现一名日军尚未断气，仍在地上挣扎着，企图拿起身旁的"三八式"拼命抵抗，便立刻朝他头上开了一枪，让他彻底毙命。

土门崖战斗取得了空前的胜利，共歼灭日军两个中队计三百五十八人，其中包括中队长原武雄，并俘虏三人以待审讯。缴获各种枪支三百多件，有机枪十九挺，弹药三十七箱和迫击炮八门；此外还缴获一部收发报机，数十箱军用食品和几匹活着的战马。但我军在此次战斗中共牺牲了十三名优秀战士，负伤二十余人。

高为兴见战场清理完毕，再命战士们快速挖坑，将日军尸体就近掩埋，排除道路上乱石垒成的路障，以确保当地百姓能够正常通行。

土门崖战斗结束后，高为兴命令一营留守该地继续设防，警惕驻长岗的日军疯狂反扑，二营和三营撤回原驻地休整待命，准备迎接新的战斗。

几天之后，一道嘉奖令和一道晋升令同时下达，师长郭昌明亲临现场宣读：嘉奖参加土门崖战斗全体官兵饷银两个月，团长高为兴晋升一四九师副师长，营长周廷先晋升团长，连长唐吉成晋升三营营长，曾大修晋升为连长。

十二

这年夏天，田大成有两桩搁不下的心事：第一件是大儿子田仕勋的婚事，婚期就定在这个暑假，趁着学校放假时间来举行，新媳妇是五凤溪贺家的大女儿贺青凤。第二件就是二儿子田仕泽已在学校报名参军，很快将奔赴滇缅抗战前线。在田大成心目中，这两个儿子都很重要；因为他指望儿子延续田家香火。现在大儿子将要结婚生子，当然是件天大的好事，一想到明年某个时候自己便要当爷爷，心中不由得一阵高兴。但二儿子参加远征军的事情，使得他昼夜心神不安，一旦投身到两军厮杀的战场，不知道是战死还是幸存活下来？谁会保证他能平安地回到金堂？每当自己在大街上看到那些缺胳膊断腿的伤兵时，心中顿时感到一阵悲凉。这样一喜一忧的复杂心情，不断交织浮现在脑海里，使得田大成感到非常郁闷，终日难以释怀。每逢自己家中遇到什么大事，田大成总要去找最信赖的大哥田大忠诉说。这次遇到大儿子要结婚、二儿子要当兵两件大事情，理所当然要去找大哥商量。

田大成一生最敬重自己大哥，是因为他们父母早亡，兄弟俩相依为命许多年，结下了深厚的手足亲情。

田大成原本不是赵镇人，他们兄弟俩其实出生于本县同兴乡。记得在十岁那年的冬天，刚从私塾放学回家的那个晚上，全家人围坐在桌前吃过晚饭后，父亲便忙着去家门口编织箩筐，兄弟二人则坐在桌前那盏昏暗的桐油灯下磨墨写字，母亲像往常那样，走进厨房刷洗碗筷，然后提着半桶猪食到猪圈去喂猪，家中的一切都是那么井然有序。

可是，就在母亲忙完所有家务活后，解下腰间围裙去拿面盆打水洗脸时，小腹一阵剧烈疼痛，她急忙用手紧压腹部，当她俯身弯腰时，竟然跌倒蜷缩在地上，痛得大声呻唤起来——母亲腹痛的老毛病又犯了，而且一次比一次严重，之前每当感觉小腹疼痛的时候，她便要用手紧紧地压住，或是打一盆烫水来热敷，等到疼痛慢慢减轻后，也就忍过去了。她几次趁着到淮口赶场，也找过同春堂的丁老中医诊断，丁先生仔细地望闻问切后，断定是肠道结热所致，于是接连开了几服泄胀火的中药，母亲服药之后，当时确实有些缓解，以后腹痛反复发作，便照着先前的药方去药铺开药，这样一拖便过去半年。

母亲这次小腹疼痛比以往来得更突然，以至按惯用的做法用手挤压，用水热敷都没有丝毫效果，反而疼痛愈加剧烈。她的额头上沁出了豆大的汗珠，只见她脸色苍白，痛得在床上打滚，呻吟声撕心裂肺。父亲看见情况危急，急忙抱起床上的母亲，快步向沱江边的码头奔去；他要将母亲送到淮口街上，再去找丁老中医诊断，一心想着为母亲治好病。

这时夜深人静，河对岸的淮口街上传来隐约的梆子声，江岸一带所有的灯光都已熄灭，月光洒在流淌的江面上，夜色中一切都寂寥无声。在几丛芦苇旁边的码头上，一只空荡荡的渡船停靠在那儿，船上没有一点亮光，也听不到丝毫动静，父亲抱着大声呻吟的母亲走上船来，却不见船里有艄公，他急得满头大汗，一时间不知道如何是好。撑船的苏艄公家住离码头三里外的山坡下，每日只将船撑到天黑，他便会把船停泊在码头边，随即插好船竿，然后拿起船上的缆绳迅速跳下船，将它牢牢拴在岸上那根木桩上，这一天的经营就算结束了。此时，他随手提起那盏用了多年的马灯，照亮脚下那条田间小路，赶忙回家吃饭去了。

父亲即刻将母亲放在船舱中，拿来挂在船篷内的那件蓑衣给她盖上，然后快步奔向苏艄公的住所。好在有天上半轮弯月的光亮引路，他喘着粗气直往前走，当到达苏艄公的屋前时，门内的大白狗猛然冲上来，隔着门向陌生人狂吠。苏艄公听到门外有动静，急忙起床提着马灯走出来，当他看见是本村熟人时，急忙问半夜三更来找他有啥要紧事，父亲上气不接下气地将母亲得病的事情告诉他，并恳求他马上动身到码头将渡船撑过河，急着要去淮口找医生救命！

苏艄公是个热心人，加之又是熟悉的邻里乡亲，听说是急着救人性命,他没有半点迟疑,急忙关上篱笆门,紧跟着父亲身后快步向码头奔去。

当他二人来到码头时,居然没有听到船上有一点声响,于是赶忙跳上船去查看究竟,眼前的一幕让他们惊呆了:母亲这时已蜷缩在船板上,毫无生气地趴在那里。苏艄公提着马灯走近一看,母亲的脸上竟没有一丝血色,苍白得吓人,只见她紧咬着牙关,痛苦的表情非常凄惨。父亲顿时放声大哭,眼泪不住滚落下来,一个踉跄跌倒在船舱中。多年后大家才知晓,母亲所患之病原来是西医所说的阑尾炎,她竟是被活活痛死的。

母亲的丧事办得很简单,因为家中并不宽裕,所以只买了一副栖木棺材将其收殓;等到她娘家的兄弟姐妹哭哭啼啼前来奔丧后,即请乡亲们帮忙将母亲安葬在屋后的一片荒坡上。记得母亲出殡那天,田大成和大哥田大忠都身穿一件粗白布孝服,腰间系着一根麻线,大哥双手端起母亲的灵牌走在前面,田大成紧随兄长身后,他左手拿着一摞纸钱,右手一张张撕开抛向空中,希望母亲此去一路走好。

母亲去世之后,父亲就此一蹶不振,终日闷闷不乐,变得消瘦又憔悴,甚至懒得下地干活,要不是看见眼前两个年幼的儿子,他恐怕很难撑持下去,精神已到崩溃的边缘。

从这时起,田大成兄弟俩再也不能上私塾念书了,只能辍学在家帮着父亲干家务活,比如做饭、挑水、洗衣、喂猪和喂鸭等。不仅如此,在农忙时节,他们还要到田间去扯稗子,到地里捆麦草,干收苞谷和翻红苕藤这些农活。父亲看到兄弟俩小小年纪,做起活来那样认真卖力,从无半点怨言。如果遇到一件事只需一个人去干,田大忠总会推开身边的弟弟,自己抢先去做。父亲将这一切全看在眼里,内心感到无比安慰。随着时光的流逝,他又重新振作起来,开始了夜以继日的辛勤劳作,下定决心要将自己的两个儿子抚养成人。

转眼之间即到了一九一八年的夏天，这是田大成兄弟俩最为刻骨铭心的日子，记得那年七月初八晚上，由于连日来的滂沱大雨，大白天天空阴云密布，就像日落时黄昏一般，田间地头看不见一个人影，泥泞的小路上也无过往行人，芦苇丛边的码头上停靠着的那只渡船，被汹涌而来的江水冲得摇来荡去，浪花不断溅在船舱中，拴在岸边木桩上的那根缆绳绷得紧紧的，木桩被浑浊的江水淹没了大半截，由于地面被水浸泡松软的缘故，木桩已被牵动得向江中倾斜，沿岸大片的芦苇也看不见踪影。

这种恶劣的天气，住在同兴坝的年轻人从未遇见过，只有村里几位七旬老人还隐约记得，六十年前涨过这样大的洪水，连续下了数天的封门大雨，白天看不见天空的光亮，好像已经到了傍晚。老人们每当说起这件事，心里无不感到惧怕。

这次又是下了几天的大雨，同兴坝的农户们全都待在家中无事可做。田大成兄弟俩再次拿出衣柜抽屉内的纸笔墨砚，铺在屋子中的饭桌上，划燃火柴点亮了桐油灯，然后坐下身来动手磨墨，拿起笔来练习写字。父亲在一旁悠然地卷着叶子烟，有时会抬眼看看伏在桌上用功写字的儿子，他心里感到无比欣慰。

没有等到天黑下来，全家人趁着还有一点微弱的光亮，便早早吃过晚饭，田大成帮着收拾桌上的碗筷，以便让哥哥在厨房里尽快洗碗。为了节省一点灯油，父子三人得在天黑前上床睡觉。

入夜之后，天上的雨下得更大了，滴滴答答的雨点落在屋顶的青瓦上，门前屋后的坝子里已积满雨水，夜色沉沉的天空不时划过一道道闪电，霹雳般的炸雷声震得人两耳轰鸣。这时，田大成从一场噩梦中惊醒过来，吓得浑身冒出了冷汗，心脏怦怦跳动着，再也没有了睡意。临近午夜时，他翻身起床准备去方便，当他将脚伸下地去穿鞋时，竟然踩在了冷冰冰的水中，感觉到水已淹没过自己的脚背，他急忙惊慌地大声喊叫，父亲和哥哥同时被这突如其来的喊叫声惊醒，忙问他为何这般厉声尖叫，田大成随即又大呼道："涨洪水了！"

父亲和哥哥急忙翻身起床，双脚同样踩在水中；父亲从枕头下摸出一匣火柴，很快划燃一根点亮桌上的油灯，在昏暗的灯光下，父子三人顿时大惊失色，他们看到满屋浑浊的洪水，脚上穿的布鞋七零八落地漂浮在水面上，有一只竟然漂到屋边的墙角去了。

父亲从小到大未见过大水涨到自己家中的情况，一时间不知所措。田大忠将脚踩进洪水里，回过头来对父亲说："看样子水还在涨。"田大成接过哥哥的话来："我们还是快点儿跑吧！"

父亲在惊慌中听到儿子说快跑，这才猛然提醒了他，要是不趁早跑远点，等到河水越涨越大时，想要跑就来不及了。他急忙从衣柜中拿出一块床单，要田大成兄弟俩将衣柜里所有换洗衣服拿出来，全部用床单紧紧包扎好；然后去到厨房旁边的小屋中，将今年收割的新麦子装在一个背篓里；接着又很快回到屋中，将藏在枕芯芦花中的三十块银圆取出，小心地放进自己内衣口袋；这些钱是他一生为儿子们所攒下的。

父亲身背装满麦子的背篓，大哥扛起一大包衣服，田大成的肩上则背着个小篾筐，里面装着锅瓢碗筷和洗脸盆等生活用品；他们取下斗笠戴在头上，急匆匆地朝屋外奔去。

天上下着滂沱大雨，父子三人慌忙走到田间的小路上，不少低洼处已被洪水淹没，他们将裤管挽到膝盖上面，高一脚低一脚地向屋后的山坡走去。好在路两旁已抽穗的稻子露在水面，尚能分辨出稻田间夹着一条狭长的路径，加之这条道路他们非常熟悉，父子三人一年四季不知走过多少遍，所以，逃难的路并不算难事。

父子三人睁大眼睛小心地朝前走着，田大忠边走边想，他突然开口问道："爸，要不要通知全村的人都起来？他们此时恐怕正在床上睡觉呢。"

田大成走在后面，他猛然想到经常同自己一起放牛，耍得最好的朋友冯幺娃，他说道："前面那个院子，就是冯幺娃家，等我走过去喊他们起来快些跑。"

父亲听见儿子们这番言语急忙说："这样要得，但现在洪水已经淹过小脚肚了，我们肩上的东西也不敢放下来，而且时间耽搁久了，还未等我们跑到坡顶，就会被洪水淹死在路上。"兄弟俩觉得父亲说得有道理，为的是要先保住自己的性命，没有理由去反驳他。但他们想到如果这些乡亲们现在依然沉睡在梦中，不知洪水已经淹到他们家里，要是等到水淹过床头，再起身来跑也来不及了，许多人都将会被活活淹死。当想到这惊恐的一幕，兄弟俩心中感到不寒而栗。这时，田大忠忽然想到一个办法来："要是有一面锣就好了，我们一路边走边敲，这样既不耽搁我们赶路，又通知到了所有睡觉的人，那该有多好呀！"

父亲肩上背着粮食太重，累得气喘吁吁，他粗声粗气地对儿子说道："都这个时候了，到哪里去找锣来敲？亏你想得出来。"田大成开动脑筋，他灵机一动，忽然想到背上篾筐里装着的铜脸盆，立即说："我们家的洗脸盆就是铜做的，敲起来声音很响，跟戏班的锣差不多。"

哥哥第一个赞成道："大成想出的这个办法真好。"

父亲当即停下脚步，喊儿子将篾筐背到他面前，然后伸手从篾筐里取出铜盆，接着又从筐底下拿来一把锅铲，他试着用锅铲敲了两下脸盆，声音果然很响亮。虽说不及铜锣敲起来铿锵嘹亮，但在漆黑寂静的夜晚，敲铜盆的声音也很响。父亲此时感到两个儿子的善良与聪明，顿时身上的力气也增添不少，他对儿子们说："我们每走到一户人家的院子外就使劲敲响铜盆，大家一起高喊：'涨水喽！'"

兄弟俩齐声回答父亲道："这样要得！"

父亲跨步走在前面，当走到冯幺娃家的林盘时，他便用力敲响手中的铜盆，随着铜盆的响声，兄弟俩放开喉咙不断高声呼叫："涨洪水喽，大家快点跑啊！"

在这个寂静的夜晚，他们的声音传得很远，不到片刻，冯幺娃家中便亮起微弱的灯光。当父子三人看到眼前出现了光亮，即长长地舒了一口气，内心感到莫大的欣慰。他们接着加快脚步，每走到一家院子前，父亲便连续敲响铜盆，兄弟俩同声高喊，直到院子里出现了灯光，他们这才放心地继续向山坡上走去。

第二天清晨，逃难的村民们惊魂未定地站立在高坡上，望着眼前被洪水淹没的同兴坝，纷纷落下悲伤的泪水。这时，大雨仍然不停地下着，狂风从东北方呼啸而来，豆大的雨点落在众人的斗笠上，大家不时用手抹去溅在脸上的雨水，扯起一片衣襟，擦着模糊的双眼。人们不约而同地纵目远望：从沱江上游滚滚而来的洪峰，铺天盖地地向同兴坝与对岸的淮口镇奔涌；在浑浊的洪水中，漂浮着大片的苞谷秆，红苕藤和房屋上的麦草，被水浸泡得胀鼓鼓、黑乎乎的死猪、山羊以及数不清的房屋木架，它们被洪水冲得横七竖八地漂在江面上。大水在迅猛地上涨，山坡下已变成一片汪洋，同兴坝有几处富裕家庭所建的二楼顶上，聚集着他们一家老小，每人都惊恐万状地期待着这场暴雨快点停下来。这时，站在山坡上的村民们心情非常紧张，他们有的双掌合一，抬头望着天空连续作揖，期盼洪水不要再往上涨，愿上天保佑房顶上的所有人平安无事。

直到下午，天上的乌云渐渐散去，这场暴雨终于停歇下来。田大成父子三人从他们借住的一处农户家中走出来，急忙走到坡上再去看一下情况，远远看到河对岸被洪水淹没的淮口镇，依稀还能见到一些建在高处的黑色屋顶，和那座高高耸立的瑞光塔。再往山坡下看，除了早上所见那几处楼房没有被淹没外，整个同兴坝已变成一片泽海，根本看不到一家低矮的房舍。自己的家园一夜之间被洪水吞噬，父子三人眼泪顿时夺眶而出，内心感到无比悲痛，低下头说不出一句话。

山坡上很快聚拢了全村逃难的人，当他们看到眼前这般令人寒心的情景时，女人们禁不住号啕大哭，男人们则气得捶胸顿足、痛心疾首。

这时候，村里最年长的胡大爷站出来安慰大家说："人的一生都难免遇到天灾人祸，我记得六十年前那次水淹同兴坝时，我当时还是个十来岁的小娃儿，亲眼看见淹死了好多人，被洪水泡胀的尸体冲在河滩上，几天都没有人去捞尸，整个河边上臭气熏天。我们今天能够保全一条性命，就是老天爷保佑大家了。要不是昨天夜里遇到一位好人沿路敲锣呼喊，你我今天哪能活生生站在这里？我们的命全是靠那个发善心的敲锣人救回来的。"

田大成兄弟俩听罢胡大爷这番夸赞的话，心里面感到热乎乎的，他们看着站在一旁的父亲正好与他投来的目光碰在了一起，父子三人都欣慰地会心笑了笑。

这天夜里，父子三人睡在一张大床上，久久难以入眠。他们心里有着太多的忧伤，田大忠轻声地问父亲："爸，我们往后该咋个办哟？"田大成接过哥哥的话来说："住在同兴坝，太可怕了，今后不知哪年再涨一次洪水，淹死我们都不晓得。"

父亲听到儿子这些埋怨话后，并未忙于回答，却反过来问道："依你们看，该怎么办？"他知道儿子已渐渐长大，应该有他们自己的想法。

田大忠声音哽咽着："房子被大水冲垮了，地里的庄稼也被淹没了，我们一家今年吃啥子？"

田大成眼光看得比较远，他提议道："我们重新找个地方去种地，选个地势高一点，水淹不到的坝子最好。"

田大忠说："那我们家留在同兴坝的五亩地谁来耕种？"他眷恋父辈们的那份产业。

田大成的想法很大胆，即刻说："卖给别人去种，然后到新地方去买就是了。"

儿子们的这些话，猛然提醒了父亲，虽说自己也很留恋这片故土，但看到今天同兴坝被淹得惨不忍睹的情景，自己活了四十多年，从未见过洪水如此凶猛，昨天夜里若不是儿子发现得早，恐怕一家三口，甚至全村一百多人都将葬身在洪水中。如果再继续留在同兴坝，首先必须重新修房，这得花掉自己多年来的积蓄，要是过两年又涨一次大水，岂不是将修房的钱白白打了水漂？这些钱原本是留给儿子长大成家所用，绝不可轻易动它。儿子说的卖地买地这个意见恰好和自己想法相同，重新去找一个地方置业，便彻底解决了若干年的后顾之忧，趁着现在两个儿子即将长大，父子合力种几亩田地，劳动力完全不成问题，估计几年之后还会有所发展。

究竟到什么地方去重新安家呢？他们接着又议论起来。田大成对父亲说："我们到龙威乡姑姑那儿如何？"他与姑姑的感情特别好，时常思念她。记得多年前，那时姑姑还未出嫁，经常带着他们兄弟俩出去玩耍，曾多次到淮口赶场，姑姑背着篾篓去街上卖鸡、卖蛋，卖了钱便买些盐巴和酱油醋回家。如果时间尚早，她定会带着侄儿们去街上玩一圈，在街沿边的糖画摊买两个饴糖饼给他们吃，那种甜蜜蜜的感觉，兄弟二人一辈子都忘不掉。

田大忠此时也想到姑姑的许多好处，在姑姑出嫁后的这些年，她每年都会在正月初二这天回娘家给父亲拜年，因爹妈去世得早，同兴坝娘家只有哥哥这个唯一的亲人。她回家必然要住两个夜晚，第三天便急忙赶回龙威家中。现在说起这个热情又大方的姑姑，心中确实很想她。他接过弟弟的话说："大成说的办法好，我们就到姑姑那儿去买地安家。"

父亲见两个儿子的意见完全一致，内心的焦虑也消散了许多。他其实对这个嫁出去的妹妹非常喜欢，她从小就勤快、懂事，没有让家中父母为她多操心，在父母病故的许多年里，兄妹俩相依为命，家里的日常烦琐事全由妹妹一人操办。后来自己结婚生子，她毫无怨言地帮着照顾两个年幼的侄子，难怪儿子们与她的感情无比之好。妹妹十九岁那年经人做媒嫁到龙威乡巫家后，自己好长时间都不习惯，时常在睡梦中看到妹妹笑盈盈地望着自己，一种离别的伤感油然而生，总是禁不住掉下一行热泪。两个儿子今晚都说要搬到姑姑那里去买地安家，正符合自己的心意。既然全家人主意已定，他便对儿子们说："你们两兄弟都愿意搬到姑姑那边去，我现在就依了你们，明天早晨吃过饭就出发去龙威。"

兄弟俩高高兴兴地回答父亲道："要得嘛。"

父子做出了这个重大决定后，心情忽然感到轻松，没过多久，他们都安然入睡了。

同兴坝的洪水已渐渐退去，父子急忙吃过早饭，父亲从内衣口袋中拿出一块银圆交到借住的农户手中，算作这两三天在他家的生活开销；农户却推托说要不了这许多，父亲再三感谢他的热情收留，并说多给一点那是应该的，农户确实犟不过父亲，最后还是将银圆收了下来。

父子三人大步走出门来，走在满是淤泥的小路上，不时还要挽起裤管蹚过一段混浊的泥潭，虽然一夜之间凶猛的洪水已经退去，但同兴坝几处低洼地方仍然被水淹着。眼前竟然看不到一家完好的房屋，遍地都是被洪水肆虐过的痕迹：满是床架、房梁、瓦角、木盆和粪桶，农作物的秸秆残留在田间地头，不时还能看到几头死猪死羊漂在泥潭中。有的房梁和屋顶是榫卯结构，没有散落下来。远处所见的几处二层楼房屋，虽说当前还没有垮掉，但经过连日来的洪水浸泡，主梁和屋架已经开始倾斜，显得摇摇欲坠的样子，庆幸那些爬上屋顶的人都还活着。总之，人们心中所看到的同兴坝是满目疮痍、万般凄凉的惨状。父子三人心中感到阵阵隐痛，那种背井离乡的滋味既苦涩又无奈。一路之上，他们再也没有任何言语，只是各自低头往前赶路，不久便经过了九龙滩，再往前方即是云顶山脚下的那条通向龙威的道路了。

姑姑家在龙威乡蟠龙寺前面的坝子上，这里的地势较高，院子门前有好大一片开阔的田地，站在家门口即可望见滚滚流淌的沱江和对岸赵镇的轮廓，江两岸前几日被淹没过的痕迹随处可见。

姑姑的家境很好，他们巫家在龙威和杨柳两处购置的田地有四五百亩，佃户多达数十家，除此之外，巫家还在赵镇天主堂对面开着一间粮油铺，可供半条街的居民吃饭所需。

姑父巫治明与其哥哥巫治光分别管理着巫家的产业，巫治光天生聪明，喜欢做生意，父亲巫先德便让他到赵镇去当米铺的老板；姑父为人踏实肯干，喜欢乡间农事，巫先德就将其留在家中管理巫家的田地产业。兄弟俩并未正式分家，他们的父亲依然是这个大家庭的当家人。巫家是龙威乡有名的大户，巫先德也是当时备受赞誉的善人，他将各家佃户姓名住址均记在一个本子上，放在书房内的抽屉中，每逢哪家男主人生日时，他都会吩咐管账先生买一份礼物去庆贺。要是遇到旱灾或者水灾那些年，许多佃户的庄稼歉收，他又会让这些农户先行留下全家口粮和种子后，有剩余的再拿来交租粮。但凡龙威乡有修桥补路之事，巫先德总是首先捐款。在金堂县举行的抗战后方救援活动中，他一次就捐出两千块大洋，备受当地民众称赞。

姑姑自从嫁到巫家后，深得公婆二人的喜欢。她不仅悉心照顾老人，尊敬丈夫，还凭着自己的聪明能干，很快跟婆婆学会了管理巫家内部事务，巫家上下十几口人的衣食住行，和亲朋好友的人情往来，以及乡间邻里的红白喜事等，她都料理得非常周到。婆婆曾私下笑着对巫家父子戏谑地说，自从娶进这个二媳妇之后，她自己竟然无事可做了。

姑姑是个善良的女人，待人接物向来都很真诚，尤其是对自己的亲人，无论遇到什么事情，她都会想方设法将其处理好，从不敷衍应付。她善于理解对方，关心别人，脑子里极少有私心杂念。当巫氏家族和众多村民一提到她时，都夸赞她是个聪慧的好媳妇。姑姑时常听到这些好评，但她并没有喜形于色，反而对他们说道："我所做的这一切，原本就是一个儿媳妇应该做的事情，没有啥子好稀奇的。"

每天早晨起床后，姑姑要做的第一件事情，便是走进厨房烧一壶开水，随即泡上一杯茉莉花茶给公公送过去；然后又端着一盆温热的洗脸水放在面盆架上，公公有喝早茶的习惯，烧水泡茶这些事，之前都是由厨房里的吴妈来做，自姑姑嫁进巫家后，便由她亲自接手了。送完早茶后，她急忙回到厨房中，再给公婆煮来两碗黄糖荷包蛋端进屋。紧接着又去给丈夫巫治明端水洗脸，这一切做完之后，吴妈的早饭便已做好，全家人即可围坐在饭厅的桌前用餐了。

巫先德对巫家祖传产业看得很重，巫家大门前的那四十亩地是他祖辈几代人留下来的，靠着这几十亩地起家，百余年间方能发展成今天的规模，成就了龙威首屈一指的大户。因此，家门前这些地，他无论如何都要留着自己耕种，舍不得租给其他佃户，认为这是巫家致富的根基，如果没有门前这些地，巫家的根就不复存在，他愿意就近雇几个长工，也要保住巫家这块兴旺的龙脉。巫先德平素有两大爱好：一是陪亲朋好友喝茶摆龙门阵，他常去的茶坊是赵镇王爷庙旁边的"益民茶铺"，到这里喝茶的大都是赵镇本地人，也有在码头等待装卸货物的大老板和跑水运的船帮人。益民茶铺是河坝街最热闹的地方，许多人坐在这里一边品茶，并相互传递着各种奇特的消息，如民间趣闻、农商水运、军警匪患、抗日战事等，信息量非常广泛，可以说是包罗万象。他常说坐茶铺受益匪浅，让自己增添了许多见识，积累了丰富的阅历。巫先德还有一个最大的爱好便是喜欢看川戏，但那时的川戏演出在赵镇并不多，有时候要等待一至两个月才能遇到一家戏班来赵镇演出几场；赵镇的票友比较多，有一次成都悦来戏班来演出了五天。巫先德尤其喜欢看肖克琴的旦角戏。肖克琴本是赵镇三星乡人氏，幼年时家境贫穷，十七岁那年到成都拜师名旦陈碧秀专攻旦角戏，经过数年的刻苦磨炼，他学会了川戏大幕戏和折子戏，时常到川内各地巡回演出，并在戏班中担当主角登台演出，赢得了众多观众热烈的掌声，在川戏界里逐渐走红。只要有肖克琴挂牌的川戏班来赵镇演出，巫先德总是每场必看，特别是肖克琴演的《三巧挂画》和《打神》两出折子戏，他扮演王三巧和焦桂英两个命运多舛的女性，将戏中人物的情感表现得惟妙惟肖，深深地打动了台下的观众。第二天，大家再聚到茶铺喝茶时，都在那儿津津乐道：昨天晚上肖克琴演《霸王别姬》的虞姬，那灵巧的身段和圆润的唱腔，还有柔美的扮相真是太绝了。

这些年来，无论遇到哪家川戏班子到赵镇湘灵剧院演出，巫先德夜间就不再回龙威乡下，而是吃住都在赵镇下正街大儿子的米铺中。

姑姑嫁到巫家第二年，便顺利地生下了第一个小表弟，这娃儿长得白白胖胖，生下来就有七斤八两，这回乐得巫家公婆合不拢嘴，一向都说闲得无事可做的婆婆，从小孙子落地那天起，就忙得不可开交，她宁愿啥事亲自去做，也不肯找个奶妈来照看小乖孙，不是自己舍不得钱，而是怕别人照顾不周到，每当将孙子抱入木盆里洗澡时，只见他伸展着嫩胳膊嫩腿，不停地在水盆中乱蹬，溅得她满脸水珠，婆婆一面用衣袖拭去脸上的水，随后伸出一根指头轻轻塞进孙子的胳窝挠两下，痒得小孙子在盆中咯咯地笑个不停，她顷刻间被这奶声奶气的笑声逗得乐开了怀，嘴里喃喃数落着："看你这个小子还老实不。"姑姑坐月子未能下床，她将这一切全看在眼里，听到面前祖孙俩亲昵的笑声，心里感到无比幸福。

时间过得真快，在大表弟不到三岁，可以满屋子到处乱跑的那年夏天，姑姑又在同一张床上生下第二个表弟。这时候，巫家婆婆爱孙子的热情已没有先前那样强烈，毕竟是人老了，体力和精力都有所减退，有力不从心的感觉。于是，便请了本乡菜子坝的袁奶妈来照顾坐月子的姑姑和襁褓中的二孙子。袁奶妈自从这一年来到巫家后，终日任劳任怨忙于烦琐的家务活，深得主人的信赖，之后十余年时间都未离开，直到姑姑的两个儿子慢慢长大，双双被送到赵镇"大偘庭"上学了，全家人仍然舍不得她走。在巫家人心目中，本分又老实的袁奶妈早已是他们家庭中的成员了，哪里舍得她再回菜子坝。后来在巫家人多次真诚的挽留下，她终于没有再提回家的事。

田大成兄弟与父亲早晨从同兴坝出发，午后便走到龙威乡蟠龙寺前面的巫家院子。

姑姑看到哥哥和两个侄儿到来，心里非常高兴，这些天来总是挂念他们，前几日接连的大雨，使得沱江河水猛涨，一夜之间便将赵镇中码头与河坝两处淹没了。沱江上游的北河、中河及毗河滚滚而来的洪水汇集到赵镇，而下游的金堂峡又非常狭窄，排洪能力十分有限，因此，波涛汹涌的洪水被堵塞在赵镇，直到前天夜间才缓慢退去。她本打算近日要抽空回同兴坝看望哥哥一家，却没有想到他们今天竟然先期来到了龙威。

姑姑热情地将哥哥及侄儿们迎进屋里，急忙倒茶拿糖出来款待。在听哥哥诉说这场洪水将同兴坝全部淹没的惨状后，她流下了伤心的泪水。同兴坝毕竟是自己的故乡，那里的一草一木，一沟一坎，还有门前那条缓缓流淌的沱江以及对岸淮口街上的青石板道路，还有那终年郁郁葱葱、巍峨壮观的云顶山，都在她的记忆中难以磨灭。记得小时候曾经跟着哥哥到云顶山上采蘑菇；自己长大后又经常带两个侄儿到淮口赶场卖鸡卖蛋，还给嘴馋的侄儿在糖画摊买过糖饼吃。姑姑有时在睡梦中回到稻花飘香的同兴坝，她看到日夜操劳的父母亲，他们带着慈祥的笑容望着自己，还梦见身板壮实的哥哥在崎岖的山路上，背着她小心翼翼地从云顶山采蘑菇归来，迎着一轮夕阳回到家中的情景。等到梦醒时分，她心里感到无比惆怅。

巫家公婆得知同兴坝被洪水全部淹没，媳妇娘家哥哥遭遇大灾之后，心中深感同情，面对田家父子一副悲怆的模样，他们好言安慰着，鼓励他们要重新振作起来，并当即要拿出一百块大洋来资助田家在龙威乡安置新家。姑姑和父亲感动得眼圈都红了，要不是婆婆急忙上前拦住，他们已经跪在她面前。

几天之后，姑父四处打听买地的事终于有了结果：本乡旧城址街上的城隍庙有三亩庙产要出卖，这块地就在庙后面，连同旁边的两间茅草房，庙方主事喊价要一百二十块大洋，三亩地虽然不多，但以后可以慢慢添置，况且有现成的房子可以住人，耕种起来也非常方便。后来听说城隍庙之所以要卖庙产，是为了维修破损多年的殿堂，这些年庙里的香火冷冷清清，一时间筹措不到足够的善款，那位年老的主事才不得不忍痛将这块地卖掉。

父亲和姑父经过一番商量之后，立即决定买下这三亩地，既然知道卖地的钱是用来维修庙宇，他们也不便跟庙主讨价还价。于是，双方约定以一百二十块大洋成交。这天下午，在中码头的一家茶铺里，父亲作为买家和城隍庙主事买方，请来了当地保长、甲长见证，双方郑重其事地签下买卖契约，然后各自摁上手印。父亲立即将一百二十块大洋交到主事手上，买地就此成功。从这时起，"旧城址"便成了田氏父子们的第二故乡。

十三

这一年中秋刚过，婆婆见田大成机灵好学，认为把他放在乡间太没出息，于是便将他介绍到自己弟弟开设在县城西街的酱园作坊当学徒，她说等大成学会了各种酿造手艺后，过几年就回到赵镇来开家酱园铺，现在看来，老人家真是有眼光。

时间很快过去了三年，父亲在姑姑的全力相助下，并将变卖同兴坝五亩地的钱添上，在毗河旁边陆续买下了四亩水田，同时又在原来住的茅屋地基上新盖了四间瓦房，房屋四周编起篱笆围墙，墙外还栽了一片慈竹，这里俨然变成了一处农家小院。

新房修好两月后，即是大哥田大忠娶亲的喜庆日子。新娘家住杨柳乡胡家沱，是姑姑托媒人牵线搭桥撮合的，女方家境普通，嫁进田家这年还未满十七岁，人长得朴实体健，做事勤快利落，她身上具备了这些条件，注定是个务农的好手。

田大成在县城的酱园作坊当满了三年学徒，这期间他学会了制作豆瓣酱、甜酱，以及酿造酱油、醋等多种调味品。行过满师礼后第二天，他兴致勃勃回到了旧城址自己家中，回到了父亲身边，他此时已长成了一个高大的年轻汉子。

巫家婆婆当年说的那番话应验了，田大成这次回来就是想开一间属于自己的酱园铺，而且要将铺子开到赵镇街上。父亲得知儿子这种想法后，心里感到很高兴，自己的两个儿子，一个在乡间务农，一个去街上经商，这是他多年来的愿望，并且着手为儿子经商攒下了一些钱。说到做生意需要本钱这件事，父亲忽然想到妹妹与她婆婆曾经对自己说过："若是娃儿们做生意本钱不够就到我这儿来拿。"田大成回到旧城址第二天，父子俩去巫家问候姑姑和她公婆时，两位老人见田大成志向远大，人又精明能干，当即满口许诺要大力帮他把酱园铺开办起来。

田大成便到赵镇去找店铺，跑遍了镇上的几条大街，最后还是认为河坝街比较合适，便在那儿租下了一处宽敞的房子，这里除有两间门面外，紧挨着有四间住房，住房后面连着一个大院坝，打开院门就来到中河边，取水极为方便，是做酿造作坊的好地方。田大成两次找到房主人商量买卖事宜。房主人由于年事已高，急着要搬到成都和他在省政府供职的儿子家居住，他看到这个年轻人做事认真坦诚，也就无意向田大成要太高的房价，最终双方确定以两百八十块大洋成交。买房的钱都是从姑姑与她婆婆手里借来的，借钱时说定等今后做成生意赚了钱便全额归还她们。

买下河坝街的铺面后，田大成便立刻搬到里面住下来。紧接着请来两个壮实的帮工，忙着买酱缸，买酿造酱油的黄豆、制作甜酱的麦面和食盐等等，随后又到市场买来上好的柏木板，请来熟练的木匠定做货柜、货架、木桶和木盆等。这段日子里，田大成的哥哥和嫂嫂经常从旧城址来到铺子帮忙，哥哥与请来的帮工负责平整屋后的院坝，用炭渣和石灰搅拌在一起，将地面打成三合土；嫂嫂则在厨房里做饭，保证所有干活人的一日三餐，夫妻二人忙得不可开交。

在一个逢场天，姑姑陪婆婆到赵镇看望大儿子巫治光和刚上学的孙儿，她们在王爷庙码头走下渡船，顺便来到田大成的酱油铺一看究竟。这时的酱园铺内正在用石灰浆粉刷墙壁，用土漆为柜台和货架刷面漆，浓烈的气味充满了整个屋子，漆匠用一块蓝布捂住鼻子，田大成亲自在粉刷墙壁，周身溅满了白色石灰斑点。已经踏进门槛的婆媳二人，看见里面的人十分忙碌，加之那股刺鼻的气味呛得她们急忙转身退了出来，没敢再往里走。

婆婆是个热心肠，同时又关心别人，在去大儿子米铺的路上，她对姑姑说大成这娃应该成个家了，眼看酱园铺就要开张，里里外外有好多事需要料理，仅靠他一人无论如何忙不过来，必须有个得力的帮手才行。外面请来的帮工始终不是自己人，做些手艺粗活完全可以，要说到做生意跟钱打交道的事，叫一个外人办理总不放心。现在虽然有他哥嫂在铺里帮忙，但那毕竟是暂时的，他们也有自己一家人啊，更何况家里几亩地离不开人耕种，还有他们的父亲近来身体大不如从前，最好让田大忠两口子早点回去照顾他才对。

姑姑听了婆婆这番话，觉得很有道理，她想到哥哥这些年为两个儿子创下一份家业，不分昼夜在田间地头辛勤劳动，夏天烈日当空，他头戴一顶晒得焦黄的草帽；冬天冒着刺骨的寒风，身穿一件破旧的棉袄；日复一日地在庄稼地里忙碌，从耕耘到播种、施肥、锄草，经常到毗河中挑水来灌溉，这样劳累一天下来，全身骨头像散架似的，如今已变得苍老多了。姑姑想到哥哥的情况，心里不由得一阵酸痛。

婆媳二人的意见完全一致，他们都认为田大成必须尽快成家，商议之后，决定尽快托媒人给他说门媒事。

赵镇下横街有位四十多岁的谢媒婆，大家都称她为谢婶，她曾经为赵镇许多人说过亲，其中穷人和富人都有，不乏嫁女和娶媳妇的，经她撮合拜堂成亲的不少，所以大家对她的评价很好。据说她还懂得一点相面术，无论谁只要报出男女双方的生辰八字，她抬眼一看这个人的长相轮廓，就大概知道双方性格是否合得来，要是男女双方果真有夫妻相，她便尽力撮合两家人的婚事；若是看出他们之间没有夫妻缘分，绝不花言巧语勉强凑合，当即便会婉言回绝，同时答应往后一定会给他们找到合适的人家。

说来事有凑巧，这天吃过午饭，婆婆正在与儿子巫治光提起田大成的婚事，想不到谢婶正拿起一个米口袋径直走进米铺买米，巫治光随即将她请到屋里说话。谢婶生就一张圆圆的大脸，显得十分面善，这让姑姑和婆婆对她产生了好感，双方坐下之后，婆婆直接说出请她帮田大成说门亲事。谢婶听后非常高兴，心想自己的生意自然而然找上门来了，她不由得眼睛一亮，接着便开始连续问询，她首先问男方的年龄和家境，又问他的生辰八字，最后再问男方眼下以何谋生。该问的一切都问完之后，谢婶的脸上露出满意的笑容，姑姑见她一副高兴的表情，忙问她现在有无合适的姑娘，声称这门亲事越快越好，想着田大成的酱园铺即将开张，正需要娶个女人来做他的帮手。谢婶并非奸巧圆滑之人，说话向来心直口快，她感觉男方条件很不错，尤其是听说田大成将在河坝街开铺子做生意，着实让人有点羡慕。于是，她很有把握地对姑姑说："这门亲事好办。"姑姑问她当前有没有现成的人家，谢婶拍着胸口回答："我保证有！"婆婆在一旁急切地问道："你说的是哪个地方的姑娘，长得啥模样，今年多少岁了？"

其实，谢婶在问话的过程中，心里已经有了一家人选，说起这个女方家，那还是两个月前的事情。她到北河对岸的来宝沱走亲戚，在下午回赵镇途中，路过程家院子时，正好遇见在门前做针线活的程二娘和她的女儿。程二娘急忙招呼谢婶坐下歇歇脚。谢婶和程二娘早就相识，既然这时碰到了熟人，于是便停下脚步，随即走到门前的矮板凳上坐下来。程二娘放下手中纳了一半的鞋底，陪着谢婶摆起了龙门阵。她们先说家里有忙不完的烦琐事，后来又说到程二娘的女儿程淑芳身上，她对谢婶说今年年初就有人上门提亲，男方是栖贤乡的一家大户，结果因双方属相不匹配，亲事便给耽搁下来，女儿明年开春就十八岁了，早就该出嫁了。谢婶看着坐在一旁低头做针线活的淑芳姑娘，只见她满头乌黑秀发，再看她白净的脸盘，此刻正在聚精会神地纳鞋底，看她那副神情自若的样子，凭着做女人的直觉，她定是个治家理事的能手。谢婶笑着对程二娘说："想不到转眼两年时间，你们家淑芳就长成大姑娘了，真是女大十八变啊！"

程二娘看了看身旁认真做活的女儿，夸赞道："我们前些年还说她怎么没长高，可是从去年春季就忽然疯长起来，现在站起身比我还高两个指头。"

谢婶认真地对程二娘说："这样好了，你们家淑芳的亲事就包在我身上，保管给她找一户好人家嫁过去。"

程二娘听了高兴地说："我现在就先谢谢您这个好姐子帮忙了。"

谢婶轻轻拍拍她肩头说："我巴不得快点喝你们家的喜酒呢。"

她们说到这些投缘的高兴话题，两个人都开心地笑起来。

程淑芳在旁边纳着手中的鞋底，一面专心地听着母亲和谢婶的谈话，当听她们说到自己的婚姻大事时，陡然感觉脸上一阵通红，心脏怦怦地跳动着，急忙将头低下，唯恐别人看出了自己的心思。

谢婶和程二娘摆了一会儿龙门阵后，便起身告辞回家，临行时，程二娘从屋里将女儿的生辰八字拿来交到谢婶手上，一再拜托她帮这个忙，并许诺婚事说成之后，定会重重答谢她这个大媒人。

一个月后，谢婶径直来到巫治光的米铺买米，正巧遇到巫家人向她提出田大成的亲事，巫家人要求尽快说成这桩婚姻，谢婶立刻想到了程二娘的女儿淑芳。于是，她便胸有成竹地向巫家婆媳承诺，这件事包在自己身上，谢婶接下来询问了田大成的年龄和家庭状况后，便扛起自己的米袋回家了。

这时，姑姑满心欢喜地对婆婆说，她现在要去趟河坝街酱园铺，预先通知一下自己的大哥和侄儿，好让他们思想上有所准备。当她来到酱园铺门前时，看见里面的人都在忙碌，便将田大成叫到门外，认真地对他讲托媒人说亲的事情。田大成一贯尊敬姑姑，她如今又为自己的婚事操劳，他心里真是非常感激。当前酱园铺的生意即将开张，很需要一个当家理事的女人来帮助。姑姑说得很有道理，目前哥嫂二人到铺子里帮忙是暂时的，他们终归有自己的家庭，旧城址那边还有田地需要他们耕种，若是哥嫂离开了酱园铺，这里的一日三餐由谁去做？姑姑处处都在为自己着想，要是将这门亲事说成了，确实帮了自己大忙。于是，田大成憨厚地笑了笑，不好意思地说："一切全凭姑姑做主就是了。"姑姑见侄儿爽快地答应了婚事，便又急忙去王爷庙码头乘船过河到旧城址，将田大成的婚事告知大哥。

　　走到大哥家中，屋内却空无一人，只见那只看家的卷毛狗摇着尾巴杵在门前，两只灰眼睛直勾勾地盯着这个熟悉的女人，姑姑高声地喊叫着，屋里屋外竟然没有一点回声，她走进厨房一看，桌子上摆着吃剩的半碗青菜，锅里堆放着未洗的碗筷，姑姑没有片刻迟疑，立即挽起两只袖管，先将锅里的碗筷洗完，接着又把桌上的剩菜放进旁边的碗柜中，再用抹布将饭桌抹得干干净净，然后拿起扫帚将地上散落的垃圾扫进撮箕中。当她走出门的那一刻，一眼看见哥哥挑着一担粪桶迎面走来，看见他那佝偻的身影，姑姑陡然感到一阵心痛。旧城址离蟠龙寺巫家虽说不远，但兄妹俩各自都有家，相聚的时间并不多，今天看见哥哥累成这个模样，作为同胞妹妹哪能不悲伤？

　　兄妹俩紧挨着坐下来，妹妹随即对哥哥说起田大成的亲事，征求他的意见。哥哥看到妹妹亲切的目光，心中有说不出的感激。自从父母去世后，兄妹俩相依为命生活多年，眼前的妹妹即是自己最亲的人，同兴坝三年前被洪水淹没，要不是妹妹和巫家人鼎力相助，哪能在旧城址很快就安了新家？所以，妹妹在自己的心目中最值得信赖。她今天专门前来给儿子说亲，这是件天大的好事，哪有不答应的道理。当前，田间地头不少农活等着人干，尽管自己日夜操劳，却很难独自撑起这个家，很希望大儿子及媳妇快回来帮忙。

　　姑姑见父亲满口答应了这门亲事，高兴地笑了，并说定两天后在赵镇同女方家人见面。父亲想留姑姑在家中吃了晚饭再走，但姑姑说家里事多不便久留，父亲只好将她送到去蟠龙寺的大路上，依依不舍地望着她远去的背影，随后才急忙转身回家，他要在日落前挑几担粪水给地里的苞谷施肥。

两天后到了赵镇逢场天，谢婶按照先前的约定，将女方家人领到下正街的巫记米铺与男方家人见面。

谢婶开口将双方做了一番介绍，她说男方家境殷实，田大成本人聪明能干，并且学得一身酿造的本领，生意上大有发展，年纪轻轻就当上了酱园铺老板，真是为田家人争了光。她接着又谈到程家姑娘如何贤惠，无论针线活与家务事样样会做："你看她那张白白净净的脸盘，天生就是旺夫相。"

谢婶不歇气地说出这许多称赞的话，将坐在一旁的程淑芳羞得满面通红，她不好意思地低下头去，田大成坐在对面抬眼望着程淑芳羞涩的表情，心中顿时对她产生了好感，寻思着眼前这个爱红脸的姑娘，竟然是自己未来的妻子，此刻，一股暖流涌遍全身，他感到今后生活将无比幸福。

双方家长没有任何挑剔，满心欢喜地同意了这门亲事。

姑姑提议婚事要尽早举办，最好是在酱园铺开张之前，将两桩喜事凑在一起，无非图个双喜临门，日后生意兴隆。

巫家婆婆坐在屋中那把太师椅上，听到媳妇说要来个双喜临门，立即乐呵呵地笑道："这样做最好，难得大家都高兴一回。"

淑芳的母亲感到时间太紧迫，给女儿做陪奁恐怕来不及。于是她对田大成的父亲说："亲家公，嫁个女儿哪有这么简单的事情，我们给她的陪奁都还没有准备妥当。"

姑姑见哥哥犹豫着不好开口，便急忙插话道："陪奁的事情不要紧，结婚所需要的物件，由我们男方先操办着，等到结婚以后，你们程家有多少陪奁，尽管抬过来就是了。"

淑芳的母亲为难地说："那就破了祖辈留下来的规矩，若是让那些不知情的人看见，必定会说我们程家嫁女送不起嫁妆，太不近人情了。"

姑姑听出她话中的意思，原来程家人很爱面子。其实姑姑在催促侄儿尽早结婚的那刻，她已为酱园铺开张准备好一套家具，到时候送给侄儿作为贺礼。于是她笑着对程淑芳母亲说："这没有啥子关系，我已经做好一套新家具，等到新娘子上花轿那天，把这些家具抬到送亲队伍前走便是了，谁晓得这些东西不是你们程家的陪奁，今后成了一家人，都是为儿孙过得好，大家就不必说计较的话"。

巫家婆婆心中很佩服媳妇的精明能干，她急忙点头说道："这个主意好得很，大家分头快点去办，不要让两个年轻人等得心里发慌。"说完，她笑着看了一眼涨红了脸的田大成和羞怯的淑芳。

众人听到巫家太婆这样发话，也就不再继续争论什么。最后田、程两家商定在酱园铺开张前两天，也就是下个月初八将儿女们的婚事办了。

中午，巫治光在自己家中摆了一桌酒席，盛情款待今天到来的田、程两家客人。大家吃过饭后，便急忙起身要往家里赶，他们很客气地向主人道别，接着迈开大步走出了米铺。

婚期定在八月初八这天，田、程两家人分别找算命先生算过，都认为这是个良辰吉日，八字当头是个吉利数，对往后的生意发展很有好处。

淑芳是程家的大女儿，父母亲都十分疼爱她。尽管母亲后来又生下一个小弟，但对她的钟爱始终未变过，因为她生来就乖巧机灵，长到十多岁的时候，一些烦琐的家务活她都会做，从不要父母亲费尽口舌催促，她干啥事都干净利落，不懂的东西一学就会。记得第一次学做衣裳，母亲从裁缝铺将裁好的衣料拿回来缝制，那一年她刚满十二岁，在院坝中的那张小桌前，她细心地观看着母亲如何穿针引线，只学了短短的大半天，她便能自己动手缝制了，母亲感到很高兴，她笑着对女儿说："我们淑芳真是个能干人。"淑芳见母亲这样夸赞自己，得意地抿嘴笑了。

女儿很快长大成人，转眼间便要出嫁了，母亲心里实难割舍，母女朝夕相处了十八年，却仍然感觉时光那么短暂，从女儿出生那天到现在，她没有一天离开自己的身边，家中确实缺少了一个帮手，地里也少了半个劳动力。

常言道"男大当婚，女大当嫁"，这是不可逆转的现实。母亲总想着女儿一生的幸福，她如今能嫁个好人家，也算是终身有靠了。女儿出嫁是件大喜事儿，作为父母理应感到高兴，况且女儿就嫁到赵镇街上，要见她也是很容易的事，自己上街赶场也有了歇脚的地方，当她想到这里，心中的忧伤便逐渐消失。

母亲为了给女儿缝制嫁妆，急忙去到赵镇青龙街"林记布庄"买了两丈阳丹蓝布，一丈二尺白底粉红碎花布，一对时新的蜀绣被面，半匹做被单用的好白布和一方大红绸盖头等。她接着又到青果街的裁缝铺，找了邱裁缝去家里帮着裁剪衣服。当走到三星场弹棉花的店铺时，她特意向老板定做了两床六斤重的新棉絮，母亲为了给女儿筹办嫁妆，真是费尽了心思。

婚礼前的那天晚上，母亲心事重重地来到女儿房中，当她看到屋里摆着准备好的各种嫁妆时，心中不免伤感起来。女儿明天便要出嫁，她住了十多年的这间屋子，从今往后将变得空空荡荡，再也看不见她熟悉的身影，还有她那张笑盈盈的脸蛋儿，更听不到她甜甜的呼唤父母的声音，家里一夜间就变得冷寂起来。

淑芳看见母亲面带愁容地走进屋来，忙将她迎到床前，自己紧靠在她身旁坐下。随即仔细打量母亲那张慈祥的脸，只见她额头又增了一道浅浅的皱纹，鬓角上已有了几丝白发，她的眼眶噙着泪水，嘴唇微微翕动着，看是有许多话要对自己讲，女儿十分理解母亲此时的心情，还未等她开口说话，淑芳竟然眼圈一红，呜呜哭出声来，一头埋到母亲那瘦弱的肩膀上。

母亲用手轻轻爱抚着女儿乌黑的秀发，笑着对她说："傻女子你莫哭了，明天都要当新娘子了，要高兴才是嘛。"

淑芳拭去脸上的泪水，将自己的手搭在母亲手上，像往日那般娇气地喊了声："妈，我心里真是舍不得您和爸，还有在学堂里读书的小弟。"母亲拍着女儿的手安慰她道："你又不是嫁多远，仅仅就隔着一条北河，几里远的路程，抽一袋水烟的工夫就走到了，要是想回娘家来看看，随时回来就是了。"

淑芳帮母亲擦去眼角的泪花，深情地说："我看你和爸这几年老了许多，地里的农活一大堆，我走后再无人能帮他，要是爸累倒了怎么办？"

母亲再次安慰女儿道："那有啥子好怕的？我和你爸现在身体还硬朗，吃得饭，睡得觉，几亩地的庄稼完全做得下来；再说你弟弟过几年也就长大了，家里的农活不用犯愁。"淑芳听到父母指望着弟弟下地干活，急忙央求母亲道："妈，就让小弟专心去读书吧，看他从小很用功，有读书的天分，要趁少年时多读书，将来才会有出息。千万不要将他强留在乡间，耽误了他一生的前程。"

母亲觉得女儿说得有道理，她心中也非常疼爱这个儿子，不能让他在乡下埋没一辈子。于是，她点头同意了女儿的要求："你弟弟也很想在学堂读书，这件事我去对你爸说，今后让他继续上学就是了。"

母亲说还要忙着去厨房煮一大锅鸡蛋和花生，然后将从街上买来的红染料放进锅里，把那些鸡蛋花生全都染成红颜色，为的是明天到了婚礼现场，让众多前来道贺的亲朋好友能吃到红鸡蛋红花生，让每个人都感到见红有喜，图个欢庆。

第二天清晨，程家人一起床便开始忙碌起来。将装陪奁的六个抬盒放到了院坝中，然后把屋里的嫁妆拿来分别放进去。装新娘的嫁妆很有讲究，嫁妆少了放在里面空空荡荡，显得有些寒酸，外人看见会有失体面，如何将这六个抬盒都装上东西，淑芳的母亲费尽了脑筋。她采用分散摆放的方法，这里民间习惯将嫁妆以四件为一抬盆，寓意四季兴旺发财，于是便把衣服四件、花鞋四双、被面四块、棉絮四床、枕头四个，还有红鸡蛋和红花生各装上一个抬盒，这才将六个抬盒都装满了东西。

程家要嫁女儿的消息很快传遍了来宝沱，聚集到家门前来看热闹的人越来越多，正当大家翘首期待之时，忽然听到不远处传来阵阵唢呐声和铿锵的锣鼓声。不一会儿，只见一乘大花轿从前面那条道路上走来，这是田家迎亲的队伍来了。

程淑芳听见院子里人声嘈杂，唢呐声和锣鼓声越来越响亮，心情忽然紧张起来；她拿起桌上那面镜子仔细端详着自己抹了少许胭脂的脸蛋儿，粉红色的胭脂掩饰着她脸部的表情，心脏怦怦加速跳动。

母亲急步走进屋来，她忙问女儿还有什么要准备，母女俩再次坐到床边，相互凝望着对方，淑芳顿时热泪盈眶，她紧紧抱住母亲呜呜地啼哭着。

母亲十月怀胎生下女儿，多年来含辛茹苦将她一天天养大，如今却要嫁给他人为妻，这块心头肉瞬间就要离开自己，她内心哪里舍得。

女儿在家中整整过了十八个年头，她早已习惯与父母共同生活，可以随时看见他们的愁容和笑脸，以及小弟的顽皮与乖巧，还有家乡来宝沱的美丽风光，这一切都让淑芳感到无比留恋。

这时，花轿停在了程家大门口，旁边吹唢呐的鼓起腮帮将唢呐吹到了最高音，打锣鼓的把锣鼓敲得更加响亮。程家院子门前，挤满了迎亲和送亲的人，还有许多看热闹的邻里乡亲，大家都兴高采烈地观望着。

田大成身穿一件红缎长衫，头戴一顶黑绸瓜皮帽，帽子两边插着一对颤巍巍的宫花，一副红光满面的新郎官儿模样。他微笑着走上前去，将手里捧着的装有凤冠的精美盒子交到丈母娘手中。

淑芳见母亲手捧凤冠走进屋，立即站起身来，母亲顺手将盒子放在桌上，然后揭开盒盖取出凤冠戴在女儿头上。此刻，母亲再仔细地端详女儿，眼前这个如花似玉的新娘和之前朴实无华的乡间女孩判若两人，她不敢相信自己的眼睛，女儿的变化竟是这么大！

母亲急忙从床头拿来那块红绸盖头，小心翼翼给女儿盖在头上，这是她送别女儿要做的最后一件事情。

淑芳在母亲的搀扶下从屋里走出来，随即坐上门前那乘四人花轿，母亲忙用手垂下轿帘。这时，早已挂在竹竿上的两串大鞭炮被同时点燃，爆烛声震耳欲聋，花轿在迎亲和送亲队伍的护送下，一路浩浩荡荡朝北河渡口走去。

北河码头的渡船比较小，容不下这一大群人一次性过河，只好让新娘和新郎以及抬花轿的轿夫们先行，其次是抬六个陪奁盒的人乘第二趟船，最后才轮到那些迎亲和送亲的队伍过河。

第一船的人和花轿上岸后，暂时停在梅林公园门前等候，直到后面抬陪奁盒与迎亲的队伍来到后，便又抬起花轿往河坝街走。这一路有许多看热闹的人，尤其是那些生性调皮的娃儿们，他们跟随着花轿左顾右盼，却始终也没看出什么名堂，心里很是不甘。其中有两个冒失的男娃子，竟然跑到花轿前，猛地掀开了半截轿帘，看见新娘子头上顶着红盖头，端坐在轿子中纹丝不动，不由得高声呼喊着："新娘子！新娘子！"抬轿子的汉子见两个娃儿太不像话，顺手就是一巴掌拍在他们头上，用劲虽然不重，但仍将掀轿帘的那个娃儿打得哇哇叫唤，慌忙放下轿帘，一溜烟跑到人群中，顷刻间就不见了踪影。

花轿经过天主堂后，在烟市街口转了个左弯，很快便抵达河坝街的田大成家门前，花轿紧靠在街沿边落定。新娘被等候在旁边的谢婶搀下轿，立即走进屋里，等着午时三刻拜堂。

这时，田家门前聚集了很多看热闹的人，只见屋里的人非常忙碌，屋正面的神龛上供着田氏祖先的牌位，神龛前摆放着一张红漆光亮的太师椅，墙两边贴着大红的"囍"字，司仪先生正忙着安排婚礼的各项程序。

田家今天请来的婚礼司仪是青果街的韩先生，他是赵镇颇有名气的传奇人物，据说韩先生的祖辈在赵镇影响较大，多年前便自行筹资修建了第一个码头。历经百年之后，随着沱江水运的迅猛发展，当地船帮又相继修建了王爷庙码头和中码头，从而取代了韩家所修建的老码头。如今虽然老码头已不再起任何作用，但它曾经给赵镇民众出行带来了诸多方便。韩先生自幼熟读诗书，能将唐诗三百首背诵如流，他尤其好读《史记》，并在书上写满了注释，以此记录自己的学习心得。他平素喜欢交朋结友，热爱民间公益，长大成人后，他既不愿务农，也不肯经商，却执意在赵镇办起了首家"韩记婚庆行"。据韩先生自己统计，这些年他主持的婚礼达一千多场，除赵镇街上结婚的之外，周边乡间的有钱人相继找上门来，他们中有娶媳妇的，也有嫁女儿的，若是要操办一场体面的婚礼，他们必然会想到赵镇的韩记婚庆行。韩先生所办的这家婚庆行，服务门类俱全，各种行头应有尽有，根据自己的经济条件和具体要求，比如规模大小，路程的远近，客人的数量等，他将帮你进行一番策划，可为你提供八人大花轿，四人或六人的中等花轿，也配备有两人抬的小花轿（主要适用于乡间小道）。婚庆行还备有新郎的礼服和礼帽，新娘的凤冠霞帔以及各种不同颜色和款式的衣服。抬花轿的轿夫和乐队一概由韩先生的婚庆行负责。

午时三刻很快到来了，婚礼隆重举行。

韩先生高声喊道："礼炮齐鸣！"话音刚落，只见门外两个男子拿着纸捻将吊在竹竿上的两串大鞭炮点燃，顷刻之间，河坝街即响起噼噼啪啪的鞭炮声。紧接着，韩先生又向屋内大声喊话："有请高堂田大爷正中落座。"这时,田大成的父亲穿着一件新买的蓝布长袍,满脸笑容地走了出来,径直坐在了神龛前那张太师椅上。韩先生举起右手向站立一旁的乐手示意道:"奏乐!"此刻,唢呐声和锣鼓声响彻整个屋子,婚礼现场的气氛顿时热闹非凡,悠扬喜庆的锣鼓声传到街上,使得许多过往行人都驻足观看。

韩先生看见屋里的人在叽叽喳喳说话,他们都在急切地等待着新郎和新娘的出现。他用手整理了一下身上烫得线条平整的灰布长衫,面对众人高声吟诵道:"东方一朵紫云开,西方一朵紫云来。两朵紫云齐相聚,携手百年乐开怀。"吟咏完贺词后,他立即向左边喊:"男出华堂。"话音一落,田大成满面笑容从屋内走了出来,端端正正地站在了屋当中。韩先生接着又向右面屋里喊道:"女嫁千金!"程淑芳头戴凤冠,上面罩着红绸盖头,在两个本家姊妹的搀扶下,由屋内款款走来,站到了田大成旁边。

韩先生随即赞礼道:"先拜天地。"田大成和程淑芳同时向门外跪下,恭敬地磕了三个头。他俩站起身来后,韩先生又喊:"后拜高堂。"田大成与程淑芳即刻转过身,向端坐在太师椅上的父亲跪下,接连磕了三个头。等他们再次起身后,韩先生便喊:"夫妻对拜。"一对新人转身面对面站住,相互躬身对拜着。婚礼很快结束,韩先生最后提高嗓门高声喊道:"将新郎新娘送入洞房。"

此时,在场的人们爆发出热烈的欢呼声,争先恐后地去抢食新娘家陪嫁来的两盆红鸡蛋和红花生,几个贪心的娃儿将自己的荷包装满了仍不罢休,手里还拿着两个红鸡蛋不知该放哪里。

新婚后的第三天,田大成的田记酱园铺便在河坝街隆重开业了。在接下来的一年间,酱园铺的生意越做越好,店面又扩充了一间,酿造作坊也招进了两个匠人。田家和巫家的所有人,甚至街坊邻居都称赞程淑芳生就一副旺夫相，难怪他们家的生意越做越红火。

两年后一个炎热的夏天，程淑芳为田家生下了一个儿子，那便是田仕勋。田仕勋的降生让田家人欢喜不已，父母亲对他十分疼爱。还未等到大儿子满两周岁，她又在这年清明节前生下二儿子田仕泽，这更让田家老小高兴得合不拢嘴。淑芳嫁到田家不到五年时间，便接连为田家生下两个胖小子，在那个期盼家族兴旺的年代，她无疑是为田家做出了重大贡献，她在家中的地位也随之提高。淑芳作为田记酱园铺的老板娘，做生意非常精明，酱园作坊所有的原料进货成本，她都得仔细计算，进货也严把质量关，很注意原料的产地，比如做豆瓣酱使用的红辣椒，要收购栖贤和玉虹两地浅丘出产的辣味适度的二荆条；若是做酱油使用的黄豆，必定要选择官仓乡种植的颗粒饱满的。有了上等的原料，加之田大成和匠人们都有精湛的酿造手艺，酱园铺所酿造的豆瓣酱和豆油，以其质优价廉的优势，很快便畅销赵镇和周边的农村，深受家庭主妇们的喜欢，即便是那几家很挑剔佐料的饭馆，也非常乐意买来使用。

时光流逝，正当田记酱园铺的生意兴隆之时，一个不幸的消息从旧城址传来，田大成的父亲在一九二三年腊月初三去世了，还未满五十岁。他父亲是个地道的庄稼人，将土地视为自己的生命，自幼跟随先父在地里耕耘和收割，一年四季没有停歇过。土地是他人生最大的依赖，靠它维持着全家老小的生计。父亲因多年劳累成疾，一年前就开始口吐鲜血，患上了肺痨病，但他并未将吐血的事告诉两个儿子，一是怕他们担心，二是怕用太多的钱。他最初咳嗽不止，哽在喉咙中的一口痰吐在地上，竟然是一坨浓浓的黏血，他顿时大吃一惊。后来曾到赵镇看过中医，吃过几剂蜂蜜做引子的中药，但却不见一点好转，依然是照常咳嗽呕血，从此便放弃了再去求医的心，想着将自己辛苦攒下来的钱尽量留给儿孙们，舍不得把钱丢进药铺里。这年冬天特别寒冷，前几日天空还飘着雪花，阴冷潮湿的气候让他更加难熬。用来取暖的木炭烘笼，虽然时常放在那厚实棉袄下，但全身依然瑟瑟发抖，咳嗽更加严重了，每天都会咯出几口鲜血。为了不让儿媳妇看见，他找来一个瓦盆，在里面装满从灶膛中铲出的草木灰，将其放在自己身旁，一口血吐到灰盆里，便什么也看不清楚了。直到腊月初三那天早晨，大儿媳妇煮好一锅红苕稀饭，到房中喊公公起床吃饭，当她一脚踏进门槛时，只见公公从床上猛然转身到床边，接着便是大口的鲜血吐在床下的瓦盆灰里，瞬间变成了黑乎乎的血浆。儿媳妇吓得厉声尖叫，闻讯赶来的田大忠冲到父亲床前，但他还是来晚了一步，父亲此时已经爬到床沿边，面无血色，不能动弹，他用手试探鼻息，确定父亲已气绝身亡。

田大忠顾不得吃早饭，急忙奔向中码头乘渡船，他要将父亲的死讯尽快告知赵镇的弟弟田大成。田大成夫妇听到这一噩耗后，脑子里顿时轰鸣一声，眼泪猛然间滴落下来。兄弟俩没有片刻停留，程淑芳从屋内供奉祖宗的神龛下取来香蜡纸钱追到码头，三人即刻登上渡船赶往旧城址，准备为父亲料理丧事。渡船刚刚靠岸，田大成先行跳下船来，他得赶紧告诉最为亲近的姑姑，便对哥哥说自己要先去趟蟠龙寺巫家。两个月前，姑姑患了一场大病，后经多方求医服药，现在已有所好转，当她听到这世上最为亲近的兄长一夜间竟撒手人寰，眼泪顿时夺眶而出，她一面拭去脸上的泪水，接着到房中拿了件白布衣服穿在身上，紧跟在侄儿身后赶往旧城址奔丧去了。

田家虽然算不上殷实户，但家境尚且可以，在父亲年届四十九岁时，田大成兄弟俩已想到老人的百年之事，从云顶山买来上好的柏木，请两个木匠为父亲做好了一副大棺材，准备着日后父亲仙逝享用。没有想到仅隔半年，父亲便去世了，这口定制的油漆光亮的棺材竟然成了他的最终归宿。接下来田家儿孙和两个媳妇均穿上白色孝服，头裹白布孝帕，腰间系着一根麻线，表达对老人的孝道。田大成当日便赶到云顶山慈云寺，请来数名和尚做道场。灵堂设在那间较为宽敞的正屋中，供子孙后辈日夜守灵，以及亲朋好友前来祭拜。田大忠找到菜子坝的阴阳先生，请他为死者仔细测算何日何时下葬吉利。

七天道场做完后，在田家儿孙一片悲痛的哭声和哀乐声中，四个壮汉抬着那口装殓父亲遗体的棺材出殡了，田大忠手里端着父亲的灵牌走在最前面。墓地选在蟠龙寺半山坡那片树林前，它面朝沱江对岸的来宝沱。阴阳先生说这是块上好的龙脉地，他保证田家子孙后代必定有发达。田大成喜欢他的吉言，当即欣然付给他双倍的酬劳。

父亲去世许多年后，田大成心中时常感到无比的愧疚，悔恨自己没有尽到做儿女的责任，每当想起父亲勤劳艰辛的一生，从未获得过儿子的丝毫回报，在他自知病重的那段时日，也未向儿子媳妇吐露实情，默默地忍受着病痛折磨，直到最后一刻闭上双眼，死在了那个严冬的早上。

田大成长久以来对哥哥非常尊敬，父亲的去世更加深了他对长兄的倚重，无论家中发生了任何要紧事，他都会跑到旧城址哥嫂家，找田大忠商量斟酌一番，务必请他拿个主意。

十四

田大成这次遇到的两件事情，确实是家中头等大事，他一踏进哥嫂家门，便迫不及待向田大忠夫妇讲述他内心的高兴和忧虑。高兴的事不必多说，那便是大儿子田仕勋的婚事，女方是五凤溪贺家的大女儿，名叫贺青凤，她今年十七岁，聪明能干。田大成请人算过他们的生辰八字完全匹配，前些日子已经去贺家下过聘礼，只等儿子的学校放假，便可择良辰吉日拜堂成亲。

田大成将大儿子的婚事说完后,接着又谈起二儿子田仕泽参军的事情,这件事情让他感到忧心,今天之所以来到旧城址找哥哥,就是为田仕泽即将奔赴前线这件大事。

日军开辟了太平洋战场,在侵占了东南亚诸国后,经缅甸北部打开了中国的南大门,攻占了云南腾冲等地,企图从战略上由南向北与侵华的日军会合,以达到占领中国疆土的狂妄野心。在极为严峻的形势下,以美、英、苏为首的国际联军要求中国政府火速出兵东南亚,协同在印、缅一线抵抗日寇的英军作战。为保土安民,粉碎日寇的侵华图谋,政府决定派遣数万名远征军奔赴南亚抗日。上述战况是县兵役科科长到中学里向学生们演讲的,操场上的同学们听得群情激奋,高声呼喊抗日口号,并纷纷涌到讲台前,强烈要求参加即将组建的中国远征军金堂大队。兵役科科长在花名册上仔细挑选,最后从金堂中学挑选出身高、体质均符合条件的钟立文、陈经武、田仕泽等五十余名学生加入远征军,定于三日后开赴成都凤凰山机场,在那儿搭乘美军援华的运输机,直飞印度加尔各答整训。

听完弟弟这番揪心的话,田大忠不禁叹了口气,他是老实厚道的庄稼人,不知道该如何爱国爱家,但心中却是充满怒火,这些万恶的日本人怎么跑到我们国家来横行霸道,干尽了烧杀掳掠的罪恶勾当,要是他们有一天打到四川来,金堂的老百姓岂不要遭殃?看到田大成一副愁眉苦脸的模样,他不知该说什么来安慰弟弟,田仕泽虽说是自己侄儿,但却是自己看着长大的,早已视同亲生儿子一般,没有半点亲疏之分,心里真舍不得他去异国他乡,更何况那是生死搏杀的战场,想到这些可怕之处,顿时陷入深深的恐惧中。

兄弟二人一阵沉默后,田大忠对弟弟说:"我们以后要常去慈云寺敬香,多捐些香火钱给庙里,愿菩萨保佑仕泽在前方安然无事。"坐在一旁的大嫂接着丈夫的话说:"我与姑姑约好明天要去慈云寺,我们会多捐点功德钱，祈求菩萨保佑仕泽。"

田大忠又安慰弟弟道："老话说吉人自有天相，你不用想那么多。"

田大成无奈地说："事到如今也只有这样，能够活着回来就算他命大。"

三天后，两部美制大道奇卡车开到县城家珍公园门前，五十多名金堂热血青年站成整齐列队，在彭大将军纪念碑前发誓，决心誓死保家卫国，铮铮誓言响彻公园上空。在县府官员和数百学生及民众的欢送下，中国远征军金堂大队踏上征程，城里的商铺点燃一串串送行的鞭炮，汽车随即驶离了县城。

十五

这年秋天，陈家昆、王洪光和程吉珍三人历尽艰险，终于到达了陕北延安，不久便进入抗日军政大学学习。抗大汇聚了全国各地的知识青年，成百上千的进步学生抱着满腔爱国热情来到这里，寻求救国真理，并随时准备投身抗日战场，为中华民族的解放事业而奋斗。

在抗大学习的数月时间里，陈家昆他们有幸学习了许多军事知识，特别是毛泽东著述的《论持久战》，让他们更加认清了当前战争形势，增强了抗战必胜的信心。

他们也曾多次踏着洒满夕阳的小道，漫步在蜿蜒流淌的延河岸边，望着高高耸立的宝塔山，在那儿立下不朽的誓言：此生定要为国家和民族奉献自己的一切，甚至是宝贵的生命。更值得欣慰的是，在毕业时由于他们各科成绩优异和良好的纪律表现，经校党委批准，三人直接由共青团转为中共党员。无条件接受组织分配是考验每个共产党员的试金石，陈家昆等人早在毕业前已向学校党委写过决心书，强烈要求投身最为艰苦的抗战前线，随时准备听从党的召唤。

根据当时的具体情况，京浦铁路沿线是我军开展军事行动的战略目标，而驻扎在山东临沂一带的八路军，由于一年来经历了无数次对敌作战，部队战斗人员锐减，虽然不断在根据地招兵补充，但基层连队政治思想工作薄弱，缺乏有文化懂政治的连队指导员。为此，学校党委根据中共军委的指示精神，做出对学员的具体分配方案：第一批首先分配到山东军区，充实到各基层连队任政治指导员；第二批则派至新四军先遣支队，担任正副连长。

接到上级通知后，王洪光等三十余名第一批抗大学员即刻启程，他们经过千里艰苦跋涉，辗转到达了山东军区所在地临沂；军区领导立即对这批热情高昂的抗大学员做出了工作安排，王洪光被任命为警备团一营二连政治指导员。

第二批学员也接着离开了延安，陈家昆、程吉珍等二十八名学员穿越过敌占区，一路上在地方游击队的护送下，进入大别山中；半月后，他们终于抵达淮南的新四军先遣支队。司令部根据部队的实际情况，对新来的学员做了工作安排：陈家昆被调任为二团三营一连连长，程吉珍则留在支队政治部当了一名机要秘书。

这许许多多从延安抗大出来的学员，他们怀着满腔的爱国热情，即将投身硝烟弥漫的战场，奔赴抗日前线去建功立业。

陈光钦自从儿子陈家昆离家出走两年来，从未收到过他一封书信，心中感到十分焦虑，陈吴氏日夜思念儿子，时常在睡梦中呼喊着家昆的名字，一觉醒来时却是无尽的惆怅。

陈光钦夫妇在万般无奈之下，只得去县兵役科找赵炳南，恳请他这个兵役科科长仔细查看一下有没有陈家昆在前方的消息。这天上午，他们大步踏进西街的县政府大门,忐忑不安地来到县兵役科办公室。

此时,赵炳南正在埋头整理一摞文书,忽然听到门外急促的脚步声,他忙抬起头来观望,赵炳南与陈光钦虽然并无交往,但却相互认识对方。说起他二人彼此相识,那是在一个非常特殊的场合:记得去年秋天,县长刘仲宣按照省政府文告精神,组织了一次规模空前的抗日救援募捐活动。经过几天精心的安排,找来全县各镇乡长、帮会会长、码头老大到县城商讨如何开展救援,之后邀请各地的袍哥大爷、富商老板和许多殷实大户召开现场招募大会。这一天,刘仲宣指示将县城中所有饭馆包下来,准备招待来自金堂各地的募捐者。募捐现场设在金堂中学的操场上,并安排该校的抗日宣传剧社到场演出剧目,意在激发参会者的抗日激情,促使大家自愿捐钱。

演出活动结束后,由刘仲宣坐镇的募捐活动随即开始,赵炳南负责记录募捐者姓名、住址和募捐数额,他坐在课桌前接待着众多头戴绸缎瓜皮帽、细呢博士帽,身穿各色面料中山装和长袍的绅士们,这些人都未引起他的注意,唯独有一个缠着蓝布头帕、穿着一件极普通灰布长袍的高大汉子,给他留下了深刻的印象。他手里捧起几包红纸裹着的银圆,面带焦虑地走上前来上报捐时,赵炳南顿时感到很惊讶,他不敢相信眼前这个衣着朴素的人,竟然捐出了四百块大洋!从那次募捐活动后,陈光钦便在赵炳南脑海中留下了很好的印象。今天当陈光钦跨进兵役科门槛那刻,赵炳南一眼便认出这个衣着简朴的捐款人,于是急忙放下手中的资料,站起身来热情地接待他们。大家落座之后,陈光钦迫不及待地问道:"赵科长,请问有没有北边抗日士兵的消息?"

赵炳南迟疑了一下,他没有听懂陈光钦要问的具体意思;接着问他:"你究竟想问哪方面的事情?"

陈光钦夫妇一时答不上话,因为他们不了解情况,但想到今天既然来到兵役科，加之赵炳南如此催问，只好将自己的心事说出来："我们想问有没有北边抗日前线士兵阵亡的消息。"

赵炳南这下听明白了，肯定地回答道："没有北边的，我这里只有南方的。"

陈光钦失望地坐在那里，满脸愁容，不知说什么。赵炳南接着耐心地向他解释："当今抗日的主要战场在南方，大部分集中在湘鄂地区，日军的主力兵团与国军的精锐之师均在长沙、衡阳等地激战，长江以北并无重大战事发生，所以也没有来自北边的消息。"

陈光钦见他回答的消息，并非自己想要知道的，于是进一步大胆地问："我要问的是北边八路军方面的情况。"

赵炳南见陈光钦表明了来意，叹了口气抱歉地说："真的没有八路军方面的消息。兵役科每年都会收到许多抗日前线阵亡士兵通知书，县里接到这些通知后，便立即通知到各乡、镇阵亡士兵家属，并且要发放一定数额的抚恤金。八路军实际上是独立作战，从抗战开始到现在从未收到八路军方面寄来的士兵阵亡通知。"

陈光钦听完他这番话，心情显得十分沉重，原本想从前线阵亡士兵的名单中，看一看有无自己的儿子在里面，从侧面了解儿子现在是否还活着。当然他内心极不情愿看到儿子的名字写在通知上，今天硬着头皮来兵役科确实是无奈之举，谁家做父母的不牵挂自己的儿子呢？

赵炳南又对他们说："现在北边并没有打大战，你们也不要太着急，今后若是有北边战事的消息，我会尽快通知你们。"他随即拿起纸和笔，按照陈光清的口述，详细地记录着：陈家昆，二十二岁，金堂县北门古城桥人，从金堂中学离家，北上延安从军，部队番号不明。写到这里，赵炳南心中忽然明白了，这正是自己两年前应金堂中学的好友，该校教务主任冯鹏飞之请，资助的三个去延安的爱国青年之一，自己当时即拿出数十块

风雨人生 203

大洋给他们做路费。现在失去儿子的父母居然找上门来，该如何向陈光钦说明这件事呢？他心中感到非常为难，如果说出当初自己出钱资助这三个学生离开金堂，身为民国政府的官员，肯定会招来嫌疑，冯鹏飞和自己也将面临一场大祸，甚至是灭顶之灾。赵炳南从来没有像今天这样纠结，他真的是有口难言，说出真相怕惹来祸事；若是不说，如同鱼刺卡喉一般难受。

陈光钦夫妇见赵炳南一副为难的表情，想到再也问不出什么名堂，便起身告辞回家。赵炳南热情地将他们送出政府大门，当他看到陈光钦夫妇满脸愁容离去的身影，内心感到深深的愧疚。

十六

陈光钦的烦恼事一桩接着一桩，打听陈家昆的下落毫无结果，已让他伤透脑筋，广汉县三水关的亲家刘光辉又急忙来到古城桥。自从上次到刘家为二儿子陈家林提亲下聘，认识了刘光辉，二人便相互产生了好感，言谈之间如同兄弟一般亲近，很快便成就了儿女们的美满姻缘。时间转眼过去了半年，家里正准备在陈家林学校放假时，为一对新人举行婚礼，刘光辉却又带来一件烦心事。

其实，刘光辉也不想给陈家带来任何麻烦，但他现在确实遇到了一件天大的事情：就在两个月前，广汉县政府官员陪着一帮军人和三个高鼻梁蓝眼睛的外国人来到三水关，经过一整天在田间地头测量和观察之后，立即对三水关乡公所下达了一份措辞严厉的文书，文书中指明要在该乡征用土地数千亩修建军用机场，供援华美军飞机起降，为的是密切配合国军在南方战场对日作战，保卫长江上游的宜昌、万州和陪都重庆的安全。县政府派专人来到三水关，会同乡长和保长、甲长共同商议，务必要在十日内完成征地任务，保证机场能够及时动工，不得延迟一天。若有违抗与延误者，当以军法论处。县政府紧接着派来大批相关人员，有警察局和财政科的全部人马，第一步由测量人员先行划线栽桩，把所丈量的土地通通打围，然后找来当地的保长、甲长，由他们去逐一统计这些被圈地的人家，挨家挨户到他们家中核对土地的所有权，查看契约证明，遇到占有房屋的农户还要清点间数和林盘大小；等到清理结果全部出来后，马上列表上报省政府，由省政府组织多方人员评定，以甲、乙、丙三类不同土地价格，以及房屋建造新旧估算，最终确定土地与房屋所有者应该得到多少赔偿款。

刘光辉在三水关算是大户人家，这次突然要修建机场，竟将他家全部土地连同那座偌大的四合院一并圈占了。刘光辉这些日子感到无比痛心，祖辈们在三水关创下的上百年基业，竟然失落在自己这代人的手中，真是欲哭无泪。

幸好所征土地的赔偿款由省财务厅及时拨付下来，刘光辉的土地和房屋赔偿经过公平评估得到了赔偿款，共计九千八百块大洋，这是一笔不小的数目。刘光辉拿到这些钱的时候脑子顿时一片茫然，不知道以后该做些什么，是继续留在广汉购买土地，再创家业，还是到县城内买几间铺面做生意？世间有许多生财的门路，他曾经反复思考过，但却始终拿不定主意。

就在刘光辉犹豫不决的这段日子，竟出乎意料地收到一封来自马来西亚的书信，这是他多年未见的大哥刘光元由太子港寄来的，这封信寄出的时间已经很久了，白色的信封上面沾满了潮湿的斑点，书写的英文已经模糊，但工整的汉字依然看得清楚，从信封上的邮戳可以看出它是经过多地传送到香港，再绕道越南河内，后经昆明才送达到成都。一封普通的书信由马来西亚寄出，辗转至广汉邮局，竟历时了大半年。这都是日军发动侵略东南亚战争所致。

当刘光辉看到这封长达数页的书信后，心潮久久难以平静，这究竟是一封怎样的信件呢？大哥在信的开头表达了一番兄弟情义，接着问到刘光辉的妻室儿女是否安康，还问到家乡三水关有何重大变化等。最后大哥在信中向刘光辉提出一个迫切要求，要他尽快变卖全部家产，举家迁往马来西亚，并强调说一来可避免当前国内战祸，二来刘家可逃脱今后的灭顶之灾。此事切不可等闲视之，务必抓紧时间尽快成行。

大哥少年时便是刘光辉的榜样，他嘴里说什么就是什么，叫自己干啥就干啥。大哥年长自己五岁，他生来聪明能干，无论做什么事，一学就会，从不让父母为他操心，在广汉县城读中学时，成绩名列全校第二名，后来顺利地考入了成都师范学堂。一个偶然的机会，刘光元邀约两个同学趁星期天去春熙路的"胡开文"文具店买纸和笔，当他们正聚精会神在柜台前挑选的时候，突然接到旁边一位高个子青年递来的一张油印广告，刘光元仔细看过之后，心中高兴起来，原来这是一份成都留学预备学校中国留法勤工俭学的招生传单。刘光元和两个要好同学反复商量之后，决定明日上午一道前去报考，经过一番笔试与面试，他们很快便被学校录取了。

这次考入成都预备学校的学生共有一百余人，教务处将他们分成两个班上课，课程以法文为主，重在培养学生的基本语言能力，此外还设有代数、几何、物理和美术等课程。

一九一九年初，学校发榜宣布：本期学员经考试合格进入前三十名者，可以享受四川省公费留学，发给每个学生两千元法币作为赴法生活费和路费；其他未进入前三十名的学生，如果愿意随同前往的一切费用概由自己承担。

刘光元在进入学校那刻起，便夜以继日地刻苦学习法语，同时进修其他各门功课，功夫不负有心人，在学校的结业考试中取得了前十名的好成绩，高兴地拿到了两千元公费留法奖学金。

刘光元回到三水关家中，将这一喜讯告诉了父母。尽管二老不情愿让儿子远行，但他们看到儿子很有主见，去意已定的态度，也就勉强依从了他的心愿。临行之时，母亲依依不舍地流着眼泪，父亲从床头的衣柜下面取出三根黄灿灿的金条交到他手中，作为在法期间紧急之用。父亲轻轻拍着儿子的肩膀，语重心长地说道："一个人在国外很不容易，凡事都要谨慎细心。"

刘光元随即约定几位同学一道先去重庆，然后转乘轮船经武汉再到上海。到达上海的那些日子，北京各高校掀起了轰轰烈烈的"五四运动"，革命风暴顷刻间便转到上海，全市民众纷纷上街游行抗议。出于强烈的爱国主义精神，集聚到这里的四川留法学生，拒绝搭乘日本"先丸号"轮船赴法。

接下来的一个月时间里，这批四川赴法学生蜗居在黄浦江畔一家小旅馆中，他们焦急地四处联系其他赴法船只。这期间，学生们被上海民众高昂的爱国热情所感动，参加到他们声势浩大的示威活动中；有幸听到社会知名人士康白情的精彩演讲，使得他们年轻的心灵受到极大的震动。

经过这段艰难的日子后，刘光元及其他四川留法学生，终于搭乘一艘开往荷兰阿姆斯特丹的货船，顺道奔赴法国。轮船于十月初驶抵法国马赛，学生们下船后改乘火车去巴黎，之后顺到进入了豪达尼公学，这所学校专为勤工俭学的学生开办了法文补习班。在豪达尼补习了半年法文后，刘光元等人被分配到巴黎郊外施奈德公司所属的一家工厂做工，开始了真正意义的勤工俭学。第二年，经过了一番周折后，刘光元和部分同学有幸走进了理想的日耳曼公学讲堂，在那儿紧张而艰苦地度过了漫长的四年。

在日耳曼公学期间，刘光元结识了他一生中最为重要的两个异国朋友，一个是来自马来西亚的余敏芝，另一个则是来自苏联的乌斯诺夫。余敏芝是刘光元的同班同学，她长得清秀大方、身材高挑，是马来西亚一个橡胶园主的女儿。余敏芝的祖籍原为广东潮州，先祖是清朝年间第一批下南洋来到马来西亚的淘金者。这批潮州客来到这个国家后，首先请来当地一名通译，接着四处打探这里有何生财的门路，经过数日艰难寻找，竟无半点结果，这令潮州客们焦急不安。恰好在有天晚上，他们外出奔波劳累了一整天，拖着疲倦的身子回到马六甲街尾那家小旅馆，在隔壁一家华人开的"顺德餐馆"吃饭时，听到邻桌的几个食客在摆龙门阵，他们谈话的内容竟然与这些潮州客所想的事密切相关。原来他们是刚到马六甲不久的广东汕头人，嘴里说着满口粤语，竟然没有丝毫顾忌，殊不知旁边桌上坐着的也是广东人，无意之中将他们费尽心思打探到的重要信息，轻易地传递给了与自己同样命运的老乡。

在众多消息中，最令潮州客震动的是有人在太子港郊外发现了锡矿。有一位商人路过太子港时，在一片沼泽地看见阳光照射下的水面白亮发光，于是好奇地走上前细看，水底下竟是一片银白色，他捡来树枝用力往下戳，下面竟是坚硬如石，这个商人略懂一些矿产知识，立刻明白这片沼泽地蕴藏着丰富的锡矿资源，而且矿床很浅。半个月后，商人招来十多个青壮汉子，带着铁铲、铁锤、水桶，以及许多日常生活用品，在沼泽地旁边安营扎寨，开始了小规模的锡矿开采。

这批潮州客第二天便启程，他们背着行装，迎着一轮朝阳急忙赶往太子港。到达太子港之后，要做的第一件事就是尽快圈地，他们看准了离那个商人开采的矿场不远处，有一大片低畦的荒地，立即从树林中砍来许多木桩，将这块地围起来，唯恐后来者把它强占去。他们照着商人的做法，派人到集市上买来各种工具、帐篷和生活用品，从此便长期驻扎在这片荒地上，开始了夜以继日的采矿作业。这帮潮州客很是幸运，刚挖掘到地下不足一米的深度，即发现了银白色的锡矿，这令他们欣喜若狂，每个人都兴奋得掉下了眼泪。经过大伙计算，若要抓紧开采扩大产量，就必须扩充人员，此外还需派人到吉隆坡和马六甲联系锡矿销路。随着生产的日益发展，这帮潮州客逐渐走上了管理阶层，不再亲自到泥泞的沼泽里去挖矿。他们对日常的生产经营也有了明确分工，设有总管事、生产管事、销售管事、财产管事和后勤管事等。余敏芝的先祖父在潮州家乡读过私塾，为人聪明能干，处事公允仗义，精于全盘计划，被众人推举为总管事。此后不久，非常精明的潮州人将他们的锡矿命名为"华夏锡业公司"。经过数年艰苦不懈的努力，这家公司在马来西亚名声大振，锡的产量达到了高峰。

二十年光阴瞬间过去了，太子港的锡矿资源逐渐枯竭，锡的产量也大幅减少，因此华夏锡业公司面临两种选择，一是大幅裁减员工，二是尽快寻找新的赚钱门路，提前应对闭矿危机。在这一年的秋天，锡矿终于维持不下去了，新选的矿场经过数月勘察竟然毫无所获，这帮潮州客感到心灰意冷，有了分道扬镳的想法。余敏芝的先祖父明白兄弟们的苦衷，顺应时事的变化，毅然做出了按股份分家的决定，得到昔日共同打拼的兄弟们的积极赞同。

众人手里拿着大笔的钱，即刻忙着寻找各自的生存门道：有人去吉隆坡开旅社；有人到马六甲办中餐馆，专门卖潮州菜；也有人留在太子港做起杂货生意。这期间，有不少人将远在广东潮州的妻室儿女接到马来西亚，过着安稳而富足的生活。

余敏芝的先祖父并未安于现状，他志向远大，谋划着更大的发展。两个月后，便在远离太子港的地方，买下了一大片缓坡地，接着在附近山区招来三十个当地贫民，在那片坡地上栽种了十万多株橡胶树。经过数年的精心管理，橡胶树到了产胶高峰期，橡胶产量一年比一年增多。他不断扩充胶树栽种面积，奠定了余氏家族发展壮大的根基，成为一代橡胶王。

余敏芝的父亲余友明出生于马来西亚，自小便融入了这片熟悉的国土中，他精通马来语和华语，在吉隆坡大学毕业后，因其父多年来劳累成疾卧床不起，余友明责无旁贷地继承了父业，成为新一代橡胶大王。

余友明开办的橡胶加工厂不仅加工自家橡胶园割下的胶液，还收购其他小型橡胶园的胶液进行加工。他将橡胶的销售总部设在了首都吉隆坡，以方便经常与其他国家商人洽谈业务，从而完成了许多大宗交易。

余友明见多识广，思想开放。女儿余敏芝上中学时期，向他提出要到法国留学的请求。余友明是在大学堂读过书的人，他深知一个年轻人追求知识的渴望。经过和妻子一番商议之后，最后答应了女儿的要求，同意她去法国留学。

刘光元结识的另一个异国朋友便是苏联的乌斯诺夫，他是早一年来到日耳曼公学的社会主义国家学子，同样选择了法语专业。因此，他二人不但有着共同的学习兴趣，而且还有许多交流的机会。两个不同年级的学生是怎样相识，后来又如何成为朋友的呢？这还得从日耳曼公学成立校篮球队说起。球队要在各班级挑选身高体壮的学生进行培训，乌斯诺夫身高一米九当然应选，而刘光元身高在一米八以上，也同时被选进了球队。球队通过前期紧张艰苦的训练，后来多次参加与其他大学的比赛。乌斯诺夫主打前锋，刘光元则担当后卫。二人由于有着共同的兴趣爱好，随着时间的推移，便逐渐发展成无所不谈的知心朋友。

乌斯诺夫为有一个老革命的父亲而骄傲，他父亲在当地是个极富传奇的人物，曾任苏维埃伏尔加格勒市委副书记。这位高级党政官员看上去老实憨厚，满脸坚毅的神情。远在沙皇俄国时期，他是伏尔加格勒一家工厂的钳工；而在数年后的"十月革命"胜利之时，他一跃成为革命的功臣。因为他早年即参加了地下布尔什维克，还担任了工厂的支部书记，由于他组织工人在大革命中护厂有功，新政权成立后，他被选为该市市委委员，并在一年后升任市委副书记。

乌斯诺夫是一个性格直率的人，待人接物非常真诚，绝不向朋友隐瞒什么。乌斯诺夫在日耳曼公学的学习和生活是紧张而愉快的。三年之后，他顺利地通过了毕业考试，并取得了优异的成绩，先期回到了苏联。回到国内的乌斯诺夫并未实现他立志成为一名工程师的理想。由于他出身高级干部家庭，又是难得的留法高才生，到教育部报到的当天，竟然被坐镇在那儿选人的外交部官员看中，随即将乌斯诺夫本人连同他的学籍档案一并带回克里姆林宫。他乘坐黑色的伏尔加牌轿车通过宽阔的红场时，心灵受到了莫大的震撼，不禁对自己伟大的祖国肃然起敬。

两天后，乌斯诺夫被外交部派往苏联驻波兰大使馆任秘书。他在华沙度过了三年外交生涯后，又被调往苏联驻奥地利大使馆任商务参赞，来到了风景秀丽的音乐之都维也纳。

刘光元和余敏芝比乌斯诺夫晚一年毕业，也就是在这一年里，二人建立了恋爱关系。当初入学时只是普通同学，相互间并无多少接触，谁也没有特别注意对方。但随着两学期过去后，余敏芝慢慢地从刘光元身上看到了一个东方男人的魅力，他身材高大健壮，思维敏捷，生性乐观和善。特别是在篮球比赛场上，他运球的快速，传球的巧妙，那矫健的身影深深地印在了她脑海里，竟让她这个情窦初开的少女彻夜难眠，很快坠入了爱河。为了更接近刘光元，她时时寻找机会，学校的图书馆、食堂，只要有刘光元在那里，就能看到余敏芝婀娜多姿的身影。尤其是在篮球场上，她主动去帮刘光元抱衣服，每次都坐在最前面，目不转睛地看完整场比赛，球赛结束后，余敏芝便将他湿透的球衣拿回宿舍去洗涤，等到晒干后再送到刘光元宿舍，并将其叠好放在床上。

刘光元被余敏芝的热情和大方所感动，从心底感谢她为自己所做的一切。在那年暑假中，他主动邀请余敏芝到巴黎市中心乘船游览了水光滟滟的塞纳河，接着又去参观了举世闻名的卢浮宫和凡尔赛宫。夜幕徐徐降临时，他们信步穿过凯旋门，来到了埃菲尔铁塔下，仰头观望这座宏伟高大的建筑奇迹，不禁啧啧称赞。他们随后走到华灯齐放的巴黎街头，走过老佛爷百货店，只见这里霓虹灯闪烁，大街上人流如织，好一幅美丽的巴黎夜景。

夜已经深了，刘光元和余敏芝回到校园，竟然没有一点睡意，他们携手来到熟悉的篮球场，并在看台的台阶上相拥而坐，两张热乎乎的脸紧紧挨在一起，遥望着天空璀璨的星斗，低声规划着美好的未来。

从日耳曼公学毕业后，刘光元并未回到四川，而是随同余敏芝去了马来西亚的吉隆坡。余敏芝的父亲在这里购置了一处房产，为他们安顿了新家。

刘光元没有回到养育他的故乡，内心也曾经过很长时间的思想斗争。他四年前只身离开中国来到巴黎求学时，国内军阀混战，社会动荡，民不聊生的现状从未消停。刘光元热爱自己的国家，更眷恋养育过他的巴蜀大地；但内心却不知该如何去爱家乡，如何去报效国家。若是此时回到国内，如同深陷泥潭一般，定然学无所用。经过一番思量之后，决定先去马来西亚再做打算，回到中国那是迟早的事情。

余敏芝的父母对女儿学成归来非常高兴，并且对刘光元的到来表示真诚的欢迎。他们其实早就从敏芝的来信中，知道了刘光元和女儿的恋爱关系；今日见到刘光元这个未来的准女婿，他长得高大帅气，行事稳当得体，思维敏捷，父母从内心感到十分满意，暗自佩服自己女儿有如此眼光，追求到了自己的真爱。

余敏芝此次将刘光元领回家中，了却了父母亲一桩重大心事。这个未来的女婿竟如此优秀，父亲眼看自己多年苦心经营的橡胶公司后继有人，全家人都感到无比欣慰。

半年后，余家人便为余敏芝和刘光元在吉隆坡举行了简朴而又庄重的婚礼，新婚夫妻随即去泰国清迈度过了一段欢乐的蜜月。回到家中不久，他们便接受了父亲委以的重任，担当起公司的销售主管，全权负责世界各国的橡胶销售业务。

转眼间两年过去了，到了这年春暖花开时节，马来西亚政府举办了一次盛大的商务活动，邀请了世界各地商人和各国驻马来西亚的商务参赞参会，竭力向他们推销本国的橡胶、油棕和胡椒等产品。会议地址设在美丽的海滨城市马六甲。

在这次商务活动中，乌斯诺夫带领苏联外贸部的采购团队，率先走进了庞大的展馆。当他们来到华夏橡胶公司的展厅时，乌斯诺夫竟与迎上前来的刘光元意外相逢，二人感到一阵惊喜后，紧紧拥抱在一起，在场的人都不知所为何事。

原来，乌斯诺夫在两个月前刚被苏联外交部从奥地利调来马来西亚任商务参赞，他此次带领苏联采购团队，主要为了马来西亚的橡胶和锡，这两种原材料对苏联国内的汽车制造和军工产业至关重要。想不到今天在这里居然遇见了在巴黎日耳曼公学的校友，乌斯诺夫感到无比兴奋。

此次贸易谈判既顺利又愉快，供需双方随即约定：华夏橡胶公司每年向苏联出口四千吨制作汽车轮胎的优质橡胶，其价格比照出口欧美国家同等对待，购方先期预付百分之三十订金，全部款项由瑞士银行将卢布兑换成美元承付；运输路线由马六甲港起航，委托荷兰商船运往苏联北端波罗的海港列宁格勒。

乌斯诺夫在吉隆坡任职的几年中，成了刘光元家中的座上宾；刘光元也会在百忙中抽出时间，每逢节假日定要陪同他到马来西亚各地观光游玩。乌斯诺夫也曾多次到华夏橡胶公司的橡胶园和加工厂参观考察。他虽然身处异国他乡，但有了刘光元这个亲密的朋友，他逐渐对马来西亚产生了好感。

刘光元与乌斯诺夫无话不谈，乌斯诺夫将苏联国内不乐观的政治形势告诉给了刘光元，刘光元联想到了远在国内的弟弟一家，他下定决心要将弟弟全家接来马来西亚。于是，他急忙给弟弟写了一封很长的书信，要求他迅速变卖全部家产，赶紧举家迁往马来西亚。殊不知这封书信在战乱中历经了半年，最后才辗转送到了刘光辉手里。

刘光辉收到哥哥的来信已有些时日，只是抽不出时间到金堂走一趟。今天终于和亲家陈光钦见了面，他便将那封非同寻常的书信递过去，同时说出自己未来的打算，并表示完全相信大哥在信中所说的事情，决定马上带着全家人去马来西亚，到那里去投靠大哥。

陈光钦仔细地看完刘光元的来信后，心中不禁感到一阵惧怕，同时又为信中流露的兄弟情感到欣慰。他向刘光辉说道："你大哥既然在信中写得这样明白，你决定好了吗？这是人生中的大事情；若是真的到了那儿，兄弟间当然会有所帮助，说不定你们刘家将来还有大发展。"

刘光辉见亲家也赞同他去马来西亚，心里立即增添了勇气。但他今天来却为着另一件重要事，他认真地对陈光钦说："我想在离开三水关前，将我们两家儿女的婚事办了，这样也走得放心。"

陈光钦高兴地说道："亲家说的要得，我们陈家已经准备好了，就等选个良辰吉日办喜事。"

刘光辉说："那就好，我看下月初八便是宜婚宜嫁的好日子，烦劳亲家多操心了。"

陈光钦谦和地说："都成了女儿亲家，还说啥子操心不操心的话，你太见外了。"

说完这话，他二人会心地笑了起来。

陈家林在学校请了一个星期的假，专门回家完婚。初八这天，古城桥陈家院子热闹非凡，陈家林与刘玉芬的婚礼如期在这里举行。从此了却两家老人的一大心愿，同时也圆了一对新人的相思梦。婚后的数日间，小夫妻非常恩爱，形影不离。在陈家林假满返校的那天早晨，刘玉芬恋恋不舍，眼眶都湿润了，陈家林双手捧着她的脸蛋，依依不舍，哄着她说学校放假就很快回来。

当前，最让刘玉芬担心的是父母和两个尚未成年的弟妹。掰起指头计算日程，他们在自己婚后第二天便启程离开了三水关，现在恐怕还未走出四川境内，或许正跋涉在川南的崇山峻岭之中。他们会不会遇到什么困难？比如碰到穷凶极恶的土匪，溃逃下来的散兵游勇。这些天来，刘玉芬满脑子都想着自己的亲人，无时无刻不担心他们的安危。

刘光辉一家在女儿新婚后的第二天，便通过一个赵镇朋友的关系，找到一艘装载烟叶的顺水船，花了四块大洋的船钱，顺利地去了泸州，省了数日走路的时间。刘光辉这次之所以选择这条路线，是请教过曾到南方做生意的朋友，友人说不能走重庆经贵阳到广东，因为此时日军正大规模增兵两湖地区，意欲同我国决战于鄂西，双方陈兵数十万，战斗即将打响。日军的飞机时常投掷炸弹，无论走陆路或长江水路，都存在巨大的风险。那个朋友在云南当过兵，熟悉当地的情况，他建议刘光辉走泸州经宜宾直下云南，再过昭通和昆明，最后从蒙自、屏边到达云南边境河口。这条路现在没有战事发生，况且沿途少数民族民风淳朴、热情好客。

刘光辉听从了朋友的意见，从赵镇乘船到泸州码头下船后，一家人便开始了徒步前行。他们一路经过无数的峡谷，翻越过一座座陡峭的山梁。当走在一段湿润的茶马古道时，总能听到远处传来驮马队的过山铃声，由远及近，不知道他们来自哪里，将去向何方。临到途中相遇时，刘光辉一家人急忙躲闪在路旁，以便让马队顺利通过。这时，赶马人往往会将手中的长鞭向空中一扬，吆吼一声向陌生的让路人打着招呼。

走在路上饥饿时，他们就拿出前一日在路边小场买来的干馍吃，口渴时则到山涧舀来清澈的溪水喝。要是经过山中集镇，一有机会便雇来两架滑竿或小轿坐，以减轻旅途中的劳累，缓解紧张压抑的心情。经过了二十多天艰苦的行程，刘光辉一家终于从河口进入越南老街，然后转乘火车到达了河内。在这里停留了两天后，便联系到一辆中国军队的运粮车。

刘光辉一家到达海防港后，很快便通过汽车司机的帮助，顺利登上一艘开往香港的货船。第一次站在轮船的甲板上，看见波涛汹涌的大海，刘光辉感到无比兴奋，眼界忽然变得开阔起来，往日的郁闷和焦虑一扫而空。此时，刘光辉脑海里浮想联翩，他在憧憬着未来的美好人生。马来西亚对自己来说是个陌生的国度，自己能习惯那里的生活吗？到了那里该去干什么？是经商做生意，还是到中国人较集中的地方开家饭馆？也不知哪种行业更适合自己。这诸多的问题，他始终想不出一个答案来。又想起嫁到金堂的女儿刘玉芬，要不是与陈家林早有婚约，自己肯定将她一同带到马来西亚，日后也不会为她牵肠挂肚。从三水关洒泪惜别，到如今远隔千山万水，父女若要团聚，不知要到何年何月？刘光辉站在海风吹拂的甲板上，手扶船舷栏杆遥望着在海天间搏击风浪，展翅翱翔的海鸥，陷入深深的沉思中……

十七

一九四四年是个好年头，五凤溪难得遇到这样风调雨顺，牛角冲的农户们喜获小麦丰收，现在每家人的稻田里都长着沉甸甸的谷穗，坡上的苞谷地也结满紫红色花絮的苞谷，这令大家非常高兴。

八月中旬，阳光普照下的稻田一片金黄，收割的季节来到了，农户们全家出动，妇女手里拿着从镇上铁匠铺买来的锋利镰刀，男人身背脱粒用的拌桶，一大早便奔往自家田里，兴高采烈地开镰收割。

贺老大这些日子特别辛苦，从早到晚都有忙不完的活，在沟边的稻田里，坡上的苞谷地和红苕地里，时常都能看到他忙碌的身影。此外还有栽种的三十株血橙树，今年已开花结果，需要适时地修枝、防虫和施肥。收割完田里的稻子，又要掰下地里的苞谷，接着还要挖坡地上的红苕。一天劳累下来，他感觉到筋疲力尽。

要是在往年农忙季节，许多农活有大女儿青凤在家中帮忙，他绝不会累成今天这个样子。他记得很清楚，青凤去年正月间便嫁到赵镇田家去了，二女儿小凤当时说去给大姐送亲，可是到了赵镇后就再也没有回来。

大女儿青凤和田仕勋定下的婚约，是双方父母都应允了的，嫁过去也是情理之中的事情，并没有什么意外，只是做父母的实难割舍那份亲情。青凤出嫁之时，是田仕勋亲自上门来接的，为了赶在正月初八这个好日子拜堂，两地相距几十里路程，要是当天来迎亲恐怕赶不到；所以，田仕勋提前一天就到牛角冲将青凤接走，并将她带到旧城址的大爸家暂住一夜，第二天再雇花轿将她抬到河坝街家中拜堂成亲，不愿耽误这个良辰吉日。按照当地民间婚俗，女方家除了要有陪奁妆盒外，出嫁那天还要有送亲的人。贺家哪儿去找送亲人呢？贺老大的弟弟多年前就孤身一人去跑单帮，至今下落不明；嫁到竹篙寺的那个妹妹，也在前几年金堂流行的霍乱中死去。贺家要是有儿子送亲就好了，常言说："舅子去送亲，家中进黄金。"可是自己生的偏偏是三个女儿。

小凤听说要给姐姐送亲，立即自告奋勇，她从小在牛角冲生活，到现在已经十六岁了，竟然没有走出过五凤溪，更没有到过热闹非凡的赵镇。听大人们说，赵镇的水陆交通发达，商贸繁荣，有好几条大街，比起五凤溪狭窄的小街强多了。她心想趁这次给大姐送亲的机会，到赵镇去开开眼界，看看那儿的稀奇事情。

贺老大夫妇商量一番后，想着也找不到合适的人选，便点头同意小凤去为她大姐送亲。此时，站在一旁的玉凤按捺不住内心激动，一听父母居然答应二姐前去送亲，为什么没有想到让自己去呢？她不停地恳求父母，说自己要同二姐一道去为大姐送亲。玉凤的母亲见她态度坚决，深知这个幺女的犟脾气，嘴里说要干什么，就一定要去做，谁也拦不住她；若是现在不同意她去，临行时她犟着要走，你总不能强行拉住她手腕，让别人看笑话。况且玉凤现在长得与姐姐一般高，已经快成大姑娘了，她平素聪明伶俐，凡事都有自己的主见，母亲内心最喜爱这个小女儿。于是，她对丈夫说："让玉凤跟着去也好，我们要是今后想去看青凤，就叫她给我们带路，赵镇是个大地方，连我自己也没有去过。"贺老大觉得妻子说得有道理，随即点头同意了。玉凤得到父母的应允，甜甜地笑起来。

正月初八上午，田仕勋带着一帮吹鼓手和一乘大花轿到旧城址迎亲。青凤在屋内细心打扮了一番，穿戴上田仕勋拿来的凤冠霞帔，然后将一方红绸往头顶一盖，在两个妹妹的搀扶下，小心地迈出门来，坐上了停在门前的大花轿。花轿抬到中码头便停下来，因为往日的渡船已经停摆，此时中河正是枯水季节，河上搭起了由几只小船连接的浮桥，大花轿只能空轿通过。青凤将红盖头掀过眉梢，轻缓地走下轿来，徒步行走到对岸，迎亲的人和一帮吹鼓手，以及那乘大花轿随后也走过来，在王爷庙码头聚齐后，青凤又重新坐上花轿。起轿时，吹鼓手便开始吹奏起来，跟在队伍旁的小伙急忙点燃竹竿上的鞭炮，顷刻之间，震耳欲聋的鞭炮声响彻了河坝街。

非常巧合的是，田仕勋今天拜堂成亲的这件堂屋，正是二十年前父亲和母亲拜堂成亲的地方。二十年过去了，父母已经逐渐老去，而往日稚嫩顽皮的儿子却已长大成人。

婚礼按照习俗隆重举行，但今天来到主婚现场的赞礼先生不再是早些年那位头戴瓜皮帽、身穿长袍的老先生,而是一位身着中山装、彬彬有礼的年轻人。他便是两年前就离世了的韩先生的儿子。他们韩氏父子为田家的两代人主持了不寻常的婚礼,但婚礼的程序和赞词一点没有变化,就连那些娃儿们在玩游戏时都记得"先拜天地,后拜高堂,夫妻对拜,送入洞房"这几句调子。

婚礼进行之时,小凤和玉凤站在一旁看得津津有味,原来女孩子长大嫁人时还有这么多新奇的礼节、这么盛大的场面。她们心中不禁暗暗感叹:结婚竟然这般光彩和令人兴奋。

婚礼结束后,客人们纷纷拥到酒席前,男人兴高采烈地饮酒划拳,而女人则只顾埋头吃东西。小凤和玉凤很不习惯满屋子的酒气和烟味,于是相互使了个眼色,加快了吃饭的速度,很快吃完饭便离席而去。

小凤和玉凤并肩走在赵镇的大街上,心中感到很是惊喜。这里的街道远比五凤溪宽太多了,街上有许多商铺,而且生意都很兴隆。她们走到上正街最热闹的地方,这里人流如潮、摩肩接踵,一不小心就会踩到别人的脚后跟,小凤和玉凤不由得感叹道:"赵镇这地方好繁华啊!"心里很羡慕大姐能嫁到这么好的地方。她俩在不知不觉间走到了镇公所门前,忽见一群人围在那里,姐妹俩好奇地走了过去,想看看究竟发生了什么。她们朝里面观望,只见门口并排摆着三张大方桌,桌前挂着一个写着"招兵站"的布帘。这时,只见一个身穿灰色长袍、头戴黑瓜皮帽的胖男子哭丧着脸,不断点头哈腰地向坐在桌前的军人央求着:"长官,你们就行行好,将我的女儿放出来嘛,她现在还在中学念书,怎么能去当兵啊?"

坐在当中的那个军人立刻反驳他道:"我们要招的就是有文化的中学生,没有上过学的人我们还不要呢。"

遭到军人的严词拒绝后,那个胖男子的眼泪突然滚落下来,他扯起衣角,拭去泪水,再次恳求说:"我婆娘的心痛病随时可能发作,一旦知道她心爱的女儿当兵要走，肯定会气得死去活来。"

军人板着一副面孔，耐着性子训导着他："你女儿又不是医生，留在家里能治好你老婆的病？我看你还是趁早将她送到诊所去，如果这里的医院不行，就快点送到成都华西医院，这样或许可以保全她的性命。"

胖男子见军人说的话有理，一时间无言以对，但他仍不死心，转而又想出一个办法来："长官，我出个主意来解决，本人愿意拿出二百块大洋捐给抗战前线，只求您将我女儿放回家。"

军人听罢他这席话，脸上淡淡一笑："你要为抗灾捐款，这是件大好事。你将钱捐到乡公所去，他们会如数交给县政府的。我今天在这里，只负责招兵，不管捐款的事，你女儿是自愿报名当兵的，哪有用钱交换的道理？"

胖男子不肯罢休，便使出最后一招，他挺直身子对军人说："我们家女儿是许配了夫家的，跟男方已交换过生辰八字，去年就订了婚，如果你们今天将她带走了，我怎么去跟男方交代？"

军人听到这里霍地站起身来，用手指着他的脸，愤怒地说道："中国人都像你这样贪生怕死，早就变成亡国奴了。一天到晚只想自己过得舒服，就不顾国家的安危、民族的灾难！我们川军从抗战以来，有三百万人奋战在抗日前线，其中数十万人战死沙场，他们的尸骨至今埋葬他乡，这是为了什么？还不是为了保卫国家？要是我们不齐心协力团结抗日，你那个家庭也保不住。"

胖男子一下子被震慑住了，不敢再多言语。这时，大家踮起脚往镇公所内张望，只见里面十几个女兵已换上崭新的军装，嬉笑着为对方盘好一头秀发，再戴上一顶帆船帽，显露出飒爽英姿，一张张红润的笑脸像开放的花朵。

女兵换装这一幕，被挤在人群中的小凤和玉凤看得真切，小凤心想自己要能当上女兵那该多好啊!

听到外面乱哄哄的声音,那些换了妆的女兵相继走到门前来看个究竟。胖男子一眼看到身着军装的女儿,便立刻奔向前去,一把抓住女儿的双手,顿时泪流满面。正在这时,一个身穿白大褂的中年女人走了出来,她是成都华西医院的医生,此次是奉命来金堂招收女兵的。这位女大夫看见那对父女抱头痛哭,忙走过去安慰那个男子说:"我们这次招收的女兵,不需要拿枪上战场打仗。只是将她们送到华西医院培训,学习给伤病员打针、扎绷带、吃药这些事,然后到前线战地医院当护士,没有多大的生命危险。在我们医院培训,她们通过刻苦努力的学习将学到许多医疗知识。在今后的日子里,如果有一技之长,还可以到各地医院去工作,这是一件好事,不必这样伤心流泪。"

女大夫的这番话,使得小凤激动不已,她很羡慕这些女兵,看见她们那欢笑的脸庞,想即刻投身她们的行列中,然后穿上一身崭新军装,该有多精神。

围观的人群眼看事态已经平息,那个惹人关注的胖男子也不像先前那样哭闹,但他仍在喋喋不休叮嘱女儿:"你一个人独自在外,要学会自己照顾自己,要吃饱穿暖,切记不要吃生冷食物,免得拉肚子,生病了要赶紧吃药。"说话之间他的眼圈都红了。

小凤见人群慢慢散去,她突然拉起玉凤的手,对玉凤说:"我想去报名当兵。"

玉凤一时愣住了,她望着姐姐道:"你要去当兵?爸妈他们都不晓得呀,要不回家跟他们说好再来?"

小凤有些着急地说:"你看院坝里那些女娃儿穿上军装多好看,像是变了个人一样,如果现在不快点报名,恐怕时间来不及了。"

玉凤道:"要不然我们先对大姐和姐夫说一声,这样稳当些。"

小凤着急地说："大姐今天结婚，全家人都忙得不可开交，姐夫要应酬那么多客人，哪有说话的时间？"玉凤看姐姐涨红着脸，很理解她此刻的心情，便对她说道："你既然这么着急，就快去报名好了，我回头再对姐姐和爸妈他们说。"玉凤心中其实也很羡慕这些女兵。

小凤见妹妹也支持自己去报名，立刻高兴地说："要得嘛。"她随即大胆地走到招兵桌前，向负责登记的军人说："我要报名参军。"由于太紧张，她说话的声音有点颤抖。

小凤凭着自己高挑结实的身材，又读过几年小学的条件，女大夫将她带进屋内进行了例行体格检查，很快便被招兵站接收了。小凤穿上新军装的那一刻，心中非常激动。她借来旁边一位女兵的小镜子，看到镜中那个神采飞扬、红光满面的自己，连她本人也不敢相信，里面的女娃儿竟是来自五凤溪的乡间丫头，她流下了激动的眼泪。

玉凤帮姐姐整理好军装和军帽，细心地理顺飘逸在她鬓角的一缕秀发，然后站在一旁端详着她那苗条的身躯，姐姐穿上军装更加好看了。

接兵的大卡车是下午到达镇公所门前的，招兵军人领着女兵们从镇公所走出来，依次扶着车厢边门，踩着板凳上了汽车，车厢内挤满了年轻的女兵。军车周围站着许多看热闹的人，他们中不少人是第一次看见汽车，感到特别新奇。

玉凤目送姐姐走进车厢，旋即又回头向自己频频招手，这是姐妹俩最后的分别时刻，脸上的表情显得激动又茫然。

随着汽车引擎轰隆一声，司机接着按响了喇叭，看热闹的人急忙往两旁退让，汽车徐徐向前行驶着。

玉凤站在街沿上，望着汽车底部的排气管冒出白雾般的浓烟，目送着它驶过街的尽头。这时，她猛然想起要将这件事马上告诉姐姐和姐夫。于是，她加快脚步往河坝街走去。

青凤和田仕勋听到玉凤的讲述，心里感到非常惊讶，万万没有料到小凤走得这么突然，短短的一个中午就去报名参了军，还被运兵车送到成都去了。今天是自己新婚的大日子，忽然出现这种意想不到的事情，他们心中感到万般无奈，不知道该怎么办才好。

青凤随即拿定主意，她将婚礼中买来的糖果和两瓶泸州大曲装在一个篾篓里，吩咐玉凤明天一早就赶回五凤溪，将小凤报名参军的事向父母亲详细说明，要是他们感到伤心，一定要多说几句安慰的话，特别要说小凤当的是护士兵，不会拿枪上前线打仗，没有多大的危险。玉凤一面听着姐姐的叮咛，一面点头允诺着。

第二天清晨，田仕勋急忙匆匆赶到中码头，在蒙蒙的白雾之中，他挨个询问停靠在岸边的船家，为玉凤寻找去五凤溪的船只。一个艄公听到有人要搭顺水船，急忙从船中走出来，他问田仕勋准备到哪里去，田仕勋回答到五凤溪，艄公说："我们的船要开到泸州去，途中必然经过五凤溪码头，等吃过早饭便立即开船。"

田仕勋问他搭乘一个人到五凤溪要多少钱，艄公不慌不忙地伸出一根手指头对他说："一块大洋。"

田仕勋想要尽快送玉凤回五凤溪，也就不与他讨价还价了，随即便答应下来。他请艄公多等一会儿，说乘船的人还在河坝街，说着急忙转身往码头走去，艄公望着他离去的背影，大声地催促着："你喊人要快点啊，我们的船今天还要赶到内江码头过夜。"

江面上的雾气慢慢散去，天空也渐渐明亮起来。田仕勋领着玉凤，很快便来到那只船前，玉凤急忙踩着颤悠悠的跳板走上船去。田仕勋随后从衣袋里拿出一块大洋交到艄公手里说："劳烦你了。"他转身对玉凤吩咐了几句，便快步下了船。

玉凤坐在船头的矮板凳上，看着艄公解开拴在木桩上的缆绳，又回到船上抽回搭在河滩上的跳板，走到船尾把船舵向右一搬，那个壮实的撑船匠便将船撑离了江岸，船顺流而下，驶往前方的金堂峡。只见沱江沿岸的山峦郁郁葱葱，一群猕猴正在不远处的密林中攀爬嬉戏，玉凤曾在五凤溪街头见过外地人来耍猴戏，但从未像今天这样在大自然中看得如此真切，她目不转睛地看着树林中顽皮追逐的猴子，感到新奇有趣。

因为行的是下水船，船借助着江水强劲的推动力，不多时便驶过了九龙滩，转眼间便来到淮口那段宽阔的江面上。正在这时，却看见远处的淮口上空浓烟滚滚，靠江岸的那片吊脚楼火光冲天，站在船头的撑船汉子惊呼道："你们快看，淮口镇上遭火灾了。"

大火从淮口码头边的"八大帮"仓库燃起，顷刻间便殃及沿江的吊脚楼和街上的民房与商铺，熊熊燃烧的火势很快蔓延到"福建馆"，浓烟被大风席卷上天空。淮口那座最高建筑——瑞光塔，平日在江面上行船，很远便能看见它清晰的身影，但此时它却被冲天的浓烟所淹没。许多住在码头和江岸上的人纷纷提着水桶，匆忙跑到江边取水，然后奔向火场灭火，快速地往返于江边与火场，救火的人越来越多，火势随即也慢慢减弱下来。眼前的惊险一幕，玉凤看得心惊肉跳，她望着淮口上空被浓烟笼罩，想着不知烧毁了多少人家，心情显得很沉重。

船到五凤溪码头靠岸后，玉凤急忙走下船来，迈开大步回到牛角冲家中，她惶恐地站在父母亲面前，急切地将小凤在赵镇报名参军，并于当天下午被运兵车送到成都这件事，向他们详细地讲述了一遍。玉凤的母亲一时不敢相信，一个姑娘家怎么说走就走了呢？她舍得丢下家中的父母和姐妹，对自己的家乡毫无留恋？母亲顿时心生抱怨，为什么生下她这么绝情的女儿。想到伤心处，她的眼泪禁不住直往下流。这时，坐在一旁的父亲眼神木讷，他苦闷地紧锁双眉，额头上两道深深的皱纹微微颤动着，虽然他不像母亲那样伤心流泪，但其内心深处的痛楚，从那苦涩的面部表情便可看出，两个女儿都离开了自己的身边，使得他十分悲怆。

玉凤是个聪明的女孩，非常理解父母亲此时的心情，她急忙对他们说着安慰话："二姐当的是医护兵，专门给前线伤兵打针吃药，又不拿枪到前方打仗，不会有什么危险。"说完这番话，她起身到屋里拿来毛巾帮母亲擦去脸上的泪花，然后又走到父亲身后握住拳头轻轻地捶打着他宽实的肩膀，父亲随即闭上双眼，心中的愁云也慢慢消散。

母亲看到玉凤对父母这般体贴孝顺，心中更加疼爱身边这个小女儿，暗自盘算着，今后绝不让玉凤离开牛角冲，等到她长大成人后，就将她嫁到五凤溪附近，最好找一个入赘的上门女婿到贺家。

玉凤看到母亲凝视自己的眼神，不知道母亲此刻在想什么，但她心里明白母亲的眼里流露出来的是深深的爱意。这时，母亲忽然站起身来，走到她面前，用手指轻轻点着她的额头，不容置疑地说道："以后不准你离开牛角冲了。"

玉凤听到这番坚定的话，一时间弄不懂母亲言语中的含义，她望着母亲近乎央求的目光，不加思索地答道："妈，我今后绝不会离开您。离开你们我又去哪儿吗？"殊不知母亲此刻的愿望，将注定玉凤未来凄惨坎坷的人生。

十八

一九四四年春天，侵华日军为了阻断国军大后方为前线提供兵源和军用物资，加强了对四川的万州、涪陵，特别是重庆的空袭力度，每天都会派出数十架飞机从武汉机场起飞，一小时后便抵达这些地区上空，投下大量炸弹和燃烧弹，炸毁了长江沿岸多处码头和大片民房，炸死炸伤许多来不及躲避的无辜平民。每当警报响起时，人们都仓皇地从四面八方奔向附近的山崖，躲进临时修建的防空洞避难。为了防范日军飞机空袭，国军在重庆的琵琶山、中梁山、歌乐山，北碚和巴县等制高点架设了上百门高射炮，对敢于对来犯的飞机射击。

日军飞机狂轰滥炸大重庆之后，又把空袭目标扩大到更纵深的成都，成都是四川省府所在地，这里地处川西平原，物产丰富，经济十分繁荣，是现今国内重要的抗日大后方。国民政府为确保这个战略大后方的安全，请求援华美军飞机支援，美军顾问来川实地考察后发现成都附近的太平市机场和凤凰山机场跑道太短，机场面积过小，不适于美军大型轰炸机频繁起降。他提出若要美军飞机前来支援，务必要修建一个更宽大的新机场，并配备修建弹药库、油料库和军械库，以及飞行员及机械师的宿舍等。机场一旦修建成功，不仅可以确保成都地区的安全，还能与前线芷江机场遥相呼应，提供全面的战略支持，两个机场之间形成有力的空中走廊，有效地打击和牵制日军肆无忌惮的进攻。

国民政府依照美军顾问的要求，立即严令四川省政府火速选址勘察地形，务必在半年内建成一个新机场，若是谁贻误时机，地方军政官员一律以军法论处。时任四川省主席的张群亲自督阵调集多路人马，经过紧锣密鼓的野外勘察，最终将修建地址选在了成都北边的广汉县三水关。两天之后，省政府派出二十余名技术人员以及省财政厅、警察厅数名官员奔赴广汉，同时调动警备司令部一个营的兵力赶往三水关安营扎寨，迅速启动了新机场的建设工程。

省政府向机场所在地广汉县和临近的金堂县下达了措辞严厉的招工指令，限定各县必须在十日之内召集青壮民工两万人。为了强化管理，要求将民工按照军队中的营、连、排编制，由民工原籍的县、镇、乡长带队，负责民工日常工作的调遣和生活安排。届时，省政府将派驻机场专员到现场清点各县民工人数，发放全部民工所需的生活费用。

现在正值春季，地里的小麦刚施过一次肥，再无其他紧要农活可做，所以召集民工的事进行得很顺利，报名者也非常踊跃，在短短的三五天中，金堂在全县各乡镇便召集到两万三千人。这些被招进来的青壮民工都想趁现在农闲出来挣一份工钱，以补贴家用。

五凤溪是金堂较为偏远的一个乡，这次却招到民工一千多人。五凤溪由于地理原因，除了流经境内的沱江水道外，陆路交通非常不便，往西边成都方向要翻越将军顶，往北边去赵镇和县城要经过云顶山。住在当地的农民，很少有走出去见世面的机会，甚至不知道县城是什么样子。牛角冲的青壮年几乎全部报名当了民工，贺老大正值壮年，除去过淮口以外，从未到过其他远地方，最多就是每年去趟妻子的娘家长乐乡。这次听说县上召集民工到三水关修建机场，便在乡邻的邀约下高兴地到乡公所报了名。他听那些做生意的人说过，三水关的北边和南边都有河，农田灌溉非常方便，庄户人家种的水稻、小麦和大豆等年年都有好收成，贺老大真是羡慕那儿的环境。在报名回家的路上，他抑制不住内心的激动，妻子很理解丈夫的心情，知道他从未出过远门，作为家中的顶梁柱不能光固守在牛角冲山旮旯里。这次有机会出去闯一闯总算了却他的一大心愿，况且这次外出不过两三个月时间，回来还能拿到几块大洋工钱，挺划算的。

在抗战的特殊时期要修建偌大的一个飞机场，无论投入的人力和财力，还是建设速度之快都是极其罕见的，仅从金堂一次就招来了两万多名民工这点看，在该县历史上还从未有过。金堂的民工总队长由县长刘仲宣担任，下面分设十个大队，大队长由各地区长、镇长担任，中队长由乡长担任，中队之下再设若干分队，分队长即由保长担任。分队长每天在乡长督促指挥下,具体负责分派并检查民工干活,算是最忙碌的人。

机场占地达到万亩,涉及搬迁的农户一百多余家,接到广汉政府强行征用土地的命令后,佃户们赶忙退还所租田地,地主们则按照政府评估的价格拿出地契文书,将自己名下的土地忍痛卖给政府,土地一经脱手他们便拿着卖土地的钱,纷纷忙着收拾行装,携带一家妻儿老小到别处另谋生路去了。

在没有任何机械设备的那个年代,要在一大片农田上修建一个飞机场,而且必须在半年内建成,其工程浩大和艰巨程度都是可想而知的。

按照指挥部统一部署,由县长带领的民工总队各有分工,每个县的工作区域用石灰粉划线标明,规定了金堂、广汉两县的工作范围,责令各地按期包干完成。广汉的民工大多数住在工地四周,他们使用的运输工具多为鸡公车,几乎每家每户都有一架,主要负责沙石的打捞和运输,他们夜以继日将北河里的沙石打捞上来,分出大小不同的规格,每天通过鸡公车运到施工现场。然后还需调动部分民工手持铁锤,进行碎石工作,为后期铺设机场跑道做好准备。自从三水关机场开工以来,北河沿岸挤满了人,从早到晚人流如潮,数千人忙碌着开采沙石,不到一个月时间,岸边的沙石堆积如同数座小山。担负运输的鸡公车分别从几条小路将沙石运往工地,为了避免在中途拥堵,特别划出两条路专供返程的空车通行,这样便做到井然有序,同时也提高了工作效率。几个月来只见数条路上的鸡公车川流不息,每天都能听到鸡公车轮轴"吱呀吱呀"的摩擦声。

金堂的民工主要负责先期的场地整理,如铲除田坎、填平沟渠、伐树砍竹,此外还专门派出数百名木工和泥工,拆卸场地上所有的房屋建筑。仅仅用了二十天时间,场地便基本平整完毕。从大门外一眼望去,空旷的机场坝子竟看不到尽头。除了场地边搭着民工们住宿的大片帐篷,再也看不见一处房屋和一棵树。人们所看到的都是场地内民工勤劳忙碌的身影,以及帐篷后厨房中升起的袅袅炊烟，还有翱翔在天空中追逐春燕的两只苍鹰。

飞机跑道的基础工程非常重要，必须从底层加固夯实，地面的平整度要水平一致，并切实做好排水工作，地下要均匀地码上一层鹅卵石，然后在鹅卵石上面再铺一层沙夹石，这样要重复铺到三层，总厚度达四尺多。每铺一层都必须浇灌黄泥浆，从而保证卵石间的密实度，以利承受重压。地面表层要全部摊铺一尺厚的碎石，再进行反复夯实，夯实地面所用的十个大石磙是从金堂山中开采而来，每个石磙足有千斤重，石磙两端的中心凿有数寸深的方孔，用坚硬的楠木或者柏木做成一头方、一头圆的磙头，方的一头打进石磙的深孔中，圆的一头露在石磙外面，随即将一根粗麻绳一头结成活套，牢牢地套在圆头上，几个人将绳索的另一头搭在肩膀，便将石磙朝前往后拖动，用大石磙碾压地面，既确保了地面的硬度，同时又满足了平整度，有利于飞机的平稳起降。

数万民工在修建机场的过程中，生活紧张而又艰辛，他们中除部分人住在机场临时搭建的帐篷内，多数人则分别住在三水观周围的民房、破庙和学校中。各大队自办伙房，每天吃的都是糙米红苕饭，里面夹杂着谷壳和稗子，一日三餐全是盐萝卜干、牛皮菜、芹菜和南瓜等，炒菜时只在锅中倒进少许的菜油，然后舀一瓢辣豆酱与盐巴在锅里翻炒，看不见一点油腥。

民工们除了整日在机场劳作外，白天不准跨出机场大门，只有在晚间收工时才能回到驻地吃饭和睡觉，中间没有一刻休息时间。那些当初像贺老大一样抱着好奇心、梦想走出来开眼界的民工，终日承受着繁重的劳动，过着枯燥的生活，初来乍到时的那股兴奋劲已荡然无存。

在平整停机坪和碾压飞机跑道的同时，那些拆除房屋的木匠和泥瓦匠，将拆下来的屋架、房梁和青瓦通通利用起来，按照工程人员的规划，在机场两边迅速地建起一排排平房、仓库和一个数丈高的瞭望台，经过民工们四个多月的辛苦劳作后，一座宏大的飞机场已展露真容，只需最后一次摊铺完跑道上那层混凝土，机场便可大功告成。修建一条长达两千多米，宽约百米的飞机跑道，地面的硬度十分重要，否则难以承受大型飞机起降瞬间强烈的震动。

在修建机场的中期，由于工期紧迫，广汉和金堂两县不得不临时调集数千名中学生前往支援，这些学生最小的才满十三四岁，大的高中生也不过十六七岁，他们个子高矮不齐，由各校老师带队，全部穿上黄布童子军服，脚上穿着双草鞋，每人一个搪瓷饭碗。金堂县城和赵镇两地的学生从清晨出发，用了不到半天时间便走到三水关，当晚分散住在街上的学校和一座破庙内，有的则住进了几处大户人家中。此时正值盛夏，夜来蚊虫叮咬，学生们难以入睡，老师起床点燃由街上买来的蚊烟，顷刻之间，烟雾在屋里缭绕，蚊虫虽然被驱赶跑了，但烟雾呛得学生们咳嗽不止。第二天早晨起床，大家卷起床上的被盖草席，急忙吃完饭就排着队向工地进发，学生们一路高唱《童子军歌》，迈着不太整齐的步伐行进。学生们的主要工作便是到机场上码卵石，码卵石也不是一件轻松活，要求将卵石在地上码成密密麻麻的一层又一层，大小石头要平放均匀，不得高矮不齐；卵石码好后还要在上面浇灌黄泥石灰浆，随后再铺上一层粗沙。有许多年龄小的学生，在家从未做过如此繁重的活，因其体质较差，时常被烈日晒得晕了过去。中暑的现象每天都在发生，机场内临时设立了两处医疗所，几个医生在工地上跑来跑去，忙着为各处送降暑汤药。一天要熬几锅金钱草与蒲公英之类的降暑药水给民工和学生们喝，忙得一刻也不敢停歇。

下午的太阳更是火辣辣的，头上的草帽被晒得发烫，很多学生的手臂和双腿被强烈的阳光灼得脱了皮，蹲在地上累得腰疼时，只好双膝跪下来再继续码，没过两天许多人的膝盖都被磨破，十根指头也磨起了水泡。大家忍痛煎熬了半个月之后，机场建设已到最后阶段，工地开始陆续撤走人员，指挥部让学生们先行撤离。这时，学生们如同得到大赦一般，他们穿着沾满泥土的童子军服，带着满身的汗臭味回到家中，憔悴不堪的脸庞又黑又瘦，父母看到后心酸的眼泪直往下流。

在三水关机场基本建成时，民工和学生们随时都能看到机场跑道上一架架飞机频繁起降，不少高中生认得飞机上的英文字母，有 C17 大型运输机，B29 重型轰炸机，在日光的照射下，飞机机身闪烁着银白色的光亮。机场两边的仓库中堆码着大量炸弹和汽油桶，指挥官坐着一辆敞篷吉普车在机场内来回行驶，时刻调度着将要起降的飞机。大家有时还能看到运输机在忙着卸货，不断地从机舱中开出一辆辆卡车、装甲车和坦克车等，这令在场的学生和民工惊奇不已，大家看得目瞪口呆。

贺老大和一批五凤溪民工是最后离开三水关机场的，当他们看到那条长长的跑道延伸到远方，在早晨那一抹晨曦的照耀下呈现出熠熠的光亮时，心里有无限感慨，凭着数万名脸朝黄土背朝天的农民，居然能在短短的数月中建成这座偌大的机场！他们不懂得什么成就感，但内心深处觉得非常爽快。民工们在机场伙房吃过最后一顿早饭，怀里揣着昨天夜里在账房管事那儿领到的几块大洋，肩上扛着铺盖卷匆忙地走出了机场大门。

此时他们唯一焦急的是赶紧回家去给稻田薅秧施肥，期待着秋天有个好收成。

十九

陈家昆从延安抗大来到新四军的一年多，他所在部队先后辗转于苏、皖、浙日伪占领区，经历了二十余次战斗，在大别山与运河沿岸的战场上，到处都能看到他拼死杀敌的身影。当年纯粹的热血爱国青年，如今已锻炼成为一名英勇无畏的抗日战士。

这一年夏天麦收时节，驻扎在华东地区的日伪军突然对皖中和苏北进行疯狂扫荡，意欲消灭那里的新四军根据地。日军紧急调集了三个联队和四个旅的伪军，总兵力达三万人的先头部队，分别从射阳、新化和东台出发，向盐城猛扑过来。

在这次盐城反扫荡战斗中，新四军第一师奉命南下泰州，对那里的日伪军发起进攻，扫荡盐城的日伪军为顾及泰州的安危，必然慌忙分兵相救，新四军采用了这招"围魏救赵"的战略。第一师接到军部电令，立即急行军从兴化出发，沿着鲁汀河一路南下，第二天下午便到达泰州北边的华港与淤溪，力求形成对泰州的合围之势。华港和淤溪是泰州的门户，分别驻扎着日军一个两千人联队，以及汪伪军一个加强团的兵力把守，四周修有坚固的碉堡，更有纵横交错的战壕，可谓易守难攻。

陈家昆所在的第三团担任正面主攻华港的战斗任务，第二团配合从左翼进攻，第一团则在右策应。三团的战士很多是由苏皖根据地过来的，最擅长游击队和夜战，全团战士快速进入前沿阵地，等待着夜幕降临。

日伪军碉堡上的探照灯像往日一样投射出一束束刺眼的亮光，不停地照射在方圆百米内那片空旷的田野上。

焦急的等待过后，团长抬起手腕，时针已指到八点，于是一声令下："开炮！"顷刻之间，早已瞄准敌方的十几门迫击炮，由炮手拉动了引线，一发发炮弹雨点般落在了日伪军阵地上，瞬间发出巨大的爆炸声，只见一连串耀眼的亮光冲天而起，日伪军的碉堡被炸垮了，楼顶探照灯也随之熄灭。紧接着便响起一阵嘹亮的冲锋号声，战士们迅速跃出堑坑，纷纷冲向敌军阵地，双方随即展开了激烈的枪战。陈家昆带领一连战士冲在队伍前面，猛烈对敌射击并投掷手榴弹，这一切都在快速奔跑中进行，在茫茫的夜色中，他们的枪口上吐着耀眼的蓝色亮光。

日伪军面临新四军突如其来的猛烈进攻，顿时乱作一团，日军眼见形势对己不利，为了能尽快逃生，慌忙命伪军挡在前沿阵地，自己则先行撤出了战斗，退缩到华港营地内固守。伪军抵挡不住新四军勇猛攻击，纷纷向华港逃跑，许多来不及逃掉的，只得乖乖缴械投降，碉堡四周躺着无数日军尸体。

日伪军的重要据点被拔掉后，陈家昆马上率连队冲向华港日伪军营地，配合一团、二团从两翼攻击华港。华港内的日伪军眼看已被新四军团团包围，无力进行死守，准备实施紧急突围。日军挟制着数百伪军在前开道，慌忙向泰州拼命奔跑。突围战打得异常艰难，日军惯用一字型列队，多层次轮番开枪密集射击，很快在一团、二团之间打开了一个缺口。临近午夜时，驻守华港的日伪军冲出了新四军的包围圈。

攻打泰州只是为解盐城之危，在拔掉华港这个日伪军重要据点后，新四军各部奉命沿鲁汀河北上，连夜撤回到根据地待命。

等到扫荡盐城的日伪军主力部队回师泰州时，新四军早已不见了踪影。

在此次战斗中，陈家昆所在连队伤亡了十多名战士，他自己也不幸身负重伤，一颗子弹射进了他左肩下的肋腔。当他躺在根据地医院简易的病床上时，一位年轻的女护士急忙走来，用手解开他身上临时包扎的绷带，绷带早已被鲜血浸透，伤口上的血迹凝成了污红疤块，医生持刀小心翼翼地剥开伤口，为他取出肋腔内的子弹头，护士即刻上前为他清洗敷药，然后用绷带将伤口包扎好。

再说田仕泽一行五十余名青年远征军，当他们离开金堂时，受到县城众多百姓的热烈欢送。运兵车于中午到达成都凤凰山机场，大家下车便到饭厅吃午饭，不久便被一名高大的美军军官和一个戴眼镜的翻译催着赶紧上飞机，说是晚间南方气候不好，飞机必须要马上起飞。

大家听说要坐飞机，每个人都感到兴奋无比，急忙放下手中的碗筷，争先恐后地跟在翻译身后，向早已等候在跑道上的那架军用运输机奔去，很快便全部登上了飞机。随着机舱门快速关闭，飞机的发动机开始启动，震耳欲聋的轰鸣声使整个机舱都颤动起来，飞机在跑道上滑行着，速度不断加快，此刻大家都屏住了呼吸，飞机瞬间滑离跑道，腾空而起，众人的心脏在那一刻好像要掉下来，耳朵里嗡嗡轰鸣着。

飞机在数千米以上的天空中飞行，大家好奇地挤到机窗边向外观望，只见那变幻莫测的朵朵白云，漫无边际随风滚动着，青年的心胸豁然开朗，兴致勃勃地高唱抗日战歌："风在吼，马在叫，黄河在咆哮，黄河在咆哮……"当众人兴高采烈的时候，那个美军军官从驾驶舱走出来，向他们大声呵斥着，大家见他怒气冲冲，却听不懂他在叫喊什么。坐在前面的翻译急忙站起身来说："赶快回到你们的座位，飞机上不能挤到一块儿去，那样机身会失去平衡，有坠落的危险。"大家都感到事态严重，急忙回到自己的座位上，等到全部安静下来后，顿时觉得飞机比先前平稳了。

大约过了四个小时后，飞机顺利抵达了印度加尔各答。这时，孟加拉湾的阵阵海风吹来，一轮灼热的斜阳挂在蓝天上，大家走下飞机到停机坪集合，随后被人带到机场外一处营房住下。为了预防疾病，新兵们被喊到营房澡堂洗澡换衣，之后到军营食堂去吃晚饭。

第二天早晨，盟军指挥官对中国各地到来的远征军进行编队，他们分别被编到步兵、炮兵、通信兵和汽车兵各兵种，身高体壮的被派去当了步兵和炮兵，年纪较小、身材偏瘦的则被分去当通信兵与汽车兵。田仕泽这批金堂青年全部被分配到新一军教导总队，接受为期三个月艰苦而紧张的军事训练。

根据英美盟军总体部署，必须尽快攻占缅甸境内的军事重镇密支那，打通印度连接缅甸通往中国的交通运输线，这是中国远征军的主要作战目标。一九四四年初夏，中英混合突击支队奇袭被日军占领的密支那，一度攻占了密支那机场，从而打响了"密支那战役"。经过三个多月的激烈战斗，中国军队终于击败了日军，取得了此次战斗的最后胜利，但也为此付出了惨重的代价，中方军队伤亡人数多达六千余人。

当新一军的战士紧急到达密支那时，只见这里全是烧焦和炸毁的房屋，城里看不到一个人影，没有丝毫的生机。田仕泽第一次看到战争的残酷情景，感到胆战心惊。在密支那郊外的雨林中，随处可见士兵残缺的尸体，大片的树林在熊熊燃烧，密支那街头几乎找不到一间完整的房屋，这儿已成为一片焦土。

一九四四年秋，新一军向缅甸北部的巴莫地区挺近，开始围歼八莫至曼西地区的日军。在与敌人激战数日后，新一军强势攻下八莫。摆在新一军面前的下一个战略目标，无疑是日军的屯兵重地——南坎。南坎是中缅交通的要冲地，日军自从侵占缅北后，即在这里部署重兵防守。这年十二月，田仕泽所在的新一军突击大队，会同中国驻印新编三十师共三万士兵，沿着中印公路向南坎进发，在途中与增援南坎的日军二师团先头部队狭路相逢，展开了激烈战斗，双方军队多日僵持不下，一度成胶着状态。

在这之前，中国新编第二十二师已于十一月先后攻克南坎以西的曼大、西口、东瓜和芒卡，第五十师也同时在北方集结。英印军第十四军主力正与日军在曼德勒附近作战。

一九四五年一月，抗日联军经过一个多月的艰苦战斗，终于一举攻占了南坎，驻防这里的日军大部被歼灭，少数负隅顽抗的敌人则一路败退至腊戍。田仕泽所在的突击大队奉命追击逃敌。

比起八莫、南坎的阵地战来说，缅北的丛林战更为惊心动魄，异常艰险。日军兵败南坎之后，便立即撤退到原始密林中，他们丧心病狂地在树林中埋下了数以万计的地雷，阻挡着紧追不舍的远征军部队，新一师突击大队的一个小分队先期进入丛林侦察，他们踏进丛林不久便听到两处响亮的爆炸声，几个战士不慎踩到日军埋下的地雷，当场牺牲。

在缅北的丛林中，除了日军沿途埋下的许多地雷外，气候异常潮湿和闷热，遍地的蚂蟥和狂飞的蚊虫，还有许多青蛇在杂草枯树间蹿来蹿去，两支友邻部队进入丛林三天后即染上痢疾，许多战士因此病死于林中，新一师卫生队每天都发给进入丛林的战士一颗黄色药丸，预防痢疾的发生。

在缅甸境内近两年的抗战中，最让田仕泽震撼的是每一次对日军作战时，盟军都要付出巨大的牺牲，日军相当顽固，绝大多数士兵直到战死也不肯投降，他们仗着手中精良的武器、坚固的地堡和纵横交错的战壕，负隅顽抗，与盟军战斗到底。在战场上，远征军为了夺取日军阵地，几次冲杀均被日军猛烈的炮火挡了回来。连长、排长带领战士往前冲，许多战士倒下的那瞬间仍然保持着冲锋的姿态，手指还抠在扳机上。尽管战争如此残酷，远征军只能通过这种拼命方式，用众多士兵的血肉之躯去换得战斗的最后胜利。每次战斗结束后，很多往日的战友就不见了踪影，他们均死在异国他乡。当想起那一幕幕悲壮的战争场景，田仕泽忍不住流下了眼泪，所幸自己仅负了两次轻伤。他为那些永远长眠于缅北的金堂战友们暗自祈祷，愿他们在天堂之上过得更好。

二十

一九四五年八月十五日，这对中国人民乃至全世界一切爱好和平的国家人民都是一个值得欢庆的日子，日本终于被盟国军队战败，宣布无条件投降。东北人民在日军多年的肆虐下被解救出来，华北和华东广大地区从此摆脱了日军疯狂扫荡与烧杀、抢掠，经受抗战煎熬的西南各省人民，不再恐惧战争的蔓延和无休止的劳役及税赋之苦。

八月十五日上午，驻守桂北重镇全州的日军第四十师团数千士兵，一起床便感到外面情况异常，营房四周此时聚集着大批当地民众，他们兴高采烈地燃放着鞭炮。师团最高长官将全体士兵召集到操场，当众宣读了日本天皇颁发的《停战诏书》，士兵们如同听到晴天霹雳，顿时泪流不止。许多日军官兵歇斯底里地大声号叫着："大日本帝国没有战败，天皇万岁万万岁！"有两个日军军官情绪非常激动，立即拔出腰间佩刀，当场破腹自杀，尸体直挺挺地倒在操场上，鲜血顺着刀口冒出。全场官兵顿时哑然无声，陷入了死一般的沉寂。

这天上午，多架从芷江机场起飞的中美空军飞机，飞越过日军第十三师团和第四十师团驻地，机尾部拖着长长的红幡，翱翔在辽阔的蓝天上，向世人展示着抗日战争的伟大胜利。

地处苏北山区的新四军野战医院里，伤愈出院的陈家昆正在整理行装准备归队，院长突然走进病房，无比兴奋地向伤员传达日军宣布无条件投降的好消息。伤病员们听得热泪盈眶，激动地振臂高呼："打倒日本帝国主义！"

远在缅北的中国远征军新一军，田仕泽所在的先头部队正奔向腊戌追击日军，忽然听到从师部传来的日军投降的消息，战士们顿时欣喜若狂，相互奔走相告，有的对着山间密林大声呼喊，同时举枪对着蓝天射完枪膛里全部子弹。高兴之余，许多战士在宿营地忙着给家中写信，迫不及待地告诉日夜思念的父母亲，打完仗就该回家了。

这一天是中华民族举国欢庆的日子，无论城市还是乡村，在大街小巷，乡间院落，大批民众点燃庆祝胜利的鞭炮，脸上充满了喜悦，这是中国人民经历了艰苦抗战，最终迎来扬眉吐气的日子。

二十一

正当人们欢庆抗战胜利之时，金堂却遭遇了一次百年不遇的特大洪灾，从八月二十五日起，全县境内突降暴雨，沱江水位迅猛上涨，加之北河上游的广汉和什邡两地也是乌云压顶，普降大雨，骤然间滚滚洪水便流到赵镇。三十一日夜晚，洪水暴涨两丈，毁坏居民房屋一千多处，沿江低洼处的农作物一夜间被冲毁，被淹死者百余人，牲畜达两千头之多。在此次洪灾中，赵镇、淮口和五凤溪损失最为惨重。

灾情发生后，省政府拨付四百五十万法币给金堂赈灾，但因受灾面积广、人口众多，受损损失无法估量，灾民拿到手的钱也是少之又少。很多人无法重修房屋、投入再生产，因此他们不得不背井离乡去另谋生路，更有一些昏庸懒惰之辈竟然铤而走险加入了匪帮。

进入九月，金堂全县又爆发了霍乱疫情，这是因为洪灾之后，遍地的淤泥混杂着被淹死的家畜尸体及人畜粪便，空中蚊蝇乱飞，臭气熏天，加之居民生活用水都从江中提取，虽然用白矾将污浊的水加以澄清，但并未经过严格的消毒，致使病毒流行无法控制。在短短的一个多月时间里，全县死于霍乱人数多达五百余人。在县城外有处埋葬死人的北关山，每天都能看到哭哭啼啼到这儿来掩埋死者的人。家境好的抬着一口棺材走来，家里没钱的人买不起棺材，只得用一床草席裹着尸体，随便在一块空地上挖个坑将人埋掉。到北关山烧纸钱和香烛的人终日不断，痛失亲人的悲痛声响遍了空旷墓地。

曾文修的妻子廖玉贞就惨死于这场霍乱中，这让曾氏全家老小悲伤不已。丧妻之痛如同一声晴天霹雳，他顿时晕厥过去。一双可怜的儿女身穿孝服跪在那口黑漆漆棺材前泣不成声，直到腿脚麻木，忽然间倒在了地上。

廖玉贞死时还不满二十七岁，死前看着床前一双幼小儿女，泪水顿时从眼眶中涌了出来，到痛苦地咽下最后一口气，她两只眼睛仍睁得圆圆的，真是死不瞑目。

廖玉贞染病来得很突然，白天还是能吃能喝的正常人，到了晚上却卧床不起。她发病前两天去过一趟赵镇，因听说那里洪水已经退去，她便迫不及待地赶往赵镇娘家去探望父母和弟妹。她从县城西门口雇来一个挑夫，挑着几十斤大米、十斤猪肉以及菜油、盐巴等生活用品到了赵镇，她与挑夫走在满是淤泥的河坝街。当她来到父亲廖天云开设的那间茶铺门前，只见父亲和弟弟将裤管挽得高高的，用铁铲在屋里清除地上的淤泥，父亲抬眼看到女儿到来，心中格外欢喜，吩咐儿子将挑夫送来的东西拿进厨房。母亲和妹妹正在清洗锅盆碗筷，母亲很高兴地说："你回来啦！"廖玉贞随即付了挑夫的工钱，打发他先行回去了。自己则急忙卷起衣袖帮着母亲和妹妹清洗各间房子，然后将要洗的东西放进水桶中，亲自挑到河边去洗。挑水是她出嫁前在家中常做的事儿，每日要挑四五担才能将厨房的水缸装满，水缸装满之后她又从瓦罐中拿出一块明矾，在水缸里不断搅动，直到混浊的河水慢慢变得清亮为止。

廖玉贞和母亲开始做晚饭，小妹廖玉英坐在灶门前只管添柴烧火，灶膛里熊熊的大火将她那张苹果脸蛋映得通红。

这些日子来，廖家从未吃过今晚这样好的饭菜，桌子上摆着回锅肉、鱼香肉丝和红烧豆腐三道菜，嘴馋的小弟还未等大人开口，便忍不住夹起一片肉塞进嘴里，他边吃边说："这肉好香啊！"廖天云用拳头捶着自己的腰背，脸上露出痛苦的表情，他接着自言自语道："看来还要喝两杯才能够缓解。"母亲见他累得腰都伸不直，随即从柜子里拿出一瓶盐井曲酒，小妹转身去厨房取来酒杯放在父亲面前。廖天云微笑着拿起酒杯自斟自饮起来，这顿晚饭吃得既开心又解馋，全家人有说有笑，非常高兴，谁也未曾料到这竟是廖玉贞同家人的最后一次晚餐。

吃过晚饭之后，姐妹俩忙着收拾碗筷，然后一家人便围坐在饭桌前摆起了龙门阵。当说到赵镇这次特大洪灾时，大家都不免心有余悸。记得二十五日那天，北河率先涨水，天黑时便淹过渡船码头的台阶。第二天清晨，当人们起床时，猛然发现中河水也开始暴涨，只见王爷庙码头上那条停靠在岸边树下的渡船，已被河水抬高到树中间，船身紧紧挨着两根粗壮的树干，被滚滚洪水冲撞得摇来晃去，这些日子天空乌云密布，连续不断的大雨使得北河、中河和毗河的水位猛涨。站在王爷庙前望去，对岸中码头那片低矮的房屋已被混浊的河水全部吞噬，偌大的龙威坝已变成一片汪洋，很难看到一处房顶。王爷庙所处地势较高，这里聚集着许多避难的人，他们均为河坝街的居民。河坝街紧挨中河旁，是赵镇地势较低的地段，每逢涨水年份，这里与对岸中码头必将被洪水淹没。廖天云回忆说，他在赵镇生活了四十余年，从未见过像今年的洪水般迅猛，由于沱江上游连续几天的倾盆大雨，赵镇被淹得像个大湖泊。因为沱江上狭窄的金堂峡阻挡大水顺畅流出，洪水泛滥成灾。赵镇往年的洪水暴发期多在七月份，可是今年的汛期却发生在八月，往后推迟了二十多天，而且来势之猛、洪汛期之长都是前所未见的，住在河坝街的居民饱经水患之苦，每年汛期来到时，各家各户总是提心吊胆。只要看到河水淹过街面，大家便急忙收拾衣物被盖，慌慌张张地搬到王爷庙去避难。那些有楼房的人家早早就将值钱的东西和床都搬到楼上去住了。

大家摆了一阵龙门阵后，忽然听到街上传来清脆的梆子声，廖天云急忙收住话题，站起身来，对儿女们说："都打一更了，大家累了一整天，快些回房睡觉去吧。"

廖玉贞与妹妹同睡在一间床上，姐妹俩已有数月时间没有见面，当然有许多知心话要说。她问妹妹中学毕业后想做什么,廖玉英说读完书想当老师,所以必须去成都上师范学堂。姐姐又问母亲跟她说过嫁人的事没有,玉英红着脸说:"我才不想那么早就嫁人,嫁了人让婆婆管着一点儿不自在。"玉贞抿嘴一笑,右手指轻轻点着妹妹的鼻梁,似责非责地说道:"嫁人自有嫁人的好处,你看谁家会留个老女子在屋里养着。"

　　玉英不想跟姐姐争论嫁不嫁人这件事,她告诉姐姐说:"这次特大洪水将河坝街淹得最惨,许多平房都淹过了屋檐,有楼的人家都搬上了二楼。"

　　玉贞这时猛然想起隔壁邻居郑二爷来,她忙问玉英:"今天怎么没有看见郑二爷和郑二娘他们一家人呢?"

　　玉英眼圈一红,声音哽咽着说:"老两口都死了,涨大水那天晚上就被活活淹死在屋里头,等到洪水退去之后,有人才在他家发现两具被水泡得胀鼓鼓的尸体,是镇公所派来的搜尸队,在保长、甲长带领下将他们抬去掩埋的,只裹了两床旧凉席,就葬在蟠龙寺半山腰。听说赵镇这次被淹死的几十个人都埋在那里。"

　　玉贞深深叹了口气说:"郑二爷他们老两口这辈子无儿无女,日子过得孤苦伶仃,到头来死得这么惨,真是太令人伤心了。"

　　玉英向姐姐讲完郑二爷老两口的悲惨遭遇后,便倒在床上睡去了。玉贞将被子轻轻盖在她身上,接着不由自主地打了个哈欠,她转过身去吹灭了床柜上的油灯,睡在了妹妹旁边。

　　廖玉贞从赵镇回到县城的第二天,突然感觉全身痉挛,头脑发胀。起初还以为是在赵镇过度劳累所致,并未引起重视,认为睡一觉便可恢复。谁知到了天明时病情愈发严重,这才赶忙到大东街那家医馆看病。医生皱着眉头仔细把脉问诊后,脸色骤变,脱口惊呼道:"这是霍乱症!"他当即告诉曾家人说,这种病现今无药可治,并一再叮嘱切勿近距离接触病人,以防被她传染。医生说完这番话,急忙走到水盆边用肥皂反复清洗双手,显得非常紧张的样子。

曾文修将妻子接回家后,便将她安顿在一个单独房间住下,不准一双儿女靠近他们的母亲,一日三餐及端茶递水全由自己亲手送去。但此时的她已不能张口进食。很好的饭菜摆在桌上,竟连筷子都没有动一下。仅仅过去了两天,玉贞便躺在床上断了气,死时满脸痛苦的表情,眼眶里还噙着泪花。

曾文修强忍着心中的悲痛,到南街的棺材铺买来一口黑漆的柏木棺材,装殓着妻子的遗体,并将其安葬在姚渡曾家寨子的祖坟山上。同时把她生前所穿的衣服、盖过的被褥全部焚烧掉,以杜绝病源殃及其他人。

金堂这场大规模的霍乱,真凶便是洪水泛滥引来的病菌传播,并未得到有效的疾控。然而那时大多数沉湎于迷信的人却惊恐万状,惶惶不可终日,一时间谣言四起,有的说东家那座大院朝向不对,南北不对称,因而犯了煞;有的又说西家院内那口井,三十年前便有个怨妇跳水身亡,至今阴魂不散;更有甚者,竟然说西街的陈家祠堂正屋上那根挑檐,在夜间时常发出怪异声响,使得陈家后辈惊慌不已。

曾文修对传言虽然半信半疑,但最终还是请来姚渡黄泥塘远近闻名的阴阳先生,据说这位钟先生很有道行,什么隔墙取物、下阴间寻人问事、预测未来的福祸等无所不会。他来到曾家之后,还未落座,身上立即打了个寒战,于是急忙取出随身带来的罗盘,拿在手上左顾右盼,走遍了所有的屋子,最后来到天井中站定。他将罗盘端在胸前,抬眼向天空望去,过了片刻,他的眼神忽然一亮,急忙指着旁边的屋子对曾文修说道:"这间老屋杀气太重,与你的命相有冲撞,今后切不可在此居住。"

钟先生的这席话,将曾文修说得心神不安。这天夜里,他看着床上一双熟睡的儿女，暗自流下了眼泪。他反复想着钟先生所说此屋不可居住的话，那自己该如何是好？是继续留在县城做油米生意，还是到别处购置房产做买卖，他始终拿不定主意。后来，他忽然想起远在成都的大叔曾宗廉，记得今年清明节时，他曾回到姚渡曾家寨子祭祖，自己曾与他做过一番长谈，而且谈得很融洽，大叔建议自己将米铺开到成都去，说那里的生意比金堂好做得多。虽然那时也动过去成都的念头，但胸中却没有足够的信心，因此也就是顺便摆谈一阵罢了。如今家庭中发生了巨大变故，也到了该做出抉择的时候。

在叔辈当中，曾文修心里除了父母之外，最敬重的人便是大叔曾宗廉。大叔早年勤学好读，在金堂中学毕业后，赴成都报考四川大学，并以优异成绩被录取，就读于政治经济系。他毕业之后，到泸、宁等地考察长江下游的经济状况。在抗日战争中，他毅然投笔从戎，担任了川军黄隐部一二六师政治处主任。数年的军旅生涯，练就了他果断、刚强的军人品格；苦战到抗战胜利以后，适逢军队限令缩编，大叔解甲还乡。在姚渡曾氏家族里，若是提起大叔曾宗廉，没有一个人不佩服他。

大叔安家在成都西门四道街，他之所以把家选在这里，主要是为了方便在花牌坊教书的大婶。大婶毕业于成都蓝虹艺专，受聘在花牌坊小学教音乐课。她为人贤淑大方，每年清明节都会随同大叔回金堂为祖先扫墓，始终没有忘却做人的根本。

大叔原本就是读经济学的，他说成都比金堂的生意好做有诸多原因。成都居住人口稠密，生活物资消费量大，很有发展势头，比如他所住的四道街，周围便有黄瓦街、长发街和宽窄巷子等，这里住着许多有钱人家，买任何东西也不苛求价格高低，日常必需的油米和柴盐酱醋，只图买得方便适用就好。若是在这几条街上选个好店铺，做起生意来肯定能赚钱。

经过数日反复思考后，曾文修决定到成都去闯荡一番。虽然心里没有必胜的把握，但凭借自己多年的经商本领，只要有人居住的地方，就离不了买米煮饭；更何况成都是四川省城，全市大街小巷无数，居住的人口不知比金堂要多几十倍，购买力应该非常之大。做大米生意是自己的本行，经营起来可谓轻车熟路，曾文修在这一点上还是信心十足的。但遇到如此大事，必须去征得父母的同意才行，于是，他决定要回一趟曾家寨子。

第二天早晨，曾文修安排好伙计经营米店的生意，自己便带着一双儿女从县城出发，半晌午即走到了曾家寨子。曾义儒看见大儿子带着可爱的孙儿回到家中，心里非常高兴，他伸出双手躬腰抓住向他跑来的两个孙儿的小手，爷孙有说有笑地亲热起来。

曾文修有要紧事情对父亲谈，急忙吩咐孩子到后面婆婆屋里去耍；自己则与父亲去客厅，等到父亲落座之后，他立即将自己打算到成都开米店的想法说出来。父亲听了并不感到意外，他知道前些日子霍乱流行时，县城里死了不少人，其中就有自己大儿媳妇在内，她丢下一双年幼的儿女便撒手人寰，做公婆的心里感到十分难受，落得白发人送黑发人的伤心局面。后来又听到黄泥塘的钟先生说，儿子必须搬家才能免祸，可究竟搬到哪儿去呢？这些天来，曾义儒也在为儿子着急。在金堂本地，除了县城以外，就数赵镇最繁华，那儿有沱江上游最大的中码头，每天停泊在这里的商船有数十艘之多，码头上过往的商人，船上的艄公、纤夫及搬运工人数众多，他们都需要煮饭吃，做油米生意很好赚钱。但赵镇这个地方最令人担忧之处，就是洪水连年泛滥，几乎两三年内便要涨一次大水，地势较低的河坝街及中码头每次都难免遭灾；在这里做生意没有长久的安全感。若是要到邻近的新都或广汉两地做去大米生意，恐怕自己家没有多大优势，因为这两处都是产粮大县，肯定有不少粮油商家参与竞争，很难在一个陌生的地方闯出一条路来。思前想后了许久，还是到成都做生意最有前途。此时，曾义儒心里完全认同大哥曾宗廉的建议，他当即向儿子表明自己的意见，支持他到成都去发展。

曾文修得到了父亲的首肯，那颗犹豫不决的心总算踏实了。他接着向父亲讲述自己的生意计划：第一步先到成都调查市场行情，选择在哪条街道经营，落实营业铺面。第二步寻找合适的进货渠道，若要在成都卖米，不可能从金堂境内采购，那样运输路线太长，成本必然升高，就近采购才是最好的办法，比如在北方到天廻镇与三河场一带进货比较近便；若是在成都西门开店的话，去郫县土桥和犀浦进货最划算，或到温江的苏坡桥或文家场采购也可以，这两县的土壤和气候基本一样，是川西平原最好的产粮地，民间时常赞誉"金温江，银郫县"，足见这儿土地肥沃，稻谷品质上乘，大米货源相当丰富。第三步便是卖掉自己现在的北街米铺，将全部资金转移到成都重新开始。

曾义儒听完儿子的全盘规划，打心眼里赞赏他有经营头脑，具有一个成熟商人的精明干练。高兴之余，他立即向儿子表示，如果资金不够，尽管开口便是，几千上万块大洋，家里随时都能拿出来。面对父亲如此无私的关怀和支持，曾文修到成都发展的信心更足了。面对眼前慈祥的父亲，他感动地掉下了眼泪。

曾文修现在最大的难题是这次去成都至少需要半个月时间，这期间自己的米铺由谁来照料？虽说雇有两个伙计负责日常买卖，但让他们长时间收钱记账，总是叫人不放心；若是能找个比较亲近的人到店铺中收钱记账就好了。

曾义儒沉思了一会儿后，突然想到了一个合适的人选，那便是即将过门的二儿媳马莲秀，她在县城读过初中，既能写又会算，在家里帮着父亲打理小酒馆生意。马莲秀和儿子曾林修的婚事，是今年春天就谈妥的，他亲自到县城八仙桥与女方父母见了面，并送去了一份丰厚的彩礼；随即便请算命先生推算出黄道吉日，婚期定在这年腊月初八举行。为此，曾义儒

风雨人生　245

还专门为儿子在县城槐树街购置了一处小院，随后又请来木匠定做了全套家具，只等他们结婚那天就搬进新房。

曾文修听父亲提出请未过门的弟媳妇来帮助他，当然满心欢喜，但他担心性格刚强的马拳师是否愿意让他女儿来帮忙。

父亲笑着对儿子说："那不碍事，我曾与马拳师打过几次交道，觉得他为人和蔼开朗，是个通情达理之人。再说他女儿迟早是我们曾家媳妇，帮助曾家人干事也算是自己的事，他哪能够见外？"

曾文修一面点头称是，一面催促父亲尽早过去跟马拳师商量，自己准备两天后动身去成都落实那边的生意。父亲满口答应儿子的要求，说明天便带着二儿子曾林修一同前往，保管没有问题。

曾义儒为了解除儿子的后顾之忧，将一双孙儿留在了曾家寨子，自己雇人来照料他们的生活起居。从大儿媳病故之后，经营米店和照料儿女的双重压力，使得儿子终日疲惫不堪；做父亲的只能看在眼里疼在心间。如今，大儿子将一双女儿带回姚渡来他总算放下了心，可以让曾文修专心去做成都的买卖了。

吃过午饭后，曾文修忙着要回县城料理米铺的生意，就在他跨出门槛时，父亲急忙叫住了他，转过身从抽屉中取出一封信递到他手中，说道："这是你三弟曾大修从前线寄来的，拿回去抽空好好看看。"

曾文修与三弟已有四年没有见面了，心里总是时常挂念着他；他从成都师范学堂毕业便到本县五凤溪小学教书，殊不知刚过去一年时间，便在国家和民族生死存亡关头，毅然投笔从戎，紧随大批川军去了抗日战场，真不愧是刚强的铁血男儿。

抗战胜利之后，各地邮局业务逐渐得到恢复，这封信是曾大修离别故乡数年中，第一次寄回的家书，几页信纸上写得密密麻麻。在这封长信中，他向父母及兄长们讲述了这些年在战火中生死攸关的经历。

曾文修迫不及待地想知道弟弟在信中说些什么，于是将信纸从信封中抽出来，拿在手上边走边看。这不是一封普通的家书，它是一部从金堂走出去的抗战青年的战斗史实。看完这封信后，他得知曾大修在抗日战争的硝烟中九死一生，曾在多次同日寇激烈的拼杀中，立下了不少战功；然而却在一次战斗中不幸身负重伤，被担架抬进了战地医院。正当他在医院疗伤之际，日本军国主义在中、美、苏三国强大的军事攻势下，被迫宣告无条件投降，一场旷日持久的战火终于熄灭了。接着，弟弟又在信中说，他伤愈出院不久，便收到军部的书面通知，凡在抗战中立有战功的各师、团基层军官，务必要再次深造。因此，曾大修被派往黄埔军校武汉分校学习。由于他文化基础甚好，校方指定他专攻大兵团战略战术课，目的是为在抗战中受到重挫的国军补充大量有指挥才能的中、高层军官。这期间，他原来所在的川军部队已全部撤回川内，进行了限期三个月的缩编裁员，为长达八年之久的三百万川军抗战历史画上了句号。

曾文修读完这封辗转从武汉寄到金堂的家书，内心为弟弟感到庆幸，作为一名抗战军人，在血与火的残酷战斗中能够活下来实属不易。虽然他身负重伤，但如今已完全康复，并且跨进了黄埔军校。

曾文修收起这封信来，小心地揣进自己衣服口袋里，他想着还需将这封信交给二弟曾林修再看。

第二天清晨，曾义儒急忙吃过早饭便走出曾家寨子，他要赶去县城东门外的联防大队找儿子曾林修。当他跨进玉虹桥联防大队的门槛时，正巧曾林修操练结束，他一眼望见父亲到来，心想家里必定有什么事发生，不然父亲绝不会亲自来到联防大队。父子俩相见后，父亲要他一同去趟马拳师家，要说的话在路上边走边谈。

曾林修从父亲口中得知大哥准备去成都做生意，并说是大叔曾宗廉建议他这样做的。自从大嫂死于那场霍乱之后，大哥一时间失去了家庭依托，时常精神恍惚，面容憔悴。如今想换一个地方去生活，应该是件大好事，更何况大叔在成都肯定要全力帮他。当说到要自己尚未过门的妻子去大哥米铺管事时，他不禁担心起来：马莲秀只是未见过世面的姑娘家，怎能担当如此重任？但他又不好拒绝父亲与大哥的要求，这件事只能等到与马家人见面之后再做决定。

父子俩迈步走到八仙桥马家酒店时。因离中午尚有一些时辰，店里看不见一个喝上午酒的，除了几张干净的柏木方桌及四周的长板凳之外，店内竟是空空荡荡的。曾林修让父亲在店堂中稍坐，他独自走到后院，看见师傅正在那儿练功，双手发力托起一对数十斤重的石锁，他不动声色地站在一旁观看着。

马德华抬眼看见这个未婚女婿的到来，急忙放下手中石锁，披上那件褪了色的蓝布长衫，笑着问道："你今天怎么有空闲到这里来，有啥子要紧事情？"

曾林修急忙告知说自己父亲到县城来了，有件重要的事要找他商量。

马德华听说亲家公今天亲自登门，想必有很要紧事情，他二话不说，即刻同曾林修走到前面店铺，满脸堆笑地对曾义儒说："亲家公真是稀客，您近来身体可好啊？"

曾义儒急忙站起身回敬道："你我大家都好。"

马德华走到柜前，取出两套茶具，然后从一个小瓷罐中捻出一小撮茶叶放入茶碗中；曾林修走到柜台旁边提起一瓶开水，帮着他冲泡好两杯茶，随即恭敬地将一杯端到父亲面前，又将另一杯递到刚落座的师傅手中。

曾义儒看见笑容可掬的亲家公，便毫不犹豫地将打算要他女儿帮着照料米铺的事说了出来。

马德华得知曾家的大儿子要到成都做生意，这可是女婿家中的一件大事情，难怪亲家公这么急着来找他。当听说要自己女儿过去帮忙时，心里却感到有些担心：他知道女儿虽然读过几年书，人也聪明机灵，可她从来没有独自做过生意，若是做不好恐怕会影响到两家人的关系。

曾义儒见马德华面带难色，急忙解释道："其实也不是要她单独去做生意，只不过是每天坐在柜台收钱和记账，其他的进货与销货都不需要管，店铺里自有两个伙计料理。"

马德华听他说得如此轻松，心中的顾虑也打消不少，再看亲家公一副着急的表情，怕从中产生误会，还以为自己不愿让女儿去曾家帮忙，因此也不再多想什么，立即满口答应道："就这么简单的事嘛，喊她马上过去便是了。"

曾义儒做什么事都想得周全，急忙说道："这件事可得问问亲家母和莲秀姑娘愿不愿意啊。"

马德华性情耿直，答应下来的事无论如何也要做到，他转身对曾林修说："你去厨房将莲秀喊出来。"

曾林修刚走到厨房门口，就闻到一股扑鼻的卤香味，只见马莲秀正在往沸腾的卤水锅里添加八角等香料，然后又撒上一把细细的盐巴，接着拿起汤勺舀了点卤水欲尝一尝味道。曾林修快步走到跟前，关切地说道："小心烫着你的嘴。"马莲秀转过身来，将汤勺递到他的嘴边说："你快来尝尝味道怎样，盐味重不重。"

汤勺里依然飘着热气腾腾的白烟，马莲秀鼓起腮帮连续吹了几口，等到热气散尽后，便说道："这下不烫嘴了，你快尝一下。"曾林修这才张开嘴，伸出舌尖品尝着汤勺中卤水的味道。马莲秀在旁边催问着："你觉得可以不？"曾林修连连点头称赞道："这味道真不错。"

马莲秀听到他准确的回答后，立即动手将放在灶台上洗干净的一块猪

风雨人生

头肉，几只猪耳朵、猪蹄子和两坨黄牛肉放进锅中，然后盖上被油烟熏得发黄的篾编锅盖。这口卤锅中的几样下酒菜，是马家酒馆里每天必备的，缺少一样都不可以，那些食客的嘴刁得很，要是没有可口的下酒菜，他们便拔腿走人，这桩生意就做不成了。

曾林修见马莲秀有条不紊地将事做完，这才对她说父亲正在找她。马莲秀听说未来的公公来到家里，心想肯定有什么重要事情，她看了一眼站在身旁的曾林修，有点责怪地说道："你怎么进厨房时不说，耽搁这么长时间，不怕爸等久了不高兴？"

曾林修像个理亏的孩子似的无话可说，只是抿着嘴笑了笑，他在这个未来的媳妇面前认输了。

马莲秀解下腰间的灰布围裙，将手伸到鼻尖闻了闻，忙对曾林修说："手上好大一股腥味，我到井边去将手洗干净就来，你去帮我添把柴火在灶里面。"

过了一会儿，曾林修和马莲秀快步来到前面，马德华果然责备女儿说："我与亲家公把茶都喝凉了，还看不见你的人影子，厨房里有好大的事！"

马莲秀见父亲责怪自己，当即露出尴尬的微笑。曾林修赶紧站出来解释道："我进去看她手中的活太多，心想等她做完事再说，所以没有即刻告诉她。"这时候，马莲秀的母亲洗完一盆衣服晒好后，也从后院走了出来，笑着向曾义儒打起招呼。

马德华见妻子同女儿到来，便对她母女俩说："亲家公这次来有件紧急事，主要是曾家在北街开的米铺需要找个收钱管账的人，并指名要喊莲秀过去帮忙。"

妻子听了丈夫这番话，有些担心地说："莲秀长这么大，从未见过丁点世面，哪有本领当管事先生啊？"

曾义儒见她心中疑虑，便笑着对她说："亲家母不必担心，记账收钱这件事，只要她心细和能写会算就行，不需要见多少世面。"

马德华寻思收钱与记账并不难，无非是每天坐在柜台前写写算算，自己曾见过女儿和酒馆顾客结账时，小手指在十五桥的算盘上拨得很灵巧，从来没有算错过一回。此时，作为一家之主的马德华轻轻拍了下桌子，随即做出了决定："话不多说了，现在就把这件事定下来——莲秀明天早上便到北街米铺去帮忙。家里的事从今不用再做了，专心将铺子里的钱和账管好就行。"

马莲秀是个聪慧的姑娘，她很乐意去曾家帮忙：一来自己不久就要与曾林修结婚，一旦嫁过去便是曾家人，他大哥的米铺说到底也是曾家的呀，现在就过去帮忙，算是提前走进了他们曾家；二来是以后嫁到了曾家，自己又该做些什么？这时她脑子里始终思考的问题，要是成天住在槐树街那座小院无所事事，那还不闷死人了。她想趁这次去大哥米铺帮忙之际，也许会学到许多做生意的门道，自己往后也开间铺子做买卖，人活一辈子不能只依靠男人——这是她心底的一个秘密，从未告诉过任何人。于是，她很乐意地回应道："我听我爸爸的就是了。"

母亲在一旁笑了笑，轻轻拍着她的肩头说："你行不行啊？一个黄毛丫头就要去当管事先生。"

曾林修望着未婚妻一张红润的脸上安然自得的神情，她居然毫无顾忌地答应去大哥的米铺，便笑着打趣地说道："我们曾家明天就要冒出一个女管事，恭喜你啊。"

马莲秀听到曾林修这句取笑话，脸唰地一下红到了耳根，她在长辈们面前羞涩地低下头去。

母亲一贯疼爱女儿，当看见曾林修得意的笑容，忍不住责怪他："就数你牙尖嘴利，难道莲秀将来不是你曾家的人？"

曾林修听到丈母娘的训话，脸上的笑容顷刻之间消失了，显得非常尴尬。

马德华乐呵呵地站出来打着圆场："大家都不要打嘴仗了，各自下去做自己的事情，我今天一定要陪亲家公多喝几杯。"

曾林修向二位老人提议道："我去北街将大哥喊过来，顺便也好把米铺的事情向莲秀做些交代，当着两家人的面，有些话更好说一些。"

马德华连忙赞同说："这个主意好，你快到米铺子去跑一趟，请他马上到八仙桥来，大家坐在一起吃顿午饭。"

曾义儒对儿子微微点头道："那你就过去将文修喊到这里来。"

马德华端起桌上两个茶碗，笑着对曾义儒说："亲家公，我们到后面院坝内去喝茶，那儿清静凉快，没有外人来打扰，好摆龙门阵。"他估计临近中午会有客人到店里来喝酒，便吩咐马莲秀到柜台前去照看生意。

曾义儒立即站起身来，紧跟马德华身后，向后院走去。

二十二

牛角冲的秋天是农户们喜悦又忙碌的日子，坡上坡下的苞谷地里蔫了穗的苞谷棒子，还有溪边一块块稻田中，沉甸甸的谷穗随风摆动着，金黄的果实等待着人们去收割。

路过牛角冲的人很容易发现，这里比往年又多了一道好看的风景，那便是贺家小院后，几年前所栽种的三十棵血橙树如今已长得枝繁叶茂，并且第一次开花结果，丰硕的果实不经意间由绿变黄。当你从贺家门前的小路走过时，便能看到树枝上结满了血橙，而且一天比一天红亮起来。

贺老大全家这些天非常忙碌，要急着收割坡下田里的稻谷，和坡上地里的苞谷，还有两块地的红苕，起早摸黑都有做不完的农活。

青凤嫁给田仕勋去了赵镇，接着又是小凤趁着给大姐送亲的机会，瞒着家里人毅然去当了兵。因小凤不顾父母伤心而离家出走，贺老大夫妇怄了两年的闷气，险些怄出一场大病，如今只有小女儿玉凤能在家帮忙。

玉凤从大姐青凤远嫁赵镇，二姐小凤当兵出走之后，就再也没有到五凤溪去读书了。这三年中，她一直跟着父亲下地干农活，或者在家里煮饭喂猪，成为父母亲的好帮手，但转眼之间，她也长大成人，已到了谈婚论嫁的年龄。做父母的难免要为女儿的婚事操心，每到夜深人静的时候，老两口躺在床上便议论着：自己所生的三个女儿中，唯有玉凤最聪明懂事，无论如何不能让她远嫁他乡；如果能找个上门女婿最好，可是又到哪儿去找呢？在那个年代里，当别人家上门女婿是很没面子的，谁也不会心甘情愿去；但凡家里生活勉强能过的人，都不肯将自己儿子入赘到别人家当上门女婿。

在这几年中，贺家曾托亲朋好友找到一个愿意上门的女婿，见了面一看，却令贺家人大失所望。那是今年麦收之后，小凤的母亲从五凤溪赶场回来，当路过牛角冲村口的秦大嫂家时，看见她正在门前扫地，秦大婶这时也看见玉凤母亲，急忙招呼她到院内歇歇脚。住在牛角冲的人都知道，这个秦大嫂是十多年前从白果乡嫁到牛角冲的，她平素为人和善厚道，家境比较殷实，在力所能及的情况下，遇到某个邻居家里缺钱打油或买盐这类事情，只要你向她开口借，她便二话不说拿出钱来，从不拒绝任何人，因此秦大嫂的人缘很好，是玉凤母亲结交的好朋友。今天，秦大嫂有件重要的事要对她说，那便是玉凤的婚姻大事。秦大嫂说两天前自己回了趟娘家，打听到她家有个叔伯侄儿愿意当上门女婿，不知贺家愿不愿招赘，她向玉凤母亲详细介绍起来，她这个侄儿的家境原本较好，只因后来沱江涨大水，将他家的几亩河滩地冲毁得一干二净，为了抢救家中的粮食和衣物，一双父母均被淹死在汹涌的洪水里。现在家中只剩下坡上的一亩多旱地，种旱地多半是靠天吃饭，若是遇到天干那些年，将会落得颗粒无收，生活都要依靠亲戚接济，这娃儿真是苦命人。

玉凤的母亲是个心地慈善的女人，听秦大嫂讲述她这个侄儿的处境，忍不住眼眶都红了，她接着问秦大嫂这个娃儿本人究竟怎么样，秦大嫂停顿了片刻，有点惋惜地对她说道："人长得太老实了，他只在白果场读过一年私塾，嘴巴不大爱说话。"

玉凤的母亲心想：人的秉性憨厚完全可接受，但是他长得不机灵，那可不行，我们家玉凤好歹在五凤溪读过几年书，既会打算盘又识得字。她对秦大嫂这个侄儿显然不满意。

秦大嫂在一旁不停劝说："现今要找一个上门女婿，没那么容易，一要选家境好，二要选人品好，这样好的男娃子，有哪家人会招赘给你当女婿？恐怕普天下都找不到一个。"

玉凤母亲听她这么说，觉得其中也有道理，稍微好点的家庭，绝不可能让自己的儿子上门到女方家，那样等于将他"嫁"出去了，这在亲戚朋友面前是件很丢人的事情；若是身处在一个大家族里，定会遭到族人的强烈谴责。秦大婶如今好心帮忙找了个愿意上门的人，家境好与坏暂且不管，关键是本人长得怎么样，要是能勉强看得过去的话，这一切就好办。于是，她站起身来对秦大嫂说："后天是白果场逢场，我们一同去和你那个侄儿见一面再说。"

秦大嫂爽快地回答道："要的嘛。"

白果场的场期是每月中的三、六、九日。

这天正好是十月初六，玉凤母女俩匆忙吃过早饭，便怀着忐忑又激动的心情来到秦大嫂家，只见秦大嫂已换上一身新衣服在屋里等候。因为是早有约定，双方见面时也未多说什么，便迈步朝前赶路了。

一路之上，玉凤回想着母亲昨天晚间说的那番话，她说自己从五凤溪赶场回来，经过秦大嫂家，她顺便提到娘家有个侄儿愿意入赘当上门女婿时，心中不禁一阵惊喜，后来却又感到有些意外。玉凤本是个聪明的姑娘，谁家一个好端端的男人会甘心情愿去当上门女婿？说起自己婚姻大事，玉凤心里很羡慕大姐，自从她与田仕勋结婚后，夫妻十分恩爱，几年间便生了两个白白胖胖的儿女，现在都能在满屋里乱跑了。田仕勋已于去年从五凤溪转到赵镇龙威小学教书，他每天放学之后，便急忙回到家中，照看两个懵懂的娃儿，一家人团聚，那是多么幸福啊。她此刻又想到二姐小凤，那年在赵镇镇公所门前巧遇招兵，二姐的胆子真够大，竟然瞒了家人，毅然报名当了兵。记得二姐在上学期间，曾多次告诉自己说，她最喜欢语文老师曾大修讲课，只要一踏进学校大门，她时刻都想见到他，如果哪天看不到他的身影，心里便会空荡荡的，一副魂不守舍的样子。曾大修后来决定投笔从戎，奔赴抗战前线，从此就再没有他一点音讯。小凤曾在一天夜里做了个梦，梦见自己与曾大修久别重逢在一片树林中，他走上前来热情地拉着她的手说："你越长越高，变得更漂亮了。"小凤红着脸不好意思地低下头，曾大修接着告诉她道："如今大敌当前，民族危难之际，绝不能顾及儿女私情，一切都待抗战胜利后，再行思考成家立业之事。"这时，她忽然看见他身后是尸横遍野的战场，一具具血肉模糊的尸体顷刻之间扑面而来，在万分恐惧之间，她慌忙闭上双眼，紧紧抱住了他的身躯。当她睁开眼来再看时，发现他的肩头上正淌着鲜血，自己也被吓得一觉从睡梦中醒来。小凤这个梦做得很奇怪，仔细去想梦中的情节却非常真切，心灵感应到曾大修一定是在战场上身负重伤。如若不然，又怎会向自己托来这个噩梦？从这时起，小凤无时无刻不思念着远在千里之外的曾大修，恨不得马上就飞到他的身边，为他舔舐伤口上的鲜血，为他洗净满身的泥土。她暗自下定决心，有朝一日有机会就去报名参军，尽早到抗战前线去见自己心爱的人。

玉凤想着两个姐姐如今都有了各自心仪的男人，心里深深地为她们祝福。而现在又轮到自己要思考终身大事了。今天，母亲和秦大嫂领着她去见的那个人，究竟面貌如何，头脑灵活不灵活，这一切都还是个疑问。她沿路跟随母亲身后一言不发，到半晌午时分，她们便走到了白果场。

白果场是个很不起眼的乡间小场，只有一条狭窄的青石板街道，虽然它同样坐落在沱江岸边，但却不像上游的淮口和下游的五凤溪有水码头，那些过往的船只都不会在此停靠，而是匆忙从江中鼓帆而过。白果的逢场天非常热闹，许多乡间男子挑着一担担箩篼，里面装着大米、小麦或苞谷，不少农妇肩上背着装有鸡鸭蛋的篾篓，或提着一篮新鲜蔬菜到集市上卖。

玉凤的母亲想得周到，她不愿将女儿直接带到男方家去，只因听秦大嫂说男方家非常贫穷，显然也没有什么值得好看的，若是让外人看见自己带着女儿到这样寒酸的男家，难免让人家耻笑。于是，母亲指着场口一处凉水摊对秦大嫂说："我们就在那棵黄桷树下歇歇脚，顺便喝碗水解渴，你去将你那个侄儿请到这里来，在这儿见面方便些。"

秦大婶想想这样也好，如果这个时候到侄儿家，还不知该如何应酬玉凤母女俩，要留她们吃午饭吧，穷困潦倒的侄儿肯定拿不出什么东西来招待；如果不请客人吃饭，确实又放不下脸面，定会让周围邻居指责自己不懂人情世故。玉凤母亲的提议正好解了她的围。于是，她立即说道："这样也好，省得你们多走一段路，我马上过去将他叫到这里来。"

玉凤感到口中干渴，走去买来一碗凉茶递到母亲手上，母亲端起茶碗喝了几口后，便将余下的半碗递给女儿，玉凤端起茶碗张嘴便咕咚咕咚喝了个底朝天，她用手抹了抹嘴唇，将茶碗放回到凉水摊上。

黄桷树下铺着两块长条形的青石板，是专供过往行人在这儿歇脚的。

特别是夏天，茂密的树冠像一把巨大的绿伞，遮挡住炽热的阳光，树下是一片绿荫，不少挥汗如雨的路人常来这里纳凉，玉凤母女坐在青石板上，耐心地等待着秦大婶将她侄儿带来。

过来好一会儿，秦大嫂急匆匆来到了黄桷树下，其身后跟着一个瘦弱的青年，她急忙向玉凤母亲介绍道："这就是我那个苦命的侄儿。"

青年走上前拘束地问候了一句："贺孃好。"这是秦大嫂在路上教他的礼节，见了长辈一定要问声好。

玉凤母亲指着旁边的青石板，热情地说道："你们坐下来歇会儿。"

就在这短短招呼应酬之间，玉凤抬头望了眼这个青年，看见他身穿一件半新的灰布长衫，很显然是刚换上身的，衣衫的前后襟都有折叠的痕迹，而且没沾有丁点尘土，一般乡下做农活的人很难这么干净，长衫似乎有些肥大，穿在他瘦小的身上很不贴合。再看他的头发，上面还是湿漉漉的，很明显是刚用水去梳理过。顺着他光亮的额头往下看，只见他的颧骨很高，一双圆溜溜的眼睛陷在眼窝中，看人的眼神没有丝毫光泽，站在人面前一副手脚无措的窘样。

玉凤母亲笑着与他对起话来："秦兄弟今年多大了？"

"今年二十四岁。"青年睁着一双圆眼，细声回答着。

"你家里还有啥子人？"

"现在就只有我一个人。"

"你父母亲都去世得早啊？"

"前年沱江涨了一场洪水，两位老人全被淹死了。"

"他们给你留下了多少田地？"

"三亩河滩地已被大水冲毁了，如今仅剩下坡上一亩多旱地。"

"你会种地吗？"

"父母亲先前说我体弱，不让我干重活，如今他们不在了，只好跟着别人学着做农活。"

"到坡上种庄稼好费劲啊，挑一担粪水去浇地，少说也有一百来斤，你这样的身板能挑得动？"

青年的脸唰地一下红起来，胆怯的心理使得他的声音变得更加微弱："我每次挑半桶就是了。"

秦大嫂见侄儿被问得几乎无言以对，急忙开口打着圆场："这娃儿勤快，半桶半桶地往坡上挑，不过是多跑几趟路，反正地也不多，随便就能做下来。"

玉凤母亲问完这席话，脑子里什么都明白了，面前这个青年一副病恹恹的模样，她心里不禁凉了半截，早上由牛角冲到白果场来还抱着莫大的希望，谁知见面后却令人大失所望。她不想再多问什么，伸手轻轻拍了下女儿的肩膀，似乎要征求她的意见。

玉凤虽然低头不语，但她不时会快速地看上那个青年两眼，早已把他那瘦弱而苍白的体貌定格在自己的脑海里，看到他那副可怜相，心中哪还有他的位置？一个女人对不喜欢的男人甚至会产生厌恶感。她当面不便直接用语言回答母亲，只是在不经意间给了母亲一个眼神，这个眼神向她传递着自己的心声："我根本不喜欢眼前这个人。"

秦大嫂仍在尽力为侄儿说着好话，说他人老实，虽说身体单薄点，但他很听大人的话，叫他干啥就干啥，从来不会变样，但她所说的这一切都无济于事。

此时，玉凤母女俩急忙站起身来，对秦大嫂抱歉地说道："时候已经不早了，我们该回五凤溪了。"

秦大嫂见她们母女如此失望的态度，知道这门亲事无望，只好起身说了句："要得嘛。"她转过身在侄儿耳边嘱咐了几句后，便跟着玉凤母女向白果场走去。

玉凤在街边的锅盔摊买来三个白面锅盔，分别递给秦大嫂和母亲，她们一路上边走边吃，闭口不谈今天相亲的事。因为大家心里都明白，玉凤母女压根就看不上秦大嫂那个侄儿，若要再说只会让人扫兴，既然说起来尴尬，还不如什么话都别说，给对方留点情面，往后总是低头不见抬头见的。

玉凤的婚事一拖便到了第二年春天，母亲托贺家几个亲戚帮忙，先后找过两家，结果都是因为男方距离五凤溪较远而作罢，第一个住在金堂最下面的土桥沟，第二个住在靠近中江县的广兴场，那里的山路非常难走，往返一次要走两天时间，贺家不情愿将女儿嫁到那么远的地方去，心想在五凤溪说门亲事最好。

说来也是有缘，贺老大在一次偶然的机会，认识了五凤溪码头旁边一家篾货铺的徐老板。记得那是去年冬至后，贺家院子后的血橙树结满了红彤彤的果子，贺老大心中非常高兴，他粗略地估算一下，少说也能摘一千多斤，能够卖二十块大洋，从今往后不用再仅仅靠卖粮食和鸡鸭蛋来赚钱养家了。血橙成熟的这段日子，贺老大每天都不离开果园，他在林盘中砍下几根慈竹，在果园旁搭起一间简易而低矮的小屋，上面铺上一层梳衣麦草，然后在家中取来一扇不常用的门板当床，从此便不分昼夜住在这里看护这片果园，以防有人跑来偷摘果子。特别是在夜间，贺老大一定要把家中的大黑狗牵到小屋来，它体形硕大，加之吠声洪亮，曾两次将几个意欲摘果子的小偷吓得落荒而逃。

这些日子里，贺老大总是吃过早饭，便带着女儿上坡采摘成熟的血橙，准备挑到五凤溪街上去卖。

徐老板是五凤溪篾货商，时常在这一带收购篾货，他这天起得特别早，急着来到牛角冲几家做篾货的农户家中，要求他们赶制一批拉船的纤绳，这种纤绳通常用篾丝编织而成，制作工艺较为麻烦，得先行砍下林盘中的斑竹，用篾刀将竹子划破成两半，然后又削成若干根细条，接着用篾刀将其表层的青篾部分刮去，等到篾丝刮了一大堆后，便可在空坝上点燃柴火，把篾丝在熊熊的火焰中燎过烘干，篾匠的行话叫作"褪青"，就是除掉篾丝上的水分。褪青要恰到好处，行家一般用数秒钟时间就能将篾丝烘得发黄变软，就可用来编成又粗又长的纤绳，经过烘制的篾丝做成的纤绳既防水又防晒。若是篾丝烘制的时间过长，它就会变焦变脆，成了不能使用的废料。徐老板挨家挨户给做篾货的匠人交代，定制的纤绳务必要在腊月初交货，因为这批货是内江船帮头一回在五凤溪采购，做买卖一定要讲究质量和信誉，千万不要把自己的饭碗砸了。

徐老板走在回家的路上，心情显得格外轻松，当他迈步走过贺家小院时，不经意间抬头看见了坡地上那片橙子树，金黄色的果子挂在墨绿色的枝叶中，他欣然停下前行的脚步，尽情地观望着小院后那片美景。

贺老大不知道现在血橙的行情，五凤溪市场上从未有卖这种新果子的，他打算先摘一担挑到街上去卖，最好摸清楚价钱再说。他挑着一担刚摘下的血橙从山坡上往下走，玉凤紧跟父亲身后，边走边用手剥着手中的血橙，没有走出几步，血橙的皮已经剥完，她用手将其掰成两半，随即撕下一瓣放入口中，用心细细地品尝着，脸上顿时露出了喜悦的表情，她高兴地对父亲说："爸，这种血橙真是甜，比集市上卖的那些酸橙子好吃多了，您打算卖多少钱一斤？"

父亲慢悠悠地回答女儿："到市场上看看行情再说嘛。"

玉凤道："要是走在路上或街头碰到人家要买，你总得报出一个价钱来。"她提醒父亲做好买卖准备。

父亲觉得女儿想得周全，随口问她："依你说卖多少钱一斤合适？"

玉凤想了想道："听说前些天市上的橙子每斤卖五角，我们家的血橙要比那些甜，味道好吃多了，卖七八角一斤不成问题。"

父亲听女儿说得有道理，但他还是有点担心："要是买主嫌贵了，你喊的价不好卖，怎么办？"

玉凤知道做生意要讨价还价，便对父亲说："那个好办，你稍微往下降个五分或者一角都可以，反正要比其他橙子卖贵点。"

父亲将肩上的担子挑到路边放下来，随即吩咐玉凤道："你去屋里将那杆盘盘秤给我拿来，若是遇到买主好称，顺便喊你妈拿点零钱给我，买卖中难免有找补的情形。"

玉凤将手中掰开的血橙递到父亲嘴里："您也尝尝咱们家血橙的味道。"她说完转身即回到屋里取秤去了。

徐老板站在不远处将这一幕看得真切，贺家父女俩亲密无间的话语流露出无限的温暖与和谐，他快步走上前去问道："老兄，你这是什么橙子？皮面上还带着这样的血红颜色。"

贺老大看了看徐老板和善的面容，感觉好像在五凤溪街上见过此人，只是一时间想不起他的姓名，于是便笑着回答道："这种果子名叫血橙，是从大洋那边的美国引进到四川的，吃起来味道甜蜜蜜的。"说着便将手中的血橙撕下两瓣递给他品尝。徐老板也不推辞，接过两瓣血橙往嘴里一塞，细细地咀嚼起来，口感果然很好。他连连赞赏道："这种果子比其他橙子甜多了，拿到市场上肯定能卖个好价钱。"

贺老大听到他懂行情，急忙向他请教道："你看这种果子挑到市上能卖多少钱一斤？"

徐老板略加思索回答道："我上一场买了几斤橙子是六角钱一斤，你这担橙子吃起来很爽甜，依我看可以卖到七八角一斤。"

玉凤从屋里将盘秤和一把零钱拿了出来，随即递到父亲手上。她听徐老板说血橙可以卖到八角一斤，如果按照这样的话，今年家里的三十株血

风雨人生

橙肯定要赚大钱，心里感到乐滋滋的。

贺老大把盘秤放进箩筐中，将一把零钱揣进了自己衣服口袋，然后挑起地上那担血橙，急忙往五凤溪走去。临行时，他向女儿交代着："你记得舀一碗苞谷糊喂坡上守橙子园的黑狗。"

此时，徐老板也不再逗留，他紧跟在贺老大的担子后面，很快便走出了牛角村口。没过多久，便看见依山傍水而建的五凤溪，快到场口时，路上的行人也多起来，那些赶场的男人肩上挑着篾筐，妇女身背竹篓，都在匆忙前行，竹篓里的鸡鸭叽叽喳喳不停叫唤，一只忘了时辰的公鸡竟然昂着脖子打起鸣来。

一路之上，贺老大与徐老板热情交谈着，徐老板有意问他："你女儿今年多大了？"

贺老大不假思索地回答道："刚满十七岁。"

徐老板接着又问："给她说过婆家没有？"

贺老大这下被难住了，要是说没说过婆家，上一次还到白果场相过亲，后来也说过土桥和广兴两地的，但都没有谈成功，这应该不算找过婆家吧。于是，他口气坚定地回答道："还没有说过呢。"

徐老板听到他如此回答，脸上露出了满意的笑容来。

贺老大挑着担子走在五凤溪狭窄的街道上，赶场的人熙熙攘攘，前行的脚步很是缓慢。这时，徐老板提出要买几斤血橙来吃，只是手上没有家什来装，请贺老大将担子挑到自家的篾货铺去过秤。贺老大想到徐老板是今天第一个买主，虽说码头离集市稍微远点，但多挑一段路也没有关系，更何况两人在牛角冲初次相识，也算是朋友的缘分。于是他二话不说，挑着担子紧跟徐老板身后，径直朝着码头前边走去。

徐老板的篾货铺是两间木质穿料结构的青瓦房，他走进铺内拿出一个板凳放在街沿边，让贺老大放下担子坐下歇息，然后转身回到柜台前，将柜台上的棕包壶盖子揭开，提起里面的圆筒瓷壶，倒满了一碗红白茶，他端起来双手递到贺老大面前说："你先喝碗茶解渴。"

贺老大接过茶碗喝了两口后，急忙起身去给徐老板称血橙，他选了一些外形最好、血色最浓的果子，提起秤来一称，足有五斤重。

徐老板顺手从他的篾货摊拿来一个小竹篓，贺老大端起秤盘将果子往里一倒，然后接过他付给的四元钱银圆券往怀中一揣，急忙弯腰挑起地上的担子赶往集市。当他走下街沿的那一刻，转过身来向徐老板说了句客气话："多谢你的茶水。"

徐老板笑着对他说道："贺大哥以后到五凤溪赶场，走累了就到我这里来歇个脚，喝口茶水解渴。"徐老板之所以知道他姓贺，是因为一路从牛角冲走来，在途中碰到一个熟人向贺老大打招呼，称其为"贺大哥"。与此同时，贺老大也是从一个进出篾货铺买主的口中，听此人称呼他为"徐老板"。二人不须再做自我介绍了。

贺老大将果子挑到集市上，刚放下担子便迎来了许多尝鲜的买主，他即刻剥开一个较大的血橙，分别递给每人手中一瓣，这些人吃过橙子连连点头称赞道："这果子的味道真不错。"有了众人的一致认同，买主们纷纷上前购买，不到一会儿时间，两篾筐的血橙便卖得一干二净，而且卖了八角钱一斤的好价钱。

贺老大是个非常节俭的人，从来不在街上喝茶吃饭，一分钱也舍不得乱花，卖完血橙后便急忙往家里赶，想着下午还要去坡上犁那块红苕地。他高高兴兴回到家中后，妻子急忙去厨房揭开锅盖，将温在锅里的一大碗红苕稀饭和一盘烩牛皮菜端来摆在桌上，贺老大拿起筷子头也不抬，端起饭来便吃，忙了一上午，他又饿又累。

牛角冲的偶然相遇，竟然促成了贺、徐两家人日后一段悲怆的姻缘。时隔不久，徐老板果然托媒人登门来提亲来了。

贺老大夫妇正在为女儿的婚姻大事发愁，自从那次到白果场相亲后，便不再一门心思寻找上门女婿了，所谓的上门女婿，不外乎是家境贫穷，或长相难看的人，谁会将自己好端端的儿子送到女方家无偿干活，替女方生儿育女？

媒婆来到贺家小院门前时，歇在屋檐下的大黑狗冲上去狂吠着，虽然隔着一道高高的篱笆门，但她仍被吓得抬脚向后倒退了两步，正在她惊魂未定时，玉凤从屋里迈步走了出来。

"你找谁？"玉凤伸手打开了半扇篱笆门问道。

媒婆看着眼前这个秀丽又端庄的姑娘，一猜便知道她是贺家的女儿，心想五凤溪竟有这样漂亮的女娃子，自己今天真是开了眼界，她笑着回答道："找你爸妈有好事情。"

玉凤急忙将黑狗吆喝到屋檐下拴好，然后将媒婆请进门来说："您先到屋里坐一会儿，我去地里叫爸妈马上回来。"说完即转身向门外走去。她来到屋后的菜地前，看到正在地里锄草、施肥的父母亲，走近母亲跟前对她说："有个不相识的女人来到屋里，说找你和爸有事。"

母亲将扯来的一把杂草丢在地坎旁边，随即拍了拍沾满泥土的双手，便对丈夫说道："你快点把地里的粪水浇完就回屋里来。"说完便转身往屋里走。

母亲先到院坝内的水盆前洗手，又解开身上的蓝布围裙，并将其搭在旁边的晒衣竿后，径直走进屋来见客人。

媒婆见有人进来，便笑盈盈地站起身来准备打招呼。

玉凤母亲却先开口道："大姐找我们是有啥子事情？"看上去对方年纪不比自己大，称呼前面加一个"大"字算是表示尊敬。

媒婆坦诚地回答说："我是五凤溪徐记篾货铺的老板请来专门给你女儿说媒的。"

母亲听说是给自己女儿做媒，脸上立即堆满笑容："你快请坐，坐下来慢慢说。"

玉凤站在一旁听到来人是给自己说亲的，顿时羞得满脸通红，心脏加速跳动着。

母亲急忙吩咐到："你站在那儿干啥子，还不快去给这位婶婶煮碗荷包蛋。"她将女儿打发到厨房去做事，同时免得她在这里不好意思。

玉凤听了母亲的话，转身便去到厨房里，她先给锅里舀了半瓢水，然后坐在灶门前划亮火柴，点燃一把柏树杈塞进灶膛内，专心地煮着荷包蛋。她其实也很想听大人们在屋里究竟说些什么，特别想知道男方的情况，他或许就是自己未来的丈夫，他的相貌长得好不好，是高还是矮，有没有去学堂读过书——这几点在她心目中最重要，就算他家境不富裕，无论是住在街上或是乡下，她全都不在乎。

在那间明亮的堂屋里，玉凤母亲和媒婆交谈甚欢，凡是她提到男方的所有问题，媒婆均对答如流，这让玉凤母亲感到非常满意，她二人的说话声与间或发出的笑声，玉凤在厨房内竖起耳朵听得一清二楚。她们在接下来的对话中越谈越亲近，说完贺、徐两家的亲事后，又聊起了家常，母亲从来没有像今天这样高兴，后来竟然提出要和对方认干姊妹。原来，在她俩的谈话中，母亲得知媒婆是赵家场黎明村人氏，距离自己娘家长乐乡羊毛沟很近，算得上是老乡。她说娘家姓蒋，在家中排行最小，由于父母没有读过书，也懒得给女儿取名字，就随便叫她蒋幺妹儿，这样喊着顺口好记。蒋幺妹有哥姐共计五人，家境非常贫穷，父母很难养活全家人，在她未满十六岁那年秋天，就急着托媒人将她嫁到五凤溪半边街的刘家。刘家男人是个码头上的撑船匠，虽然年龄比她大了十岁，但在婚后对她甚为关心体贴，第二年她便为刘家生下了一个女儿，但全家人均不见喜庆的样子。直到第三年夏天，她终于如愿以偿生下一个儿子，这才让刘家人感到非常高兴，全家老小的脸上都洋溢着欢笑。更让人吃惊的是，蒋幺妹儿和母亲的生辰八字竟然是同年同月；母亲是那年十月初八从娘胎里落地，而蒋幺妹则是初九的酉时出生的，只比母亲仅仅早了一天。有了如此巧合的事，两人的谈话越来越投机，蒋幺妹执意要认母亲做大姐。母亲由长乐山上嫁到五凤溪二十多年，从未遇到过像蒋幺妹这样投缘的人，平日里在感情上显得有些孤单无助，无论碰到什么难题也找不到合适的人商量，蒋幺妹这回愿意与自己结为姊妹，她内心里有说不出的高兴。母亲马上改口称呼她"幺妹"，蒋幺妹回答的声音甜甜的，她接着亲热地称呼母亲为"大姐"，这一声喊得玉凤母亲的脸上乐开了花。

　　玉凤在厨房内听到她们谈得正开心，有意识让她们在那儿多高兴一阵子，反正那碗刚起锅的荷包蛋还滚烫，此时端出去也难吞进嘴。直到父亲挑着一担空粪桶从后门进来，她才将那碗黄糖荷包蛋端到蒋幺妹面前，母亲这时笑着对她说："玉凤，从今往后你要叫她一声幺孃哈。"

　　玉凤睁大一双眼睛，有些不解地望着母亲，母亲指着蒋幺妹又补充说："这是妈刚认下的干妹子，以后便是你的长辈了，要像对妈那样尊敬她啊。"

　　玉凤生性灵巧，她莞尔一笑，将一双筷子递到蒋幺妹手里，柔声地说道："幺孃，您慢些吃，小心烫着。"

　　蒋幺妹很快将碗里的荷包蛋吃完。这时，贺老大也从后院洗完手走进屋来，他第一眼看见这个不相识的女人，心里显得有点不自然，不知道该如何称呼她。

　　玉凤母亲将丈夫喊到身旁坐下，对他介绍着："这是我刚认下的干妹子，她今天是专门来给咱们家玉凤说亲的。"

贺老大听了妻子喜形于色的介绍，心想来人原来是个媒人啊。

玉凤母亲未等丈夫开口，紧接着便将刚才和蒋幺妹所谈的那席话，原原本本地对他说了一遍。她特别提到徐老板的儿子长得相貌堂堂，身材魁梧，并且在王爷庙学堂读过书，现今在五凤溪码头做事。从母亲热情洋溢的谈话中不难看出，她心里已经完全认可了这个徐家女婿。

贺老大在旁边听了一阵，忽然冒出一句话来："我们还从未见过徐家的儿子呢。"

蒋幺妹马上接过话来："这个事你尽管放心好了，无论人品长相，他都要胜过许多年轻人，在五凤溪这个地方还挑不出几个来。"

玉凤母亲赶紧附和说："幺妹见过徐家的男娃子，她说得一点没错，我们信得过。"

蒋幺妹见贺老大仍是半信半疑的样子，她急忙拍着自己的胸脯说："今天我当着贺大哥和大姐的面担保，徐家的这个男娃娃配得上玉凤侄女，我不会说半点假话。"她说话如此恳切，竟将羞得低着头的玉凤称为侄女了。

蒋幺妹将话说到这个份上，贺老大心里也情愿她所说的这一切都是真实的。玉凤母亲见丈夫未开口答应，唯恐惹蒋幺妹生气，立即用手拍了一下丈夫的肩膀，面带笑容对蒋幺妹道："我们怎会不相信幺妹说的呢？贺家人信得过你。"

蒋幺妹这时想起徐老板对自己说过，他之前到牛角冲购货路过贺家时曾经与贺老大父女见过面，徐老板后来还同贺老大一道去了五凤溪，并招待他喝过茶水，买了他几斤血橙。于是她对贺老大道："大哥，你前几日是见过徐老板的。"

贺老大这时也想起那天赶场去过徐记篾货铺，徐老板待人很是厚道，他长相端正又和善可亲，给自己留下了很好的印象，今天听到蒋幺妹这么一说，心中的疑虑陡然间便打消了。此刻，他向蒋幺妹赔着笑脸道："徐老板的为人不错，相信他儿子也绝不会低过自己父亲，你说的话我全信了。"

玉凤也曾见过徐老板，当时只觉得他看人的眼神有点怪，不知道他心里在想些什么。后来听父亲说，徐老板在路上没头没脑地问自己年纪多大，有没有说过婆家。现在回想起来，他当初就看中了自己，不然也不会这么快就托媒人来提亲，一个姑娘长到十七八岁的年纪，理所当然想嫁个好婆家，如果徐老板的儿子与父亲一样五官端正又和善可亲，嫁给这样的男人也如愿了。

徐、贺两家儿女的婚事说定后，玉凤母亲挽留蒋幺妹在家吃午饭。于是，三个女人一道走进了厨房，玉凤只管坐在灶门前烧火，明晃晃的火苗在灶膛中闪耀着，将她那张杏子脸照得红红的，她一会儿给灶里添加柴火，一会儿又用火钳把烧过的木炭夹出，放进灶门边一个陶罐内，然后用瓦块将其盖严实，以断绝外面的空气，不致使木炭燃烧殆尽，准备着在冬季寒冷时用来烤火取暖。玉凤母亲忙着淘米煮饭，蒋幺妹则帮着洗菜切菜，过了一会儿工夫，两个能干的主妇便做好了一顿可口的饭菜。

吃过午饭后，蒋幺妹急着回五凤溪给徐老板回话，便要起身离开，贺老大急忙叫住她，请她多坐一会儿，他随即用手取出一个竹篌，径直往后门外坡上走去。

蒋幺妹趁着玉凤到厨房洗碗的时候，便在母亲耳边小声问道："大姐，我闻到侄女儿的身上有股香味，她擦过啥子香料吗？"

玉凤母亲抿嘴笑道："我们哪有钱给她买什么香料哟，山里头的女娃子能将肚皮填饱，把衣服穿暖和就算不错了。"

蒋幺妹非常惊奇："那她身上的香气是从何而来？"

玉凤母亲也不得其解地说："她小时候全身啥子味道都没有，之后慢慢长大了，身上突然冒出一股香味，学校的里许多同学，特别是那些同班的男生，无论是早操集合，或是放学排班站队时，都挤着要往她身旁靠，羞得她不知所措。"

蒋幺妹感叹道："我从未见过像玉凤这样的女娃子，全身自然有清淡的花香味。"

玉凤母亲颇为感慨地说："我这个女儿啥子都好，就是不晓得她今后的命运会怎样？"

蒋幺妹安慰着她："侄女长得这么好看，既聪明又能干，将来一定福分不浅。"

玉凤母亲随即笑了笑说："托你的吉言。"

她二人正在说话间，贺老大手提一筐血橙走了进来，对蒋幺妹说："才摘下来的果子，你带回去给家里人尝尝鲜。"

蒋幺妹并不推辞，接过筐子道："我要赶紧回五凤溪去，这两天便催徐家人到牛角冲来下聘礼。"说完便迈开脚步向门外走去。

贺老大夫妇将她送出了院门，玉凤这时忙上前帮她提着装血橙的竹筐，将她送至牛角冲村口，这才转身回到家中。

徐老板听到蒋幺妹带来的好消息，顿时喜出望外。傍晚，一家人围坐在桌前吃饭时，他将媒人到贺家提亲的喜讯告诉了妻子和刚从码头上回来的儿子徐大为。他望了一眼有些腼腆的儿子说："我看你也是快当丈夫的人了，拿出点男子汉的劲头来，不要一说到娶女人就脸红，让别人看见了笑话。"

妻子在一旁护着儿子道："我们大为平时就是脸皮薄一点，其他有哪样不好吗？"她显然不满丈夫数落儿子。

徐老板见她面有愠怒，忙将话说回来："我其实并未说他哪儿不对，就是教他在众人面前大方洒脱一点。"

妻子听到丈夫这样委婉的说法,心中也就不再生气了,她转身对徐大为说:"你爸刚才说得也有些道理,以后尽量改掉这个毛病,不要见了女的就显得不好意思。"

全家人说来说去,最后说到赶紧去筹办聘礼的正题上。徐老板要准备明天去趟淮口,因为那儿的魏记布庄货色比较齐全,容易买到合适的布料和绸缎。妻子这时忽然想起一件事情,记得那年自己大女儿出嫁时,由于男方家的聘礼过于简单,心中至今仍感到不舒服。做母亲的生儿育女,谁又不是从娘肚皮里生下来的?生个女娃子,刚养到十七八岁就要出嫁,做父母的怎忍心将她送给别人?但大家都懂"女大当嫁"的道理。当她想到这里时,便急忙叮嘱丈夫到了淮口布庄,一定要给贺家的亲家两口子各买一块上好的布料,不要让人家觉得嫁女儿吃亏了。徐老板认为妻子的提议很在理,于是便满口答应下来。

第二天,徐老板果然从淮口买回来一大包聘礼。当说到明天谁去贺家下聘时,夫妇俩却发生了一点争执:妻子提出由她同儿子去比较合适,而徐老板则认为自己领着儿子去最好,他要妻子像往常那样留在家中照看篾货铺的生意。妻子强调说这与以往生意上的事情不同,这是件重大的家务事,况且亲家公两口子和那个未过门的儿媳妇他见过,而自己不认识贺家的人,难道还不该去一趟?徐老板见妻子执意要去,知道她此时心里最想看到的,肯定是被媒婆说得像花儿一般的儿媳妇,他最后只好向妻子让步了。

蒋幺妹今天换上了一身新衣裳,兴冲冲地领着一个挑夫来到篾货铺,徐老板一家人急忙将早已准备好的聘礼一一拿出来放进抬盒中,礼品有几块时新的布料,两床绸缎被面,三封各式糖果,一罐淮州大曲酒等。最后,徐老板打开了柜台下面的抽屉,从里面拿出一包红纸裹着的二十块大洋。这是昨天夜间夫妇俩商量好的，这回下聘务必要礼重点，绝不能让女方瞧不起徐家人，再说娶媳妇进门也不容易，自家只有徐大为这一个儿子，该用钱的地方就要舍得。

当蒋幺妹领着徐家一行人急匆匆来到牛角冲贺家时，院子里那条黑狗隔着那扇篱笆门狂吠着，顷刻之间惊动了屋里的主人。第一个走出屋来的是贺老大，他正在后院编织竹筐，听到一声狗叫，便放下手中的活走出来；紧接着是玉凤母亲，她将一桶冒着热气的猪食倒进猪槽内，也是听到黑狗的狂吠，这才解下腰间的围裙，她预料今天是徐家来下聘的日子。

蒋幺妹在门外放声喊道："贺大哥，快点把你家的黑狗拴好，它见了陌生人好凶啊！"

贺老大上前用脚轻轻踢了两下黑狗的后腿，立刻将它赶到后院里去了。

玉凤母亲随即动手打开篱笆门，热情地将这一行人请进堂屋坐下。蒋幺妹忙将徐老板的妻子徐卢氏和儿子徐大为介绍给贺老大夫妇认识，他们相互客气地道了声问候，蒋幺妹从抬盒中将聘礼一一拿出来摆在桌上，最后把那包用红纸裹着的大洋压在聘礼的上面，然后笑逐颜开地坐在玉凤母亲身边对她说道："大姐，这些全是徐家给你们下的聘礼。"

贺老大望着桌上一大堆东西，憨厚地笑着说："亲家真是太客气了。"

玉凤母亲看着眼前面容慈善的徐卢氏和坐在她旁边的徐大为，乍看起来这个女婿的长相还不错，他的皮肤虽然不比大女婿田仕勋白净，但脸形似乎有点相似，眉眼生得也还机灵，欠缺之处是嘴唇略微厚点，有可能不太会说话，不过话说得少也不算坏事，至少编不出许多假话来。

这时，玉凤从地里提着一大筐菜回家，母亲急忙将她喊到众人面前，并向亲家母介绍着："这是我们家玉凤，她今天晓得你们要到，特意到地里摘来新鲜菜招待客人。"

玉凤看见屋子里坐着徐家母子，羞怯地上前向他们问了声好，随后转身走到母亲身旁坐下。徐母第一眼看到玉凤，觉得这个未来的儿媳妇不但生得好看，而且机敏大方，心里产生了极好的印象。徐大为坐在旁边一言不发，他不时用好奇的眼神观望坐在对面的玉凤，当二人的目光忽然碰到一起时，都不好意思地低下了头。

蒋幺妹为了活跃现场气氛，她主动走去揭开桌上棕包壶的盖子，将瓷壶从里面提出来，随手接过玉凤递来的茶碗，将壶中茶水逐一倒入碗中，玉凤端着茶碗分别递到徐母和徐大为手上。蒋幺妹同时也给自己倒了一碗，并笑着对大家说："我也口干得很。"说着端起碗来便喝。

紧接着，两家人便谈论起儿女的婚事。徐家人主张早点举行婚礼，提出明年春天最合适；而玉凤母亲则说时间太紧，恐怕来不及赶制嫁妆。蒋幺妹看到他们各持己见，便插话进来说，依她多年的经验，按照徐大为和玉凤生辰八字推算，结婚的日子选在明年五月间正好，端午节前后两天都很顺当。

蒋幺妹的这番建议，使得徐、贺两家再也无话可说，最终达成一致意见，确定明年五月初八为他们小两口举办婚礼。

女儿的婚事已经谈妥，到了该做午饭招待客人的时候了，贺老大站起身来说："我到屋后面去杀只鸡。"

玉凤母亲对丈夫道："先杀那只大的，它每天天不见亮就开叫，真是烦死人。"说完这话后，她急忙往厨房走去，蒋幺妹这时也站起身道："大姐，我去厨房帮你烧火煮饭。"

玉凤母亲跨出门槛时，转过头又对女儿说："你将大为带到坡上果园去转一圈，顺便摘一筐血橙回来，让他们带回家去吃。"

玉凤明白母亲的用意，她是想让自己与徐大为之间有所接触，以便相互多了解。听了母亲的叮咛，她即刻走到门外拿来竹筐，回头望了一眼站在身边的徐大为，径直朝着院子外面走去，徐大为紧随其后跟了上去。

蒋幺妹见屋里只留下徐卢氏一人，觉得冷落了她，急忙走过去端起桌上的茶碗来说："我们到厨房里去喝茶，大家边做边摆龙门阵。"徐母很乐意这样子，心想一个人坐在屋里太无聊，跟她们去厨房热闹些，随即便答应道："我去厨房帮你们打个下手。"

于是，三个妇人有说有笑地在厨房动手做起午饭来。

二十三

第二年初夏，金堂大地上的柚子树开出了洁白而清香的花朵，这正是种植鸦片（罂粟）的最好时节。这天上午，赵家乡的粮户姚天辉急忙从自家四合院里走出来，他要专程去拜会邻村的好友赵德成。姚、赵两家都是赵家乡有名的富绅，多年来交往频繁，关系很密切，凡是赵家乡所发生的大事件，他们两家都会一致携手面对；就是保长和乡长对姚、赵二人也要以礼相待，见面时免不得称兄道弟，二人算得上赵家乡有头有脸的人物。

赵家乡从清末以来，当地农户就有种植鸦片的习惯，这个学名被称为罂粟的东西，在市场上的行情相当可观，一亩鸦片果子卖出去的价钱，要顶上几亩地麦子的收入。因此，那些原本种粮的农户情愿将所有的地都种上鸦片，梦想在两三年内致富。

但种植鸦片是被政府严令禁止的，各级地方政府积极推行，派出大量军警民团对违令者抓的抓，罚的罚；要是你吝惜钱财疏于打通官员的话，有些人注定性命难保，有可能招来杀身之祸，到头来弄得家破人亡，白白做了一场发财梦。

姚天辉和赵德成曾经靠行贿地方官员，种植过几季鸦片，由于赵家乡特有的地质和气候条件，历年来种植都取得了较好的收成，获得了丰厚的回报。

如此之大的利润让姚天辉利欲熏心，又想故伎重演，准备再次行贿地方官员，允许他大面积种植一季鸦片，以赚取更多的钱财，为子孙后代多添置百亩田产。

要贿赂县、乡各级官员，不是姚天辉一个人的财力所能办到的，谁都知道那些贪得无厌的官员胃口很大，像是一条喂不饱的狗。虽然表面上看用来行贿的钱不少，但自己赚回来的银圆会更多；二者比较起来，行贿的花销只占少数，这样总体说来还是很划算的。

要贿赂地方官员也不是简单容易的事，首先你必须要有巨大的财力支持。姚天辉第一个想到的便是自己的好友赵德成，两家人多年来联手种植鸦片，积累了不少丰富的种植经验。由于暴利的驱使，在赵家乡这方土地上，他俩种植鸦片的欲望最强。

姚天辉急匆匆来到赵家后，径直去后院找到在雀笼前喂画眉鸟的赵德成。两人见面之后，他便将计划通过行贿的办法，在赵家乡种植鸦片的想法说了出来。赵德成听他说得如此透彻，却没有感到一点儿吃惊，好像是早已心知肚明的事。其实这段日子他也一再想着这件事情，谁料姚天辉今天居然主动找上门来，二人简直就是不谋而合。赵德成招呼客人到堂屋落座后，他们立即仔细筹划起来。在这之前金堂县政府有明令禁止，赵家乡已经有三年不敢种植鸦片了；现在风声已过，今年也到大赚一把的时候了。尽管他俩都有大干一番的企图，但终究没有足够的胆量。经过反复思考之后，唯有向县、乡官员和当地军警行贿这条路可走，必须努力寻求他们的庇护，哪怕是得到他们私下默许，这样种植鸦片才能顺利实施。

行贿要依靠大量钱财，单凭姚、赵两家人的家底，肯定满足不了大小官员们的贪心。如何去筹集数百万的行贿款呢？姚天辉提出了他自己想好的方案，那便是按照种植鸦片的田亩数量来收取，由愿意种植的各家农户预交款，不交钱的不受保护。赵德成认为他的办法切实可行，当即表示非常赞同，并建议联络的人越多越好，种鸦片的人多了势力就大，俗话说"法不责众"，上面就算知道此事也没有办法。他接着又说这次筹款由姚、赵两家人出面，各自从家中抽出两名得力的人手，赶紧到赵家乡各村去确认登记种植鸦片的农户，按每亩两百元金圆券收取"进贡钱"，争取在几天之内将钱收拢，尽快把钱送到县城去。

姚天辉说鸦片的种子不用犯愁，家中便有现存的一大袋，那是前些年种鸦片的时候特意保存下来的，等到去县城打通了关节，回来后便将种子分别卖给那些种植农户。赵德成补充道："如果你那儿不够的话，我家里面也藏有几十斤，到时候也拿出来卖给大家。"

当谈到行贿的途径时，姚天辉提出首先还要通过乡长这关，常言道"土皇帝不好惹""县官不如现管"，在他管辖的范围内，那是眼皮子底下的事情，他必然看得很清楚，无论如何也瞒不过他。赵德成听了点头称是，他又提出到县政府找谁疏通更合适。姚天辉即刻说这事儿不难，他自己便有个表弟王世洪在政府里当秘书，可先找到他将事情弄清楚，请他去跟县长朱彦林交涉，等朱县长那边儿点头认可后，再将钱送上去也不迟。总之，要做到十拿九稳，不见兔子不撒鹰。

两人兴高采烈地谈到了中午，赵德成自然做了东道主，他急忙吩咐厨房里炒了几盘好菜，盛情地款待这位"性情相投"的挚友。姚天辉毫不推辞，因为他们还有些事要接着往下说，只因这次种植鸦片的事情太重要了，行动中不敢有半点差池，虽然大家现在想得都很周全，但毕竟还未走到实施阶段，头脑里始终感觉不安。在酒席上，两人一边相互斟酒，一边不断提出各种想到的新问题，一顿午饭吃了很长时间。

第二天清早，姚、赵二人按照头天的约定在赵家场口汇合后，立即乘坐两台雇来的滑竿，匆匆忙忙地赶往县城。

姚天辉不久前曾经到过一次县城，为了处理去年腊月买进长乐乡三合碑一个朱姓人家二十亩田产的事情，朱家的儿子在成都做生意发了财，他想起将年迈体弱的老父母接到成都去享清福，所以急着要将家里的田地卖掉。随后经中间人一再撮合，姚天辉终于买下了朱家的二十亩水田。那次到县城就是为了办理田契过户手续。这次再到县城来可谓是轻车熟路。一个时辰后，他们乘坐的滑竿便抵达了县城东门，再经过长长的东大街，便到了西街的县政府门前。

一个肩扛长枪的门卫走来将他们拦在大门外，姚天辉急忙说出要找表弟王世洪有事相商，卫兵听说是来找王秘书的，脸上立刻有了笑容，连忙退到一旁让出路来说："你们二位请进，王秘书刚陪朱县长出门办事回来，现在就在办公室。"

姚天辉和赵德成绕过正厅大门，顺着天井走到一处办公房前，姚天辉马上停下了脚步，他探头向里面张望着，只见那张长方形的办公桌前，一个身穿中山装的中年男子，手里拿着派克钢笔在伏案书写，此人正是他的表弟王世洪。

姚天辉示意赵德成跟在他身后，两人轻脚轻手地踏进了办公室的门槛，来到了王世洪面前，他低声喊了句："王表弟！"

王世洪正在专注地书写一段文稿，竟然未察觉有人走进他的办公室，听了姚天辉那声低沉的呼喊，这才停下手中的笔，抬起头来望着姚天辉，漫不经心地问了他一句："你什么时候来县城的？"

姚天辉依然低声回答："我们今天刚从赵家乡来。"

王世洪用狡黠的眼神望了望他身后的赵德成，似乎很警惕，不再说话。

姚天辉急忙向他介绍道："他是我们本乡的大粮户，我最好的朋友赵德成。"

王世洪见来人长相不俗,体态举止确实像乡绅,语气随即变得温和起来,他用手指着办公室内的椅子说:"你们二位请坐嘛。"

姚天辉落座后,看到慢条斯理的王世洪并未说话,性急的他便起身靠上前去,附在他耳边轻声地将自己同赵德成准备在赵家乡种植鸦片的计划全盘托出,并请求他寻找一条打通关系的门路。

王世洪听后,顿时蹙紧眉头,表情非常严肃,他立即起身走到办公桌室门口,左右张望。此时并未有人经过,这才放心地回到办公桌前坐下。他并未拒绝姚、赵二人的请求,但也没有立刻答应帮他们去找某某人。表面上看是很沉静的,他内心却在激烈地盘算着:他身为地方政府官员,深知种植鸦片是犯罪行径,国民政府严令禁止;但自从抗战胜利后,国内形势一片混乱,许多政令得不到实施,如同一纸空文。作为县政府秘书的王世洪对此深有感触,现在该如何去帮他这个送钱上门的表兄,自己又将在牵线搭桥中得到什么好处呢?突如其来的事情着实让这个足智多谋的王世洪犯起难来。

姚天辉见他一副犹豫不决的样子,知道该给他来点儿实惠的了,便微笑着对王世洪说:"王表弟尽管放心,只要你肯帮这个忙的话,我绝不会让你白费心思,一旦事成之后,我们给你两万元酬金权当辛苦费。"

王世红听他开诚布公地讲到钱,心里很是高兴,但表面上却装着推辞:"姚表兄,我不是图你几个钱的意思,你也知道政府明令禁止鸦片,虽说现在某些边远的深山老林还在种植,那是因为政府鞭长莫及,管不了那么宽,要是靠近川西坝子种植鸦片,很容易被人发现,逮住了就不好收场了。"

姚天辉对他说出自以为是的壮胆理由:"表弟莫要担心,如今世道这么混乱,政府为前线国军打仗筹款征粮忙得不可开交,哪里顾得上我们老百姓种点儿鸦片这点小事情。"

王世洪想想也是如此，县政府每天忙着筹款、征粮和招兵这三件事，确实管不了老百姓在乡间是种红苕还是苞谷。如果这次帮了这个送钱上门的表兄，自己不仅轻松得到两万元钱，同时还可以讨好朱县长这个顶头上司，又何乐而不为呢？况且对朱彦林的敛财之道，自己早已是耳闻目睹、屡见不鲜，利用朱彦林便是最好的突破口。

姚天辉似乎还想说出更多的道理，但未等他开口，王世洪便摆摆手制止住了他，随即委婉地说道："表兄你看这样好不好？要种鸦片事关重大，我个人做不到手眼通天，容纳我仔细想个好办法，然后再去找朱县长商量此事。"

姚天辉见王世洪已经将话说明，想必今天一时也得不到期望的结果。他看了一眼坐在旁边有些紧张的赵德成，便回过头对王世洪说："事情也只有这样，请王表弟多费心了。"

王世洪用手指指桌上未写完的文稿，苦笑地说道："我这里还有一大堆事情，也不敢久留二位了，你们先到城内找一家客栈住下，明天上午再来我这里听回音。"

姚天辉见表弟没有丝毫挽留他的意思，所说的话像是道逐客令，但又从王世洪那双闪亮的眼神中看出，他内心是愿意帮忙的，毕竟两万元酬金的诱惑力还是很大，他示意赵德成站起来，然后向王世洪告别道："那就劳烦表弟多费心了。"

王世洪头也不抬地说道："二位仁兄慢走。"

其实王世洪的心思早已不在桌上那份文稿上，此刻他脑海里正盘算着赵家乡要求种植鸦片这件事该去找谁商量。现今主政金堂的头面人物当然是县长朱彦林，他不仅有省政府委任的县长职位，同时还兼任改建后的县国民自卫总队总队长，手里掌握着一百多条枪杆子；第二个该去找的人自然是自己的密友、县警察中队的中队长彭泽东。

虽说一个中队长的官职微不足道，手下也不过有二十多名警察，但他却掌控着全县的社会治安，若是想要抓谁或关谁，就凭他一句话便能轻松定夺。据说他的一个表叔在成都警察厅做官，其后台硬得很。但在金堂县城中，你千万别忽略了驻军新编十八师的欧团长，虽然他这个团目前编制不足，但少说也有八九百士兵可以调遣，是金堂境内最大的一支武装力量，就连县长见了他都得笑脸相迎，不敢有半点怠慢。欧团长与县政府的交往平时不多，他只是每月派他的亲信参谋长到政府来催要粮饷，有一次为了粮饷迟迟不能兑现，那个参谋长竟与财政科、兵役科的人大吵一架，并盛气凌人地从腰间掏出驳壳枪往桌上重重地拍打，将在场的人吓得哑口无言。幸好兵役科科长赵炳南挺身而出，他从办公桌的抽屉中拿出两枚金灿灿的抗日英雄奖章，往参谋长面前一搁，拍着桌子怒斥道："老子一仗杀死过十个日本鬼子，到现在还是夹着尾巴做人。你今天到这里大耍威风，你敢去前线跟日本人打一仗吗?！"

那个参谋长看见站在面前的身材魁梧、正气凛然的赵炳南如此气势，即刻像一只泄了气的皮球；心里暗想，他竟然还是军中的抗日英雄，难怪那双眼睛好有杀气，连自己也不敢与他对视。最后，多亏财政科的秦科长走来打圆场，他对参谋长抱歉地说："该征的钱款确实还未如数收上来，请你部耐心宽限几日，等到税款收来以后，我们一定按照政府指令全额拨给，绝对不会拖欠太久。"

参谋长见他给了自己台阶下，也算是有了面子，于是，他立即将紧锁的眉头放松下来，忙收起桌上的驳壳枪，带着身边那个傻乎乎的卫兵夺门而去。

自从这件事发生以后，那个参谋长到县政府来催要军饷和军粮时，再也不敢大声恶气地耍霸道了。

王世洪感到最难办的就是十八师的欧团长，特别是他驻扎在县城北关的一营亲信兵，只要军饷一发到手，便成天在街上惹是生非，吃喝嫖赌无所不为。有时为了争抢一个漂亮女人竟然大打出手，将妓馆砸得稀巴烂，弄得老鸨哭诉无门，只有忍气吞声地在夜间点燃香蜡纸钱，恳求圣灵把这些坏人送到战场上去挨枪子。

现今这个世道，唯有枪杆子硬气，政府官员没有任何人敢得罪他们，只要没有闹出人命案来，便是睁只眼闭只眼，任由他们胡闹下去。就算维护地方治安的警察也对这帮人恨得要命，但也无法惩罚他们。记得某次该团一个连长带着几个班长、排长到北街"王记饭馆"吃饭，一个时辰吃了满桌的鸡鸭鱼肉，喝了五斤绵竹大曲。酒足饭饱之后，连长醉醺醺地将老板叫到跟前，结结巴巴地对他说道："你把今天的饭钱给我记好，等老子哪天有钱的时候再来还你。"老板一听要赊账，哪里肯罢休，他苦苦地哀求着："老总，我们饭店是小本生意，原本就利薄，所以向来不赊欠。"

连长满脸通红地仗着酒劲说："以前不赊账，我不管你的，现在就从老子起开始赊嘛。"老板看着满桌杯盘狼藉，忍不住心痛地嘟囔了几句。

连长在众人面前受到这等羞辱，抬起手便重重地打了老板一耳光，老板嘴角立即渗出了一丝鲜血。这时，围观的群众站在饭店门口，其中有路见不平者大声高喊："吃饭不给钱还要打人，你们是国军还是土匪?!"连长听罢恼羞成怒地吼叫着："老子是啥人，你管不着，今天就是把你这家馆子砸了，看你怎么样。"话音刚落，只见他用力把那张八仙桌掀翻在地，顷刻间遍地都是破碎的杯盘碗盏。看热闹的群众见他们如此胡作非为，急忙大声呼叫着："快去喊警察来。"

不一会儿，警察中队队长彭泽东便带着十几名荷枪实弹的警察直奔饭店而来，到达之后，急忙驱散围观人群，并将连长和他的部下堵在饭馆里不得离开。当他听了饭馆老板的哭诉后，顿时义愤填膺，他用枪指着连长怒气冲冲地说道："在金堂这个地方还没有敢估吃霸赊的，快点掏钱出来走人。"

连长猛然间看见警察到来，而且比自己所带的人多，不由得心里暗想，如果这时候动武恐怕自己要吃亏。于是，他不动声色地用轻蔑的眼光瞟了彭泽东一眼，说道："你硬是要钱是吧，老子现在就派人回去给你拿。"他随即附在一个排长的耳边低声说了两句，然后又大声地对他说："你拿到钱要快点跑回来。"那个排长心领神会地推开众人，飞也似的奔往部队驻地。

连长见派去的人走出饭馆，随即一屁股坐在板凳上，悠闲自得地跷起二郎腿，旁若无人地哼起了川剧段子："站在了炳灵宫把陈妃细看，看一看陈姨娘好一副容颜，头上的青丝发如同墨染，两耳下坠定了八宝金环，走几步杨柳腰如风折转，好似那嫦娥女偷下广寒……"

彭泽东见连长已经服软，并且马上派人回去取钱了，便满脸得意地转身来，向街面上围观的人挥动手臂大声说道："这儿没有事了，你们都回去吧，不要把整条街堵满了，还让不让人家过路嘛。"

人群在渐渐散去，但还有少数没有看到最终结果的人不肯走开，他们的目光充满了好奇和疑惑，心里在想："究竟是穿黑制服的警察比国军厉害，还是穿黄军衣的国军比警察更凶？"今天非要在这里看个所以然。

过了一会儿，只听到北街前面传来一阵急促的跑步声，声音由远渐近，而且越来越响亮。这时，刚刚散去的人并未走远，迎面碰到大批武装的士兵向这边跑来，领头的那个正是奉命回去取钱的排长。他手里握着一支驳壳枪，枪把上系着一束红缨，随着他的步伐在飘动，像一只鸟儿飞在他膝边。那些看热闹的人马上折转身来，紧跟在队伍后面涌向那家饭馆。

警察们老远看见大队国军开了过来，全都吓得瑟瑟发抖。彭泽东之前那副趾高气扬的神态顷刻间荡然无存，惊恐地绷着一张马脸站在街沿上，还未等他回过神来时，排长已将一个连的士兵带到饭馆门前，他随即向士兵们做了一个包抄的手势，顿时，一百余名国军端着清一色的汉阳长枪，将饭馆围了个水泄不通。

坐在板凳上的连长见援兵已到，马上停止了他那嘶哑的川剧唱段，霍地一下站起身来，两步跨到彭泽东面前，不轻不重地当胸捶了他两拳道："你真想要钱是吧，到老子这里来拿呀！"随即从腰间拔出左轮手枪顶住彭泽东的脑门，并喝令他的士兵道："将这帮王八蛋的枪全部缴了。"

排长眼明手快，走上前先夺去彭泽东的驳壳枪。在场的人此时都清楚地看见，彭泽东的双手在不停地颤抖，神色慌张地站在那儿不知所措。紧接着，一群士兵围上来，把十几个警察的枪全部缴了，将其扛在了自己肩上。

到这时，彭泽东终于回过神来，他知道今天必须服软才有出路。于是，他装出笑脸对那个连长说："长官真是对不起您了，是卑职有眼不识泰山，闹了一场天大的误会，希望您多多包涵。"

连长不屑一顾地冷冷回应道："一场误会是吧，你拿枪对着老子胸口，是要老子这条命。"

彭泽东急忙辩解说："今天是卑职例行公务，所以多有得罪，望长官多多体谅下属。"这是彭泽东当警察多年来头一回低声下气向人下矮桩。要说在金堂境内，除了朱彦林这个县长之外，他还从来没有怕过什么人。像今天这种场面，在以往任何时候，若是遇到那些无赖的醉汉和估吃霸赊之徒，打断他们的手脚都不算大事，即便是失手将他们打死摆在地上，最多是买床草席将他裹起，然后找那个专埋死人的打更匠连夜拖到北关山埋了了事，谁敢去管警察这样草菅人命？可是，他今天的对手太强大了，竟然迫使他惊魂失魄，不得不当众求饶。

连长看到之前神气十足的彭泽东一脸懊丧，心中的恶气仍难消停，哪肯轻易罢休，他再次冷笑着对彭泽东吼道："老子今天缴了你的枪，过两天想法子亲自到我这儿来取。"说完此话后，他用手猛然推开面前的彭泽东，两步跨下街沿对士兵们道："弟兄们，收起枪回队。"

彭泽东呆若木鸡地站在饭馆门前，当他看到那队士兵已经走到北街口，这才恼怒地向那些惊魂未定的警察们发话："站在那干啥子，赶快回警局去。"

等到两手空空的警察狼狈撤走后，刚才还是一片鸦雀无声的人群忽然喧哗起来，有人竟然拍手称快，说今天真是大开眼界；又有人说原以为只有老百姓怕当兵的，而现在看到手握真刀真枪的警察也被当兵的吓得屁滚尿流；更有不少对警察平日在百姓面前作威作福、耀武扬威深恶痛绝的人，他们向地上吐着唾沫，狠狠地咒骂着："真是活该，报应。"

彭泽东当然听不到众人的咒骂声，也顾不得去想老百姓对警察有何看法。他现在唯一要考虑的是如何尽快将那些被缴去的枪支拿回来，他深知单凭自己无能为力。当想到那个连长一副骄横模样，唯恐再次受到他的羞辱，只得硬着头皮去恳求县长朱彦林帮忙。朱彦林平日与自己关系不错，当然不是看重他这个小警察队长，而是看在他那位在成都警察厅做官的表叔的颜面上。再说，今天发生在饭馆里这件事，自己确实是在执行公务，为了维护县城的社会治安，按理说没有一点过错。竟被仗势欺人的十八师军人缴了械，心里憋着一股天大的怨气，你十八师几千当兵的住在金堂，吃金堂老百姓的大米饭和白面馒头，发的军饷也是收缴他们的税赋，为啥还要在这里横行霸道？他越想心中怨气越大，径直奔往县政府去找朱彦林诉苦……

朱彦林端坐在办公桌前那张黑漆椅子上，皱着眉头正在翻阅省政府下发的紧急文告，文告有数页之多，全是关于四川省境内铲除匪患之事。他越看越觉得不妥，近一年时间里，不仅全省匪患猖獗，就拿自己治理的金堂县来说，几股悍匪大有死灰复燃之势；在半年之中就接连发生了几起疯狂抢劫乡间大户的恶性事件，当县政府紧急派出治安大队和警察赶到时，匪徒们早已逃跑得无影无踪，他们熟悉当地复杂的地形，通常选择在夜间活动，事发前没有一点儿征兆，简直是防不胜防。

朱彦林正在为匪患之事发愁时，彭泽东哭丧着脸走了进来。他抬眼看到这个警察队队长一脸懊丧模样，知道不会有什么好事情，于是，他沉住气一言不发，装着什么事也没有，继续看他的文件。

彭泽东迈步走到他跟前，带着哭腔将刚才发生在北街饭馆的事情，详细地向他诉说了一遍，然后眼巴巴地望着朱彦林那张冷漠的脸，焦急地等待着他的回话。

朱彦林慢条斯理地放下手中的文件，心想，你一个芝麻大的警察队长，竟然去跟那帮提着脑袋玩命的烂杆兵要饭钱，这是你自找苦吃。他又想这个人平素间腰挎驳壳枪，神气十足、目中无人，今天就算是给了他一个很大的教训。眼前这个彭泽东自从由成都派到金堂当上警察队长后，仗着手中掌握着二十条枪杆子，和那个在警察厅当官的亲戚做靠山，把什么人都不放在眼里，除了见到他这个县长有张笑脸之外，对其他人都板着一张阎王脸。

朱彦林心中虽然瞧不起这个靠裙带关系当上警察队长的下属，但也没有特别记恨他的地方，他好歹对自己还是唯命是从的。今天，既然已经求上门来，多少要给他一点面子，做个顺水人情也罢。况且彭泽东将今天所发生的事说得条条有理，错确实在那帮估吃霸赊的军人，而他自己只是看错了对象，不识时务而已。若是遇到那些地痞流氓犯了今天这样的事，早就把他们打得半死不活，谁又敢站出来与警察较劲？朱彦林转念再想，自己今天要是给了他这么大个人情，往后使唤他起来不是更服帖，更能显示出县长的权威？于是他勉强笑了一下说："彭老弟，你先不要着急，我等会给他们欧团长打个电话，你带人到他们房营门口取枪便是。"

彭泽东见朱彦林给他打了包票，一颗悬着的心终于放了下来，随即感激涕零地对他说道："劳烦朱县长帮了这个大忙，今后只要是您要办的事，就是我彭泽东的事，无论发生什么情况，保证随叫随到，绝对听从您的调遣。"

朱彦林心里所需要的正是这种效应，他笑着走过去拍了拍彭泽东的肩膀说："你先回警局去，等我给欧团长说好之后，再打电话告诉你。"

彭泽东点头应诺一声，急转身离开了县长办公室，跨着大步走出县政府大门，径直赶回警察队去了。

朱彦林等他前脚一走，便立即摇动桌上的电话机，接通了那边欧团长的电话，两个人先在电话中客气问候了一番后，紧接着谈到正题，朱彦林将今天发生在北街饭馆的事向对方详细讲了始末缘由。欧团长在电话那端抱歉地诉起苦来，他说全团兄弟已经两月没有领到军饷了，只怪他们的嘴太馋，口袋里又没有钱，所以采取了吃饭赊账的下策。虽说是给军人丢了脸，但说到底也是情有可原，至于后来发展到抢夺警察的枪支，那是绝对不允许的。他答应立即命令那个连长将缴来的枪支一杆不少地交还警察队，晚饭前派人到部队驻地去拿便是。

朱彦林正欲挂断电话时，欧团长在电话那边又补充了两句话："朱县长，金堂县拨给我们团的军饷，你啥时候能够如数拨下来，我这里一千名兄弟都急着等米下锅了。"

这是朱彦林意料之中的事，每次只要是和他通电话，都不免听到催要军饷的叫苦声。今天是自己第一次求他办事，他却当面催要军饷，好似两个人做生意在讨价还价，心里感觉有些不痛快，这个姓欧的也太现实了，我不相信晚发一月军饷，你那一千士兵就会饿死。但是，朱彦林生气归生气，他毕竟是官场中人，说起话来圆滑得很："欧团长，请你放心好了，

风雨人生 285

过不了半个月等税务局将全县的税款收齐后，马上便转拨给你们，只是金堂县今年发生了旱情，各地农户普遍歉收，挨家挨户去催收税款确实不易。"

欧团长在电话里哼哼苦笑两声，不软不硬地说道："老兄，过几天再不把军饷拨下来，我就将部队开到你政府里来吃饭啦。"说完，电话啪的一声挂断了。

朱彦林心里正在火冒三丈的时候，王世洪匆忙走了进来，他见朱县长满脸不悦，忙上前安慰了他两句。紧接着，便跨前一步走近他身旁，将赵家乡准备种植鸦片的事向他做了详细汇报，声音低得旁人无法听到，就算你此时站在门口，也听不清楚他们在说什么。

朱彦林听得眼球不断转动着，等他慢慢安下神来后，便对王世洪说道："我看这样做可以，但必须要按种植的亩数来收费，先把钱收上来再说，他们私下种自己的鸦片，我们政府不开腔强行阻挡就是了。"

王世洪还是有些不放心，他诡谲地眨了下眼问道："十八师欧团长和警察局那边该怎么办？"

朱彦林略一思忖后说："欧团长那边不用操心，我自有对付他的办法，你去请他晚上到我家里来商量一下。至于彭泽东那儿，不需要详细跟他说啥子，到时候多少分点钱给他便是了。"他知道彭泽东极好应付，今天发生警察队枪支被缴的事，是自己出面替他摆平的，还未图他报答什么。朱彦林心里暗自庆幸今天在处理军警冲突中的高明，瞬间增添了应对彭泽东的筹码。

王世洪见朱彦林一副胜券在握的表情，便心领神会地说："我明天上午就去跟赵家乡的人说，要他们回去马上筹款，尽快将钱交到县里来。"

朱彦林沉下面孔，非常严肃地对他说："此事由你全权经办，绝对不能向外人走漏半点风声。"

王世洪语气坚定地说道："朱县长，您就一百个放心，这种事情我晓得利害。"说完这句话后，他见朱彦林再无别的吩咐，便急忙离开了县长办公室……

第二天上午，姚天辉和赵德成心焦火燎地跑到县政府王世洪处，王世洪笑容可掬地请他俩坐下说话。

姚天辉一屁股坐在昨天的那把椅子上，迫不及待地开口便问："王表弟，昨天跟你说的那件事办得怎么样？"赵德成坐在旁边睁大了一双期待的眼睛。

王世洪瞟了一眼门外并无行人，这才压低声音将自己如何在朱县长面前说了许多好话，费了多少唇舌，最后终于把他给说通了的经过讲述了一番。这件事充分说明朱县长体察民情，关心赵家乡众多父老乡亲的生计发展，他很乐意做这种有利于乡民的好事情。

本来是祸国殃民的罪恶勾当，王世洪在这里竟然将它说得冠冕堂皇，使得利令智昏的姚天辉和赵德成二人不禁感激涕零，连连点头称谢。并说现在马上就动身回到赵家去，保证十天之内将全乡种植鸦片的钱如数交到县政府。

临行之时，王世洪一再地叮嘱他们，此事绝不能让其他任何外人知道，尤其是靠近中江县兴隆场那边的人。

姚天辉和赵德成急忙赶回赵家乡，仗着王世洪所说的有县长支持，即刻分派人手四处鼓动农户种植鸦片发财。一时之间，赵家乡众多百姓被蛊惑得利欲熏心，纷纷拿出多年来攒下的压箱钱，自愿交到了姚、赵二人手中，总共有二百八十万元之多，装了整整两口木箱。

为了将这一大笔钱安全地送到县城去，姚、赵二人颇费了一番心思。

风雨人生 287

从赵家乡到县城虽说不过一天路程，但必须经过山高林密的山王庙，那儿常有土匪抢劫过往客商。上缴种植鸦片钱非常重要，它关系到赵家乡数百农户未来的生计，不能有半点闪失。经过再三考虑后，决定花钱请乡长派治保队护送。于是，他们急忙给乡长备了一份厚礼，当天就送到了他家中。乡长听说种植鸦片的计划已经得到县长支持，他也想趁机巴结一下朱县长，哪会有半点怠慢，当即便爽快地答应明天就派治保队护送巨款去县城。

第二天早晨，姚天辉找来两个身强力壮的挑夫，轮流担着两木箱钱从赵家乡出发，后面紧跟着十几个肩扛长枪的治保队员。

一路之上还算顺利，这帮人十分警觉地走过山王庙，并未看到一个土匪的身影。但当他们走到赵家镇北河渡口时，却遇到了一点点麻烦。姚天辉为了抢先登上渡船过河，仗着有一队枪杆子撑腰，竟不加思索地走上去拨开前面待渡的人群，哪知人群中忽然站出一个彪形大汉，他大声吼道："还要不要规矩，你们是哪里来的歪人！"姚天辉并不理会，继续带着挑夫往前面走。

那个汉子怒不可遏地高喊："给老子回来！"他随即掏出手枪顶住了姚天辉的头颅。

跟在后面的赵德成急忙上前劝解，治保队员见有人举枪滋事，纷纷把肩上的枪端在手上，只听见一阵"哗啦啦"的上膛声。赵德成唯恐将事情闹大，急忙向举枪的汉子赔不是，那个汉子看见赵德成满脸堆笑，情绪稍有一些缓和，又见他身后跟着十几个怒目相对的持枪男子，枪口直端端对着自己，心里不知这帮人的来头，他们人多势众，要是一旦动起手来，恐怕自己今天要吃大亏，于是他慢慢地将举起的手枪放下了下来。赵德成为了平息事态，随即将他拥到渡口前面，让他第一个走上渡船。

过河之后，赵德成从身旁一位同船人口中得知，刚才那个持枪的汉子是三星乡赫赫有名的袍哥管事。渡口这一带均属三星地盘,他算是名副其实的地头蛇。心想今天幸好没有过分得罪他,否则回来的路上必定惹上大麻烦,弄不好就会伤及人命。他告诫自己出门在外要和气忍让为好。

天黑时分,姚、赵一行人终于走到了县城,投宿在东门口的一家客栈里。姚天辉安顿好大家吃住之后,便同赵德成一道叫挑夫将两木箱钱担着,径直奔往槐树街王世洪家中。王世洪吃过晚饭必做的事,便是教他六岁的儿子练习在方格本上写字,他刚为儿子研好一砚墨。当看到姚天辉二人急匆匆走进门来时,心里早知道他们的来意,随即吩咐儿子带上本子和笔砚到隔壁房中自行练习。

姚天辉叫身后的挑夫将两箱钱放在屋中后,立即打发他先回客栈休息。等到挑夫离开之后,王世洪急忙去关上院门。当他回来的时候,赵德成已动手揭开了两个木箱盖子,只见里面装满了金圆券和用红纸包裹着的银圆。王世洪虽然见过不少世面,但眼前这样多的钱,还是平生头一次见到,心脏不由得怦怦跳动起来。

姚天辉指着箱子对王世洪郑重其事地说:"表弟,这里面总共装着二百八十万元,是我们赵家乡种烟户全部上缴的钱,请你仔细验收一下。"

王世洪见姚、赵二人一副严肃认真的样子,心里暗想:这笔钱根本不会交到政府财政,用不着自己劳神费力去清点。于是便笑着对他们说:"二位老兄这样认真负责的态度,我是一百个相信,还需要清点啥子哟。"

赵德成接着补充道:"我们所收缴的钱,每家每户都记录在册,经过多人反复计算,总共就是二百八十万元这个数,绝对一分不少。"

王世洪哪管你记账不记账,眼前已经有这么多钱到手,心中早已心花怒放了。为了宽慰他俩,免不得说些鼓励的话:"这些钱我明天就亲自交给朱县长,你们回到赵家后,叫大家放心大胆地种鸦片,我保证金堂县没有哪个人敢站出来横加干涉,只等着你们今后发财的好消息了。"

闲聊片刻之后，姚天辉觉得再无话可说，便起身告辞。王世洪见钱已到手，也无意和他们多说什么，便客气地说道："你们二位请慢走，望代表朱县长问候赵家乡的父老乡亲们好。"其实，朱彦林哪里说过这些好听的话，这不过是王世洪随意瞎编出来的假话而已。

如此巨大的一笔贿赂款，朱彦林和王世洪是如何与军警共同分赃的，这当中又发生了哪些分赃不均的矛盾，所有的一切内幕，局外人便不得而知……

姚天辉和赵德成两人回到赵家乡后，便率先大张旗鼓地种植起鸦片来，那些缴了钱的农户也紧随其后，成天忙着平整自家的土地，施上一层草木灰，有的甚至拔掉地里的庄稼，将秧田的水放完后，便牵来耕牛犁耙，改种更有利可图的鸦片。这段日子里，赵家乡广阔的土地上随处可见人们忙碌的身影，有的一家老小全部出动，为的就是不失时机地赶紧种上鸦片。

向来老成持重的乡长走在路上，看到眼前的这一幕，都不禁惊叹起来，赵家乡的人简直疯癫了，他们不顾一切地朝着一个目标，憧憬着同样的发财梦。等到了收获的季节，他们会如愿以偿地得到可喜的回报吗？

二十四

转眼之间已到五月初八，这天是玉凤与徐大为结婚的大喜日子。早晨，一轮红日从东方冉冉升起，天空上没有半点云彩，又是一个大晴天。

徐大为身穿崭新的卡其布长衫，佩戴着大红绸绣球，带领着一乘四人大花轿和多名吹鼓手的迎亲队伍向牛角冲出发了。蒋幺妹大踏步走在队伍最前面，走进村口后，锣鼓声骤然响起，一路上吹吹打打将整个牛角冲都吵醒了，沿途的农户们纷纷推开门来，非常乐意看到村里人办喜事。

迎亲队伍很快抵达了贺家小院，花轿搁稳在门前后，蒋幺妹急忙用手推开了院门，径直朝屋里走去。

在小屋中，玉凤母女俩坐在床边抱头哭泣，常言说母女连心，玉凤真舍不得离开相依为命的父母。民间流传着新婚女子上轿必须哭嫁，但有少数人在那一刻就是哭不出来，不知是心里太紧张，还是对父母的感情冷漠，或者只想着新婚宴尔的欢乐，早已忘记了父母对自己的钟爱。

但在此时，蒋幺妹看到的竟是玉凤母女俩发自内心的感情流露，她们哭得声泪俱下，让人十分感动，自己也难免觉得心酸。

玉凤母亲见蒋幺妹走进屋来，知道是迎亲的队伍到了，她松开抱着女儿的双手，急忙从床边站起身，用手扯起一片衣襟擦去满脸的泪水。

蒋幺妹走到床前，轻轻地拍着玉凤肩头说："不要再伤心了哈，该上花轿了。"玉凤站起身来，拿手帕拭去脸庞的泪花。母亲从枕边拿来一方红绸盖在了她的头顶。

当玉凤踏着碎步走向花轿的那一刻，她的双眼噙满泪花，强忍着没有哭出来。母亲先前曾告诉她说，新娘子上轿时就不许再哭了；如果那样伤心地出嫁，婆家还以为你不愿嫁过去，心中自然不高兴。

徐大为走上前扶着玉凤进入轿内，等到轿帘一放下，吹鼓手便用劲吹打起来，四个轿夫抬起晃悠悠的大花轿，伴随着喜气洋洋的迎亲队伍，一路浩浩荡荡地朝着五凤溪走去。

玉凤母亲站在自家门前，眼睁睁望着花轿渐渐远去，直到消失在牛角冲村头那片郁郁葱葱的柏树林，她忍不住哭出声来，眼泪随着腮帮往下流，滴湿了胸前那片衣襟。贺老大低着头站在妻子旁边，始终一言不发。此时，不知他心中是留恋女儿，还是为今后家里少了一个干农活的帮手而苦恼？

徐家将结婚酒席摆在安凤桥那家凤溪饭馆，店老板很难遇上这样的好生意，早早地便开始忙碌起来，除了饭堂里原有的十五张桌子板凳外，又特意在街边添加了好几张桌椅，只等到午时三刻新人拜堂一结束，男人便会跑到这里来开怀畅饮，妇女和小孩早就盼着吃这顿"九斗碗"了。

徐老板今天请到不少客人，凡是与徐家沾亲带故的远亲近邻，几日前就给他们送了请帖，那些天天见面的朋友更要登门去请，特别是当地的保长、甲长，他们都有当官的臭架子，若是请得不恭敬，他们往往会推三阻四不肯来。好在徐家是做生意的商人，徐老板去年又加入了五凤溪袍哥组织，有了这诸多的原因，保长、甲长这才答应参加徐家的婚礼。

今天来参加徐家婚礼的客人中，要数船帮的人最多。徐大为在船帮做事已有三年，结识了五凤溪码头上许多人，也渐渐融入这个庞大的社会群体中。船帮和袍哥是五凤溪的两大民间组织，在某种意义上讲，他们主导着这个边远小镇的各种社会活动，维持并平衡着这里的社会关系，就连乡长偶尔遇到一些棘手的麻烦事，都得找他们出面商量协调，寻求两家帮会的鼎力相助。

船帮和袍哥虽说表面上是两个不同的民间组织，但他们的内在又有着紧密的联系。比如船帮的船老板，或是有点资格的舵手，他们同时也是袍哥，而原先已加入袍哥的生意人，有钱之后便会买条船做水上运输，到了这时，他自然就会加入船帮。所以，这两个形式上不同的组织，却是五凤溪当地同一性质的社会团体。

说起五凤溪船帮的由来，还得从清王朝在这儿设置场镇开始。康熙年间，随着两湖及广东等地大量移民迁移四川，这里的人口逐渐增多，商贸开始繁荣起来。那时的五凤溪便成为沱江上游的重要码头，大宗商品的集散地。有民谣说：五凤溪一张帆，要装成都半城盐；五凤溪一摇桨，要装成都半城糖。这里说的是自贡的井盐和内江的白糖，都得通过沱江水由下游运上来,再由五凤溪上岸转陆地运往成都,而成都的许多日用杂货购销也经过五凤溪码头上船,然后转运至下游的资阳、内江、隆昌和泸州等。船帮人的性格粗犷而不蛮横,豪放而不鲁莽,形成了一百余年间独特的五凤溪码头文化,而众多的船帮人便是这种文化的鲜活代表。

玉凤坐在狭窄的轿中感到烦闷,她用手揭开了头上的红盖头,长长地舒了一口气,心里顿时觉得轻松多了。她顺手掀起轿帘的一角,一缕阳光射进轿来,照花了她的双眼,她急忙又将轿帘放下。玉凤在光线暗淡的轿中再一次拉开轿帘,当她看到牛角冲渐渐远去时,心中有难以言表的伤感,眼泪不由自主地流下来。她今天将告别这片养育了自己十七年的土地,离开那座翠竹环抱的静谧小院,还有小院后面山坡上那果实累累的血橙树。更让她割舍不下的是两鬓斑白的父母,大姐青凤早年远嫁赵镇,每年中只有大年初二那天才回娘家一趟;二姐小凤参军已两年多时间,至今音讯全无,在战场上不知是死是活;现在轮到自己又出嫁了,留下可怜的父母孤苦在家,当想到他们眼角处和额头上日渐增多的皱纹,玉凤感到无比心酸。

花轿抬到徐家门口落定,蒋幺妹上前拉开轿帘,扶着玉凤走出轿来,许多等在那里看热闹的娃儿们蜂拥而上,纷纷拍着小手欢快地高喊:"新娘子红脸蛋,又好吃又好看。"一个顽皮的男孩径直冲到新娘面前,伸手扯起红盖头一角,睁大两只眼睛想看看新娘子长得啥模样。蒋幺妹挥动手臂不停地吆喝着,好不容易才将那群娃儿驱散。那个男孩对小伙伴说:"新娘子长得真好看,她身上好香啊!"

拜堂的时辰还未到,蒋幺妹扶着玉凤到新房中耐心等候。

参加婚礼的人陆续到来,徐老板将他们安顿到篾货铺对面的茶坊坐下,吩咐堂倌给每位客人泡上一碗茉莉花茶,并端来几盘炒花生和杂糖果子招待着,请他们就地歇息一会儿。有的客人来得晚了些,见茶坊内已经座无虚席，便干脆跑到前面不远的饭馆里坐下来，选在一个太阳晒不到的阴凉地方，觉得更安逸些，反正一会儿还得从茶坊那边走过来吃饭。

在焦急的等待后，时光已至午时，早晨的那轮艳阳此刻已变成了一团炽热的火球，从高空投下明晃晃的光亮。街上的行人挥汗如雨，他们行色匆匆地朝着家中奔走，男人头上戴着草帽，女人的手里则撑起黄色的油布伞。

婚礼在那间宽敞的铺面里举行，徐老板昨天安排人手将所有篾货全部搬到了后院的坝子里，专门为今天举行婚礼做好了准备。婚礼按照当地习俗进行，由徐家长辈充当赞礼人，先鸣放礼炮再奏乐，接着便是新郎与新娘出堂拜天地、拜父母和夫妻对拜，然后被簇拥着进洞房。川西民间的婚俗大致相同，比如大白天点燃一对红蜡烛，名曰"红运高照"；入洞房时新郎一只手擎着红烛，另一只手拉住新娘系在腰间的红带，这叫"夫妻连心"。虽然各地习俗虽略有差异，但总的意思是期望子女们结婚后要和睦相处，为家里繁衍子嗣，孝敬父母和尊敬师长等，体现了中华文明的优良传统。

婚礼很快在紧张而欢乐的气氛中结束了，早已饥肠辘辘的客人们一窝蜂涌进了不远处的凤溪饭馆，开始了尽情地饮酒划拳，享受美食。徐老板和新郎在席间来回穿梭敬酒，饭馆内外一派喜庆热闹的景象。

从洞房之夜起，玉凤和徐大为夫妻俩便过上了甜蜜而幸福的生活……

二十五

这年八月初，一天正逢赵家乡赶场，天空中忽然下起了毛毛细雨，路上的行人纷纷撑起了雨伞，戴着草帽和斗笠走在狭窄的街上。此时，从三合碑前面的路口走来四个不速之客，他们穿着一身当地农民的衣服，头上戴着焦黄的旧草帽,并将前额压得很低,以至看不清这几个人的本来面目。他们前后保持着一定距离,不紧不慢地朝前行走,很像是去赵家的赶场人。

其实,这四人中的三个是中江县警察局的暗探,而走在前面的那个带路人则是中江县兴隆场治保队长肖有才。他们今天乔装跨过县界来到赵家场所为何事呢?原来,几天前有两个到赵家走亲戚的人回到兴隆场,在一间茶铺喝茶摆龙门阵时,无意间将他们在那里看到了大片艳丽的罂粟花的事情,绘声绘色地当众说了出来,顿时惊呆了满堂的茶客。消息不胫而走,第二天便传到了兴隆乡长的耳朵里。他起初听到还是半信半疑,心想谁这么大胆敢违抗政府禁令,居然明目张胆地种植鸦片?为了弄清虚实,他好奇地独自走到赵家乡,兴隆场离赵家乡不过十多里路程,走了不到一个时辰,便走到赵家场头那两棵黄桷树下。此时,他故意将头埋得很低,唯恐被人认出来。这一路之上,他用心观察,并未发现两旁的农田有什么异样,便继续再往前行,当他迈步穿过场口不久,便看见在稻田后边的许多地里开满了五颜六色的花朵;他急忙走过去观察,只见眼前的农田里盛开着各色罂粟花。在秋日阳光的照射下,这些花朵宛如情窦初开的少女,又像风姿绰约的贵妇,微风轻轻摇曳着娇柔的身姿,显露出无比的妩媚和妖艳。他不禁啧啧赞叹道:"世间竟有这样好看的花朵。"

他在田间小路上逗留了一会儿后,唯恐被当地农户看见他这个外来的陌生人,从而招来不必要的麻烦。于是,他即刻转身由原路返回了兴隆场。他一脚踏进乡公所办公室后,便急不可待地拨通了中江县县长的电话,将他目睹赵家乡鸦片开花的情况做了密报。县长听了他的报告,心中感到震惊,他确信兴隆乡长不敢说谎,但为了更准确地掌握赵家乡种鸦片的真凭实据,他即刻命警察局局长派人前往详加核实。

第二天,警察局便派出三个暗探来到兴隆场,乡长立即叫来治安队队长肖有才，要他带路去赵家乡一看究竟。并且告诉他说，一定要走过赵家场，前行不远，就能望见稻田后大片的罂粟花。他们即刻商议着分头行动，想彻底摸清赵家乡种植鸦片的田亩数量。于是，他们分散走在大片的鸦片地间，细心地默记着大约有多少亩数。直到午后散场时，他们才相聚到场口的一家饭馆，匆忙吃过午饭后，迈步赶回了兴隆场。

三个暗探回到中江县城，立即向警察局长做了详细汇报，认定赵家乡确实种植了鸦片，初步调查有八千亩之多。局长感到事态非常严重，马上骑着他那辆三枪牌自行车赶到县政府，当面向县长报告派人到赵家乡调查的惊人结果。县长听了兴奋不已，他皱着眉头思考了一会儿，心想这是自己邀功的机会到了，便决定亲自去成都省府举报金堂违抗国家禁令，私种鸦片八千余亩的罪恶行径。

时隔三天之后，金堂县收到省政府主席张群签署的一份紧急公文，当县长朱彦林展开来看时，吓得沁出了满头的汗珠。这份措辞严厉的公文中，明确指出金堂赵家境内种植着大量鸦片，时下正值开花季节，若不及时铲除，等到鸦片结果成熟之后，必将流入各地民间，祸害全川百姓。公文重申禁烟是政府倡导新生活运动的重大举措，任何地方不得有所违抗，违者定将依法严惩。公文斥责了金堂县政府的失职行径，并强令县长朱彦林即刻带队前往赵家乡铲除鸦片，对那些带头种植鸦片且种植亩数最多者，要依法予以打击。最后指令省警察厅派要员前往监督执行，一旦铲烟结束，必须在三日内呈文报告省政府。

朱彦林在惊慌之余，急忙叫来秘书王世洪，将省政府的那份紧急公文往王世洪面前一甩，铁青着脸对他说道："快看看，你惹出大祸事来了吧！"

王世洪睁开一双三角眼，急忙拿起公文来看，当他看完之后，两只手不由自主地颤抖着,圆溜溜的黑眼珠望着朱彦林那张冷漠的脸,嘴里竟然说不出半句话。

朱彦林毕竟混迹官场多年,老谋深算是他的本能。在这种紧急关头,他横下一条心来,即刻对王世洪说道:"一不做二不休,马上带人带枪去赵家铲烟。同时要发告示张贴到各乡、镇,大张旗鼓地宣传禁烟,马上派警察去封闭金堂各地的烟馆,要在全县形成浩大的声势。必要的时候,杀死几个人,这样更好向省政府交代。"

王世洪听了朱彦林最后那句"杀死几个人",不禁全身毛骨悚然,但他转念又想,赵家乡之所以敢明目张胆地种植鸦片,正是由他牵线搭桥,收了姚天辉大量贿赂才造成的。如果姚天辉一旦被抓住,肯定经不起警察的严刑拷打,他必将供出自己和朱彦林,若是到那时,恐怕自己性命难保。为此,还不如趁机让姚天辉他们去死,弄成死无对证,谁也追查不出什么名堂来。此时,他心领神会地问道:"您看我们什么时候开始行动?"

朱彦林略一思索,坚定地回答道:"事不宜迟,我们明天便带队出发。你快去通知治安大队和警察局做好应急准备,明日早上七点钟准时在玉虹桥自卫总队门口集合。"

王世洪听完朱彦林的指示,急忙走回自己办公室,骑上他那辆公务自行车,急匆匆地去通知警察队队长彭泽东和玉虹桥的国民自卫总队。

第二天早晨,一夜难眠的朱彦林和王世洪提前来到玉虹桥自卫总队驻地,只见一百多名自卫队队员已在操场上列队待发;紧接着,彭泽东也带领警察队跑步赶来。朱彦林迈开大步走到操场上的青砖台子,表情十分严肃地向自卫大队和警察队发布命令:"大家都听好了,县政府接到省政府张主席的紧急指令,为了大力开展新生活运动,严禁种植鸦片烟。我们今天开拔到赵家去主要是铲除那里种植的鸦片。大家务必要共同努力,争取在两天内铲除赵家乡的全部鸦片；若遇到违令者或武力抗拒者，就地处决。"说完之后，朱彦林用目光巡视一遍操场上的自卫队员和警察，立即举手向前一挥："队伍现在出发！"

浩浩荡荡的大队人马快速前行，乘船渡过赵镇的北河之后，又连续翻越了陡峭的山王庙，当到达赵家乡场时已是夕阳偏西，大家累得气喘吁吁，口干舌燥。

赵家乡乡长看见朱彦林带着武装人马到来，心中顿觉大事不妙，心想赵家乡并未发生匪患，他为何如此兴师动众来到赵家？他惊奇地面带苦笑道："朱县长，您此次驾临本乡，有何事需要卑职去做？万望明示。"他预感到赵家乡种植鸦片之事已败露，用生涩的语气试探着问。

朱彦林浓眉一扬，怒目瞪着他："今天暂且不说别的事，你快去将大家安顿下来，先把吃饭和睡觉的问题解决了再说。"这是命令的口吻。

乡长提心吊胆地忙碌起来，朱彦林刚才回避自己的问话，不肯向他透露半点风声，让他感到心神不安。他急忙到街上去通知三家饭馆抓紧为这帮人准备晚饭；又去喊两家客栈挪出所有房间给他们住宿，因房间不够一百多人睡觉，只得叫人把乡公所办事房的东西搬出来，然后去农户家中抱来几捆稻草，铺在屋内当地铺。乡长忙完这一切后，便拖着疲惫的身子回到自己屋中，他躺在床上很难入睡，夜里竟是噩梦缠身，惊醒后吓出了一身冷汗。

由于白天徒步翻山越岭劳累，众多的年轻自卫队员感到非常困倦，倒上床便发出呼呼的鼾声。

临近午夜时，曾林修不敢有所疏忽，他亲自带着两名队员到处巡逻，心事重重地走在赵家场街道上。其实，从今天早上由县城出发到现在，曾林修脑海里始终浮现着那场淮口与姚渡两地袍哥的火拼案，时任金堂县县长的刘仲宣指使治安大队抓捕姚渡袍哥，并当场枪毙了九人；日后事态虽然得以平息，死伤者也得到了袍哥内部的抚恤，但那九条鲜活的生命却永远从人世间消失了，九个人的家庭也支离破碎。如今想起来，心中感到万分懊悔。此次因赵家乡种植鸦片惊动了省政府，朱彦林被迫调动自卫大队和警察前去铲除，一县之长亲自带队上阵，这在金堂历史上还是首次，会不会重演几年前在淮口因鸦片纷争发生的悲剧呢？曾林修脑海里仿佛又听到一阵阵枪声。他想到朱彦林今天早上在操场上的训话，其言辞甚为强硬，特别是讲到"若遇抗拒者就地处决"这句话，他预感到朱彦林此番必将大开杀戒，以洗脱他治县不力的罪责。

曾林修今天有如此缜密的思考，比较几年前那个莽撞单纯的他，已经有了很大的长进，他已经成熟起来。这一点深得大队长邹荣江的赏识，二人相处这些年来，已经结下了很深的情谊，自卫队无论遇到任何事情，他俩都要反复认真商议，然后得出妥善的解决办法，从不贸然行事。比如这几年中，金堂境内常有悍匪作乱，肆意抢劫乡间殷实大户和场镇商铺。当自卫队接到县长紧急指令，便不分昼夜出击，火速将队伍开赴事发地剿匪；而实际情况是，当自卫队员赶到时，那些匪徒早已跑得一干二净，队员们只得无功而返。但仅有一次却出乎意料地抓到了十多名土匪，这是因为匪徒们在抢劫日新乡一家地主时，遭到了护院家丁和长工们的顽强抵抗，那家地主曾在川军部队当过数年排长，有着丰富的作战经验，尽管护家人数比土匪少许多，但他们身处高高的碉堡和厚实的院墙内，依仗着十几杆汉阳长枪的强大火力，硬是把土匪挡在了院墙之外，双方相持了两个多小时，土匪始终难以破门。由于匪徒恋财心切，为自卫队的到来赢得宝贵的时机。在邹荣江的指挥下，队员们很快将土匪包围，众匪徒见后路已被人截断，慌忙间试图突围撤退。面对这群穷凶极恶的土匪，队员们纷纷举枪猛烈射击，双方交火持续到午夜。后来，剿匪战斗终于取得了胜利，自卫队抓获了十多名来不及逃跑的匪徒。其中土匪头子赖大炮因脚踝受伤，行走不便被生擒活捉。这是多年以来，自卫队首次与土匪正面交锋，并且取得如此重大胜利。在押解匪徒返回县城途中，曾林修不经意间看到其中被绑着个瘦小的人，在艰难地挪步前行，便走上前去将他拉到路边仔细观看，顿时被惊呆了，原来竟是一个稚气未脱的大孩子。他睁着一双惊魂未定的眼睛，胆怯地望着面前这个魁梧的汉子。孩子的左肩染满鲜血，脸色苍白得吓人。曾林修动手给他解开绑绳，用随身包里的绷带给他包扎好伤口。问起他姓名，得知他叫雷松明，今年刚满十五岁，家住本县隆盛乡。由于年幼好玩，去年冬天在隆盛乡赶场时，被当土匪的远房表叔撞见，表叔关切地问他想不想出去挣钱，雷松明问咋个挣钱，表叔立即告诉他说："只需要拿一杆枪走到那些地主家中，不用你去劳神费力，他们便会乖乖地把藏在箱子底下的钱拿出来给你。"雷明松心想天底下竟有这等好事情，比起在家里做农活，一年累到头也挣不到几个钱，不如跟着表叔去挣点松活钱，到时候拿回来孝敬自己的父母，他们该有多开心啊。他从来没有摸过枪把子，在隆盛场这个偏远的小地方，很少有当兵的来过；偶尔看见乡长和保长腰间挎着驳壳枪，神气十足地走在街上，心中真是羡慕死了，他好想自己手中也有支枪玩。当天下午，雷明松连家也没有回，便被表叔连哄带骗地带进了土匪窝，充当着土匪们的勤务兵，他那时还没有一杆枪高。

曾林修得知实情后，即刻去给邹荣江做了汇报，并提议将这个孩子放回家去。邹荣江深明事理，他此时也在想同样的问题，如果将今晚抓获的土匪全部押回县城，无疑难以保全性命。那些罪大恶极的匪首和多年为非作歹的惯犯当然死有余辜，但像雷明松这样误入歧途的少年，若是挨枪子就太冤枉了，可怜他一双父母在家中日夜盼望儿子归来。

经过短暂商议后，曾林修又提出将那些年幼和新入伙的土匪全部放了，多拯救几条人命回来。邹荣江点头表示赞同，他说必须经过严格审问，千万不要漏掉一个惯匪。曾林修回答道:"审问恐怕来不及了，转眼间就要走到县城，天亮时放人太显眼，县长若要怪罪下来，你我二人都承担不起。"邹荣江忙问用什么办法更妥当，曾林修说:"我从那个小娃儿雷松明审起，人小肯定经不起吓唬，绝对会说真话，让他指认这帮匪徒中哪些是新入伙的，哪些又是多年的惯匪；然后再找人出来相互指认，如果他们的说法一致，这便清楚地分辨出来了。"邹荣江答道:"这个办法要得，你快点去办，让他们走远一点，短时间不要回家，先到亲戚朋友家躲避风头。"

  一路之上，曾林修叫雷松明去将那些新入伙的土匪喊出来，让他们走在队伍最后面，准备着伺机释放。这时，他从口袋里掏出两块银圆塞进雷明松的衣袋中，并轻声对他说:"回去早点把伤口医好。"雷明松睁大了眼睛，望着曾林修和善的面孔，泪水顷刻间从眼眶里涌了出来。

  当走到绣川桥一处茂密的林盘时，邹荣江在队伍前面高声喊道:"曾林修，快点跟上队伍!"他见放人的时机已到，立即给出这个明确的暗号。

  曾林修此刻没有丝毫迟疑，马上对即将被放走的几个青年说道:"你们回去后要好好种庄稼，不准再去当土匪了。"说着忙解开他们身上的绑绳，猛然推了雷松明一把，压低声音催促道:"你们快些跑。"

  等到这几人已经跑出了林盘，曾林修立即拔出腰间手枪，朝着前方夜空中连开数枪，并且提枪追了上去。枪声惊动了前行的队伍，邹荣江带着几名队员快速冲了过来，急忙问他:"这是怎么回事!?"

  曾林修一脸无奈地说:"我正在审问他们，不小心被地上的石头突然绊倒，几个土匪就趁机逃跑了，这些龟儿子跑得比兔子还快，一会儿便不见了踪影。"

  邹荣江带着责备的口吻对他说:"走路怎么不小心点?"

  曾林修面对上司的假意责怪，瞬间装出无言以对的尴尬相。

邹荣江见他低头不语，却又当着大家的面安慰他的下属："跑了就算了嘛，不过是几个乳臭未干的小娃儿；反正土匪头子已经被我们逮住，能够交差就行了。"他转过身向队员们说道："快点跟上前面的队伍，马上就到城门口了。"他抬起脚往前跑，队员们紧紧跟了上去。

果然不出所料，自卫队早上将匪首赖大炮和几名惯匪押进警察局，局长便按照县长刘仲宣的指令，将这帮匪徒五花大绑押到县城大街上示众，让大家看到政府全力剿匪的功劳，然后把这些悍匪押到东关山执行枪决。不少路人看见他们的尸体暴露在荒郊，长时间无家人前来收殓。有人在黄昏时看见不知从何处跑来两条野狗，龇牙咧嘴啃咬着尸体，晚风中传来一股让人作呕的腐臭味。第三天上午，玉虹桥当地的一位陈善人带着家中的长工，扛起锄头和铲子，在乱葬坟的空隙地方挖了个大土坑，将那几具腐烂的尸体拖进去埋掉了。

曾林修回想起这段日新乡的剿匪往事，心中感到无比悲怆，以至今夜没有丝毫睡意，便带上两名队员外出巡逻；夜晚月明风清，蟋蟀的鸣叫声让他心烦意乱，这次奉命到赵家乡铲烟，邹荣江因肋骨的枪伤复发，躺在家中不能下床，遂将自卫队日常事务托付自己处置。让他感到不安的是，县长此番亲率自卫队和警察队到赵家乡，声势空前浩大。这次铲烟涉及众多种烟农户的切身利益，情绪激动的农户定会站出来阻挡，他们自以为已向政府缴了种烟钱，得到许诺才敢种植鸦片，为什么现在突然之间就变了脸，反而跑来强行铲除花蕊绽放的鸦片？若是这些不知底细的农户据理力争，县长朱彦林岂能容忍他们诋毁自己，到盛怒之时，他定会昧着良心抓捕这些"刁民"，甚至大开杀戒灭口。

曾林修想到可怕之处，心里不由得打了个寒战，他不愿看到鲜血淋漓的杀人场景，自参加县自卫队的这些年间，他从未亲手开枪打死人，杀人永远是他心中的禁忌。

如何才能让种烟农户不与自卫队及警察发生冲突，保住他们的性命呢？曾林修反复思索后，最终想出了一个好办法，办法很简单，就是通知他们连夜逃跑，但如何去告知这许多农户却成了问题。曾林修焦急地抬手看表，表盘上的夜光针已指到三点，事不宜迟，他决定马上行动。于是，便对身边两个打着哈欠的队员说道："你们今天也够累了，赶快回去睡一觉，这儿有我一人就行了。"听到队长如此发话，他们巴不得马上躺上床就睡，立即摇晃着睡意蒙眬的脑袋走开了。

好机会已经到来，曾林修环顾四周无人，急忙快步走出了赵家场，唯恐让人看见自己面容，便随手拿出衣袋里的手帕捂住脸庞，只露出宽阔的额头和一双机敏的眼睛。一切准备妥当，他跨步走到路旁的田间小道。面前是一大片鸦片地，在明亮的月光下，地里的花朵显得妖艳迷人。他径直走到一处农户家，农户家的狗顿时狂吠起来。曾林修在门外大声喊话："老乡，快点开门，我有要紧事给你说。"屋里男主人听到狗叫很不耐烦地问："半夜三更的，你是哪个？"曾林修又催促道："事关重大，你打开门我给你详细说。"男子听外面只有一个人声音，不像是土匪结伙抢劫，半信半疑地用左手打开了院门，右手紧握着一根扁担防身。当他看到一个蒙面汉子站在门前，顿时吓得全身直打哆嗦，急忙后退了两大步。曾林修见他如此恐慌，赶紧对他说道："你莫要害怕，我是来给你们报信的，你走过来点，我好当面跟你说。"男子见他语气和善，并未带有丝毫恶意，这才放下手中的扁担向他走过去。曾林修为了让对方相信自己所说的话，他灵机一动，谎称自己是赵家乡公所派来的人，今晚特地来通知本地乡民，昨天晚上赵家场来了大队人马，其中还有许多警察，他们全都挎着枪。乡长探得重要消息，他们明天上午就会来铲除赵家地里的鸦片，还要逮种植鸦片的人，轻者抓去坐牢，带头闹事者当场枪毙。所以，大家今晚必须逃

风雨人生　303

走，要是等到天亮就来不及了。曾林修让男子快喊人去通知村里的种烟户，跑到外地躲上十天半月再回来。

男子听后非常紧张，惊恐地问道："那么多种鸦片的人，咋个能通知得完！"

曾林修回答说："时间不等人，现在只能采取一传十，十传百的方法，你一路上多告诉一些人，然后让他们再相互传达，这样大家就都知道了。"

男子接连点头称是，并十分感激地说道："劳烦你半夜来跑来一趟，多谢你了。"

曾林修再次催促着："闲话少说，你快点带着老婆和娃儿走远点，现在是保命要紧。"

男子即刻应诺着："要得，我们马上就跑。"说完他急忙转身回屋去喊全家人起床了。

曾林修办好这件事情后，随即解下了脸上的手帕，迈步从原路返回到赵家场。此时，明亮的月光照在青石板街面上，他仿佛置身于另外一个世界，长长地舒了一口气，心中感到如释重负一般。过了一阵子，当他再次巡逻到场口时，看见远处的田间小路上，闪现着无数亮光，他知道这是农户们闻讯后在慌忙逃跑，自己悬着的心终于放了下来。

第二天清晨，朱彦林一边催促自卫队和警察快去饭馆吃饭，一边对身边的赵家乡长说出了此行的目的：金堂县奉省政府命令禁烟，针对赵家乡大量种植鸦片，必须坚决彻底铲除；对那些种植鸦片十亩以上者，必须要抓捕法办，起到杀一儆百的功效，绝不能让烟土危害当今国民。乡长听完此话，先是大惑不解，赵家乡种植鸦片是今年夏天的事，怎么时隔数月之后，等到鸦片开花结果才来铲除？姚天明当初曾亲口对自己说，朱县长表态不会干涉赵家乡种鸦片，已经取得了他的认可；赵家乡的种烟户凑了二百八十万交给他，此事自己知道得非常清楚，这些钱还是由乡公所派武装护送到县城的，按理说这是通了天的，怎么转眼之间就变卦了呢？简直是不可思议。他弄不明白其中缘由，干脆也不去想这些烦心事，反正铲烟又不损害自身利益，铲多铲少与他本人无关紧要。而在当前，他最应该关心的是自己的前途：身为一乡之长，在赵家的地盘上种植着大量鸦片，摆在众目睽睽之下，为什么不及时向政府报告，将私种鸦片的情况隐瞒如此之久，要是上面追究下来，自己无论如何脱不了干系，乡长的这顶乌纱帽也难免丢掉；况且自己也收下姚天辉两百块大洋。若是再往更坏处想，丢了官还是桩小事，如果一旦惹怒了上层官员，必将给自己定上受贿和包庇两项罪名，恐怕连脑壳都保不住。当他想到这里时，吓得全身不住地颤抖。他稍微镇静之后，心想现在只有积极配合朱彦林的铲烟行动，对他唯命是从才是上策，遂派遣乡公所职员全部出动，为在地里的铲烟队伍准备茶水和饮食。他时刻小心翼翼地紧跟朱彦林，一刻也不敢离开，两只圆溜溜的眼睛不断观察朱彦林，琢磨着他的脸色行事，担心自己稍有不慎，得罪了眼前这个铁青着脸的顶头上司。

铲烟行动即刻开始，朱彦林指挥自卫队和警察队迈开大步走向道路两边的鸦片地，他们手握镰刀和铲子，弯着腰在地里左右挥动，顿时将那些艳丽的花朵劈得落英遍地。有的队员嫌镰刀太短，懒得弯腰去割，干脆在枪口插上刺刀，拿在手里左右开弓。

上午的铲烟行动进展很顺利，没有一点儿麻烦发生。这时，朱彦林站在路上四处观望，竟然没有看见农户下地劳作的身影，也未见林盘中的房舍上冒出炊烟，他奇怪地暗自思忖着，这究竟是怎么回事，这里的人都跑到哪儿去了，难道此次铲烟行动走漏了风声？他百思不得其解。

午时的阳光明晃晃地照在大地上，乡长带着一帮人挑着几桶茶水和几箩筐饭菜从赵家场来到铲烟地里。

曾林修手握镰刀正在地里铲得起劲,他抬眼看见乡长带着人送来了午饭,便急忙喊队员们全都停下来。一些队员感到口中干渴,争相跑去拿碗舀水喝;更多的人在地里铲了半天罂粟,早已腹中饥饿,拿起饭勺便舀了满满一碗米饭吃起来,手上的筷子不停地夹起回锅肉往嘴里塞,每个人都吃得额头上冒汗,空气中散发着蒜苗回锅肉的香味。

乡长为了讨好朱彦林等人,满脸堆笑地将他们请到一处阴凉的林盘内,把特意为他们准备的饭菜摆在一张草席上,除了有回锅肉,还有糖醋鲤鱼、凉拌鸡块和红烧豆腐等,外加两瓶绵竹大曲。朱彦林此时仍未给他一个好脸色,他弯腰席地坐在了草席边上,拿起筷子来对王世洪、彭泽东二人说道:"你们站着干啥子,赶快坐下来吃嘛。"说着,他连看都没有看他们一眼,便狼吞虎咽吃起来。

铲烟其实就是将罂粟的花朵砍掉,不让鸦片结果子便是,并不需要将它连根拔起。所以大家干得比较轻松,很像小娃儿在地里玩游戏一般,拿起镰刀前后左右乱劈一通,一会儿便铲除了许多的鸦片地。吃过午饭后,自卫队做了短暂的休息,曾林修随即吹响口哨,马上下令道:"大家快到地里铲烟去。"

下午的铲烟行动却遇到了大麻烦,当队员们铲到姚家院子门前的鸦片地时,曾林修猛然发现从院子中冲出来十几个手持扁担和锄头的男子,其中三人手里还端着长枪,他们在主人姚天辉的带领下,气势汹汹地朝着地里走来。其实,姚天辉昨晚已经得知县上派了大批人马到赵家铲烟,这个消息是他的一个佃户专门跑来告诉他的;突然遇到这种惊天大事,姚天辉无论如何不肯相信。此时,他已经没有一点儿睡意,索性穿好衣服走出了大院,当他看到漫无边际的田野中,游动着许多亮光,他顿时感到诧异,难道这真是种烟的农户们在逃亡?

直到这时，姚天辉仍然抱着侥幸心理，想着会不会是县里派人来铲那些没有缴钱的农户种的烟。姚天辉自己就带头种了一百亩鸦片，指望着今年有一个好收成，如果当年鸦片烟行情看涨的话，种一季鸦片便能赚四五千大洋。姚天辉这些日子一看到地里姹紫嫣红的罂粟花，心里就感到无比高兴，几次做梦都笑出了声。

姚天辉始终不相信有人会来铲他的鸦片烟，所以到了吃早饭时仍按兵不动，若无其事泡上一杯茶，悠闲地坐在堂屋中静观其变。哪知到了午后，铲烟队伍竟然踏进了他的鸦片地，他这时才从幻想中惊醒，吓得一时间手足无措。在一旁做针线活的老婆见丈夫脸色骤变，知道他在为铲烟的事犯愁，她将手里的簸箕往桌上一搁，睁大她那双大眼睛，腮帮上的肌肉也随之颤抖，接着张开两片厚实的嘴唇冒出一句狠话来："要铲我们家的鸦片，没有那么容易，老娘就是拼了这条性命，也不准谁下地。"

妻子此时所说并非胡言乱语，姚天辉深知她生性刚烈，向来是说一不二的人。早在娘家做姑娘时，因不满父母将她许配给福兴场那个比自己大二十岁的袍哥大爷做二房，在遭到父亲一阵责骂后，她一滴眼泪未流，径直跑回屋里拿来一根大麻绳，踮起脚将绳子往头顶的房架上用劲一甩，然后接住绳头打了个死结，随即抬脚站上一根高板凳，并将绳索套住自己的脖子，迅速把脚下的板凳往后一蹬，顷刻之间，她的身体便悬空了。要不是母亲及时赶到，马上喊人将她救下来，恐怕她早已命丧黄泉。从此父母再不向女儿逼婚了。后来经媒人撮合，她自愿嫁给了姚天辉。过门后的几年间，她为姚家生下了一双儿女。但她刚烈的性格仍未改变，遇事总是执拗，犟得像一头牯牛。家里的所有人，包括那些身体壮实的长工都要让着她，从不跟她争辩是非曲直。但她身上也有许多优点，那就是做妇人的本能，她很会体贴家里的每个人，一日三餐都由自己亲自下厨，做的饭菜很合大家的口味；除了对一家老小的衣服要洗浆缝补之外，甚至连长工们的衣服被子破损时，她也会拿来帮他们缝补好。她所做的这一切深得姚家人称赞，长工们也从心里敬服这个女主人。

此刻，姚天辉有了这个天不怕地不怕的妻子为他壮胆，再想到地里的鸦片将为自己带来的丰厚回报，他随即把心一横，马上召集家里的长工，操起屋中的扁担、锄头和三支用来防范土匪抢劫的长枪，很快从院内冲了出来。他站在门前远远地看见王世洪、朱彦林及彭泽东站在田坎上朝这边观望，顿时火冒三丈，他愤怒地向他们高声喊叫着："王世洪，你收了老子那么多钱，今天又带人来铲我地里的烟，你是何居心！？"

王世洪也看见姚天辉在向他呐喊，但隔得很远，听不清他究竟在喊些什么，可看他气势汹汹的架势，料定绝对不会是好言语。于是，他指着对面的姚天辉对朱彦林说道："此人就是赵家乡带头种植鸦片的人。"这时，他自然不会说姚天辉就是自己的表兄。

朱彦林看到一群手持棍棒的人前来阻挡铲烟，急忙转身命令彭泽东："你带警察队过去，要是他们敢动手反抗，就开枪打死几个。"王世洪在一旁补充道："先打死那个带头种烟的人。"

彭泽东接到命令后，立即从衣兜里掏出黄铜口哨，放到嘴唇间吹起来，响亮的哨声将在附近巡查的二十多名警察紧急召集到跟前，纷纷端着枪快步向那群人走去。

正在地里铲烟的自卫队员眼看警察荷枪实弹冲向那群拿棍棒的人，陡然感到事态严重，县长随即又指令自卫队配合警察行动，要队员们迅速铲除姚家地里的鸦片。自卫队没有迟疑，他们手中拿着镰刀，端起带刺刀的长枪纷纷踏进鸦片烟地，顷刻之间，那些鲜艳无比的花朵被劈得七零八落，花瓣和枝叶散落一地。

姚天辉看到眼前的这一幕，霎时间气得痛心疾首，捶胸顿足，嘴里不停地大骂道："你这个万恶的王世洪，真是狼心狗肺的东西！"他一边骂着，眼泪不住地从眼眶里涌出来。

妻子见丈夫如此伤心，又看到自家烟地被毁，激起心中一团怒火，她顺手夺过身旁人手中的长枪，对着正在地里铲烟的自卫队员扣动了扳机，只听砰的一声枪响，队员们惊得一片哗然。

曾林修突然听到子弹的呼啸声，急忙朝四周高声呼喊："就地卧倒！"

这时，警察队冲上前去纷纷端起手中的枪，对准姚天辉一群人猛烈地射击，那些从未上过战场的长工被震耳的枪声吓得浑身发抖，慌忙扔下手中的棍棒和锄头到处逃窜。当警察们冲到姚家门前时，除了看到地上躺着姚天辉及他的老婆，还有两个无辜的长工的尸体；其余人等已跑得无影无踪。

枪声停止后，朱彦林。王世洪二人快步从田坎小路走来，仔细查看了地上躺着的四具鲜血未凝的尸体。王世洪面对眼前的警察理直气壮地说道："他们这是罪有应得。"

事态平息之后，朱彦林即命自卫队赶快继续铲烟。

躲在远处竹林中观望的赵德成，看到姚家门前所发生的血案，早已吓得魂不附体，原先还打算看看姚天辉是否能通过其表弟王世洪的关系，逃过一劫，因为姚赵两家之前曾给了王世洪两万元贿赂，心里指望他在县长面前多说好话，保住自己的几十亩鸦片地不被铲掉。现在看起来，他只是在做白日梦。赵德成清醒过来后，便跌跌撞撞地绕过一道道田坎和沟渠，慌忙跑回了家中。当他站在众人面前时，全身不住地颤抖，屋里七八个种烟的农户都在焦急地等他的消息。这几人均是种有几亩鸦片的小户，他们原想依仗赵家势力，妄图逃过这次来势汹汹的铲烟。当看到赵德成跨进大院时苍白的面色和恐慌的表情时，他们便知道情况不妙，但还是忍不住问了他一句："姚天辉那边的情况到底怎么样？"

赵德成此时惊魂未定，他结结巴巴地说道："姚天辉两口子已被警察打死了，家里的鸦片地也被铲干净了。大家快回去收拾东西逃命要紧。"话音刚落，他顾不得跟众人多说什么，急忙转身回屋去收拾衣物准备着逃跑。大家听说已闹出人命，又见赵德成如此惊慌失措，心中感到非常害怕，再不敢在赵家停留，立刻站起身来夺门而去。

赵德成在屋里翻箱倒柜拿出许多衣物，之后又踏上高凳将柜顶上的那口大藤箱提下来，当他打开箱子定睛一看，顿时大惊失色，里面除了放着两件绸缎衣服外，箱子里竟然空空如也，已经没有任何物件。他记得衣服下面放着赵家的房产、地契和现大洋，如今怎么全然不见踪迹？吓得他全身直冒冷汗。其实这是赵德成因惊慌神志不清所致，他忘记了拂晓前叫妻子带着一双儿女先行到金龙乡娘家躲避数日，等到赵家这边铲烟风波平息后再回来，临行之时，他已吩咐妻子带走了家中的全部财产。但此时赵德成居然将凌晨之事忘得一干二净，脑子里一片空白。

拖延的时间过久，竟然断送了赵德成一条性命。他在屋内苦苦寻找到这些贵重财物无果后，只好懊丧地挎着一包衣物迈出家门。当他走出不足两里地时，便被冲过来的警察逮个正着，并被五花大绑起来。王世洪指着赵德成对彭泽东说："他也是赵家乡带头种鸦片的人。"

赵德成见王世洪如此恶毒，在紧急关头不仅不替自己开脱，反而当众指认自己是种植鸦片的罪魁祸首。他一时气涌咽喉，奋力破口大骂道："你这个狼心狗肺的东西，收了老子的两万元钱，最后反倒咬老子一口，你们全家都不得好死！"

彭泽东转眼看了看王世洪涨红着脸，只见他急忙从裤兜里掏出一块手帕，几步奔到赵德成面前，用手奋力掰开了他的嘴，将那块手帕拧成团塞进了他口中，随即狠狠一巴掌打在他脸上。接着转过身来对在场的警察们辩解道："大家别听他胡说八道，死到临头了还敢血口喷人。"

几个自卫队员又押来两名逃跑路上被抓住的种烟农户，当他们看到赵德成被五花大绑，嘴里塞着布团的那副惨象，直朝他抱怨道："我们都说要趁早跑，你偏要喊大家等到最后机会，现在弄得谁都跑不掉，你真把我们害惨了。"

此时，朱彦林领着省警察厅前来督导铲烟的陆专员及其随从，由赵家场向这边走来。王世洪一眼看到朱县长带人前来，急忙拔腿迎上前去，他气喘吁吁跑到朱彦林面前报告说："我们又抓住了三个种烟大户。"

朱彦林赔着笑脸对表情严肃的陆专员请示道："您看是将他们押回县里关起来，还是就地正法了事？"

当陆专员正在思索之际，王世洪抢先报告说："他们真是罪大恶极，不仅种鸦片坑害广大民众，竟敢开枪反抗铲烟，差一点打死我们的警察。"

陆专员斜着眼睛看了看王世洪，见他满脸惊慌的样子，又听他说差点打死警察，顿时大怒道："关起来干啥子，难道监狱里吃饭不要钱？全都给我就地枪毙。"

朱彦林听完后心中暗喜，遂向王世洪使了个眼色，王世洪当即心领神会，立刻跑去告诉了彭泽东。

彭泽东得到执行死刑的指令，马上命身旁的警察端起手中的枪，往后退到一丈开外的地方站定，随即对准被绑着的赵德成等三个人扣动了扳机，只听得一阵枪响，赵德成等人顿时扑倒在地上，身上血流如注，警察手中的枪口上还冒着热烟。

朱彦林领着陆专员走上前来，在三具蜷曲的尸体前仔细查看，他随即转过身来对王世洪慎重地说："王秘书，你回去马上将这次铲烟行动详细呈报，实情是铲烟面积近万亩，就地枪决种烟带头者、武力反抗铲烟首犯共计七人。报告写好之后还请陆专员亲自带回成都，直接面呈四川省政府。"

陆专员奉命刚抵达赵家场，原本以为要在这里小住几日才能复命，没有想到铲烟行动进展如此之快，现在居然即将大功告成，明天便可以回成都交差了。于是，他笑着对朱彦林说："朱县长此次办事雷厉风行，干净利落，陆某定然会向省政府据实禀告。"

朱彦林谦虚地说："陆专员休要谬赞卑职，这令朱某不甚汗颜，在您面前论功，真是不敢当。"他走近陆专员的身旁，压低声音对他说道："明天出发时，我略备有一份薄礼，望您笑纳。"

陆专员毫不推脱，他对朱彦林微微一笑，低声说道："你老兄也太客气了。"

朱彦林随即奉承着："陆专员路途辛苦劳累，这不过是我一点心意，那是应该的。"说着，他二人会心地笑了起来。

这场惊动省政府的赵家乡大规模铲烟行动很快结束，等到事态完全平息后，县自卫总队和警察队也随即撤回了县城。

二十六

马莲秀自从去年冬天与曾林修结婚后，她时刻都在担心着丈夫的安危，何况自己现在身怀有孕，心中更是对他无比依恋，多么希望他天天都能守候在自己身边。可是曾林修却偏偏做不到这点。

最让马莲秀揪心的莫过两件事，第一件是剿匪，第二件便是救灾。而这两件事恰恰正是自卫总队的职责所在。所以，马莲秀心里无论怎样埋怨，也改变不了曾林修履职中随时会身处险境的现实。

马莲秀清楚地记得，去年抗战胜利后不久，就在八月二十五日那天，天空连日乌云密布，骤降暴雨，使得赵镇突发大水，金堂峡口的水位陡然上涨，沱江沿岸各乡镇损失惨重，粗略计算淹死五百余人，冲毁田地数千亩。赵镇最大的聚点军粮仓库被淹,毁坏粮食一万多石。事发当日,金堂县政府紧急调动自卫队赶赴赵镇救灾。曾林修按照队长邹荣江部署,立刻带领一个中队先期抵达赵镇,马上展开了救援行动。他们找来一根两丈多长的竹竿,在头上牢牢绑住一个铁钩,将搁浅在一处低矮房顶上的小船拉过来。曾林修指派两名水性好的队员撑着这条小船,由毗河岸边出发,从旧城址至中码头沿途搜索下去,将那些涨水时来不及逃生仍被困在屋顶上惊恐万状的灾民救上船,然后把他们安置在地势较高的焦山下的民房里。随即吩咐伙夫煮了一大锅稀饭,为饿了一天一夜的灾民们充饥。

  曾林修将自卫队员分为十人一组,分别巡查上、中、下游三个河段。曾林修亲自负责中段巡查,便于随时指挥上、下两个河段的搜救工作。当他带着十名队员走到聚点仓库门前时,发现仓库内浑浊的洪水已漫过粮仓最下面那块仓板,再抬眼看见里面有许多人正忙碌着,鸡公车、架架车摆满了坝子,好像仓库中正在抢运粮食,他索性蹚水走进去,想看看究竟是怎么回事,两张熟悉的面孔竟然出现在眼前:一个是赵镇的副镇长,另一个则是赵镇治安队队长王建斌,这二人他都认识,王建斌还曾经与自己有过交往。此时,他们正在紧张地指挥着民工从仓库内搬运出一袋袋粮食,并将其放在坝子内的鸡公车和架架车上,随后把这些粮食运出仓库大门。曾林修看见如此情景,心中感到莫大的欣慰,在抗洪救灾的紧急关头,地方政府竟有这样的好官员,真是难能可贵。曾林修正在感慨之时,王建斌突然看到他,急匆匆地走了过来。老相识见面相互寒暄两句后,便将话题说到当前的抢险救灾工作上来。

  曾林修指着许多运粮车问:"你们这是忙着抢运仓库中的粮食?"

  王建斌认真地回答:"昨天洪水还未淹进仓库大门就开始搬运了。"

  曾林修又好奇地问:"你们的行动真快,现在抢运出多少粮食?"

  王建斌想了一想,随口说道:"有三四千石吧。"

曾林修笑着夸赞道:"你们赵镇做得不错,很快就抢运出这么多粮食。"

王建斌无奈地苦笑着,好像并不赞同这样的表彰,他说:"曾大哥,你还不知道实情,这中间名堂深沉得很,这些粮食是卖给下江一个粮商的,我们现在不过是帮他运输而已。"

曾林修听后大感不解,急忙追问:"谁人现在敢买仓库里的军粮,他是不要命了!"

王建斌满脸郁闷地说:"这个鬼世道,就有那些要钱不要命的人。"说着,他一把拉住曾林修的手走到仓库尽头无人处,随即将这次名为救灾,实为倒卖仓库军粮之事原原本本地说了出来。王建斌是个有良知的读书人,受过传统教育,家境较为殷实,一向视钱财为身外之物。他性情直爽坦诚,眼睛里揉不得半点沙子,对眼前的不平之事恨不得一吐为快。今天,当他看到这帮地方官员串通一气,正在从事着罪恶勾当时,恰好遇上曾林修这个心目中的朋友,便将压抑在心中的怒气一股脑地对他倾诉出来。原来,昨天早上洪水刚刚漫过王爷庙码头最高台阶,低洼的河坝街被淹时,镇长便急忙召集赵镇各帮会管事开会商议救灾事宜。这只不过是一次例行公事,因为赵镇地处沱江源头,由于下游的金堂峡十分狭窄,是阻挡沱江泄洪的一道障碍。这次洪水暴发,一夜之间竟淹没了中码头,汹涌的洪水将河滩上正在建造和维修的船只冲到下游,有的搁浅在江岸边的房顶上,有的被大树拦腰挡住,牢牢地卡在树干之间,任凭浑浊的洪水猛烈冲击。那些漂浮在江岸边的大小船只,自然是水涨船高,由于船用耐水性极好的缆绳拴在岸边的石桩上,所以,无论咆哮的洪水如何妄图将它冲走,到最后仍是徒劳无功。

镇长召开的救灾会议结束后,王建斌急忙回到家中吃午饭,因为下午他将带着治安队到聚点仓库抢运军粮。当王建斌跨步走入饭厅时,抬眼便看见坐在桌前的大舅孙元清。他上前向大舅问了一声好，随即一屁股坐在父亲的身边，母亲给他舀来一大碗白米干饭，他即刻埋头狼吞虎咽地吃起来，母亲在一旁发笑说："你慢点吃，别噎着喉咙了，屋里又没有人跟你抢食，这娃儿从小就没有好吃相。"她不好意思地望了一眼身旁的兄长。

孙元清仰头喝完杯子里的酒，将酒杯往桌上一放道："依我看男儿就得像男子汉模样，吃饭也必须雷厉风行。"他笑着回应妹妹的歉意。

这时，王建斌端着那碗饭已经吃了一半，他急忙向长辈们解释道："我们治安队下午还要赶去抢运粮食，聚点仓库那边有很多人都在等着呢。"

孙云清一听说抢运粮食，便联想到镇长今天早上亲自登门找他，正是谈论粮食的事情。但并不是救灾抢险，而是与他谈一票大米的买卖。镇长看客厅里没有外人，当即便开门见山地对他说："我知道你孙元清是赵镇最大的粮油老板，今天之所以找到你，是因为现在我手中有几千石大米急于出手，想以低一成的市价全部卖给你。"孙云清当时一听就蒙了，镇长家居县城之中，他并非乡间殷实粮户，哪来的几千石大米要卖？虽然他开出的价格对自己有利，但苦于自家两处仓库的容量有限，哪里装得下这样多的粮食？而且镇长要求一次性支付货款一百五十万元。粮食不宜存放过久，空气湿度过大还会导致粮食霉烂变质；再则自己储备的大米已足够今年销售，还买那么多存起有何用？孙元清不敢当面得罪镇长，何况这是他第一次主动上门求自己，便当即答应尽力帮他寻找买家，请镇长回去静候佳音。

孙元清今天特意来到王家，就是想同妹夫商量如何买下那几千石大米。他知道妹夫家比较富裕，一次拿出几十万现款应该不成问题。正当他与妹夫谈论这笔交易的时候，王建斌大步走回家来了。

孙元清见侄儿并非外人，听他刚才说到运输粮食的事情，突然感觉事有蹊跷，随即将镇长今天找他卖粮的事说了一遍。

王建斌虽性情豪爽，但并不愚钝，他马上意识到镇长布置治安队去聚点仓库抢运军粮的事不简单，陡然感到事态非常严重。他急忙问："大舅，镇长说这批粮食在哪儿交货？"

孙元清脸色骤变，他不禁惊呼道："正是聚点仓库。"

这时，满桌的人都吓得瞠目结舌。在如此大灾面前，镇长竟敢趁机倒卖国库军粮。孙元清心里庆幸没有答应购买那几千石大米！虽说自己未答应要买，但却当面承诺要帮镇长找到买主，这又成了个天大的难题。孙元清是个极其聪明的生意人，原本对这几千石粮食也感兴趣，镇长开出低于市场一成的价钱很划算，自己无形中又多赚了一成利润。当他听王建斌说抢运粮食也是在聚点仓库时，心里着实吃惊不小，大家经过一番商议后，认定这批粮食绝对不能买，但必须替镇长找到另外的买家，这样才能给镇长一个满意的交代；否则，得罪了这个极有心机的地方官，自己家往后在赵镇的日子肯定不好过。

王建斌急匆匆吃完饭便站起身来向孙元清道别，然后急忙赶往聚点仓库抢运粮食去了。

孙元清经过一阵思索后，脑海里突然出现了一个合适的买家，那便是泸州聂记米行的老板聂友贤。聂老板在泸州的生意做得很大，在周边的纳溪和江安两县均开有分号。由于泸州一带均属山区，土地耕种和灌溉条件很差，乡间农民基本是靠天吃饭。在风调雨顺的年份，基本能满足温饱；若是遇到干旱歉收之年，很多人要靠买粮生活。有史以来，川南农村都是循环着这个生存规律。因此，聂老板的粮油生意越做越兴旺，毕竟民以食为天。

孙元清曾听聂老板说起，他准备明年春天在边远的叙永和古蔺再开设两家铺子，只是顾虑大米供货不足，所以迟迟没有将铺子开起来。孙元清想到这里，心中一下明亮起来，聂老板不就是现成的买家吗？为了尽快落实这桩生意，他急忙站起身向王家人告辞，要去正街上的邮局拍封电报，告诉聂老板所要买的大米有着落了，而且价钱低于市场一成，望其速来赵镇面议。

王建斌惊慌地将他所知道的这一切告诉了曾林修。曾林修听后也感到十分茫然，一时间竟不知如何应对这突如其来的情况，他之前从未遇到这种大事情。

王建斌说完之后即刻回到粮仓前，继续监督那些运粮的车队。曾林修随即也离开了聚点仓库，带着队员沿着河岸再度搜寻，以便尽快将那些被困灾民营救出来。

一路之上，曾林修焦急地等待邹荣江到来。自从离开玉虹桥驻地后，到现在还未看见他的身影。原来，邹荣江有过多次到赵镇救灾的经验，他首先想到一百多自卫队员要吃要住的问题，而且粮食要尽量多带一些，提供给那些暂时无家可归的灾民们充饥；同时还买了两坛盐萝卜干、大头菜和辣豆瓣做下饭菜；更要紧的必须买几十根用中药粉拌木屑做成的蚊烟，这种蚊烟点燃后虽然有点刺鼻，但在夜间却能发挥巨大的作用，避免让劳累了一天的队员们被蚊虫叮咬，大家可以安心入睡，因灾后的卫生环境极差，一旦被带病毒的蚊虫叮咬，唯恐病菌传播，染上最可怕的疟疾。

邹荣江准备好这些物品后，即刻带上大队人马奔赴赵镇，他选择在焦山下一家大户的空屋宿营。然后便带领队员们分别到江岸各处开展救灾，着重救援那些困在洪水中的难民。

大灾之后的夕阳依然那样艳丽，黄昏时，劳累了一天的队员们围拢在院坝中吃晚饭，他们有的蹲在地上，有的站在屋檐边。在这群吃饭人当中，还有二十多个老弱灾民，他们均被洪水所困，日落前被自卫队员驾船救了出来，到现在已饿得头昏眼花，急忙端着饭碗大口大口地吃起来。

吃罢晚饭后，曾林修请邹荣江到屋外僻静处，放低声音将王建斌在聚点仓库对他说的那番话，从头到尾对邹荣江重述了一遍。邹荣江听后大吃一惊，他不敢相信赵镇的地方官竟会这般胡作非为。他心里虽然极端痛恨这种恶劣行径，但一时也想不出对策加以阻止，面对如此复杂的情况，他确实感到心烦意乱。

曾林修见他很为难的样子，便开口问道："要不要立即向县政府告发他们？"

邹荣江沉思一会儿说："不可以，人家现在将粮食从仓库里抢运出来，暂时存放到一个所谓安全的地方，这怎么能说是倒卖？"

曾林修争辩着："王建斌这个人我了解，他绝不会对我说假话。"

邹荣江说道："那也只是他一面之词而已，我们现在既无买卖双方的人证，手里也没有确切的物证，你看见他们在某时某地做交易了吗？卖了多少粮食？收了多少钱？没有掌握可靠的证据，你敢告谁？"

曾林修气愤地说："这帮贪官真是坏透顶了，他们这是明火执仗的打劫行为，老百姓被洪水淹得倾家荡产，他们却在暗地里盘算着趁机发横财。"

邹荣江见他如此激动，便静下心来开导他说："我也相信王建斌说的全是实话，他没有理由编故事来骗你，这是他出于良知才大胆告诉你的，只能说这个人值得交朋友。"

曾林修说："我也觉得他真诚可靠，很有正义感。"

邹荣江接着说："你仔细想过没有，这件事情没有那么简单，说不定县政府里某些人也参与其中，他们可能串通一气共同谋划了倒卖这批军粮。首先假借抗洪抢险将粮食运出仓库，然后把它存放到一个隐秘的地方；只等洪水淹没仓库后，他们便可向省政府报告整个仓库被毁，谎称损失库存粮食数千石,最后理直气壮地向省政府申请巨额的救灾款。"

曾林修又问道:"他们偷运出来的粮食怎么办,那么多米卖还是不卖,难道不怕被人发现?"

邹荣江耐心地对他说:"既然是上下官员都串通好的,你去告他也是无用,等到事态平息之后,他们肯定会找买家将粮食卖出去;当收到大把的银圆后,马上就会暗地里分赃。"

曾林修此时恍然大悟,心里责怪自己一时冲动,若是手上没有真凭实据而贸然去控诉这些官员,他们定会联合起来坑害自己,接下来告自己一个诬陷罪,等待自己的将是牢狱之灾。

邹荣江拍了拍他的肩膀说:"不要多想了,劳累了一整天,我们进屋去好好睡一觉,明天还有好多事情要做咧……"

两天之后,汹涌的洪水终于慢慢退去,沱江的水位回落到王爷庙码头下两级石阶,江水不再像之前那样湍急,只是仍然浑浊不堪。县自卫大队终于结束了在赵镇的救灾活动,随即撤回到县城之外的玉虹桥驻地。

据县政府灾后统计,这次几十年一遇的特大洪水,使沱江流域各乡、镇共淹没农田近万亩,冲毁房舍数千间,毁坏百家店铺,商品价值三百余万元,致使众多农户流离失所,店铺无货继续开门营业。

省政府接到金堂的紧急灾情报告后,立即派遣水利、财政税收官员,沿着沱江上的赵镇、淮口、白果和五凤溪进行实地调查,很快证实了这次灾情的确切性,并评估了受灾的损失程度,最后做出了赈灾意见:省政府根据灾情严重性,定为重灾乙等县,随即拨给金堂四百五十万元法币,减免灾民当年的粮谷及税赋,并代购黄谷五万多石救灾。

二十七

马莲秀最难忘的是她结婚那年,发生的几件大事。第一件当然是自己如愿以偿地嫁给了曾林修。记得婚前还在中学读书期间，曾林修头一次来到她家拜父亲为师时，自己从门缝中偷看这个健壮憨厚的年轻人，心中便对他产生了好感，那颗少女的心开始萌动了。当天晚上，她独自躺在床上思念着他，久久难以入眠。

自从曾林修拜师成功后，马莲秀对师哥的关爱日益加深，时常主动帮他洗衣服，送茶水；就连平时间粗心大意的父亲都看出了其中端倪，急忙叫满头大汗的曾林修停止练功休息一阵。每当这时，马莲秀便会走去递给他一条湿毛巾擦汗，然后又端来一杯凉好的茶水。曾林修见她如此细心周到，心里感到这个小师妹真是可爱，但他笨拙的嘴说不出好听的话，只是对她微微地笑着。看见他冲着自己面带笑容，马莲秀随即也露出甜甜的笑脸，一对小酒窝在她红润的两腮上闪动着。母亲早已看透了女儿的心思，有一次竟然有意取笑女儿说："你要不要嫁给那个曾师兄？"听到母亲这句触及她内心的话，她顿时羞得满面通红，心里怦怦地跳动着，随即撒娇般回敬了母亲一句："不跟您说了。"接着便一溜烟跑回了自己房中。

两年后，曾家父子登门提亲，并得到马德华夫妇欣然应允，由此成就了马莲秀与曾林修的婚姻大事。临到他俩结婚前，曾林修的大哥曾文修因妻子突然病故，一度情绪低落，意欲离开这个让他伤心的地方，决定去成都开店做他熟悉的大米生意。他走之后，留在县城北街的曾记米铺由谁来经管便成了问题。父亲曾义儒经过再三思考，最终选定马莲秀这个即将过门的儿媳妇来担当重任。马莲秀从小聪明能干，凭借着精明的头脑，很快便掌握了粮油的购销规律，她适时把握市场行情，将生意做得越来越有起色，深得曾义儒的喜欢。

马莲秀与曾林修结婚时，曾义儒决定给他俩一笔财产，那便是用五千块大洋顶下大儿子曾文修留在北街的粮油铺，让二儿子一家也有属于自己的一份产业。他将余下的家产保留给从军在外的小儿子曾大修，只等他有朝一日能够载誉归来……

马莲秀的体态逐渐变得丰腴起来，她很快便有了身孕。母亲看见女儿有喜之后，心中非常高兴，每天都会从八仙桥家中提着一罐她亲手熬制的鸡汤来到北街。马莲秀看见母亲走进店铺，便立即放下手中的账本迎上前接过罐子，这时，母亲微笑着催促她说："快点趁热喝一碗。"

马莲秀怀孕的消息，很快传到曾家寨子，曾义儒夫妇听了喜出望外，自己这回真要添孙子了，他们知道儿子曾林修时常在外，儿媳妇一家人确实不容易，现今怀着身孕还要撑起店铺的生意，真不忍心见她如此辛苦。于是夫妇俩决定将家中得力的奶妈郑婶派去照顾儿媳。有了郑婶的帮助，马莲秀倍感轻松，她终于可以舒口气了。

马莲秀怀孕的这些日子里，尽管生理上承受着许多痛苦，但内心感觉最多的还是甜蜜，腹中慢慢成长的胎儿是她莫大的希望，让马莲秀感到无比兴奋和自豪。此时，她心中愈加爱自己的丈夫；这比少女时期那种朦胧的爱，新婚时激情冲动的爱都更加强烈。她感到丈夫就是自己人生中唯一的依靠，他的命犹如自己的命一样重要。她无时无刻不在担心曾林修的安危。

二十八

一九四六年春天，龙王乡发生了一起金堂最大的两股土匪火拼事件，匪徒们在大白天放火烧毁商铺和房舍，并当场打死无辜群众数十人。县政府接到通报后，紧急命县自卫总队和警察队火速前往龙王乡剿匪，队长邹荣江即刻召集队员，兵分三路进行剿匪：第一路由曾林修带领一中队经姚渡直奔龙王场；第二路由二中队经雍家庙从侧面进军龙王，堵住众匪徒向南逃窜的路；三中队则绕道古坟地包抄土匪，挡住他们退往新都石板滩的路。县城距离龙王四十多里,曾林修带领一中队四十名队员跑步前进。太阳偏西时,他们便抵达了龙王场外的西江河畔,队员们远远望见龙王场上空冒着滚滚浓烟,曾林修手提驳壳枪冲在最前面,一中队快速攻进了龙王场。但他们还是来晚了,空寂的街道上除了仍在燃烧的店铺和房舍外,竟然不见一个匪徒的身影,空气中弥漫着刺鼻的木炭和杂物燃烧的焦臭味。

那些遭遇土匪烧杀而躲进附近林盘的人看见自卫队到来,急忙从藏身地走出来,不顾一切地跑回家中,纷纷端起脸盆,提着木桶,开始从沟渠中舀水扑灭余火。妇人们慌乱地寻找被大火烤焦的衣柜中,是否还有未被烧坏的衣物,全家人匆忙逃难时,连一件换洗的衣服都没有带。这场泯灭人性的匪患,烧得他们倾家荡产。更有那些乡间来赶场的农户们,在两股土匪火拼的混战之中,竟被一阵乱枪打死二十八人,打伤了数十人。看到众多伤者一张张恐惧的面孔和那一具具蜷曲的死者尸体,曾林修心中顿时感到一阵悲痛,眼泪禁不住夺眶而出。

曾林修正在伤感之际,龙王乡乡长带着三个团丁急匆匆地走来,急忙向曾林修说起事情的始末缘由:"龙王乡这些年土匪十分猖獗,几股土匪分别聚集有数百名匪徒,势力范围不断地扩大,拥有枪支弹药也越来越多。被称为龙王乡'匪霸'的欧秉均、杨喜廷、钟维贤和陈子光等时常为争夺地盘摩擦不断,好端端的龙王乡被他们搞得乌烟瘴气,吓得当地百姓紧闭门户,商铺老板被迫停业。更有那些殷实大户,因长期遭受土匪抢劫,不得不变卖了全部家产,背乡离境跑到外地去谋出路。"

原来,龙王乡现有土匪最为凶悍的,第一要数欧秉均的红光帮。这股土匪长期盘踞在本乡红光村和古坟地之间的山地密林中,山口外紧靠西江河。县政府这几年也曾请来当地驻军派兵剿匪,但土匪凭借着多处暗堡坑道和复杂的地形与其顽抗,始终未被剿灭。后来,经不住正规军机枪和大炮的猛烈攻击,他们又凭借熟悉山路,跑进丛林中逃得无影无踪。他们有的跑回自己家里，把枪秘密藏起来，装成一个老实的农民，等到剿匪的部队全部撤走，感觉风平浪静后，便又回到他们的匪巢，继续干着疯狂的抢劫勾当。欧秉均在龙王及周边场镇恶名远扬，妇孺皆知，就连女人们在娃儿大声哭啼时，都会拿欧秉均来吓唬他："你若是再哭，让那个杀人不眨眼的欧秉均听到了，定会把你抓去煮来吃了。"这招果然见效，娃儿听了即刻紧闭小嘴，哭声也戛然而止。

欧秉均从小生性暴戾，桀骜不驯，不听从父母管教。在私塾读了半年便嫌读书苦不堪言，弃学在家帮父母做些农活。几年之后，欧秉均已长成一个壮实的青年，此刻，他再也不安心在家做繁重的农活了，而是结交了一群乡村的同龄青年，成天相约在周边场镇闲耍鬼混，时常跑到龙王、日新和姚渡等地。这帮人逐渐结成一个小团伙，他们在评书先生那听过刘关张"桃园三结义"的故事。于是仿照书中所说的做法，到街上香火铺买来了香烛与供品；欧秉均又从别人家偷来一只大红公鸡，几个人兴致勃勃地来到距离龙王场十里地的三王庙，他们在大殿上点燃香烛，焚烧着纸钱。紧接着，欧秉均将咯咯叫唤的大公鸡抓来，用刀猛然把它脑壳砍下，鲜血顷刻间喷涌而出。他左手倒提着鸡爪，右手抓起它扑打着的翅膀，将鸡血分别滴进地上的几个酒碗中。这一切准备妥当之后，他们扑通一下跪在神龛前，连忙向菩萨叩首礼拜。敬神完毕后，这些人各自端起酒碗仰头一饮而尽。从那时起，欧秉均便与这伙人结为死党，他们腰间随时佩着尖刀，横行乡里，估吃霸赊，无恶不作。

要想肆无忌惮地成天玩乐，手中没有钱是绝对办不到的，欧秉均挖空心思也未想出一个挣钱的好法子。几经思考之后，他最终横下一条心，决定大胆地去抢劫那些大户……

每一次实施抢劫活动，欧秉均都要经过一番策划，如何下手是个至关重要的问题。于是，他找来兄弟们商量这次该抢谁。有的说去抢龙王场那家大饭馆，又有人说去日新场抢布店老板，还有人说祥福场米铺更有钱……大家争论了许久，仍然没有拿定主意。欧秉均考虑再三后，决定暂不去抢这几个地方，因为镇上人多势众，一旦哪家遭到抢劫，定会招来街上左邻右舍的支援，更重要的是乡公所的团丁也会及时赶到，他们手中全都有枪，碰到他们非常危险。

"我们手里没有枪，依你说该去抢哪家？"众人异口同声地问欧秉均。

欧秉均思索片刻之后，脑子里突然想起有一次随父亲到新都泰兴场走亲戚，路过龙王乡双堰村时，他发现道路左边不远处，在空旷的田野间有一座黑漆大门的四合院，想必周围那大片的田地都归院中的主人所有。既然是有这么多田地的大户，家里肯定存着许多钱财。欧秉均想到这里，便对大家说道："就抢双堰村那家大户。"

经过一番精心策划，两次派人前去踩点，发现那户人家并无多少人进出，正是抢劫的好对象。这天下午，欧秉均叫众人立即行动。他找来一担箩筐挑在肩上，将几把杀猪的尖刀放入筐底，上面铺着一层黄澄澄的苞谷做掩护。这一切办妥之后，几个人便急忙从西江河边出发了。

一路走来非常顺利，到达双堰村时，一轮夕阳已经坠落西边的地平线，路上再也看不到一个行人。欧秉均率众人来到一片树林中，他叫大家闭上眼好好休息一阵，养足精神等待深夜行事。

这天夜里月淡风轻，四周传来蟋蟀单调而杂乱的嘶鸣声，正当大家睡得鼾声大作时，欧秉均猛然从梦中醒来，他用手轻轻揉着双眼，抬头看见月亮已升至头顶，断定此刻已到午夜，他马上叫醒大家准备行动。

几个人急忙站起身来，刨开箩筐中的苞谷，从筐底下取出锋利的尖刀，接着各自从地上抓起一把泥土往脸上一抹，径直奔向前面那座四合院。众人来到黑漆大门前，只见院门紧闭，根本无法轻易进入。欧秉均沿着院墙寻找入口，他发现后门外有棵大树的枝杈靠近院墙边，离墙头不过抬脚一步的工夫，欧秉均心中兴奋不已，他立即叫来那个会爬树的矮个子，让他攀缘上树去观察院中的动静，然后再跳过墙去将后门打开，以便让大家快速进到院内。矮个子果然身轻如燕，立即爬上树去，小心翼翼地从树干跨上院墙。他细心地观察一阵后，扭头向墙下的欧秉均报告说："里面黑洞洞的，什么东西都看不清。"欧秉均心想这正是下手的好时机，他抬起头对墙上的人说道："快跳下去把后门打开，放我们大家进去。"矮个子双脚一跃，从墙上跳下，他几步走到后门处，动手抽开两道门闩，只听得吱呀一声，便掀开了半扇厚重的大门。欧秉均见后门已开，马上率众人拥进院内，他们手握尖刀直奔房中。这时，突然之间听到狗吠声大作，一条硕大的黑狗睁着一双绿光闪闪的眼睛，猛地从屋下向前扑来，顷刻间便冲到欧秉均跟前，在这千钧一发之际，欧秉均转身一个跳闪，躲过了恶狗的血盆大口。他扭过头紧握尖刀，用力朝着再次扑来的黑狗捅过去，由于用力过猛，竟然将那条狗压翻在地，手中的尖刀也深深地刺进了黑狗体内。夜色之中，欧秉均只觉得一股热乎乎的血液从刀把上流下来，他顾不得多想，马上将尖刀从狗身上抽出来。这时候，一间屋里亮起了灯光，狗吠声将主人从梦中惊醒，他还来不及穿好衣裤，慌忙拿来板凳放在床头的高柜前，站上去从高柜顶上取下一杆长枪，当他再去取子弹时，欧秉均率先冲进屋来，他手握血淋淋的尖刀，瞬间将床上那个女人吓得惊叫，拉起被子连头带脚裹得严严实实，浑身不住地瑟瑟发抖。

欧秉均看见站在板凳上的男子手里拿着长枪，情急之下，他不顾一切地冲到他面前，用手中那把滴血的尖刀向男子腹部刺了过去。男子眼疾手快，将身子往旁边一闪，庆幸躲过了第一刀；欧秉均急忙抽回刀又向他身上刺去，男子随即再次转身躲避，但由于站在板凳上重心不稳，一脚踩空便从板凳上摔了下来。欧秉均趁机弯腰用尖刀朝男子猛刺过去，只听得男子惨叫了一声，他左肩鲜血直流，白布衣袖红了一大片。

躺在地上的男子无力动弹，但他仍然怒目圆睁，大声谩骂道："你是哪个道上的？竟敢来打劫老子！"欧秉均并不理会他的叫骂，顺手捡起地上那杆长枪，枪口对着地上的男子吼道："你别管老子是哪里的，快把家里的钱全部拿出来；我们只要钱，不要你的命。"男子哪肯轻易就范，愤怒地口出狂言："你知道我兄弟是干啥子的？邓锡侯手下的团长。如果你今天敢碰我，他明天就会带兵来荡平你的匪巢。"

欧秉均这帮利欲熏心的匪徒哪里听得进他说的狠话，纷纷大声喊道："快点把钱拿出来，不要在这里废话，否则就要了你的狗命。"他们挥动着手中的尖刀。

躺在地上的男子与欧秉均怒目相对，但始终看不清欧秉均那抹满泥土的真面容。男子此刻依然余威不减，他向欧秉均叫板道："你今晚上空手走出这个院子就算没事，我们往后井水不犯河水，恩怨一笔勾销。"

欧秉均从未被人吓倒过，男子的话在他听来，好像是大人在吓唬顽童那般幼稚，根本不会想到它的严重后果。他紧握着带血的尖刀，对准男子的脑门怒吼道："少给老子说那些无用的话，快点把钱拿出来。"

男子面对尖刀非但不恐惧，反而又吐出来一句狠话："我不信你今天敢把老子杀了不成？"

欧秉均第一次遇到这样强硬的家伙，一时间竟然束手无策，如果再捅一刀杀死他，也得不到自己想要的钱财，那不是白干一场？杀人并不是自己本意，劫财才是真正目的。他想到这里，暂时忍下一口气，慢慢将尖刀收了回来，随即转动眼珠在房中左顾右盼，忽然发现床上的麻纱蚊帐在不停抖动，他两步跨上前去，伸手掀开蚊帐往里看，只见被子里裹着的人抖得更厉害了。他再将被子扯起来看时，床上竟然躺着一个妇人，她浑身皮肤嫩白，下身只穿着一条花布裤。欧秉均手握尖刀，对准她大声逼问着："快给老子说出钱放在哪里，否则，我把你的头割下来去喂狗。"说完之后,他故意将刀上的血往妇人身上抹来抹去,吓得妇人大声惊叫,几乎要晕厥过去。欧秉均用力拍打着她,声嘶力竭地喊叫:"快说,钱放在哪里,再不说,老子真要动手了!"

那个妇人已被吓瘫在床上。面对欧秉均的威逼,为了保住自己和丈夫的性命,她终于战战兢兢地说道:"就藏在高柜子的后面。"

欧秉均顿时喜出望外,他急忙叫众匪徒搬开那个大高柜,果然看见墙面上出现了一道窄窄的小门,他弯腰推开门走了进去,里面竟是漆黑一片。他叫人拿来桌上的灯盏,这才看清是间小暗室,最多容得下两个人活动。暗室中并无其他物件,里面只放着一只并未油漆的樟木箱子,箱子被一把铜锁锁上。欧秉均忙叫人从妇人的枕头柜中搜出钥匙,随即动手打开木箱上的锁。当揭开木箱盖的那瞬间,欧秉均被惊呆了,只见箱子里装着一大捆中央银行的金圆券和数十筒用红纸包裹着的银圆;更让他兴奋不已的是,箱底下竟然还放着两只崭新的驳壳枪和未曾启封的一盒子弹;他又仔细地翻找了一遍,剩下的全是对自己毫无用处的房产地契。今晚第一次抢劫,就有这么大的收获,欧秉均感觉非常满意,他马上叫人找了一条麻袋,将箱中的钱财全部装进袋中,自己却留下那两只驳壳枪,顺手插在了两边腰间的裤带上。他精神百倍地走出暗室来,看见其他人正在高柜里拿着男人衣服,挑选几块好看的绸缎被面;有人甚至脱掉脚上的烂布鞋,换上那个男人放在踏脚板上的皮鞋。正当众匪徒兴高采烈的时候,那个在门外望风的矮个子急忙跑进屋,大声喊叫着:"欧秉均,快点走,外边路上来人了!"欧秉均猛然醒悟过来,倘若再不及时撤走,天亮之前便很难回到自己的据点。要是被龙王场的民团追赶上来,危险就大了。于是,他立即叫大家带上抢来的财物撤出了这家院子……

躺在地上的那个男子目睹了众匪徒的所作所为。他虽然始终没有看清匪徒们的脸,但在最后时刻,他却听到那个矮个子大声叫喊着匪首的名字,"欧秉均"三个字在他脑海里留下了深刻的印象。他忍着伤痛从地上爬起来,伸手从柜子拿出一瓶酒,张嘴用牙咬开瓶口的木塞,将酒淋到左肩的伤口上,又叫床上惊魂未定的妻子找来一块白布,替他将伤口暂时包扎起来,只等天亮后便赶到龙王场找医所治疗,更重要的是去乡公所报抢劫案。

乡长接到报案后,感到特别紧张。原来这个报案者非同常人,他名叫覃光裕,祖辈几代居住在龙王双堰村,家中置有田产一千余亩。他很乐意闲居乡野,这样既守住了庞大的家业,又享受了清静自在。覃光裕兄弟三人,大哥覃光潜精明能干,多年前便在成都玉带桥开着一家绸缎庄,专门经营产自成都本地和南充、遂宁的蜀绣,同时也兼营部分湘绣与杭绣制品,生意做得很兴旺;二哥覃光华早年毕业于成都军校。后被校方推荐到川军邓锡侯部当见习排长,在之后的数年中,他跟随邓锡侯、孙震所率领的二十二集团军出川抗日,经历过大小战斗数十次,由于在战场上作战勇敢顽强,先后被提拔为连长、营长。抗战胜利后,川军奉命撤回四川整编,覃光华又一次被提升为团长,现驻军彭州境内。

乡长不敢有丝毫怠慢,他立即找来乡公所的十多个团丁,命令他们扛着长枪,找来一个熟悉的乡民带路,径直奔往欧秉均家中。约莫走了半个时辰,终于走到了丁家碾的欧秉均家。乡长紧急命团丁们将子弹推上膛,见到欧秉均走出门便格杀勿论。当荷枪实弹的团丁冲进欧家院内时,却未发现欧秉均的踪影,只得将他的一双父母从屋内押了出来。

两位老人吓得浑身发抖,眼巴巴地望着威严的乡长,并向他哀求道:"欧秉均有两个多月没有回家了,我们确实不知道他藏在哪儿。"

"他平常都爱去哪些地方?"乡长颇感失望地问。

老头思索了一会儿后,带着颤抖的哭腔回答说:"有一次听他说要去红光村山上。"

　　红光坡高林密，利于匪徒藏身，不要说自己所带的十几名团丁去搜山无用，甚至还会遇到生命危险；就算是派一个连的士兵来，也未必能找到那些东躲西藏的匪徒。这些匪徒逃命的诀窍很多，除了远走高飞之外，最让人难以分辨的便是他们都穿着普通农民的衣服，一旦将自己肩上扛的枪藏匿好，他就是个老实巴交的庄稼汉子，他额头上没有刻着"土匪"两个字，谁认得出他们是良民还是土匪？乡长非常为难地对一同前来的覃光裕说道；"今天的事你也看到了，我们真没有本事抓到他们，你还是另想办法报仇，最好请你二哥带兵来镇压他们。"

　　覃光裕左手吊着绷带，由于受伤失血过多，面容苍白而憔悴，他强忍着肩伤的疼痛来到欧家竟然一无所获。当听到乡长要他另想办法时，顿时火冒三丈，大声骂道："这帮可恶的龟儿子，看老子搬兵来弄死你全家。"说完此话后，他愤怒地迈步离去。乡长见他怒气冲冲地走远之后，便带着他手下一帮团丁急忙撤回了龙王场。覃光裕一路走着，心中真是懊悔不已，就是在半个月前，因为当下正是农闲季节，他便将几个身强力壮的长工都遣返回家，为的是能节省点工钱。现在仔细想起来，只恨自己因小失大。如果这些长工们都还住在覃家的话，那帮悍匪断然不会轻易得手，说不定还能抓到一个匪徒呢。就凭自己手里的枪，也要将这帮土匪吓得胆战。但现在悔恨已经晚矣，他得赶快回到家中，然后亲自去趟彭州找二哥覃光华，务必请他带兵前来报仇雪恨。

　　覃光裕回家对妻子说明实情后，即刻坐上一乘两个壮汉抬的滑竿，急忙走过新都和新繁，径直往彭州搬兵去了。

　　三天之后，一个加强连的川军士兵突然开进了龙王场，他们肩头上竟然扛着机枪。这天，正逢龙王赶场，众多乡民不知发生了什么事情，纷纷让道，停下脚步惊奇地观望着，心中猜想龙王场有许多年没有来过部队，今天为何来了这么多大兵？

覃光裕先行跑进乡公所，要求乡长即刻随同军队前往剿匪。乡长内心虽然很不情愿，但碍于团长覃光华就在面前，他不敢说不去，再说维护地方治安，原本是他不可推卸的责任。如今龙王乡出了抢劫大案，要是县政府追究起来，他这个乡长不知还能当多久？于是，乡长只好硬着头皮跟在覃氏兄弟身后，并带着身边几个团丁迈步走出了乡公所。

覃光华此次怀着满腔怒火，亲自带兵来到龙王，发誓要扫平欧秉均那帮十恶不赦的劫匪。

队伍很快到达欧秉均家门前，覃光华命令部队把整个院子包围起来，前后架起机枪，立即派几名士兵端着上刺刀的枪进屋搜查。但没过多久，士兵们纷纷从屋内走出来，报告没有看见欧秉均的人影。这时，两个士兵将正在屋后编织竹筐的欧秉均父母押到覃光华面前。

覃光华瞪了一眼鬓发斑白的欧父，厉声问道："你儿子躲在什么地方？"

欧父从未见过这么多的大兵，加之被覃光华那声震耳的问话吓得惊慌失措，竟然说不出话来。

乡长见他浑身发抖，接着大声补充说："覃团长在问你，快点将欧秉均的下落说出来。"

欧父被乡长一声催问，眼泪顿时夺眶而出，他好不容易从口中吐出一句话："我们确实不知道他藏到哪儿去了。"

覃光华听到这让人非常失望的回答，顿时脖子上青筋暴露，他怒不可遏地拔出腰间手枪，对准欧秉均父母的胸口连开数枪。

欧秉均的父母应声倒地，双双蜷曲在众人面前，鲜血不住地从胸腔里涌出来。

覃光华杀人之后仍不解恨，又命士兵抱来几捆干稻草堆在屋门前，他随即从衣袋中掏出打火机递给身边的副官，狠狠地说道："给老子把这家匪窝烧了。"

副官走上前去，将打火机上的开关用指头轻轻一扣，红红的火苗顿时便点燃了门前的稻草，不到一会儿工夫，熊熊大火便烧上房梁，欧家小院瞬间湮没在一片冲天的火海中。

紧接着，覃光华又带领他的士兵马不停蹄地奔向红光村那片密林，继续进行剿匪行动。到达红光时，他使用抗战中的游击战术，兵分四路在林中进行地毯式搜查，试图一举捣毁欧秉均的巢穴。

事情往往不如人愿，覃光华的剿匪行动竟然毫无结果，在山林中折腾了半天的士兵累得筋疲力尽，各分队垂头丧气地回来报告说："搜遍整个密林都未看到一个土匪的身影。"

原来，欧秉均在抢劫覃光裕家大笔钱财之后，心中着实有些害怕，他担心乡公所会即刻调动民团前来追杀，仅凭自己抢得的两把手枪和几把杀猪尖刀，哪能敌得过团丁手中的枪。于是，他当即把抢来的钱财藏在一个极其隐秘的墓地中，然后发给每人二十块大洋，叫大家立即分散逃走，暂时到外地去躲避一阵子，并派机敏的矮个子假扮成叫花子，仍然留在龙王场附近打探消息。而欧秉均自己则怀揣两百块大洋，只身逃到金堂最边远的土桥沟，躲到了一个远房亲戚家中，随身带着一支从覃家抢来的手枪。

覃光华是个不达目的决不罢休的强硬军人，他在战场上就是凭着这股拼劲屡立战功而逐步晋升，今天才得以当上团长，哪会将这一小股土匪放在眼里？但土匪自有土匪的门道，我若打不赢你，难道还躲不起你？一旦在本地抢劫成功之后，他们往往会跑得远远的，躲藏起来，两个月看不到一个人影，大都跑到周边的新都和龙泉等地躲着。他们断定金堂的自卫队和警察不可能跨越县境剿匪，这就是匪徒的狡猾之处。

覃光华转而怒目责问乡长道："你管辖的龙王乡竟是现在这样匪患

成灾！"

乡长无可奈何地苦笑着说："龙王这些年的土匪越来越多，猖狂得不得了，天王老子他都敢抢。县长曾经两次调动警察和县自卫队前来剿匪，有一次还请到县城驻军派出两个连的部队来清剿，但结果仍像今天这样，土匪的消息非常灵通，当大队人马开到龙王地面时，他们早已逃之夭夭，连一个土匪都没抓着。"

覃光华听后，又愤怒地骂道："这帮无用的饭桶。"此时，不知他具体在骂谁，是骂县长或乡长，还是县自卫队和警察，也可能是骂那些剿匪无功的部队。

乡长有莫大的苦衷，看见覃光华一副盛气凌人的模样，不禁反问道："依覃团长高见，您用什么办法能剿灭这伙匪徒？"

覃光华听出乡长的话里带着讥讽，没有给他好脸色，睁着一双眼睛对乡长怒斥道："你要什么高见？你们金堂的土匪就是闹翻了天，关老子屁事。"

乡长见覃光华话里有错，遂反驳道："覃团长难道不是金堂人，那您今天将部队开到龙王干啥子？"

覃光华一时语塞，竟然无言以对，顿时面红耳赤。

乡长见他陷入窘境，自己哪敢得罪这位本地闯荡出来的军界人物？便急忙将话说回来，他语气温和地说道："覃团长，我想出一个以匪制匪的好办法，还望您多加斟酌。"

覃光华听说有剿匪的办法，当然迫切想知道究竟，急忙问道："你有啥子好招数快点说出来。"

乡长将覃光华拉到一个无人之处，不紧不慢地对他说："这个办法也是无奈之举。现在的龙王乡有两股土匪势力较大，一股是潜伏在红光山地密林中的欧秉均，另一股则是时常出没于牛王庙及西江一带的陈子光，两股土匪势均力敌，在一般情况下，他们都是各行各事，井水不犯河水。但这两股土匪都有膨胀的野心，谁都想扩大势力范围，以壮大自己压制对方，甚至妄想一举能灭掉他们。"

覃光华顿时明白了，说道："你是想利用他们互相残杀？"

乡长冷冷一笑："您说得不错，就是这个主意。"

覃光华追问了一句："我们要怎样做，他们才会很快打起来？"

乡长答道："不忙，这件事还需逐步来，就像烧水煮饭需要添柴加火才行。"

覃光华急不可耐地说："为啥慢慢来，老子心中这口恶气啥时候才能出？"

乡长安慰道："我说慢慢来，不是让你等一年半载，最多两三个月时间就够了。"

覃光华忙问："你的计划究竟怎样，快点儿说来听听。"

乡长得意地笑了笑说："我是想通过熟人将陈子光找来，然后把你队伍上的老旧枪炮拿一些给他，有意让他们快速扩充匪众，暗中支持他去抢夺欧秉均的地盘。等到双方实力悬殊之后，强大的一方自然想去吞并弱势的一方，常言说'一山不容二虎'，这是千古不变的定律，您说是不是这个道理？"

覃光华心中想，现在也只有这个办法较为妥当，因为自己向上司请求调来龙王剿匪的一连士兵，最多只能在这里驻扎一周时间，要是逗留时间过长，回去无法向上司交代。再仔细想想，一旦自己带兵回彭州后，欧秉均定会带着手下一帮匪徒到覃家滋事，为其父母报仇雪恨，到时覃家将会招致灭顶之灾，后果不堪设想。当想到这些利害，他欣然接受了乡长的提议，他说道："你今天晚上将那个陈子光约来见我，我必须当面给他交代两件事情。"

乡长急忙应了一声："要得，我这就回乡公所去找人办。"说完后便转身迈步向龙王场走去。

二十九

要找到匪首陈子光很不容易，他常常是居无定所，从不在同一地方住上十天半月，为的是尽量避免暴露自己的行踪，从而招来县自卫队和警察的围剿。

陈子光被人称为"笑面先生"，只因他生就一张白净的脸庞，很像教书先生的模样，说话时又经常面带笑容，外表上显得很温和。"笑面先生"这个绰号很快便在龙王、日新和福洪等地传播开来，很多乡民并不知道陈子光其人，但却晓得"笑面先生"就是龙王乡的土匪头子。

陈子光一生经历坎坷，命运多舛。他家原本住在县城金堂中学旁边，父亲在这里租下两间店铺做着小吃生意，主要卖给学校里那些读书娃娃们。陈父很会做生意，卖的面食小吃也力求多样化，每天除了要煮一锅绿豆稀饭来卖，他还会根据不同季节，在各种农作物收割的时间段做一些很有特色的小吃。

陈子光读完三年初小后，便被父亲强行留在家中帮工，因店铺里繁杂的事情多，父母起早贪黑总是忙不过来，加之自家小本生意请不起帮工，父亲在无奈之下才让陈子光辍学。他认为读书到头来没有什么用处，认识几个字就够了，真正有用的还是学一门手艺，常言说"天干饿不死手艺人"，吃饭这件事情最大。从此，陈子光每天便在自家的店铺里，身穿母亲为他缝制的连肩围腰，帮父亲做着各种杂活，诸如烧火、淘米、洗碗和扫地等。若是县城不赶场那几天，店铺里生意比较冷清，父亲还会喊陈子光双手端起小簸箕，里面放着油糕、馓子和各种馍馍，要他去走街串巷叫卖。这使陈子光的心灵受到了很大伤害，恨不得一头钻进地下去。自己在心中暗暗发誓，将来一定要混出个名堂来，期盼着有出人头地的那一天。

两年后，陈子光非但没有等到出人头地的一天，家中反而招来了一场灭顶之灾。这一年的七月十日上午，是陈子光一生中最为刻骨铭心的日子，他双手端着簸箕走进茶坊叫卖油糕时，忽然间看到外面天昏地暗，头顶的木架房梁吱吱作响，一根梁柱上吊着的那盏马灯不停地晃动，人们站在地上感觉身体在左右摇摆，茶客们吓得惊恐万状，慌忙从竹椅上起身，纷纷跑到了大街上，其中有人猛然大声叫喊起来："鳌鱼翻身了！"在那个大家都不懂科学的年代，祖辈们传说我们脚踩着的地底下，睡卧着一个无比巨大的鳌鱼，每隔数十年或更长的时间，它就要翻一次身然后再睡，它一翻身不打紧，却把整个地面都震动起来，给人们造成了重大的灾害。

这是金堂历史上一次罕见的地震，陈子光在连续不断的余震中，拼命地往东街家中跑。当他来到自家门口时，眼前的一幕让他惊呆了。离开时还是好好的铺面，现在竟然全部垮塌下来，房梁和屋架七零八落地倒在地上，满屋都是破碎的瓦块。那面原本就有些倾斜的青砖防火墙，倒在店铺上面，将正在案板前做苞谷馍馍的父母亲活活压死在屋子中。陈子光顾不得余震的危险，慌忙将手中的簸箕往地上一放，接着走进店铺中，他用手奋力搬开两旁的桌子板凳，从那根摇摇欲坠的屋架空隙中钻了进去，他第一眼看见青砖下父亲的那双大脚板，又看到母亲一双穿着破旧花鞋的尖尖脚露在外面，而他们整个身子全部被压在了一堵砖墙之下。这时陈子光眼前一黑，脑袋像爆炸似的晕厥过去。过了一会儿，等他清醒后禁不住放声大哭。当天下午，在东街陈保长和一帮好心人的帮助下，陈子光雇来几个壮汉将父母的尸体从砖墙下拖出来，然后买来两副薄棺材将尸首收殓，在日落前埋在了东关山那片乱坟岗中。

年少的陈子光从此失去了父母依靠，完全衣食无着，陈保长劝他说：

"最好还是回到龙王乡下,那里毕竟是你们父母的祖籍,有你们陈家的叔伯、大爷和姑姑,去投靠他们应该不成问题,等到你过几年长大后,有了劳动力就好办了。"陈子光并无其他选择,只得将屋里的换洗衣物和父母亲平时攒下的一些钱打成包裹,眼含热泪地离开了他生活了十三年的县城,迈着沉重的脚步走出了西门。经过姚渡之后,便沿着碧波荡漾的毗河向北走,中午时便到达了龙王场。在过去的许多年里,陈子光每年清明节都要跟随父母回到龙王老家祭扫祖坟,因此他非常熟悉这里的道路,也喜欢走这条路。当他来到姚渡毗河岸边时,看见临江的那几处吊脚楼,和岸上那一排根茎延伸到河边能够蔽日遮阴的黄桷树,还有江中缓缓行进的打鱼船,船舷上还站着三四只褐黑色的鱼鹰,渔家时常用手中竹竿驱赶着它们下河捕鱼。毗河上这道古朴美丽的风景给陈子光留下了深刻印象。每当走到姚渡的毗河岸边,他都会向父亲说走累了,央求在黄桷树下的青石板上坐着歇歇脚,其目的是想看打鱼船上那只鱼鹰叼上来的鱼有多大,直到父亲催着快些赶路时,他才恋恋不舍地起身离开,一边走一边不停回头张望,看着那只收获颇丰的打鱼船仍在驱赶鱼鹰下河。

陈子光这次家中遭难,不得已回到龙王老家,首先想到要投靠的人即是大叔陈友财,他是父亲的同胞大哥,一个老实巴交的乡间木匠,专门在龙王和日新等地帮人建房做木工活,终年在外做工时间多,在家务农少,自家的几亩地主要依靠大婶一个人辛勤耕作。当然,在春种秋收那段农忙季节,大叔必定要回家帮忙,还有就是逢年过节这些重要日子,他也会回家住上几天。由于他的木工手艺很好,外边建房活计接连不断,一年四季都有做不完的事情。

大婶是由云顶山上嫁过来的农家妇女,她体格健壮,能够吃苦耐劳,一百多斤的稻谷担子她可以一口气从田间挑到家里的晒坝,是个做庄稼活的好手。

陈子光独自一人走到自己家中，这使大婶感到非常意外，在听了他哭哭啼啼的讲述后，一时间不知该如何应付。她一天到晚只顾埋头干活，对其他任何事情都拿不定主意，是个头脑极其简单的女人。如今丈夫不在家中，看在他是自己男人亲侄儿的分上，大婶勉强答应陈子光暂且住下来，一切都需等到陈友财回家再说。好在陈子光随身带来一包衣物和父母平时攒下的一些钱，他即刻将其交给了大婶，当打开包袱来看时，大婶的脸上露出一丝笑容。

虽然是贫农家庭，但有着大叔在外务工挣钱补贴家用，生活上过得还比较宽裕。她家的两个儿子都在龙王场私塾里读书，因离家路远，经常都是早去晚归，家中的烦琐事终日忙不完，就是缺少一个帮手，陈子光今天突然到来，正好可以帮着做许多事情。

陈子光从小没有做过农活，早晨起床后，大婶叫他提上粪撮箕，背着一个竹背篓，到路边地头捡狗屎，到小沟边去割带浆的青草，然后将草倒进茅坑做肥料。吃过早饭又要到地里去翻苕藤，午饭之后也没有片刻休息，大婶叫他跟在身后去稻田里学着薅秧子、扯稗子。直到太阳落山时，这才忙着收工回去煮晚饭。陈子光这时累得腰酸背痛，浑身像散了架似的，一进门便躺在屋里那根长板凳上。

大婶黑起脸看了他一眼，命令似的叫喊道："快点儿起来，跟我到厨房去烧火做饭吃。"陈子光强忍着腰痛，坐在灶门前烧起火来，明亮的火光照红了他稚气的面孔，脸庞上转动着一双孤苦无助的眼睛。

吃晚饭的时候，大婶的两个儿子肩挎书包摇摇摆摆地从门外走进来，一屁股坐在饭桌前，朝厨房里大声喊道："妈，快点把饭端出来，我肚子都饿痛了。"

陈子光与大婶的两个儿子年岁相当，正值长身体的时候，他们端起饭碗便狼吞虎咽吃起来，吃完一碗又急忙去锅里舀第二碗，当陈子光接着去舀饭时，大婶用筷子在桌上拍两下，瞪着眼对他说道："你先不忙吃了，今天煮的饭怕不够，让他们兄弟俩吃饱再说，读了整整一天书多辛苦啊。"

这样的日子过了一个月，却怎么也等不到大叔陈友财归来。这时，陈子光再无法忍受大婶的虐待和歧视，心想就算是出去当叫花子要饭，也不愿在大婶家多待一天。夜里，他含着满眶热泪，将自己的衣物拿来打上包，并将藏在床板下面的几块银圆揣在身上，这是他从给大婶的包袱中悄悄拿出来的私房钱，这一回果然派上了用场。笼子里的公鸡叫过头遍后，他立即提着包袱蹑手蹑脚地轻轻打开了房门，急忙几步走过屋前的晒坝，伸手拉开了小院子的篱笆门，然后飞快地朝着前面大路上奔去。

天刚麻麻亮时，大婶一觉醒来，她要做的第一件事便是像往常一样，叫醒睡觉中的陈子光，催促他快起床到地头和沟边捡狗粪、割青草。她左呼右唤竟然没有听到丁点回应，当她推开房门来看时，猛然一下愣住了，屋内哪里还有陈子光的人影，她再打开放在屋角的衣柜，他所穿的衣服也全都不见了。直到这时，大婶才恍然意识到，这个侄儿是过不惯乡间的劳苦生活，自己趁天明前跑掉了。

陈子光逃出大婶家后，终日在龙王、日新和姚渡这几个场上游逛，自己也不知该做什么，白天在街上买来两个白面锅盔，觉得肚子饿了就拿出来吃，若是口渴了，便走到清澈的小溪边用双手捧起水喝。有一次看到小溪里有鱼儿游荡，他便捡来一个别人丢弃的破烂撮箕，将它放置在溪中，又从沟边拣来一堆石块码在撮箕两旁，将溪水拦腰堵断。这时，涓涓流淌的溪水只能通过放在当中的撮箕间流走。一切安放妥当后，他走到上游十丈远的地方停下脚步，弯腰将裤管挽到大腿上面，然后踩进齐膝的溪水中，接着用双脚不停地搅动着流水，把来回游荡的鱼儿尽量往下游驱赶。不一会儿，当他走到摆放撮箕的地方一看时，喜出望外，撮箕里有七八条鱼儿在那里蹦跳着，他走上前赶忙将撮箕从水中端起来放在溪边，随即拿出身上所带的小刀将鱼肚剖开，掏出里面的鱼脏和苦胆，之后又刮去鱼鳞，接着再去竹林砍来一节竹子，把它削成数根竹签，把剖好的鱼一条条穿在竹签上，溪边散落着许多落叶和树枝，他随手捡来一堆，然后划亮火柴将其点燃，手里拿着竹签上的小鱼在火上不停地翻烤着，鱼身上的油脂水分在熊熊燃烧的火焰中流出来，滴在火堆中发出了细细的噼啪声，几分钟过去后，小鱼被火烤得周身酥黄，香气扑鼻。他马上从竹签上取下一条鱼放进嘴里一尝，感到又烫又鲜嫩。有了这一次意外的收获，他几乎每天都要到溪里捕一回鱼吃，而且还去龙王场的杂货铺买来一些盐和辣椒面，熏烤时均匀地撒在鱼身上，吃起来味道更加可口。

　　陈子光时常居无定所，他不敢将仅有的那点钱拿去住客栈，所以，一到了太阳偏西时，那是他一天中最艰难的时刻，今天夜里又该到哪儿去住宿呢？他的小脑袋在不停地思索着，供他选择的地点有几处：坡下面的那座破庙，田间中的谷草堆，龙王场街上的戏台子，还有地主家门前那宽阔的门垛下，这些都是他这些日子曾经栖身过的地方，虽说睡在这里不会被雨露淋湿，也不用自己花一分钱，但是，夜间的蚊虫可恶至极，它们绝不让你安然入睡，时刻叮咬在你脸上和腿上，让人瘙痒难忍，陈子光心里叫苦不迭。

　　两个月过去了，陈子光依然过着他的流浪生活，成天无所事事，有一次，他到新都石板滩闲逛了大半天后，在回龙王场途中，偶尔走到路边那座破旧的牛王庙，庙里仅有一栋大殿，供奉着一尊黑面的牛王菩萨。牛王庙早年在川、滇两路军阀的那场混战中，便毁于无情的战火。此时的牛王庙里既无一个僧侣，更没有半点香火，现存的只有庙内那几间厢房还算完好，虽然屋顶显得瓦破梁斜，但关起门遮风挡雨完全不成问题。陈子光看到这一切，当即决定今晚上就在这里过夜，他此时感到一身疲惫，张口打了个哈欠后，便一头倒在墙角那堆稻草上呼呼地沉睡起来，他在睡觉中忽见慈祥的父母亲笑盈盈地向他走来，他顿时忍不住眼泪夺眶而出，拔腿便跑上前去，紧紧抱住了父亲的腰身，大声哭喊着："爸，我的日子过得好苦啊。"

正在这时，厢房门却被人一脚踢开，这一声巨响将陈子光从睡梦中惊醒。他翻身起来定睛一看，但见一个男子左手打着火把，右手紧握驳壳枪大步走进来，当他看清陈子光仅是个小娃儿时，这便放下心来，即刻收起驳壳枪插进腰间，厉声问道："你是干什么的，为啥跑到庙里来睡？"

陈子光吓得浑身发抖，结结巴巴地说了一句："我是讨口的。"

男子的语气随即温和下来："啊，原来是个小叫花子。"他身后跟着的几个汉子同时走进屋内，他们手里有的握枪，有的拿刀，其中一个人问道："大哥，我们今天晚上就在这里睡一觉算了，他们再追也追不到这么远的地方。"

男子爽快地答应说："要得嘛。"他将手中的火把交到一个瘦子手上，并吩咐道："老三，你先去庙门前站哨，两个时辰一班，今晚必须轮换守夜，以防万一。"

这帮人忙将墙角上那堆稻草拿来平摊在地面，整个屋子瞬间变成了一张大床，他们纷纷往稻草上一躺，随即便呼呼大睡起来。此时，陈子光只得蜷卧在墙角下，早已没有了睡意，他心里在不停地猜想，这些人究竟是干什么的。

这帮人来到牛王庙后，一住就是五六天不肯离开，原来，他们是看中了这里的特殊地形：它距离周围的村庄较远，庙宇后树林茂密，显得非常隐蔽；再则，它紧靠金堂和新都两县交界，不远处的江西河又是一道天然屏障，一旦抢劫得手或者失败，进退的路线都十分便捷。因此，他们商定将牛王庙当作临时据点。有了这种打算后，他们立刻开始行动，把几间厢房收拾得干干净净，两间用来住宿，从田间抱来稻草铺成床，拿一间来当厨房，派人到龙王场买来锅盆碗筷和大米、油盐酱醋，以及蔬菜等食物，最后没有忘记割几斤肥猪肉，买一坛龙王场的何记烧酒，有肉吃必然要喝几口酒才过瘾。

他们捡来石块垒起简易的炉灶，将新买的铁锅放在上面，然后开始煮饭煮肉，陈子光不停地用火钳往灶里添柴，顿时火星四处飞溅。过了一会儿，煮肉的锅里沸腾起来，满屋子都飘散着猪肉的香味，陈子光已有许久没有吃过肉了，口水禁不住从嘴角流了出来。

厨房里没有切菜切肉的案板，他们便将大殿边那块尚好的侧门取下来，两个人抬到小河里去洗干净，然后码起砖头和石块做支撑，将门板往上面一放，案板的问题就解决了。两个人分别切菜、切肉，曾经在饭馆帮过工的瘦子自告奋勇走到灶头前，很自信地拿起锅铲说："我今天给你们炒一道正宗的连山回锅肉。"等到两大碗香喷喷的回锅肉炒好后，他接着又炒了青椒肉丝和熊掌豆腐等几样菜。没有饭桌就将案板上的东西收拾干净摆酒菜，大家搬来砖块和石头坐下，迫不及待端起酒碗，拿着筷子大吃大喝起来，划拳行令的声浪响彻牛王庙，每人的嘴唇上都沾满油腻，气氛非常热烈。

陈子光用筷子夹起一块回锅肉往嘴里塞，感觉很是解馋，他抬眼望着这群桀骜不驯的男人如此开心，顿时忘记了过去一切烦恼，心中十分羡慕他们这种自由自在的生活。

经过多日朝夕相处，陈子光也逐渐融入这个群体中间，至少在感情上已成为他们中的一员。这些天来，他陆续从大家口中得知那个腰插驳壳枪的大哥叫刘世宽，金堂县云绣乡人，因其家境贫穷，早年曾跟人在简阳和内江一带跑单帮，在船帮码头上混口饭吃。后因滇军和川军在沱江流域争夺地盘进行长时间的拉锯战，这年秋天，川军第三师钟体道部败走绵阳，在途经淮口时，刘世宽因兵荒马乱无处挣钱，陷入衣食无着的困境，在万般无奈的情况下，他加入这支川军部队去了绵阳。

特务营长钟元靖是师长钟体道的堂弟，长期跟随在师长身边，很少被派到战场上作战，此人唯独听从钟体道命令。正是因为与师长的这层特殊关系，他日渐变得目空一切，对同级军官不屑一顾，对下属任意苛求责难，甚至动手打骂。他还暗地里克扣军饷、贩卖枪支，将所得的钱财全部用来挥霍玩乐。每当部队驻防到一个新地方，他都要去那儿的赌场或妓院耍通宵，没有人敢到师长面前告发他。有一次在饭馆里碰到一个同级营长在这里请客，因为堂倌上菜快慢这点小事发生争执。那个营长在众人面前不甘示弱，当即便揭开他的老底："你仗着钟师长是你堂兄，竟敢肆意克扣士兵军饷，日夜吃喝嫖赌，你算什么军人。"钟元靖被骂得面红耳赤，睁大一双眼睛对那个营长吼道："老子不但是军人，而且还是硬邦邦的男人，你能将我吃了不成？"那个营长还想与他争辩，却被满桌的客人劝住了。老板是个很识相的生意人，唯恐闹下去会把饭馆的生意搞砸，他急忙赔着笑脸端来两份鲜卤拼盘，分别摆在他二人桌上，不断赔罪道："都是我们灶上的厨子搞错了，请两位长官多多见谅，这盘菜就当是我孝敬你们的，概不收钱。"这场小小的风波最终才得以平息。

钟元靖那个跟随他多年的勤务兵，不久前被滇军的炮弹炸死，让人想起就感到可惜，这个勤务兵真是太听话了，做事情非常认真周到，自己日常生活都离不开他。在钟元靖心中，他一直想要找一个既听话又能干的勤务兵，直到刘世宽被分派到特务营那天，钟元靖第一次看见他便产生了好感。刘世宽长相纯善朴实，两只溜溜转动的眼睛显得很机灵。钟元靖在一念之间便选定他当了自己的勤务兵。刘世宽参加军队原本迫于无奈，只想在队伍里暂时混碗饭吃，他早已习惯浪迹码头，骨子里根本没有伺候人的耐性。一个月时间很快过去了，他每天给营长端茶递水，洗衣送饭，随时听从使唤去买烟买糖等，心里感到很不适应，真是烦躁透顶了。

钟元靖长着一张胖乎乎的脸，一道高高的鼻梁，鼻孔略微向上翻起，他生就两片厚实的嘴唇，和一双冰冷的大眼睛，盯人时显露出一副凶相。钟元靖生性放荡，绵阳城中那条小街的妓院，是他通宵达旦享乐的地方。

第二天凌晨，钟元靖两眼惺忪从房中走了出来，却怎么也看不到勤务兵的人影，于是，他迈步走下楼来，只见刘世宽正躺在弄堂的长板凳上呼呼大睡，钟元靖走上前去，抬起一脚将刘世宽从板凳上踢下来，并大声骂道："天都亮了，你还睡得像条死猪样。"刘世宽被猛然一脚踢倒在地，浑身感到一阵疼痛，他赶紧从地上翻爬起来，用那双惊恐而仇恨的眼睛望了营长一眼，瞬间又忙低下头去，钟元靖再次对他吼叫："站着干啥子，跟老子回营房去。"

这一次的恶语相对，刘世宽恨死了这个霸道的钟元靖，他心中暗自计划着怎样逃离绵阳这个鬼地方，尽快回到金堂老家去另谋生路。

机会终于来了，好不容易等到吃过晚饭，营房里都亮起灯时，钟元靖又跑到先前那家妓院去了。刘世宽紧紧跟在他身后，心中盘算必须在这天夜里行动。他提起精神守候在房门外，专心地听着屋里的一切动静，大约快到三更时，屋内的声响逐渐停息，接着里面的灯光也熄灭了，随即传来钟元靖那响雷般的鼾声。到了该下手的时候了，刘世宽蹑手蹑脚走过去用手轻轻碰了下房门，门居然没有上闩，他试着慢慢推开半扇门，蹲下身子走了进去，借着屋顶亮瓦上投下的一束月光，他摸到床边放着钟元靖衣裤的椅子前，伸手从他的上衣口袋里掏出一把银圆放进自己荷包，然后解开系在裤带上的驳壳枪插进腰间，这一行动都在转眼之间完成。他得手之后急忙退出屋外，并将半扇门紧闭，然后若无其事地走到大门前。躺在一张睡椅上守夜的老妈子睁开双眼，还未等她开口问话，刘世宽便抢先说道："营长要我马上回去取东西，很快就回来。"

老妈子见他急切的模样，便信以为真，毫不迟疑地起身将两道门闩拉开，看着他大步走了出去。刘世宽急匆匆走出大门后一路小跑，他慌忙穿街过巷，不一会儿便走出了绵阳城。他在路旁的小河边脱下军装丢入河中，换上一身老百姓的装束，紧接着又急忙往前赶路，天亮时即走到了罗江县城，他在街边的小吃店买了两个肉包子边走边吃，心中不断思索着该往哪儿走，这时，他猛然想到一件危险事，如果像现在这样径直走大路，很容易被钟元靖的追兵逮住，后果不堪设想。他原本计划走德阳—广汉这条直通金堂的捷径，但现在不得不另做打算，选一条追兵意想不到的小路更安全。于是，他走出罗江县城后，即刻便往右拐，向着西边的白马关方向大步走去，中午时到达绵竹县的孝感镇，在街尾小店吃过午饭后，他依然不敢做片刻停留，急忙起身向前赶路。斜阳西沉时，已经走到什邡县的两路口，什邡有着奇特的地域地貌，它的西南边是广袤的川西平原，北边则是绵延千里的岷山山脉，最北端的九顶山海拔高达五千米，终年白雪皑皑，天空晴朗时极目远望，好似一座光芒闪烁的银山。

刘世宽不敢再往什邡县城走，因为那儿街道热闹，很容易被军警发现。于是，便决定在两路口住下，一来恢复这两日来的疲劳，二来可认真考虑下一步该怎么走。两路口只有一条狭长的小街，它是什邡县城通往北面山区的必经之路，过往客商颇多。场里分别开着两家客栈，他特意选择了场头那家与自己同姓的"刘记客栈"投宿，一住就是两日。他白天不敢贸然出门，除了一日三餐在场中饭馆吃饭出来走动一下，其他时间都躺在床上苦思冥想，思索着自己今后的生存出路，但始终没有想好结果。

第三天早上，刘老板十五岁的女儿走进客人住过的房间拆被子，准备拿到后院的天井边去洗，不料却被两个尚未离开的男子拦腰抱住，并被按倒在床上。一人用双手按住她挣扎的手和脚，另一人则忙着解开她的衣衫，她拼命地大声呼叫着，男子情急之下顺手扯起被单的一角塞进她嘴里。刘世宽住在旁边的房间内，突然听到有女人的惊叫声，他来不及多想什么，急忙夺门而出，一脚踢开了那间虚掩着的房门，只见其中一个男子已经脱掉身上衣衫，刘世宽两步跨上前对准那个男子挥拳便打，男子对这突如其来的攻击躲闪不及，被刘世宽重重一拳打得鼻血直流。另一个彪悍男子抓起房中的板凳，恶狠狠地吼道："敢坏了老子们的好事，我今天打死你这个杂种！"

刘老板听到后面客房有吵闹声，马上从柜台前走出来，当他走到客房门口时，眼前的一幕让他大惊失色，他看见光着身子的女儿坐在床上抱头痛哭，又看到那个彪悍男子挥动板凳要向刘世宽头上砸去，而另一个男子不顾鼻孔流血，凶狠地从包裹中取出一把尖刀，转过身便朝刘世宽背部捅去。就在这千钧一发之际，刘世宽猛地闪身躲开，随即用了一脚扫堂腿，将那个男子踢翻在地。手拿板凳的男子用力将板凳砸向他的头顶，刘世宽急忙转身低头再次躲过，那个彪悍男子很快从地上站起来，握着尖刀疯狂地扑上来，刘世宽快步退至房门口，立刻拔出腰间的驳壳枪，对着两个男子怒吼道："要是再敢动手，老子把你们打死在这里。"两个歹徒看见面前乌亮亮的枪口，顿时间吓得腿脚发软，拿着凳子和尖刀的手已不听使唤，一下子滑落在地上。

刘老板乘机冲进屋将床单包裹在女儿身上，抱着她到后院的房中去了。

刘世宽立即把房门拉来反锁，将二人关在屋内，等到刘老板急忙赶回来时，他拉住老板到一旁商量对策。惊魂未定的刘老板一时不知所措，究竟该如何处置这两个恶徒呢？刘老板思索一会儿说："刘老弟，要是报了官的话，岂不坏了我女儿的名声，恐怕从今往后她找不到婆家啊。"

刘世宽觉得他说得在理，便点头道："依你说该怎么办才好？"

刘老板惶惑地回答道："我也不知道该如何解决。"

刘世宽果断地说："那就喊他两个王八蛋赔钱，下跪后走人。"

刘老板哭丧着脸说:"赔点钱就算了,下跪恐怕过火点,何况小女只是遭了惊吓,尚未受到凌辱,我怕他们有朝一日前来报复。"他哀求道。

"这样做也好,那就喊他们赔钱私了,今后谁个敢来报复,我对他们绝不手软。"刘世宽说完话,转身回到客房前,右手依然紧握驳壳枪,左手推开了房间门,他站立门口对着等待发落的两个男子说道:"今天这件事,你们打算公了还是私了?"

两男子像泄了气的皮球,他们面面相觑,一时间不知如何回答。

刘世宽走上前用枪口点着一个男子的额头,厉声催促道:"还愣着干什么,快点儿掏腰包摸钱。"

两男子这才慌忙从各自衣袋里将钱掏出来,大洋和铜圆加起来有几十块钱。刘世宽不屑一顾地说道:"把钱都放在桌子上,快点给老子滚出两路口,往后谁敢到我大哥的客栈来捣乱,小心我打烂你龟儿子的脑壳。"

两男子闻声赶忙将钱往桌上一放,立即抱头鼠窜地逃命而去。

刘世宽今天的这番举动,让刘老板心里非常感激,一生也难得遇上这种住店的好客人,他竟然仗义出手救了自己女儿,并保住了她的贞洁。而且还将自己以大哥相称,吓唬住了那两个恶徒,料想他们今后也不敢来客栈寻仇滋事。这样大义凛然的好男儿,刘老板生平从未见过,难道自己今天真是遇到了贵人?刘老板心想要能与他结为兄弟该有多好啊。

正在这时,刘老板的妻子手提竹篮从集市上买菜归来,他走上前一把拉住妻子的手,二话不说就直奔女儿房间,妻子见他如此慌张,不知道究竟发生了什么事,忙问道:"看你神经兮兮的样子,家里到底出了啥事?"当他俩走进女儿的房中时,一眼看见她正趴在床上哭泣,一头乌黑蓬松的头发遮住了她的脸庞。妻子惊讶地问丈夫:"这究竟是怎么回事?"

刘老板叹了口气,这才将刚才发生在客房里的事从头至尾给她讲了一遍,妻子听后眼泪夺眶而出,大声骂道:"这些遭天打雷劈的东西,一个都不得好死。"说着快步走到女儿床前，用手爱抚地梳理着她的头发，并不停安慰她说："没得啥子事，妈回来就好了。"女儿听到母亲的声音，忽然起身扑到了母亲肩上，放声地痛哭着。

刘老板将自己想与刘世宽结拜为兄弟的事说了出来，妻子听后甚为高兴，她用衣袖拭去脸上的泪水，转身对丈夫说道："要得嘛，遇到这样的贵人，真是求之不得的事情。"刘老板叫妻子快去厨房炒两三样好菜，自己要同这个兄弟尽情地喝几杯。妻子一面将女儿扶在床上坐好，一边补充道："一会儿喊我们女儿去好好谢谢这位大恩人，给他多敬几杯酒。"刘老板随即点头道："那是理所应当的。"

今天中午这桌好饭菜，是刘世宽数月来吃得最开心的一顿，饭桌上不仅有鸡和鱼，还有老腊肉，外加一盘五香豆腐干与油炸花生米做下酒菜，大家吃得非常高兴。这时，妻子将女儿领进屋来，母女俩双双跪在刘世宽面前，母亲对女儿说道："快谢谢这位大恩人。"女儿抬起羞红的脸蛋，对刘世宽轻声地说："多谢刘叔的大恩大德。"这句话是母亲刚才教她这样说的，听起来似乎有点生硬。

刘世宽赶忙起身将母女俩扶起，笑哈哈地说道："你们言重了，刘某只不过是举手之劳，何来的大恩大德，我实在受之不起。"

刘老板在一旁伸出大拇指说："刘老弟大义凛然，当之无愧。"说着，他二人端起桌上酒杯一饮而尽。

"快去给大叔敬酒。"母亲向女儿发话道。

女儿随即上前拿起桌上的酒壶，分别将两个空杯斟得满满的。刘老板对刘世宽抱歉地说："我这个女儿生来腼腆，不太会说话，开口说话就脸红，尤其是见了陌生人。"刘世宽并不完全赞同他说的话："普天下的女娃儿都是这个样，害羞原本是她们的天性。"说完这句话，大家都开心地笑了起来。

这时，刘老板忽然想到要与刘世宽结拜的事情，先前只顾一个劲陪他喝酒，差点忘了这件大事。于是，他笑着拍了拍刘世宽肩头，极其认真地对他说："刘老弟，你我二人一笔难写两个刘字，五百年前都是一家人，何不结拜为兄弟，两家人今后可以时常走动，相互间也好有个照应。你看如何？"

刘世宽的父母早年死于肆虐金堂的那场疟疾，由此弄得自己无依无靠，被迫在外当了居无定所的跑滩匠。虽然勉强能挣钱糊口，但说起娶妻生子这件人生大事，他想都不敢去想，只是夜深人静之时，一个人躺在床上感到特别孤单，自己好像是离群的孤雁，无家可归的野犬，心中多么希望身边有个亲人，能够得到亲情来慰藉自己苦恼的心灵。当他听到刘老板主动提出要与自己结为兄弟，那可是一件求之不得的好事。刘世宽当即爽快地答应道："要得嘛，难得你我二人都姓刘，今天能够相遇真是前生修来的缘分。"

刘老板和妻子开口笑着说："这是老天爷有意将我们撮合在一起，注定要成为一家人，这是天意啊。"

刘老板高兴地催促妻子："还坐着干啥子！快去将堂屋里神龛上的香烛拿过来，我们好对天结拜呀。"

妻子笑着起身回应丈夫道："我这就去拿。"她转身快步走出门去。没过一会儿，她便手捧香烛台走回来，烛台上插着两支大红蜡烛，明亮的烛光上飘着细细的青烟。

刘老板见妻子将香烛拿进屋来，又数落她说："看你做的啥事情，我们结拜兄弟是要对天盟誓，又不是在屋里拜堂成亲，快点把香烛拿到天井中去摆起。"

妻子对丈夫一向唯命是从，她赶紧将香烛台捧出门外，端端正正摆放在天井中央，又转身去桌上拿起酒壶，她唯恐哪样做得不周到，遂轻声地问丈夫:"还要不要烧纸钱呢?"

刘老板听了一阵好笑:"你也真是,结拜兄弟烧纸钱干啥子,我们又不是敬神祭鬼,你当今天是清明节吗?"

妻子被他说得有点不好意思,苦笑了一下,她望了望一旁的刘世宽说:"妇人家哪有你们男子汉懂得那么多事情。"

刘老板牵着刘世宽的手走出堂屋,几步来到天井中,阳光从他们头顶照射下来,青石板的地面上折射出两个硕大的身影,他二人一同跪在地上,对着天空连续磕了三个响头,刘老板盟誓道:"我刘德厚今天与刘世宽结拜为兄弟,从今往后便是理所当然的一家人,无论贫富不得分彼此,生死病痛定要相互照料,遇难必帮,逢险必救,倘若有意违背兄弟情谊,定遭五雷轰顶。"

刘世宽接着信誓旦旦地说:"我刘世宽与德厚兄今日结为兄弟,从此刻起,他便是我最敬重的大哥。世宽家中父母早亡,也无兄弟姐妹,大哥就是我世上唯一的亲人,今后大哥家中的事便是我的事,无论赴汤蹈火,定将在所不辞,若是违背兄弟之情,必将死于乱枪之下。"

盟誓过后,他二人站起身来,刘德厚向屋内喊道:"快把酒杯拿出来。"妻子提着桌上的酒壶,女儿双手端着两只空酒杯从堂屋走出来,妻子随即将两只酒杯斟满,女儿将一杯酒递到刘世宽手中,另一杯酒递到父亲手上。他二人将酒杯高高举过头顶,齐声说道:"愿上天过往神灵为我们兄弟作证。"话完便端起酒杯一饮而尽。

刘德厚转过身对妻子郑重其事地说:"从现在起,你就要改口称呼他刘老弟了。"他接着又示意女儿道:"快上前叫声二爸。"

妻子满面笑容地说:"恭喜你了,刘老弟。"女儿也羞答答上前冲刘世宽甜滋滋地喊了一声:"二爸。"

刘世宽心里非常高兴,他又重新感受到家庭的温暖。当他听到乖巧可

风雨人生

爱的侄女亲切地叫他二爸时，顿时感到无比幸福，他急忙从衣服口袋中掏出几块大洋，笑眯眯地说道："二爸没有准备啥好礼物，这点钱拿去扯两件新衣服穿。"刘德厚见女儿没敢伸手接钱，便笑着对她说："二爸有心给你，就赶快收下嘛。"母亲在一旁拍拍女儿肩头道："你二爸不是外人，你爸喊你收下就拿着。"女儿终于怯生生地伸手接过钱来。

刘世宽与刘德厚自从结拜之后，二人俨然像一对亲兄弟，白天一同打理着客栈里的各项琐事，闲暇时便一道去两路口场外那条小河钓鱼，晚上吃过饭又一起到下场口的茶馆里听评书。那个评书先生说的一口中江话，这段日子正在讲他最拿手的《孟丽君脱靴》，他讲述的故事情节太多，不厌其烦地讲了几个晚上，那个贪色的皇帝都未将孟丽君脚上的朝靴脱下来，吊足了满堂听众的胃口。

刘世宽在大哥家一住就是半月，生活起居就像在自己家中一样，所以心情有了很大改善，之前那种紧张而郁闷的情绪一扫而空，慢慢安心下来。

这天夜里，一缕淡淡的月光从屋顶的亮瓦上照射到床前，勾起了刘世宽的思乡之情，他独自躺在床上反复思考着，大哥刘德厚家虽然好，但终归不属于自己，并非他长久安身之地，必须另谋良策才是自己的出路。于是，他准备明天早晨便向兄长一家辞行，决定回到金堂老家去。

刘德厚每日夜间都值守在账房内的小床上，天还未亮便听到有人吱呀一声打开房门，他本以为是哪位客人早起赶路，随即起身披衣观望，准备去为他打开铺门，当他抬眼一看时，刘世宽已走到他面前，嘴里喊了一声"大哥"。刘德厚惊奇地问："世宽，你这是咋搞的，起这么早要去干啥子？"

"我打算今天就动身回金堂去。"刘世宽说。

"再多耍几天嘛，我们两兄弟还没有玩够呢。"刘德厚意欲挽留他。

"我赶着回老家做些事情，今后若有机会，定然要来看望你和大嫂。"

"你大嫂真舍不得你走，她昨天夜里给我谈起一件事，还没来得及跟你说，她想在两路口帮你找个女人做婆娘，在这里好好安家过日子。"

"多谢大嫂这番好意，我刘世宽天生一个孤人命，谁家女子嫁给我恐怕难得过上安稳日子。"

"世宽老弟，你把话说到哪儿去了，你这么能干又讲义气，若是哪个女人嫁给你，算是她这辈子有福气。"

正在灶房里生火为客人们烧水的妻子，隐约听到丈夫在与人谈话，同样以为是有客人起早赶路，她忙给灶膛里添了一把柴火，准备着客人前来舀热水洗脸。当她循声走出门来时，一眼看见刘世宽肩上扛着包袱站在门前，忙走上去问道："二弟这么早要到哪里去？"

"我想今天赶回金堂老家。"

"是吃得不好还是住得不安逸，嫂子有啥怠慢的地方？"

"大嫂说到哪儿去了，桌子上每天有酒有肉的，连我自己吃得都不好意思了。"

"既然如此，那你还走啥子呢，过些日子我给你物色个女人把婚结了，就在两路口开个小铺子，或者找个别的事情做，将家安在这里算了。"

刘世宽哪敢说出自己是逃兵，在绵阳既偷钱又盗枪这件事？他含含糊糊地对她说道："请嫂子放心，我今后若是有时间，定会来两路口看望你和大哥的。"

刘德厚见他去意已定，但仍挽留他吃过早饭再启程不迟，刘世宽却说今天要走一百多里路，还是趁早赶路为好，免得走不到金堂天就黑了。

刘德厚这时只得打开一扇铺门，径直将刘世宽送出两路口场头，他妻子跟在后面扯起一片衣襟拭去惜别的泪水，并对刘世宽说出一句感人肺腑的话："你今后若是遇到什么难处，就到两路口来，嫂子帮你在这里安个家，娶个婆娘生两个娃儿给你们刘家传宗接代。"

刘世宽听到她这番暖人心的话，内心感到无比激动，一路之上，这句话久久回响在他的耳际。

刘世宽离开两路口后，依然不敢走广汉回金堂的大路，而是选择绕道彭州九尺至新繁清流的小路，天黑时分，他竟然才走到新都的斑竹园。这一夜，他疲惫地住进了斑竹园场上那家唯一的小客栈。客栈的铺面是茶坊，后面那排厢房便是十余个房间，住店的客人很稀少，大多数房里都没有亮灯，只有过道上那盏昏暗的马灯，孤零零悬挂在屋檐口的挑梁上，以便让客人们能找到自己的房间。

刘世宽在店老板带领下，走进了一间客房，老板划亮手中的火柴，点燃了桌上的油灯。刘世宽将肩上的行李往床上一放，问老板街上有何吃的，此刻他感觉肚中饥饿。老板的回答很干脆："有嘛。出店门往右拐走不多远，就有一家面馆专卖猪蹄面。"

刘世宽转身将房门拉来关上，按照店老板的指引，迈开大步向着面馆走去。

这时，尽管街道上行人稀少，但茶坊里却聚集了不少人，有的围坐在一起摆龙门阵，有的则在打长牌，还有一桌人正在下象棋，旁边站着几个热心的看客，他们着急地为双方出谋划策，有人喊跳马将军，有的说上炮挡马。这段时间茶坊里最为热闹。

刘世宽吃过一大碗蹄花面后，随即回到茶坊中，他选在柜台旁边一个空位上坐下来，叫老板泡一碗茉莉花茶，然后仰头往竹椅上一靠，双脚朝前面一伸，手臂轻松地搁在两边扶手上，顿时感到特别舒服。

此时，邻桌的龙门阵摆得正起劲，其中有个大马脸的中年汉子的话最多，而且每次出声都会给众人提供耳目一新的消息，他提高嗓门说道：

"你们知不知道,前几天金堂龙王的土匪竟然抢到我们新都石板滩来了,胆子真是太大了,听说抢了街上好几家商铺,那些老板的损失非常惨重,抢劫案发生后,新都的保安团随即赶到石板滩,结果还是晚到了一步,那股土匪早已闻风而逃,连一个土匪娃子也没有逮住,他们全都逃回金堂的地面上去了,谁敢跑到外县的地盘上去抓人?"

常言道"说者无心,听者有意",刘世宽此刻最关心的便是金堂境内发生的事情,听完那人的一番议论,他联想到自己目前的处境,若要再到赵镇或淮口去,肯定异常危险,料想缉拿他的文告和画像早已贴上街头,只等他一露面便会自投罗网;去资阳和内江当跑滩匠,但如今各地兵荒马乱的,又到哪儿去混饭吃?那种居无定所的日子,自己早已过够了。这天晚上,刘世宽躺在床上翻来覆去想了很多,直到三更过后,他才迷迷糊糊地睡去。等到一觉醒来时,明亮的阳光已从窗外照射到床前,他急忙起身穿好衣服,到天井中的桶里捧起冷水洗脸,然后扛着包袱走出客栈,并在场中一家小吃铺买了三个刚出笼的大肉包,拿在手上边走边吃,径直朝着石板滩方向走去,因为他昨天夜里做出了一个重大决定,要去金堂龙王投靠土匪。

要投靠土匪也并不是件容易的事,刘世宽头戴一顶旧草帽连续奔波于龙王、日新和康家渡等地,四处暗自打听土匪的下落,结果一无所获,当别人用异样的眼光看着他时,他急忙转身走开,唯恐被人认出他是个逃兵。

正当他投奔无门,准备另做打算时,一个机会却不期而至。这天下午,天空忽然变得阴沉沉的,天尽头飘来一大片乌云,预示着傍晚必将有场大雨。刘世宽没精打采地从日新场走出来,准备在天黑前赶到龙王过夜。他走在牟池村时,看见前面好大一处樟树林,脚下的道路便通往那片树林中,路上看不见一个行人,寂静得让人心里发慌,两耳充斥着田坎间蟋蟀的鸣叫声。他下意识地用手摸了摸腰间那把手枪，胆子自然就壮了起来。他加快脚步向林间走去，当他走进林中数丈远的地方，突然看见从两旁闪出几个手拿棍棒和大刀的蒙面汉子，他们很快蹿到自己面前，持大刀的汉子拿刀对着他胸口恐吓道："快将包袱放下，把钱全部拿出来，不然要了你狗命！"

刘世宽随即放下肩上包袱，然后迅速倒退了几步，以避开汉子手中的大刀。此刻，那帮匪徒误认为他想趁机逃跑，正欲拔腿追上前，刘世宽立即从腰间拔出驳壳枪，对着那个拿大刀的男子扣动扳机，砰的一声打在男子的脚下，一团尘土飞溅起来，他接着大喝一声："给老子把刀放下，跪在地上！"

几个匪徒被刘世宽的气势吓得脸色骤变，腿脚发软，看见他手中黑洞洞的枪口，纷纷往后退缩，想着逃进树林中。

刘世宽苦苦寻找多日的土匪，却在此时忽然出现，心里有说不出的高兴，这是送上门来的好事。于是，他急忙放下手中驳壳枪，亲热地向他们喊道："弟兄们，大家不要害怕，我们都是同路之人，今天不打不相识，不如交个朋友吧。"

匪徒们听到刘世宽的喊话，又见他放下了手中的枪，便停下脚步，他们面面相觑，一时间不知如何是好。那个握大刀的男子将刀插入腰间刀鞘，开口问道："请问老兄是哪个道上的？"

刘世宽见这帮匪徒手中居然没有一杆枪，知道他们出道不久，便故意虚张声势地回答："谈不上是哪个门道，刘某人先前曾在金堂、赵镇和淮口这些地方混过几年，兄弟今天路过此地，也算我们有缘相识。"

那个男子见他说话和气，顿时打消了一切顾虑，便笑着走近刘世宽身前："老兄，对不起了，只怪我们有眼不识泰山。"

刘世宽很客气地对他说："今天这场误会不算啥事，你不要说那些见外的话了。"他为了进一步笼络人心，便将众匪徒招呼到面前，亲切地说道："我知道弟兄们过日子不容易，不然为啥连一杆枪都没有，在这条道上做这种买卖，说句实在话，连吃稀饭的钱都弄不到，若是想有更大的发展，不如跟我去做几笔大生意如何？"

那个男子见刘世宽所说正合他意，又看他手中的驳壳枪能让很多人吓破胆，今后若要做"大买卖"，全靠他来掌舵才行。于是，他向众人说道："弟兄们，这位大哥有意要与我们合伙，那是我们三生有幸，求之不得的好事，从今天开始，我们就推举他为龙头大哥，你们说这样要得不？"

"我说要得。"

"我举双手赞成。"

众人异口同声地呼叫着，好像找到了一个发大财的救星。

刘世宽结伙为匪的目的已经达到，并且轻而易举地当上这伙人的首领，感觉手中那把驳壳枪真是厉害。此时，心里多日来的阴霾一扫而空。他满心欢喜地以老大的口气对众人说："各位弟兄，今天是你我相见的好日子，理所当然要给大家一个见面礼，我请各位到龙王场喝酒去。"大家已有许多日子没有沾上荤腥了，听说要去龙王场吃肉喝酒，顿时想到回锅肉的扑鼻香味，口水禁不住从嘴角流了出来。他们迫不及待地藏好随身的棍棒和大刀，紧跟在刘世宽身后，迈开大步向龙王场走去。

在接下来的一年多时间，刘世宽带领这股土匪四处抢劫，抢劫对象多为龙王、日新和康家渡等地的殷实大户。随着抢劫次数日渐增多，抢得的钱财自然多了起来，他们利用这些钱不断壮大自己，买来三十多杆长短枪加几箱子弹，又召集到数十名游手好闲者入伙。但其势力依然较小，经不住民团武装的打击与大地主护院家丁的顽强抵抗。

为此，刘世宽时刻为壮大自己的队伍而发愁，经过一段时间思考之后，他决定派人去收罗之前被川军杨秀春部剿灭的赖金廷残部。

赖金廷曾是金堂境内名噪一时的巨匪，在县城西北的几个乡镇横行多年，他依仗着人多枪多，长期盘踞在龙王及日新等地。赖匪在金堂肆意抢掠，激起了当地驻军杨秀春的极大愤恨，因为社会不安定，直接影响到政府为军队筹集军粮和军饷，哪能容忍这帮悍匪继续猖狂？他随即调动三个团数千人的兵力，并在当地民团大力配合下，迅速开往龙王剿匪，竟然将其一举击溃。匪徒们被剿匪部队一路追至什邡县大山中，匪首赖金廷后来逃至绵竹扫挂滩时，被当地民团击毙。但其中有不少匪徒在败退时逃进了山民家躲藏，现今仍在什邡三河场一带。

刘世宽很想网罗这些流落在什邡山中的匪徒，他即刻派出两个原系赖匪的部下，带上足够的路费，分头到三河与红白两处去寻找。这二人来到目的地后，利用每次赶场的机会，穿梭在来来往往的山民间，不出十天时间，他们果然联络上混杂在人群中乔装成贫民到场上探听消息的十多名匪徒，并嘱托这些人相互联络，告知他们剿匪事态已经平息，可以安安稳稳地回到金堂了。最后约定三日后黄昏在三河场口会合，要求大家务必带上隐藏的枪支，准备着在夜间分批行动，日夜兼程奔往金堂。

刘世宽焦急地等待了半个月后，终于等到派去的二人带回了一大帮匪徒，而且随身还带着许多枪支，心中自然非常高兴，当即奖赏他俩二十块大洋，又命他们充当这些新入伙弟兄的头目，强调一定要先行安顿好他们的生活，以便恢复元气。

刘世宽在很短时间就增加了三十余名匪众，其势力越来越大，转眼间变成龙王乡又一巨匪。在之后的数年中，他率领这帮匪徒抢劫过的地主、富商多达百家。此时，由于全国的抗日战争已经打响，各路川军部队均被紧急调往抗战前线，各级地方政府终日为军队筹粮筹款，忙得焦头烂额，根本无暇顾及匪患猖獗，致使其泛滥成灾。

在屡次抢劫行动中，刘世宽不畏艰险冲锋在前，深得匪众的拥戴。他惯用的抢劫办法是分成小股人马进行，除非那家大户护院的人多枪多，才会调动大帮匪徒前去应对，为的是尽量隐藏自己的行踪，避免招来地方政府和民团武装追杀。

刘世宽这帮匪徒的据点有多处，在毗河岸边的芦苇旁搭上两间茅草房，西江河的那条木船，或是林盘中被人遗弃的旧屋子都是他们的落脚点。更有一些当地有妻室儿女的匪徒，干脆大胆地住到自己家里，扮演着亦匪亦农的角色。当接到匪首的召唤时，便拿着梯子爬到屋架上取下藏匿的枪支，趁着茫茫夜色跑出门去抢劫，第二天天还未亮便回到家里睡大觉，做得神不知鬼不觉，没有人能看出一点破绽。他们白天照样扛起锄头下地干农活。

三十

这一天夜里，刘世宽带着一帮得力的匪徒，首次到新都境内抢劫一家大户，不料得手之后，却遭到当地民团的追击。一路之上，双方不停地交火，直到追至金堂县边界，新都的民团才不得不停下脚步，眼巴巴地看着匪徒们消失在茫茫的夜色之中。

当刘世宽一帮人慌忙逃至牛王庙时，发现这里的地形非常有利，一眼望去，它四周没有一处紧挨着的农舍，而且庙里庙外古柏参天，是个非常隐蔽的好地方。因此，他决定将这儿作为一个新据点，准备今后在这里栖身。就在他把这一切安排妥当之后，偶然间发现那个机敏可爱的小叫花子陈子光。这天上午，刘世宽信步走出牛王庙山门，站在庙前的石阶上眺望远处郁郁葱葱的田野，心中正感到一片茫然时，只见陈子光手提竹篮从田间那条小路走来，不多一会儿，他便来到庙前的石阶下，刘世宽好奇地问："你到田里面去干什么？"

陈子光听见有人问话，急忙仰起头来看着刘世宽面无表情的脸，回答道："到河沟里抓鱼去了。"

"抓了多少鱼，快提上来给我看看。"

"抓得不多，就是十来条小鲫鱼，还有两条桃花鱼。"陈子光迈步走上台阶。

"你小子真能干，想不到还会抓鱼。"刘世宽接过提篮来仔细观看，他伸出手指拨弄着里面的鱼儿，嘴里数着篮里究竟有多少条鱼。

"沟里水大的时候鱼要多些，今天不知为啥水变小了，鱼就没有前些日子那样多。"陈子光补充道。

"今天抓得也不少啊，总共有十四条，足够做两盘红烧鱼了。"刘世宽此刻心情很好，他开始欣赏起面前这个孤苦伶仃的少年。心想难怪这两天饭桌上有鱼吃，原来是他小子下河去捞的。

陈子光听到他的称赞，心里甜滋滋的，今天终于有人认可自己辛勤的劳动，他咧着嘴憨笑起来。

刘世宽见他如此机灵乖巧，心中甚是喜欢，联想到自己孑然一身，陡然萌生了想认亲的念头，要是能收他做个干儿子该多好啊。既然有了这个心思，就不要错过当前这个好机会，刘世宽笑着拍了拍他肩头，用亲热的目光望着陈子光那张晒得黢黑的小脸，还有那双睁得圆圆的大眼睛，轻声问道："我想收你做干儿子，你愿不愿意？"

刘世宽这突如其来的问话，着实令陈子光大吃一惊，顿时觉得一阵心跳，当望见对方那和善的目光时，又感到无比温暖。这时，他的心仍在咚咚地跳动着，呆呆地站在那里不知如何回答。

陈子光自从父母双亡后，无奈之下投靠到伯父家，只因遭到伯母的歧视和虐待而被迫出走，才落得孤身一人漂泊在外，成天衣食无着，内心深处多么渴望有份亲情降临。如今这种梦境中才会出现的事情，此刻真的来到了自己面前,他激动得热泪盈眶,话语哽咽道:"要得嘛,我就认您做干爹。"说罢,他竟然高兴地哭出声来。

"哭啥子哟,认了干爹应该欢喜才对嘛。快走,跟我进去吃饭,我要当着众人的面宣布这件事。"刘世宽兴奋地拉起他的小手,径直往庙内走去。

在那张简易的饭桌前,大家都恭喜刘世宽做了陈子光的干爹。有人提议说:"认亲必须要喝杯酒才对嘛。"许多人附和着:"喝完酒才能算数。"于是,他们拿来一坛烧酒和几个杯子,刘世宽急忙说道:"他屁大个娃儿,喝得来啥子酒哟。"其中一人边斟酒边说:"喝不来的话,那就抿两口也算数。"他将一杯酒递到陈子光面前,陈子光在大家不断催促下,端起酒杯来抿了一口,顿时感到喉咙火辣辣的,呛得他面红耳赤。陈子光放下酒杯后,又在众人的取笑和戏谑声中,鼓足勇气红着脸向刘世宽喊了一声:"干爹。"刘世宽即刻爽快大声地答应着,他赶忙从衣服口袋中摸出十块大洋,将钱放在陈子光的手掌里,并笑着说:"这是干爹给你的见面礼,记住要省着点花啊。"

陈子光自从认了刘世宽为干爹后,二人形影不离,他将干爹喊得十分亲热。有了这层父子关系后,刘世宽将陈子光视为自己亲人,时常带他在庙外的树林中练习枪法,有时还会让他去学习一些打家劫舍的本领,有意磨炼他的意志,壮大他的胆量。

陈子光在牛王庙一住就是三年,此时的牛王庙已非先前人们眼中的破庙,现已成为刘世宽这股匪徒的最大据点,他们请工匠将正殿和厢房稍做一番修理,正殿用来做议事厅和饭堂,厢房则用作众人住宿。刘世宽为了巩固这个理想的据点,煞费苦心地在牛王庙四周修筑了几处暗堡,并且挖了一条地下通道,在紧急情况下,可以从正殿和厢房疏散到庙外的柏树林中,做好了最坏的逃亡准备。

陈子光跟随刘世宽实施了一次又一次抢劫行动，受到匪徒们非同寻常的影响，渐渐地从一个懵懂无知的少年，变成了胆大妄为的残忍之徒。在刘世宽的授意之下，他竟敢独自率匪众进行抢劫，而且屡屡得手。为此，他深得刘世宽的器重和匪徒们的称赞，俨然以一个年轻有为的二当家自居。

刘世宽有了陈子光这个得力助手后，他一改从前的事必躬亲，每次都亲自率众前去抢劫，只因之前没有信得过的人让他放心，唯恐弟兄们稍有疏忽，导致抢劫行动失败，甚至还会伤及众人的性命。而如今，陈子光已长成一个壮实的青年汉子，凭着他天生的灵敏和勇敢，练就了一手百步穿杨的好枪法，加之又读了几年学堂的聪慧，弟兄们都情愿跟随他左右。在很多次抢劫乡间大户和场镇商铺时，他总是一马当先，第一个冲进屋里去，从不顾及自身的安危。抢劫得手之后，也从不将抢得的金银珠宝揣进自己的腰包，而是全部交回到刘世宽手中。仅凭这一点，刘世宽内心感到特别欣慰，认定他这个干儿子并非见利忘义之辈。

自从陈子光出道以来，由于诸事都能独当一面，刘世宽反而闲起来，时间一长，自己竟然不想再像从前那样出去折腾了。闲来无事时，他便在庙中空地上种一些蔬菜，亲自挑粪浇水，有时候心血来潮，他也会拿着撮箕和竹篮到小河边，学着陈子光先前的样子，下河堵水捞鱼。吃晚饭时，陈子光等人从外面回来，看到桌上那盘鲜嫩的红烧鲫鱼，忙问那个胖乎乎的厨子："你烧的鱼是哪儿弄来的？"这勾起了他少年时那段心酸的回忆。厨子笑着对他说："你干爹到河沟里去捞的。"陈子光望着刘世宽那笑眯眯的眼睛，二人会心地笑了起来。

傍晚时，大家纷纷回到自己房间歇息，刘世宽独自一人站在大殿前望着灰暗的天空，天色越来越暗。正当他要转身离去时，一道闪电划破夜空，忽然间电闪雷鸣，豆大的雨点从天而降，他抬头向神龛上观望时，牛牛王菩萨睁大一双怒目朝他张开血盆大口，刘世宽禁不住全身打了个寒战，头脑里轰鸣一声，顷刻间便失去知觉，晕倒在地上。闪电过后，大殿内一片漆黑，他不知何时苏醒过来，迈着僵硬的步子走回房内。这天夜里，他躺在床上一直处在惊恐之中。

第二天早晨，刘世宽吩咐众人清扫牛王菩萨神像，并派人到龙王场买来香蜡纸钱和供奉祭品，他告诉在场所有人，等到今日午时三刻，他将带领大家祭拜牛王菩萨，恳求保佑大家一生平安。从这以后，牛王庙断了二十余年的香火又点燃了，住在附近的农户知道庙里是个土匪窝，但仍壮着胆子来到庙里敬香，祈求来年风调雨顺，保佑一家老小四季安康。

刘世宽每日里敬香拜神，刚烈的性情逐渐变得温和起来。在这段日子中，他时常在夜里做着两个相同的梦，一会儿梦见满面愁容的父母唠叨着对他说想抱孙子，一会儿又梦见在两路口结拜的大哥笑嘻嘻地对他讲，大嫂已经帮自己找到一个皮肤白净、身体壮实的好女人。刘世宽清晨起床后，信步走出庙外散步，不知不觉地走到了大路边，这天正是龙王场逢场的日子，已有不少行人早早地走在路上，挑箩筐的、提竹篮的男女老少逐渐多起来。这时，只见一对青年夫妇从他眼前经过，女人手提竹篮，背上还背着个婴儿，男子的肩头上骑着个男孩，孩子在肩上顽皮地做着蹦跳的动作，像骑在马背上放声叫喊。而当父亲的非但不生气，反而踏着马步笑着前行。走在旁边的女人似乎有点心疼丈夫，朝顽皮的儿子笑骂着："混账东西，将你爸当一匹马来骑！"

眼前的这一幕，让刘世宽内心受到很大的震动，也就在这时，他多么渴望有一个温暖的家庭，拥有自己心爱的女人，并与她生下几个孩子。这个想法比以往任何时候都强烈。从这天起，他开始厌倦了打家劫舍的行径，突然想到应该及早抽身隐退。

刘世宽在牛王庙的日子过得一天比一天消沉，有了陈子光这根顶梁柱后，他几乎什么事都不用去管，无论是抢远抢近，打劫东家还是西家，全都由陈子光这个干儿子做决定。陈子光看到干爹一副心事重重的模样，难免担心他犯了什么毛病。一天夜里，他来到刘世宽床前探问究竟，刘世宽这才告诉他这段时间常常梦见自己的父母亲，他们苦苦央求自己为刘家传宗接代，做个孝敬的刘氏后人。陈子光深知义父在外闯荡了二十年，定然感到心力交瘁，便关切地问他今后有何打算。刘世宽此时最想去什邡两路口大哥家，在那儿住上一段日子再做决定。陈子光明白义父去意已定，抱着一切随缘的心态安慰他说："您到那边要是住不惯的话，随时回牛王庙就是了。"刘世宽惋惜地叹了声："恐怕这一去之后，我就不会再回来了。"

陈子光感到非常惊讶："干爹，您真舍得这帮患难兄弟？他们都是跟您多年出生入死的朋友啊。"

刘世宽一脸无奈地说："那有啥子办法，人各有志嘛。我在这里嘱咐你几句，你今后管事要对他们多关照点，有钱的时候，记着多分给他们一些，这批人拼着命出来干抢劫营生，为的就是挣钱回家供养父母和妻室儿女。我与弟兄们今生有缘相识，希望大家都能平安地生活下去。"

陈子光拍了拍胸脯说："干爹，我不是那种贪图钱财的小人，只要现在的日子过得下去，钱不过是身外之物，我绝不会亏待弟兄们的。"

刘世宽放下心来，脸上露出满意的笑容："我就看你为人厚道，既然你我父子一场，我有一句忠言不知你愿不愿听？"

"当然愿意听，干爹您请讲。"

"既然愿听，我就跟你直说了，这么多年我将世间一切事都看透了，我们当土匪虽说迫于无奈，但还是应该讲良心，你抢了别人家的钱财来养家糊口，千万不要伤及人家的性命。有钱人的钱财丢了，他们有本事还可以挣回来；倘若弄出了人命，那就什么都毁掉了。我最担心害得别人家破人亡。"

他俩将话说到这里，都神情凝重地沉默着，隐藏在各自心中的满肚子苦水，该向谁去倾诉呢？干抢劫营生的人，原本就有很多世间常人无法理解的难处啊。

刘世宽也不再提这个沉重的话题，只在最后淡淡地说了句："我知道难为你了，那就尽力而为吧。"

陈子光微微点头应诺着，他随即问道："干爹准备什么时候启程？我和弟兄们也好为您饯行。"

"饯行就不要了，等明天晚间吃饭时，我向众人宣布一下，你接替我来带领这帮弟兄继续干下去。大家聚在一起高高兴兴地喝杯酒，就当是跟各位兄弟告别。"

自从刘世宽离开牛王庙去了什邡之后，陈子光便完全掌控了属下两百余名匪徒，而且势力在逐渐扩大。此后，刘世宽再也没有回到龙王。直到几年后，偶然听到一个去两路口探亲回来的人说，他曾看见刘世宽在那儿开了间杂货铺，当起了店老板。还有人说今年清明节前两天，在云绣乡路边的山坡上，看到一对中年夫妇带着一双儿女来到一座坟前，他们点燃香烛，焚烧纸钱，全家人在坟头跪拜，那个男人走到附近农户家借来一把锄头，将坟上的杂草铲除得干干净净。那家农户后来告诉别人说，那处墓地原本就是刘世宽家的祖坟。陈子光听了这些有关干爹的传闻，心中更增添了对他无尽的思念……

三十一

时间年复一年地过去了。这一天上午，陈子光带着四个保镖，正欲赶往毗河边的据点看望那里的弟兄们，当他走出牛王庙门时，迎面碰见了急忙走来的方师爷。方师爷在龙王乡公所当差十多年，尽管该乡已换了三任乡长，但他还是稳稳当当地做他的师爷，他行事圆滑，熟悉乡情，在龙王这个巴掌大的地方，无论是乡里人或者街上居民，大都认识他。

陈子光虽然并未同他打过交道，但听说方师爷是龙王乡上的能人，他今天竟敢独自一人走到牛王庙这个土匪窝来，可见他胸中的胆识和勇气。这个不速之客的突然到来，不知是喜还是忧？谁都知道土匪和政府间是水火不容的两股势力，既然是这样，他今天亲自登门又所为何事呢？

陈子光还未想出个眉目，方师爷已走到面前，他满脸堆笑地向陈子光说道："陈老弟，我方某今天不请自来，你不要见怪啊。"

陈子光急忙笑脸相迎，客气地说："你这位贵客平时请都请不来，今天能亲临牛王庙，我心里高兴都来不及，哪里还敢见怪。"

二人相互客气问候一番后，陈子光便将方师爷请到大殿中喝茶，他吩咐在场人等都到殿外去，然后便与师爷谈起正事来。

方师爷开门见山对他说："前些日子龙王发生了一起抢劫大案，确认是欧秉均那帮人所为，他们抢得了几千块大洋和许多金银首饰，还有几杆枪。被抢的是本乡大户覃家大院，其主人覃光裕的兄长覃光华是邓锡侯手下的一个团长，他听到弟弟家被抢之后，立即带兵从彭州连夜赶到龙王来剿匪，结果是来晚了，欧秉均早在前两天即率匪众跑得不知去向，剿匪部队连一个匪徒的人影都未见着。覃团长一气之下，亲手枪毙了欧秉均父母，并且放火烧光了他家的房屋。覃团长发誓要剿灭欧匪，夺回被他抢劫的巨额财产。他强烈要求本乡全力配合，乡长实难无法推辞，于是便想到请你出来帮这个大忙。"

陈子光已经听说欧秉均前些日子做了一笔大买卖，捞到了许多油水，手下的弟兄们也分得不少钱财，衣服口袋装得胀鼓鼓的，这让自己的弟兄们说起就眼红。现在这个方师爷说乡长要请他出来对付欧秉均，着实让他很吃惊，他随即收敛住笑容问："乡长要我咋个帮忙？"

方师爷立刻回答道:"请你到乡公所与乡长当面详谈此事。"

陈子光听说叫他去乡公所,思想上顿时警觉起来,乡长会不会设圈套诓骗自己到龙王场,然后将他逮住?假如是这样的阴谋,龙王场是断然去不得。于是,他婉言谢绝了方师爷的意见,但并未使对方难堪,随即说道:"龙王场街上人多眼杂,干我们这一行尽量多避嫌,依我看要谈就得换个清静地方。"

方师爷觉得陈子光说得很在理,为了打消他的疑虑,也不再坚持己见,便问道:"你说在龙王哪个地方最合适?"

"我们下午到毗河渡口的乌篷船上去谈如何?"

"这样也好,只不过大家多走几里路罢了。"

"那我日落之前在船上恭候你们的大驾。"

"那就如你所说,下午毗河渡口见。"方师爷一口应承下来,他说完立即起身便往回走。

陈子光看到他匆匆离去的背影,站在庙门前思考片刻后,急忙喊来二十名弟兄,并对他们说道:"全部把武器带上,跟我一道去趟毗河。"

毗河上那条乌篷船其实就是陈子光匪帮的一个流动据点,它的机动性很强,早在刘世宽时期就已建立。这条船上通常住着十余名匪徒,主要是配合牛王庙匪众做"大买卖",匪徒们将打家劫舍的勾当称作"买卖"。船上的这一小股土匪有时也会去抢劫一些过往行人,搞点零用钱供自己花销。

毗河是岷江水系的一条分支,从都江堰内江流经郫县、新都汇入赵镇的沱江中,沿途灌溉的农田多达二十万亩。毗河终年水量充沛,清澈的河水使得两岸稻麦飘香,五谷丰登。河岸边芦苇丛生,银白色的芦苇花望不到尽头。

陈子光率众人来到毗河渡口，其中一男子向着芦苇丛打了一声响亮的鸽哨。不一会儿，只见一条乌篷船从前面的芦苇中撑了过来，停在了渡口旁边。陈子光即刻叫随行人等在岸边隐蔽待命，静候乡长的到来。

方师爷一回到龙王乡公所，马上向乡长报告陈子光不敢来龙王场谈事，坚持说要谈就必须改在毗河渡口船上去谈，他唯恐上当受骗。

乡长找来覃光华当面商量，决定依照陈子光的说法，他二人觉得这样做也好，一方面避免外界看见会说官匪勾结，另一方面也让陈子光放心大胆来谈事情，哪有土匪头子不惧怕官兵的呢。

午饭过后，覃光华遂命几个士兵扛着二十条老式汉阳长枪，外加两箱成都兵工厂造的子弹，在方师爷和乡长的带领下，直奔毗河渡口而来。

陈子光催促弟兄们吃完饭继续到芦苇丛中隐蔽，若是听到船上发生枪响，火速前来增援，首先要将那个乡长和团长打死。陈子光一生最痛恨设陷阱害他的人，因为现在还无法知道那个深藏不露的乡长是何居心，必须事前做好充分的准备。

但当乡长和覃光华来到渡口时，并未带着大队人马，身后仅仅跟随着几个肩扛枪弹的士兵，陈子光戒备的心这才放下来。

双方的商谈随即在乌篷船上展开，谈话只限陈子光、覃光华和乡长、方师爷之间，其他人等一律不得上船。此时，空寂的船舱中气氛异常紧张，他们毫不掩饰地谈论条件，做着一笔官匪勾结、以匪制匪的肮脏交易。乡长首先列举了欧秉均在龙王乡所犯下的累累罪行，他常年打家劫舍，残害乡邻，祸及当地百姓，是个十恶不赦的惯匪，非得铲除不可。覃光华接着痛斥欧匪竟然抢劫到他的家里，抢光了覃家的全部钱财及枪支，杀伤了他兄弟覃光裕，并且当众百般凌辱他弟媳，他咬牙切齿地发誓要消灭这股恶匪。方师爷最后直截了当挑明如何惩治这帮匪徒，他对陈子光说道："覃团长的部队不可能久居龙王，他打算拨给你一批枪支弹药，请你出山择机打垮欧匪，为覃团长全家报仇雪恨，同时也为龙王百姓铲除祸害。覃团长说了，无论谁人打死了欧匪，提着他的人头来见，都赏大洋一千块。"

　　陈子光与欧秉均虽说都是盘踞龙王的悍匪，但他二人从未会面，即便是他们迎头碰见，若不经人提起的话，谁也不认识谁。但在他们各自心里，早已将对方的名字记得一清二楚，这些年来，他们始终没有机会相遇。干土匪这一行当，江湖规矩讲究势力范围，如同猛虎占据领地一般。欧秉均出道比陈子光早，其狡猾和凶残程度胜过陈子光，自认为匪众和枪支比陈子光多，占据着龙王境内大部分地盘，还有附近一些乡场。这种情形使得陈子光内心很不平衡，自己所占的地盘较小，抢劫的对象当然就少了许多，抢夺的钱财远不及欧秉均丰厚。因此，他暗自下定决心，有朝一日定要扭转这种局面。

　　今天，翻盘的机会终于降临。陈子光听完方师爷的一番讲话，心中不禁盘算着，如今有了覃团长和乡长的大力支持，哪有扳不倒欧秉均的道理。但当他看到覃团长拨给他的枪支弹药既少又陈旧时，不免有点犹豫起来，他面带难色地对他们说道："就凭这二十多杆老汉阳，要我去跟欧秉均拼个你死我活，就算弄死我也打不赢他。"

　　覃光华和乡长的脸一下子阴沉下来，他们知道这是陈子光嫌枪支太少，恐怕力量抵不过欧匪，故而在讨价还价。覃光华沉思片刻后，在报仇心切的驱使下，即刻对陈子光许诺说："只要你能打垮欧秉均，我保管几天内再给你送来二十杆好枪，外加五箱子弹。"乡长接着说："覃团长真是既大度又慷慨，为了保家乡平安，造福龙王百姓，可谓是当今义勇之士。"方师爷坐在一旁笑眯眯地对陈子光说道："陈老弟，你看覃团长这次都豁出去了，你还怕那个欧秉均干啥？"

　　陈子光眼见自己的基本目的已达到，也不好多说什么，心想有了覃团长和乡长做靠山，从今往后正好在龙王大干一番，争取在半年内打垮欧秉均，坐上龙王乡第一把"交椅"。于是，他满心欢喜地站起身抱拳拱手，面对覃光华和乡长接连称谢，并拍着胸脯保证说："陈某愿意为朋友效劳，就算是赴汤蹈火，拼了性命也在所不惜。"

两个月时间转眼过去了；在一个云淡风轻的夜晚，欧秉均带着十多名匪徒悄悄地返回了龙王。这是他潜逃两个月后再次回到自己的地盘上，心中有一种难以掩饰的悲痛。他跨步穿行在那条熟悉的乡间小道，行至一处山坡的杂草丛中，寻找着一座低矮的新坟。他扑通一声双膝跪在地上，不禁放声大哭起来，那种撕心裂肺哭声，使得寂静的旷野倍加凄凉。他用额头不停地叩击着地面，身旁的兄弟急忙上前扶着他站起身，只见他磕破的额头上鲜血沾满泥土，眼泪仍在不停往下流。

众人随即将带来的香烛点燃，摆上两盒蜜饯做供品，接着又焚烧纸钱，挖土垒高坟墓。祭奠完毕之后，欧秉均用衣袖拭干脸上的泪水，再一次跪到父母坟前，举手叩头对天发誓道："我欧秉均不杀死覃光裕全家，今生枉自为人。"

从这时起，欧秉均的复仇行动和抢劫勾当都在同时疯狂地进行。他命手下人分头去联络那些逃散的兄弟，务必要在五日内到红光会合；他又吩咐心腹矮个子到龙王场打探消息，特别注意覃光裕一家人行踪，看他们是否到龙王赶场，如果碰见就一枪打死，然后混在人群中一跑了之。欧秉均特意给了矮个子一把手枪去行刺。

矮个子是欧秉均的亲信，跟随他已有数年时间，此人本姓凌，家中兄弟四人，他排行老三，家中人便称他"凌老三"，外面的人都喊他"凌矮子"。凌老三家境贫寒，一家人全靠租地为生，要是风调雨顺的年份，除去交地主的租粮后还能勉强过得下去；倘若遇到天干少雨，地里的庄稼歉收时,家中常常是吃了上顿没下顿;最惨是青黄不接的二三月间,米缸里竟无一颗粮食下锅,这时只得去河沟边或较远的山间挖野菜、刨草根煮来充饥。凌老三自出生以来,就没有吃上一口母亲的奶水,全靠喝米汤和苞谷糊生存。民间常说人穷命贱,凌老三也算命大,居然奇迹般地活了下来。由于严重营养不良,他长得又瘦又矮。到了十多岁的时候,因做不动田间的重活,经常被两个哥哥欺负,一顿只准许他吃半碗红苕稀饭,每天饿得头昏脑涨。记得偶然一次随同村民们到龙王赶场,他无聊地从上场走到下场,当走到场中那家饭馆门前时,闻到了一股炒肉的香味,口水禁不住从嘴角流了出来。只见厨师用铲子不停地翻炒着回锅肉,锅里那一片片肥瘦均匀的猪肉被爆炒得卷曲形同一个灯盏窝,他接着又向锅中舀了适量的辣豆瓣,一小勺红酱油,再加丁点豆豉和甜酱,随即翻炒几铲后,顺手抓了半把切成段的蒜苗丢进锅,然后再快速地翻炒均匀,一盘正宗的回锅肉便端上客人的饭桌。凌老三站在街沿边闻到这股肉香味,喉咙中都快伸出手来,馋得口水从嘴角流到胸前。

正在饭馆内吃饭的欧秉均,看到门口灶台前站着一个馋得要命的少年,不免起了恻隐之心,忙用手唤他进饭馆来。凌老三看见饭馆内有几个男子正在饮酒吃饭,其中一个魁梧的汉子面带笑容正在喊他,他急忙抬脚走了过去。欧秉均叫他坐在自己身旁,随即喊堂倌端上来一碗冒儿头干饭。凌老三看见眼前的白米饭,也顾不上多想什么,拿起筷子便大口地吃起来,欧秉均不停地给他夹来大块的回锅肉,凌老三吃得嘴角流油,嘴唇上边还沾着两颗米饭。满桌的人看到他那副馋相,都乐得哈哈大笑起来。今天是凌老三有生以来吃得最好的一顿饭,就算家中逢年过节都未吃得这样舒服,两碗米饭加上大片的回锅肉下肚,撑得他接连打饱嗝。放下饭碗之后,他扯起衣角抹了抹嘴,傻傻地望着满桌人异样的目光。

欧秉均随即问道:"小兄弟,你叫什么名字?"

"没得名字，别人都喊我凌老三。"

"你们家有几个兄弟姐妹？"

"连我共有四个。"

"那你必是排行老三喽。"

凌老三只是微微点着头，算是给出了回答。

"你愿不愿意跟着我们做事情？"

"啥子事情？有饭吃不？"

"每天都能吃干饭，而且还有大肉吃。"

"我人瘦力气小，重活怕做不动。"

"又不要你去耕田挑粪，就是到处跑腿而已。"

"这样轻松的事我会，跟着你们干就是了。"

凌老三听说每天都有饭有肉吃，活又很轻松，真是喜出望外，便高高兴兴地答应着。

从这时起，凌老三便长年忠实地跟在欧秉均左右，为他端茶递水，洗衣理被，甚至帮伙房到龙王场称盐打醋、买米割肉等。凌老三过得非常快乐，终于天天都能吃饱饭了。

几年后凌老三已长成一个体格健壮的小青年，只可惜他身高仍然比别人矮了一大截，这是他年幼时身体发育不良所致，大家习惯直呼他"凌矮子"，谁也不过问他的真实名字。

凌老三性格机敏，从他跟随欧秉均那天起，看到他手下那帮人舞枪弄棍，时常夜出晨归，居无定所，有时还会跑到山林间躲避追兵，便知道自己已经落入土匪窝。但他如今别无选择，跟着他们有吃有喝，而且不再做繁重的农活，哪里去找这样轻松的差事？思前想后了许久，最终还是决心跟着他们干。第一次参加抢劫时，他还不满十六岁。那天深夜里，他手持一把锋利的尖刀，紧跟在欧秉均身后去抢劫龙王场外一家大户，到达这家大院门前，众人即刻搭起人梯，他爬上别人肩头跃身翻上院墙，第一个跳入院内将大门打开，欧秉均立即率匪众冲进房内，他用枪逼着那个在床上吓得浑身瑟瑟发抖的男主人，厉声命他将家里的钱财全部拿出来，否则要了他的老命。惊魂未定的男主人见枪口顶在自己脑门上，慌忙拖着肥胖的身子走下床来，从枕头下摸出一串钥匙，用颤抖的双手将屋中的檀木衣柜打开，把一个精致的木匣端了出来。欧秉均上前揭开盖子一看，心中不由得一阵惊喜，只见木匣里装满金圆券、银圆券和白花花的现大洋；他转身叫凌老三将木匣紧紧抱在身上，接着命兄弟们立即撤退。

男主人家的钱财被抢劫一空，但他仍惊恐地站在原地呆若木鸡一般。

这次抢劫行动非常顺利，像娃儿们做了一场很开心的游戏，凌老三心中激起了别样的快感。

多次抢劫成功后，每逢遇到再出去抢劫时，凌老三总是凭着灵活敏捷的身手冲锋在前，攀树、翻墙、钻洞这三项是他最拿手的本领，而且每次都大获全胜，他深得欧秉均的器重和赏识，渐渐成为他的心腹。

在后来抢得覃光裕的钱财和枪支后，欧秉均深感事态严重。为了暂时躲避风头，决定遣散兄弟，让大家四处藏匿起来。他知道覃家有如此丰厚的家产和枪支，必定有强硬的背景，若不是政府内有人，便是军队里有谁当官，他们肯定不会放过自己。如今既然抢得覃家这么多钱财，足够兄弟们吃两年不成问题，也应趁此机会歇歇了，他告诫众人没有特别紧急事情不要回龙王。

果不出所料，仅仅过去了三天时间，覃光华听说弟弟家里的十几根金条和几千块大洋被土匪抢劫一空，气得顿时怒火燃烧，在愤怒痛惜之后，他立即禀报上司准许他带一个连的队伍赶往金堂龙王乡剿匪，心想要尽快夺回被抢走的巨额财产和枪支。但是覃光华的部队却晚到三天。欧秉均那帮土匪早已逃得无影无踪。他曾下令搜遍了龙王乡所有山地密林，竟然没有抓到一个匪徒。于是覃光华一怒之下，掏出手枪将欧秉均一双年迈的父母打死在门前，并下令放火烧了他家的房屋。

覃光华在龙王的全部剿匪过程，均被紧随其后乔装成叫花子的凌老三看在眼里，当他远远望见覃光华举枪扣动扳机砰砰数枪打死欧秉均父母时，他的眼泪突然夺眶而出，心里感到无比悲痛。这是他生平第一次亲眼看到杀人，紧接着又看见一把大火烧光了欧家小院。

凌老三等到覃光华率部队撤走后，即刻走上前去一探究竟，但见两具鲜血淋漓的尸体躺在地上，一时间不知怎么处置才好。他思来想去，伸手摸了摸口袋中的银圆，忽然想到该去附近请人将二老的尸体安葬。凌老三的应变能力很强，是欧秉均留在龙王的眼线，负责收集龙王当地的重要情报，随时向欧秉均通报，以便策划下一步如何行动。

龙王乡公所派出民团剿匪持续了两个月之久，仍一无所获。等到一切都风平浪静后，凌老三立即跑到土桥沟，找到隐藏在那里的欧秉均，遂将覃光华如何带兵在龙王剿匪，并亲自开枪杀死了他一双父母，命手下人放大火烧了他家房子的事哭诉了一遍。欧秉均一听覃光华竟然枪杀了自己的父母，顿时悲愤不已，眼泪夺眶而出。他伤心地痛哭了一场，咬牙切齿地横下一条心，决定马上召集四散的匪众回龙王找覃家人报仇。他匆忙赶回龙王的第一件事，便是趁黑夜来到父母坟前祭奠，在坟前发毒誓要为父母报仇雪恨。

欧秉均心中谋划着两套复仇方法，第一步便是借覃光裕到龙王赶场的机会，在街上开枪将其杀死，并命枪手趁逢场天人多混乱逃走。如果在大街上行刺不成的话，第二步便是直接带着兄弟们在夜间去覃家大院偷袭，先杀光覃家的妻儿老小，再放一把大火烧了整座院子以解心头之恨。

第一步进行得很不顺利，欧秉均派出凌老三等几名枪法好的弟兄，每逢赶场天便跑到龙王场街上，这帮人从上场走到下场，睁大一双圆溜溜的眼睛，在人群中苦苦寻找覃光裕。这样反复寻找了一个月时间，却始终未见覃光裕的身影，这让众人感到非常失望。

欧秉均复仇心切，没有耐心这样长期等下去，于是，他决定马上主动出击，准备亲率全部兄弟去血洗覃光裕家。欧秉均一想到复仇的快感，顿时全身热血沸腾。

按捺不住的复仇行动很快开始了。这天夜里，天空的云层遮挡住月亮，东北方吹来了阵阵凉风。欧秉均见时机已到，他即刻召集身边一百多名匪徒，急忙迈开大步向覃家大院奔去，队伍行至西江河边时，天上的云层越来越厚，先前的微弱星光也没了踪影，再也看不清脚下的道路。走在前面的凌老三唯恐大家一脚踩虚掉进河里，这才从挎包中拿出电筒，一束光亮忽然间照亮众人眼前的路，大家先前提心吊胆的心情打消后，脚下的步伐也迈得快起来。

漆黑的夜晚出现这束明亮的手电光，让隐藏在芦苇中船上的人看得十分真切，他们见亮光后面紧跟着一长串人影，感到事态非常严重，便急忙跑到牛王庙向陈子光报告。余下的人扛起枪，尾随着那帮来历不明的人，径直朝着西江河上游追去。

闲来无事的陈子光正在大殿内与弟兄们下象棋，周围站满了抱膀子的看客。那盏照在众人头顶上的马灯，由一根麻绳拴着从房梁上悬吊着，明亮的灯光照在他们表情亢奋的脸上。一阵凉风从大殿屋檐下吹来，将马灯吹得左右摇晃，棋桌前瞬间人影摇动。陈子光大声抱怨着："把老子眼睛都弄花了，还下啥子棋哟，不如大家回房去睡个早瞌睡。"

众人正欲散去时，据点上的报信人气喘吁吁地跑进来，向陈子光报告在西江河发现了一支奇怪的队伍，他们打着明晃晃的手电筒在河岸上疾行，不知要去干什么。陈子光听罢来人的讲述后，顿时睡意全消，他当即命弟兄们紧急扛枪出发。陈子光凭着他的直觉判断，肯定是欧秉均去找覃光裕一家复仇了。按照这支队伍的行进方向，无疑是龙王北边的双堰村，那儿正是覃光裕家，他们此去绝非为了抢劫——如果要说抢劫，两个月之前已经抢劫过一次，当时已抢走了覃家所有钱物，现在也没什么油水可捞；再说双堰村除了覃家之外，并无其他殷实大户，没有一家人值得去抢。这其间必然有蹊跷。经过一番思考后，陈子光判断欧秉均此次定是去找覃光裕报杀亲之仇。覃光华枪杀他父母之事，在龙王周边被传得沸沸扬扬，给他带来莫大的耻辱和震怒，欧秉均哪能忍下这口恶气，复仇之举必然发生，只是没想到欧秉均竟会选择今天这个漆黑的夜晚行动。

陈子光自从接受覃光华送来的枪支弹药后，队伍逐渐壮大，势力范围也不断拓展，足以和欧秉均抗衡。但他二人至今没有发生过冲突，只是各自心中都在虎视眈眈地关注对方，等到哪天有机会，便拼尽全力消灭这个劲敌。陈子光既然收了覃光华的枪支，便承诺帮他除掉欧秉均这个心腹大患，并且夺回被其抢走的巨额财产。今天夜里，欧秉均终于忍受不了复仇的煎熬，开始了疯狂的复仇行动。在陈子光看来，要铲除掉欧秉均这个强敌，今晚就是千载难逢的好机会。他想到情况非常紧急，遂集合弟兄们马上追赶，一路奔跑前进。

欧秉均带着匪众快步行走，一会儿便到达覃家大院后那片竹林中。他仔细观察着院内的动静，里面竟然悄无声息，而且没有一点亮光，周围只有蟋蟀无休止的鸣叫。这是欧秉均第二次来到覃家，回想起两个月前在覃家抢得大量钱财，有种难以言表的兴奋和快乐；而这次的感觉截然不同。此刻，他心中的愤怒和悲痛交织在一起，全身被复仇的烈火燃烧着。欧秉均见四下无人，满以为覃家毫无防备，于是又故技重演，立即命凌老三上去攀树越墙开后门，然后让弟兄们快步冲进屋去抓住覃光裕。

凌老三的头脑机灵，他先行爬上墙仔细观察，并不急于马上跳下高高的院墙。他睁大一双圆眼睛,往院内各处巡视着,突然之间,墙角处闪动着一点亮光引起了他注意,但那点亮光转瞬即逝,院子内马上又恢复一片黑暗,虚惊一场。此时,欧秉均已率众人来到墙下,催促他快点跳下墙打开院门,以便让大家冲进屋去抓人。凌老三再次查看后,心想刚才那点亮光可能是有人上茅厕去了,不会有什么埋伏,他立即抬脚一跃跳下院墙,很快便将两扇厚实的院门打开。欧秉均见门洞已开,想着多日来的复仇计划在此一举,他迫不及待地命令弟兄们立即冲进院里。就在这时,院内几支手电筒突然闪亮着明晃晃的灯光照射在这帮穷凶极恶的匪徒身上,紧接着枪声四起,机枪子弹像雨点一般扫射过来,欧秉均被复仇的烈火冲昏头脑,哪肯轻易退却,他依仗着人多势众,带领匪徒们疯狂地拼命开枪还击。

原来,覃光华带兵撤回彭州时,料定欧秉均迟早会来报杀父之仇,凭借他多年的作战经验和剿匪心得,便精心策划了三个应对措施:第一是与龙王乡乡长一道拉拢陈子光对抗欧秉均,达到以匪制匪的目的,让他们互相残杀,无论双方谁血洗了谁,都能收到剿匪的功效,也算是为民除害。第二是自身主动防范,他私下将一个经验丰富的侦察班留在了双堰村覃家护院,并配备了两挺马克沁机枪加强战斗力。第三便是将同胞兄弟覃光裕接到自己在成都的黄瓦街家中躲避,以免遭到欧匪的暗杀。

今夜,由于欧秉均报仇心切,贸然撞进了覃光华早已设好的埋伏中。此时夜色沉沉伸手不见五指,全靠凌老三手上的手电筒亮光引路,也就是这束明亮电光,老远就让覃家护院的士兵看见,他立即跑去向班长报告,班长遂命士兵们火速进入院内两侧的掩体中,等待着匪徒前来自投罗网。

欧秉均顽强抵抗终未得逞,冲在最前面的七八个匪徒被一阵乱枪打死在地上,后面的众匪徒吓得慌忙倒退。欧秉均见对方的火力太猛,急命大家快速撤退到院子外,他一边后退,双手紧握两支驳壳枪,左右开弓向院里不断开枪还击。但天色黑暗,谁也看不清前方目标,双方的命中率并不高。当匪徒们全部撤到院外后,欧秉均竟然发现院内没有追兵,心想这不符合常理,天底下哪有不乘胜追击的强兵?凭着他敏锐的观察,判断院中守兵不多,因此不敢冒险前来追杀。欧秉均的判断非常正确,这时院内的守军仅有十四人,外加几个刚会使枪的长工,总共不过二十人,比起自己的一百多人,要强过对方数倍,他哪肯就此轻易撤退。他紧张地思考着下一步行动,准备兵分两路再度进攻,他自己带队留在后门继续佯攻,拖住对方的火力;另外派一路人马从院墙左边搭人梯进入院内,力求尽快抓住覃光裕,将他绑回去点天灯祭奠冤死的父母。又命身旁的凌老三准备火把,等到抓获覃光裕后,即刻火烧覃家大院,将里面的人全部烧死,一个也不许放掉。欧秉均如此疯狂,欲置覃光裕一家于死地而后快。

正当覃家处于险象环生的紧要关头,陈子光的救兵及时赶到,他们将欧秉均一帮人围堵在院墙边,不断猛烈地开枪射击。这突如其来的变故,使得欧秉均措手不及,他弄不清对面是龙王乡民团,还是县自卫大队的人马,或者是其他土匪势力赶来趁火打劫。

随着院外的枪声打响,院内的火力马上猛烈起来。士兵们将沙包搬到门前搭起掩体,把两挺机枪架在沙包上,对着匪徒们不断地扫射着。顷刻之间,又打死打伤了十多名匪徒,只听得他们一阵哀号声。欧秉均眼看自己受到前后夹攻,弟兄们死伤逐渐增多,情况极为不利,特别是院门前那两挺机关枪,其威力非常猛烈,在继续拼命打下去唯恐全军覆没,遂急命兄弟们从东西两侧撤退。

欧秉均率匪徒一边逃跑,一边回过头频频举枪还击尾随而来的追兵,覃家大院门前那条路上,双方的枪声连续不断,手电筒的亮光互相照射着,大家都力图寻找自己的射击目标。欧秉均在前面疯狂逃窜,陈子光带人紧跟其后穷追不舍,竟然追到数里路外。这时,陈子光突然被一颗飞弹击中右膀，顿时鲜血直流，他此刻只得停下追赶的脚步。旁边的弟兄见他身负枪伤，急忙撕下一块衣襟，赶快帮他包扎起来。

欧秉均侥幸逃过了这场劫难，当他回到红光据点的山林间，仔细地清点人数后，发现这次行动竟然断送了二十个兄弟的性命，顿时痛心疾首，忍不住仰天大哭起来。众人随即点燃香烛、焚烧纸钱，朝着北边双堰村方向跪拜，泪水不住地从眼眶中涌出来。

欧秉均拭去脸上的泪花，当即发话道："大家都不要伤心，那些死难弟兄的大仇，我发誓要为他们报，现在首要的是给死者家里发五十块大洋抚恤金，明天派人分头去给他们家里报个信。"等到众人伤心地散去后，欧秉均将凌老三叫到身旁，吩咐他带上几个兄弟到龙王打探消息，想尽一切办法找出昨天夜里袭击自己的人是谁，若不是他们在背后突然出现，使自己处于腹背受敌的境况，覃家大院早就被烧得精光，覃光裕或许已烧死在家中，算是为父母亲报了大仇。但是天不如人愿，半路却杀出个程咬金，此人非常可恶，要是抓住他必将其千刀万剐。

第二天上午，欧秉均将凌老三等人叫来训话："你们身上都带着盒子枪，要是碰上加害我们的那帮人，对他们绝不要手软，当场打死一个算一个，事成后发给每人五十块大洋赏钱。"

凌老三等人奉命来到龙王场，他们发现今天并不逢场，但那条街上人来人往，显得非常热闹，心中甚是惊奇。他们随即混入人群中前行，很快便来到了乡公所门外。门前的坝子被群众围得水泄不通，看不见里面究竟发生了什么，后面的人用力往前面挤，看够稀奇的人又使劲往外退，大家推推攘攘，非常混乱。凌老三等人好不容易挤到了前面，眼前的场景让他们大惊失色：二十多具死尸被一字形摆放在地面上，死者的脸色污黑，中弹部位多为头部和胸部这些要害地方，他们伤口处的鲜血已凝固成紫黑色。尸体上面飞动着许多绿头苍蝇，争先恐后舐食死者身上的血腥，不断发出欢快的嗡鸣声。十几名荷枪实弹的团丁站在乡公所门前，警惕地维护着这里的治安，防备土匪前来抢夺被打死的同伙尸身。乡长之前已宣读了乡公所公告，盛赞这次剿匪行动的重大胜利，并宣布将匪徒尸体示众三日，以震慑龙王的残匪不敢再度作恶，达到将其改造的教化目的。

凌老三看到眼前这些往日亲密无间、朝夕相处的兄弟，转眼之间便阴阳两隔，心中不禁感到一阵悲痛，眼眶里噙满了泪花，顿时两腿发软，身子不由自主往后一倾，幸好旁边的弟兄眼疾手快，伸手一把扶住了他，避免倒在地上引起众人注意，从而暴露自己身份。

凌老三等人急忙从人群中退了出来，他们看见不远处围了些人在那儿议论什么，便跨步走上前去，想从中打听一点昨天夜里发生在覃家大院的事情，这是欧秉均交代他们到龙王来的重要任务。一个从双堰村来的男子绘声绘色地说："我家离覃家院子不到二里地远，半夜时忽然听到枪声大作，出于好奇和恐惧，我急忙从床上翻爬起身，顺手拿起墙角处一根木棍，轻轻地打开了家中房门，蹑手蹑脚地朝前走去，在距离覃家约半里路地方，我俯身蹲在一棵树下看得真切，只见院子外围着一大群土匪，不断地向院子里开枪，而院内的机枪子弹也射向土匪，顿时便打死了几个冲在前面的匪徒。等到土匪欲从院墙右边再度进攻的关键时刻，西江河那边却杀来了大队人马，向土匪包抄过来，土匪发现自己被围困在中间，情况非常不利，接着便纷纷夺路而逃。"有一个身穿长衫、头戴瓜皮帽的消瘦男子，悄悄地走上前告诉大家："今天早晨天刚蒙蒙亮时，我突然听到隔壁的医馆有急促的敲门声，急忙扎好裤带走出家门，从医馆两扇大门缝隙间向屋里张望，看见几个带枪的汉子扶住一个膀子包扎着绷带、面色苍白的男子躺在病床上，医生被吓得神色慌张。只见其中一人从衣服口袋中掏出一把银圆摆在医生面前，要他马上给那个负伤男子取出肩膀里的子弹，为他治疗枪伤。医生不敢有半点怠慢，随即将煤油灯芯挑得亮亮的，立刻解开他伤口上的绷带，脱去右手衣衫，膀子上瞬间露出了一个污黑的血孔。医生为难地说医馆没有麻醉药，要从身上取出子弹来，疼痛难忍，不知病人是否经受得住。大家都不知该如何回答，面面相觑一阵后，有个人俯身去低声问了问：'陈大哥，你今天必须咬紧牙关挺过这一关，取出子弹才能保住你这只手啊！'那个受伤男子望着大家苦笑着，然后语气坚决地对医生说道：'劳烦你取子弹时手脚麻利一点，我日后定会有重谢。'

"医生见他意志坚强，立即去壁柜里端出一个白瓷药盘，盘内放着刀、剪和钳子等器械，还有一卷洁白的纱布与大半瓶酒精。他有条不紊地给男子清洗伤口，用棉球蘸上酒精给刀、钳消毒；稍后，他左手拿起尖刀拨开血污的弹孔，右手持钳伸入弹孔中细心地探索着弹头。此刻，那个受伤的男子额头上沁出了豆大的汗珠，牙关咬得咯咯作响，一双紧握的拳头已经捏出了汗水。在场的众人急忙转过身去，他们不忍心看到男人痛苦的表情，正当大家屏住呼吸焦急等待之时，只见男子张开嘴一声惨叫，医生快速从弹孔中夹出一颗花生米似的子弹头，众人此刻松了一口气，医馆的气氛也随即轻松许多。医生紧接着给他上药包扎，之后从药柜的瓷罐中舀一包祖传的三七药粉，叮嘱他每日早晚各服一次，两天后再到医馆来换药。"

凌老三听了这个清瘦男子的详细讲述，马上回想起昨天晚间那支紧追不舍的队伍突然停止了追击，原来是因为这个姓陈的土匪头子负了重伤。现在想来真是险中求生，要不是他肩膀上挨了子弹，肯定会一路穷追不舍，其后果不堪设想。凌老三等人打听到这些重要消息后，立即回到红光山的据点，向欧秉均原原本本做了汇报。欧秉均听后非常悲痛，如今死去的弟兄仍陈尸龙王乡公所门前，而那个趁机从背后杀来的恶徒更可恨。这种血海深仇何时能报，如今成了他心中最大的心病，他恨得咬紧牙关，握紧拳头狠狠地砸在了桌上。

凌老三见欧秉均如此盛怒，急忙说着"君子报仇，十年不晚"的话来安慰他，同时又说当前就有一个报仇的好机会。他向欧秉均献策道："依我看昨天晚上从背后朝我们打黑枪的肯定是陈子光，由于他肩上负了枪伤，所以才停止了追赶。如今他到医馆去治疗枪伤，两日后还将到龙王去换药，何不趁此机会派人去杀掉他。"

欧秉均听凌老三说到陈子光，顿时火冒三丈，心想我与你陈子光往日无仇，今生无怨，同样是龙王这一带的两股匪帮，向来是井水不犯河水，各人在自己的地盘上打劫营生，你陈子光为何乘人之危，从背后猛捅我一刀？这不但破坏了自己精心准备的复仇计划，而且一路穷追不舍，打死打伤了我许多弟兄，你陈子光确实可恶至极。

凌老三看到他恼羞成怒，随即得意地说出了对付陈子光的想法，听医馆的医生说要陈子光两日后去医馆给伤口换药，何不趁他到医馆时，一阵乱枪将其打死，然后趁这帮人群龙无首之际，再一举赶到牛王庙捣毁他的老巢。

欧秉均听了凌老三这席话，觉得很有道理，这样做不仅报了陈子光趁火打劫之仇，而且还可以借着有利时机打垮他的队伍，夺取他的地盘，可谓是一举两得的好主意。经过再三思考后，他觉得要打垮陈子光并非是一件容易事，自己之前与他的势力基本相当，但经过前两日覃家大院那场战斗，丧失了二十余名弟兄的性命，自身已元气大伤，要打垮陈子光必须联络日新场和捲棚寺等处小股土匪，只需给他们两三百块现大洋的好处，保管会拼命地跟着你干，这帮家伙全部都是有奶便是娘的角色。于是，他即刻做出了两项周密部署：先命凌老三带着人继续到龙王场打探陈子光的消息，确定他每次到医馆治疗枪伤的规律，大概在医馆逗留多长时间，身边带有多少保镖等；另外再叫几个人去日新场和捲棚寺联络各处土匪，答应给他们每家两百块大洋，务必请他们将全部队伍拉过来帮自己剿灭陈子光。俗话说"有钱能使鬼推磨"，他深知这帮视钱如命的家伙一定见钱眼开。他想到一旦灭掉陈子光之后，自己便是龙王地盘上的龙头老大，从此再无人敢与自己抗衡，心中感到抑制不住的兴奋。

凌老三不久便从龙王场带回准确消息，经过几天的连续跟踪，他发现陈子光每逢赶场天定会到医馆换药，身边仅带有七八个护卫，分别守候在医馆内外防备，贴身负责他的安全。他们每次趁街上人多时到医馆，中午前匆忙离开，其间并未在龙王场停留，而是径直走原路赶回牛王庙去了。

另据被派到日新和捲棚寺两处的人回来报告，那边的土匪头子收了两百块大洋后，满心欢喜地答应一定帮着去打陈子光，承诺只要欧秉均哪天发话，他们便随叫随到，绝不会拖泥带水。

欧秉均的报仇计划在紧锣密鼓地进行着，加之近期又收罗到许多失散匪徒，自己的队伍也在逐渐壮大。为了补充军火，他派人暗地从新都那边的驻军手中买来不少枪支弹药，其实力大大地增强了。

一切准备就绪后，欧秉均开始了疯狂的复仇行动。三月末的一天早晨，凌老三被欧秉均派到龙王场探听消息，看陈子光是否去了医馆。为了不漏掉进出医馆的每一个人，他选在医馆对面的茶铺内假装喝茶，目不转睛地盯着医馆里一切动静。但随着街上赶场的人越来越多，挡住了他的视线，他急忙起身走到街中间。当他再朝医馆观望时，不禁吃了一惊，他看见医生正在解陈子光肩膀上的绷带，身旁站着两个保镖手握驳壳枪，两双眼睛警觉地看着街上的过往行人。另外还看见医馆门前蹲着几个农户装束的男子，他们同样睁大眼睛观望着赶场的人群。此时，凌老三急忙喊随行的弟兄快去向场外林盘中的欧秉均报告，要他火速带人来医馆杀陈子光。

欧秉均一听说陈子光已到医馆，激动得全身热血奔流，心想陈子光的死期今天终于到了。他当即带领数十个同伙混在赶场的人群中，加快脚步直奔医馆而去。当这行人来到医馆门前时，街上顿时拥挤混乱起来。在门前站岗的人见情况不妙，拔枪退进医馆护卫着陈子光。就在这一刻，欧秉均带人急步跨上街沿，他们纷纷举枪对着医馆中的人射击。陈子光猛然听到第一声枪响，当即侧身向旁边卧倒；紧接着第二枪又射过来，这一枪却不偏不倚射中了医生的脑门，医生扑通一声倒地，陈子光等人迅速开枪还击，并立刻退至医馆后门，这是他先前便探好的一条退路，出了门后飞也似的跑进一片栖木林中，转瞬间不见了踪影，紧跟其后的几个同伙也相继逃入林中。

欧秉均率众匪徒追上前来，已不见陈子光等人的去向，前面是一大片茂密的树林；他顿时气得捶胸跺脚，好不容易谋划的刺杀行动竟然落空了。欧秉均哪肯就此罢休，他随即开始了第二步行动，马上调来日新和捲棚寺两地土匪，连同自己的队伍共计三百余人，马不停蹄直奔牛王庙，他试图一举端掉陈子光的老巢。

当欧秉均召集的队伍走进龙王场时，忽然听到前面传来阵阵枪声，龙王乡的民团一路鸣枪追赶过来。欧秉均见此状况，立即命令众匪徒开枪还击。这时，满街赶场的农户和行人听到激烈的枪声，吓得魂飞魄散，拼命逃生。在双方的交战中，许多无辜群众成了他们的挡箭牌，不到一会儿时间，只见龙王场狭窄的街面上，躺着不少冤死者；更有那些身中枪弹尚未断气的人，他们睁大一双惊恐的眼睛，鲜血不住地从弹孔里流出来，在那儿痛苦地呻吟着，惨不忍睹。

此时，龙王乡民团见欧匪人多势众，知道不是这帮土匪的对手，他们急忙撤退到乡公所内，牢牢地关上了两扇黑漆大门。

欧秉均不愿与乡公所为敌，因为那毕竟是地方政府，得罪它可能招来吃不尽的苦头；再说乡公所与自身并无深仇大恨，既然他们已经知难而退了，就不再与他们打下去。自己要牢记当今最大的敌人是陈子光。他为发泄满腔愤怒，当即命人放起一把大火将为陈子光治伤的医馆烧得火焰冲天。

陈子光机灵敏捷，从医馆后门逃进那片栖木林后，就再也不敢回到牛王庙，随即改变了撤退路线，径直率众人逃往西江河那处隐秘的据点躲避。当行至三里之遥时，他突然想到牛王庙内还住着许多弟兄，遂命两个长腿同伙快步跑回牛王庙报信。

说来还是龙王乡民团救了牛王庙那帮土匪，要不是他们在龙王场同欧秉均匪徒对峙了半个时辰，陈子光派去的报信人哪有机会赶在欧秉均三百匪众之前。就是这宝贵的短暂时间，挽救了牛王庙内数十人的性命。

欧秉均率领匪徒一鼓作气追赶到牛王庙时，这儿已是一座空庙。大殿中除了桌椅板凳，厢房内的棉絮被盖，厨房里的锅盆碗筷之外，没有留下一样值钱的东西；庙里的人早已跑得无影无踪。欧秉均见此状况非常懊恼，他一屁股坐在高高的门槛上，握起拳头捶打自己的脑袋，恨得紧咬牙关咯咯作响。

龙王乡两股悍匪第一次交锋就这样很快结束了，双方并未决出胜负，但他们给这里的乡民带来了莫大的灾难。据乡公所统计，此次匪患打死赶场民众二十八人，打伤二十余人，烧毁医馆及旁边房屋数间。为此，龙王乡公所请求县政府派自卫大队火速前往镇压，以解当前民怨沸腾的燃眉之急。

自卫大队长邹荣江接到剿匪命令，立即带领三个中队向龙王乡进发。曾林修带领一中队经姚渡、日新先期到达龙王场外，他命队员们枪上膛，并插上刺刀快速冲进场内。但这时场上的枪声早已停息，街道上除了躺着许多死者尸体和受伤者在地上痛苦呻吟外，并未看到土匪的身影。此时，龙王乡乡长带着一队民团走了过来，他即刻将刚才两股土匪在大街上混战的场面，绘声绘色地描述了一番，并详细地向他介绍着两股悍匪头目的来龙去脉，以及他们近期所发生的恩怨仇恨。

邹荣江率领两个中队相继赶到,他看到街上有几处房屋仍在燃烧,决定让三中队留下部分队员帮助居民灭火,其余人马立刻按照乡长提供的匪巢地点,直奔红光和古坟地那片密林。等到自卫大队走到红光村头时,火红的斜阳已经偏西,邹荣江立即下令分头快速进山收搜,务必在天黑之前搜遍整个林地,若是发现土匪行踪便鸣枪为号,其他各处的队员要火速前往支援。曾林修率一中队首先冲进林中,二、三中队则从左右方向包抄过去。顷刻之间,自卫大队全部人马进入到树林深处。直到天黑时分,队员们相继走出密林,这期间谁也没有听到一声枪响,他们非常失望,没有看到一个土匪。傍晚,邹荣江集合队伍急忙赶往龙王场宿营。

第二天早晨,自卫大队在乡民的带领下,匆忙跑往牛王庙剿匪,结果只是看到一座陈旧不堪的破庙,其他竟一无所获。第三天,照样跟着乡长去西江河渡口剿匪,从上游的清平一直搜到下游红光村口,队员们见两岸芦苇丛中极易藏身,每到一处便开枪射击,但结果是将那些水鸭子从芦苇里惊吓出来,拍打着翅膀在河面上四处乱窜。曾林修率队沿江搜索到日新场的亭子坝,乡长忽然兴奋地跑来向他报告:"快去看看,那里面藏着一条船。"曾林修马上带着队员走过去,当大家来到茂密的芦苇丛时,却因船离岸一丈有余无法上去,故而向船中高喊,但船上竟然没有一丝动静。曾林修随即朝着芦苇深处连开三枪,随着清脆的枪声响过,只见那条船慢慢露出了真容,接着看到一个人手持船竿将船从芦苇丛撑了出来,并且很快靠到岸边。曾林修派队员上船搜查,果然从船舱里搜出了两支长枪,当即连人带枪押上岸来。乡长一眼便认出他是陈子光匪帮的手下,那条船正是前些日子覃光华与陈子光谈判的场所,那时的撑船匠就是眼前的这个人。于是,乡长喊人将其五花大绑押回乡公所。这是自卫大队到龙王剿匪三天来抓到的唯一一个土匪。

紧接着,自卫大队每天到各村进行地毯式搜查;乡长叫师爷带上户籍簿，挨家挨户查对人口。经过数天的仔细搜查，在各村保长、甲长的暗中指认下，最后在龙王全境共抓获十多名亦农亦匪的青壮农民，他们便是那些忙时在家务农，闲时外出为匪，成天想着挣松活钱的人。此时，邹荣江和曾林修心中感到一丝苦涩的欣慰，能抓到这些可恶的匪徒，总算能向县长大人交差了。至于匪首欧秉均和陈子光二人，在出事那天即感到事态严重，早已跑得不知去向。

县长朱彦林下令平息了龙王乡的土匪火拼案，逮捕了十多名匪徒，并于次日将抓获的匪徒枪毙示众，极大震慑了全县各地猖獗的匪患，境内的社会治安有了较大改善。他自诩这是为金堂人民做了件好事。次年，朱彦林自任金堂国民自卫总队长，牢牢地把枪杆子掌握在自己手中。

三十二

五凤溪这年夏天的雨水特别多，三天里竟然下了两场，从早晨落到下午，接连下了好几天，天空上大半月没有看见一缕阳光。满街的茶坊、酒店和商铺一天难得遇上几个顾客，往日赶场天热闹的场景也不复存在，如今只看到街上走着少数几个行人。

玉凤早晨起床后忙着梳洗完毕，随即走到前面去打开箢货铺店门，紧接着又到厨房去烧火做饭，其间若是听到公婆起床的声响，便又从吊在灶门口的瓦罐中倒出半盆洗脸水，端进他们的房间内。当徐家的媳妇，她两年来已经习惯了这样的生活，小心地侍奉公婆，尽力做个相夫教子的好女人。但令人惋惜的是，自从她嫁到徐家的两年里，自己的肚子始终不见大起来。为此，公婆常有埋怨言语，想起这事确实让人伤心，虽说与徐大为夫妻间尚且恩爱，但夫妻生活却不和谐，这让自己失望到极点。在许多漫长的夜晚，她只得暗自伤心流泪，心想世上的男人都像自己丈夫这样，当女人也太可怜了。

玉凤长时间不能怀孕,确实羞于向别人诉说,她无法启齿对公婆讲明此事。当公婆的并不知其中的底细,只是一门心思想着抱孙子,每日都用异样的眼光打量着她身子的变化。时常系在她腰间的那条围裙,反而将其苗条的身段衬托得更匀称,简直没有一点怀娃儿的迹象,这可把徐家老人急坏了。为此,他们让玉凤吃药调理,同时炖鸡炖肉给她进补,想尽一切办法让玉凤早点怀孕。但经过数月不懈的努力,仍然没有收到预想的效果,玉凤的身体还像从前那般苗条,只是面容更加红润了。公婆时常在那里唉声叹气,婆婆嘴里也难免有几句怨言。徐大为自知其中缘由,心中埋怨自己太无能,亏了父母生下自己一副壮实的身板。

这天早晨,玉凤将煮好的红苕稀饭端到堂屋的饭桌上,随即舀了四碗摆在那儿凉着,只等在船帮值夜班的徐大为回家,然后便喊房里的公婆出来吃饭。

要是在以往,每到吃早饭的时间,徐大为已经回到家中了,但今天却等到桌上的稀饭都凉了,居然还没有看见他的身影,全家人都感到有些奇怪,公公从房里走进堂屋,不耐烦地一屁股坐在板凳上,端起饭碗拿着筷子便吃起来。就在这时,五凤溪船帮管事胡天明急匆匆地从街上跑来,他见篾货铺中无人,便径直走到里面的饭堂,惊慌失措地对正在吃饭的徐家人说道:"不好了!你们家徐大为出事了。"

"出事了,出啥子事了!?"徐父急忙放下手中碗筷,看着满脸惊恐的胡天明问道。

"他被人杀死在码头前面那条小道上了。"

"徐大为被人杀死了?"徐父不相信自己的耳朵,他再次问胡天明,此刻,他的声音显得沙哑而颤抖,脸色陡然变得苍白。

胡天明急忙又重复说了一遍:"我刚才从码头前面回来,他的尸体就摆在路边，浑身上下都是血，真是吓死人了，好多人都围在那儿看热闹。"

徐母在一旁听得喉咙哽咽，竟然说不出一句话，转瞬间大滴的泪水从她深陷的眼眶中滚落下来，全身不停地颤抖。

玉凤听说徐大为死后的惨状，顿时脑袋一阵眩晕，感觉眼前漆黑一片，整个屋子都在快速转动，她双腿发软站立不稳，一个趔趄跌倒在地上。

胡天明站在一旁着急地说："大家先不要伤心怄气了，当务之急是收尸要紧。"他急忙领着徐家人快步向码头前面的路上奔去。

徐大为的尸体是今天早晨被一个放牛娃发现的，放牛娃家住在离小路不远的山坡下，他每天早起都会牵着一条大牯牛来路边吃草，路旁的青草长得既茂盛又鲜嫩，牯牛吃得很起劲，不一会儿便将肚子吃得胀鼓鼓的。这个勤快的放牛娃今天照常牵着牛来到小路上，他丢下手中的牛绳，任凭牯牛俯下头啃食路边的青草，自己则悠然地抬眼东张西望着。此时天色尚早，小路上见不到一个行人，他偶然朝前观望时，竟看到远处的路上有堆黑乎乎的东西，便好奇地迈步走了过去，当走近一看时，着实将他吓了一大跳，原来路中间躺着一个血肉模糊的死人，他顿时感到浑身发抖，急忙转身往回跑，也顾不得大牯牛吃饱没有，赶紧把它牵回了家中，他战战兢兢地将刚才在路上看到的一切告诉了父亲。父亲听了儿子这番亲眼所见的讲述，感到这是人命关天的大事情，他急忙跑到小路上去看个究竟，当他来到死者面前一看时，不禁大吃一惊，他一眼便认出这是五凤溪船帮的徐大为，随即俯下身去用手指一探，鼻孔中已没有气息。于是，他马上跑到码头上的船帮公事房，找到了管事胡天明，向他道明了徐大为暴尸小路的噩耗。胡天明突然听到这个惊人的消息，即刻跟随报信人来到码头前面的路上一看，死者正是昨夜里在码头值班的徐大为，证实了死者的身份后，他急忙迈开大步到徐记篾货铺，向其家人报告徐大为不幸罹难的消息。

徐老板一家人惊惶地跑到小路上，这里已经围满了许多过路人，胡天明高声喊大家往后退，徐家人从人群中挤到最前面，当他们看见血肉模糊的徐大为躺在泥泞的小路上时，徐老板夫妇不禁放声大哭，瘫倒在地上，玉凤双膝朝前一跪，随即凄惨地恸哭起来。人群中不少心软的老人和妇女也禁不住流下了同情的眼泪，纷纷用手扯起衣襟擦拭着。

五凤溪已有多年没有发生过凶残的命案，徐大为今天的惨死，给当地的民众造成了极大的恐慌。

当徐家老小在小路上伤心哭啼之际，胡天明领着船帮的一批人走过来，他们从五凤溪棺材铺买来了一口黑漆棺木，很快便将徐大为的尸体入殓，立即抬回徐记篾货铺，紧接着为他布置了灵堂，摆设了香案，焚烧纸钱，并请来炮台山的和尚为他超度亡灵。徐家人这几日既悲伤又忙乱，好在有胡天明的全力相助，最终为徐大为办完了这场丧事。

后来得知，这次命案系本县竹篙巨匪贺松与舒传文的余孽所为，徐大为是在追赶抢劫船上货物的匪徒时断送了性命。

徐老板为儿子下葬后第三天，因连日不进饮食，哮喘病突然发作，一口痰牢牢卡在喉咙中，不到片刻时间，他的脸庞骤然变成了猪肝色，痛苦地死在了房门前。紧接着，徐家又办了第二场丧事。常言说祸不单行，徐大为父子相继离开人世后，玉凤的婆婆陡然变得精神恍惚，竟连身边的熟人也不认识，一副痴痴呆呆的模样，就算玉凤站在面前，她也认不出是自己的儿媳。她成天在五凤溪街上四处游荡。上午看见她坐在关圣宫大门的石阶上，嘴里在咕哝什么；下午又碰到她站在观音堂内的香案前，由于站得很近，浓烈的烛烟熏得她咳喘不止，她却没有一点要离开的打算，偶尔还会伸手去拨弄香炉中的香灰。到了太阳下山时，她被观音堂的老尼赶了出来，接着又沿着半边街走到柳溪河的尚义桥，由于在观音堂香案前站立过久，她顿时觉得两腿无力，一屁股坐在了桥中央。因为桥面太窄，那些来往青凤街和半边街的行人只得擦着身子而过，她傻傻地望着眼前这些男女，咧开嘴痴痴地笑起来。

玉凤起初还着急到处寻找这个疯婆婆回家吃饭，可是这样费心费力的日子一长，她再没有心思跑遍五凤溪去找人了，任由这个行踪不定的婆婆四处流窜。自己此时已感到心力交瘁，快要撑不下去了。一个月过去后，婆婆在五凤溪忽然不见了踪影。她又跑到关圣庙、南华宫和天主堂反复寻找，并从柳溪河上游找到下游，始终没有打探到婆婆的下落，婆婆就这样无声无息地消失了。两个月后，有个去高板探亲的人回来说，他看见一家饭馆门前站着个老妇人，手里端着土巴碗在那儿讨饭，很像玉凤的婆婆。又有人说他路过土桥场口时，看到一个蓬头垢面的白发妇人，用双手捧起河沟的水仰头便喝，也非常像她。这种道听途说的消息真假难辨，哪有闲工夫去各处寻找，玉凤从此再无心过问这件事情。

徐家在很短的时间里，接连遭遇天灾人祸，给玉凤的身心带来了沉重的打击，只见她一天天消瘦下来。贺老大夫妇看见女儿这般情景，着实非常心痛，他们担心女儿有个三长两短，那该如何是好？为此，在徐家遭难的这些日子，夫妇俩总是轮番从牛角冲来到五凤溪女儿家，先是帮着料理女婿徐大为的安葬，后来又为猝死的亲家徐老板办完丧事，紧接着便是到五凤溪各处寻找那个精神失常的亲家母。每逢赶场天，贺老大还得帮着女儿打理篾货铺的生意，他很别扭地坐在柜台前，时常带着憨厚的微笑去应酬进出店铺的买主。

在此期间，徐家人接二连三惨遭灭顶之灾，弄得家破人亡的故事，在五凤溪被传得沸沸扬扬，而且越传越离奇，有时竟让人感到毛骨悚然。而玉凤竟然成了众人议论纷纷的主要对象，据观音堂门前那个摆摊的算命先生说，他曾经看过这个女人的面相，她虽然面容长得姣好，却犹如一朵开放的罂粟花，注定命中带毒。一些老太婆和已结婚生子的妇人闲来无事，时常坐在自家门槛上纳鞋底，嘴里不停地与邻居摆着龙门阵。一个瘦得皮包骨头的老太婆说玉凤生了双明亮的大眼睛，眸子特别诱人，要是被她盯上一眼，你必定遭到飞来横祸，那是因为她命中犯煞。有位中年妇人说她晓得不少贪花的青壮男子，一提起玉凤这个漂亮女人，没有谁不垂涎三尺。她天生一张杏子脸，皮肤白里透红，两腮一对浅浅的酒窝，身上穿一件阴格花布斜襟衫，周身都是极浓的女人味，迷倒过数不清的男人。凡是看见她的人，夜里做梦都会梦到她。但他们心中又非常害怕这个命中犯煞的女人，没有哪个敢娶她做老婆。

　　谁也不曾料到，在五凤溪竟然就有一个不怕犯煞的男人，他每天夜里都会梦到玉凤，这个人就是游满财，他在五凤溪白凤街开了一间鞋店，做着既卖鞋又补鞋的小本生意。起初几年只是从乡间农妇手中买些布鞋、棉鞋来转卖，后来随着抗战胜利结束，民国政府倡导的新生活运动逐渐开展，那些有钱人家和做生意的老板们，都时兴穿一双锃亮的皮鞋。每当走到街上的青石板路面，他们总爱昂着梳得光滑油亮的头，或戴一顶呢料制作的博士帽，每朝前迈出一步，脚下的皮鞋就会发咯噔咯噔的响声，显得一副神气十足的模样。就算不是很有钱的人，他们也会省下其他开销，买一双黄色的翻皮鞋来穿，这类鞋全是军需品，抗日战争打完后，川军部队即刻缩编裁减，军需物品也随之囤积库房，因而逐渐流入各地市面上。游满财从去年开始，除了做原先的布鞋生意外，还专门跑到成都去买了少量黑皮鞋和翻皮鞋到五凤溪销售，结果几天之内便卖得一双不剩，他尝到这次赚钱的甜头后，便放心大胆地做起皮鞋生意来。

　　游满财是抗战胜利前三年来到五凤溪摆摊卖鞋的，他时常还要到白果和灵仙庙两地赶场卖鞋，没有一处固定的营业场所，是个典型的行商。可是在两年后，他就在白凤街租了间铺面当起了坐商，从此不再受奔波劳累与风吹雨打，生意竟然越做越好，着实赚了许多钱。有了钱的游满财一不去交朋结友，二不去茶坊酒馆，唯独贪恋女色。游满财的长相本不丑陋，但他的鼻尖上有点儿泛红，让人看了很不顺眼，民间把这种面相称作"酒糟鼻子"，甚至还说他必定是"火烧中堂，家破人亡"。因此，在五凤溪很少有人愿意跟他打交道，更谈不上和他同桌喝茶饮酒了。游满财深知众人不愿与他交往，便知趣地断了主动去交朋结友的念头，而是一门心思找女人寻欢作乐。他勾搭上袁寡妇已有一年多时间，那是从照顾她生意开始的。袁寡妇平日里在自家门前摆摊为生，主要经营妇女们常用的针头麻线，做鞋底的布壳，以及男人们装钱的裹肚子和腰带之类的东西，同时也卖些儿童喜欢玩耍的拨浪鼓、风车车这些小玩具。靠着微薄的收入度日，说起来算是良家妇女。但她生来命运多舛，早在抗日战争爆发时，丈夫便征召入伍，紧随大批川军奔赴淞沪前线，从此便音信全无，好不容易等到抗战胜利那年深秋，一双公婆又死于那次霍乱中。她从此失去了所有依靠，只落得孤身在家守寡，一年四季靠着门前那个小杂货摊苦苦度日。

　　游满财的鞋店有时需要补鞋用的针头麻线，他便会临时跑到袁寡妇的杂货摊去买，二人一来二去便慢慢熟悉起来，由最初言语拘谨变得逐渐话多起来。袁寡妇老实地告诉他生意真是不好做，除了赶场天能遇十来个买主，寒场天基本卖不到几个钱，所赚那点钱只够勉强糊口。游满财为了更多接近她，时常以买针线为名来到袁寡妇摊位上，每次都不会空手而归，以掩人耳目。他为了得到袁寡妇的欢心，挖空心思买来她爱吃的油炸果子和米花糖送给她。第一次遇到男人送东西，她羞得脸红筋胀不敢收，他硬是将东西塞到她手中。接着又送给她一双缎面绣花鞋，和一丈淡蓝色洋布，她虽然脸上显得不好意思，但心中却很喜欢这些东西，若要自己掏钱去买真还舍不得。她竟然在不知不觉间收下了那些包藏祸心的礼物。

　　游满财见袁寡妇一次次心安理得地接过他买的东西，感觉时机已经成熟，遂选在一个漆黑的夜晚悄悄去到她家，用手轻轻敲响了房门。袁寡妇在屋内听到一个熟悉的声音在呼叫，不知道他有什么要紧事，忙走去拉开门闩，还未等她开口问话，游满财用手猛地把她推向门内。她立即意识到他将行不轨之事，却又不敢张口喊叫，如果惊动了街坊邻居，那是件羞死先人的事情。游满财急不可待地紧紧搂抱着她，就这样轻而易举地占有了袁寡妇，之后便成了她家的常客。虽然二人谨慎地在夜间幽会，但日子一长，左邻右舍也看出其中端倪。

游满财是个色胆包天之徒，有了袁寡妇后并未满足他好色的猎奇心，玩弄女人是他一生最大的嗜好。在之后的日子里，他用尽心思在五凤溪寻找下一个玩弄目标。

自从五凤溪码头发生了命案，徐记篾货铺家破人亡后，又出现了一个年轻寡妇，那便是仍沉浸在悲痛之中的玉凤，她是大家公认的颇有姿色的女人。关于在她身体上有股体香的传言，许多男人都觉得不可思议，那些妇女也不相信这是真的，她们说一个女人要是浑身都散发香气，那将把天下的男人都迷倒。

游满财自认为有对付袁寡妇的经验，他曾抱着好奇心去到码头前的篾货铺。但几次都未看见这个被传得神乎其神的女人，越是看不着，他越是急切地想去看，成天朝思暮想这个奇女子，以至许多日子也没有去袁寡妇家，他似乎已经把她玩腻了。

这天早晨，贺老大照常打开铺门，依然帮着女儿打理着篾货铺的生意。吃过早饭后，他忽然想起坡上那块苞谷地该施肥了，要是再不浇一道猪粪水，苞谷籽颗粒肯定长不饱满，恐怕收成要减少。所以，他急切地想回牛角冲去，等今天把地里的活干完后，明天再回五凤溪来。玉凤听父亲说要回家给地里庄稼施肥，认为这是件要紧事，虽然篾货铺确实离不开父亲帮忙，但也不能强行挽留他，只得在临行时央求父亲说："爸，您回去抓紧把地里的活做完，然后快点儿回五凤溪来，我一个人里里外外确实忙不过来。"

贺老大没有过多言语，他望着女儿那双期盼的目光，对她点头说道："要得嘛，最多明天下午就回来。"说完之后即迈开大步，径直向着牛角冲家中走去。

父亲匆忙离开后，玉凤必须亲自坐在柜台前料理生意，应酬那些来篾货铺的买主，没有片刻空闲时间，铺里的担子全都压在她一人身上。这时，她还未从痛失亲人的悲伤中走出来，终日满脸的愁容。店中无买主时，她将针线簸箕放在身旁，动手为父亲做一双过冬的棉花鞋。

晌午过后，五凤溪街上的行人渐渐稀少，几家热闹的饭店和面馆送走了最后一批客人，便忙着清洗碗筷，打扫店堂。

这时，玉凤见再无买主上门，感觉肚中有些饥饿，便放下手中纳了大半截的鞋底，走到厨房里煮了碗面来吃。正当她吃完面进厨房去洗碗时，忽然听到铺子有买主叫喊："买撮箕，有没有人啊？"玉凤赶忙放下手中碗筷，快步走了出来，她看见一个男子从货架上取下一只撮箕，两眼直勾勾地望着屋里喊着。

玉凤忙走过去回答："青篾撮箕，八角钱一个。"

那人酸溜溜地说道："卖得有点贵哟，五角钱一个卖不卖？"

"五角钱一个不敢卖，我们进货的本钱都要六角。"玉凤诚恳地告诉他。

那人即刻放下手中的撮箕，顺手又拿起旁边一个簸箕，他黑亮的眼珠盯着玉凤问："这个卖多少钱？"

玉凤随即回答："卖一元四角。"

"再便宜点行不行啊？"

"最便宜也要卖一元三角钱。"

"一元钱一个卖不卖？"

风雨人生 393

"不得卖，哪有这样便宜的货。"

在这一问一答之间，那个男子越靠越近，竟然走到了她的面前。玉凤这才定睛仔细一看，他长得一副淫邪的面孔和令人讨厌的酒糟鼻，她急忙后退两步靠在柜台前。

原来，今天走进篾货铺的这个不速之客正是色胆包天的游满财，他之前曾多次来到这里，假借买东西为名，实际想见识一下铺子中守寡的老板娘，她是否有传闻中那么漂亮。但每次都遇到贺老大端坐柜台前，并未看见老板娘的身影。虽然如此反复来过好多次，但他仍是贼心不死，反而更加贪恋；一股强烈的占有欲涌上心头，决意要将这个美貌的寡妇弄到手。他今天再次兴冲冲来到篾货铺，只见里面空无一人，随即大声呼叫起来，玉凤闻声从屋内走出来，游满财眼前一亮，心中暗自赞叹道，这是他见过的女人中最有姿色的，顿时全身热血沸腾，大胆地一步步靠上前去。当走近她身前时，一股淡淡的香气迎面袭来，他翕动鼻子深深吮吸着，陡然感觉全身筋骨舒畅。玉凤见他突然走到身边，急忙做好防范，唯恐此人做出不轨的举动。玉凤的判断一点不错，游满财此时按捺不住心中的激动，他趁着玉凤后退的那瞬间，一步跨到她身前，用手紧紧搂着玉凤的双肩，张开嘴去亲她的腮帮。玉凤被这突如其来的臭嘴一碰，突然感到全身起满了鸡皮疙瘩，恶心到了极点，她奋力挣脱他的手膀，急忙抓起柜台上那把十七桥的楠木算盘，怒不可遏地朝游满财头上狠狠砸去，游满财正欲再次抱紧她时，却被算盘重重砸到，顷刻间觉得眼前漆黑一片，脑袋像要爆裂般疼痛，算盘的一角砸在了他的左眼，他惨叫起来，鲜血顺着眼眶不住往下流，他不敢在此声张，唯恐惊动左邻右舍及街上过路人，那将招来众人一顿愤怒的痛打。游满财强忍疼痛，用手帕捂住血流不止的左眼，快步跨出篾货铺门槛，径直向五凤溪天主堂跑去。

此刻，玉凤站在柜台前怆然泪下，她看着那个恶徒慌乱逃窜的背影，心中感到无比怨恨，眼泪不住滴落在胸前，她转身跑进自己房中，一头扑在床上放声痛哭起来。

　　天主堂的神父马利罗本是一名外科医生，八年前受梵蒂冈教皇派遣，不远万里从意大利来到中国传教。他悉心为当地群众医治伤痛，深得五凤溪百姓的爱戴。

　　这天午后，马利罗在教堂做完祷告，双手合上《圣经》之时，忽见游满财跌跌撞撞走了进来，他请求神父为自己医治眼伤。马利罗毫不推辞地立即为他清洗伤口，上药包扎，最后十分惋惜地告诉他，那只被打伤的左眼已彻底失明了，现在只需平日注意眼部不被感染，一个月之后便会结疤。马利罗并未问他因何故被人打瞎了眼睛，只是神情凝重地望着游满财迈出教堂的背影，用手在胸前划了个十字架，嘴里呢喃着："愿我主保佑这个苦难的年轻人。"

　　游满财当然不知神父在暗自为他祝福，因为他心目中并没有神灵的存在。此时此刻，他脑子里想到的就是复仇，加倍地报复弄瞎他眼睛的那个恶毒女人。

　　游满财非同等闲之辈，他是个凶残的狂妄之徒，他心机深沉，为达到目的往往不计后果。若是遇到东窗事发，他通常都会果断地一跑了之。他来到五凤溪的这几年中，当地没有一个人知道他的底细，只晓得他从当初的一个补鞋匠变成了鞋店老板，之后赚了一些钱，竟将那个守寡多年的袁寡妇弄到了手。他虽然在五凤溪算个有钱人，但名声并不好。一个常在徐记篾货铺对面茶坊喝茶的客人留心观察，看见他多次走到篾货铺门口逗留，睁大一双眼睛向里面张望，好像在探视什么人，后来一无所获，这才扫兴地离去。旁边的茶客打趣地说："他肯定看上这家篾货铺的老板娘喽！"另一个茶客凑上来道："他也不拿镜子照一下自己，长着个酒糟鼻子让人看见就恶心，癞蛤蟆还想吃天鹅肉！"

关于他的许多风流趣事，成了五凤溪街头巷尾议论的话题。

一个月后，游满财的破裂眼眶已经结疤，神父告诉他从今往后不用再去他那儿上药了，并拿出一个自己亲手为他缝制的椭圆形黑布眼罩，轻轻地帮他戴在那只瞎眼上，语重心长地对他说："做人做事要以善为本，愿我主保佑你平安。"马利罗这种慈父般的教诲，丝毫没有打动游满财坚定的复仇决心，反而加快了他的复仇步伐。他首先想到如何收拾自己店铺的生意，将那些现存的各种鞋子全部折价卖掉，外面不知情的街坊邻居以为他的生意做垮了，或者是撤摊要做别的事情。总之，当大家看见他左眼戴着那个黑眼罩，都感到很不舒服，在五凤溪街上他是唯一戴着黑眼罩的人。从这时起，他又有了一个"独眼龙"的绰号，听到这个难听的名字，游满财恨不得钻到地底下。他将全部仇恨都归咎于那个弄瞎他眼睛的女人，直到这时，他才深切地感悟到，这个女人身上的香气原来是道迷魂药，用来专门勾引那些心志不坚的男人，她是传说中的狐狸精。若不亲手除掉她，难解心头的怨恨。

这天又是五凤溪逢场，游满财将店里所剩的鞋子全部折价卖掉后，即刻拿着一个瓦罐到小凤街的灯油铺买了一罐灯油，然后匆忙回到自己店中，关起门来睡起大觉。临到黄昏时，他翻身起床走出门来，径直到半边街那家常去的饭馆，招呼老板为他做一道红烧鲶鱼，再来一盘卤肉下酒。老板感到很惊奇，他平日来馆子并不喝酒，但今天晚上却一反常态打了二两大曲，像是太阳从西边出来了。游满财坐在桌前端着酒杯刚挨到唇边，被老板做菜袭来的辣味呛得打了个喷嚏，他不耐烦地对老板说："你搞快点嘛，没看到我杯子里的酒都喝凉了。"老板没有做任何反应，只当他说了句无关紧要的闲话。开饭馆的人都知道，客人们走进店一屁股坐下，就想马上张嘴吃东西，催着端菜上桌是常事，任由他们说便是了。

游满财酒醉饭饱之后，摇头晃脑地从饭馆走了出来，他今晚确实喝多了，走起路来脚下轻飘飘的，以至下街沿时竟跌倒在地上，他略微定了定神站起来。在宁静的夜色中，他一路跌跌绊绊地走回鞋店中，关上门倒在床上又呼呼大睡起来。等到一觉醒来时，街上的打更匠已鼓响二更，他猛然想起今晚的复仇大计，险些因贪杯而被耽误，急忙翻身起床点亮油灯，接着从床下拿出那罐煤油，顺手在旁边的柜子中取出一把又尖又薄的撬刀，将它插在腰间裤带上；再由枕头下拿来几张草纸塞进衣袋中，摸了摸口袋里的火柴仍然在，便放下心来。一切准备就绪后，他轻轻打开了半扇铺门，一脚跨出来后又随手将门关上。他一路顺着黑暗的街沿前行，径直朝着五凤溪码头奔去。此时，夜色笼罩的街上不见一个行人，他很快便来到徐记篾货铺门前，即刻俯身紧贴着铺门，仔细地观察四周并无动静后，马上从腰间拔出那把撬刀，插进两扇铺门的间隙中，轻轻地拨弄着里面的门闩。不一会儿，第一个门闩被撬开了，紧接着他又撬开了第二个门闩。他将撬刀插回腰间，用手推开铺门闪身走进店内，只见里面漆黑一片，他不敢贸然前行一步，唯恐惊动了屋里睡觉人。于是，他在铺门边蹲下来，随即摸出衣袋中的火柴划燃一看，整个屋子里都堆满篾货。他没有丝毫的犹豫，立刻点燃了浸满煤油的草纸，随手将燃烧着的纸丢在篾货堆上。被点燃的篾货发出噼噼啪啪的声响，并弥漫起一股浓烟，游满财急忙从店中退出来，一口气跑到安凤桥那棵黄桷树后躲起来，远远看着篾货铺燃烧的情景。时过不久，他目睹熊熊的大火红遍天空。游满财见复仇大功告成，急忙转身一溜烟跑回鞋店，带着早已准备好的一包衣物和赚来的钱财，趁着茫茫的夜色，很快便逃离了五凤溪。

胡天明这天夜里在船帮值守，他领着两个同伴在码头上巡查。自从徐大为被盗匪杀害后，船帮增加了巡夜人手，从一更天出动到码头，直到五更拂晓时结束，以确保停靠在码头上的商船安全，不容再遭匪徒抢劫的事件发生。这个承诺是船帮龙头大爷当着众多船老板的面，拍着自己胸口答应的，可谓是一诺千金。胡天明手持电筒沿着江岸一路走来，两个肩扛长枪的同伴紧随其后，当他们行至码头前的石阶时，胡天明不经意间看到原本黑暗的街面竟然闪动着红亮的火光，心中马上紧张起来，他预感到情况严重，不禁脱口喊了一声："不好！街上有谁家失火了。"他马上吩咐两个同伴继续巡查码头，自己急忙几步跨上码头台阶，向街上定睛一看，徐记篾货铺的门板正在燃烧着，大火照亮了门前的街面。随着一阵江风吹来，火势更加猛烈，通红透亮的火光照在青石板街上，看得见那两条铁轮鸡公车碾过的凹陷车痕。这时，胡天明首先想到的是店铺里的人，那个孤身一人的玉凤此刻在哪里？她是否已经逃出了火海，或者仍被困在店铺中？他见火势已经封住了大门，不可从正面进到屋内，便立即跑到那排街房的尽头，绕到篾货铺的后门。他见后门紧闭，情急之下在墙脚下捡来一些破砖头，将它们垒成垫脚石，接着踏上去用手抓牢墙头，然后纵身一跃，转眼间便越过围墙，他打着手电筒直奔里面的房间。由于这场火是从前面店铺燃起，这时尚未烧进后面房中，他伸手敲响一间紧闭的房门，里面立即传出了玉凤胆怯的问话声："夜半三更的，你是哪一个？"每一个字都在颤抖。

"我是船帮的胡天明，你们家的铺子起火了，快点起来跑啊！"他再次焦急地拍打着房门。

玉凤确认是胡天明在喊话，吓得马上翻身起床穿好衣服，慌忙去打开了房门，只见他满脸惊慌地站在门前。这时，一股焦臭的气味从店铺里传来，大火已经从外向内燃烧，听得见噼噼啪啪的竹器被烧发出的声响，一道火光猛然蹿进屋来，玉凤吓呆了。

"还站着干啥子，赶紧跑啊！"胡天明急忙催促她。

玉凤忽然想起件事，即刻转身去到床前，抬起脚便踏上去，伸手从床顶的台板上取下一个藤箱。然后紧跟在胡天明身后，很快跑出去打开了后院门，终于逃过了一场灾难。

胡天明再次来到大街上，放开喉咙大声叫醒了篾货铺两旁的邻居，大家起床后纷纷提起水桶，端着洗脸盆，齐心协力来到火场泼水灭火。但终因火势太猛，大火瞬间便烧进后边的房屋，篾货铺毁于一片火海之中。

玉凤睁大一双恐惧的眼睛，站在对面的街沿上，由于过度惊惶，浑身没有一点力气，木讷地目睹着篾货铺被大火吞噬。这一刻，熊熊燃烧的大火像无数红魔在空中狂舞，将房屋梁架烧得轰隆一声倒塌下来，火焰随即从高处蹿向地面，在那里疯狂地燃烧着。

一群救火无望的人马上停止行动，他们眼睁睁地看着篾货铺被大火烧得精光。所幸篾货铺两边房屋都隔着一道防火墙，因此大火并未殃及邻舍，他们的房屋依然完好。住在五凤溪的每家人在建造房屋时，都要修道防火墙来隔离，这是川西民居普遍的建筑特点，目的是增强房屋之间的防火功能，不致因一家不慎失火，从而殃及四邻受灾，造成火烧连营之势。今晚篾货铺被烧，大火之所以没有扩散开来，之前修建的防火墙起了关键作用。

玉凤悲痛地坐在冰冷的街沿上，直到看着天空出现一抹鱼肚白，这时，街道上渐渐明亮起来，救火的人们已陆续回到各自家中，胡天明急步走上前来，提醒玉凤道："我们也走吧。"他弯腰帮她提起放在身旁的藤箱。

玉凤的鼻翼翕动着，两片嘴唇微微张开，喃喃自语道："我现在该去哪儿呢？"

胡天明没有听清楚她在说什么，接着问她："你说去哪儿？要不先回娘家。"

玉凤听到这句话，忽然想起了牛角冲，想到养育了她的那方土地，想

风雨人生 399

到依然健在的父母亲：父亲秉性忠厚老实，像众多乡间男人一样，终日如同老黄牛不知疲倦地在地里劳作；母亲为人慈祥和善，操持家务勤奋能干，她包揽了全家人的吃饭穿衣，以及喂猪喂鸭等家务活。玉凤想到这里心都碎了，一行热泪禁不住从眼眶涌了出来。今天徐家遭受了灭顶之灾，自己眼前只有回到牛角冲这条路可走，其他别无选择。天底下唯独自己的亲生父母，才是儿女们终身依靠的肩膀。

玉凤站起身来，用手扯起衣角擦干脸上泪痕，对胡天明说道："我想回牛角冲。"

"我现在就送你过去。"

"会不会耽误你的正经事？"

"我昨天晚间值了夜班，今天白天正好没事。"

"麻烦你又跑一趟。"

"我和徐大为都是相好兄弟，徐家的事就是我的事。"胡天明的话音刚落，一眼看见玉凤的脸上掠过一丝阴影，这才后悔自己的冒失之言。在现在这种伤心时候，再去提那个死了的人干什么，这不是给人家新愁之上加旧愁？真难为眼前这个不幸的女人了。

他们一路快步前行，沿途都是默默无语，相互间没有一句对话。走过牛角冲村口后，很快便来到了贺家小院，院内那棵枝繁叶茂的柿子树，像往年一样结满了沉甸甸的黄色果实，将树枝压弯了身。那条看门的黑狗冲到篱笆门边，两只眼凶狠地望着门外狂吠起来，玉凤赶忙抬起手大声呵斥道："黑莽子，不准叫唤，这是我们家客人。"黑狗似乎明白了这个往日女主人的意思，立即摇着尾巴转身回到墙角的狗窝，蜷起身子又躺了下去。

屋内的门瞬间打开了，玉凤的母亲穿着一条蓝布围裙从房中走出来，她看见女儿站在门前，身后还跟着个年轻男子，忙走去拿掉篱笆门的抵门杠，就在院门打开的刹那间，玉凤猛然扑向母亲，紧紧抱住了她的双臂，放声大哭起来。母亲不知女儿为何如此悲痛，该不是又遇到什么伤心事？记得半年前，女婿徐大为被劫匪杀死那天，玉凤也像今天这样哭得痛不欲生。她忙用手轻轻拍着女儿的肩，爱怜地说道："不要再哭了，究竟发生了啥子事情，快点儿告诉妈。"母亲的问话非但没有劝住玉凤哭泣，反而更加触动她的伤心处，哭声愈发悲怆了，她的整个身子在微微地颤抖。

胡天明在一旁看见玉凤泣不成声，嘴里竟然说不出一句话来，他忍不住走上前去，向玉凤母亲详细地道出了昨天夜间篾货铺被烧的全过程，但却不知这把无名火是怎样烧起来的。

玉凤母亲听胡天明讲完事情原委，便从女儿紧抱着的双臂间抽出身来，语气哽咽地向他说道："感谢你这个大恩人，救了我们玉凤一条性命。"

玉凤用袖管抹干脸上泪水，认真地对母亲说："昨天晚上的事情，多亏了胡大哥帮忙。"

胡天明谢绝了玉凤母女俩的一再挽留，转过身便离开了贺家小院，他迈开大步走在回五凤溪的路上，脑海里出现一个大谜团——昨夜那场大火究竟是如何烧起来的？

看到胡天明远去的身影，母亲意味深长地对女儿说了句："我看这个年轻人是真的不错。"

玉凤的脸唰地一下涨红了，不好意思地说："您想到哪儿去了，人家只是好心帮忙而已。"

母亲道："哪有那么巧的事情？他无缘无故拼命将你从大火中救出来？"

玉凤心里也在想这件事，说起来也真奇怪，当遇到生死关头时，胡天明便立马出现在篾货铺，不然自己就葬身火海了，难道他对我有什么心思？她不想跟母亲再争辩，淡淡地苦笑一下说："我管他想些啥子。"

母亲帮女儿提起地上的藤箱，径直朝屋内走去，她对玉凤道："我昨天夜里左眼皮一直在跳，总感觉有什么事情要发生，弄得人心神不安。"

玉凤经过昨夜的惊吓和路途的劳累，感到全身无力，疲惫不堪，当她走进那间自己曾睡了十多年的屋子，便一头躺在床上浑然睡去。母亲上前给她脱去沾满泥土的鞋子，接着走到旁边的衣柜里拿出一床被子轻轻盖在她身上。听到女儿发出了细细的鼾声，这才悄然地离去。她急忙奔向屋后的地里去找贺老大，要赶紧告诉他玉凤的不幸遭遇。

三十三

青凤听到从五凤溪捎来的口信，那已是篾货铺被烧半个月后的事情，捎信人又是五凤溪船帮的胡天明。他第一次捎来妹夫徐大为被匪徒杀害的噩耗，时隔一年后，他再次捎来妹妹家的篾货铺遭火烧的惨剧，两次捎来的信都像是晴天霹雳，重重击打在青凤心坎上，令她感到悲痛不已，眼泪顷刻间流了下来。

青凤嫁到赵镇的几年中，先后为田仕勋生了一双儿女，大儿子现在已经可以满屋乱跑，而小女儿却刚断奶。田家公婆因多年劳累成疾，去年冬天相继患上肺病，身体日渐衰弱，嘴里时常咳出鲜血，虽然寻遍本地名医，吃过许多补气益血的中药，也服过亲朋好友献来的各种药方，但未见有根本好转，时常一副病恹恹的模样。因此，照料酱园铺生意的事情就落在青凤一人肩上，她整天忙得不可开交。

胡天明今日从五凤溪带来玉凤遭遇不幸的消息，青凤心里非常同情这个可怜的妹妹，心想一个嫁出去的女人，成年累月住在娘家绝非长久之计，定会遭来外人的闲言碎语，不如喊她到赵镇酱园铺来给自己当帮手更合适。夜晚经过与公婆及丈夫认真商量后，大家都认为这是一个好主意，并表示非常信任她。

第二天，胡天明办完赵镇码头的事，将乘船赶回五凤溪，他顺道再次来到酱园铺问青凤有没有信要带回去。胡天明来得正是时候，青凤正想着捎信回五凤溪，不料他竟然不请而至。于是，青凤便托他带口信到牛角冲，要玉凤尽快来赵镇帮她打理酱园铺生意，从今往后就留在赵镇住了。

玉凤回到牛角冲娘家这段日子，成天忙着到坡上的苞谷地除虫。这一年中，金堂境内发生了一场罕见的虫灾，五凤溪成片的苞谷地长满了小蚕般的竹节虫，几乎每根苞谷秆上都能捉到两条。那个时代没有杀虫剂，只得靠人工起早贪黑地掰着每株苞谷秆，将虫子一条条捉来丢在地上喂鸡。所以，玉凤每天早晨走出家门，必须要背上篾篓，装着两只下蛋的母鸡到苞谷地，让它们尽情啄食主人从苞谷秆上捉下来的竹节虫。这种简易的灭虫方法，各家农户的苞谷地里都能见到，只要有人在那儿捉虫，他身旁总是跟着几只母鸡，凡是每天吃虫子的母鸡，这一个月准能连续不断地生蛋。

玉凤走出家门后，有一件要紧事必须做，那便是顺道在路旁或沟边采摘两朵黄灿灿的野菊花，将它们插在自己的发髻上，这是她回到牛角冲后，母亲郑重其事告诉她要这样做的。在母亲娘家长乐乡那片地方，有头戴黄花辟邪的习俗，这种情形自然是针对那些命苦的妇女而言，但凡谁家死了丈夫或公婆，女人都会在发髻上插小黄花，才能躲避亡者的阴魂不散。如若不然，死去的人会在夜间来到你梦中，伸手向你要钱要粮，甚至会呵斥你在阳间时对他诸多不是，将睡梦中的你吓出一身冷汗。

母亲的告诫虽带有迷信色彩，但确实吓人，听了令人全身毛骨悚然，玉凤心中对此仍半疑半信，她没有听说在牛角冲发生过这类事。再者，自己并不是那种不孝顺的媳妇，常言道"没做亏心事，不怕鬼敲门"，不要自己吓自己。话虽如此，但玉凤想到她嫁进徐家后所发生的无端变故，心中仍感到忐忑不安，在短短的时间里，先是丈夫徐大为被劫匪杀害，紧接着是公公气急之下撒手人寰，再后来又遇婆婆疯癫出走，至今下落不明，最后连徐家经营多年的篾货铺也被一把无名火烧毁了。这些接连不断的祸事究竟是谁作的孽？这跟自己嫁到徐家有无关联？难道真是自己生来命硬，竟然连累徐家遭遇重重灾难？她心中不由自主地打寒战。玉凤在惶恐之中只得乖乖听从母亲吩咐，每天走出家门时，都记着去摘两朵黄菊花插在发间。

野菊花插在玉凤头上，使她变得更加妩媚动人，每天走过牛角冲那条道路的人，特别是众多青壮男子，总要放慢脚步缓慢前行，目不转睛地向苞谷地张望，她那姣好的脸庞，柔美的身段，总让男人们看不够。

胡天明乘船从赵镇回到五凤溪码头，将船帮里的事做了一番交代后，便急忙赶往牛角冲。当他走到贺家小院门前时，玉凤母亲从屋里走来告诉他，玉凤此时正在坡上苞谷地捉虫子。于是，他立即转身到小院后的地里，玉凤刚从苞谷秆上捉下一条竹节虫，随手丢在地上那只咯咯叫唤的母鸡前，她一抬眼就看见胡天明急急忙忙朝她走来，心想他又有什么要紧事情，便即刻主动迎上前去。胡天明见玉凤向他走来，看到她头上插着一朵鲜嫩的黄菊花，心中感到她真是不寻常的女人，仅仅在发际间戴上一朵花儿，就给她的容颜增添了无尽妩媚。

胡天明对面带微笑的玉凤说道："你大姐请你立即到赵镇去帮她照料酱园铺生意。"

"我哪里走得脱啊，眼前的苞谷地都长满了虫子。"玉凤用手指了指身后那片挂着紫红穗儿的苞谷地说。

"我看见你大姐在店铺中忙得很，还带着两个小娃儿在身边。"

"他们田家不是还有一双老人吗？"

"听说你大姐的公婆都患上了吐血病，不敢让他们过于劳累了，田家的小叔和小姑都在学堂读书,确实帮不了忙。"

"大姐去年生娃儿就请了一个奶妈,她可以帮着带两个娃娃嘛。"

"青凤大姐真是忙得很,店铺的生意和家中的所有事情都要她操心,你姐夫在龙威乡教书,白天根本看不到他的人影子。"

玉凤听胡天明讲述着大姐现在的诸多苦处,心想她竟是如此忙碌,当妹妹的哪有不帮忙的道理,但看到眼前苞谷地里每株秸秆上都长有虫子,而且繁殖得特别快,三天前才捉完虫的那块地里,这时又看到叶片上产有虫卵,再过两天便能孵出大量幼虫,真让人伤透了脑筋。父亲在地里不仅要捉虫,而且还要到坡下小河中担水来浇灌干裂的苞谷地,起早贪黑没有片刻空闲,一个未满五十的人就已头发斑白,他怎受得了劳累的煎熬?自己该去赵镇帮大姐,还是留在牛角冲帮助年迈的父母呢?玉凤一时间拿不定主意。

"这件事我得晚上回家与爸妈商量一下再定。"她为难地说。

胡天明赞同道:"这样做要得,必须征求一下老人家的意见。"

玉凤显得很无奈地说:"我一个人只有一双手,顾得到一头就顾不了另一头,自己又不能分身。"

胡天明本想再找些话与玉凤多聊了一会儿,借此机会多看看眼前这个让他倾心的女人,但看到她手中还有干不完的活,也想不出更合适的理由去打扰她,只好告别离去。他临行时给玉凤留下了关切的话:"如果你决定要去赵镇,到五凤溪来我帮你找条船。"

一轮残阳从对面的山坡落下,玉凤背起装着两只肥母鸡的篾篓,父亲肩上挑着一担空粪桶,父女二人疲惫地回到家中。玉凤的母亲立即端来一盆凉水,要他们洗完手就去吃饭。母亲总会早早地将晚饭做好,今天的菜除了一碗豆腐干炒芹菜,还特别为父亲炒了一盘黄嫩嫩的鸡蛋下酒。父亲逐渐变得苍老,经不住长年累月过度劳累,他时常感到腰酸背痛,母亲到五凤溪赶场时，专门为他打来一瓶舒筋活络的药酒，每天晚上都要喝上一杯，这样可以使人恢复体力，夜里再好好睡一觉，第二天就有劲下地干活。

一家三口围坐在饭桌前那盏昏暗的油灯下，各自埋头吃着饭，静得能听到他们嘴里发出的咀嚼声。母女俩很快吃完了饭，母亲这才问起下午胡天明来家里所为何事。

玉凤听到母亲询问，显得很为难地说："大姐带信来要我到赵镇去帮她照看生意。"

母亲又问："那你打算咋个办？去还是不去？"

"我一时也拿不定主意，坡上苞谷地里的虫子那么多，光靠爸一个人无论如何忙不过来，而且他还要到坡下挑水浇地。"玉凤一脸的愁容。

这时，父亲端起酒杯喝下一口酒，然后说道："我看坡上那两亩苞谷地没救了，虫子确实太多。"

"快点喝你的酒，喝完就吃饭了。"母亲从汤盆中舀来一碗红苕稀饭摆在父亲面前。

玉凤对父亲说："听胡天明讲大姐成天忙得不可开交，有时连饭都顾不上吃。"

父亲喝完杯中的酒，便端起那碗饭大口大口地吃起来，还未等口中的饭全部咽下，便对玉凤道："你大姐不是到了万不得已的地步，她绝不会喊你去的。"他心中显然牵挂着大女儿。

玉凤理解父亲的心情，随即回答说："这个我晓得，要是我离开了牛角冲，地里那么多农活，您怎么忙得过来？"

母亲也深爱自己的女儿，急忙说道："你大姐又不是外人，姊妹家总有遇到困难的时候，该帮就得去帮她一把。"

父亲从汤盆中舀来第二碗饭，接着说："你妈都赞成这个事，就赶紧收拾去赵镇嘛。"

玉凤听到父母亲同意她去大姐家帮忙,但仍不放心地问父亲:"地里的农活那么多,您一个人怎么做得完?"

父亲微微叹口气说:"我看今年的苞谷收成注定不好,遍地的虫子总是捉不完。"

"我明天把家里的事做完,也到坡上去帮你捉虫。"母亲自告奋勇地说。

"家中有一大堆事情,要你到坡上去干啥哟!"父亲平时看似粗心,但此刻还是心疼母亲。

母亲问他:"你说接下来该咋办?"

父亲皱了一下眉头,无可奈何地说:"依我看,地里的虫子始终捉不完,村里许多人都放弃到地里捉虫了。据县里来的农技师介绍这种虫子必须要西洋生产的药水喷洒在苞谷秆上,才能将虫子完全杀死。"

玉凤惋惜地说:"今年苞谷的产量肯定减少许多。"

"你放心地走便是了,就算苞谷收成不好,我们栽的那三十棵橙子树结的果子多,或许能卖不少钱。"父亲安慰女儿说。

"你爸说得对,我们把屋后那片果树照看好,去多浇两次水,再施一道猪尿粪,果子肯定结得好,用卖果子的钱去买粮食也划算。"母亲和父亲的想法相同。

玉凤听了他们对今后生活的安排,这才放下心来,准备明天就启程去赵镇大姐家。

这天夜里,母亲悄然来到玉凤的房间,掀开被子与女儿同睡在床上,用手帮女儿理着额前几丝凌乱的头发,玉凤也伸手抹去母亲的泪痕,母女俩深情地望着对方,一时间不知该说什么。玉凤清楚地记得,两年前自己嫁到徐家的那个晚上,母亲也像今天夜里这样静悄悄地来到自己房间,向自己讲述了许多做妻子和儿媳妇要遵循的道理，还讲到邻里之间相处的好方法。玉凤听得头脑都发蒙了，感觉做女人怎么这样艰难。从嫁进徐家后的两年时间里，自己经历了许多不幸，亲身体会到做妻子和儿媳确实不易，这才领悟到母亲教导的良苦用心。今晚，母亲又一次睡到自己枕边，依然用慈祥的目光望着自己，她会跟自己讲些什么呢？玉凤不再嫌母亲过于唠叨，反而盼望她会给自己多讲些有用的事情，因为明天即将去一个陌生的地方，不知会遇到何种意想不到的事，玉凤心中有些忐忑不安。此刻，母亲开口说道："你明天早晨走出贺家门，就不用在头上戴黄花了，这一路到赵镇太招眼。若是到了你大姐家，田家人看见你头戴黄花，会感觉到不吉利，全家都不高兴。前一阵插朵黄花在头上，那是为了在五凤溪这个地方辟邪，但到了赵镇那个大地方就用不着了，那儿有城隍庙的判官和夜叉镇守着，外面的冤魂野鬼再胆大也不敢往里闯。"母亲还提醒女儿到了田家要听大姐的话，多帮她做些事情，手脚务必要勤快些，做生意称秤和算账一定要仔细谨慎，卖酱油、豆瓣的钱要一分不少交清，不要让别人看不起贺家人。到了赵镇后只管做自己的事，见了外面那些不三不四的男人，少去跟他们搭话。

玉凤不解地问道："到酱园铺买东西的人很多，这里面有许多男子汉，您让我去装哑巴，不跟这些买主说话？"

母亲反驳说："谁让你不与买主说话，我说的是不和他们说那些不相干的闲话，摆稀奇古怪的龙门阵。"

玉凤也不想与她争辩什么，默默地接受了这些意见。

母亲这时忽然想起一件重要事，她严肃地告诫玉凤说："你到了大姐家，要尽量离你姐夫远点，少跟他说东说西，做小姨子要像小姨子的样子，否则会让旁人说些不好听的言语。"

玉凤明白母亲话里的意思，随即对她说道："人言可畏这种事，我早就晓得。"

母亲接着又说："你大姐是个用情深的人，对你姐夫爱得很深，她本来就有点小气，你要多体谅她。"

玉凤见母亲越说越远，听得有点儿不耐烦了："我又不会跟她去抢田仕勋。"

母亲见她听懂了自己的心思，非但没有责怪她顶撞，反而放心地笑道："我知道你自小就是个机灵鬼，啥子话一点便通。"

玉凤这时却不依不饶了，她娇嗔地向母亲撒娇："你心里只顾着大姐，难道我就不是你亲生的？"

母亲听了这句话感到辛酸，她伸手搂过女儿的肩膀，像哄小孩似的拍拍她肩头说："玉凤乖，妈妈的内心其实是始终向着你的。"她说话时眼里噙着泪花。母亲今夜这个久违的拥抱，让玉凤心中荡起一股幸福的暖流，仿佛又回到梦想中的童年时代。

母女俩接着又谈了一些家务琐事，双双打着哈欠睡去了。

三十四

早上的晨雾笼罩着五凤溪，宽阔的江面上白雾弥漫，码头上的船帮又迎来了繁忙的一天。停靠在岸边的许多船上冒出缕缕炊烟，炊烟和晨雾向空中升腾，宛如一团团白色的云朵，船工们此时正忙着做饭，准备吃过早饭便解缆启航，然后各自驶往下一个码头装货或卸货。

胡天明每天要做的头一件事，就是召集数十人的纤夫队伍，之后将他们安排到行上水去赵镇的船上。这些船只通常都是从沱江下游的泸州、内江和资阳等地开来的，船上所载货物均为当地特产，有泸州的老窖曲酒、桂圆、草席和生漆，有内江的白籽、蜜饯、夏布和陶器，还有资阳临江寺的豆瓣，威远黄荆沟的煤炭等，这些货物全部是运到赵镇码头卸货，然后销往金堂各地，甚至销至广汉和新都两县。这些船上昨天原本有纤夫，但他们全是由资阳码头派上船的，到了五凤溪后都要做一次轮换，因为上一段水路属于金堂管辖。回程的船不需要拉纤，只要在桅杆上挂起船帆即可顺流而下，资阳的纤夫要乘船回去极为方便，无论哪只开往下游的船，只要是容得下自己身子，他们都可以随意去坐，因为船上的老板和艄公早已是熟人了，说不准这条船十天半个月后，又会驶往五凤溪，这些纤夫即将为它拉纤。

五凤溪码头的纤夫，大都是附近的贫苦青壮农民，他们通常肩负着两项责任，第一是农忙时节扛起锄头下地耕种，第二便是农闲时拿条粗棉线编成的搭帕，到五凤溪码头当纤夫。早晨从五凤溪出发，斜阳偏西时即可抵达赵镇码头，一天能挣七八角工钱。倘若某个月的生意好，能够拉上十几趟船，便可挣得十元钱，全家人的油盐酱醋钱就不成问题，除此之外，还可以给娃儿们买一包果子糖，给婆娘扯一块衣料，到集市上割两斤肉打牙祭。因此，五凤溪码头成就了纤夫们的美好生活。

胡天明的工作是将这些纤夫分派到每条船上，纤夫登上船后即扯起船头那圈缆绳，缆绳是用长长的细竹丝编织而成的，从船头拉到岸前三丈远的地方，纤夫熟练地将随身所带搭帕的一头牢牢拴在粗实的缆绳上，随手把它往肩头一套，对船上的艄公高喊："起锚开船喽！"

正当眼前这条船要撑离江岸时，胡天明忽然看见玉凤手里提着藤箱，急匆匆地从码头的石阶上向这边走来，心想她必定要去赵镇，便马上叫解缆的艄公稍等片刻，赶紧跑过去帮玉凤提着箱子，然后快步奔回来踏着跳板走上船。艄公随即将搭在岸边的跳板抽了回来，撑船匠拿起那根长长的竹竿插入江底，双脚稳稳站成弓步形，两手紧握竹竿用力往前一撑，船身立即徐徐离开了岸边，开始了这一天的航程。

江面上忽然吹来一阵大风,使得江水不停扑向船头,溅起了朵朵银白色的浪花。玉凤满腹心事地站在桅杆旁,凝望着江岸边灰白色的芦苇丛和漫长的鹅卵石河床,还有山崖下那条羊肠小道,那是无数辛劳的纤夫成年累月踩踏出来的生存之路。此刻,拉船的纤夫们有的身穿一件旧布褂,有的裸露着黝黑上身,艰难地跋涉在那条狭窄的小道上,嘴里不断发出单调而低沉的号子声。

玉凤感觉这条船像头老黄牛,慢得不如在岸上走得快,但步行毕竟要费很大体力,走不了二三十里就会腿脚发软,相比之下,坐船自然显得轻松许多。在船头站了一阵后,胡天明走进船舱端来一个矮板凳让玉凤坐,而自己则紧靠她身边蹲下来。在蹲下身的那瞬间,他的左手不经意搭在了她的膝盖上,玉凤侧身看了他一眼,但没有丝毫责怪的意思,反而对他莞尔一笑。胡天明的心脏怦怦跳动着,随即大胆地依偎在她身旁。

"我下个月就到赵镇来看你。"胡天明红着脸说。

"你到赵镇有啥子要紧事?"玉凤问道。

"也没有什么大事情,就是想来看你一眼。"

"不要耽搁你在五凤溪的正事啊。"

"我时常要到赵镇码头联络运输货物。"

"你们船帮办事很方便,不用人走旱路。"

"五凤溪码头到赵镇的运货船每天都有十多只,随便搭一只就行了。"

"你说得也对,谁人没有点自己的私事呢。"

"只要你每天将分内的做完就好。"

"你这次专门上船送我,真是不好意思。"

胡天明这时突然想起一件事,急忙对玉凤说道:"我明天早晨还要到码头上分派一批纤夫,只能将你送到淮口便要回去了。"

"你到淮口就要下船?"玉凤问。

"不需要到码头上下船，那样太费事。"

"那你咋个回得去？"

"我自有办法，一会儿坐一条赵镇开来的下水船就行了。"

"船不在码头停靠，你总不会从这条船跳到那条船上？"

胡天明淡淡一笑说："正是你说的这样子跳过去。"

"你不怕失足坠落江中淹死？"

"那有什么可怕的，我从小就把这条江的水喝够了，下水游泳三十里路不成问题。"

玉凤张嘴感叹道："你的水性真是好。"

二人正在谈话间，忽见一艘船从九龙滩方向鼓帆顺流而下，船身逐渐变得清晰起来，胡天明立即起身走到船头，定睛仔细观察，认得那只船上的艄公祝老二，他赶忙放开喉咙对他高喊道："祝老二，把船靠近来点，我要回五凤溪码头。"

那条船上的人似乎已听到胡天明在呼叫，急忙将后舵向左一扳，船身随即从右边水域驶向了左边，慢慢靠拢到胡天明乘坐的船头前。此时，对面船上的祝老二拿起竹竿用力向水流的反方向插入江底，船身在反动力的驱使下，速度慢慢减了下来，等到两船对面而过的那瞬间，胡天明抓准时机，纵身一跃，飞也似的跳到了那只船上，他的身子只是微微前后晃动一下便站稳了。

玉凤站在船头看得真切，心中不禁感叹不已，当再看到对面船上的胡天明向她频频招手时，竟不由自主地伸手向他挥动着。

船行驶到赵镇时，水里倒映着一轮红彤彤的斜阳，仿佛是沉入江底的一团火球。这艘船随即停靠在王爷庙码头，船舱中装满了威远黄荆沟的煤炭，准备明天上午再到对岸中码头卸货。艄公跳下船将缆绳拴在江边一处石桩上，然后回到船上将跳板搭在江岸的石阶。玉凤带着笑脸向他道了声谢，然后提着藤箱走下船，加快脚步迈上码头的石阶，径直向着河坝街走去。

青凤正在柜台前拨弄算盘，结算这一天的销售账目，她抬眼看见玉凤提着箱子走进铺子，急忙放下账本迎向前去，两姊妹有很长时间没有见面，激动得眼泪都掉下来了，她们深情地望着对方，发自内心地微笑着。

青凤伸手接过妹妹的藤箱，将她带到店铺后面的一间厢房中，这是前些日子为玉凤来赵镇准备的，姐妹二人动手将屋子做了一番简单的整理，接着从旁边的衣柜内拿出被盖、床单和枕头铺上床，这便是玉凤日后的安身之处。

晚饭摆在堂屋那张八仙桌上，由于玉凤的到来，青凤的婆婆专门多炒了两道菜，特意将养在水缸里的两条鲶鱼捞起来做了一盘大蒜烧鲶鱼摆在桌中间，款待这个远道而来的贺家小姨子。在饭桌上，玉凤见到了姐姐的一双公婆，还有姐夫田仕勋和他们的两个儿女，但是在县城读书的田家二弟田仕泽和幺妹田小蓉未回到家中。田家人对玉凤的到来显得非常热情，他们高兴的是从今往后酱园铺添了得力帮手，生意上的事可以省心了。

吃完晚饭后，大家围坐在桌前摆起龙门阵，姐姐的公婆关切地问起玉凤的父母，问他们二老的身体好不好，今年地里的收成怎么样，又问田仕勋送去的橙子树果实结得多不多。他们还听人说五凤溪水码头很热闹，每到赶场时，几条街上都挤满了人，各家店铺的生意都做得很好。原来，田家公婆从未去过五凤溪，只是听船帮上的人将五凤溪描述得如此繁华。玉凤当然不会扫他们的兴致，回答问题也非常得体。她说自己父母健康硬朗，父亲还能挑一百斤重的粪桶下地干活；姐夫送来的三十棵橙子树今年也结满果子，估计要摘两千斤。说到这里，玉凤抬眼看到坐在对面的田仕勋，只见他脸上露出一丝得意的笑容，随即说道："这都是姐夫的功劳，它每年给贺家赚来不少钱，比种两亩地庄稼都强。"听到玉凤这样亲口夸赞，在座的人都笑了起来。

摆了一会儿龙门阵，大家便各自回房去休息了。青凤手把一盏煤油灯送玉凤回到她的房间里，这儿比起牛角冲家中所住那间房明亮多了，一是煤油灯要比乡间的桐油灯亮许多，二是乡下所有农房的墙壁都是将黄泥装入木制墙箱内，然后用石锤夯实而成，都未用石灰粉刷，房屋四周全是黄颜色，因此反光很差，不像现在这间屋子，墙壁均用白石灰粉刷过，当然显得更明亮，玉凤住在这里感到舒服多了。

姊妹俩此时仍无睡意，她们肩挨肩坐在床边继续聊起家常，谈到最让人牵肠挂肚的同胞姊妹贺小凤，她的性情很是倔强，几年前从五凤溪来到赵镇，竟然背着家中父母和姐妹，毅然决然地参军，现在不知道她身在何处。说到这里，青凤忽然想起前些日子收到一封小凤寄来的书信，急忙起身回到自己房里去取。不一会儿，她便拿着一封牛皮纸书信走进来，将信递到玉凤手上说："这就是赵镇邮局送来的那封小凤的亲笔信，你拿去慢慢看，看完后早点睡觉。我要回房去照看那两个娃儿睡好没有。"

姐姐走出房门后，玉凤立即拿着那封信来看，信封上隽秀的钢笔字写着：

四川省金堂县赵镇河坝街田记酱园铺
贺青凤大姐亲收
湖北省武汉市黄埔大街一六六号寄

玉凤看到信封上那熟悉的笔迹，记起童年在五凤溪读书时，二姐总是将贺字上面的"加"写得太小，下面的"贝"字写得过大，显得很不协调，而现在拿在手中的这封信，依然是上小下大的一个"贺"字，这么多年过去了，她照样没有改变过来。玉凤抽出里面的信纸，神情专注地细看起来……

三十五

　　自从三年前在赵镇参军后，小凤当天即被运兵车载到成都南门华西坝医院，在那儿接受了为期两个月的战地医疗救护培训，这是军政部委派华西医院代为培训的，学员分别来自成都近郊的金堂新都和新繁等地，她们中大多数具有小学或初中文化，也有部分高中在读女生，共计一百五十余人，分为五个班级，每班三十人。这些花样年华的少女头戴时尚的帆船帽，身穿绿色军装，一副英姿飒爽的模样，再不像从前那般天真烂漫。从她们眉下那双明亮的大眼睛里，显露出奔赴国难的中华优秀儿女的凝重和坚毅。培训班夜以继日地进行着课目繁多的教学，华西医院选派出十多名有战地救护经验的医生和护士，传授着人体结构、尸体解剖相关知识，着重教会学员们对枪伤和刀伤的救治与包扎，各种消炎药及镇痛药物的应用等。紧接着便是反复练习打针，这项训练都是在学员间互相进行。几天的艰苦训练下来，每个女兵的手背与肩膀都是青一块紫一块的，若是淤血不能及时消退，只得晚上回到房间用热水敷，第二天仍须忍着疼痛继续相互扎针拔针，直到两只手上看不到一条完好的血管。在华西医院紧张培训结业时，培训班的教官将女兵们召集到医院礼堂，隆重地给全体学员颁发了结业证书，当小凤双手接过教官递来的结业证时，顷刻间激动得热泪盈眶。

　　这批培训班的一百五十名女卫生兵，在领到结业证的第二天，便被分配到抗战前线的川军各战区，小凤被分配到湖北石门的二十九集团军第四十四军战地医院。女兵们怀揣证书激动万分，热血在心中涌动着，她们即将奔赴抗日战场。

这天早晨，全体女兵吃过早饭后齐聚饭堂外的大院内，肩背行装待命，此刻再也不见她们平日里的喜笑颜开，而是表情非常严肃，偌大的院坝内听不到一丝喧闹声，这种情形持续一阵后，被集合哨声打破。女兵们按照培训官指挥，列队走出华西医院大门，门前的街道上停着四辆罩着帆布的大卡车，女兵有序地上车坐好。许多自发前来欢送的群众和华西医院的工作人员，频频向车上的女兵挥动手臂，高声喊着："抗战必胜，打倒日本帝国主义！"这一振奋人心的场面使得车上的女兵再一次流下激动的眼泪。

运兵车开往重庆的道路坑洼泥泞，行驶速度缓慢，经过永川县城时已近黄昏，汽车开着大灯继续前行。一小时后天空下起小雨，汽车行至歌乐山，司机小心翼翼手握方向盘，弯曲又湿滑的路面使得车轮多次打滑，如果汽车一旦滑下百米山崖，必然造成车毁人亡，数十名女兵的性命将葬身谷底。在此紧急时刻，坐在驾驶室的副手急忙手提三角木跳下车，紧跟在后车轮旁边，只要看见车辆一瞬间有打滑现象，马上将三角木垫在车轮下，强行阻止汽车继续下滑，以保证车辆和全车人的安全。好在运兵车司机技术熟练，汽车在低速前行中发动机并未熄火，避免了车轮打滑。运兵车抵达重庆已近午夜，终于安全地开进了菜园坝新兵营房。

第二天上午，教官将这批女兵带到朝天门码头，众人看到这支奇特的队伍，队员竟然全是十七八岁的女子，每个人都长得面目清秀，头戴帆船帽，身穿绿军衣，迈着整齐的步伐走过。女兵们好奇地睁大眼睛看着街上熙熙攘攘的人流和两旁一家紧挨一家的商铺，心里同样感到惊讶，原来重庆这么大，好热闹啊！教官一再提醒女兵说："这里昨夜下了一场雨，码头的石阶非常湿滑，走路务必多加小心，千万不要摔伤了自己的手脚，否则将被遣送回原籍。"女兵们听后胆战心惊,她们迈下台阶的脚步谨慎而缓慢,当走上轮船时,长江上的风浪将船冲撞得摇摇晃晃,她们有种慢悠悠荡秋千的感觉。

轮船上同时还载有数百名新兵,他们全是由川南各县应召而来的热血青年,谁也没有见过浩瀚的长江,纷纷来到轮船的甲板上,兴高采烈地观望着水面上飞掠而过的江鸥。他们带着不同的乡音在互相交谈,对眼前壮丽的景色赞叹不已。

第二天拂晓时分,轮船在万州港做好生活补给,继续向下游的云阳驶去,女兵们在拥挤的饭堂里吃过早饭后,纷纷去到一旁的水池前清洗洋瓷碗,还未等她们回到自己座位时,忽然听到天空中一阵隆隆的轰鸣声,大家抬眼望去,只见远处那段江面上,十余架低空掠过日军战机正向万州飞来,这是女兵们第一次近距离看到飞机,此时还不知道惧怕,只是感觉它们形状十分奇怪,像似一群乌黑的大老鹰。飞机越飞越近,轰鸣声也随之震耳欲聋,当它飞临轮船上空时,从机上投下一枚枚黑黝黝的炸弹,炸得江面巨浪冲天,船身剧烈地摆动着,女兵们这才感到害怕,吓得厉声尖叫起来,所幸轮船并未被炸弹炸中。日军飞机此次袭击的主要目标是万州码头,这里是国军部队的重要军需基地,万州港码头的仓库里存放着大量的军械和粮食,还有美国新近援华的一批重型武器,准备随时运往长沙会战前线。日军情报机构获知这一重大信息后,曾多次派遣战斗机群轰炸万州港,但因国军在万州布防严密,江岸四周安置了八处高射炮营地,阻击着日机疯狂空袭;加之美国援华的军机立刻从广汉三水关机场起飞,很快便飞抵万州上空,同日军飞机进行空中对垒,拼尽全力将敌机驱离万州地域,确保了军需物资的安全。

这天夜晚,轮船缓缓驶入长江三峡,江面越来越窄,船长聚精会神站立在驾驶舱前,透过面前宽大的玻璃窗,谨慎地观看着前行的航道,唯恐触碰到江中礁石。就在此时，他突然看见远处的夜空中闪动着许多红亮光点，凭着他多年的航行经验，料定又是日机的夜袭战术，遂命轮机长立即将发动机置于怠速状态，并熄灭船上全部灯光。这时只听得天空的轰鸣声由远渐进，十多架日军飞机从轮船上空呼啸而过，直奔长江上游而去。日军白天轰炸万州港的图谋失败后，再一次策划着夜间偷袭，妄想一举割断国军对湘、鄂抗日前线的物资支援。由于日机的战略目标是万州，加之巫山峡谷高山耸立，日机不敢低空飞行，对江面上航行的船只并未重视，竟然没有投下一枚炸弹，轮船上的新兵因此逃过一劫，他们在漆黑的船舱中度过了惊恐的一夜。天亮以后，听船上的水手说："像昨天夜里发生的情形，在长江上航行的船只都遭遇过，无论是在江中航行的，或是停靠在沿江码头的均受到过日机的狂轰滥炸，仅仅在很短的一年时间，民生轮船公司为国军运送兵源和物资的船只就被炸沉了十几艘。"

经过两次惊心动魄的事件后，轮船终于在第三天下午抵达了宜昌码头，新兵们如释重负般陆续从船上走下来，到码头前那一块空地上集合。数百新兵和医疗队的女兵们，将在这里接受统一整编，然后被派往川军各部队。按照新兵名册划定，小凤及其所在的培训班三十名女兵，全部被分配到第四十四军卫生队。四十四军是以王泽浚为军长的川军队伍，军中绝大多数官兵均是四川人。这段时期以来，激烈的"长衡会战"刚刚打完，国军第九战区将战斗中落败下来的队伍集结到湘鄂交界处进行休整，等待着补充兵源和物资。四十四军卫生队设在军部后面那座小山下，那是一家逃亡地主所留下的四合院，院子前面是一片空旷的田野，四周无邻近的农舍，这里显得非常宁静，很适合伤兵的医治和疗养。女兵们第一天初到，队长让她们先熟悉周围环境，当小凤一行人来到这所战地医院时，看见大大小小的屋子里住着两百余名伤病员，偌大的院子随处都能听到痛苦的呻吟声和粗鲁的谩骂声："等老子伤好了重上战场，必定将你们全部杀光。"

说这话的人带着浓重的金堂口音。小凤听了感到很好奇，难道医院里还有金堂老乡？她急步走去想看个究竟，但见一个满脸胡茬的壮汉胳膊上吊着一条白绷带，躺在病床上破口大骂着，再走进病房仔细查看，一股又热又闷的臭气扑鼻而来，屋子两边搭建的临时病床上铺着一层薄薄的稻草，床上没有棉垫，只有一床脏得无比的军用毯铺在稻草上。那些满脸憔悴的伤兵，木讷地坐在床上望着天井之上的晴空出神，那些云朵和家乡的云朵竟然那么相似，一股思乡之情油然而生。几个重伤员迷迷糊糊躺在床上，脸上没一丝血色，他们随时都在与死神抗争，说不准哪天便会一命呜呼。屋子里脏乱得无处下脚，伤兵们浑身长着虱子，头发和胡须已有很长时间没有梳理过，床头放着他们仅有的衣物和吃饭的搪瓷碗。满屋的臭气让人反胃作呕，到处乱飞的绿头苍蝇在嗡嗡鸣叫。

女兵们的到来令卫生队长喜出望外，先前由于卫生队医护人员太少，每一仗打下来又会增加不少伤员，尽管卫生队竭尽全力夜以继日地工作，却难以顾及病房和伤员的卫生条件。今天看见这群朝气蓬勃的女护士兵，压抑了许久的心情忽然开朗起来，他随即分派她们到医院各病房进行一次大扫除，首先给伤病员换洗衣被，接着给他们剪头发，女兵们不会用刀刮胡子，只得用剪刀挨着他们的下巴和嘴唇剪一圈，看不见大胡子就行。将每个伤员的卫生做完后，接着做环境卫生，打扫房间垃圾，买来灭蚊药熏灭蚊蝇等。几天过后，经过女兵们齐心协力，战地医院的面貌整治得焕然一新，队长的脸上露出了久违的笑容。

卫生队长名叫王国栋，原本是一位经验丰富的外科大夫，出生于成都华阳，他几年前抱着满腔爱国热情，惜别家中的父母及妻儿，从华西医院的外科诊室走出来，跟随川军奔赴抗战前线，从此走上了医术救国的艰难历程。

小凤由于平时做事心灵手巧，被王国栋选去当了跟班护士，她每天端着一个白瓷方盘，里面装着碘酒、刀叉剪子、棉签绷带和消炎药物等，时时刻刻跟在王大夫身后，并按照他诊断的结果，忙着给那些伤员擦洗伤口，重新换药，然后缠好绷带。最初的那些日子，当小凤解开伤员肩腿上、背上或腹部的绷带时，惊讶地看见他们伤口上污红的腐肉，有的因在战场上拖延时间太久，来不及救治，发炎的伤口已长出蛆虫，她必须拿着小钳仔细地将蛆虫一条条从伤口中夹出来。第一次做这件事时，小凤顿时感到一阵恶心，急忙放下钳子跑到大院角落处呕吐起来，吐得脑袋发晕。好在培训班的课程上，老师们曾经讲述过战地救治伤员的知识，以及特殊情况下的处置方法，心理上有了些准备，这才熬过了最艰难的开头几天。

两个月过去后，经过战地医院全体医护人员的共同努力，许多伤病员已康复归队。这时，第四十四军突然接到参谋总部的紧急作战命令，提前结束预期三个月的整训，立即开拔到薛岳指挥的第九战区防地。根据前方战事的需要，卫生队精选出二十余名医生和护士，到该军所辖的一六二师，组成临时战地医院。一六二师驻扎在衡阳城东抗战前沿，随时都有战斗发生，抢救战场上的负伤士兵尤为重要。小凤仍然跟随王国栋大夫，成了他的得力助手。

一六二师虽在安仁战斗中打得漂亮，但也死伤了一百多名战士，在清理战场时，小凤和战地医院的医护人员，肩上挎着救护药箱，带着临时组建的担架队，搜遍战场上的每个角落，抬回了数十名伤员，他们伤口上还在流着鲜血，嘴里不住痛苦的呻吟。小凤在帮助抬伤员的过程中，双肩和后背上留下一条乌红的绳索勒痕。医院在战前已准备了简易病床，只需在稻草上垫一床军用毯便可使用，伤兵们躺在上面痛苦而焦急地等待医生前来救治，但战地医院里医生太少，无论如何也忙不过来。于是，在此紧急情况下，小凤壮着胆子给一名重伤员打了一针麻醉药，拿起白瓷盘中的手术钳，迅速俯身从他伤口深处夹出一颗滴血的子弹头，这是小凤第一次这样沉稳大胆的操作，居然顺利地完成了外科大夫所做的事情。接着她将药瓶中的消炎粉敷在伤口处，拿来一大圈绷带为伤者包扎好肩膀。此时，小凤挺起身来舒了一口气，她白净的额头上沁出了细细的汗珠。有了这一例手术成功之后，她接连为几个伤员取出了身上的子弹，这些伤员得到及时救治，极大地提高了他们生存的概率。当小凤谨慎而细心地为伤员取出一颗颗弹头时，王国栋队长抹着汗水，伸出大拇指冲着她笑了笑，长官这种无声的赞扬，让小凤受到极大的鼓舞，内心充满了成就感。半月后，经过师政治部派人核实，小凤在战场上抢救伤员有功，受到了军部的特别嘉奖，并颁发"抗战纪念章"一枚，即日晋升少尉军衔。

每一场恶仗打下来，战地上的伤兵被一个个从死人堆中找到，随即抬进了简易的战地医院，医院的医生和护士立刻开始紧张而忙碌的救治工作。此时，小凤的军服外罩着一件蓝色大褂，俨然成了一名外科大夫，再也不是从前那个见到鲜血就头晕的小护士了，她沉着冷静地走到病床前，有条不紊地手持刀钳，精心为伤员们取出身上的弹头，并亲自为他们打针、包扎，担负起医生和护士两重职责。伤兵们非常乐意配合她，巴不得她一天来几次病房，只要她迈着轻盈的脚步走进来，先前还是死气沉沉的病房里，忽然之间就喧闹起来，纷纷伸出手上的胳膊，抬起扎着绷带的大腿，争先恐后要这位年轻的女医生为自己换药，谁都想近一点看到她俊俏的脸蛋和那双专注而美丽的大眼睛。每到这时，任凭小凤拿着刀剪处置伤口，他们都不会叫唤一声，似乎已经忘记了疼痛。

直到一九四五年的八月十五日，日本军国主义在中、美、苏三国的强大军事打击下，被迫宣布无条件投降。至此，中华民族旷日持久、艰苦卓绝的抗战终于结束，中国人民取得了这场战争的伟大胜利！

抗战胜利后，解放战争即刻爆发。十月初，正在湘鄂防区整训待命的第四十四军，突然接到参谋总部急电，命其立即开赴山东战场，驰援先期到达济南的第十二军和骑二军。王泽浚匆忙看过电文，立即召集各师长、团长到军部开会，详细布置了部队北上胶东的具体方案和行动计划。第二天早晨，一轮红日从天空升起时，第四十四军各部排着整齐的队列，向着湖北武汉进发，队伍绵延数里，一路之上尘土飞扬，汽车的轰鸣声、战马的嘶叫声不绝于耳。从这时起，这支两万余人的川军部队，经历了抗日战争残酷的搏杀后，即将投入又一场注定万劫不复的战争中。

第四十四军到达汉口当天，意外地被迫停留下来，军需处长跑来向王泽浚报告说，汉口车站的军调官无奈地告诉他：车站的军列早已准备妥当，只是现在京汉铁路上的孝昌段一处桥梁被日军炸毁，正在紧张抢修之中，估计需要数天后才能修复，请四十四军暂驻武汉等待通知。两万余人的部队要在这座拥挤的城市驻扎，这让王泽浚确实为难，今天晚上官兵们又到何处宿营呢？他急命军需处长到附近学校、商会联络，请求他们帮助安顿这支队伍。王泽浚同时想到一个更好的去处，那便是黄埔军校武汉分校，他随即带上参谋长和两个卫兵，亲自去那里看看情况。

在宽阔的校园里，有着不少闲置的营房，校方即刻划给四十四军五栋。士兵们很快涌进屋来，七手八脚忙着清理房间杂物，打扫室内卫生，这里比前线的条件好了许多，而且营房内还装有电灯，营房旁边有自来水管，营房后有干净的厕所，操场对面即是一座敞亮的食堂。"这才是真正的军营啊！"士兵们不住地啧啧赞叹。

军部机关住三楼，卫生队及伤病员分别住二楼，重伤员被特意安排到底楼。王泽浚视察了各处营房后，这才放下心来，随即又带着几个卫兵走出校门，去查看其他各部是否已安排妥当，直到天黑时才疲惫地回到军校，走进三楼那间副官为他准备好的卧房，大约过去了一个时辰，他卧室里的灯光才熄灭。

楼底的房间内住着二十几名重伤员，大部分是在马溪滩战斗负伤后，被担架从战场上抬回战地医院的。由于他们伤势严重，至今仍未脱离生命危险，按照卫生队指定专人负责的方法，小凤现在要照料其中两名危重伤员，一名是三十岁的四川西充籍老兵，他年少时即仰慕王泽浚的勇武，等十七岁那年，便在西充城里的招兵站报名，毅然参加了王缵绪及王泽浚父子率领的川军部队，参加了无数次对日作战。他经过多年抗战的磨炼，后来当上了工兵营的连长，但不幸的是，在马溪滩战斗中，他的一条左腿被日军炮弹炸断，等到战斗结束之时，才被担架队从泥土堆中救出来，当时已经奄奄一息，将他抬到战地医院后，王国栋大夫亲自为他做了残肢截除手术，同时连续用了半个月消炎止痛药，这才暂时保住了他一条性命，但其伤口的炎症始终未消，至今仍然处于危险期。另一名重伤员是这批伤病中年龄最小的，虽然当兵已有两年，但至今仍不满十八周岁。他是金堂县杨柳乡人，十六岁那年夏天的一个黄昏，他独自在山坡上给地主家放牛，准备沿着熟悉的小路将牛牵回家，这时忽然从路边树林后蹿出三个脸上抹着泥灰的大汉，冲上前将他紧紧抱住，随即往他嘴里塞进一团破布，并把他双手牢牢地绑起来。他后来才晓得，自己被人抓去卖了壮丁，被糊里糊涂补充到四十四军当了一名娃娃兵。他同样是在马溪滩战斗中，因毫无作战经验，在阵地前扔手榴弹时，延迟了致命的三秒钟，当他拉出引线未立刻扔出去的刹那间，手榴弹突然发生了爆炸，他的整只右手被当场炸断，所幸他的身子匍匐在战壕边沿，这才保住了他的性命。小凤每天要做的工作，就是要给重伤员检查体温，测量血压，隔一天为他们更换消炎药，并用绷带重新包扎。自从四十四军到了武汉后，这里的军需药物比较容易买到，伤病员的生活也得到了很大改善，几天过后，他们的脸上开始红润起来，健康状况有了明显好转。

这天晚饭后，队长王国栋召集全体医生、护士开会，会议的内容简单而明确，那就是应黄埔军校校长向王泽浚军长提出的请求，要卫生队派出医术精湛的医生为在校的全体学员进行一次全面的身体检查，以保证这批学员毕业后，能以健康的体魄奔赴战场。王军长特别交代下来，本期学校的学员均来自各战区精选的营级、团级军官，他们在抗日战场屡建奇功，是国军日后的栋梁之材，中高级军官的后备力量，必须为他们每个人的健康负责，切实完成这次特殊的体检任务。会议最后选定以卫生队队长王国栋为首的十名医护人员为黄埔学员做体检，小凤也有幸被选在其中。

第二天上午，王国栋领着其他九名身穿整洁蓝大褂的医护人员，早早地来到了军校大礼堂，在讲台前面临时摆起一长排桌椅，按照预先拟定的科目顺序，医生们一字形排开坐下来，开始了这场极不寻常的体检活动。小凤负责第一个检查科目，那便是给学员们量体温、测血压，坐在右边第一个位子上。这时，学员们已陆续来到礼堂，他们每个人面部表情严肃，没有丝毫的喧闹声，不愧为纪律严明的军人，井然有序地坐在礼堂的座椅上，耐心地等待着走上前体检。小凤按照军校送来的花名册顺序，先行检查步兵科一班和二班的六十名学员，每当给他们认真做完一例检查后，便立即拿起钢笔在本子上做着记录，然后再叫下一位前来，这样连续不断检查了三十名。但接下来的一个名字让她大吃一惊，眼前的名册上赫然写着"曾大修"三个字，由于一时惊喜，话到嘴边却未张口喊出来，她用手理了理耳边几根飘逸的发丝，下意识地抬眼观望着面前端坐的学员，想寻找这人坐在哪儿，此时，她猛然发现在座的军人都用期待的目光看着自己，确切地说是在等她叫下一个人的名字。在短暂停顿的这一刻，她不好意思地涨红了脸，随即开口喊道："下一位曾大修。"她的话音刚落，坐在第三排的一个英武军人立即站起了身，他迈着矫健的步伐走上前来，小凤第一眼看见他，心中不禁怦怦地跳动，这正是自己朝思暮想的男人啊！只是他的脸庞比从前黑了一些，但却显得更加刚毅，炯炯有神的目光还是想象中那样热情和睿智。小凤望着面前的他低声叫了一声："曾老师，您好。"

曾大修听到这熟悉的乡音，顿时惊讶不已，多年前自己在五凤溪教书时，学生们都这样亲切称呼他，今天怎么从眼前这位女军医嘴里喊出来？他不禁微笑着问："你是金堂五凤溪人？"

小凤腼腆地点点头，羞涩地回答道："我是您教过的学生贺小凤。"

曾大修高兴地笑着说："难怪听到你的声音那么熟悉。"

小凤拿出浸泡在酒精杯中的体温计，用手甩了两下，说道："先给你量个体温，把嘴巴张开一点。"她将体温计放到他舌头下，接着又对他说："把你的衣袖挽到膀子上面，我好给你测血压。"

曾大修爽朗地说："要得。"他将袖管挽得高高的，像是个得意又听话的孩子。

小凤每次为学员量体温、测血压两项检查，仅仅需要几分钟，当曾大修起身走到旁边一位医生处继续检查时，她心中真不愿他这样快就走，自己有好多话要向他倾诉啊。

其实，曾大修检查完最后一项耳鼻喉科后，并未就此离开礼堂，而是走回他先前的位子坐下来，他凝视着忙碌中的小凤，忽然在纷乱的记忆中想起一幕幕往事。现在坐在眼前那位专注地为学员们做体检的年轻军医，正是自己当年在五凤溪教过的学生，她那时还是个稚气未脱的小女孩，而如今竟变成了俊俏的大姑娘，但无论时光如何流逝，当年贺家两姊妹在自己所教的语文班，印象依然非常深刻，尤其是她眉宇下那双明亮的大眼睛，就算过去了这么多年，自己仍能清晰地记起她们端坐在课堂上专心听讲，然后红着脸回答自己的提问。今天，他在军校里与小凤意外相逢，心中有许多话想问她，这些年没有听到半点来自家乡的消息，多么希望能从她口中得知一些有关金堂的故事。

当小凤看见曾大修坐在那儿面带微笑望着自己，心里顿时兴奋起来，凭着女人敏感的直觉，他此时是有意在那儿等着自己。

临近中午，步兵班的六十名学员全部检查完毕，卫生队所有人带着各自的医疗器械，纷纷起身走出了礼堂，准备下午再为炮兵班学员做检查。小凤故意迟缓地整理着记录本，等到礼堂内的人走完后，她才最后站起身来，笑吟吟地来到曾大修面前，亲切地说道："曾老师，让你等久了。"

曾大修急忙摆摆手："不要这样子喊我，我们现在同为军人，这里只有同志，没有什么教书先生，你今后直呼我名字就可以了。"

小凤红着脸害羞地说："那样不好意思，我真的叫不出口，你本来就是我老师嘛。"

曾大修笑了一下，风趣地说："那也是多年前的事情，现在我们都穿着军服，而你已成了救死扶伤的医生，我是不是该喊你一声大夫呢？"说到这里，二人会心地开怀笑了。紧接着，他们各自向对方倾诉着许许多多离别后的往事。

斜阳下的校园宁静又美丽，三三两两的学员散步在校园内的树林间，漫无边际地谈论着自己感兴趣的那些事。大家都有说不完家乡稀奇古怪的故事，而且每个故事都那么生动感人，无不催人泪下，勾起了他们对家乡无尽的思念。他们心里期盼着这场战争能够早日结束，早日回到故乡。

转眼间便到了"双十节"。这天清晨，武汉三镇的大街小巷挂起了各色彩旗，这座辛亥革命的首义地，今天变得喜气洋洋，欢快的锣鼓声、震耳的爆竹声四处响起，广大民众纷纷涌上街头参加庆祝活动，观看各种文艺宣传演出，宽阔的中山路和热闹的汉正街聚满欢乐的人群，武汉三镇顿时沸腾起来了。

在这个特殊的日子里，军校和校园中的驻军放假一天，允许学员与士兵们走出学校与民同庆。往日里热闹的校园，这时却显得空空荡荡，偌大的操场上看不见一个人影。

卫生队里轮流值班，小凤正好今天休息。她吃过早饭便等候在学校大门前，直到看见曾大修快步走来，这是他俩昨天傍晚在校园内那棵梧桐树下的约定，今天要一道去登临仰慕已久的黄鹤楼。他二人身穿整洁的军装，见面时相互微微一笑，接着便肩并肩离开了校门。他们一路走过熙熙攘攘的汉阳大道，来到了晴川码头，然后坐着长江上的渡船到达对岸，上岸后再绕过两条小街，径直走到了黄鹤楼前。他们兴奋地仰望着这座宏伟壮观的楼宇，小凤看得啧啧称赞，曾大修顿时联想到李白送别孟浩然的那首七言绝句，兴致勃勃地吟诵道："故人西辞黄鹤楼，烟花三月下扬州。孤帆远影碧空尽，唯见长江天际流。"小凤非常感叹地说："好豪迈的千古绝句！"他们接着跟随川流不息的人群登上楼去，抬头观望四壁上悬挂着的历代名人墨宝，每一幅都可谓是绝世佳作。在跨步走上二层楼梯时，这里人流特别拥挤，曾大修唯恐小凤会跌倒，一把紧紧地拉住了她的手，这只手细嫩而润滑，这是他生平第一次拉着年轻女子的手，心中涌起一阵暖流。小凤在他握住自己手的那瞬间，陡然感觉一股电流燃遍全身，他的手是那么热烈而有力，她的心脏不由得怦怦跳动，她此时感到无比幸福。他俩紧挨肩头再登上楼顶观看，长江与汉江之上的武汉三镇尽收眼底，他们纵目远眺，滚滚长江上川流不息的船只竞相向东驶去，显得气势磅礴，他们同声赞叹祖国的壮丽河山，心胸忽然宽阔起来。

从黄鹤楼回来的路上，小凤又讲述了家乡所发生的霍乱、沱江泛滥祸及金堂百姓的事情。她后来抿嘴一笑说："青凤姐嫁给田仕勋这几年，接连为他生了两个娃儿。"曾大修听了不禁笑道:"看不出田仕勋还真能干,都当起娃儿他爸了。"他心里羡慕起这个往日的好友。原路返回军校后,小凤径直跟曾大修到了他的宿舍,她一眼看见床上放着两件换下的衣服,忙走去捡来放进一旁的盆中,端起盆到宿舍旁边的洗衣台,挽起袖管便洗起来。曾大修看到她如此轻快的举动,心里感到非常甜蜜。

这天傍晚,天空最后一抹红霞悄然逝去,校园内夜幕降临,在那棵高大的梧桐树下,小凤依偎在曾大修宽实的肩膀上,他们仰头看着满天的星斗,他拉过她的手放在自己膝盖上,轻轻地抚摸着它,小凤同时也伸出手来搭在他肩头,身子贴得更紧了。此刻,他们二人没有更多的言语,默默地沉浸在幸福之中。当曾大修知道小凤参军竟是为自己,毅然从几千里外的金堂来到硝烟弥漫的杀敌战场,心中陡然感到眼前这个姑娘真情可贵,庆幸今生有了这个情意相投的好伴侣。如果今后能侥幸从战场活下来,一定要与她走进婚姻殿堂。

战争像一头疯狂的恶魔,从不顺从人们的美好愿望。"双十节"后第三天,四十四军再次接到参谋总部令其紧急北上的电报,王泽浚立即做出部署,命驻扎在军校内的一六二师先期开拔,卫生队随该部一同前往,并将战地医院的二十余名重残士兵转至武汉地方医院继续治疗,待伤愈后全部遣送四川原籍,发给每人安家费一百块大洋。

汉口火车站内的两条铁轨上,整齐地排列着两行长长的军列,黑压压一片等在那儿,由于半月前京汉铁路上一座桥梁被炸,正在昼夜抢修中,原先锃亮的铁轨上已生出黄色锈斑。今天被炸桥梁已修复,站长也接到紧急发车指令,他亲自来到车站大门前,命值班长派人将进站口的围栏搬到一旁,以便让四十四军两万官兵快速通过。按照规定时刻,火车将于一小时后开动。这时,大部队已从站前的街道上紧急奔来,车站值班长吹起响亮的口哨,命站务人员各就各位,准备完成运送川军北上作战的特殊任务。

卫生队跟随运送医院药品和器械的大卡车,最后一批离开军校大门。小凤来不及与曾大修告别一声,因为此刻正是军校上课时间,她走出大门猛然回头望了望校园内那座黄色的教学楼,在心里默默地向他说了声"再见"后,眼泪瞬间夺眶而出。小凤快步行进在队伍中,她手里拿着一封书信,焦急地观望着大街两旁有无邮筒投递,这是她昨天熬夜写好的一封家书,她两天前便从曾大修那儿要来了军校的信封和信笺,因为那时的军邮是全部免费投递。小凤自从在赵镇毅然从军后,时常思念着家中父母和姐妹,想到自己的不辞而别,真是有愧于他们。随着这些年逐渐长大成熟,强烈的思乡之情油然而生。于是,她决定利用在军校停留的时光,写封家书寄回金堂向他们道一声平安。走着走着,她忽然看见前方一栋被日军飞机炸掉半截房顶的洋楼墙壁上,挂着一个锈迹斑斑的邮箱,小凤顿时大喜过望,急忙从队列中跑过去将手中那封厚厚的信件投进了邮箱,心里如释重负般奔回到队列中,迈着轻快的步伐和队友们一道跨进了车站。随着一阵刺耳的汽笛声,车轮和铁轨间哐当哐当响起来,这列开往山东战场的军列徐徐地驶离了汉口。

谁也未曾想到,小凤寄出的那封家书,在汉口那座洋楼墙壁上的邮箱中,竟然存放了一年时间,因为洋楼被日军炸坏后,挂在上面的邮箱已被废弃,直到洋楼的主人要修复这座洋楼时,才将墙壁上邮箱取下送到汉口邮局,工作人员摇摇里面好像有信件,无奈上面的锁已锈坏,只得拿来铁锤砸开邮箱,从中取出小凤寄回四川老家的信件,使其踏上了艰难而漫长的邮路。

这封信辗转寄到金堂,距离小凤寄出的时间已经过去了一年半。当青凤收到妹妹从汉口寄来的书信后,她认真反复地看了两遍,信中字里行间充满了小凤对父母与姊妹的无限思念,对家乡由衷的眷恋。每次读后都让人非常感动，眼眶里噙满了泪水。她本想早点将这封信送到五凤溪父母手上，但苦于没有找到合适的带信人。玉凤这次从家里来到赵镇，青凤便将小凤寄来的那封信拿来给她看。

　　玉凤坐在那盏煤油灯下，从信封中抽出数页泛黄的信纸，一字一句仔细看了起来，她越看越激动，当看到小凤在信中所描述前线血流成河的战争场景，她曾无数次在死人堆里寻找那些尚存一息的伤兵，伤兵们在坑道中痛苦地呻吟着，心里陡然感到一阵阵悲酸，热泪顿时夺眶而出，泪水滴落在信纸上。她接着再往下看，信里又写到抗战胜利后，第四十四军奉调山东经过武汉时，因故在黄埔军校做了短暂停留；她所在的卫生队在为该校学员做体检时，有幸遇到了当年的老师曾大修，经过与他数日密切接触之后，已经建立了真挚的爱情，相约在战争结束那刻便结婚，然后回到金堂与家人团聚，同父母亲过平静安稳的生活。玉凤看到二姐如愿以偿在数千里外和曾大修有缘结合，心中涌起甜蜜的热潮，好生羡慕。

　　看完了小凤的来信后，玉凤心中感到无比惆怅，她静静地躺在床上，桌上那盏油灯的光亮越来越暗淡，灯油已经快烧完了。想到大姐几年前就顺顺当当嫁给了田仕勋，如了她的心愿。现在二姐小凤又即将嫁给心仪的曾大修，这或许是她前生注定的好命吧，要不然怎能在数十万川军中找到这个男人，他们的姻缘肯定是上苍冥冥之中安排好的。玉凤联想到自己遭遇接二连三的不幸，如今只落得家破人亡，为何灾难总降到自己头上，老天爷为何如此不公平？自己嫁到徐家的两年多时间，何曾过上几天舒心的日子，既为人妻，她对丈夫百般的温存，既为人媳，她恪守对公婆的孝道。作为一个女人，无论生活再苦再累，都情愿过着有丈夫在身边的日子，有了男人坚实的肩膀，女人就有了依托和希望。如今最难熬的是漫漫长夜，寂寞难耐的日子何时才是尽头？她多么希望有个心爱的男人在身边，对自己露出憨厚的笑脸。

玉凤心目中的那个男人，就是这些日子令她思念的胡天明，他虽然在纷乱复杂的船帮里当差，但他热情豪爽、乐于助人的性格给自己留下了很好印象，特别是去年徐记篾货铺遭遇大火那天晚上，若不是他及时发现火情，挺身而出将自己救出，自己恐怕活不到今天，从那时起，她心中便对这个男人有了好感。凭着女人敏锐的直觉，玉凤感到胡天明也在爱着她。昨天在送自己到赵镇的那条船上，他有意将手搭在自己腿上，她感觉到他内心深处传来的热烈。

三十六

自从玉凤来到赵镇的这段日子，田记酱园铺的柜台前时常能看到她忙碌的身影，奇怪的是来这里打酱油和买豆瓣的顾客在渐渐增多，青凤看到妹妹打理生意井井有条，得心应手的样子，心中感到非常高兴。但她不明白店铺中的生意为何突然好起来，这究竟是何原因呢？到铺里来的新买主多数是对岸中码头船帮的人，以及赵镇河坝街之外的部分居民，而且大都是青壮男子，他们往往在买完东西交钱时，慢条斯理地从口袋中掏出一把零钱，让玉凤一张一张去数，为的就是在柜台前多做停留。原来，自从玉凤坐上柜台那天起，便招来街坊邻居诸多议论，有的说她比老板娘还长得年轻漂亮，在冬天冻手冻脚的日子，她脸上仍然像抹过胭脂那样粉红。不少去酱园铺买酱油和豆瓣的人回来说，他们在柜台前闻到这个女人身上有股花香，尽管酱园铺里酸辣气味俱全，但她身上散发出来的气味却大不相同，着实沁人心脾。

青凤后来也听到一些闲言闲语，知道许多来买东西的那些男人，都是冲着玉凤来的，作为一个年轻妇人，岂有不知男子汉的猎奇心理，他们只不过是想看她几眼，饱一时的眼福。青凤管不了那些男人的脑子里在想什么，她只注意到店铺的生意一天比一天好，这都是妹妹玉凤的功劳，同时也坚信玉凤并非市井上水性杨花的女人。

转眼之间即到了冬天，寒冷的西北风从江面上吹来，走在大街上的人们冷得将双手插进袖管中，年岁大的老年人则手提木炭烘笼，放进衣衫下的裤裆前取暖，大家都说今天是赵镇最冷的一天，其实明天和后天的寒潮依然未减，只是当时感觉很冷罢了。

这天中午，玉凤在柜台前一面照看生意，一边端着饭碗低头吃饭。这时，忽然听到有人走进店来，她以为是买主来买东西，急忙抬起头来，只见胡天明兴冲冲向自己走来，他手里还提着一筐血橙。玉凤赶忙放下饭碗，站起身从柜台后走出来，胡天明将一筐血橙递到她手上，搓着双手笑嘻嘻说道："今天的天气太冷了。"玉凤请他到柜台旁的板凳上坐下，关切地问他吃午饭没有，胡天明回答说已经在船上吃过了，玉凤这才又端起柜台上的饭继续吃着，边吃边同他讲起五凤溪的事情，自己离开牛角冲已有三个月，不知父母亲现在过得怎么样。胡天明很轻松地告诉她，自己昨天去了趟牛角冲，亲眼得见他二老身体尚好，只是他们头上多了少许白发，额上又添了点皱纹。玉凤听了之后心中感到忧伤。胡天明接着对她说，她家坡上那片血橙收成很好，摘下来的果子卖了不少钱，他指着放在柜台旁那筐血橙说："你爸妈听说我要来赵镇，便特意选了一筐大的给你带来，他们知道你从小就喜欢吃果子。"玉凤抿嘴笑了笑说："真难为他们还记得我好吃。"她接着问胡天明何时返回五凤溪，她想买一包糖油果子和米花糖给父母带回去。胡天明一时没有作答，只是深情地默默望着她，好像心中有许多话要说，一副难于启齿的模样。玉凤看见他一双火辣辣的眼睛，不禁怦然心跳起来。这时，胡天明见铺内无人，便立即凑近她耳边低声说："我今天晚上不走了。"玉凤顿时明白了他的意思，心中感到无比激动，眼前这个令她朝思暮想的男人，自己确实舍不得他匆忙离开。如果今天离别之后，不知何时才能再相见，自己将会熬过多少难眠的夜晚，想到这里，她鼓足勇气对胡天明轻声说道："你晚上一更天走后门来，我在那儿等你。"胡天明听了兴奋不已。

　　胡天明得到玉凤的许诺后，十分高兴地离开了酱园铺，随即去上正街那家经常落脚的民生客栈开了间房，他今天清晨从五凤溪走得早，确实感到有些疲倦，一踏进房间倒床便睡。

　　玉凤见到胡天明匆匆离去后，依然坐到柜台前料理着生意。这天下午，她心情久久不能平静，在厨房做晚饭的时候，玉凤提着一个烘笼走进来，她坐在灶前一边往灶里添柴，一面用火钳将里面燃烧得红彤彤的木炭夹出来，然后轻轻放进烘笼的瓦钵中，等到晚饭做好的时候，瓦钵内的木炭已经装满，她随即用灶边的小铲将灶膛里的热灰铲在瓦钵上，将滚烫的木炭掩盖得严严实实，以保持炭火的温度能长时间供暖。这一切做完之后，她提着烘笼走回自己房间，掀开床上的棉被，小心翼翼地将烘笼放进被窝，然后去堂屋的饭桌前吃晚饭。

　　这是一个非常宁静的夜晚，沱江两岸停泊着的大小船只上灯火相继熄灭，船家们已经安然入睡。冰冷的江风迎面吹来，脸上像刀割一样疼，胡天明借着天上暗淡的月光，提前来到了酱园铺后门，他用手反复搓着脸庞，不停地跺着双脚，这比站着不动冷得要好受一些。

　　好不容易等到打更匠敲响一更，胡天明眼巴巴望着那扇后门，正当他焦急不安之时，木门吱呀一声开了半边，玉凤探出头看见他站在门前，急忙伸手一把将他拉进门，接着轻轻将门关好，然后拉着他蹑手蹑脚走回了她的房间。房间里不敢点亮灯光，只见屋顶的两片亮瓦上投下一缕灰暗的月光，其他什么东西也看不清。胡天明被她拉进屋子的那一刻，心中顿时热血沸腾，他梦寐以求的女人此刻就在身旁，她那细嫩柔软的手正紧紧拉着自己，将他拉到了床边。接着，他二人热烈地拥抱在一起，他迫不及待地捧住她的脸亲吻着，她伸手为他解开了衣扣，温柔地说道："我们到床上去要暖和些。"

这天夜里，玉凤将自己的身子乃至全部心灵都献给了这个深爱的男人。第二天凌晨，人们尚在睡梦之时，胡天明忽然听到第一声鸡鸣，他急忙翻身起床，准备搭乘一艘早船回到五凤溪，玉凤难舍难分地抱紧他的腰，轻声地问："你下个月还来赵镇不？"玉凤将脸贴在他胸前又温情地说："不许忘了我在等你。"

这对多情的男女，他们两情相悦的甜蜜日子能持续多久？谁也难以预料。

三十七

今年冬天确实要比往年冷，腊月初八的晚上，家家户户吃完热气腾腾的腊八粥后，天空骤然飘起了雪花。县城内大街小巷的地面上，像洒了一层薄薄的细盐，街道上很少看见有行路人。坐落在北街的曾记米铺也早早关好店门，马莲秀哄着儿子睡觉后，便回到柜台前拨弄算盘，仔细清理着这一天的账目。正在此时，忽然听到店门被人敲得笃笃直响，她以为是夜间有人来买米，急忙起身去打开铺门，她定睛一看，原来是城里那个打更匠李瘸子，他手里还拿着打更的家什，她忙问："你怎么这么晚才来买米？"

李瘸子说话有点结巴，本来是一句话，在他口中必定要分成两半说："我从东门进来准备去打更，忽然在城门洞……遇到一个人，他躺在地上都快冻死了。"马莲秀听得没头没脑，忍不住好笑地问道："啥子人快死了？"李瘸子缓过一口气接着说："一个穿黄军服的讨口子浑身发抖，倒在城门洞地上,眼看就要冻死了。"她不解地问:"穿黄军服的人怎么会变成讨口子?"李瘸子见她不信,忙对她说:"你还不相信,我当面问过他,他说一天都没有吃饭了。"马莲秀心地善良,见不得别人落难,她即刻对李瘸子说:"你稍等一会儿,我到厨房去给他舀碗饭送过去。"说着转身便要往里走,李瘸子赶紧喊住她说:"先不要忙哟,他说是要找你们曾家有要紧事。"马莲秀一听此话,猛然愣住了,她有点不相信自己的耳朵,又重复问了一遍:"他找我们曾家有啥事?"李瘸子说:"他身上还有封信要交给曾家寨子。"马莲秀听说此人是送信到曾家寨子,即刻感到此事肯定与丈夫家有关,她急忙到店内叫来一个伙计,跟随李瘸子直接奔向东门。李瘸子一边走一边敲响手中的梆子,嘴里喊道:"天干物燥,小心火烛,关好门窗,谨防盗贼!"这时已经一更天了。

　　天上的雪越下越大,马莲秀一行人身上飘满了雪花,当走到城门洞时,马莲秀快步走上前,借着李瘸子手中马灯的光亮,看见一个人躺在地上瑟瑟发抖,他穿着一身破旧的黄军衣在那儿不住地呻吟,苍白的脸非常可怕,好像是快要死去的人。马莲秀俯下身在他耳边问道:"你要去曾家寨子找谁?"那人听到有人跟他说话,而且是女人的声音,他奋力用双手撑在地上,靠着墙根勉强坐起来,张开干裂的嘴唇有气无力地说:"我要找曾义儒老爷。"马莲秀听了他的回答,一时间甚是惊讶,他要找的人竟然是自己的公公,她接着再问:"是谁托你来送信的?"当问到这句话时,那个人似乎提起了精神,张口便说:"是我们曾大修团长。"马莲秀一听到曾家三弟的名字,而且他现在已当上了团长,心中顿时又惊又喜。她急忙叫身边的伙计将那个送信人背回米铺,安顿在伙计房中住下,并马上拿来一件厚实的棉袄给他穿上,接着亲自到厨房给他熬来一碗姜汤御寒。这时已经到了二更天,送信人喝了热气腾腾的姜汤后,觉得浑身暖和,便浑然睡去。

第二天早晨，大雪终于停了下来，各家各户房顶和屋前积着一层雪，一些顽皮的儿童在街上打起了雪仗，堆积着雪人，耍得十分开心。正在这时，伙计急忙走来跟马秀莲说，昨夜那个送信人躺在床上呻吟，还发着高烧呢。听到送信人病得厉害，她急忙叫伙计去西街的和春堂请医生来为他治病，自己则跑到八仙桥娘家，请父亲去趟姚渡曾家寨子，帮她告知公公曾义儒，就说三弟派人从前线送信回来，要他来县城见见这个送信人。这一切忙完之后，马莲秀便回到米铺打理生意，等会儿买主便要上门了。

临近午时，一轮红日从云层中喷薄而出，照得满城房屋上的积雪闪闪发亮，大街上所有的屋檐边上，顺着无数的青色瓦槽流着一长串水帘，昨天夜间的积雪开始融化了。这时，曾义儒急匆匆地走在湿滑的大街上，从南门径直来到北街的曾记米铺，进门后劈头便问："那个送信人他在哪儿？"马秀莲见公公已到，立即从柜台前迎上去，用手指着屋后面说："就睡在里面伙计房中。"她领着公公向伙计房间走去，送信人一路受了风寒，昨天夜间突然晕倒在城门口，后来喝了马莲秀为他熬的姜汤，今天早上又服了医生为他开的汤药，病情已有好转。他见有人推门进屋，急忙支起身子从床上坐起来，当第一眼看见曾义儒时，便认出他就是曾团长的父亲，他们父子俩长相太相似了，只不过眼前这位父亲已须发斑白，额头上有了两道皱纹。尽管如此肯定，他仍然问了句："您就是曾老爷？"曾义儒面带微笑回答道："我便是曾大修的父亲。"送信人得到准确的答复后，忙解开身上的纽扣，从内衣口袋中拿出一封带着他体温的信来，他双手递上前去，曾义儒接过信来一看，信封上那熟悉的刚劲有力的字迹跃入眼帘，这正是儿子曾大修的亲笔书信，上面写着两行字："面呈金堂县姚渡乡曾家寨子，曾义儒慈父收。"信封下面没有写寄信人地址。

曾义儒立即拆开信封，抽出里面的信纸仔细看起来，信上这样写着：

尊敬的父母亲大人，你们好：

离别金堂数年来，未曾在你们身边尽孝，请二老多多宽恕儿子，我愧对您二老的养育之恩，儿子如今在数千里外的战场，每当想起此事，时常令我心中难安。我几年前匆忙离别故土，胸怀救国意愿，满腔热血地奔赴湘鄂抗战前线，与日本侵略军进行了无数次殊死战斗。一九四五年八月十五日，日寇终于被彻底打败，这场旷日持久的战争终于宣告结束。正当全国广大民众准备重建家园，希望过太平日子的时候。国共两党又重新点燃内战烽火。这时，我已在黄埔军校受训数月，不久即奉命调至驻防江淮一带的第二十二兵团李良荣部，与解放军进行激烈的战斗，国军战败之后，阵地一个接一个失守，现在紧急向南撤退。

儿子此刻正在行军途中，只言片语实难表述这许多年对父母及兄长的思念之情，容我今后稍有时机，定会向二老再行禀告行踪，以宽慰你们牵挂儿子之心。言犹未尽之处，可由送信人详细告知。

最后恳请父亲将送信人留在曾家寨子，让他做些力所能及的事情，以维持他的生计。此人既是我忠实的勤务兵，同时也是我在战场上的救命恩人，他替儿子挡住了硝烟中飞来的弹片，从而保住我这条性命。

书信匆忙写成，耳里已听见远处的隆隆炮声，儿子无奈只得搁笔奔赴前方了。不孝子忍痛向您二老道别。

曾大修疾书于行军中

曾义儒看完儿子的书信后，心酸的泪水夺眶而出，马秀莲急忙从脸盆架上拿来一张湿脸帕递到公公手上，他一边擦着脸上的泪花，一面询问送信人有关曾大修的事。送信人看到老人家如此迫切地想知道儿子的情况，这才将那场非常惨烈的战斗经过讲述出来。他首先说到自己是如何有幸给曾团长当上勤务兵的，原来他也是金堂县人，父亲给他取了个好名字叫舒有福，希望儿子长大后有福有贵，他家住在淮口舒家湾，祖父曾是虔诚的天主教徒，在清光绪二十八年时，义和团一度攻下天主教堂，他惨死在义和团的大刀下。后来，金堂境内暴发霍乱，父母亲双双病死在床上，自己那时无依无靠，只得投靠到远嫁中江县广福的姑妈家，姑妈尚念舒家一脉亲情，但姑父却始终嫌她是个累赘，一年之后那个夏天，姑父瞒着姑妈将自己骗到竹篙场去卖了壮丁。初到新兵队伍里，一切都感到新奇，先是坐汽车，后又乘轮船，从安庆上岸后辗转到了淮北，那时自己还没有带刺刀的步枪高，只能跟着营长当勤务兵，给他端水送饭和洗衣服褥子，倍加小心地伺候他们。初次上战场跟在长官屁股后面跑，当看到阵地上躺着横七竖八战死士兵的尸体时，他吓得浑身瑟瑟发抖。后来随着部队转战于蚌埠、徐州战场后，胆子也逐渐大起来。

经过数月的战斗，国军敌不过解放军来势凶猛的强劲攻势，战败到碾庄设防，再一次进行战略调整，并希望南京军政部及时派遣援兵，以挽回苏北战场上的劣势，确保江淮国军防线的安全。

碾庄一线驻扎着四十四军和六十四军两支主力部队，加上二十五军共约八万人。当年十一月上旬，解放军投入二十万绝对优势的兵力，对碾庄发起全面进攻，激烈的战斗整整打了四个昼夜，解放军随即攻占了四十四军阵地，同时给予二十五军和六十四军以重创。到了第二天，解放军快速调动强大兵力，一举将国军全歼于碾庄，四十四军军长王泽浚气得捶胸顿足，大呼一声："天灭我也。"随即一口鲜血从嘴里吐出来。

解放军全面攻占碾庄后，兵团司令黄百韬在解放军先头部队冲进指挥部的那一刻，掏出腰间的德式手枪对准自己脑门砰的一枪自杀了。紧接着，四十四军军长王泽浚和一六二师师长杨自力，均在碾庄车站前狭窄的坑道中被解放军活捉。

曾义儒得知儿子曾大修已成为国军团长时,心中感到无比欣慰,他虽然在战场上经历九死一生,但很庆幸地活了下来,这是老天爷眷顾曾家祖辈行善积德所致。曾义儒看到面前这个千里传书、憨厚老实的年轻人,由衷地对他说:"你很讲信义,将来肯定会有好报的。"舒有福听到曾老爷如此夸赞他,脸上即刻绽放出笑容。曾义儒见儿子在信中恳请他收留送信人,而自己对面前这个年轻人也有好感,于是,他当即决定将他留在曾家寨子,便开口说道:"你安心在这儿把病养好,以后就到曾家寨子来给我管粮仓。"舒有福见曾老爷如此爽快答应收留他,并且不让他下地干活,内心深处真是感激不尽,激动得眼泪都流了下来。

三十八

玉凤自从半年前来到赵镇大姐家,心情逐渐变得好起来,自己在五凤溪所遭遇的那一幕幕辛酸往事也随之淡忘。在这些日子里,她潜心学习姐姐如何照看门面,怎样做好生意,并利用空闲时间去铺面后的酿造作坊,向师傅们学习制作豆瓣、酱油的手艺。那些匠人见老板娘的妹妹前来请教,非常乐意传授她技术。青凤将这一切看在眼里,心中很佩服她这个能干的妹妹。在她心中,她们贺家三姊妹就数玉凤长得最好看,而且心灵手巧。无奈命运作弄人,她如今竟然成了一个无依无靠的寡妇,青凤暗自为这个苦命的妹妹惋惜。

其实,姐姐对妹妹的爱怜显得有点多余,她并不知道此时的玉凤已深爱着一个男人,那便是五凤溪船帮的胡天明,他时常借故从五凤溪来到赵镇码头,为的就是能和玉凤见面,并且会在晚上二更天的时候,悄悄从酱园铺后门溜进她房里幽会。

到了第二年春天，赵镇对岸的龙威坝开满了黄灿灿的油菜花，如同一幅春意盎然的油画。这天午后，玉凤趁店内无顾客上门，便从房中端着一盆衣服到江边去洗。当她将木盆放在岸边石阶上，陡然感到腹中反胃，随即哇哇呕吐起来，此时，她见四下无人，便将衣服从盆中取出，端起空盆在江中打起清水泼向地面，将刚才吐在地上的饭渣冲得干干净净。接着急忙洗着衣服，等到把一盆衣服洗完之后，便将盆中衣服端回家中晾晒，然后赶紧去到店铺照料生意。当她刚坐在柜台前的高凳上，立刻闻到旁边那缸醋味，忽然又有胃酸的感觉，这时特别想喝几口醋，她抬头看门前并无过往行人，店铺内也是空荡荡的，便起身到醋缸前拿起一个竹舀子，在缸中舀起满满一勺醋，张开嘴便咕咚两口喝下肚。玉凤这一紧张的举动，恰好被从屋里走过来的青凤看见，当她喝完醋转过身来时，看见姐姐已向自己走来，突然吓得心里怦怦直跳，脸一下红到了耳根。青凤只是狠狠地瞪了她一眼，不曾说一句话，随即便迈步走出了店门，忙着去烟市街给婆婆买丝烟。

玉凤见大姐面带怒气走了出去，心中感到忐忑不安，往日里和蔼可亲的她，这时竟一言不发扭屁股就走，也不知大姐回来后会如何发落自己，要打要骂只得由她了。记得姐妹俩小的时候，无论二姐和自己多么顽皮惹她生气，她都舍不得动手打人，只是愠怒地责骂两句了事。玉凤心里希望在没有外人的情况下，不管她要打要骂，自己都甘愿受罚，只求不要当着姐夫和田家人的面就好，要是外人知道自己做了见不得人的丑事，一个女人的脸往哪儿搁啊！

这天下午，玉凤都是在煎熬中度过的，她感觉眼前所看到的每个人，仿佛都知道自己做过那件丑事，纷纷向她投来异样的目光，羞得她只能埋下头，不敢去正视他们的眼神。

吃晚饭时，玉凤像往常一样去饭盆里舀了碗饭，又到桌上用筷子夹了些菜，然后端到柜台前去吃。但今天晚上这顿饭却让她难以下咽，沉重的心事使得她食不知味，直到饭桌上的人都放下了碗筷，她仍然没有吃完碗中的饭，只得偷偷地将剩下的半碗饭倒进厨房的泔水桶里。

晚饭过后，酱园铺通常还会再来一些买主，主要是码头上的船家们要到河坝街茶坊喝茶，有的要去上正街的民生茶园听评书，顺便买点豆瓣和酱油回去炒菜。还有少数为养家糊口忙了一整天的人，他们吃完晚饭后，也会提着酱油醋瓶子到铺子来照顾生意。到了关门的时间，玉凤赶忙扛着一摞摞铺板，一块接一块插入门柱的凹槽内将铺门关好，然后再用劲将两扇大门搬来，放进上下门枢的圆孔中，随即将铺门拉来关闭闩好，一天的生意就这样结束了。

玉凤回到房中洗完脸和脚，正准备上床睡觉时，忽然听到笃笃两下敲门声，她立即紧张起来，心想该来的终于来了，无论怎样也躲不过，肯定是大姐前来兴师问罪。她起身走过去抽开门闩，将房门吱呀一声拉开，只见青凤铁青着脸，擦着她身子走了进来，她胆怯地望着姐姐的身影，顺手又关上了房门。当姐妹二人坐在床沿上那一刻，青凤二话不说忽然伸手拧住玉凤的耳朵，接着狠狠地训斥道："你跟哪个男人睡觉了？"玉凤被这突如其来的责骂镇住了，一时间低下头不知所措，青凤见她迟迟不回答自己的问话，气得脸上涨得通红，但又不敢高声大骂，唯恐让田家人听到了出丑。于是，她转头凑近玉凤耳畔继续责怪着："你胆子也太大了，都敢跑到赵镇胡来了。"玉凤见姐姐骂得这样凶狠，内心有点不服气了，她委屈地嘟起嘴顶了一句："他是五凤溪的人，又不是你们赵镇的。"青凤见她反驳自己，用手指重重点着她额头道："你还说有理？把我们贺家人的脸都丢到赵镇来了！"青凤的话音刚落，只见玉凤的眼泪顷刻间从眼眶中滴落下来，她用双手捂住嘴呜呜地哭泣着。青凤见妹妹哭得如此悲痛，不由得心软下来，急忙掏出身上的手帕为她擦干脸颊上的泪痕，待她稍微平静后，这才心平气和地问她怀孕的缘由。玉凤见大姐一改先前那副凶相，马上又变得和蔼起来，心想事情已经败露，再隐瞒下去也无济于事，于是便将自己与胡天明私通的事全部说了出来。面对大姐那期待又复杂的眼神，她接着往下说："我同胡天明两年前就认识了，他那时与徐大为都在五凤溪码头做事，后来徐大为在一天夜间被一伙劫匪杀害，是胡天明跑前跑后帮着徐家安葬了他。接着徐家公公也因病去世了，还是多亏胡天明前来帮忙，请来炮台山的和尚为徐家做了三天三夜的道场，最后将公公的棺木抬到牛角冲前面的山坡上埋葬。"

青凤在一旁不由得顺口插一句："是不是你的命太硬，将徐家人全抵垮了？"

玉凤红着脸不服气地说："当初徐家托媒来说亲时，母亲将我的生辰八字拿去与徐大为的生辰八字测过，算命先生说这双男女属相互不相克，最终才定下了这门亲事。"说完，眼泪又不住地流下来。

青凤见妹妹说得有些道理，拍拍她肩头说："姐姐只是随便说你一句，不要再伤心了哈。"

玉凤望着姐姐善意的目光道："照你刚才那样说，好像是我将徐家人害惨了。"

青凤轻轻摇摇她肩头说："姐姐不是那个意思，你别往心里去。"稍停片刻后，她便问起妹妹后来和胡天明究竟发生了什么。

玉凤接着对姐姐说："最让我感激不尽的是去年夏天那个夜里，徐家篾货铺突然遭来一场无名大火，胡天明不惧危险翻墙跑进屋来，一把拉住我的手就往外冲，我这才没有被烧死在屋里，说起来他算是我的救命恩人。

青凤听妹妹说出这番感恩的话后问道："照你这样说法，他还真是一个大好人，他家中有没有妻室儿女？"

姐姐的问话像铁锤一般打在玉凤心上,她正在为这件事苦恼着,若是他真的无家室那该多好,可这个与自己已经同床共枕的男人,他家中既有老婆又有儿女。玉凤后来才从胡天明口中得知,他在几年前便已结婚生子,如若早知道胡天明已有家室,玉凤无论如何都不会同他在一起。胡天明第一次当父亲时还不满十八岁,跟他拜堂成亲的那个婆娘,不仅生得不标致,而且比他整整大三岁。这段婚姻是胡天明父母特意为他安排的,自己没有一点选择的余地,父母还强迫他从淮口中学辍学回家和这个女人成亲。胡家父母为了儿子的婚事真是煞费苦心,因为胡家至今仍是两代单传,胡天明是他们家的独子,要是儿子这辈人丁不兴旺,唯恐胡家祖业难以发扬光大。于是,他们便托媒人四处打探有无合适的姑娘,媒人经过数日奔波,终于得知白果场沱江边上有户姓邱的人家,家中就养着个二十岁的大姑娘没有出嫁。胡天明的父母详细询问了邱家姑娘的情况后,即刻带着媒人到邱家提亲,他们对媒人说:"只要儿子与这姑娘八字相符,这门亲事就算定了。"

　　五凤溪到白果场不过十里路程,迈开大步一小时便走到了。当在邱家第一眼看到那位姑娘时,胡父胡母心中不由得一阵高兴,只见她长得一张粉嘟嘟的圆脸,身材丰满。虽说女方比儿子大三岁,但年龄大会更懂事,更能操持家务,最要紧的是她能为胡家生儿育女。胡天明的父亲在五凤溪金凤街经营油盐生意,自己还有一条春盐棒船在沱江上跑运输,多养几个孙子不成问题,儿孙绕膝那该多快乐啊。父亲高兴之余,急忙从裹肚中掏出两块银圆递给媒人,酬谢她这几日的辛劳。

　　邱姑娘的父母见到五凤溪来的胡老板,看他面相和善,出手阔绰,而且带来了不少聘礼,以为女儿可以嫁到一户好人家,便当即答应了这门亲事。紧接着,双方父母为儿女们选择吉日拜堂成亲,了却了双方家长一桩心头大事。第二年,新媳妇便为胡家生下了一个胖小子,一年后孩子刚刚牙牙学语时，她很快又生了第二胎，仍然是个男娃儿，这一来乐得胡天明父母合不拢嘴，成天抱着孙子到五凤溪各处玩耍。

胡天明对身边这个女人却没有多少感情，她浑身皮肤摸起来有点粗糙，站起身子又比自己矮了一头，平日里不善与人交谈，就算是与家人相处，一天也说不上几句话。他悔恨自己当初年幼无知，迫于父母亲的压力，在懵懂中接受了这桩包办婚姻，婚后的生活过得很苦恼。

青凤听完妹妹这番讲述，也为胡天明这段不和谐的婚姻而惋惜，同时更怜悯那个遭受丈夫冷落的女人。她轻声问玉凤道："你已经怀上胡天明的孩子，他知道这件事不？"

玉凤低头用手揉着衣角，细声回答说："我已告诉他这两月下身未见红了，他高兴地说我定是怀上他们胡家的种了。"青凤又问："既然知道是他们胡家的娃儿，今后要是生下来怎么安顿，难道要娶你去当二房？"玉凤将头一扭道："我才不去给他当二婆子呢，他那个胖婆娘肯定恨死我了。"青凤接着问："你打算生下娃儿咋个办？难道让他当没爹的私娃子？"话说到伤心处，玉凤的眼泪又流了下来，哭泣着对姐姐说："这些天我愁得连觉都睡不着，娃儿一旦生下来究竟咋办！"青凤安慰她道："自己发愁也不是办法，等胡天明下次来赵镇时，你认真跟他谈一下，商量着拿出个主意，不要等娃儿生下来才着急。"两姊妹絮絮叨叨地聊到了初更，耳畔传来街上一声清脆的梆子声，只听打更匠在吆喝："天干物燥，小心火烛，关好门窗，谨防盗贼。"青凤急忙站起身，临走时叮嘱玉凤道："这几个月将你肚子用布兜裹紧点，不要别人看见你露怀了。"

第二年清明节前，突然来了场倒春寒，人们纷纷将已经脱去的冬衣又重新穿上，玉凤心里巴不得天气一直冷下去，这样身上的衣服穿得厚实，大家也不容易看出她渐渐隆起的肚子。但好景不长，仅仅过去了半月后，明晃晃的阳光又普照大地，沱江对岸的油菜花开得黄灿灿的，那些农户家的房前屋后一树树桃花、杏花竞相绽放，每年的这个时节，从王爷庙码头过河去龙威、杨柳踏青扫墓的赵镇人，都会兴致勃勃地走在乡间小道上，尽情吮吸这一路上飘散的花香。

随着夏季来临，玉凤感到很害怕，心中暗自叫苦不迭，一旦脱去棉袄，身上的衣服穿得单薄，她已经隆起的肚子必将暴露，让别人看见真是羞死了。这天夜里，她像往日那样关好铺门后，急忙将姐姐请到自己房中，提出明日就准备回到牛角冲父母身边去，这是她和胡天明商量好的办法，他不敢娶玉凤做他的二房，因为父母的家规很严，岂容儿子无端纳妾？再说玉凤也不愿当别人的小婆子。胡天明曾求她吃药堕胎，可是自己坚决不肯，那个小生命已经在肚里活了几个月，现在怎舍得将他打掉？玉凤最后向姐姐坦露心声，作为一个女人，自己渴望成为孩子的母亲，这一生算是嫁了两个男人，第一次没有给徐大为留下后代，断了他们徐家的香火；第二次在不经意间怀上了胡天明的孩子。在怀孕初期的那些日子，心情特别复杂，又是欢喜又是愁。后来，强烈做母亲的愿望战胜了痛苦和恐惧，就算日后遭人唾骂自己不要脸，生了个私娃子也不在乎，她已经横下心来。青凤见妹妹态度如此坚决，只得当面依从了她，并即刻转身回到自己房中，拿来平时积攒的二十块大洋递到玉凤手上，恋恋不舍地嘱咐她说："你快点上床睡觉，明天清早好去赶五凤溪的顺水船，回到牛角冲家里后，定要好好地将这件事对爸妈讲清楚。"

玉凤见满面愁容的姐姐离开后，立即收拾衣物打上包，准备着明天拂晓便启程。

玉凤回到牛角冲家中后，便如实将自己怀孕的事告诉了父母亲，并低头跪在了他们面前。父亲一听立刻火冒三丈，劈头就是一巴掌打在女儿脸上，母亲见他怒不可遏，急忙上前劝阻，父亲气得站在那儿说不出一句话，狠狠地瞪了女儿两眼。母亲将玉凤拖进房间仔细盘问着："你怀上娃儿有几个月了？"玉凤怯生生地低声道："快有五个月了。"母亲掰着指头算了算说："那么九月间就该临盆了。"玉凤央求着母亲："我自己生下来的娃儿自家养，千万不要送给别人。"看到女儿可怜巴巴的神情，母亲的心一下软下来，她知道一个女人十月怀胎的痛苦，更懂得当婴儿诞生的那一刻，内心是多么幸福和骄傲，怎肯将亲生骨肉轻易送人？何况现在贺家种有五亩土地，每天吃粗茶淡饭，多养一个人不算艰难。最大的问题是娃儿生下来跟谁姓。玉凤见母亲满脸愁容，知道她此刻正在为自己腹中的婴儿操心，随即靠近母亲身旁，将自己为应付别人的闲言碎语，从而精心编造的故事讲给母亲听，若是有人问起女儿为啥回娘家生娃儿，就说自己在赵镇嫁人后，那个男人被拉去当了壮丁，不久便在战场上被炮弹炸死，他家中父母伤心之下很快就离开了人世，自己肚里的胎儿就是那家男人的遗腹子。母亲听了玉凤这番说辞，感觉编得也算合情合理，完全可以搪塞那些多嘴婆。但娃儿一旦生下来跟谁姓呢？这时玉凤深情地望着母亲说："这个娃儿生下来就跟我们贺家姓嘛。"母亲惊奇地问："这样做使不得。"玉凤微微点头道："我看要得，自从大姐出嫁，二姐参军之后，家中只有你和爸无依无靠，若是养个孙子在身边该多好啊，等到他长大了可以下地干活，要是您二老今后有个病痛，他还能在床前端茶递水，煮饭熬药，人活百年后，还指望他为您二人养老送终呢。"

母亲听到女儿这些至情至理的话，好像在人生中又看到了新的希望，自己和丈夫已年过半百，膝下无子是她这辈子最大的伤痛，真的到老了那一天，又能去靠谁呢？玉凤的话似乎提醒了她，女儿腹中的那个娃儿就是贺家未来的命根呀，是苍天有眼赐给贺家的福分，从今往后贺家总算后继有人了。母亲想到这里，立即转忧为喜，她很快站起身来走出房门，向怒气未消的丈夫详细讲明缘由。一向不善言语，很少露出笑脸的贺老大居然笑起来，欣喜地问："生下的娃儿姓贺，这样做要得不？"妻子坚定地回答道："有啥要不得，反正胡天明也不敢来家里要人。"贺老大见她口气如此坚决，自己心中也信心大增，想到贺家今后有了继承人，心里感到非常高兴。

有了父母亲的理解和支持，玉凤回到牛角冲的数月中，母亲在生活上给了她无微不至的关怀，腹中的胎儿也得到健康成长，转眼间便到了新生命诞生的时候。

贺老大在房外焦急地等待着，忽然听到屋子里传来撕心裂肺的叫喊声，妻子在房里大声说："快去厨房烧盆热水，再把针线簸箕里的剪刀拿过来，玉凤马上就要生产了。"他立即起身走到厨房舀水下锅，然后坐到灶门前点燃一把柴火生起火来。趁着这片刻的时间，又转身去碗柜拿出半瓶烧酒倒入碗里，划亮一根火柴将酒点燃，取来针线簸箕内的剪刀，在绿茵茵的火苗上燃烧消毒，以便为新生儿剪断脐带。这一切做完后，他便将一盆热水端至房门前，对着屋里轻声喊："热水烧好了，剪刀也在这里。"玉凤母亲忙应声道："晓得了，你到门外去守着点。"

贺老大走到院坝中那棵柿子树前坐下，他抬头望了望枝头由黄变红的果实，心想过几天也该摘下来卖了。正当他凝望着门前那条小路沉思时，突然听到屋内传来一阵婴儿的啼哭声，声音是那么清脆响亮，他很快意识到这是女儿分娩了，便立即起身，从门隙中看见妻子双手捧着一个浑身血污的婴儿，将其小心翼翼地放进热水盆内。他清晰地看到是个男婴，心中感到非常欢喜，情不自禁地咧嘴笑起来。妻子一边洗着婴儿，一面吩咐丈夫道："还站着傻笑干啥子，快去杀只母鸡给玉凤补身体嘛。"贺老大赶忙到屋后林盘中捉来一只大母鸡杀掉，紧接着到厨房烧开水拔鸡毛，最后将这只鸡放进沸腾的开水锅中炖起来。一个幼小生命的诞生，给贺家老小带来了莫大的希望，他们内心充满了喜悦。

三十九

在这一年中，全国局势发生了巨大变化，解放军调集百万大军，一举突破国民党在长江沿岸的防线，胜利越过长江天堑，并攻克国民政府都城南京。解放大军乘胜追击，将国军残余的二十二兵团和十二兵团逼到沿海的宁波、厦门及潮汕防线，再往东南便是波涛汹涌的台湾海峡。这时候，国军部队面临强敌压境，战略与战术上均处于岌岌可危的地步。

在宁波驻防的短暂日子里，曾大修与小凤终于结婚了，婚礼是在师部卫生队那间饭堂里举行的，卫生队王队长亲自主持了这场不同寻常的婚礼，为这对饱经战火磨难的新人结合到一起，表示了衷心的祝福。卫生队的医护人员都有幸参加了这次特殊的婚礼，每个人心里都感到无比激动，因为他们亲眼见证了这对恋人从抗战到解放战争，经过无数次枪林弹雨死里逃生，彼此间对爱情忠贞不渝，如今有情人终成眷属，在场的所有人眼眶都湿润了。这对新人的爱情故事，卫生队里几乎无人不知，乍听起来令人不可思议，但事实确实如此：小凤当初在五凤溪读书时，便暗自喜欢上教语文的曾大修，她爱听他朗读课文，爱听他幽默风趣地讲解课文内容，甚至希望每天都能看到他那双炯炯有神的眼睛。小凤在曾大修投笔从戎的那些日子里，脑海里无时无刻不在思念他，直到两年过后，已长大成人的她，在赵镇偶然遇到川军招收女兵，这才毅然报名参了军。在华西医院培训的那段日子，她勤奋好学，取得了多项战地救护的好成绩，结业后立刻奔赴抗战前线，被指派到国军第四十四军卫生队当了一名护士。小凤从当兵那天起，便下定决心要到抗日前线找到曾大修。说来真是天遂人愿，在抗战胜利后不久，四十四军奉命北上胶东，恰遇京汉铁路遭敌破坏，被迫在武汉停留下来，在暂住黄埔分校的那几日，小凤在为学员们做体检时，意外地见到了朝思暮想的曾大修，这才促成了这段美好的情缘。

曾大修与贺小凤为何要在战火纷飞的时期匆忙结婚呢？这还缘于一件并不起眼的事情，小凤所在的卫生队驻地，设在宁波城内一所停课的小学内，学校旁边有座大教堂。

这天上午曾大修将部队事务安排妥当后，随即到卫生队找正在洗衣裳的小凤，邀约她到北仑去看波涛汹涌的大海。当他二人高高兴兴走出大门时，忽然听到教堂内传来悠扬的钟声，小凤一时间感到好奇，便拉着曾大修的手往教堂走，进门后看见里面坐着许多男男女女，教堂内的人们正在聆听那位高鼻子蓝眼睛的神父为站在他面前的一对青年男女吟诵新婚誓词，新娘穿着一身洁白的婚纱，新郎穿着蓝色卡其布中山装，他们附和神父的誓词答应着，随后相互交换一枚金戒指为对方戴上。婚礼现场庄严肃穆，简短而隆重的婚礼结束后，那对洋溢着笑脸的新人从二人面前走过。这时，小凤心里涌动着一股热浪，好似一匹脱缰的野马，在荒原上狂乱地奔驰着，她紧紧地握住曾大修的手，激动地附在他耳畔轻声说："我想与你结婚。"曾大修望着她那涨红的脸，同样激动地对她说道："要得嘛！"

他俩走出教堂后，一路上兴奋地谈着刚才那场十分精彩的婚礼。临近中午时，他们便来到波涛汹涌的海岸边，望着滚滚而来的海浪撞击着巨大的礁石，心胸忽然开朗起来，一扫这些日子留在心里的阴霾。在历尽战乱的艰险之后，终于能和心爱的人结合在一起，这是多么幸福啊。他俩携手兴冲冲攀上一座高高的崖石，隔着面前辽阔的镇海湾，遥望着海对岸郁郁葱葱的金塘岛，顿时心潮澎湃，他们紧紧地拥抱在一起。

第二天傍晚，曾大修与小凤便在卫生队举行了极其简单的婚礼，这段姻缘总算有了可喜的结果。卫生队里的医生和护士纷纷走来为他们庆贺，祝他们在风雨人生中收获了忠贞的爱情。

四十

　　一九四九年底，金堂境内风云突变，社会各派势力在进行着一场生与死的较量，以哥老会为首的反动势力，纠集一千余人在县城召开"通山大会"，打着保国安民的旗号，组建了数千人的"反共救国军"，妄图阻挡解放军攻占金堂。另一方面，金堂中共地下党组织——民盟联合工委会加紧宣传解放军的"约法八章"，积极准备迎接金堂解放。十二月中旬，原金堂临时参议会长曾绍琪接受"约法八章"，在姚渡曾家寨子主持召开了东山地区六乡乡长会议，讨论治安联防，并贴出安民告示。十二月二十一日上午，从县政府内传出了一则惊天消息，国民政府县长袁祉光昨天夜间弃职潜逃，引起政府工作人员极度恐慌，众人看到他办公桌上那枚金堂县政府大印下压着一张纸条，上面工整地写着一行钢笔字："吾理政不堪重负，今沉痛弃职归乡，望同仁多多见谅。"袁祉光是金堂县最后一任国民政府县长，其任上的三年时间正逢乱世之秋。这两年来，金堂境内普遍遭受病虫害，沱江之上的赵镇、淮口等地又遭洪灾，淹没沿江流域土地一万八千余亩，赵镇河坝街等多处低矮房屋均被淹没，损失非常惨重。除了严重的自然灾害，县内的匪患也异常猖獗，先后发生了抢劫泸州巨商运烟叶船八艘和越境抢劫中江县冯店场两起大案，因此惊动了省政府。凡此种种，弄得袁祉光终日焦头烂额。

　　也有人说袁祉光在任上收了别人不少钱财，但这件事谁也无法证实，他究竟是贪官还是清官一时也说不清。但他确实是历任县长中遇到大事件最多，也是结局最惨的一任县长。当他最后料定国民政府即将土崩瓦解之时，便决意弃职逃脱，这说明他内心世界已到极度恐慌的地步。

　　国民政府的末日到来时，金堂全县的军队、警界、商会和社团相继宣布起义。随着解放军一八〇师在姚渡地区全歼国军新一军后，境内再无正规敌军抵抗。解放军六十军的一个团顺利地开进了金堂县城。解放军第七军十九师全面进驻县境内，这一天，金堂县终于解放了。

玉凤走在十分熟悉的青石板街上，这是她数月来第一次走出牛角冲。早晨，她将儿子抱在怀里喂饱奶水后，便匆忙赶往五凤溪去找心中挂念的胡天明，她要告诉他一件大喜事，自己为他生下了一个浓眉大眼的胖小子，他至今还不知道这件事，要是让他知道与玉凤有了儿子，不晓得该有多高兴，这是他俩爱情的结晶。儿子长得同胡天明一模一样，尤其是那双眼睛显得特别机灵，吃奶时眼珠仍在溜溜转动，她想把儿子一切可爱的瞬间都告诉胡天明。玉凤生下儿子后，便有了做母亲的感觉，心中有着自豪和骄傲，尽管这些日子常帮父亲下地干活，但去年恰逢干冬，开年后仍然没有半点下雨的迹象，蔚蓝的天空上不见一丝乌云，人们多么期盼一场春雨啊！坡地上播种的小麦迟迟不出新芽，真是急坏了牛角冲的农户，他们纷纷挑起桶，从三里路外那条小溪中挑水来浇灌庄稼。玉凤每天要做的事就是将父亲挑来的水，用瓢均匀地浇进一窝窝的麦地，这样从早到晚不停地忙碌，父女二人累得挺不直腰。经过多日辛勤劳作后，坡地上的小麦总算都被浇灌了一遍，往后能否等到期盼的春雨，那只得听天由命了。

玉凤坐完月子便有去趟五凤溪的想法，只是顾及儿子太小，时常要给他喂奶抽不开身，接着又遇到旱冬，必须去帮父亲浇灌地里的庄稼，若是开春后麦苗还未长起来，上半年的收成就没有指望了，全家人的口粮便成了大问题。

昨天上午，玉凤正在坡上浇灌麦地时，忽然惊奇地发现从杨柳沟方向走来一拨人，起初以为是谁家在办婚丧嫁娶的事儿，但并未听到一点锣鼓声和唢呐声，或是痛失亲人的伤心哭啼。当那拨人匆忙从坡下路上经过时，她这才睁大眼定睛一看，这一看非同小可，顿时吓得她浑身直冒冷汗，手中拿着的瓢突然滑落在地。她清楚地看到路上走着许多个青壮男子，其中有的人还身扛长枪，他们推推嚷嚷押着一个人走向五凤溪，嘴里不停地呵斥着，像吆吼牲口一般朝前赶路。玉凤一抬眼便认出那个被五花大绑的人正是本家二叔，此人在杨柳沟、牛角冲，乃至整个五凤溪几乎无人不知，他便是贺家大院的当家人，五凤溪的伪乡长贺玉昆。玉凤的父亲与贺玉昆是同宗同辈，作为晚辈的她理应称他二叔。此刻，她站在坡上目睹二叔被一帮人押往五凤溪，一时间惊得目瞪口呆，她随即将刚才发生的事情告诉正在挑水的父亲："我看见玉昆二叔被人绑着朝五凤溪走了。"父亲听后也感到吃惊，接着开口向女儿问："谁人敢捆绑五凤溪乡长？"玉凤只是摇摇头，却无法回答父亲的问话。

　　回家吃午饭时，玉凤又将上午看到之事向母亲重述了一遍，母亲听后同样感到很惊讶。大家沉默片刻后，她口中喃喃地说出一句话："这个世道真是变了。"他们常年居住在闭塞的山村，哪知道外面的社会变化如此之大。

　　牛角冲的夜晚非常宁静，玉凤入睡后不久，忽然间梦见胡天明匆忙向她走来，他全身衣服沾满血迹，往日那张红润的脸庞，如今却变得苍白如纸，着实吓了自己一大跳。她又看到他眼角处流下一行热泪，泪水刚落在胸前就变成了一滴滴鲜血，他惨然地张大嘴向她高声喊道："我死得冤枉，死得好冤枉啊！"玉凤恐惧万分，急忙伸手用力将走近身来的胡天明一把推开，同时愤怒地骂道："你这个死鬼，快给我爬开。"由于双手猛力地向前一推，竟然将盖在身上的被子掀翻到床下。玉凤一觉从梦中惊醒，额头上直冒冷汗。这天夜里，玉凤再也不能安然入睡，做了这场噩梦之后，直至听到公鸡打鸣，她的神智才慢慢清醒过来，急忙下床穿好衣服，到厨房生火做饭。今天她无论如何要去趟五凤溪，看看那里究竟发生了啥事情，昨天白天看到玉昆二叔被人绑走，夜间又梦见胡天明血泪满眶朝她喊冤，这两件怪事是她从未想过的。特别是胡天明显得更离奇，只是短短数月未见面，为何突然变成了面目全非的死鬼？人们常说"日有所思，夜有所梦"，可是这些日子忙着在地里干活，成天累得腰酸背痛，回家后又要照料嗷嗷待哺的幼儿，根本就没有心思去想胡天明这个人。这两件大事相继发生，玉凤预感到不祥。因此，今天必须要去趟五凤溪，吃早饭时，她将自己的想法向父母如实诉说，二老感觉到女儿昨晚做的梦太可怕了，难道那个身强力壮的胡天明真死了？他虽然并未成为自己名正言顺的女婿，但眼下身边这个乖孙儿，确实是他身上的血脉，单凭这一点亲情，也应该去五凤溪看个究竟，于是便同意女儿快去快回，并叮咛她回来时别忘了在镇上称一斤红糖回家，昨天喂孙儿的米粉糊已将红糖用完，若是米粉糊没甜味，娃儿会啼哭着不肯吃。

玉凤快步走到船帮那间简陋的办公室，里面竟然空无一人，两张办公桌和几根板凳上布满了灰尘，往日里人来人往的景象已不复存在。她走到江岸边再看，那里仍停靠着不少船只，但却不见有一艘要起锚开走的样子。这里看不到胡天明，那只能去他家中找人，但自己与胡家非亲非故，凭什么去问别人家的男人？这样做很不体面。正当她一筹莫展时，船帮的屈管事慢悠悠地走了过来，他认识玉凤，便热情地与她打着招呼，玉凤也笑着迎上去叫了声："屈大爷。"

屈大爷见她在船帮办事处门前，急忙问道："老板娘，你到这里来有啥事情？"

玉凤转头朝屋内看了一眼，随意问道："您船帮里怎么不见一个人呢？"

屈大爷几步走进门去，顺手扯下一块抹灰帕，将身旁的板凳擦得干干净净，招呼她说："老板娘，你先坐这里。"接着自己也坐了下来。许久都不见有人到船帮来，他今天突然看到玉凤光临，心中竟然有种亲切感。坐定之后，他开始回答玉凤提出的问题，他说："老板娘，你恐怕不知道当下时局变化，船帮的所有生意在几个月前就停顿下来，没有一条船有货运生意。现在这个兵荒马乱的日子，谁敢抱着钱出门做生意？沱江之上各码头时常闹土匪，况且五凤溪下面的资阳和内江等地的国军溃兵，肆意抢夺沿途百姓钱财，弄得人心惶惶，将那些生意人吓得大门不出二门不迈。"

玉凤听到屈大爷的一番讲述，终于明白了现在五凤溪码头为何如此萧条，原来经常来金堂采购粮油与烟叶的商人们被吓得不敢出门，码头上的船老板、艄公和纤夫也自然没有生意，他们全部回到各自家中闲着。但这不是玉凤所关心的事。

屈大爷见她神情凝重，忙问道："老板娘，你到码头上来是要找人吗？"

玉凤随口答道："也不是专门为找人，只是路过这里顺便问一下船帮上的胡天明，他原先常照顾我铺子上的生意，是个通情达理的好人。"

"你要找胡天明？！"屈大爷吃惊地张大了嘴。

"他现在怎么啦？"玉凤见他神色慌张，急忙追问。

屈大爷此刻眼眶通红，禁不住双手抱头哭了起来，只因问到了他伤心处。少顷，他抹去脸庞的泪水，如实对玉凤讲述着：他的大儿子屈小鹏与胡天明是自幼交好的朋友，在五凤溪学堂又是同班同学，在淮口读完中学后便回到五凤溪。那时码头上的生意兴隆，船帮的仓库业务不断扩大，急需两个能写会算的人来帮忙。屈大爷本就是船帮人，大家也认识他那个老实本分的儿子，帮里经过一番商议后，同意将小鹏招来仓库上班工作。一段时间后，仓库内所有进出货物均未发生丝毫差错，船帮老大看到账目记得清清楚楚，心中甚为高兴，从此便将他长期留在了船帮。后来，屈小鹏又向船帮老大推荐自己的同学胡天明来船帮工作，他二人相处得非常好，如同亲兄弟一般。但是好景不长，自从去年夏天以来，国军在川西北防线节节败退，解放军得胜后长驱直入，数十万大军直逼成都。由于时局动荡不安，商人的神经特别敏感，之前流畅的通商渠道受到极大的阻碍，更有各地土匪活动猖獗。商人们只得龟缩在家，船帮当然没有了生意，往日繁忙的景象如今变得冷冷清清。后来屈小鹏与胡天明见船帮无事可做，便回到家中同家人过空闲日子。仅仅过去了一个月时间，从县城里来了位不速之客，此人便是金堂县青年党的骨干朱子琦，同时也是屈小鹏读中学时结拜的大哥。他到屈家后即大肆宣传胡宗南统率的三十万国军，此时正在川西各地与解放军进行顽强战斗，战况发展尚不明朗，究竟鹿死谁手，一时难见分晓。又说作为一个有良知的中国人，在当今国家危难之际，理应担起国家兴亡的责任，积极行动起来，确保本地一方平安。他说"反共救国军"就是保证一方平安的救国武装组织。他信誓旦旦地表示，凡参加到这支队伍的人，其家中今后免征五年的税赋。他此番专程到金堂便是招兵买马，一旦队伍组建成功，将开往龙泉山中打游击，配合国军一举将解放军赶出西南，以确保本地老百姓过上安稳日子。朱子琦还说他已被任命为"反共救国军"大队长，即刻从随身的皮夹中拿出一张盖有鲜红印章的"委任状"向众人展示，并拍着胸脯对大家保证说，只要谁拉得起二三十人，便能当上中队长，每月除了吃饭穿衣外，还能按时发饷银。这席话将闲得无事可做的屈小鹏和胡天明说得动了心，当即表态愿意加入"反共救国军"。第二天，他们便马不停蹄地跑到五凤溪、白果场和高板桥各地，联络曾在码头上当过纤夫的贫苦青年，怂恿他们参加"反共救国军"。短短几天过后，一支五十多人的"救国军"队伍便拉了起来。这些青年多为贫苦农家子弟，迫于生活无奈才走当兵这条路，他们此去命运又将如何呢？在枪林弹雨的战场上，生与死只在转眼之间，自己一闭眼死了不打紧，可怜家中一双年迈的父母。

屈大爷讲到这里，用手扯起衣襟擦掉脸庞上的泪花，又继续对她说：当初屈小鹏和胡天明被朱子琦煽动迷了心窍，听不进家里老人的一再劝告，执意要跑出去闯一番事业，还妄想跟着朱子琦在军队中混个一官半职，日后回到五凤溪也好风光一阵。可事情发展并非如人所愿，这支部队开出去不过十天时间，一个惊天噩耗便传了回来，据两个从混乱中逃出来的青年说，他们队伍离开五凤溪的当晚便到达了洛带，被安顿住在街上的"湖广会馆"中，会馆里早已住进了一百多人，地上堆满了稻草，没有人前来送饭送水，更没有人送被子，大家只能和衣而卧睡在摊平的稻草上，就这样忍饥挨饿地过了一夜。第二天，大家都饿得早早翻身起床，希望有一顿早饭吃，时过不久，早饭终于由饭店的伙计抬进了会馆，那是一大筐热气腾腾的白面馒头，众人不由分说地一拥而上，争先恐后将筐里的馒头抢得一干二净。朱子琦这时从会馆外急匆匆走进来，他摸出衣袋中的口哨叼在嘴上，鼓起腮帮吹响，等到众人列队完毕后，他高声向大家宣布，马上到大厅内领取枪支，换发军装，一小时后在门前集合开赴龙泉驿。大家高兴地穿上散发着霉味的军装，拿起枪管生锈、枪把磨损的步枪，脸上露出了一丝笑容，心想自己总算当上了真正的军人。

此时，昨天先期抵达洛带的西河场、石板滩等几路所谓"救国军"，在这里整编成第一混合大队，朱子琦被司令部任命为大队长。他兴高采烈地站在整齐的队伍前，向大家命令道："向右转，朝龙泉驿前进。"

与此同时，解放军的两支追击部队，在天黑时也赶到龙泉驿，当他们得知"反共救国军"已经离开了半日，料定这帮人行走不远，前方只有山泉场可以宿营。于是解放军连夜追击，打算在拂晓前消灭这支反动队伍，决不能让他们天亮潜入深山，那样将会给当地百姓造成极大的危害。解放军的急行军速度很快，在当地向导的带领下，半夜时分便到达了七里埂，稍做部署后，立即兵分两路向山泉场包抄过去。山泉场地处龙泉山西坡，是个仅有百余户人家的小场，是山民们买卖农副产品和外销山货的唯一所在，逢场天非常热闹。指战员听向导说明天即是逢场日子，心里马上警觉起来，这场剿匪战斗必须在黎明前彻底解决，决不能等到天明，因为白天从四处前来赶场的山民众多，匪徒们定会趁机选择分散逃窜，他们一旦脱去军装混迹于乡民之中，或者藏匿在山林间，更可怕的是强行进入农舍进行垂死反抗，其后果不堪设想。再者如果发生战斗，误伤无辜百姓也不可取。于是，两路指战员火速进入战斗状态，决定要彻底剿灭他们。

朱子琦做梦也未曾想到，他所带领的这支二百多人队伍到达山泉场的当晚，便走上了他人生的不归路。大队人马突然间开到山泉场，令当地的老百姓惊恐万分，他们不知道发生了何等大事，场上那座并不宽敞的乡公所里挤满了疲惫不堪的人，他们大多席地而坐，展开双臂伸起懒腰，朱子琦跑到街上要求两家饭馆马上生火做饭，然后又到场上那家客栈，要老板拿出全部被盖和棉絮，腾出所有房间供"救国军"使用，然而一个小小的客栈，哪来那么多被盖棉絮供二百多人使用呢？他随后只得带人到场上挨家挨户去收集，朱子琦等到兄弟们吃饱睡熟后，他特别安排两人到门外守夜，这才放心回到客栈里的指挥部休息，此时已到一更天。

守夜的士兵叫魏幺娃，他肩扛长枪从场口走到场尾，来回转了两趟之后，忽然感到肚里隐隐作痛，原来是在龙泉驿吃午饭时，他敞开肚皮吃了不少酒肉，走到山路上感到口渴难忍，当他看到路旁农户门前那口水井，一个妇人正从井中打上来满桶凉水，他急忙跑去向她要水喝，山间的水清凉甘甜，他接连喝了几大口，然后跑回队伍中继续前行。可就在今夜执勤的关键时刻,肚子突然疼痛起来,他急忙跑到场外的地里,迫不及待地解开裤带,蹲下身子方便起来。他不经意间抬头向前一看,着实让他大吃一惊,只见远处无数的亮光正向山泉场移动,顿时吓得浑身直冒冷汗,他料定这是解放军连夜追赶上来,心想此时决不能再回到山泉场去,但如何才能向熟睡的"救国军"报警呢?就算自己张开喉咙拼命喊叫,也发不出多大的声音来,急得一时不知如何是好。他慌忙之中一眼看见地上的枪,试图用它来报警,但几次都拉不开枪栓,原来这是条破枪,鸣枪报警已是不可能了。他再朝前望去,明亮的火光越来越近,已隐约看见无数的人影,他们端着枪直奔山泉场而来。魏幺娃意识到自己所在的地方非常危险,他马上转身向后面的山上跑去,躲在了一棵大柏树后,远远地看着山泉场里的动静,这时,场内全是荷枪实弹的解放军,他看到无数解放军破门冲入了客栈和乡公所,随即听到一阵清脆的枪响,枪声停歇不久,住在山泉场的二百多"反共救国军"被全部缴械押出来,他睁大双眼仔细地辨认着,却始终没有看到大队长朱子琦的影子,就连屈小鹏和胡天明两个中队长也未看到。难道是刚才那阵枪响,将他们都打死在客栈中?魏幺娃不敢多停留,还是先保住自己的性命要紧,他急忙从大树后走出来,趁着茫茫夜色,顶着山口吹来的刺骨寒风,头也不回地拼命朝前奔跑。

　　魏幺娃第二天下午回到五凤溪家中,吓得几天不敢走出家门,感到风平浪静后,才趁着赶场人多的机会,分别跑到屈大爷和胡天明家里,将"反共救国军"在龙泉山被解放军消灭的事说出来。

　　玉凤从屈大爷口中得知胡天明这些日子不曾露面的底细,原来他被朋友骗去参加了"反共救国军",心中感到极大的震惊。她吓出一身冷汗,不由得埋怨这个深爱的男人怎么这样糊涂,你本来不是拿枪杆子的角色,却偏要跑到龙泉山去送死,但愿你能逃过这一劫。她在心里默默地为他祈祷。

当她告别屈大爷走出办事房时，泪水直往下落，她急忙用手捂住嘴，终究没有哭出声来。要是在大街上看见一个年轻女子哭哭啼啼，定会有人说三道四。她接着迈步走到尚义桥头的副食铺买了一斤红糖，便径直朝回家的路上走去。

不知不觉间已走到家门口。此时，她听见屋内传来儿子的啼哭声，知道这是娃儿肚子饿了。早上出门时给他喂过一次饱奶，现在已是中午时分，半天时间很快就过去了，她赶紧打开房门进屋，抱起床上的儿子，自己坐在矮板凳上，解开斜襟衣衫，给孩子喂起奶来。

母亲在厨房内听到乖孙的哭啼声戛然而止，急忙走了出来，当看见玉凤正在给娃儿喂奶时，这才放下心来。她说："我看他饿得心慌，就去烧火给他熬米糊糊呢。"这时，玉凤让母亲到床边坐下来，急忙将从五凤溪屈大爷那儿打听到的消息，原原本本给她讲了一遍，玉凤边说边流着眼泪："胡天明这个人好惨啊，年纪轻轻的就断送了性命。"母亲带着怨恨的口吻说："你不要为这个无情男儿瞎操心，谁叫他去参加'反共救国军'，真是鬼迷心窍。"玉凤辩解道："他是被一个好朋友拉下水的。"母亲不以为然地说："又不是别人绑他去的，谁叫他自己没长心眼。"玉凤见母亲总是跟自己对着说，根本不理解自己与胡天明曾经的感情，而且他俩还生下一个共同的儿子，这个时候怎能不思念他？心中有话不说多痛苦，便随口顶了母亲一句："不跟你说了，我晓得你就是看不起胡天明嘛。"

母亲怕她气坏了身子，于是便心平气和安慰着女儿："我们不去说那个姓胡的了，他反正又不是我们贺家人，你现在只管将娃儿带好就行了。"玉凤见母亲伸手过来摸了摸儿子的小脸蛋，便说道："我晓得你心里只有这个孙儿。"母亲见娃儿吃饱，便对女儿笑了笑说："我不心疼自家的孙儿，那我去心痛谁？"玉凤不服气地反驳道："他也是胡天明的儿子呀。"

母亲很不赞同女儿的说法，有点得意地说："娃儿是从你肚子里生出来的，是他胡天明情愿给我们贺家的。"玉凤带着泣声道："那你也要怜悯一下人家嘛。"母亲用手指轻轻点着她额头说："你这个傻女子真不懂事，现在已经没有胡天明这个人了，今后就不会有人来抢我们乖孙子了。"玉凤见母亲发自内心深爱着自己的儿子，感到莫大的欣慰，母亲时常担心有朝一日胡家人会找上门来要儿子，如果真要将她孙子抱走的话，对贺家无疑是沉重的打击。现在有可爱的小孙子在身边，父母亲都非常开心，他们感到贺家终于有了新的希望，不愁后继无人了。

牛角冲的夜晚非常宁静，漫天星斗的清辉洒满了这个安逸的山村，劳累了一天的庄稼人吃罢晚饭后，习惯坐在自家院坝中一边悠闲地抽烟，一边摆龙门阵。

四十一

马莲秀与曾林修肩并肩朝槐树街家中走去，在昏暗的夜色中，这条小街显得非常宁静，一座接一座院落的风火墙，在半轮月光的照射下，形态各异地倒映在悠长的街面。曾林修走在这条熟悉的小街，心情感到无比沉重，眼前这条回家的道路，今夜突然变得陌生起来。在过去的数年中，自己有幸被聘为县自卫队教练，尔后又担当了中队长之职，曾经无数次在金堂各地剿匪、抗洪救灾、铲除鸦片烟毒等。金堂地域广阔，事件发生在各处，且多为突然，因此自卫队长年奔波在外，队员们时常是居无定所，和妻室儿女总是聚少离多，要回趟家很不容易。马莲秀生意繁忙无暇顾及两个年幼的儿子，只好将他们送到姚渡曾家寨子，托付给深爱两个孙子的父母亲照料。当曾林修想到这里时，眼眶顿时红了，感到真对不起年迈的父母，不仅自己不能在他们身边尽孝，反而要劳累他们照看自己的骨肉。曾林修再看替自己扛着包袱的马莲秀，对心爱的妻子也是感激不尽，她生来精明能干，行事十分周全，一个女人独自经营着大哥留下来的米铺，好不容易赚了一些钱，她虽然经历了许多磨难，但看上去依然精力旺盛，浑身充满了活力，曾林修为今生能娶到这样的好女人感到无比幸运。

夫妻俩回到家中后，马莲秀立刻放下肩上包袱，提起桌上的水瓶倒来一杯开水，曾林修接过杯子咕咚咚地喝起来，当他放下水杯坐在妻子的身边时，马莲秀用手托着腮帮，急切地望着丈夫回答这次突然回家的缘由，她知道金堂已经解放，并且成立了新的人民政府，新的生活已经到来。

马莲秀得知丈夫从今往后再也不是政府的人了，心里不免感到一阵酸楚，他曾经数年来夜以继日地跑遍全金堂各乡镇，出生入死维护社会治安。常言道"知夫莫如妻"，马莲秀对丈夫的了解可谓细致入微，她知道曾林修生性豪爽正直，没有在乡间按照时令去春播秋收务农的耐性，也不像他大哥那样思维缜密有经商的头脑。在自己看来，丈夫似乎只有战士的满腔豪情，在这一方面，与他在国军中当团长的弟弟曾大修极其相似，但又远不及他的睿智和机敏。马莲秀最爱丈夫忠厚诚恳的性格，从一个女人内心来讲，他们兄弟三人中，曾林修是值得自己终生信赖的。尽管他如今一事无成，但在妻子的心里，他依然是个温和善良的好男人。

这天夜里，马莲秀下厨为丈夫准备了酒菜，夫妻俩在堂屋的饭桌前对饮起来，她不断安慰丈夫说："回来就好好过日子，今后帮我到铺子上去做生意，赚的钱也够吃了。"妻子温暖的话语让曾林修倍感亲切。

四十二

玉凤在五凤溪土改后不久，再一次来到了赵镇大姐家中，青凤接连两次托人带信到牛角冲，苦苦请求妹妹务必来赵镇帮她一把，贺老大及妻子想到大女儿肯定遇到了什么难处，不然也不会急着捎信到家里来，于是便同意玉凤赶紧到赵镇去。这天早上临行时，母亲安慰她道："你就放心去帮大姐嘛，留在家里的乖孙由我们替你照顾好。"玉凤肩上挎着包袱，再次走到床前，俯下身去接连亲了几下熟睡的儿子，这才依依不舍地离开家门。由于从牛角冲动身早，她迈步沿着沱江边上的崎岖山路往前走，当她满头大汗走到赵镇河坝街时，太阳还挂在半空中，阳光将所有路人的身影拉得长长的，不停地在青石板上移动着。当玉凤快步走进田记酱园铺时，不由得一下子愣住了，眼前的酱园铺与她两年前离开时大不相同，柜台上放着几个装豆瓣和甜酱的蓝花瓷罐大半是空的，再走近柜台旁边细看，往日里装满酱油醋的四个大陶缸，而今只有两个里面装有半缸存货。玉凤感到十分惊奇，是生意太好将货卖空，还是没有底货把缸子装满？她一时弄不清其中缘由，进店好一会儿，却不见铺子中有人，更没遇到一个买主前来照顾生意，显得非常冷清。正当她站在那儿左顾右盼时，两鬓斑白的作坊师傅从里面走了出来，他第一眼便认出了玉凤，还未等他开口，玉凤抢先上前向他问候："尚师傅，您老人家好。"尚师傅是酱园铺里的老人，在酱园作坊一干就是十八年，是田家人最信得过的老师傅。他将玉凤请到柜台旁的板凳上坐下后，便将自己所知道的一切全部告诉了玉凤，他说今年正在开展反行贿受贿、偷税漏税、盗骗国家财产、偷工减料和盗窃国家经济情报的"五反运动"。各家商铺的纳税额度，全由同业工会、居民段积极分子和税务干部共同议定。他们认为田记酱园铺是赵镇酿造行业中生意最好的一家，缴税理应比其他商铺要多，并且还要按照现在的缴税额度补足去年漏交的税款。田老板一气之下，多年的心痛病突发，在吃晚饭放下筷子那一刻，他猛然感到一阵胸闷，随即昏倒在地上，鼻中流出一股股红的鲜血，当夜便离开了人世。田老板这样匆匆走后，酱园铺的全部担子便落在青凤一人身上。她这个精明能干的女人，此时竟然想不出一点办法重新将生意做好，现在的作坊内竟无一粒黄豆做酱油，自己如今也没事可做。尚师傅轻轻地叹息道。

玉凤今天听完尚师傅那番讲述，忍不住暗自掉下眼泪，正当她扯起衣襟抹去眼角泪水时，突然看到面容憔悴的青凤从街上走进门来，姐妹俩在双目相望的那刻，心里都感到既酸楚又惊喜，时隔两年后再次重逢，她们紧紧地抱在一起，眼泪直往下流。

玉凤到赵镇的第二天，便担当起酱园铺经营的重任，她首先安排尚师傅立即去官仓乡收购黄豆，然后到王虹场收购做豆瓣的二荆条辣椒，尽快将酿造作坊开起来，如果铺子上再没有货卖，肯定非倒闭不可。玉凤将一切安排妥当之后，便亲自打理着店铺生意，她在腰间系上围裙，高高地挽起袖管，在厨房的吊壶中打来一盆热水，开始全面打扫店堂卫生，将豆瓣缸、酱油坛擦得亮堂堂的，就连屋顶上的蜘蛛网，她也搬来一把竹梯，爬上去将它收拾干净，酱园铺转眼间焕然一新。当青凤看见妹妹手扶竹梯往下爬，她急忙上前扶住梯子，玉凤看到姐姐来到身边，便对她抿嘴一笑，青凤不禁责怪她道："你一个人爬这么高多危险！担心摔下来。"她随手掏出身上的手帕，为妹妹擦去额头上沁出的汗珠。

傍晚，田仕勋由日新场匆忙赶回赵镇，他下午上完最后一节算术课后，才开始动身的，尽管明天是星期天，学校里也不能请假提前走人。他原本在龙威小学教书，回家只有几里路程，夏季的白天时间长，可以每日回家过夜，但冬天黑得早，每周才能回家一趟。县里决定成立日新场初级中学时，需要内调一批教师前去任教，田仕勋长期担任龙威小学高年级算术老师，教学经验丰富，首先被教育局选派到日新中学任教，这是去年春天开学的事情。

这天夜里，大家高高兴兴吃罢晚饭后，便围坐在饭桌前摆起了龙门阵。玉凤这时猛然发现田仕勋的眼角上长出两道浅浅的皱纹，头顶上竟然有了少许的白发，而姐姐的额头也不再像从前那样光亮，她那双水汪汪的大眼睛，却含着淡淡的忧伤。玉凤深感时光流逝之快，它无情地催老了每个人。

一天清晨，玉凤起床后便拿着盆到厨房舀水洗脸，然后对着挂在床头的那面因水银脱落而出现斑点的圆镜，拿着一把用了许多年的香樟木梳，仔细地将满头乌黑的长发梳理一遍，一个容光焕发、脸庞红润的少妇便出现在面前。玉凤忙去外面将铺门打开，把一块块铺板从上下凹槽中抽出来，将几块重叠在一起，她弯腰将一摞铺板扛上肩，搬至墙角外堆放着，然后拿起一把高粱扫帚，将店铺内外打扫得干干净净。玉凤趁着早晨还没有买主上门，赶忙去到厨房帮着姐姐做饭。青凤见妹妹走进来，关心地问道："你昨天晚上睡得好不？"玉凤冲着她抿嘴一笑说："只是做了一场大梦，醒来时天都快亮了。"青凤一边将瓢中淘好的米倒进热气腾腾的锅中，一面好奇地问："看你笑得那样甜美，梦到的究竟是啥好事情？"玉凤坐在灶前向灶膛中添了一把柏树枝，抬起头来对姐姐说："梦见我那个调皮捣蛋的儿子，他爬上院坝中的柿子树，摘下来好多的红柿子，爷爷和婆婆站在树下笑得合不拢嘴。柿子越摘越多，装满了一筐又一筐，树上的柿子却始终摘不完。我高兴得开怀大笑起来。"青凤又将一瓢切成块的红苕倒入热气翻滚的米锅中，兴奋地对妹妹说："梦到有摘不完的红柿子，说明你的运气来了，弄不好有啥喜事临门？"玉凤拿起手中火钳，伸进灶膛中将柴火微微抖松，使其得到充分燃烧，霎时间，明亮的火光照在灶门前，将她的脸庞映得通红，她随口回答道："我哪会遇到啥子喜事哟！"

这天恰逢赵镇的场期，从河对岸乘渡船前来赶场的人在王爷庙码头下船后，便络绎不绝地走到河坝街，他们中有肩挑粮食的壮汉，也有腰间系着围裙、手里提着装有鸡鸭蛋的竹篓、背上还背着一个奶娃的农妇，他们行色匆匆赶往集市上去贩卖,将卖得的钱拿来买盐打醋,采购其他日常生活用品。

玉凤整个上午都在柜台前忙碌,应付着那些前来寄放瓶瓶罐罐的买主,这些乡下人一般都要做完买卖后才会回到店铺来,在柜台上找到自己存放的瓶罐,然后照顾你舀酱油、打豆瓣。每到这时,店铺里的生意很繁忙,青凤和尚师傅赶紧走来相助,一直要忙到晌午过后。

玉凤匆忙吃过午饭后,便到柜台前清点着上午所卖的货款,正在这时,从铺子外走进来两个人,他们身穿摘掉了胸徽的黄军衣,很明显是部队转业的地方干部。玉凤看见有人进来,急忙关好柜台的抽屉,诧异地望着他们不知如何问话,前面的那个瘦青年严肃地指着身后一个高大魁梧的男子,向玉凤介绍说:"这是县政府新派来的'五反'工作队兰队长,他今天专程来你们店铺调查一些情况。"兰队长走上前补充道:"我们想了解一下赵镇工商户的基本经营情况,望你能如实反映,若是有违背'五反'的不法行为,也应该向政府老实交代,争取得到宽大处理。"兰队长说出这席话,很显然是错把玉凤当成了酱园铺老板,因他从未见过这家店铺的主人。那是在几日前,他的前任队长私吞了一家粮油铺老板因违法上缴的一块英纳格手表,被人揭发他犯了贪污罪,立即遭到上级机关的革职查办,并将其发配到北河对岸的三星农场劳改去了。据说此人在十几岁就参加了吕梁游击队,在抗日战争与解放战争中均立有战功,可在革命胜利之后,他却经受不住金钱和物质的诱惑,最后落得身败名裂。兰队长名叫兰晋生,同样是从山西来川的南下干部。他家住在山西文水县云周西村,与抗战女英雄刘胡兰同村同岁。记得一九四四年夏天,时任文水县县长的李魁年率领县武装大队深入敌后开展群众工作,当武装大队到达云周西村不久,兰晋生即在村支书动员下,报名参加了抗日队伍。抗战胜利之后,他一路跟随李魁年到山西赵洪县和临汾展开农村土改运动,先任李魁年的警卫员，后任侦察排长。一九四九年解放大西南时，他又随李魁年南下四川绵阳，不久即被调往金堂。到达金堂后，第一任县长李魁年便任命兰晋生为后勤科长，管理政府机关的办公和生活事务。到第二年夏天，轰轰烈烈的"五反运动"过去三个月后，前任的赵镇工作队长因贪污被撤职查办。这时，李魁年觉得兰晋生有很好发展前景，便命他继任赵镇"五反"工作队长。接到县政府任命，兰晋生当天便走马上任，他立即在镇政府那间会议室里，召开了全体工作队员与积极分子会议，总结了前期工作的经验和教训，决定深入每家每户做细致的调查研究。

  这天下午，兰晋生带着一名工作人员来到了酱园铺，他大步走进铺子内，当听到玉凤那清脆的说话声，顿时觉得非常悦耳，再看她那光亮的前额，乌黑的头发，特别她那张柔美的杏子脸，一对浅浅的酒窝闪现在腮边，她睁着那双明亮的大眼睛对兰晋生说："我不是铺子里的老板，你们认错人了，我是她亲妹妹贺玉凤。"兰晋生感到刚才说的那番话有点冒失，不好意思地嘿嘿笑了一下，急忙说："真是对不起，我们今天是来找你姐姐的，请她出来一下，我要向她了解些情况。"玉凤随即答道："你们今天来得不凑巧，她吃过午饭便到旧城址去看望田家生病的大伯了，估计晚上才能回来。"兰晋生听了玉凤的答话，心中颇感失望。这时，沱江之上吹来一阵轻轻的微风，玉凤的体香随即飘入兰晋生十分敏感的鼻孔，闻起来如同家乡山谷中幽兰的清香，眼前这个女人瞬间便撞进了他的心中。兰晋生告知玉凤明天还会再来，当他跨出门槛时忍不住回过头来，深情地望了玉凤一眼。

  这天夜里，玉凤躺在床上久久不能入眠，要是在往日劳累一天后，她倒上床便能睡到第二天清晨，但今天这个夜晚太漫长。自从下午看到那个新上任的兰队长突然出现在自己面前，她的心脏即怦怦地跳动着，站在眼前这个健壮魁梧、面部轮廓分明的英俊男子是那么亲切，他说话和蔼，带着浓厚的乡音学着四川腔调，玉凤听到他那句"明天我会再来"。心里就忍不住觉得好笑。这一次偶然相遇，她便对这个年轻的工作队长有了难以忘怀的印象，盼望着他明天还会到来。

今夜难以入睡的不仅玉凤一人，同时还有那个正值盛年的兰晋生，他躺在镇政府内那间卧室里，想着在田记酱园铺见到的那个误认为是老板的女人，他简直不敢相信这座小县城里，居然有长得如此秀美的女子。自从参加革命队伍，直到南下四川从事新政权建设的这些年，虽然在机关和地方上接触过不少女同志，却没有遇到一个让他如此倾心的。

兰晋生本性善良，为人厚道，一贯坚持党的原则，在他接任赵镇"五反"工作队队长之后，一心想着如何搞好工作，他注重调查研究，实事求是地解决"五反"中存在的各种问题，特别是众多做生意的工商户，他们究竟有多大的问题，偷了多少税，减了多少料，盗窃了国家哪些经济情报，他现在心里没有一点儿底。为此，他动员工作队全体人员，废除之前对工商户实行的简单逼供行为，改为每人包干分片到各家商铺进行走访调查，查清一家处理一家，做到对违法商户不宽容包庇，让守法商户不蒙冤受屈的原则。兰晋生自己负责河坝街二十余户商铺的摸底调查，他第一天即来到田记酱园铺，准备去见识一下传闻中那个"冥顽不化"的女老板，谁知这次想见的店铺老板没有出现，却意外地见到了她的妹妹，那个散发着青春活力、模样俊俏的玉凤，竟然使他今夜难眠。

青凤是个十分守信的人，昨晚从旧城址回来便听妹妹说工作队长有事找她，于是她今天哪儿也不去，就守候在店铺中等着。

午后不久，兰晋生独自兴冲冲又来到酱园铺，当他踏上街沿迈进店门的那一刻，看见柜台前竟然坐着两个女人，一个是昨天曾经见过的妹妹玉凤，另一个坐在旁边略显憔悴、面容姣好的女子，想必是姐姐贺青凤，也就是这家酱园铺的老板。玉凤一眼看到兰晋生走进来，便立即起身迎上去，热情地请他在柜台旁的板凳上坐下。青凤随即端上一杯早已准备好的花茶，她心里猜想，工作队长亲自登门，必然是针对"五反"中的问题，但不知他今天来究竟查什么事情。可是现在的酱园铺早已一贫如洗，就连需要采购原材料的钱都捉襟见肘，要不是父母亲将多年攒下的几十块银圆要玉凤带给自己，解决了一时间的资金困难，酱园铺恐怕早就关门大吉了。青凤此时的心情是极其复杂的，她睁大一双疑惑的眼睛望着这位新上任的工作队长。

兰晋生看见青凤不信任的目光，便用温和的口气对她说："我是赵镇'五反'工作队兰晋生，今天主要来向你了解一些酱园铺的经营状况。昨天来店铺错把你妹妹当成老板了，闹出了一点笑话，真是对不起。"他尴尬地笑了笑。青凤见他话语轻松，态度非常诚恳，不像他的前任队长那样盛气凌人，便对这个年轻干部有了初步好感。紧接着，兰晋生和青凤一问一答开始了对话，兰晋生问："你参加'五反运动'多长时间？"

青凤答道："大约有三个月。"

兰晋生又问："参加过哪些学习活动呢？"

青凤说："开始参加工作队召开的全体工商户动员大会，队长在会上宣讲'五反运动'的重大意义，接着又开了各行业的分组会，主要内容是督促所有工商户坦白交代问题。"

兰晋生再问："工作队是否对你进行过体罚？"

青凤苦笑一下说："我听说有两个不肯交代问题又嘴犟的老板，被工作队员狠狠扇了几记耳光。我们这些老实不开腔的工商户，被逼着在院坝中转圈圈。"

兰晋生认真地追问："你在运动中坦白交代了哪些问题？"

青凤见他切入自身利害，马上警觉起来，用一种排斥的目光盯了他一眼，随即语气坚定地说："我去年已将'自报公议'的税款全部缴清，不欠政府一分钱。今年的'五反运动'又要我交代酱园铺偷工减料这类事情，我摸着良心说没有做过半点违法的生意，有啥可向工作队交代的？"

双方不愉快的对话到此突然终止，二人一时陷入了沉默。坐在旁边的玉凤急忙向兰晋生解释道："现在的酱园铺经营非常困难，主要是没有周转资金去购进原材料，酿造作坊时常处于停工状态，确实在等米下锅。"说完之后，她见兰晋生一直注视着自己，以为他不相信自己刚才所说的那番话，便站起身来认真地说："要是不相信的话，请你马上跟我们到后面作坊看一眼，证明我没有说半句假话。"玉凤果真走在前面引路，兰晋生抱着实地查探的心态跟了上去。酱园作坊在店铺后面的三间大屋内，房顶上矗立着青砖砌成的高烟囱，当他二人走进那并未关闭的大门时，作坊里竟然空无一人，玉凤走到灶台前顺手揭开那口酿制酱油煮黄豆的大锅盖，她指着里面说："这口锅已有半个月没有生火煮过一粒黄豆，锅底都开始生锈了。"她看到兰晋生走近灶台前，埋头看灶膛内仅有一堆黑乎乎的冷灰。玉凤见他工作如此认真，又对他说："你若还是不信，旁边就是我们的库房，我去打开让你看看。"她走到作坊边的一间门前，伸手去轻轻一推，房门吱呀一声便打开了，这时，兰晋生看见地板上竟然没有一袋黄豆、麦粉和辣椒这类酱园作坊的原材料，顿时愣住了。他转身看见玉凤那伤感的目光，真诚地对她说道："你们酱园铺确实遇到了很大困难。"玉凤用埋怨的语气说："亲戚朋友那儿都借不到钱，生意真无法再做下去了。"兰晋生见她满脸愁容，急忙安慰她："你也不要太泄气，我回去帮你们想想办法。"玉凤惊讶地望着他，用怀疑的语气轻声问："你能够帮我们想办法？"他二人两目相望，从他们各自真诚的眼神中，互相间都有了初步的信任和好感。玉凤见他在酱园铺极其困难时能伸出援手，内心非常激动。

兰晋生很认真地对她说:"两天后我一定给你们带来好消息。"说着,他们都会心地笑了。紧接着玉凤将兰晋生领到院坝中,那里摆放着二十多个装豆瓣和酱油的大晒缸,她上前去揭开晒缸上用笋壳编织的斗笠状的盖子,大部分缸里既无豆瓣也无酱油,早已是缸底朝天,因缺乏原料酿造,那些空着的酱缸像饥饿的汉子静静地躺在地上。玉凤陪同兰晋生从晒坝走出来,他俩一路边走边谈,竟然没有一点儿拘束,俨然成了一对熟识的朋友。他们重又回到柜台旁坐下,兰晋生仔细地询问青凤有关酿造原料的进货与价格后,这才起身离开了酱园铺。青凤姐妹俩热情地将他送到店门前,玉凤长时间站在街沿上,目送着他远去的背影。

　　玉凤从门口回到柜台前,即刻坐在了姐姐身旁,并将先前兰晋生对她讲的那番话向青凤说了一遍,青凤听后惊讶得张大了嘴,他一个专门管理工商户的工作队长,竟然要帮酱园铺解决买原材料的资金问题,这令她大惑不解。急忙问道:"他提到要多少资金利息没有?"青凤带着疑惑的眼光望着妹妹。玉凤本不是生意人,哪里知道商场借贷还要收取利息,听姐姐这样突然一问,她睁着一双大眼睛道:"他只说要借钱给我们,并未提出要利息钱。"青凤心里虽然感觉奇怪,但回想到刚才与兰晋生那番交谈,从他那认真与诚恳的态度看,不会是一个贪图钱财的人。但兰队长既然是一名政府官员,为什么要主动出面帮助自己呢?她脑海里始终是半信半疑,思来想去也找不到一个合理的理由。

　　这天傍晚时分,玉凤照常坐在柜台前结算一天的销售账目,仔细地清点着抽屉里的营业款,准备过会儿便结束当天的生意。正在这时,她忽然看见兰晋生大踏步来到铺里,径直走到了自己面前,他机敏地巡视周围无人之后,便低声对玉凤说道:"我给你们借的生意本钱拿来了。"他边说边伸手从两个胀鼓鼓的衣袋里掏出两扎人民币放在柜台上,玉凤睁大眼睛望着他，激动得一时间不知说什么好。他前天只是说要帮酱园铺借钱，哪晓得仅仅时隔一天，居然兑现了自己的承诺，并且亲自将钱送上门来，玉凤感到站在面前的这个男人有担当，形象变得如此高大。她深情地望着他说："你真是太有心了。"兰晋生听到玉凤这声赞誉，面带微笑对她说："我们共产党就是要帮百姓干实事，解决困难的。"青凤在屋内听到店铺中有人说话，便急忙走了出来，当她看到柜台上放着一大摞人民币，还有站在那儿的兰晋生时，顿时感到无比惊讶。玉凤见姐姐不知所措的样子，这才告诉她钱是兰队长为她们借来做生意的。兰晋生转身指着柜台上的钱向青凤说道："这里的钱是我这几年攒下的工资，加上从两个朋友那儿借来一些，总共二十万元（相当于今天的两千元），先借给你们买原料做生意，不要你们付一分钱利息，等以后做生意赚了钱再还给我就是了。"

玉凤笑着对姐姐说："兰队长热心帮忙，我们今后的生意便好做多了。"

兰晋生指着柜台上的钱说："你们快点一下数，看够不够二十万元。"

玉凤见他如此认真，冲他笑着说："你都是数清楚拿来的，难道我们还不相信。"

青凤双手接过妹妹从柜台上递来的那摞钱，很感激地对这个北方汉子说："谢谢你帮了我的大忙，今后铺子里赚了钱一定如数归还给你。"

兰晋生见天色已晚，急忙要赶回去整理这几天的材料，然后尽快向县政府写一份详细的工作报告。他婉言谢绝了玉凤姊妹留他喝杯茶，随即转身便朝门外走去。玉凤有些不舍地将他送到河坝街前面，并在他耳边轻声说道："你以后换下的脏衣服都拿过来，我帮你洗干净。"兰晋生听到这温情的话语，竟然从这个年轻女人的口中说出，心里感到非常激动，他忽然停下脚步凝望着玉凤道："我想今后常来看你，可以吗？"玉凤羞涩地笑了笑，看着他那火辣辣的眼神说："我每天都等你来。"

青凤有了借来的生意本钱，随即谋划着如何将酱园铺作坊重新做起来，她亲自到官仓乡收购了一千斤黄豆酿制酱油，接着派尚师傅到资阳临江寺请来一位酿造豆瓣的匠人，陆续推出独具特色的金钩豆瓣、火腿豆瓣和仔姜豆瓣等新品种，并专门到烧制陶器的作坊定做了若干陶罐，将豆瓣分为一斤和两斤装，并在上面贴上"田记酱园铺"酿制标签，可当作礼品互相馈赠。如此一来，酱园铺的生意有了很大改善，买主一天比一天多起来。

在这段日子里，兰晋生只要工作之余，必定会三天两头到河坝街田记酱园铺，表面是去看酱园铺的生意做得如何，而实际去看的是心仪的贺玉凤，她一颦一笑的美丽容颜时刻印在自己脑海里，要是隔一天没有看到她，心中便觉得空荡荡的。他曾多次借故到酱园铺，但又不便在白天公开去，唯恐别人看见说闲话，所以每次都要等到天黑时，手里拿着两件要洗要补的衣服做掩饰，像这样的伎俩他已用了很多次，为了找理由去接近她，他甚至将身边朋友问遍，看谁的衣服脏了或破了，他很乐意全部收拢来，当成自己的东西拿去请玉凤洗补，真是费尽了心机。当他来到酱园铺柜台前，看见玉凤端过针线簸箕坐在板凳上，灵巧的手不断穿针引线，心里感到非常满足。衣服很快补好后，已经到关铺门的时间，每一次离开酱园铺那刻，他都会望着玉凤微笑的脸庞，依依不舍地慢步离去。

兰晋生被炽热的爱情煎熬着，终于在一天下午，他按捺不住给玉凤写了一张字条，仔细地将它编折成一条鱼儿状，随即将其放进自己上衣口袋里，准备晚饭后去趟酱园铺，当面交到玉凤手中。兰晋生好不容易等到下班时间，即刻去机关食堂吃过晚饭后，便匆忙奔向河坝街酱园铺。玉凤在柜台前一眼望见他大步走进店来，不知今晚又有啥事情。以往到这里来他手上总要拿两件需要缝补的衣物，但眼前看他两手空空，感到有点儿奇怪，她起身走出柜台，兰晋生来到她面前，激动得没说一句话，他用深情的目光凝视着她，玉凤看见那火辣辣的眼神，突然感到这个男人的热烈爱意，它仿佛要将自己融进他高大的身躯里，她的脸不由得红到耳根。这时，兰晋生见旁边无人，急忙从衣袋里取出那张折成鱼儿状的字条，一把递到了玉凤手里，随即低声对玉凤说："我今晚在公园等你。"说完之后，他急忙迈步离开了酱园铺。

玉凤又回到柜台前坐下，立刻拆开了那张字条，只见上面并未写有甜蜜的词语，而只有两行端端正正的钢笔字："玉凤同志，我从内心里喜欢你，如果你愿意和我相好，请今晚九点钟到公园内那棵大梅树下见面。兰晋生亲书。"当她看完这张纸条后，心脏在加速跳动，全身热血顷刻间沸腾起来，这是她人生中期盼的幸福时光，现在被一个体面的男人如此深爱着，玉凤的心灵陶醉了。

玉凤自去年来到赵镇后，从未在夜间单独走出酱园铺大门。但今天晚上却让青凤感到奇怪，玉凤只说晚上要到下正街去办点事，等到将店门关好后，她匆忙离开了河坝街。青凤看见妹妹急切的背影，凭着女人的直觉，她感到玉凤肯定被那个热情的山西汉子吸引住了。

偌大的梅林公园里没有一盏灯，只有天上的月亮投下淡淡的清辉笼罩在梅树上，遍地是形态各异的斑驳亮点，晚风摇曳着枝叶不停摆动，无数的光点像万花筒般瞬息变化。此时行走在梅林之中，谁也看不清你的真实面容，公园内显得非常幽静。

玉凤走进公园的那一刻，心里感到十分激动，她虽然是经历过婚姻的女人，但这种男女间奇妙的爱情过程，自己从未尝试过，她加快脚步向梅林深处走去。当她走近那棵高大的梅树前，看见兰晋生早已等候在那里，他急忙走来一把拉住玉凤的手，二人坐在铺着一张牛皮纸的地上。玉凤第一次被这个男人拉着手，心中感觉非常甜蜜，这时她脸红得发烫。还未等玉凤多想，兰晋生即开口问道："公园里这么清静，你怕不怕？"玉凤听他关切的问话，便回答说："不害怕，我原先在五凤溪读书时，寒冬腊月间天黑得很早，放学回家时常走夜路，其间要经过两处坟地，一路借着昏暗的月光，最后才走回牛角冲家里。"紧接下来，兰晋生便推心置腹地做起自我介绍，详细地向玉凤讲述他如何参加革命队伍，在解放战争中打了许多仗。后来在部队有过一次恋爱，只因女方出身问题，没有得到组织上批准而告吹，直到大西南解放时，自己便随南下干部团来到四川。玉凤见他如此坦诚，心中甚为感动，但让她为难的是，自己要不要将结婚生子的事也如实告诉他呢？当看到兰晋生那双深情期待的目光时，终于忍不住埋下头，含着泪水向他倾诉自己曾经有过短暂的婚姻，并且生下一个儿子，后来这个男人不幸死在了土匪的乱刀下。兰晋生是个开明之人，并不介意她之前是否嫁人生子，他看重的是眼前这个让他钟情的女人。他要手搭在她肩头，安慰着说："不要再伤心了，过去的事永远追不回来的。"玉凤抬起头来时，发现自己不由自主地紧紧靠在兰晋生肩上，他笑眯眯地逗着她开心，便如实告诉她："我之前拿到酱园铺让你缝补的那些衣服，许多都是从我朋友那儿拿来的，为了能看你一眼，有时还故意将衣服纽扣扯掉，以此来掩人耳目。"说着，他用手将她搂到怀里。玉凤温顺地投进他胸前，同时伸出手指重重点着他鼻尖说："你真是个坏男人，竟敢拿别人的衣服来骗我！"此刻，兰晋生激动地用双手捧起她的脸，不停地吻着她柔软的嘴唇、光亮的前额和乌黑的秀发。

一个月后，兰晋生焦急等待的结婚报告再次被党组织拒绝，那位主管领导十分严肃地告诉他："经过组织部调查得知，贺玉凤的社会关系相当复杂，组织上断然通不过，为了保持革命队伍的纯洁性，不允许你跟这种女人继续交往。"

当天夜里，他二人依然坐在那棵梅树下，兰晋生哽咽地将县领导不批准他的结婚报告的事向玉凤诉说着，她听到这个让人伤心的消息，眼泪顷刻间夺眶而出，放声啼哭起来。兰晋生伸手将她搂在怀里，一对有情人紧紧地相拥着，泪水不停地往下流。此刻，兰晋生在她耳畔坚定地说道："只要有我在，绝不会丢下你贺玉凤！"。

暴风骤雨般的"五反运动"结束后，工作队员陆续归队，他们各自回到先前的工作单位。兰晋生急匆匆地踏进县委办公室报到，组织部部长热情招呼他到身旁坐下，开门见山谈起对他的工作安排，他说："当前国内形势一片大好，中华人民共和国成立以来开展的各项运动取得了巨大胜利，社会状况已基本安定，现在党的政策有了重大转变，目前急需发展生产，建设我们这个一穷二白的社会主义国家。根据省政府近期部署，因建设需要大量的木材，故而新成立了省林业厅，并要求在地方上抽调素质好的优秀干部到林业厅工作。现经县委研究决定，调你到那儿去。"兰晋生听了领导对他的工作安排，虽然感到非常意外，但并未表示任何异议，因为他知道作为一个党员干部，对组织的决定必须无条件服从，没有讨价还价的余地。部长转身从文件柜里取出一个密封的档案袋，又从抽屉内拿出一张早已写好的介绍信，一并递到了兰晋生手上。同时告诉他必须两天内赶往成都报到。后来从一位知情的朋友那儿得知，他之所以被调离金堂，组织为的是让他彻底断绝和玉凤的关系，从而保证一个革命干部永不变色的政治生命。

临行前的那个夜晚，兰晋生和玉凤又一次来到公园的梅树下，一对恋人久久地相拥而泣，玉凤深情地仰起头望着心爱的男人，对他信誓旦旦地说："这辈子除了你这个丈夫，我绝不会再嫁人。"兰晋生也坚定地说道："我今后会想方设法将你弄出来，你是我一生中唯一的女人。"

第二天早晨，兰晋生洗漱完毕后，去到机关食堂吃过最后一顿稀饭馒头，随即回到寝室将被盖卷背在肩上，手提装有搪瓷面盆、饭碗和口盅等生活用品的网兜，急忙赶往中河对岸的万石仓。万石仓是赵镇最大的储粮仓库，除了常年供应赵镇居民的生活口粮以外，还担负着部分军粮供应，今天便有四部军车装大米到成都北郊场营房。兰晋生昨夜从任粮食局局长的战友那里得到这个消息，并通过他给仓库主任打电话，明天可搭乘这趟顺风车去成都。兰晋生赶到万石仓时，只见十几个搬运工正踏着闪悠悠的跳板，肩上扛着一袋袋大米往车上装。主任走上前去将他介绍给其中一位司机，司机当即点头表示没问题，并让他坐到副驾驶座上。大约半小时后，满载数万斤军粮的卡车缓缓驶出了万石仓大门。汽车经过拥堵的唐家寺、新都和三河场，在坑洼不平的道路上慢慢前行，直到中午过后，汽车才抵达成都人民北路林业厅前。兰晋生急忙下车，向司机表示了谢意，随即在门卫室打听到林业厅招待所，他先行到那儿将随身行李放进房间，接着走到附近的面馆吃了碗老成都担担面，这才直奔林业厅人事处去报到。人事处长也是山西人，听到兰晋生一口山西乡音，顿觉亲切，接过兰晋生递来的金堂县组织部的介绍信和他本人的档案袋，再小心翼翼拆开档案袋封口，仔细地翻阅着里面一页页资料。他看完档案后，便征求他对工作的安排意见，并向他介绍说："根据省厅领导的指示精神，成都地区目前急需大量木材，决定在阿坝州境内森林茂密的米亚罗组建林业局，开发那里丰富的林业资源，以满足国家日益增大的建设需要。现在林业局的筹备组已成立，组织上准备调你任筹备组副组长，负责到地方上招收工人，以及场地建设等后勤保障工作。"兰晋生当即表示服从组织安排。这时，处长从保温瓶中倒来一盅开水递到兰晋生面前，他二人不知不觉地聊起了山西老家的许多往事，谈到解放军怎样以强大的兵力，在短短几个月内便打垮了阎锡山部队。他们谈得非常投机，好像一对久别重逢的老朋友，有说不完的战斗故事。

两天后，一切准备工作就绪，兰晋生便带着两名年轻的筹备组成员，乘坐林业厅为筹备组配备的大卡车，一大早便驶出了林业厅大门，径直往北朝着金堂县开去。

兰晋生一行人到达赵镇后没有片刻停留，立即将随行人员安顿到招待所住下，独自一人拿着省林业厅的招工介绍信，快步走到玉龙街他非常熟悉的县政府内。原来新建林业局需要招收大批伐木工，兰晋生担任筹备组副组长后，将招工地点首先选在地广人多的金堂，这里乡间木匠甚多，且能吃苦耐劳。赵镇是自己曾经工作和生活过的地方，这里有他最敬重的老领导李魁年县长，更有许多朝夕相处的亲密战友，赵镇的每条大街小巷和茶坊商铺，以及沱江岸边停靠着的大小船只，还有在晴空下流淌的湛蓝色江水，在他脑海里留下了难以磨灭的印象，他心中十分眷恋这片热土。

县政府办公室朱主任对老战友兰晋生突然到来感到惊奇，他仅仅调离金堂不过几天时间，今天怎么又回来了呢？当他看过兰晋生笑眯眯递上那张盖着四川省林业厅印章的介绍信时，这才知道他此次是专程来金堂招工的。在问过老战友准备在金堂哪些乡镇招工和具体人数后，朱主任从办公桌抽屉中拿出一本县政府专用信纸，向五凤溪乡政府下达了招工的指示。这次特意到金堂边远的五凤溪招工，是兰晋生在成都早已想好了的，心想借着这次招工的机会，将自己深爱的玉凤一并招进林业局，然后分派她到林场去做后勤工作，哪怕当个炊事员也是林业工人，从此便可名正言顺地将她留在自己身边，谁也不能将他们分开。

兰晋生从县政府出来后，并未直接回招待所，而是去了河坝街的田记酱园铺，找到挽起袖管正在院坝里翻晒豆瓣酱的玉凤，她忙得额头上沁出了汗珠。当她看到兰晋生迎面向她走来时，感到又惊又喜。兰晋生急忙示意她不要大声言语，在她耳边悄悄说道："我这次是专门到金堂来招工的，明天就要赶往五凤溪。"并叮嘱她马上回到牛角冲家中，以便尽快到乡政府来报名应征，绝不能错过这样的好机会。玉凤听了心爱之人带来的好消息，心里有说不出多高兴，她急忙点头应诺着："我明天一早就回五凤溪去。"

兰晋生向玉凤交代清楚后，急忙赶回招待所，准备着明天的行程。

这天夜里，玉凤满心欢喜地来到姐姐房中，看见她躺在床上并未入睡，便走上前揭开被子，屁股往床上一坐，紧挨在她身边睡下来。玉凤高兴地将兰晋生这次回金堂是为国家招收林业工人，以及和自己明天就要回五凤溪去报名的事告诉了姐姐。青凤听了妹妹一番讲述，从心底为她祝福，尽管自己的酱园铺很需要玉凤帮忙，但妹妹一辈子的幸福才最重要。她知道妹妹非常爱兰晋生，也知道那个男人爱着玉凤。他此次特意选在金堂五凤溪招工，显然用了不少心思。青凤虽然舍不得妹妹离去，但为了她今后的终身大事，当姐姐的也只能祝福了，她真诚地对玉凤说："你们俩最好早点儿结婚，不要总是偷偷摸摸过日子。"

玉凤听了一下子羞得面红耳赤，姐姐今夜居然揭穿了她多次到公园去同兰晋生幽会的事。当初还以为瞒过了姐姐，谁知道她早就看出其中秘密，只是不忍心揭穿而已。玉凤央求姐姐说："我要到老远的大山里去，这一走也不知啥时能回来，希望你每年能回两趟牛角冲看望父母，当妹妹的多谢你了。"青凤瞪着眼睛责怪她道："你说得不对，父母亲又不光生下你一个女儿，难道我不该去孝敬他二老？"玉凤望着姐姐深情的目光，两行热泪瞬间滚落下来，随即将头靠在姐姐肩上，这一夜，姐妹俩有说不完的知心话。

第二天早晨，一轮红日冉冉升起，玉凤将姐姐从街上买来的两斤白砂糖、一大包糖油果子和酱园铺作坊酿造的一罐金钩豆瓣、一罐火腿豆瓣，以及自己的衣物统统装进一个竹篓，然后背在身上便去王爷庙码头搭乘那条运货船。兰晋生昨天晚上托朋友帮忙联系到船上的老板，只需付给他两百元（相当于现在的两元）便能坐到五凤溪，节省了一天走路时间。

船在五凤溪码头靠岸后，玉凤急忙走下船，径直沿着那条熟悉的山间小路走到牛角冲家中。当她踏进家门的那一刻，看见院坝中穿袄袄裤的儿子，正学着外婆的样子用小手抓起一把苞谷，使劲撒向一群欢快啄食的麻鸭，母亲坐在柿子树下的板凳上，嘴里不停地教着她的宝贝孙儿："把苞谷撒远点，让后面的那些小鸭也能吃到。"玉凤看见婆孙俩如此亲密的情景，心里有说不出的高兴，她几步走上前将儿子抱在怀中，在他的小脸上不停地亲着，顾不得肩上还背着竹背篓，母亲站起身来帮女儿卸下肩上的竹篓，笑眯眯在一旁看着母子俩的亲热劲。

今天的晚饭很丰盛，母亲特意杀了一只大公鸡来款待久别的女儿。父亲从坡上的棉花地回家后，全家三代人便围坐在饭桌前，尽情地享受着团聚的欢乐，父亲接连喝了三杯酒，满脸胡茬的脸涨得通红，他拿过酒瓶还想再斟时，却被母亲一把夺下来，并用责备的口吻道："你要喝醉了才舒服吗？"玉凤见父亲眼巴巴地望着酒瓶，不忍心扫了他的兴，于是将母亲手上的酒瓶拿过来说："让爸再喝最后一杯。"她随即为父亲斟满一杯酒，父亲见女儿这样维护他，咧着嘴满意地笑了。母亲看到他父女俩这样亲热，心里感到由衷的欢喜，在自己的三个女儿中，唯独玉凤在自己身边的日子最长，母女间感情最为深厚，自从有了那个可爱的孙子后，仿佛看到了生活的希望，贺家终于后继有人，将来再不愁田地无人耕种，老来患病无人照料了。

玉凤趁着父母亲高兴的时候，便将她这次回五凤溪是为了去当林业工人的事情，向他们讲述了一遍。母亲原以为女儿这次回家就不走了，谁知道她竟是为了招工才回五凤溪的,心里真是舍不得她离开。但听玉凤说这次是国家派人来招工的,并且保证每天都吃白米饭,一个月还能挣几十元工钱,这种好事之前在五凤溪从未遇到,如今有了这样的机会,哪能随便错过。再说自己在牛角冲辛苦种一年庄稼,也抵不上当工人的两个月工钱,外面的人都说当工人比当农民光荣,母亲想到有这么多好处,心里感到很宽慰。父亲仰头喝完最后一口酒,插话进来:"你去当林业工人,要走多远啊?"玉凤也不知道究竟到哪儿,她只能按照兰晋生的话说:"从都江堰往山里面走,可能有几百里路。"父亲感叹道:"由金堂出发恐怕要走好几天,沿途爬坡上坎好累哟!"

玉凤对父母亲的关怀很感动,她深情地向他们说:"我每逢过年时会回牛角冲来看您二老的。"

这天晚上,玉凤搂着儿子睡在自己身边,给他讲了许多小故事,好不容易让他安然入睡。此时,她再次亲吻着儿子的小脸蛋,母子俩就这样度过了一个难忘的夜晚。

第二天恰逢五凤溪赶场,乡政府门外的粉壁墙上贴着大幅招工告示,许多好奇的人围上来,一面看一边七嘴八舌地议论着,有的说自己要是木匠就马上去报名,到那里去吃干饭挣现钱;有的说自己二舅便是木匠,等赶场回去便告诉他。一个家住杨柳沟的苏木匠第一个走到招工桌前,兰晋生问明了他的年纪及家庭住址后,便当场登记招用。紧接着,炳灵村的杜木匠、罗坝村的鲁木匠和白马村的刘木匠也相继被录用,报名的人非常踊跃。

玉凤急忙来到乡政府门前,只见这里挤满了看热闹的人,五凤溪这个远离县城的小场上,今天竟然变得非常拥挤。国家派人到这里来招工的消息不胫而走,很快便传播开来。她使劲挤到了报名桌前,兰晋生一眼看见玉凤出现在自己面前,那颗焦急等待的心终于放了下来。但玉凤在报名时却遇到一点麻烦,那个年轻的工作人员和气地对她说,这次招工主要是招收青壮年木工,没有招收妇女同志的计划。玉凤见报名受阻,一时间没有了主意,脸唰地一下红起来。兰晋生见她失望慌张的模样,即刻装着从不认识她似的发问道:"你是五凤溪哪里人?"。

玉凤答道:"五凤牛角冲的。"

"家里面还有哪些人呢?"

"一双父母和一个两岁的儿子。"

"你家男人是干什么的?"

"我男人已经死去三年多了。"

"家里的老人舍得你出远门?"

"父母亲的身体很好,干地里农活不成问题,是他们答应我来的。"

"你儿子还小,留在家里咋办?"

"老母亲非常疼爱她的孙子,很乐意帮我抚养他。"

"我们招收木匠是要上山砍树的,你去会做啥子?"

"我会做饭、炒菜,你们招收那么多工人,总得要个煮饭的嘛。"

这段有趣的对话,完全是按照兰晋生事先想好的思路进行的,从他十分认真的态度上看,没有露出半点破绽,谁也不会怀疑他俩早就相识,避免别人说他假公济私。

兰晋生略思片刻之后,便对身边的工作人员说:"将她的姓名住址写下来,招她去当炊事员正好。"

在接下来的两天中,到乡政府来报名的人络绎不绝,兰晋生的招工任务很快顺利结束。第三天早晨,他带着几十名新招的林业工人,和那个炊事员贺玉凤,一行人顺着沱江边那条坑洼的道路,径直朝着赵镇走去。当他们到达中码头渡口时,太阳开始偏西,兰晋生看看手表的指针正好三点钟，他即刻吩咐工作人员领着工人过河到招待所住下，自己则要赶去县公安局为这批人办理户籍迁移，绝不能耽误了明天早上去成都的行程。

兰晋生在公安局办完手续回到招待所，已是吃晚饭的时候，却没有见到玉凤的人影，料定她此刻是去了河坝街酱园铺，必然要与姐姐青凤做一番道别，临行前，姊妹俩当然有许多知心话要互相倾诉。

第二天早晨，那辆盖着绿色帆布的大卡车停在招待所门前，兰晋生催促着工人们将随身行李堆放在车厢前挡板旁，下面的人依次上车，玉凤正欲上车时，两个青年工作人员却主动爬上了车，将副驾驶座位让给了玉凤，若是叫一个女同志挤在几十个男人中间，那实在不够绅士。兰晋生看到全部人员上车后，随即转身踏进了驾驶室，与玉凤肩并肩坐在一起。司机习惯地按了两声喇叭，将脚下的油门一踩，汽车即刻向前开动了，很快便驶过了赵镇平安桥，径直朝着成都方向开去。

汽车行驶到成都西门茶店子时，兰晋生叫司机停下车来，他指挥车上的人依次下车吃午饭，并稍事休息，汽车又继续上路。汽车抵达灌县玉堂镇，便与等候在那里的一辆装有伐木工具、帐篷、粮食和蔬菜，以及各种生活用品的卡车会合，按预定计划今晚在这儿住宿一夜，等明天天亮再启程进山。

这天晚上，玉凤难以抑制内心的激动，兴奋得久久不能入睡，想起白天沿途所看到的一切，眼界忽然大开，这是她一生中第一次出远门，而且坐在了汽车驾驶室内，尽管汽车行驶中颠颠簸簸，穿过场镇时又非常缓慢，但她紧靠在兰晋生身旁，目不暇接地透过玻璃窗观看着外面的大片农田和翠竹中掩映着的农家院落，眼前所有的一切都让她感到新奇，她领悟到川西平原的广袤和富饶，比起自己家乡牛角冲山沟里，终日爬坡上坎，累得人一年到头伸不直腰，不知要强过多少倍，住在平坝上的这些农家，他们是多么幸福啊！

  第二天早晨八点钟，两辆满载着人员和物资的大卡车准时驶离了玉堂镇，沿着群山耸立的岷江河谷一路向北前行。当汽车驶过汶川和理县后，公路前方的山峦上覆盖着郁郁葱葱的原始森林，汽车很快抵达米亚罗。只见这里的山势更壮观，森林也更加茂密，远处鹧鸪山顶的皑皑白雪顿时映入眼帘，从山谷深处流下来的来苏河翻腾着一朵朵白色浪花，一路欢歌流向大山之外。

  米亚罗是林业局筹备组的营地，即将承担起鹧鸪山地区数百平方公里原始森林的采伐重任。自从来了这支林业大军后，这座往日平静而安宁的藏寨，突然之间变得热闹起来。国家为大力发展生产建厂盖房，省政府考虑成都市和温江专区对木材的迫切需求，决定尽快开发川西北原始林区。因此，林业厅新成立的米亚罗林业局从金堂、郫县和彭县等地招来了数百名林业工人，他们即将被分配到来苏河、杂谷脑、刷经寺、红杉坪和两岔河等处林场去工作。

  在林业局召开的一次党委会上，兰晋生不但主动放弃担任副局长，并强烈要求到生产第一线去，上级领导经过研究后予以批准，决定任命他为来苏河林场第一任场长。会后的第二天，兰晋生亲自带领第一批从金堂招来的四十多名工人，乘坐先前那辆大卡车驶离了米亚罗。前行半小时后，汽车便停在了一处预先测量好的场地上，工人们下车后忙着搬运车上的帐篷、伐木工具和大量生活物资。在接下来的这段日子，他们采用就地取材的办法，紧锣密鼓地开始建造一间连着一间的木板工房，为即将采伐森林做好充分准备。

  在兰晋生的带领下，来苏河林场的生产逐渐走上正轨，在第二年的十月，便超额完成了林业局下达的全年采伐计划，木材的采积量跃居全局第一，因此获得了林业局赠送的一面大锦旗。

这时，来苏河两岸的枫叶林逐渐由黄变红，迎来了一年中火红色的深秋。在经过这些日子紧张的工作之后，兰晋生这天夜里忽然想到该履行自己与玉凤结婚的承诺，从前无暇顾及这件事，那是由于工作和生产忙碌，现在一切都安定下来，应该对玉凤有个交代了。

第二天一大早，兰晋生拉开了办公桌的抽屉，拿出一本伐木场的公用笺，用钢笔在上面端端正正写了一张结婚介绍信，然后盖上来苏河林场鲜红印章。兰晋生将写好的介绍信折好装进口袋，急忙去到后面的林场食堂找到玉凤，趁着林场汽车到理县采购粮食和蔬菜的机会，去县民政局领到了结婚证。在回林场的路上，玉凤手里拿着那张盼望已久的证书，深情地看着身边这个让她信赖的男人，心中感到无比幸福，今后终于可以堂堂正正做他的女人了。

初冬时节，每当西北方的寒潮来袭时，来苏河谷便飘起雪花。这天上午，兰晋生专门去了趟理县邮政局，在那里取回来贺青凤由金堂寄来的两千元还款，经过和玉凤认真商量后，决定将这笔钱用来盖两间木屋作为结婚新房，建房地点选在距离林场不远的公路旁边。工人们听说兰队长要建自己的房子，纷纷利用工余时间和星期天赶来帮忙。那时的林场生活极其枯燥无味，除了终日上山伐木之外，就是下班吃饭睡觉，空闲的时间比较多。兰晋生虽为一场之长，但他平日为人和善亲切，工人们对他很有好感，大家都乐意主动帮他建房，况且还能拿到他付给的一小笔额外工钱。有了众人的大力帮助，两间崭新的木屋和半间偏房，仅用了大半月的时间便建好了，即将成为兰晋生与玉凤的结婚新居。

一个星期天的午后，在伐木场那间能容纳一百多人的会议室里，兰晋生与贺玉凤的结婚典礼如期在这儿举行。米亚罗林业局派出办公室主任特意赶来祝贺，并亲自主持了这场林业局成立以来的第一场婚礼。还特别为来苏河林场送来了一头宰好的大肥猪和几包糖果，一是表彰林场职工超额完成了本年度生产任务，同时又向今天这对新人表示祝贺。婚礼按照新风尚进行，婚礼程序欢乐而轻松：先是兰晋生牵着玉凤的手向画像毕恭毕敬地三鞠躬，然后转过身来对着所有来宾再深深鞠一躬，婚礼随即告一段落。

冬去春来，玉凤与兰晋生的夫妻生活是非常甜蜜的，更让人欣喜的是玉凤的肚子也一天天隆起，为此她内心感到十分高兴，自己为心爱的男人怀上娃儿，从苦难中得来的爱情终于开花结果了。

来苏河林场的规模在不断扩大，新春伊始，米亚罗林业局又给林场调来了五十名从新繁招来的伐木工，随即成立了林场第二工区，计划采伐来苏河远处那大片的云杉林。兰晋生亲自督阵，经过一个月紧张的场地建设后，大规模的采伐便立即展开。从此，这片幽深的山谷里伐木声终日不绝于耳。

当盛夏来临时，第二工区采伐的大量木材堆积在山谷中，无法搬运出山。伐木场按照其他林区的运输经验，必须从山谷中开辟一条从上而下的滑槽，利用夏季洪水到来时刻，将木材撬入滑槽，让其顺着来势汹涌的洪流，冲进谷底的来苏河内。木材进入来苏河后，一刻也不停息地被更大的水流冲往下游的杂谷脑，日夜流向更远的岷江。这是林业局一年一度最佳的水运时刻，它充分利用夏天洪水的巨大能量，将各地林场堆积的大批木材全部运出山外。木材流经都江堰鱼嘴处再分流到内江的柏条河中，最后流到成都北郊的洞子口，那里是林业厅设置的一处大型储木场。

兰晋生为了完成这次水运计划，已经有半个月时间没有回家了，他带领着二工区十多名工人，沿着山谷奋力开拓滑槽，主要工作是搬走山谷中的巨石，它是阻挡木材顺流而下的最大障碍。许多巨石是历年爆发泥石流时，顺着洪水从山上冲入峡谷的，每个巨石重达几百上千斤，这时，众人手里拿着小碗粗的撬棒，将它插进巨石底部，同心协力"嗨哟"一声大吼，便把一块石头撬下谷底。等到滑槽清理完不久，鹧鸪山上空阴云密布，浓浓的雨雾很快变成团团乌云，预示着一场暴雨即将来临。这天上午，兰晋生召集二工区全体人员紧急待命，并配给每人一件军用雨衣和一支三节手电筒，时刻准备着洪峰到来时，便将堆积在山上的木材撬进滑槽中。利用洪水的巨大力量运输木材最省力省时，但必须要把握好时机，如果第一次洪峰到来不将木材运下山谷，就必须再等到下一次洪峰，但谁又能保证下次洪峰何时到来？要是不抓住第一次洪峰将木材迅速运下山，那只得苦苦等到来年夏季了。要是采用汽车运输的办法，几百公里到成都的运输费用极其昂贵，况且那时的汽车少之又少。

  第二天午夜时分，一场罕见的大暴雨终于从天而降，二工区木板工棚被豆大的雨点砸得滴答作响，兰晋生一觉从睡梦中惊醒，他急忙起身穿好衣服，外面罩着件雨衣，手拿电筒敲开了每间职工的房门，喊醒了工区全体工人，立刻带领他们紧急奔向山谷，按照预先分成的班组，各自走到自己的工作位置，每个人都拿着一根两米多长的撬棒，用尽全身力气把一根又一根木材撬进滑槽，只等山洪到来之时，便将滑槽中的木材冲进谷底的来苏河。山谷中一片黑暗，除了一束束手电筒亮光以外，什么东西也看不见，只听得工人们用力撬动木材的吆喝声。拂晓前的天空依然黑沉沉的，头顶上看不见一丝光线。这时雷鸣般的洪水从山谷高处倾泻而来，咆哮着一路奔腾向前。到了最后时刻，兰晋生在撬动一根大直径的云杉时，由于用力过猛，身子一下失去平衡，突然从湿滑的斜坡跌进了滑槽中，转瞬被洪水冲下山谷。旁边的人一时间吓得惊慌失措，他们同声急呼："兰场长掉进滑槽了！快来救人啊！"众人沿着滑槽一路寻找下去，却始终未见他的踪影。

第二天早晨，来苏河林场全体职工听到兰场长落水的噩耗，心中无不感到悲痛，纷纷沿着来苏河两岸寻找，半天时间过去后，仍然看不到他的踪迹，连身上的衣服和脚上的鞋袜都未发现一件，搜寻工作继续往下游米亚罗前行。林业局领导得知这一消息后，紧急派出机关干部组成的数十人搜救队，沿着夹碧寨前的杂谷脑河寻找。直到日落时分，搜寻队终于在古尔沟一处浅滩上发现了兰晋生的尸体，他身上所穿的衣裤已经破烂不堪，头颅被水中横冲直撞的木材挤压破碎，尸身被洪水泡得发胀，浑身上下伤痕累累，谁也看不清他本来面目，唯有死者身上所穿的那件黄军衣非常明显，大家都认出他就是来苏河林场的兰晋生场长。

玉凤在黎明时听到丈夫落水的噩耗，顿时惊恐万状，她慌忙跑到波涛汹涌的来苏河边，对着河岸不断大声呼唤兰晋生的名字，接着声泪俱下地朝前奔去，一路上哭得声音嘶哑，两眼红肿，直到咽喉哽咽哭不出声来时，忽然晕倒在河岸的乱石滩上，随行人看到这突发险情，急忙将其抬回了她的木屋，医务所的医生及时赶到病床前，精心为她救治。

兰晋生的遗体被一床被子包裹着，林业局派汽车将他运回了来苏河林场，两日后便被装殓进数名工人赶制的棺木中。遗体安放在林场的会议室，这里一年前曾举行过一次喜庆的婚礼。追悼会布置得庄严肃穆，会场两边的屋檐下挂着黑布围幔，上面粘着几朵硕大的白纸花，与会者的手臂上佩戴着黑袖带，会场正中的墙上挂着醒目的"兰晋生同志追悼大会"条幅。米亚罗林业局的主要领导也来到来苏河林场，局长亲自主持了这场追悼会，他沉痛地对兰晋生同志不幸遇难表示深切哀悼，并列举了许多他生前为革命事业所做出的无私奉献，他不愧是一名光明磊落的共产党员，最后号召全局林业职工要学习兰晋生苦干实干的大无畏革命精神，为中国的社会主义建设事业而奋斗！

玉凤精神恍惚地扑在棺木上哭泣着，始终没有开口说话，当她木讷地抬起头来时，大家看到她的眼珠都定格了。

按照死者家属的意愿，棺木被安葬在小木屋对面的坡地上，新坟四周用河岸边的石块砌成，坟前竖着三尺高的墓碑。每当打开木屋时，抬头便能看到那处坟墓，犹如亲人时刻都在自己身边。

两个月之后，兰晋生被上级领导机关追认为烈士，玉凤同时也被组织照顾当上林场仓库保管员。

这年的隆冬时节，玉凤在林业局新建的医院里分娩了，她顺利地产下了一个可爱的女婴。

在此后的数年中，玉凤身旁时常跟着一个头上扎着两条羊角辫的小女孩，她与玉凤幼年时长得十分相似，肌肤生得白净细嫩，一双明亮的大眼睛特别机灵。

又过去了漫长的十年，玉凤乖巧的女儿已长成一个俊俏的大姑娘。她在汶川师范学校毕业时，光荣地加入了共产主义青年团，并自愿申请到环境最艰苦的地方去工作，教育局随即将她分配到若尔盖草原北端的冻列乡教书去了。

两鬓斑白的玉凤留恋故人，她心里发誓一生一世住在来苏河畔的木屋里，尽管此时木屋的杉木房梁和墙板已变得陈旧焦黄，房顶上覆盖着的杉树皮长满了湿沥沥的青苔，但她仍然不肯离开这里，情愿独自一人住在这崇山峻岭中，她要永远守护对面坡上那座茔地，至死陪伴在心爱的男人身边。